23

MIRA®

Der Preis dieses Bandes versteht sich einschließlich der gesetzlichen Mehrwertsteuer.

Umwelthinweis:
Dieses Buch wurde auf chlor- und säurefreiem Papier gedruckt.

Sommer der Verheißungen

Es ist, als würde die Vergangenheit nach ihnen greifen: In ihrem Testament hat Merry bestimmt, dass ihre Schwestern Jilly, Rose und Birdie gemeinsam nach Jillys Tochter suchen sollen. Heimlich brachte Jilly vor 26 Jahren ihr Kind zur Welt, das sofort zur Adoption freigegeben wurde. Und Merry, obwohl nach einem Schwimmunfall geistig behindert, wusste anscheinend genau, was sie mit dieser Testamentsklausel erreicht: Erst wenn ihre Schwestern aus dem Schatten der Vergangenheit treten, den Lügen und Intrigen undurchdringlich verdunkelt haben, ist jede von ihnen frei für die Zukunft, für die Liebe ...

Die Handlung und Figuren dieses Romans sind frei erfunden.
Ähnlichkeiten mit lebenden oder verstorbenen Personen
sind nicht beabsichtigt und wären rein zufällig.

Mary Alice Monroe

Sommer der Verheißungen

Roman

Aus dem Amerikanischen von
Rainer Nolden

MIRA®

MIRA® TASCHENBUCH
Band 25043
1. Auflage: Mai 2003

MIRA® TASCHENBÜCHER
erscheinen in der Cora Verlag GmbH & Co. KG,
Axel-Springer-Platz 1, 20350 Hamburg
Deutsche Erstveröffentlichung

Titel der nordamerikanischen Originalausgabe:
The Four Seasons

erschienen bei: Mira Books, Toronto
Published by arrangement with
Harlequin Enterprises II B.V., Amsterdam

Konzeption/Reihengestaltung: fredeboldpartner.network, Köln
Umschlaggestaltung: pecher und soiron, Köln
Titelabbildung: © by The Image Bank, Hamburg
Autorenfoto: © by Harlequin Enterprise S.A., Schweiz
Satz: Berger Grafikpartner, Köln
Druck und Bindearbeiten: Elsnerdruck Berlin
Printed in Germany
ISBN 3-89941-054-8

www.mira-taschenbuch.de

1. KAPITEL

Rose Season stand vor der geöffneten Tür zum Schlafzimmer ihrer Schwester und beobachtete stumm die Schatten eines nahenden Unwetters, die sich wie dunkle Krallen über das leere Bett hinwegtasteten. Eine eiskalte Windbö, die vom Michigansee herüberkam, rüttelte an den Fenstern.

„Merry", flüsterte sie sehnsüchtig. Rose widerstand dem Drang, das Fenster zu öffnen und ihren Namen in die alles umhüllende Dunkelheit hinauszurufen. Merrys Anwesenheit war heute Abend zu spüren. Irgendwo hatte Rose einmal gelesen, dass die Seele eines Verstorbenen noch drei Tage lang auf der Erde blieb. Merry war allerdings bereits vor vier Tagen gestorben. War ihre Seele länger geblieben, um sicherzugehen, dass man ihren letzten Wunsch auch wirklich erfüllen würde?

Ihr letzter Wunsch. Warum habe ich ihm zugestimmt, fragte Rose sich, während sie verzweifelt die Hände rang. Der Wunsch war unvernünftig; ihn zu erfüllen war beschwerlich, vielleicht sogar gefährlich. Niemand würde es tun wollen. Wie mochten ihre Schwestern reagieren, wenn sie Merrys Brief lasen? Vor allem Jilly. Sie hatte niemals von jener Zeit gesprochen, nicht ein einziges Wort darüber in mehr als fünfundzwanzig Jahren fallen lassen. Ganz so, als sei das alles niemals geschehen. Sie wird wütend werden, befürchtete Rose. Aber offenbar kamen Familiengeheimnisse am Ende wohl doch immer ans Licht.

Die Standuhr in der Halle schlug die volle Stunde. Mit geneigtem Kopf dachte Rose daran, dass sie Merry um diese Zeit früher immer zum Essen gerufen und ihr gesagt hatte, sie solle sich die Hände waschen. Ein Gefühl von Einsamkeit schoss durch ihren Körper, ebenso heftig wie das Rütteln des Windes an den Fensterscheiben. Sie betrat Merrys lavendelblau gestrichenes Zimmer, fuhr gedankenverloren mit den Fingern über die weiße Kommode, die eher zu einem kleinen Mädchen gepasst hätte, den zierlichen Frisiertisch und das silbergefasste Frisierset – Bürste, Kamm und Spiegel. An den Borsten hingen noch ein paar rotblonde Haare. Sie durchquerte das Zimmer und ergriff die Puppe mit den roten Stoppelhaaren, die in der Mitte des jungfräulichen Himmelbetts lag. Merry hatte die Puppe so sehr geliebt. Sie hatte sie May genannt und in all den sechsundzwanzig Jahren nicht eine einzige Nacht ohne sie geschlafen. Rose schmiegte sie an ihre Wange und nahm Merrys Duft wahr, der noch in dem Stoff steckte. Mit einem zärtlichen Klaps setzte sie die Puppe auf das Bett zurück und lehnte sie vorsichtig mit dem Rücken gegen das Kissen. Einen unangenehmen Moment lang wusste Rose nicht, was sie mit ihren Händen tun sollte. Mit energischen Bewegungen strich sie die Falten aus der Bettdecke, ging zum Nachttisch und legte das seidene Zierdeckchen ordentlich hin, rückte den Ziehharmonika-Schirm der Bettlampe gerade und stellte die vielen Medizinfläschchen, die ihr so vertraut geworden waren, in einer Reihe auf. Sie war noch nicht in der Lage, sich von etwas zu trennen, das Merry gehört hatte – nicht einmal von den Medikamenten, die nun nutzlos geworden waren.

Jetzt, wo sie sich nicht mehr um Merry kümmern musste, fühlte sie sich so überflüssig und fehl am Platz in dem alten Haus – wie der Kokon einer Raupe, der leer an einem Zweig hing. Sie brauchte eine Aufgabe, um weitermachen zu können, einen Mittelpunkt für ihr Leben, auf den sie sich konzentrieren konnte, um sich von ihrem Kummer abzulenken. Mit der Disziplin, die zu einem festen Bestandteil ihrer Existenz geworden war, verließ Rose schnell das düstere Zimmer und lenkte ihre Schritte zu der weiten, geschwungenen Treppe des alten viktorianischen Hauses, in dem sie seit ihrer Geburt lebte.

An den Wänden entlang der Treppe hingen Dutzende von Fotografien, die verschiedene ruhmreiche und triumphale Momente aus dem Leben der Season-Schwestern dokumentierten. Um sich zu trösten, betrachtete sie die Gesichter auf den vertrauten Aufnahmen mit einem zärtlichen Gefühl: Jilly, Birdie, Rose und Merry. „Die vier Seasons“ hatte ihr Vater sie genannt. Das Wortspiel mit ihrem Namen hatte ihm gefallen: die vier Seasons – die vier Jahreszeiten. Die meisten Fotografien zeigten Jilly und Birdie, die beiden ältesten. Von Rose gab es weniger Bilder, und kaum welche von Merry, dem Baby. Sie sehnte sich nach ihren Schwestern. Seit beinahe zehn Jahren waren sie nun nicht mehr zusammen gewesen. Wie traurig, dass es ausgerechnet eine Beerdigung war, die sie wieder zusammenführte.

Welche von ihnen mag wohl als Erste zu Hause eintreffen, überlegte sie. Birdie hatte sehr viel in ihrer Arztpraxis in Wisconsin zu tun, aber Jilly musste den weitesten Weg zurücklegen – sie kam aus Frankreich.

Rose blieb vor einem gerahmten Titelblatt der *Vogue* stehen. Auf dem Cover war die junge Jillian abgebildet, gerade einundzwanzig Jahre alt. In dem eleganten rosafarbenen Kleid, das einen aparten Kontrast zu ihren üppigen roten Haaren bildete, wirkte sie ausgesprochen sexy. Es war ihr erstes Coverfoto. Rose betrachtete die vollen roten Lippen ihrer Schwester, die sie zu einem unschuldigen Schmollmund verzogen hatte, und die ausdrucksvollen smaragdgrünen Augen. Ein Bein, dessen Haut seidenmatt schimmerte und das unendlich lang zu sein schien, hatte sie kokett vorgeschoben. Es schien den Betrachter aufzufordern: „Komm ruhig näher.“ Rose konnte sich nicht vorstellen, vor so vielen Leuten im Rampenlicht zu stehen, während sie von Männern fotografiert wurde. Ebensowenig konnte sie sich vorstellen, jemals so verführerisch oder begehrenswert auszusehen.

Jilly war am 1. November 1955 eine Minute nach Mitternacht geboren worden. Allerheiligen. Mutter hatte immer erzählt, wie sie sich angespannt hatte, weil sie kein Kind haben wollte, das an Halloween auf die Welt kam. Wer weiß, welchen Spitznamen sich Vater dann ausgedacht hätte? William Season hatte nämlich behauptet, es sei Familientradition, Wortspiele mit ihrem ungewöhnlichen Familiennamen zu machen. Aber Ann, ihre Mutter, hatte sich geschworen, dass keines ihrer Kinder jemals einen Namen bekäme, über den die Leute ein Leben lang lachen würden. Also schlossen sie einen Kompromiss: Ann Season gab ihren Töchtern vernünftige und aussagekräftige Namen, während dem Vater freie Hand bei der Wahl der Spitznamen gelassen wurde. Er fand es jedenfalls witzig, die erstgeborene Tochter Jillian, die im herbstlichen Chicago das Licht der Welt erblickte, „Jilly Season" zu nennen – das klang jedenfalls ein bisschen wie „chilly season" – „kühle Jahreszeit".

Während Rose die Treppe hinunterschritt, betrachtete sie jedes der zahlreichen Fotos von Beatrice genau. Jilly wollte bei allem immer die Erste sein, aber Birdie lief ihr meistens den Rang ab. Den Vater erfüllte es mit Stolz, denn Birdie war sein Liebling. Das wusste jeder. Jilly pflegte sie mit der Bemerkung aufzuziehen, sie sei der Sohn, den ihr Vater niemals gehabt hatte. Sie war ein großes, breitschultriges Mädchen mit einem scharfen Verstand und ausgeprägtem Wettbewerbsdenken. Und der verniedlichende Name Birdie strafte ihr ungestümes Wesen Lügen.

Bill Season hatte ihr den Spitznamen Birdie – Vögelchen – gegeben, weil sie im Frühsommer geboren worden und stets hungrig war. Wie ein Jungvogel im Nest verlangte sie beständig nach Nahrung. Und immer hat sie die fettesten Bissen abbekommen, dachte Rose, während sie ihren Blick über die Fotografien schweifen ließ.

Die erste zeigte Birdie als Sechzehnjährige. Sie war tropfnass, strahlte übers ganze Gesicht in die Kamera und umklammerte einen riesigen silbernen Pokal, den ihr Team bei der nationalen Schwimmmeisterschaft gewonnen hatte. Sie war natürlich die Mannschaftsführerin gewesen. Es gab noch weitere Fotos mit Birdie als Rednerin ihrer Abschlussklasse, als Gewinnerin beim Schwimmen, Hockeyspielen und bei einem Forschungswettbewerb für Schüler. Auf einem anderen war sie bei der Entgegennahme ihres Diploms von der Medizinischen Fakultät zu sehen. Und noch eines, auf dem sie, ganz in weiße Seide und Tüll gekleidet, ihren Bräutigam Dennis anlächelte – die größte Trophäe von allen.

Von ihr selbst, dem dritten Kind, gab es weniger Bilder. Der ihr gewidmete Teil der Wand schien fast kahl zu sein im Vergleich mit dem, an dem Birdies Fotos hingen. Wie immer spürte Rose in diesem Moment die Verlegenheit darüber, dass die geringe Zahl der Aufnahmen ein exaktes und ausgesprochen bemitleidenswertes Abbild ihres eigenen Lebens darstellte. Es war ja schön und gut, dass Jilly ein berühmtes Model und auf Titelbildern in ganz Europa zu sehen und Birdie eine erfolgreiche Ärztin, Ehefrau und Mutter war. Aber wie stand es um ihr Leben? Es gab kein Bild, das sie bei einer Abschlussfeier auf der Universität oder als strahlende Braut zeigte. Der einzige Höhepunkt ihres Lebens war auf einem Foto zu sehen, das am Ende ihrer High School-Zeit aufgenommen worden und auf dem ein dünnes, schüchternes Mädchen zu sehen war. Und das Mädchen hatte sich bis heute praktisch kaum verändert.

Roses Haar war eine bleiche, ausgewaschene Version des roten Haars der Seasons, das ihr Vater scherzhaft als „kürbisfarben" und ihre Mutter optimistisch als „rotblond" bezeichnet hatte. Sie trug es immer noch so lang und glatt wie zu ihrer Schulzeit, und ihr Körper war immer noch so dünn und konturenlos wie damals. „Bohnenstange" hatten die anderen Kinder sie gerufen. Auf allen Bildern waren ihre Augen das hervorstechendste Merkmal. Große haselnussbraune Augen, Brauen und Wimpern so hell, dass sie gar nicht zu existieren schienen. Sie beherrschten ihr blasses Gesicht, das aufmerksam wirkte wie das einer Katze kurz vor dem Sprung.

Sie war in den heißesten Tagen im Monat August zur Welt gekommen, als die Rosen ihrer Mutter in voller Blüte standen. Deshalb hatte man sie Rose genannt – das einzige der vier Mädchen der Seasons, das keinen Spitznamen hatte. Rose sei ein hübscher, geradliniger Name, hatte ihr Vater immer behauptet. Und er passt zu mir, dachte sie mit einem resignierten Seufzer.

Wie in den meisten Familien gab es vom jüngsten Kind die wenigsten Fotografien. Das ist wirklich schade, fand sie, denn Merry war unbestreitbar das hübscheste der Season-Mädchen gewesen. Ihre Eltern waren schon älter, als sie heirateten, und hatten erst spät Kinder bekommen. Ihr Vater sagte später gern, dass Merry sein letztes Hurra gewesen sei. *Die vierte Jahreszeit.* Meredith war im Dezember geboren worden; ein Monat, der zahlreiche Spitznamen bereithielt. Aber Bill hatte sich für „Merry" entschlossen, weil sie immer ein so fröhliches Baby war. Rose fuhr mit dem Finger über das Foto einer frühreifen, vorwitzigen Merry im Alter von zwei Jahren. Danach gab es keine Bilder mehr.

Rose wandte den Blick von den Fotos und verbannte die Erinnerungen aus ihren Gedanken. Sie ging von einem Zimmer ins nächste und spürte die wachsende Nervosität, die sich immer dann einstellte, wenn man ziellos nach einer Aufgabe Ausschau hält. Jeder der zwölf Räume des alten viktorianischen Hauses war in makellosem Zustand. Ein schmackhaftes Abendessen wartete im Ofen, und in allen Schlafzimmern standen hübsch arrangierte Blumensträuße. Sie schaltete den Fernseher ein, aber kurz darauf machte sie ihn bereits wieder aus. Sie griff nach einem Buch und ließ sich in einen bequemen Sessel sinken. Doch kaum hatte sie einen Absatz gelesen, schweiften ihre Gedanken schon wieder ab. Sie gab die Lektüre auf und legte den Kopf an die Rückenlehne. Mit einem tiefen Seufzer griff sie in die Schürzentasche und holte einen hellblauen Umschlag hervor.

Merrys Brief.

Sie hatte ihn den ganzen Tag lang in ihrer Tasche mit sich getragen und überlegt, ob sie ihn verbrennen oder dem Anwalt der Familie übergeben sollte. Jetzt war der Moment der Entscheidung gekommen; morgen war die Beerdigung. Rose schloss die Augen, als sie sich daran erinnerte, wie Merrys kleine Zunge über ihre Lippen gefahren war, während sie sich mit dem Schreiben abgemüht hatte, denn sie wollte, dass dieser Brief ihr schönster werden sollte. Merry hatte sich nicht vorstellen können, welche erschütternde Wirkung diese kurzen, in ihrer kindlichen Handschrift geschriebenen Sätze in den Herzen und Köpfen ihrer Schwestern auslösen würden – genauso, wie es bei ihr der Fall gewesen war, als sie ihn gelesen hatte.

Sie schaute auf den Umschlag in ihrer Hand und war zu Tränen gerührt, als sie die von Merry mühsam hingeschriebenen Namen las, die von einem großen Herzen eingerahmt waren: *Für Jillie, Birdie und Rose.*

Ich werde den Brief dem Anwalt übergeben, entschloss sich Rose. Das war das einzig Richtige. Merry vertraute ihr, dass sie ihn ihm geben würde. Dieses Mal würde sie sie nicht enttäuschen.

Beatrice Season Connor sah zum Aprilhimmel hinauf und fluchte.

„Sieh mal, es schneit!“ rief Hannah, als sie aus dem Wagen stieg. Das Gesicht ihrer fünfzehnjährigen Tochter war nach oben gerichtet, und fröhlich lachend streckte sie die Zunge heraus, um einige der weichen, feuchten Flocken aufzufangen, die vom Himmel herabschwebten.

„Das hat uns gerade noch gefehlt. Ein Schneesturm, ausgerechnet jetzt."

„Es sind doch nur ein paar Flocken." Hannahs Stimme klang vorwurfsvoll.

„So wie es aussieht, wird noch eine Menge herunterkommen. Verdammter Schnee", murmelte Birdie. Sie holte die Tüten mit den Einkäufen, die sie in letzter Minute getätigt hatte, aus dem Wagen. „Ich habe die Nase voll vom Schnee. Hat Milwaukee in diesem Jahr nicht schon genug davon gehabt? Schließlich haben wir bereits April. Na ja, so ist es eben", fügte sie sich dann ebenso schnell in das Unvermeidliche, wie es typisch für sie war. Sie schlug die Wagentür zu und ging zum Haus. „Wir müssen uns beeilen und früher nach Evanston fahren, damit wir noch alles für die Beerdigung geregelt kriegen." Vor der Tür blieb sie stehen und drehte sich zu ihrer Tochter um. „Ich verlasse mich auf dich, Hannah. Ich brauche deine Hilfe."

„Ich sehe nicht ein, warum *wir* alles tun müssen." Hannah verschränkte die Arme vor der Brust.

„Das müssen wir aber, wenn es ordentlich gemacht werden soll." Im Stillen stöhnte Birdie, als sie die Tür öffnete und ins Haus trat. Dass sie jetzt noch früher losfahren mussten, wo ihr Terminkalender ohnehin bis zum Überlaufen gefüllt war, verursachte ein unangenehmes Pochen in ihren Schläfen. Manchmal kam sie sich wie ein Jongleur vor, der viele Teller gleichzeitig in der Luft zu halten hatte: Sie musste eine Vertretung für ihre Praxis besorgen, ihre Patienten beruhigen, den Hund in den Zwinger bringen, der Putzfrau absagen, packen ... Die Liste wurde immer länger. Und dazu kam noch, dass die Beerdigung bereits am folgenden Tag stattfand und sie sich um den reibungslosen Ablauf kümmern musste.

„Wenn du etwas erledigt haben willst, frag eine viel beschäftigte Frau", murmelte sie mit einem tiefen Seufzer. Insgeheim allerdings fühlte sie sich allem gewachsen. Ihrer Ansicht nach brauchte man nur Disziplin, klar gesteckte Ziele und jede Menge harter Arbeit, um erfolgreich zu sein. Und sie arbeitete mehr als die meisten. Sie konnte ihre Erfolge auf einer Liste abhaken: Ihre Kinderarztpraxis lief hervorragend, seit neunzehn Jahren war sie verheiratet, die Mutter einer wohl geratenen Tochter, und sie führte einen großen, gut organisierten Haushalt. Wenn es so etwas wie eine Supermom gibt, dachte Birdie stolz, dann bin ich es.

Aber heute standen ihre Fähigkeiten auf dem Prüfstand. Sie warf einen Blick auf ihre Armbanduhr und presste verärgert die Lippen zusammen. Meine Güte, schon so spät! Wo nur Dennis blieb? Und Hannah? Sie schaute nach draußen und sah ihre Tochter, die immer noch die wirbelnden Schneeflocken beobachtete. Der Ärger darüber verstärkte das Pochen in ihren Schläfen.

„Hast du nicht mitbekommen, dass wir früher fahren?" rief sie ihr von der Hintertür aus zu.

Hannahs Lächeln verschwand, aber sie rührte sich nicht. Stattdessen schaute sie weiter in den Himmel.

„Spiel hier bloß nicht die Unbeteiligte, junges Fräulein." Ihre Stimme wurde lauter, als sie sich dem Wagen näherte. Sie spürte, wie ihr Zorn mit jedem Schritt zunahm. „Ich habe dich gebeten, Sachen für eine Nacht zu packen, und du hast noch keinen Finger gerührt. Ich werde es nicht für dich tun."

„Wer hat dich denn darum gebeten?" Hannahs Kopf fuhr herum. „Du würdest doch sowieso nur die falschen Sachen einpacken."

„Wir reden hier nicht über einen Spaziergang. Es geht um die Beerdigung meiner Schwester. Meiner kleinen Schwester! Schlimm genug, dass ich mit ihrem Tod fertig werden muss. Soll ich mich da auch noch um so unwichtige Dinge wie deine Kleidung kümmern?"

„Du hast wenigstens eine Schwester."

Birdie spürte, dass die Wucht dieser Bemerkung ihr fast den Boden unter den Füßen wegzog. Wie oft hatte sie sich das schon anhören müssen – als handele es sich um ein gebrochenes Versprechen. „Hannah, bitte. Wir haben jetzt keine Zeit zum Streiten. Geh einfach nach oben und packe ein schwarzes Kleid ein", sagte sie in bestimmendem Ton.

„Du bittest mich niemals, etwas zu tun. Du befiehlst es einfach. Ja, das tust du. Ich hasse dich!" rief sie, als ihre Mutter den Mund öffnete, um etwas zu erwidern. Hannah floh ins Haus und schlug die Tür hinter sich zu.

Birdie war sich im Klaren darüber, dass dies nur die Worte eines aufgebrachten Teenagers waren, dazu bestimmt, sie zu verletzen – was sie denn auch taten. Eine Mutter kann den Satz „Ich hasse dich" niemals hören, ohne zusammenzuzucken und sich wie eine absolute Versagerin zu fühlen.

Mit schweren Schritten folgte sie Hannah ins Haus. Zugeschlagene Türen gehörten mittlerweile zu ihrem gemeinsamen Leben. Warum gab es andauernd diese Auseinandersetzungen zwischen ihnen? Und seit wann hatte sie das Gefühl, diese sinnlosen Schlachten unbedingt gewinnen zu müssen? Noch vor kurzem hatten sie diese trivialen Streitereien kalt gelassen, weil alle Artikel, die sie in Elternzeitschriften gelesen hatte, sich in einer Hinsicht wiederholten: *Suche dir deine Kämpfe sorgfältig aus!* Mit Teenagern wurde allerdings alles zu einem Kampf.

Sie trat an die schmale Arbeitsfläche in der Küche und begann, die tägliche Unordnung wegzuräumen. Als alles sauber war und an seinem Platz stand, griff sie zu dem Stapel mit den Zetteln, auf denen die Telefonanrufe ihrer Patienten notiert waren. Sie verdrängte die Gedanken an persönliche Probleme, nahm den ersten Zettel und wählte eine Nummer.

Eine Stunde später, als sie gerade ihren letzten Anruf erledigte, betrat ihr Mann von der Garage aus das Haus. Sie drehte sich zu ihm um. Dennis klopfte eine dünne Schneeschicht von seiner Lammfelljacke. Er war einsachtzig groß, nur drei Zentimeter größer als sie, aber sein Körper wirkte dank seines leichten Knochenbaus überhaupt nicht wuchtig. Mit seinem langen, nachdenklichen Gesicht, den dunkelbraunen Augen hinter runden, schildpattgefassten Brillengläsern, den zerzausten blonden Haaren, die ihm über den Kragen reichten, und in der zerknitterten Kordhose, zu der er lieber einen Pullover als ein Jackett trug, sah er ganz genauso aus, wie man sich einen Universitätsprofessor vorstellte, der er ja auch war.

Er trat den Schnee von seinen Schuhen. Als er aufblickte, bemerkte sie, dass sein Gesicht bleich und müde wirkte. Früher hatte er immer gelächelt und fröhlich „Bin wieder zu Hause!“ gerufen. In letzter Zeit allerdings hatte er das Haus stets schweigend betreten. Birdie runzelte sorgenvoll die Stirn. Dann widmete sie ihre Aufmerksamkeit wieder ihrem Patienten am Telefon.

„Nein, Mrs. Sandler. Tommy braucht keine Antibiotika. Ja, da bin ich mir ganz sicher. Er hat keine bakterielle Infektion. Es ist ein Virus, ein Antibiotikum nützt da überhaupt nichts. Im Gegenteil, es würde seine natürliche Widerstandskraft nur noch mehr schwächen.“ Birdie blickte Dennis in die Augen und bedeutete ihm mit einem Finger zu warten. Er nickte, warf seinen Mantel über die Lehne eines Küchenstuhls und suchte im Kühlschrank nach einem Bier.

„Beobachten Sie ihn. Sollte es schlimmer werden oder das Fieber steigen, rufen Sie in meiner Praxis an. Dr. Martin ist meine Vertretung. Was? 37 Grad sind ganz normal." Sie verdrehte die Augen und griff nach Dennis' Bier. „Ja, sehr gut. Auf Wiedersehen."

Birdie seufzte erleichtert auf und legte den Hörer auf die Gabel. Dann legte sie den Kopf zurück und nahm einen tiefen Schluck aus der Bierflasche. „Die Diagnose lautet – besorgte Eltern", murmelte sie.

„Schlimmer Tag?"

„Das kannst du wohl sagen. Es fing damit, dass der Hund krank wurde. Er verhält sich jedes Mal neurotisch, wenn er in den Zwinger muss. Hannah war bockig wie immer. Und dann noch die ganzen Patienten." Sie wedelte mit dem Stapel gelber Notizzettel durch die Luft.

„Ich dachte, du hättest dich um eine Vertretung bemüht?"

„Hab ich auch. Aber es gibt ja immer Patienten, die in Panik geraten, wenn ich nicht in der Stadt bin. Es ist einfacher für alle Beteiligten, wenn ich sie anrufe."

„Ist das nicht ein bisschen übertrieben? Von keinem anderen Arzt erwarten die Patienten so einen Service. Ich weiß wirklich nicht, warum du dich so abstrampelst. Du bist doch sowieso schon viel besser als die meisten Ärzte."

„Aber nur, weil ich so verdammt pflichtbewusst bin. Ich kann es nun mal nicht ändern. Doch die Diskussion ist ohnehin überflüssig. Ich habe nämlich alles erledigt. Das war Gott sei Dank der letzte Anruf." Sie warf die gelben Notizzettel in den Papierkorb.

„Dann hast du jetzt also frei."

Sie lächelte. „Frei, um nach Hause zu fahren und mich um eine Beerdigung zu kümmern."

Dennis stellte sein Bier auf die Arbeitsfläche und legte die Hand auf ihre Schulter. Es war eine vertraute Geste, die Birdie liebte. Sie seufzte und lehnte sich an ihn. Mit einem lustvollen Gefühl überließ sie sich seinen Händen, als er begann, sie zu massieren. Er hatte wunderbare Hände mit langen Fingern, die kräftig zupackten. Die Verspannungsknoten in ihren Schultern konnte er lösen wie kein anderer. Sie hatten sich im College angefreundet, als sie Meisterschaftsschwimmerin in ihrem Team war. Nach dem Schwimmtraining hatte er immer ihre Schultern massiert. Manchmal neckte sie ihn heute noch mit der Bemerkung, dass sie ihn nur wegen seiner Hände geheiratet hatte.

„Ah, das tut gut", seufzte sie.

„Du bist total verkrampft. Du musst dich entspannen." Er beugte sich zu ihr hinunter und flüsterte ihr verführerisch ins Ohr: „Ich weiß, was dich locker macht. Wann müssen wir fahren?"

Birdie wand sich aus seinem Griff. Das Letzte, was sie jetzt interessierte, war Sex, und es ärgerte sie, dass Dennis auch nur einen Gedanken daran verschwenden konnte, ihr das zu unterstellen. „Meine Güte, Dennis, wir müssen in vierzig Minuten los."

Dennis hielt die Hände einen Moment lang bewegungslos in der Luft, dann ließ er sie resigniert fallen. Als er sprach, klang seine Stimme müde. „Ich dachte, wir fahren erst um vier."

„Hast du vergessen, dass wir Jilly am Flughafen in Chicago abholen müssen?" Sie klang aufgebracht. Er konnte sich sämtliche Daten der Kriege merken, an denen die Vereinigten Staaten beteiligt waren, aber er schien nicht in der Lage zu sein, einen Termin im Kopf zu behalten, der mit der Familie zu tun hatte.

„Wenn sich der Schneefall zu dem Sturm ausweitet, den sie im Wetterbericht vorhergesagt haben, dann staut sich der Verkehr auf der gesamten Autobahn, und Jillys Flug wird sich verspäten, wenn nicht sogar ganz gestrichen. Wer weiß, wann sie ankommt. Es ist eine verrückte Idee, sie abzuholen. Möglicherweise sitzen wir stundenlang herum. Warum holt Rose sie denn nicht ab?"

Birdie schnaufte verächtlich und schüttelte den Kopf. „Ich bin mir nicht einmal sicher, ob Rose überhaupt weiß, wie sie zum Flughafen kommen kann. Sie setzt doch keinen Fuß aus Evanston, und soweit ich weiß, verlässt sie nicht einmal das Haus! Außerdem telefoniert sie auch nicht gerne. Sie lässt alle Anrufer auf den Anrufbeantworter sprechen, ehe sie den Hörer abnimmt. Vermutlich fragt sie sich, wer sie überhaupt anrufen will. Sie hat keine Freunde. Rose ist eine Seele von Mensch, aber ich bin davon überzeugt, dass sie sich immer mehr abkapselt."

Sie massierte sich den steifen Nacken. Wenn das Begräbnis erst einmal vorbei und das Haus verkauft war, würde sie ein ernstes Gespräch mit ihrer Schwester über deren Zukunft führen. Rose musste sich damit abfinden, das Haus zu verlassen, und sie würde sich eine Ganztagsarbeit suchen müssen, um ihren Lebensunterhalt bestreiten zu können. Wenigstens wusste sie mit einem Computer umzugehen.

Aber Rose war eine solche Stubenhockerin, dass es ihr bestimmt schwer fallen würde, neue Freunde zu finden und ein neues Leben zu beginnen. Es war nicht gut gewesen, dass sie sich all die Jahre eingeigelt und nur noch um Merry gekümmert hatte.

„Sag Jilly doch, sie soll sich ein Taxi nehmen."

„Was? Ach so ... Das habe ich ihr schon am Telefon vorgeschlagen. Aber sie hat mir vorgejammert, wie lange sie schon nicht mehr zu Hause war und wie viel Gepäck sie hat und so weiter und so weiter. Das muss man sich mal vorstellen. Sie bestand darauf, von einem Familienmitglied abgeholt zu werden – in der Ankunftshalle."

Er schüttelte den Kopf. „Und du hast natürlich nachgegeben ..."

„Wer würde das bei Jilly nicht tun?"

„Na ja, aber selbst du kannst einen Schneesturm nicht in die Knie zwingen."

Birdie kicherte. Dann verzog sie den Mund und dachte über Alternativen nach. Am wichtigsten war es, nach Evanston zu kommen und dafür zu sorgen, dass die Beerdigung, die sie stundenlang – tagelang – am Telefon organisiert hatte, reibungslos über die Bühne ging. Sie stützte die Ellbogen auf die Küchentheke und legte den Kopf in die Hände. „Meine Güte, das wird der reinste Albtraum. Bei ihr muss man ja mit allem rechnen. Erinnerst du dich noch an die Szene, die sie bei Mutters Beerdigung gemacht hat?"

Er zuckte mit den Schultern. „Szenen sind Jillians Lebensinhalt. Ich verstehe die ganze Aufregung nicht. Sie wird total aufgedreht sein, wenn sie hier ankommt, bleibt lange genug, um noch ein paar Szenen zu machen, und dann werden wir sie zehn Jahre lang nicht mehr sehen. Hoffentlich."

„Ich verstehe nicht, warum du sie nicht leiden kannst. Sie hat dir doch nie etwas getan."

„Das ist auch gar nicht nötig. Mir reicht schon, was sie dir antut."

„Was meinst du damit?" fragte Birdie ehrlich überrascht. Dennis hatte nie ein Hehl daraus gemacht, dass er ihre viel schönere Schwester nicht leiden konnte.

„Sie drängt sich dauernd in den Vordergrund, und zwar auf deine Kosten", antwortete er, wobei er Birdie direkt in die Augen sah. „Sie sorgt dafür, dass du dir minderwertig vorkommst." Er senkte den Blick. „In ihrer Gegenwart benimmst du dich immer ganz anders."

Sie wollte ihm antworten, dass es daran lag, weil *er* in ihrer Gegenwart nie derselbe war. Dennis war in der High School eine

Zeit lang mit Jilly befreundet gewesen, was Birdie nicht besonders gefallen hatte. Beide hatten zwar nie mehr darüber gesprochen, aber manchmal, wenn er sich unbeobachtet fühlte, ertappte sie ihn dabei, wie er Jilly mit einem seltsamen Gesichtsausdruck musterte. Sie fragte sich, ob dieser Blick einfach nur Neugierde war, oder – und bei diesem Gedanken bekam sie eine Gänsehaut – ob in seinen zusammengekniffenen Augen ein Ausdruck schierer Lust lag.

„Sollte sie tatsächlich dafür verantwortlich sein, dass ich mir minderwertig vorkomme", antwortete sie, während sie Eiswürfel in eine Kühlbox schaufelte, „dann nur, was das Aussehen betrifft. Schau den Tatsachen ins Gesicht. Jilly sieht nun mal einfach umwerfend aus."

„Du auch."

„Das ist nicht wahr." Sie kokettierte nicht. Sie wusste, dass das Alter und die zusätzlichen acht Kilo, die sie in den vergangenen zehn Jahren zugelegt hatte, ihrem ohnehin schon kräftigen Körper nicht gerade gut getan hatten. Und was das Äußere anging, konnte sie erst recht nichts vorweisen, das sich mit Jilly hätte messen können. Ihre Augen waren von einem blassen Blau und hatten nichts vom lebhaften Grün von Jillys Augen. Und das Einzige, was sie vom berühmten roten Haar der Seasons mitbekommen hatte, waren ein paar Strähnen im ansonsten stumpfen Braun. Das Schlimmste war allerdings, dass sie die Nase ihres Vaters geerbt hatte. Sie solle stolz sein auf das aristokratische, wenn auch leicht schiefe Familienerbstück, hatte er ihr gesagt – und das war sie auch tatsächlich. Allerdings trug es nicht gerade dazu bei, ihre Schönheit zu vermehren.

„Für mich siehst du umwerfend aus."

Wenn er solche Dinge sagte, setzte ihr Herzschlag für eine Sekunde aus, und Birdie spürte, wie eine Welle der Zuneigung durch ihren Körper strömte. Um von ihrer plötzlichen Nervosität abzulenken, drehte sie sich zur Spüle und wusch einige Tassen mit klarem Wasser aus. „Das ist lieb von dir. Aber ich bin nun mal über vierzig, Dennis, und erfolgreich auf meine Weise. Ich muss mir nicht vormachen, wunderschön zu sein, nur damit ich meine Selbstachtung nicht verliere."

Dennis schüttelte nur traurig den Kopf.

Sie drehte den Wasserhahn zu und sagte kurz entschlossen: „Vergessen wir einfach den Flughafen. Ich rufe Rose an. Wir wollen mal sehen, was sich arrangieren lässt. Aber wegen des schlechten Wetters müssen wir trotzdem früh losfahren. Warum bist du eigentlich so spät gekommen?" fragte sie und schaute Dennis an. „Du wolltest doch um zwölf zu Hause sein."

„Wie spät ist es denn jetzt?"

„Fast drei Uhr."

Er zuckte mit den Schultern und zog die Augenbrauen hoch. Es sollte unschuldig aussehen. „Ich hatte noch eine Menge zu erledigen, weil ich ein paar Tage weg sein werde. Die Studenten mussten noch auf die Seminare verteilt werden, die im Frühjahr beginnen. Und dann gab es auch noch ein Treffen mit dem Uni-Präsidenten, das nicht eingeplant war." Missmutig lockerte er seine Krawatte und zog sie aus. „Ich bin so schnell gekommen, wie ich konnte."

„Hast du vielleicht mal daran gedacht, dass ich auch eine Menge zu tun habe? Während du deine Termine auf die Reihe gebracht hast, habe ich das auch getan – und dabei noch Einkäufe für die Fahrt gemacht, gepackt und den Hund in den Zwinger gefahren."

Er drehte ihr den Rücken zu, nahm seine Bierflasche und griff nach dem Stapel von Briefen, der auf der Küchentheke lag. „Wir können ja schließlich nicht alle so tüchtig sein wie du."

Sie hörte die Boshaftigkeit aus seinen Worten heraus. Bewusst lässig lehnte er sich gegen die Küchentheke und sah die Post durch, als habe er alle Zeit der Welt. Manchmal denkt er wirklich nur an sich, überlegte sie. Hannah hatte zwar nicht seinen schlanken Körperbau geerbt, dafür aber gewiss seinen Charakter.

„Wo ist Hannah?“ fragte er, als ob er ihre Gedanken lesen konnte.

„Sie sollte oben sein und packen. Würdest du mal hochgehen und nach ihr schauen? Ich habe sie gebeten, Sachen für zwei Tage mitzunehmen, aber bis jetzt hat sie nicht ein Teil ausgesucht. Es wird allmählich Zeit, und wenn sie nicht bald damit anfängt, werde ich es wohl für sie tun müssen.“

„Warum denn?“, fragte er, während er von seiner Post aufschaute. „Wenn sie etwas vergisst, ist es eben ihr Problem.“

„Mach dich nicht lächerlich, Dennis. Wenn ich mich nicht um sie kümmere, wird sie Gott weiß was anziehen.“

„Soll sie doch! Lass sie doch mal auflaufen. Du bist schließlich diejenige, die dauernd von den Konsequenzen redet, die jeder für seine Handlungen tragen muss.“

Birdie war wütend. Sie wusste, dass er Recht hatte, aber sie konnte es nicht zulassen, dass ihre Tochter bei der Beerdigung ihrer Schwester nicht passend angezogen war. „Wenn Kinder unmöglich gekleidet sind oder ein Haushalt chaotisch ist, muss niemals der Vater die schiefen Blicke aushalten. Es fällt immer alles auf die Mütter zurück.“

„Wen interessiert es schon, was andere Leute denken?“

„Mich zum Beispiel.“

„Lass sie doch einfach in Ruhe. Sie ist schließlich schon fünfzehn. Sie hört sowieso nicht auf dich.“

Protestierend hob sie Hände, um ihn zum Schweigen zu bringen. „Darüber wollen wir jetzt nicht diskutieren. Ich habe noch zu viel zu tun. Geh jetzt bitte nur nach oben und packe deine eigenen Sachen, ohne dass wir uns jetzt noch die Köpfe heiß reden. Den dunkelblauen Anzug für die Beerdigung habe ich schon eingepackt. Such dir noch etwas Freizeitmäßiges aus. Mehr brauchst du nicht zu tun", sagte sie betont sachlich.

„Dir gefällt doch sowieso nie, was ich einpacke. Warum hast du den Rest dann nicht auch noch gleich erledigt?" brummte er, bevor er die Treppe hinauf ging.

Sie verbiss sich eine Antwort, drehte sich stattdessen auf dem Absatz um und griff zum Telefon. Wenn sie sich jetzt nicht aus dem Weg gingen, würde es zwischen ihnen zur Explosion kommen. So war es in der letzten Zeit immer: Wenn sie zusammen in einem Raum waren, hatte sie das Gefühl, mit einer brennenden Zündschnur zu spielen. Die Spannung zwischen ihnen war in den vergangenen Tagen noch gewachsen – genauer gesagt, seit Merrys Tod.

Birdie hielt inne und dachte nach. War Merry tatsächlich erst vor vier Tagen gestorben?

Es war ein ganz normaler Abend gewesen. Nichts hatte darauf hingedeutet, dass es Probleme geben könnte. Birdie hatte immer geglaubt, sie würde es irgendwie spüren, wenn jemand, der ihr nahe stand, starb, besonders, wenn es sich um jemanden so Vertrauten wie ihre Schwester handelte. Schließlich war sie Ärztin. Sie hatte damit gerechnet, eine Art von Intuition zu entwickeln, wenn der Tod die Familie heimsuchte. Offenbar war es doch nicht so, dachte sie bekümmert. Sie hatte mit nichts Bösem gerechnet, als sie unter die Decke kroch, ihrem Mann gähnend gute Nacht wünschte und in einen tiefen, traumlosen Schlaf fiel.

Der Anruf von Rose weckte sie kurz nach elf Uhr. Merry war schon wieder an einer schweren Grippe erkrankt, und sie konnte kaum noch atmen. Derlei Komplikationen waren bei ihr nichts Ungewöhnliches. Mit der Lunge hatte sie bereits als Kind Probleme gehabt; sie war also immer schon eine Risikopatientin gewesen. Ihr Hausarzt hatte die Medikamentendosis erhöht und war auf dem Weg zu ihr, aber Rose wollte sie um Hilfe bitten.

Birdie war sofort aufgestanden, hatte sich angezogen, eine Kanne Kaffee gemacht und ihren Kollegen angerufen, um ihn darauf vorzubereiten, dass er sie eventuell vertreten musste, falls sie erst spät zurückkehrte. Als sie nach nicht einmal vier Stunden vor dem Haus der Seasons stand, hatte sie instinktiv gespürt, dass sie zu spät gekommen war. Rose empfing sie mit einem vor Trauer schmerzverzerrten Gesicht und rot geränderten Augen. Die Ereignisse der letzten Stunden hatten ihr einen Schock versetzt. Birdie erkannte es sofort, aber sie bemerkte auch den ruhigen, fast heiteren Ton in der Stimme ihrer Schwester.

Birdie, unsere Merry ist von uns gegangen. Ich weiß, ich weiß ... Es war sehr plötzlich, und man hätte nichts tun können. Es hat uns alle überrascht. Aber ihre Zeit war gekommen, und sie war bereit. Komm, komm ... sie ist ganz friedlich eingeschlafen, wirklich. Du kennst doch unsere Merry ... Sie ist mit einem Lächeln auf den Lippen gestorben.

Mit zitternder Hand hatte sie sich die Tränen von den Wangen gewischt. Das war gerade vier Tage her, und noch immer konnte sie nicht glauben, dass ihre Schwester tot war. Ihrer Meinung nach hatte man sie *sterben lassen*. Rose hätte sie anrufen und nach Evanston bitten sollen, als Merrys Grippe schlimmer wurde. Der Doktor hätte sie ins Krankenhaus bringen lassen müssen, als sich die ersten Anzeichen von Flüssigkeit in der Lunge bemerkbar machten. Zorn, Schuld und Sorge kämpften in ihrem Herzen, und die Vorwürfe, die Birdie sich machte, ließen sie nachts nicht schlafen und beeinträchtigten tagsüber ihre Arbeit.

Wenn sie nur schneller gewesen wäre – vielleicht den Anruf

nicht gemacht oder keinen Kaffee aufgegossen hätte, wenn sie sich unterwegs nicht an die Geschwindigkeitsbegrenzung gehalten hätte –, dann hätte sie sie vielleicht retten können.

Jillian DuPres Cavatelli Rothschild Season griff mit zitternder Hand nach dem Schalter über ihrem Kopf und klingelte nach dem Steward. Die meisten anderen Passagiere wurden langsam wach, nachdem sie gegessen und ein kleines Nickerchen gehalten hatten. In der Maschine herrschte ein furchtbares Durcheinander. Die Stewards und Stewardessen hatten ihr Möglichstes getan, aber nach achtstündigem Flug waren auch sie erschöpft. Die riesige Flugzeugkabine sah genauso desolat aus, wie sich die 178 Passagiere fühlten.

Sie klingelte ein zweites Mal nach dem Steward.

Ein gut aussehender, blonder junger Mann in einem scheußlichen marineblau und burgunderrot gestreiften Hemd schlenderte den engen Gang herunter, bis er vor ihrem Sitz stehen blieb und ein müdes Lächeln aufsetzte. Er hatte lange, geschwungene Wimpern, für die ihn jedes Model umgebracht hätte. Aber den dunklen Ringen unter seinen Augen und seinem gelangweilten Gesichtsausdruck nach zu urteilen sehnte er sich mehr als sie danach, endlich zu landen.

„Bringen Sie mir bitte einen Scotch“, sagte Jilly und reichte ihm Geld. „Mit Wasser und Eis.“

Er zögerte, zog die Brauen hoch und schien darum bemüht, seine letzten Reserven an Höflichkeit zu mobilisieren. „Wir landen bald, Ma’am. Wie wäre es mit einem Kaffee?“

Jilly richtete sich in ihrem Sitz auf und schenkte ihm eins ihrer berühmten strahlenden Lächeln. „Wenn ich Kaffee gewollt hätte“, erwiderte sie mit honigsüßer Stimme, „dann hätte ich um Kaffee gebeten. Aber was ich möchte, ist eines dieser niedlichen kleinen

Fläschchen mit Scotch, ein Glas mit Eiswürfeln und einem winzigen Schuss Wasser. Bitte."

Jetzt sah der Steward ziemlich unglücklich aus. Er warf verstohlene Blicke auf die alte Frau, die neben Jilly saß und sich kein Wort entgehen ließ. Er beugte sich über die Lehnen der vorderen Reihe und flüsterte in verschwörerischem Ton: „Sie haben schon drei gehabt und nichts von Ihrem Abendessen angerührt."

Jilly lehnte sich vorwärts und wisperte zurück: „Ich weiß. Aber ich esse nie etwas, das ich nicht identifizieren kann."

„Sind Sie sicher, dass Sie nicht doch etwas Kaffee möchten – oder vielleicht Tee?"

Es war peinlich genug, wieder in der Touristenklasse fliegen zu müssen. In der ersten Klasse hätte man ihren Wunsch sofort erfüllt. *Noch einen Scotch? Aber sofort!*

Jilly bemühte sich nicht länger um vorgetäuschte Freundlichkeit. „Was ich wirklich will, junger Mann, ist eine Zigarette. Aber da Sie mir das verbieten, muss ich mich wohl oder übel mit einem Scotch zufrieden geben, verdammt noch mal." Sie wandte sich zu der älteren Frau neben sich. „Entschuldigen Sie meine Wortwahl."

Die nervös zuckenden Wimpern des schlanken jungen Mannes verrieten ihr, dass er ihr gerne gesagt hätte, wo sie sich ihre verdammte Zigarette und ihren Scotch hinstecken konnte. Jilly rüstete sich für weitere Auseinandersetzungen, als das Signal ertönte und die Stimme des Piloten sie informierte, dass es wegen eines schweren Schneesturms in Chicago leider zu Verspätungen kommen würde. Die Passagiere quittierten diese Nachricht mit einem Chor von Seufzern. Der Steward holte tief Luft und schloss für einen Moment die Augen. Als er sie wieder öffnete, zauberte er das professionelle Lächeln eines Flugbegleiters auf sein Gesicht, das so viel besagte wie *Vergessen Sie's, es ist die Sache nicht wert.*

„Sofort, Ma'am."

Jilly sah ihm nach, als er den Gang zurückeilte. Ein Dutzend Signallämpchen blinkten auf, und Hände winkten ihn herbei, als er an den Sitzreihen entlangging. Sie hasste es, wenn man sie Ma'am, Madam oder auf andere Weise anredete, die ihr sagte, dass sie alt war. Ein wenig unangenehm war es ihr nun doch, dass sie so viel Wirbel gemacht hatte, aber in Erwartung des Drinks hielt sich das Gefühl von Peinlichkeit in Grenzen.

Kurz darauf wurde ihr die kleine Flasche Scotch serviert – zusammen mit ihrer Fünf-Dollar-Note. Offenbar waren die Drinks jetzt frei, da die Maschine Verspätung hatte. Zwar waren immer noch Unmutsäußerungen aus den Sitzreihen zu hören, aber die Geste des guten Willens zeigte schließlich ihre Wirkung. „Danke", flötete sie und steckte die Banknote in ihre Tasche zurück. Momentan konnte sie es sich wirklich nicht leisten, auch nur einen Dollar zu verschwenden.

„Das war wirklich ein langer Flug, nicht wahr?" meinte die alte Frau neben ihr. Ihre Stimme klang sympathisch. Sie hatte sich ihr als Netta vorgestellt. Mit ihrem puppenhaften Gesicht, ihrer wächsernen Haut und den kreisrunden Rougeflecken auf ihren Wangen machte sie einen ziemlich altmodischen Eindruck. Ihre Augen waren jedoch von einem so strahlenden Blau wie der Himmel, den Jilly in Paris zurückgelassen hatte.

Sie konnte nur nicken. Es würde länger als dieser Acht-Stunden-Flug dauern, überlegte sie, wenn ich dieser Frau von der Reise erzählte, die ich seit dem Anruf von Rose zurückgelegt hatte. Seitdem sie ihre letzte Zigarette geraucht hatte, verdammt! Bis zum letzten Aufruf hatte sie an der Bar gestanden und wie eine Lokomotive gepafft. Wie ein Kamel für einen Trip durch die Wüste Wasser auf Vorrat trank, so wollte sie für den langen Flug so viel Nikotin wie möglich in ihren Zellen speichern. Sie spürte bereits jetzt die Angst, die ihr die Rückkehr in das alte viktorianische Haus mit seinen Erinnerungen bereitete; Erinnerungen, die so alt und verstaubt waren wie die Samtvorhänge und die Nippessachen.

Du kannst nie mehr nach Hause zurückkehren, hieß es in dem alten Sprichwort. Sie wünschte, es wäre wahr. Sechsundzwanzig Jahre lang hatte sie versucht, es nicht zu tun. Und jetzt saß sie hier in dieser Boeing 747, die sie geradewegs nach Hause brachte. Ihr ganzer Besitz war in zwei Louis-Vuitton-Koffer gepresst und lag im Bauch dieses Flugzeugs. Das Geld für das Ticket nach Chicago hatte sie sich von einem Freund leihen müssen – nur Hinflug.

„Geht es Ihnen nicht gut?“ fragte die alte Frau freundlich.

Jillian drehte sich zu ihr um. Sie bemerkte echtes Mitgefühl in den hellblauen Augen, weder Neugier noch Missbilligung wegen ihres Benehmens.

„Ich bin nur müde“, antwortete sie, während sie zu ihrem Whiskyglas griff. „Danke.“

„Liegt es an Ihrer Arbeit? Ich lese überall von dem Stress, den berufstätige Frauen ertragen müssen.“

Jilly lachte kurz auf und schüttelte den Kopf. „Nein, es ist nicht die Arbeit. Leider.“

„Was machen Sie denn, wenn ich fragen darf?“

„Ich bin Model.“ Sie zuckte leicht mit den Schultern. „Und ich habe in ein paar ausländischen Filmen mitgewirkt.“

Die Augen der alten Frau blinzelten vor Vergnügen. „Hab ich's mir doch gedacht. Sie sind nämlich sehr schön.“

Eine Welle von Wärme durchströmte Jilly bei diesem Kompliment, und zum ersten Mal an diesem Tag lächelte sie. „Finden Sie? Nun ja, wie man's nimmt. Ich habe nämlich ... aufgehört.“

Das Lächeln verschwand aus ihrem Gesicht, als sie sich an die Bemerkungen erinnerte, die sie in den Agenturen zu hören bekommen hatte. *Sie sind immer noch eine sehr schöne Frau, aber ... Sie sind über vierzig. Sie wissen, wie das ist. ... Schauen Sie die Mädchen an, die sind neunzehn! So jung!* Sie konnte ihnen keinen Vorwurf machen. In ihrem Job gehörte das Alter zum Berufsrisiko.

„Ich bin zu alt", sagte Jillian. Es fiel ihr leicht, dies einer Fremden zu gestehen.

Die alte Frau lachte leise und schüttelte den Kopf. „Das ist ja lustig. Ich habe gerade gedacht, dass ich gerne noch einmal so jung wäre wie Sie." Sie tätschelte Jillys Hand. „Da kann man mal wieder sehen, wie Recht Einstein hatte. Alles ist relativ."

„Damit wollen Sie wohl sagen, dass das Gras auf der anderen Seite des Zaunes immer grüner ist." Sie verkniff sich die Bemerkung, dass das für sie überhaupt kein Trost war.

„Nein", antwortete die Frau. „Ich habe wirklich die Relativitätstheorie gemeint. Auf wie unterschiedliche Weise verschiedene Beobachter dieselbe Sache betrachten. Von meinem Standpunkt aus gesehen *sind* Sie jung, meine Liebe. Lebenssprühend und wunderschön. Von Ihrem Standpunkt aus, warten Sie ..." Sie hob einen gekrümmten Finger mit einem kleinen gelblichen Nagel und zeigte in eine Richtung.

„Ich nehme an, dieses Mädchen da drüben ist für Sie jung und hübsch, habe ich Recht?"

Auf der anderen Seite des Ganges saß eine etwa zwanzigjährige Frau in Jeans und eng anliegendem T-Shirt. Sie hatte kein Make-up aufgelegt, und ihre straffe Haut schimmerte wie Porzellan. Jilly lächelte sarkastisch und nickte.

„Sehen Sie? Alles ist relativ. Warum, glauben Sie wohl, sitzen ältere Frauen gern beisammen? Weil wir uns gegenseitig für lebendig und schön halten. Ich denke, man könnte sagen, dass wir uns mit derselben Geschwindigkeit vorwärtsbewegen." Sie lachte noch einmal leise auf und fügte sehnsüchtig hinzu: „Ich wünschte, jemand hätte mir Einsteins Relativitätstheorie erklärt, als ich jung war. Es hätte mich gelehrt, offener zu sein, vielleicht nachsichtiger, wenn es um andere Ansichten ging. Es hätte mir so manche Schwierigkeiten in der Vergangenheit erspart, das kann ich Ihnen versichern. Erinnern Sie sich an meine Worte – so, wie Sie die Welt sehen, wird sie nicht unbedingt auch von anderen gesehen. Aber Sie müssen akzeptieren, dass auch deren Ansichten berechtigt sind. Also", fasste sie mit einem leichten Klopfen ihrer Finger auf Jillys Hand zusammen, „Sie sind jung und schön, meine Liebe, und keiner Ihrer Einwände wird mich vom Gegenteil überzeugen können."

Lächelnd gab Jilly der Frau Recht. „Wenn ich von *relativ* spreche, meine ich meine Schwestern. Und das kann ich Ihnen versichern: Wir betrachten die Welt aus sehr unterschiedlichen Blickwinkeln."

„Ach so, Sie besuchen Ihre Schwestern?"

Jilly nickte. „Ja. Zwei von ihnen. Meine dritte Schwester ist gerade gestorben. Ich fahre zu ihrer Beerdigung nach Hause."

„Ihre ältere Schwester?"

„Die jüngste. Sie war unser Baby, gerade zweiunddreißig, als sie starb. Sie hatte schwache Lungen."

„Das ist traurig. Der Tod ist immer traurig, aber ein früher Tod ist noch tragischer. Ich fühle mit Ihnen. Begräbnisse können sehr aufwühlend sein, wissen Sie. Nutzen Sie die Zeit, um noch ein wenig Kraft zu sammeln." Die alte Frau tätschelte ihr noch einmal freundlich die Hand, dann konzentrierte sie sich wieder auf ihr Buch.

Jilly rutschte in ihrem Sitz hin und her. Als sie die Eisstückchen in der goldfarbenen Flüssigkeit herumwirbeln sah, schweiften ihre Gedanken zu Merry zurück. Die liebe kleine Merry – tot. Sie nahm einen Schluck Whiskey und genoss das heiße Brennen in der Kehle. Es war merkwürdig, dass sie an die Zweiunddreißigjährige als ihre *kleine* Schwester dachte, aber so war ihr Merry immer erschienen. Die arme, arme Merry ... Immer wenn Jilly in diese glänzenden, kindlichen Augen geschaut hatte, spürte sie einen solchen stechenden Schmerz, dass sie ihr Leben nur aushalten konnte, wenn ein Ozean zwischen ihr und ihrer Familie lag.

Und jetzt flog sie über diesen Ozean zurück nach Hause. Vielleicht hat es ja eine tiefere Bedeutung, dass wir jetzt noch so lange über dem Flughafen kreisen müssen, überlegte sie und ließ die Eiswürfel klirrend in ihrem Glas rotieren. Ihre Gedanken kreisten schließlich auch immer um die alten Geschichten, die alten Probleme. Fast dreißig Jahre lang im Kreis bewegt ...

Die Stimme des Piloten unterbrach ihre Gedanken. „Meine Damen und Herren, ich habe gute Neuigkeiten. Die Landebahn auf O'Hare ist freigeräumt worden, und wir haben die Erlaubnis zur Landung erhalten. Vielen Dank für Ihre Geduld. Bitte nehmen Sie Ihre Sitzplätze wieder ein und legen die Sitzgurte an. Kabinenmannschaft, bitte bereiten Sie sich für die Landung vor."

Ein Seufzer der Erleichterung ging durch das Flugzeug. Jilly atmete tief durch, holte eine Prada-Tasche unter dem Sitz hervor und griff nach ihrem Make-up. Sich zurechtzumachen war ihr zur zweiten Natur geworden. Es war ihr Schutzschild gegenüber einer unfreundlichen Welt. Aus ihrem Taschenspiegel starrten sie die vertrauten grünen Augen an. Jemand hatte mal von ihrem Schlafzimmerblick gesprochen, aber jetzt sah sie einfach nur müde aus. Das Leben hatte viele Erfahrungen für sie bereitgehalten, die ihren Blick hatten hart werden lassen. Sie wischte die Mascara-Flecken unter den Augen fort und legte ein wenig Rouge auf. Ihre Haut war zwar noch geschmeidig und weich, aber von taufrisch konnte keine Rede mehr sein. Sie schaute ein paar Minuten länger in das Gesicht, das sie hasste.

Der Umzug nach Europa hatte möglicherweise etwas von dem emotionalen Druck von ihr genommen, aber geheilt hatte er sie nicht. Mit jeder Meile, die sie zurücklegte, mit jeder Sekunde, die verstrich, spürte sie, wie die Gefühle stärker auf sie einstürmten.

Nach fast dreißig Jahren war Jillian Season wieder nach Hause gekommen. Und diesmal würde sie bleiben.

2. KAPITEL

Ihre Begrüßung kam von Herzen, als Rose schwungvoll die Tür öffnete und Birdie erblickte. Deren Nase war von der Kälte gerötet, und ihr Kopf steckte tief in ihrem Mantelkragen, so dass sie wie eine Schildkröte aussah.

„Endlich! Komm rein! Hinein mit dir!" rief Rose. Der Kopf schwirrte ihr vor Freude, und sie schloss Birdie, die sie in dem dick wattierten Mantel kaum zu fassen bekam, fest in die Arme. Sie genoss die lange, herzliche Umarmung und fühlte sich plötzlich ganz klein. Im Handumdrehen waren sie alterslos geworden. Sofort war da wieder diese Vertrautheit, die gemeinsame Kindheit und ihre Lebensgeschichte, die sie aneinander band.

„Mutter, mir ist kalt!"

Die Schwestern brachen in Gelächter aus und traten einen Schritt zurück, um vor dem Windstoß, der kleine Eiskristalle in ihre Gesichter wirbelte, Schutz zu suchen. Rose schauderte, aber sie hielt die Tür für Hannah geöffnet und wartete auf Dennis, der mit den Koffern die Treppe hinaufgekeucht kam. Rose hatte den Eindruck, dass ihre Gesichter müde von der Reise waren, und sie spürte die Spannung zwischen ihnen – als hätten sie einen Streit ausgefochten. Aber davon wollte sie sich auf keinen Fall die Wiedersehensfreude verderben lassen. Sie schloss die schwere Eichentür, damit die Kälte nicht ins Haus drang. Sie traten den Schnee von ihren Schuhen und zogen Mäntel und Handschuhe aus, während sie alle gleichzeitig darüber sprachen, wie die Reise gewesen war. *Meine Güte, was für eine Fahrt ... überall Staus ... ein Unfall nach dem anderen ... Glatteis ... Kilometer lange Schlangen ...*

Rose führte sie ins Wohnzimmer, in dem das warme Licht der Tisch- und Stehlampen eine anheimelnde Atmosphäre verbreitete. Der Duft von Knoblauch und gebratenem Rindfleisch lag in der Luft. Im Hintergrund erklangen leise Vivaldis „Vier Jahreszeiten“ – das Lieblingsstück der Familie.

Silberne Tabletts mit Käse, Cracker und Salaten standen auf dem Tisch – zu lange schon, um nicht ein wenig mitgenommen auszusehen. Rose war stolz, dass es ihr gelungen war, das Haus gemütlich zu machen, und erfreut, als sie sah, wie die Müdigkeit aus ihren Gesichtern wich und einer rosigen Farbe Platz machte.

„All die schönen Blumen!“ rief Birdie, als sie mit großen Augen von Tisch zu Tisch ging, um die Sträuße zu bewundern und die Beileidskarten zu lesen.

„Und es werden jeden Tag mehr. Merrys Ärzte, die Nachbarn, alte Freunde von Mom und Daddy – sie alle haben etwas geschickt. Ich wusste gar nicht, dass so viele Menschen sie mochten. Sie war nicht oft mit Leuten zusammen, aber sie hat sie ganz offensichtlich beeindruckt. Ich wünschte, sie könnte hier sein, um sich daran zu erfreuen“, fügte Rose sehnsüchtig hinzu.

„Tante Merry liebte Blumen“, schaltete Hannah sich feierlich ein.

Rose nickte. Die verdrossene Miene ihrer Nichte war ihr nicht entgangen.

Mit ausdruckslosem Gesicht lief Birdie durch das große, so vertraute Wohnzimmer mit den hohen Decken, den Wandverzierungen und Stuckarbeiten, den Milchglasscheiben und den kostbaren Holzvertäfelungen. Eine Schande, wie vernachlässigt dieser Raum ist, dachte sie. In ihrer Jugend war dieses Zimmer ein Musterbeispiel für eine längst vergessene Handwerkskunst gewesen. Jetzt war das Haus düster geworden, stumm, sogar ein bisschen schäbig mit seinen heruntergelassenen Rolläden, viel zu groß – und zu kostspielig – für Rose und Merry, die es alleine bewohnten. Der Unterhalt hatte den Anteil von Merrys Erbe verschlungen. Mehr als einmal hatte sie ihnen vorgeschlagen, es zu verkaufen und in ein kleineres, pflegeleichteres Haus zu ziehen. Aber das kam für Rose nicht in Frage. Sie hatte behauptet, dass Merry ein Umzug zu sehr aufwühlen würde und – nicht ganz ungerechtfertigterweise – darauf hingewiesen, dass privat geführte Krankenhäuser und Heime genauso viel, wenn nicht sogar noch mehr kosten würden. Insgeheim wusste sie natürlich, dass Rose die Aussicht, das Haus zu verlassen, genauso erschreckend fand wie Merry.

Und Rose verdiente volle Rücksichtnahme. Denn sie nahm ihre Aufgabe als Hüterin des Hauses sehr ernst. Es war zwar sehr reparaturbedürftig, aber peinlich sauber. Die Messingbeschläge glänzten, die Holztäfelung war poliert, und die Glaseinsätze in den Schränken blinkten ebenso wie der große Kronleuchter. Aber da Birdie den Gedanken an einen Hausverkauf immer noch nicht aufgegeben hatte, betrachtete sie es jetzt geschäftsmäßig und vollkommen emotionslos. Es gab noch eine Menge zu tun, ehe man es anbieten konnte.

„Möchtet ihr ein Glas Wein?“ fragte Rose, die sehr darum bemüht war, dass sie sich wohl fühlten. „Oder Wasser? Ihr müsst doch halb verdurstet sein. Hannah, wie wär’s mit einer Cola? Dennis?“

„Ein Bier wäre jetzt genau das Richtige“, gab Dennis zur Antwort, während er sich die Hände rieb.

„Ich möchte nichts. Ich gehe nach oben“, sagte Hannah, die wie immer auf dem Rückzug war. „Wo soll ich schlafen, Tante Rose?“

„Für deine Eltern habe ich das Gästezimmer hergerichtet. Du kannst also wählen zwischen dem Bettsofa in der Bibliothek oder Merrys Zimmer.“

„Ich nehme das Bettsofa.“

„Das habe ich mir schon gedacht. Bettwäsche und Decken habe ich bereits hingelegt.“

„Ich soll im Gästezimmer schlafen?“ fragte Birdie mit hochgezogenen Augenbrauen und leicht pikiert.

Rose wurde verlegen, aber sie nickte entschlossen und hielt dem Blick der Schwester stand. „Ja. Jilly bekommt ihr altes Zimmer.“ Sie wandte sich an Dennis. „Ich hole dir dein Bier.“

Ärgerlich verzog Birdie den Mund, sagte jedoch nichts. Sie steckte die Hände in die Hosentasche und folgte Rose in die Küche. Sie war riesengroß und altmodisch, mit immer noch denselben weißen Schränken und den Elektrogeräten, mit denen schon ihre Mutter gearbeitet hatte. Nur in der Speisekammer brummte ein neuer, großer Kühlschrank. Auf den steuerte Rose jetzt zu.

„Hast du schon etwas von Jilly gehört?“ fragte Birdie.

„Nein. Aber es war gut, dass ihr nicht zum Flughafen gefahren seid", antwortete Rose, während sie Eis aus dem Kühlschrank holte. „Du hast wie immer Recht gehabt. In den Nachrichten haben sie Verspätungen angekündigt und dass sie den Flughafen vielleicht sogar ganz schließen."

„Davon habe ich noch nichts gehört. Aber es überrascht mich nicht. Da draußen wird es nämlich immer scheußlicher."

„Ich weiß. Ich mache mir Sorgen. Ich habe schon tausendmal bei der Fluggesellschaft angerufen. Aber sie sagen mir nur, dass die Maschine erst mal oben bleiben muss. Wenigstens glauben sie, dass sie hier landen kann. Gott sei Dank." Sie zog den Korken aus der Flasche Cabernet, während Birdie im Küchenschrank nach Gläsern suchte. „Wir haben noch Glück gehabt. Ich glaube, andere Flüge werden umgeleitet. Das wäre eine Katastrophe, denn dann käme sie nicht mehr rechtzeitig zur Beerdigung."

„Jilly liebt doch große Auftritte ..."

Rose füllte ein Glas mit Wein, während sich ihre Lippen zu einem verschämten Lächeln verzogen. „Das ist nicht nett ..."

„Ich weiß, ich weiß. Ich hab's auch nicht so gemeint." Birdie nahm einen tiefen Schluck. Über den Rand ihres Glases musterte sie Rose mit boshaft blitzenden Augen. „Aber kannst du sie dir in der Maschine vorstellen? Sie muss außer sich sein. Du weißt doch, wie sehr sie es hasst, in der Falle zu stecken. Weißt du noch, wie sie in Chicago mal zur Hauptverkehrszeit im Bus festsaß?"

Zum ersten Mal seit Tagen lachte Rose schallend, als sie sich daran erinnerte. Jilly war aufgesprungen, hatte den Halteknopf gedrückt und darauf bestanden, auszusteigen. Dann war sie wütend davongestiefelt, während ihr rotes Haar wie ein Flammenschweif hinter ihr herwallte. Birdie und Rose hatten sie durch das Busfenster beobachtet, bis sich der Stau plötzlich auflöste. Als sie an ihr vorbeigefahren waren, hatten sie hämisch durch die Scheibe auf sie gezeigt und sie ausgelacht. Sie hingegen hatte sie keines Blickes gewürdigt, sondern stur geradeaus geblickt.

„Die Stewardess kann einem Leid tun", meinte Birdie und verdrehte die Augen. „Aber ich muss zugeben, da oben in einer geschlossenen Kabine stundenlang rumzuschaukeln ist wirklich die Hölle. Sie wird erschöpft und sauer sein, wenn sie hier ankommt. Vielleicht sollte ich besser still sein. Es war auch eine Zumutung, mit dem Auto hierher zu fahren, und ich war ziemlich biestig, das gebe ich zu. Ich dachte schon, ich würde meine Tochter umbringen, ehe wir hier ankommen." Sie schwenkte den Wein in ihrem Glas hin und her. „Ich muss dich übrigens warnen. Hannah hat wieder eine ihrer Krisen."

„Armes Baby", sagte Rose mitfühlend. „Sie sieht wirklich unglücklich aus."

„Das ist sie ja auch", antwortete Birdie und fügte wie nebenbei hinzu: „Wie immer."

„Hat sie Probleme?"

„Nein, überhaupt nicht." Birdies Tonfall verbat weitere Fragen. Sie mochte es nicht, wenn man glaubte, es gäbe Probleme in ihrer Familie.

„Das ist vermutlich der erste Todesfall, den sie bewusst erlebt. Sie war ja noch so klein, als Mom starb."

„Stimmt. Sie wirkte so unbeteiligt, aber unter diesem Aspekt habe ich es noch gar nicht betrachtet." Sie rieb sich die Schläfen und sagte leise: „Um ehrlich zu sein, ich habe es selbst noch nicht akzeptiert. Es fällt mir furchtbar schwer. Ich muss dauernd daran denken, wie schnell es mit ihr zu Ende gegangen ist. Wenn ich bloß hier gewesen wäre ..."

„Nein, Birdie", sagte Rose mit Nachdruck. „Lass es sein. Das bringt nichts. Ihr Arzt war doch bei ihr. Du hättest wirklich nichts für sie tun können."

„Woher willst du das wissen?"

Rose griff nach ihrer Hand, um sie zu beruhigen, und sah ihrer Schwester in die Augen. „Ich weiß, was du jetzt denkst", sagte sie mit ihrer ruhigen Stimme, die erstaunlich entschlossen klingen konnte. „Nämlich dass du sie hättest retten können."

Rose hatte den Nagel auf den Kopf getroffen. Unangenehm berührt, zuckte Birdie zusammen und versuchte, ihre Hand zurückzuziehen, doch Rose hielt sie fest.

„Aber du hättest nichts für sie tun können, Birdie. Dieses Mal nicht."

Birdie schaute ihr in die haselnussbraunen Augen, die so selbstsicher blickten, bis die Bedeutung ihrer Worte allmählich in ihr Bewusstsein vorgedrungen war. Als sie mit einem Nicken andeutete, dass sie ihre Bemerkung zwar verstanden, aber nicht akzeptiert hatte, ließ Rose ihre Hand los. Sie lächelte leise und wandte den Blick ab. Der intensive Augenkontakt war ihr fast ein wenig unangenehm gewesen. Birdie holte tief Luft und sagte mit fester Stimme: „Dann müssen wir uns also jetzt mit ihrem Begräbnis beschäftigen."

„Ja."

„Ja." Birdie machte eine Pause. „Es tut mir Leid, dass du dich um so vieles hast kümmern müssen. Ich habe versucht, früher hier zu sein, aber der Verkehr war unglaublich und ..."

„Sei nicht albern. Ich brauchte die Beschäftigung."

„Ehrlich gesagt, mache ich mir ein wenig Sorge um das Essen bei Alfredo. Ich habe bei ihm angerufen, bevor ich von Milwaukee losgefahren bin, um mich zu vergewissern, dass mit der Reservierung alles in Ordnung war und ob ich noch irgend etwas tun konnte. Die blöde Ziege, mit der ich gesprochen habe, sagte mir, es gäbe gar keine Reservierung. Kannst du dir das vorstellen? Ich hatte keine Zeit mehr, um mit dem Geschäftsführer zu reden, aber ich habe ihr gesagt, ich würde vorbeikommen und die Sache prüfen, wenn ich hier bin. Vielleicht hat sie in ihren Büchern nur etwas verwechselt, trotzdem habe ich mir die ganze Fahrt über Sorgen gemacht. Hast du gerade mal die Nummer da? Ich ruf noch mal an. Wenn sie das verbockt haben ..."

„Birdie", sagte Rose zögernd. Sie zupfte am losen Faden eines Topflappens und holte tief Luft. Sie hatte es eigentlich nicht erwähnen wollen, ehe Birdie sich nicht ein wenig erholt oder ein zweites Glas Wein getrunken hatte. „Sie haben nichts verbockt. Ich ... ich habe überhaupt nichts reserviert."

Birdies Augen weiteten sich ungläubig. „Was?"

„Mach dir keine Sorgen. Ich habe mich um alles gekümmert", versicherte Rose hastig.

„Was soll das heißen – du hast nichts reserviert? Warum? Wir haben doch alles besprochen. Meine Güte, Rose, wo warst du mit deinen Gedanken? Hast du es etwa vergessen? Warum hast du mir nichts davon gesagt? Verdammt, ich weiß nicht, ob wir bis morgen noch ein Restaurant mieten können – so kurzfristig." Ihre Stimme klang schrill, und sie griff sich mit der Hand an den Kopf, während sie in der Küche hin und her lief.

„Ich habe dir nichts gesagt, weil ich wusste, dass du genau so reagieren würdest. Du kommst hier an aus Milwaukee und reißt wie immer alles an dich." Als sie Birdies überraschten Gesichtsausdruck sah, wurde sie leiser. „Ich wollte etwas Besonderes für Merry tun. Für uns alle – für dich, Jilly und mich. Wir sollten uns an Merry erinnern und an die schöne Zeit, die wir miteinander verbracht haben. Ich glaube nicht, dass ein Restaurant der geeignete Ort dafür ist."

Birdie hob resigniert die Hände. „Wir drei können alle Zeit

der Welt miteinander verbringen. Hier, zu Hause. Trotzdem hätten wir für die Beerdigungsfeier doch in ein Restaurant gehen können. Oh, Rose, was hast du bloß getan? Es wäre alles so viel einfacher gewesen."

„Für wen?" antwortete sie scharf. Der besserwisserische Ton in Birdies Stimme machte sie wütend. „Ich möchte mich darum kümmern. Und es ist wirklich nicht so schwer. Ich habe ein einfaches Mittagessen geplant – hier in diesem wunderschönen Haus, in dem wir alle aufgewachsen sind. Das ist doch sehr viel persönlicher, und da die Blumen schon mal alle hier sind, wird es bestimmt wunderschön werden. Irgendwie ist es nicht richtig, in einem Restaurant zu feiern, in dem Merry nie gewesen ist."

„Ach komm, Rose, das hat doch überhaupt nichts mit Merry zu tun", schoss Birdie zurück. „Du bist diejenige, die möchte, dass es hier stattfindet. Du kannst einfach den Gedanken nicht ertragen, das Haus verlassen zu müssen."

Rose stockte der Atem, zutiefst getroffen von dieser Bemerkung, deren Wahrheit sie nicht abstreiten konnte. Sie verschränkte die Hände ineinander. „Das stimmt nur zum Teil", sagte sie, ohne Birdie anzuschauen. „Nur weil ich das Haus nicht gerne verlasse, bedeutet das noch lange nicht, dass ich es nicht könnte. Ich bin fest davon überzeugt, dass auch Merry es gewollt hätte, hier zu feiern." Rose hob den Kopf und hielt dem Blick ihrer Schwester stand. „Und ich kenne Merrys Wünsche besser als du oder sonst irgendjemand."

Birdie gestand dies großmütig zu. „Darüber brauchen wir gar nicht zu reden."

Die Spannung zwischen ihnen löste sich ein wenig, und Roses Worte kamen aus vollem Herzen. „Merry und ich haben immer davon geträumt, Gesellschaften zu geben. Aber wir haben es nie getan. Es ist wirklich traurig, wenn ich jetzt so darüber nachdenke.

Das letzte Mal, dass in diesem Haus eine Party veranstaltet wurde, war bei deiner Hochzeit, und die war ... wann? Vor zwanzig Jahren? Mom hat so viele hübsche Dinge, die nie benutzt worden sind, weggepackt. Teller und Krüge, Glaskaraffen und Kaffeekannen, Porzellan und Silber. Du hast ja keine Ahnung, was alles in diesen Schränken und Schubladen steckt.“ Sie trat einen Schritt näher, um Birdie davon zu überzeugen, dass alles seine Ordnung hatte. „Wofür heben wir das denn alles auf? Lass es uns doch endlich einmal benutzen! Ich wünschte nur, ich hätte etwas Besonderes für Merry arrangiert, als sie noch lebte.“

Birdie runzelte die Stirn, aber mehr aus Bedenken denn Missbilligung. „Es ist eine Menge Arbeit.“

„Ich habe alles im Griff. Ich habe Brote und alles Mögliche aus dem Restaurant und zwei Kuchen aus der Bäckerei Mueller bestellt. Sahnetorte und Biskuitkuchen, Merrys Lieblingskuchen. Und Kekse – Schokoladen- und Butterplätzchen. Wir machen Kaffee und Tee, mit Sahne ... Glaub mir, Birdie, es wird bestimmt wunderschön.“

„Du hättest es mir sagen sollen.“

Rose wurde das Herz schwer, als sie den resignierten Tonfall hörte. „Ich weiß, ich weiß. Es tut mir Leid.“

Hannah stürmte in die Küche und blieb abrupt stehen, als sie zwischen ihrer Mutter und ihrer Tante hin und her sah. „Ist alles in Ordnung? Oder sollte ich besser wieder verschwinden?“

„Ja, es ist alles in Ordnung, und du brauchst natürlich nicht zu verschwinden“, antwortete Rose leichthin. Lächelnd schaute sie zu Birdie. „Wir haben nur ein paar Meinungsverschiedenheiten, was den Verlauf des morgigen Tages angeht.“

„Pass besser auf, Tante Rose. Mom hat wieder eine ihrer Krisen.“

Roses Lippen zuckten verräterisch, als sie das Echo von Birdies früherer Bemerkung über Hannah hörte. Sie war froh, dass auch der Mund ihrer Schwester sich zu einem Lächeln verzog.

„Der Apfel fällt nicht weit vom Stamm", meinte Birdie. Sie legte der überraschten Hannah einen Arm um die Schulter und drückte sie an sich. Hannah wand sich aus der Umarmung und nahm einen Cracker. Birdie folgte ihrem Beispiel, und nachdem sie ein Stück abgebissen hatte, fragte sie wie nebenbei: „Aber es gibt doch wenigstens eine Messe, oder? Ich musste mit Hannah kämpfen, damit sie ein schwarzes Kleid mitnimmt. Wenigstens diese Anstrengung muss sich doch gelohnt haben." Sie zwinkerte ihrer Tochter zu.

„Sehr komisch." Hannah verdrehte die Augen.

„Pater Frank liest die Messe, und Kathleen Murdoch wird singen", antwortete Rose. „Sie hat eine wunderschöne Stimme." Sie verteilte die Cracker auf einem Teller. „Merry hat ihr sonntags immer gerne zugehört."

„Gut. Und in der Kapelle ist alles so geblieben, wie ich es organisiert habe?"

Rose zögerte. Sie schien voll und ganz mit den Crackern beschäftigt zu sein.

Birdie beugte sich nach vorne, so dass ihre Gesichter sich beinahe berührten. „Bitte, Rose, sag es mir. Was hast du denn da nun wieder getan?"

„Nichts Besonderes. Es ist alles arrangiert."

„Was?"

Rose hob den Kopf und zuckte zurück, als sie unmittelbar in die Augen ihrer Schwester blickte. Wohl oder übel musste sie nun mit der Wahrheit herausrücken. „Ich habe einen anderen Sarg genommen. Ich hoffe, du hast nichts dagegen. Ich habe nämlich viel Geld gespart, weil ich ihn im Internet bestellt habe."

Hannah wollte sich gerade einen Cracker in den Mund stecken.

Ihre Hand blieb mitten in der Luft hängen. „Du hast einen Sarg ... im Internet gekauft?"

Birdie schaute sie verblüfft an. „Das soll wohl ein Witz sein." Als Rose keine Antwort gab, wurden Birdies Augen noch größer. „Du machst mich wahnsinnig, Rose. Ich habe mich doch stundenlang damit beschäftigt. Ich habe alles beim Bestattungsunternehmen bestellt. Warum hast du denn alles wieder geändert?"

„Birdie, ich weiß nicht, warum du dich so aufregst, nur weil nicht alles so ist, wie du es arrangiert hast." Rose klang kurz angebunden. „Du hast mich noch nicht einmal gefragt, wie ich mir das Begräbnis vorgestellt habe. Du hast nur angerufen und gesagt, was ich tun soll. Ich hab's getan, wie gewöhnlich. Aber um Himmels willen, es ändert doch überhaupt nichts – bis auf die Tatsache, dass wir ein wenig Geld gespart haben."

Birdie vergrub das Gesicht in den Händen. „Bitte sag mir, dass meine Schwester morgen in einem Sarg liegen wird."

„Natürlich wird sie das. Du hast einen Eichensarg bestellt, und er war auch wunderschön, aber er sollte zweitausend Dollar kosten. Ich habe einen gefunden, der fast genauso aussieht – für neunhundert Dollar." Sie konnte ihren Stolz nicht verbergen.

„Mom", sagte Hannah mit der für Teenager typischen Ich-weiß-über-alles-Bescheid-Stimme, „heutzutage kannst du alles im Internet kaufen."

Rose zuckte mit den Schultern. „Ich sitze viel am Computer, um alles über Textverarbeitung zu lernen. Wenn ich eine Pause brauche, surfe ich im Internet. Das macht Spaß, und es entspannt. Auf diese Weise bleibe ich mit der Welt da draußen in Verbindung. Es ist wirklich faszinierend. Wenn ich im Internet bin, habe ich das Gefühl, mit allen in Kontakt zu sein."

Hannah grinste. „Gehst du auch in Chatrooms?"

Rose gab keine Antwort, aber sie spürte, wie ihr das Blut in die Wangen schoss.

„Oh, nein", stöhnte Birdie. „Sag bloß nicht, dass du so was auch tust?"

„Und wenn doch?" Rose lachte verlegen, und ihr Gesicht verfärbte sich noch mehr.

„Du weißt, dass da draußen eine Menge Verrückter auf einsame Frauen wie dich lauern."

„Das sind doch nicht alles Verrückte. Es gibt auch einige sehr nette Menschen, die mit jemandem reden möchten."

Birdie ließ ein kurzes, sarkastisches Lachen hören.

„In den Chatrooms trifft man eine Menge Leute", sagte Hannah, um Rose zu verteidigen.

„Aber du doch hoffentlich nicht?" fragte Birdie gepresst.

„Na klar."

Birdie lehnte sich gegen die Arbeitsplatte. „Meine Güte, gibt es sonst noch etwas, von dem ich nichts weiß? Meine Schwester und meine Tochter lungern in Chatrooms rum, wir kriegen einen Sarg per Post zugeschickt, und, wenn ich das richtig verstanden habe, veranstalten wir morgen ein Picknick im Haus."

Dennis schaute zur Tür herein. „He, falls es euch interessiert – da steht ein Chauffeur vor der Tür."

3. KAPITEL

Birdie und Rose warfen einander einen raschen Blick zu. Dann lief Rose mit dem erwartungsvollen Eifer eines neunjährigen Mädchens zur Haustür, um sie zu öffnen.

Ein hoch gewachsener blonder Mann mit der Figur eines Bodybuilders, der in einer Chauffeurs-Uniform steckte, lächelte ihr unsicher zu.

„Entschuldigen Sie, Ma'am, ist dies das Haus der Familie Season?"

Rose spähte über die breiten Schultern des Mannes in die Dunkelheit hinein, konnte ihre Schwester aber nicht entdecken. Alles, was sie sah, war die Limousine, die am Straßenrand parkte. Sie nickte, plötzlich voller Sorge.

Der Chauffeur bemühte sich wieder um ein Lächeln und sagte: „Die Dame hat mich gebeten, Ihnen zu sagen, dass Sie in den Garten neben dem Haus kommen sollen."

Rose war sich nicht sicher, ob sie ihn richtig verstanden hatte. Birdie, die hinter ihr aufgetaucht war, trat einen Schritt vor und fragte mit in ihrem üblichen Befehlston: „Wo ist Miss Season?"

Der Chauffeur räusperte sich und neigte sich ihr in einer verschwörerischen Geste zu. „Im Garten neben dem Haus. Sie sollte besser hineingehen. Sie ... nun ja, sie hat wohl ein wenig zu tief ins Glas geschaut."

Rose hörte, wie Birdie fluchte. Dennis trat auf den Chauffeur zu. „Bringen Sie ihr Gepäck doch bitte herein." Er drehte sich um und nickte Birdie zu.

„Komm, Rose, wir holen sie", sagte Birdie. Sie schlüpften rasch in ihre Mäntel und traten hinaus in die Nacht. Hannah blieb ihnen auf den Fersen.

Es hatte endlich aufgehört zu schneien, und der Vollmond hing wie ein großer Teller am tiefschwarzen Himmel. In seinem Licht war die saubere, unberührte Schneedecke von atemberaubender Schönheit. Rose hatte es stets als aufregend empfunden, auf jungfräulichen Schnee zu treten – genau wie ein Eroberer, der in ein unbekanntes Territorium vordrang. Die Fußabdrücke ihrer Schwester waren die einzigen Spuren in der frostglänzenden, knöchelhohen Schneedecke. Vorsichtig darum bemüht, in deren Fußspuren hineinzutreten, spürte sie eine merkwürdige Erregung. Über die breite Terrasse drang schrilles Lachen und Geschrei aus dem Garten.

Als sie um die Ecke bog, sah sie eine rote Haarmähne und einen üppigen schwarzen Pelz, die sich im Mondlicht gegen die weiße Schneedecke abzeichneten. Sie blinzelte in der kalten Nachtluft an und trat näher. Ein paar Zentimeter entfernt von der Gestalt, die in der Dunkelheit wilde Bewegungen machte, stand Birdie, die Hände in die Hüften gestützt. Jetzt sah Rose, dass Jillian rücklings im Schnee lag. Sie lachte vor Begeisterung und bewegte die Arme, die von Pelz umhüllt waren, und die langen, schlanke Beine, die bis zu den Knien in eleganten Stiefeln steckten, hin und her und formte einen Schneeadler.

„Jilly!“ rief Rose erfreut.

Das Lachen verstummte. Jilly hob den Kopf und winkte Rose näher zu sich heran.

„Rosie!“ rief sie. „Schau dir nur diesen Schnee an! Ist es nicht herrlich? Ich habe so viel Schnee nicht mehr gesehen, seit wir Kinder waren. Es ist einfach wundervoll. Rosie! Birdie! Kommt doch! Erinnert ihr euch noch daran, wie wir Schneeadler gemacht haben? Schaut mal, ich habe schon zwei geschafft.“

Rose entdeckte tatsächlich zwei weitere Schneeadler, die sehr geheimnisvoll im Mondlicht aussahen. Rose lief zu Jilly und jauchzte vor Begeisterung. Allerdings konnte sie sich nicht mehr genau daran erinnern, wie man Schneeadler machte. Plötzlich stand Hannah neben ihr und grinste vergnügt.

„Das ist ja echt cool“, rief sie ausgelassen. Sie breitete die Arme aus, ließ sich auf den Rücken fallen und schlug mit den Armen auf die Schneedecke.

„Hannah, steh sofort auf!" rief Birdie entsetzt. „Rose, wag es ja nicht! Nein, Rose!"

Mit einem Jauchzer schloss Rose die Augen, breitete die Arme aus und sank zu Boden. Es war ein fantastisches Gefühl, wie ein freier Fall durch die Luft, der in einem tiefen, weichen Schneebett endete, während über ihr das Mondlicht funkelte.

„Ach, komm schon, Birdie, du alte Spielverderberin", rief Jilly. „Es sieht doch keiner."

Birdie stand nur wenige Zentimeter von ihr entfernt, aber die Distanz erschien ihr plötzlich unendlich groß.

„Jilly, du wirst dich zu Tode erkälten", schimpfte sie. „Ihr werdet euch alle erkälten – ohne Stiefel, Handschuhe und Mützen. Ihr benehmt euch wie kleine Kinder. Komm, Jilly, gib mir deine Hand."

Mit einer eleganten Geste reichte Jilly ihr die Hand. Als Birdie einen Schritt vorwärts machte, um sie zu packen, schoss Jillys andere Hand nach oben, packte ihre Finger und riss Birdie lachend zu Boden. Die schrie überrascht auf und landete mit dem Gesicht im Schnee.

Der Schnee brannte ihr eiskalt auf der Haut, aber sie hatte sich nicht verletzt – abgesehen vielleicht von ihrem Stolz. Fröhliches Lachen drang an ihr Ohr. Birdie spuckte Schnee und war drauf und dran, ihre ältere Schwester, die ganz offensichtlich betrunken war, zu erwürgen. Eine Duftwolke aus Scotch und Parfüm schlug ihr entgegen. Sie bemühte sich, wieder auf die Beine zu kommen. Wütend wischte sie sich den Schnee aus dem Gesicht und rüstete sich für eine Auseinandersetzung mit ihrer Schwester.

Aber dann sah sie Jillys Gesicht, das nur wenige Zentimeter von ihrem entfernt war. Es strahlte vor Lachen. Plötzlich konnte sie nur noch dieses wunderschöne Gesicht betrachten. Für sie jedoch war es aus anderen Gründen als für die Modemagazine schön – es war das Gesicht, an das sie sich aus ihrer Jugend erinnerte. Jillys Augen strahlten vor kindlicher Freude und aus purer Lust am Leben. Gefühle, die sie nicht mehr bei ihrer Schwester erlebt hatte, seit sie jung waren. Und plötzlich wusste Birdie nicht mehr, ob Jilly betrunken oder einfach nur glücklich war.

„Ich habe dich vermisst, Schwesterherz", sagte Jilly, auf einmal wieder nüchtern. In ihren Augen lag eine Herz erwärmende Sehnsucht. Sie hob die Hand, um etwas Schnee von Birdies Kragen zu entfernen. „Du hast immer die besten Schneeadler gemacht, weißt du noch?" Und mit einem schelmischem Grinsen fügte sie hinzu: „Aber ich musste dich immer hochziehen, sogar damals schon."

Obwohl die Worte undeutlich klangen, nickte Birdie und lächelte. Sie erinnerte sich an alles.

Hannah setzte sich auf und schrie vor Lachen, als sie ihre Mutter im Schnee liegen sah. Hochachtung lag in ihrem Blick. Sie hatte sich nicht vorstellen können, dass jemand so mit ihrer Mutter umgehen würde. Neben ihr lachte Rose, die Verräterin, so sehr, dass die Tränen, die ihr in die Augen traten, an den Wimpern vereisten. Dabei klatschte sie in die Hände, wie sie es als kleines Mädchen immer getan hatte.

Birdie fühlte, wie eine Saite tief in ihrem Inneren angeschlagen wurde. Sie hörte es genauso deutlich wie das Lachen der drei Frauen, die sie von allen in der Welt am meisten liebte. Es war ein seltener Moment von unmittelbar empfundener Schönheit und Freude. Ihre Welt, ihre Sinne – alles war auf einmal von einer ungeheuren Intensität. Langsam und in tiefen Zügen atmete sie die kühle Luft ein. Der Schnee hatte ihre Wangen zum Glühen gebracht. Sie stellte sich vor, dass sie genauso gerötet wie die von Hannah waren, und das Brennen vermittelte ihr das Gefühl, lebendig zu sein.

Es war wie ein kleines Wunder, dass sie hier zusammen mit ihren Schwestern im Mondlicht im frisch gefallenen Schnee kniete und wie ein Kind lachte. In spielerischer Laune, anstatt sich über die Einzelheiten der Beerdigung zu streiten.

Natürlich kannte sie den Grund. Es war Jilly. Es war immer Jilly gewesen, die mit dem Spielen begonnen hatte.

Aber dann meldete sich ihr Verstand zurück: Es war kalt und spät. Sie konnten nicht die ganze Nacht hier draußen bleiben. Die Wirklichkeit forderte ihren Tribut. Plötzlich war sie kein Kind mehr, sondern eine erwachsene Frau voller Verantwortungsbewusstsein. Sie wusste, dass eine Betrunkene Untertemperatur haben konnte, ohne es zu merken. Sie wusste, dass es noch viele Einzelheiten vor dem Begräbnis am folgenden Tag zu besprechen gab. Das Abendessen musste zubereitet werden. Bestimmt musste Jilly etwas essen. Und im Gegensatz zu ihren Schwestern war sie, Birdie, eine Mutter. Eine Ehefrau. Eine Ärztin. Sie hatte Verantwortung zu tragen.

Plötzlich fühlte sie sich wie aus dieser Szene herauskatapultiert, eine Außenseiterin, die nur noch zuschaute. Es war ihr unmöglich, mit diesem Spiel fortzufahren. Sie fuhr sich mit der Hand durchs Haar und schaute abwechselnd auf Jilly und Rose und schließlich zu ihrer Tochter. Hannah war immer noch damit beschäftigt, Schneeadler zu machen. Auf einmal fror Birdie fürchterlich. Ihre Fingerspitzen waren rot vor Kälte, und aus ihren Zehen war jedes Gefühl gewichen. „Okay, Leute, es ist Zeit, ins Haus zu gehen."

„Okay, Mom", rief Rose und lachte über ihren Witz.

Birdie hätte am liebsten geantwortet, dass sie nicht ihre Mutter war. Sie wollte nicht die Mutter sein. Langsam erhob sie sich. Auf einmal spürte sie jedes ihrer einundvierzig Jahre.

„Ich habe gesagt, aufstehen, und zwar alle. Es ist Zeit hineinzugehen."

Hilfsbereit wie immer stand Rose auf und reichte Jilly ihre Hand. Diesmal gab Jilly nach. Sie gestattete Rose, sie am Handgelenk zu packen, während Hannah das andere ergriff, und gemeinsam zogen sie sie hoch. Sie erhob sich elegant wie ein prächtig gefiederter Vogel, die Arme weit ausgebreitet. Wie ein Phönix, dachte Birdie mit sarkastischem Lächeln.

„Ich glaube, ich muss mich übergeben", stöhnte Jilly, als sie schwankend auf den Füßen stand.

„Du hast zu viel getrunken", konstatierte Birdie kühl. Sie trat einen Schritt vor und packte Jilly am Arm. „Kannst du laufen?"

„Ich bin ein Model, *chérie*. Ich bin schon in schlimmerer Verfassung über Laufstege gegangen."

„Erspare uns die Einzelheiten. Also los. Einen Fuß nach dem anderen."

Jilly straffte die Schultern. Wie ein Soldat konzentrierte sie sich auf einen Punkt, der irgendwo vor ihr lag. Dann ließ sie ihre Schwestern los und schritt mit bemerkenswerter Eleganz durch den Schnee.

„Du hast mir nie erzählt, dass deine Schwester so cool ist", sagte Hannah, als sie neben ihre Mutter trat.

Birdie bemerkte Hannahs bewundernden Blick und spürte einen Stich der Eifersucht. Sie konnte sich nicht daran erinnern, in der letzten Zeit etwas anderes als Verachtung in den Augen ihrer Tochter gesehen zu haben.

Ein Kreischen erregte ihre Aufmerksamkeit. Sie schaute hoch und sah gerade noch, wie Jilly auf ihren lächerlich hohen Absätzen auf einem Stück Eis ausrutschte und hinterrücks in den Schnee fiel. Obwohl Birdie sich dafür verachtete, empfand sie doch eine heimliche Schadenfreude darüber, dass Jilly auf diese Weise auch von dem Sockel gefallen war, auf den Hannah sie gestellt hatte. Sie verbarg ihr Lächeln und lief zu Jilly, um ihr wieder auf die Füße zu helfen. Rose stand bereits neben ihr. Jilly schien ihre letzten Energiereserven für den Weg zur Haustür verbraucht zu haben; jetzt war sie schlaff wie eine Marionette.

Im Licht, das durch die geöffnete Tür fiel, musterte Birdie ihre Schwester mit den Augen der Ärztin. Es war jetzt zehn Jahre her, dass sie sie zum letzten Mal gesehen hatte. Jilly strahlte immer noch diesen üppigen Sex-Appeal aus, der sogar Frauen veranlasste, sich bewundernd nach ihr umzudrehen. Sie war nach wie vor eine Schönheit. Ihr Haar war immer noch leuchtend rot und so üppig und ungezähmt wie früher. Aber sie hatte viel weniger Make-up aufgelegt, so dass ihr Gesicht angenehmer und natürlicher wirkte. Nur die Blässe bereitete Birdie Sorgen, ebenso wie die geschwollenen Augenlider und die bläulich verfärbten Lippen. Außerdem war sie dünner geworden. Intuition und die Erfahrung, die sie seit Jahren in ihrem Beruf gesammelt hatte, machten ihr unmissverständlich klar, dass Jilly unendlich müde war und vielleicht sogar krank.

„Hilf mir, sie hochzuheben, Rose“, murmelte sie.

Sowohl Rose als auch Hannah reagierten auf den ernsten Ton. Die Schwestern stützten Jilly, während Hannah die Haustür öffnete.

„Mir geht’s gut“, murmelte Jilly.

„Aber sicher. So, noch einen Schritt. Vorsichtig, vorsichtig.“ So bewältigten sie eine Stufe nach der anderen.

„Willkommen zu Hause, Jilly“, flüsterte Rose, als sie sie sanft in die Wärme ihres Elternhauses drängten.

Stunden später war das Geschirr gespült und weggeräumt, das Licht gelöscht, und alle waren in ihren Zimmern verschwunden. Das ganze Haus schien zufrieden aufzuatmen. Rose saß vor ihrem Computer. Sie war hellwach. Sie hatten Kaffee getrunken, als sie aus der Kälte gekommen waren. Obwohl sie darauf abends gewöhnlich verzichtete, war es nicht das Koffein, das ihr Blut pochen ließ. Es war ein aufregender Tag gewesen, und der nächste würde noch aufregender sein.

Sie liebte diese dunklen Stunden, wenn niemand sie brauchte oder ihren Namen rief. Sie gehörten ihr ganz allein. Merry war immer sehr früh und sehr schnell eingeschlafen, und ihre Nächte waren stets sehr friedlich gewesen. Manchmal war sie wach geworden, wenn sie krank war, aber normalerweise ging ihr Atem gleichmäßig, und sie hatte schöne Träume. Rose wusste das so genau, weil sie oft an ihrem Bett gesessen und sie beobachtet hatte, und sie war ein wenig eifersüchtig auf das leise Lächeln gewesen, das ihre Lippen umspielte.

Ihr Schlafzimmer war einst das ihrer Eltern gewesen. Rose hatte Merry dieses größte Zimmer angeboten, aber sie hatte es abgelehnt. Sie bevorzugte ihr vertrautes lavendelfarbenes Zimmer mit den Seidenstoffen. Deshalb hatte Rose das Hauptschlafzimmer bezogen. Ihr altes Zimmer nutzte sie als Büro, in dem sie halbe Tage als Textverarbeiterin arbeitete. Es gab zwölf Zimmer im Haus, aber das Büro gehörte ihr allein. Hier standen die Dinge, die sie sich persönlich ausgesucht hatte und die ihr nicht vererbt worden waren. Ihren Schreibtisch hatte sie nach den Erfordernissen ihrer Computerarbeit gestaltet. Auf den Regalen standen ihre persönlichen Bücher. Alles in diesem Raum war genauso, wie sie es wollte. Sie konnte ihn betreten, die Tür schließen und ihren Interessen nachgehen, und das waren entweder ihre Bücher oder in jüngster Zeit das Internet.

Sie schaltete den Computer ein, und während sie darauf wartete, dass die Programme gestartet wurden, überlegte sie, dass Birdie sich irrte, wenn sie behauptete, Chatrooms seien nur etwas für einsame Seelen. Sie wusste, dass es nicht stimmte, weil ihre Internet-Bekanntschaft, DannyBoy, andauernd durchs Land reiste. Er war Lastwagenfahrer. Sie hatten noch keine persönlichen Informationen oder Fotos ausgetauscht. Aber aus dem, was er schrieb, schloss sie, dass es ihm unmöglich war, nette Frauen kennen zu lernen, weil er dauernd unterwegs war. Er war kein Perverser. Er war freundlich und mitfühlend. Ein echter Gentleman, niemals vulgär, dumm oder frauenfeindlich. Eigentlich war er der netteste Mann, den sie jemals getroffen hatte – wenn auch nur im Internet. Sie hatten sich vor einigen Monaten in einem Chatroom für Briefmarkensammler kennen gelernt, und schon bald hatten sie sich nicht mehr über Briefmarken, sondern über alles mögliche unterhalten, was ihnen gerade so durch den Kopf ging. Sie hatten Gefallen gefunden an dem, was sie einander zu sagen hatten, und sie war überhaupt nicht überrascht gewesen, als er ihr bald darauf an ihre private E-Mail-Adresse geschrieben hatte.

Als sie ihre E-Mail aufrief, spürte sie wieder das bekannte Prickeln, das immer begann, wenn sie damit rechnete, gleich seine Nachrichten lesen zu können. DannyBoy war ihr engster Vertrauter gewesen, als es darum gegangen war, sich über Birdies Anweisungen hinwegzusetzen und ihre eigenen Ideen von einer Begräbnisfeier durchzusetzen. Er hatte ihr mitfühlende Worte geschrieben, die aufrichtig waren und aus tiefstem Herzen kamen. Obwohl sie ihn nie gesehen hatte, war Rose fest davon überzeugt, dass DannyBoy ihr bester Freund war.

Sie öffnete ihre E-Mail.

Liebe Rosenknospe,

den ganzen Tag habe ich mich gefragt, ob Deine Schwestern wohl schon eingetroffen sind. Ich weiß, wie aufgeregt Du bist und wie traurig der Anlass, das Begräbnis Deiner jüngsten Schwester, ist. Ich habe im Wetterbericht von dem Schneesturm gehört, den ihr in Chicago habt. Was für ein Pech. Ich hoffe trotzdem, dass alles gut geht. Lass es mich bitte wissen.

Ich bin zurzeit in Texas. Das Wetter ist ganz schön, aber die Wolken ziehen sich zusammen. In diesem Teil des Landes schauen wir um diese Jahreszeit andauernd zum Himmel und hören immer nur Nachrichten. Aber bald bin ich unterwegs in den Mittleren Westen.

DannyBoy

Sie lächelte und fragte sich wieder, wie er wohl aussehen mochte, wie alt er war, ob er groß oder kleinwüchsig war, dick oder dünn, kahlköpfig oder einen Pferdeschwanz hatte.

Natürlich spielte es keine Rolle, aber sie war einfach neugierig. Sie legte die Finger auf die Tastatur.

Lieber DannyBoy,
ja, sie sind hier. Hier gab es einen schrecklichen Schneesturm, aber wir hatten Glück.

Birdie und ihre Familie haben die Reise gut geschafft, und Jillys Flugzeug konnte landen, wenn auch mit Verspätung. Es ist einfach herrlich! Ich sollte jetzt eigentlich schlafen gehen. Morgen gibt es viel zu tun. Ich habe noch tausend Dinge zu erledigen. Ich muss früh aufstehen und das Silberbesteck polieren, den Tisch decken, die Sandwiches machen. Himmel, die Arbeit hört überhaupt nicht mehr auf. Aber ich kann nicht schlafen. Das Blut pocht in meinen Adern, und trotzdem fallen mir dauernd die Augen zu. In letzter Zeit habe ich nicht gut geschlafen. Ich hasse die Dunkelheit. Ich liege im Bett und starre an die Decke, bis ich rote Flecken vor meinen Augen sehe. Ich weiß nicht, worauf ich warte, aber ich habe dieses merkwürdige Gefühl, dass irgendetwas passieren wird. Vielleicht hält sich Merry irgendwo in der Nähe auf, wer weiß? Ich hoffe, ich klinge nicht verrückt. Vielleicht brauche ich einfach nur ein wenig Schlaf. Hauptsache, meine Schwestern sind hier! Pass auf dich auf!

Rosebud

Sie schickte die E-Mail los. Während sie noch im Internet surfte, sah sie zu ihrer Überraschung, dass eine neue Mitteilung eingetroffen war. Als sie sie anklickte, stellte sie fest, dass sie von DannyBoy kam. Er muss online sein, dachte sie. Plötzlich fühlte sie sich ihm sehr nahe.

Liebe Rosebud,
geh schlafen!

DannyBoy

4. KAPITEL

Jilly wurde von einem vorwitzigen Lichtstrahl geweckt. Sie lag flach auf dem Rücken. Sie war verwirrt, und ihr Mund fühlte sich trocken an, als sie im Niemandsland zwischen Aufwachen und Tiefschlaf schwebte. Das Einzige, was sie spürte, war eine entsetzliche Kälte, und im ersten Moment wusste sie gar nicht, wo sie sich befand. Sie blinzelte, während sie darüber nachdachte, wie ungewohnt alles war – das Bett, die Wände, die Gerüche ...

Dann fiel ihr blitzartig alles wieder ein.

Sie lag in ihrem ehemaligen Zimmer, das sie sich vor vielen Jahren mit Birdie geteilt hatte. Sie blinzelte erneut und fuhr sich mit den Händen übers Gesicht. Ihr Verstand war jetzt hellwach, doch ihr Körper fühlte sich noch schläfrig an. Vielleicht lag es am Jetlag, vielleicht an der Aufregung, nach all den Jahren wieder zu Hause zu sein. Aber sie wusste, dass sie nicht einfach die Augen schließen und wieder einschlafen durfte. Jetzt musste sie dafür bezahlen, dass sie vergangene Nacht zu viel getrunken hatte. Schlafmangel und ein schwerer Kater waren für die rasenden Kopfschmerzen verantwortlich. Eine fatale Kombination, die sie nur allzu gut kannte.

Sie fuhr sich mit der Zunge über die trockenen Lippen und stützte sich auf die Ellbogen, um die Lage zu sondieren. Sie hatte nur ihren BH und ihren Slip an. Rose und Birdie mussten ihr beim Ausziehen geholfen haben. Wäre sie jetzt in ihrem Apartment in Paris, dann wäre sie aufgestanden, hätte die Heizung ein wenig höher gedreht, dicke Socken angezogen, in der Küche nach etwas Essbarem gesucht und sich ein heißes Getränk zubereitet. Vielleicht hätte sie sogar ein wenig Musik gehört. Aber sie wollte niemanden aufwecken, am allerwenigsten Merry.

Jilly rieb sich die Augen, während ihr Verstand klarer wurde. Nein, durchfuhr es sie plötzlich mit einem heftigen Schmerz. Merry würde sie nicht mehr aufwecken können.

Sie setzte sich aufrecht und ließ die Blicke durch den Raum schweifen. Nichts hatte sich verändert. Auf ihrer Frisierkommode stand immer noch ihre Sammlung von kleinen Schachteln, und in ihnen lag bestimmt noch derselbe Modeschmuck – Ohrringe, Knöpfe, Anstecknadeln und Ringe, die sie vor Jahren achtlos hineingeworfen hatte. Auf Birdies Kommode stapelten sich Pokale und Medaillen an blauen Bändern, die sie beim Schwimmen gewonnen hatte. Es gab zwei Betten im Zimmer, beide mit dem gleichen geschwungenen, weiß gestrichenen schmiedeeisernen Kopfende. Auf Birdies Bett lag ihr Lieblingsteddybär, der einmal weiß gewesen und jetzt so schmuddlig grau wie das Licht des Morgens war. Sie schaute auf den Boden und musste plötzlich lächeln. Es überraschte sie, solche Freude darüber zu empfinden, dass ihr alter Teddybär noch existierte – ein altmodischer Braunbär, der ziemlich schäbig aussah und aus dessen aufgeplatzten Nähten die Füllung hervorlugte.

„Hallo, Mr. Präsident“, sagte sie und zog ihn an sich. Er gab ihr ein seltsames Gefühl von Geborgenheit.

Fast war es ein wenig unheimlich, alles genau so wieder anzutreffen, wie sie es vor Jahren zurückgelassen hatte. Damit hatte sie nun wirklich nicht gerechnet. Eher schon damit, dass sämtliche Erinnerungen an die große böse Schwester beseitigt worden wären. Es war ein schönes Gefühl zu sehen, dass etwas von der jungen Jillian Season immer noch existierte. Rose war ein Schatz, dass sie sie in ihrem alten Zimmer einquartiert hatte. Was hatte sie für schöne Träume in diesem Bett gehabt!

Aber auch Albträume.

Das letzte Mal hatte sie während ihres Abschlussjahres auf der High School hier geschlafen, in der Nacht, bevor sie nach Marian House gefahren war, in das Heim für schwangere Mädchen. Und als sie wieder zurückkam, hatte ihre Mutter das Gästezimmer für sie hergerichtet. Sie hatte es weitsichtig geplant. Marian House sollte mit keinem Wort erwähnt werden, nicht einmal – nein, am allerwenigsten in Gegenwart ihrer Schwestern. Ihre Mutter hatte dafür gesorgt, dass Jilly sofort nach dem High-School-Abschluss ein Jahr an der Sorbonne studierte. Denn wenn sie so weit weg war, hatte ihre Mutter ihr geduldig erklärt, würde sie all den neugierigen Fragen nach ihrem Aufenthalt in den vergangenen Monaten aus dem Weg gehen können.

„Es ist vorbei, Jillian", hatte die Mutter ihr gesagt. „Wir brauchen nie wieder darüber zu reden. Alles wird wieder so wie früher sein. Und du siehst wirklich gut aus. So schlank."

In dem Moment war Jillian klar geworden, dass die Täuschungsmanöver bereits begonnen hatten. Deshalb war sie im Frühjahr nach Frankreich gegangen. Doch nachdem sie von einer französischen Agentur als Model entdeckt und verpflichtet worden war, hatte sie die Pläne ihrer Mutter über den Haufen geworfen, vor allem, als sie sich weigerte, wieder nach Hause zu kommen.

„Aber jetzt bin ich wieder hier", sagte Jilly zu dem Spielzeugbären und scheuchte die Erinnerungen aus ihren Gedanken. „Ich kehre immer wieder zurück. Was ist bloß los mit mir? Und ich habe gedacht, ich hätte alles hinter mir gelassen." Gequält drückte sie den Bären an sich. „Warum kann ich bloß nicht loslassen? Oder bin ich etwa wie du, du Bär? Abgewetzt und schlecht geflickt an den Nähten?

Bereit oder nicht, jetzt bin ich da, dachte sie, als sie sich vom Bett erhob. Als Erstes ging sie zu ihrem Schrank, öffnete die Türen und erblickte ihre alten Kleidungsstücke aus der 70er Jahren. Alles war noch vorhanden. Sie holte einen kurzen lavendelblauen Seidenkimono hervor, ein Lieblingsstück aus ihrer High-School-Zeit, und schlüpfte hinein.

Langsam ging sie den Korridor entlang und stieg vorsichtig die Treppe hinunter. Sie sog die Luft ein wie ein Hund, der sich verlaufen hat und seinen Weg zurück nach Hause sucht. Sie betrachtete ein oder zwei Fotografien, während sie hinunterging, dann blieb sie am Geländer stehen und warf einen Blick in die Eingangshalle und das vordere Zimmer. Staubkörnchen wirbelten im Sonnenlicht auf, das durch die hohen Fenster mit den rautenförmigen Scheiben fiel. Jilly umklammerte den Handlauf. Sie kniff die Augen zusammen, als sie die Szenerie auf sich wirken ließ. Es sah so aus, als ob die Zeit im Haus stehen geblieben wäre. Vergangene Nacht war sie zu betrunken gewesen, um es zu bemerken. Aber als sie nun die schweren Brokatvorhänge anschaute, die antike Garderobe neben der Tür, den Kronleuchter in der Halle, schweiften ihre Gedanken zurück zu dem Tag, als sie siebzehn war und zum letzten Mal diese Treppe hinuntergegangen war.

Es war der Tag, an dem sie ihr Zuhause verlassen hatte und nach Frankreich gegangen war.

„Jilly, komm herunter!" hatte ihre Mutter gerufen. „Es wird Zeit zu gehen!"

Sie hatte das Gefühl gehabt, mit dem Bett, auf dem sie saß, verwurzelt zu sein. Die Füße hatte sie eng nebeneinander gestellt und die Hände im Schoß verschränkt. Sie war so dünn, dass der elegante marineblaue Hosenanzug, den ihre Mutter ihr gekauft hatte, lose an ihrem Körper hing wie an einer Schaufensterpuppe.

Die Lügen und die Geheimnistuerei der vergangenen Wochen hatten ihr sehr zugesetzt. Mutlos und verängstigt ließ sie ein letztes Mal ihre Blicke durch den Raum schweifen. Sie versuchte, sich alle Einzelheiten einzuprägen, denn sie wusste instinktiv, dass es sehr lange dauern würde, bis sie dieses Zimmer wiedersah.

„Jilly!" Die Stimme ihrer Mutter klang durchdringend.

Jilly erhob sich und streichelte ein letztes Mal ihren Teddybären. Dann stieg sie stumm die breite Treppe hinunter und trat die lange Reise an, die sie ihrer Familie entfremden sollte. Sie hatte die Schultern gestrafft und das Kinn vorgestreckt. Ihre Augen schienen glasig zu sein und ihr Blick nach innen gerichtet. Unbewusst hatte sie sich bereits diese Art zu gehen angeeignet, die ihr später in der Welt der europäischen Mode so zustatten kommen sollte.

Unten betrat ihr Vater schweigend die Halle. Mit gebeugten

Schultern trug er ihre Koffer in den Wagen, der in der Garage stand. Er schien traurig darüber zu sein, dass sie nach Europa fuhr, aber sie konnte es nicht mit Gewissheit sagen. Denn er pflegte seine Gefühle nicht zu zeigen, und in den Wochen zuvor hatte er auffallend viel Zeit im Gerichtsgebäude oder in seinem Arbeitszimmer verbracht, um ihr aus dem Weg zu gehen.

Birdie und Rose, fünfzehn und elf Jahre alt, lehnten am Türrahmen und flüsterten miteinander. Wie gerne wäre sie so unschuldig gewesen wie die beiden.

Und dann war es plötzlich Zeit zu gehen. Die Familienmitglieder verhielten sich hektisch, als seien sie von der vorgerückten Stunde überrascht worden.

„Ich möchte noch ein Foto!" rief ihre Mutter und wedelte verzweifelt mit den Händen. Sie bewegte sich unbeholfen, und das bedeutete, dass sie wieder getrunken hatte. Jilly spürte eine Welle von Traurigkeit, zu der das Gefühl von Sorge kam, als sie ihre Schwestern ansah. Sie würde die beiden nicht mehr vor dem Zorn ihrer Mutter schützen können.

„Bill, hol den Fotoapparat!"

„Bin schon unterwegs."

Jilly spürte die warmen Körper, als sie sich für das Foto um sie drängten. Ihre Schwestern schmiegten sich mit einer Art stummen Verzweiflung an sie. Birdie legte einen Arm um ihre Schulter und drückte sie fest, und während sie schwer an ihr hing, nahm Jilly ihren Körpergeruch wahr, durch kein Deodorant gemildert. Rose, die kleiner war, stand vor ihr. Stumm, aber entschlossen drängte sie die kleine Merry mit dem Ellbogen zur Seite, damit sie ganz nahe bei Jilly sein konnte. Merry hing hartnäckig an Jillys Arm.

„Merry, Rose, hampelt nicht herum", befahl ihr Vater. „Schaut her, alle! Okay, ihr vier Seasons, lächelt fürs Foto. Sagt *cheese!*"

Jilly lächelte breit. Schulter an Schulter mit ihren Schwestern fühlte sie sich wieder als Familienmitglied in dieser Sekunde, die auf dem Bild für die Ewigkeit festgehalten wurde. Sie beschloss, diese Erinnerung mit nach Europa zu nehmen. Alle vier, ganz eng beieinander. Es war viel zu schnell vorbei. Ihre Körper berührten sich nicht länger, und ihre Mutter übernahm wieder das Kommando.

Ich wünsche dir eine schöne Zeit! Wir werden dich vermissen! Bring mir eine Flasche französisches Parfüm mit!

„Sag auf Wiedersehen, Merry", befahl ihre Mutter und drängte sie nach vorn. „Jilly muss jetzt gehen."

„Ich will nicht, dass sie geht", jammerte Merry und schüttelte so heftig den Kopf, dass ihre Zöpfe hin und her flogen.

Jilly drehte sich um. Sie wollte den Kummer in den Augen ihrer kleinen Schwester nicht sehen, aus Furcht, selbst die Fassung zu verlieren, denn sie war nahe daran, genau das zu tun. „Wiedersehen, Schätzchen!" rief sie mit fester Stimme und lief zur Tür hinaus. Wenn sie es bis zum Wagen schaffte, redete sie sich ein, dann konnte sie in die Dunkelkammer ihrer eigenen Gefühle schlüpfen und diese Farce endlich beenden.

Aber Merry brach in Tränen aus und lief hinter ihr her. Am Wagen erwischte sie sie beim Arm und zog sie zum Haus zurück. Die Eltern eilten zu ihr und schlangen die Arme um ihre jüngste Tochter.

„Jilly muss jetzt gehen", sagten sie tonlos.

Jilly stand reglos am Straßenrand, die Hand fest am Türgriff des Wagens, und bemühte sich, nicht in Tränen auszubrechen. Sie hatte sich geschworen, ihre Rolle im Drehbuch ihrer Mutter ohne Fehler durchzuhalten. Es war das Mindeste, das sie tun konnte, denn sie hatte ihrer Familie schon genug Schande bereitet.

„Nein!" schrie Merry kämpferisch. „Sie darf nicht gehen. Sie soll bleiben. Bitte, Mom. Sag ihr, dass sie bleiben soll."

Diese Schreie behielt Jilly wie einen Talisman in ihrem Herzen.

Dafür würde sie ihre kleine Schwester umso mehr lieben. Sie ließ den Wagengriff los und ging zu ihrer jüngsten Schwester, küsste sie auf die Wange und umarmte sie fest. Über ihre schmale Schulter blickte sie dabei ihren Vater herausfordernd an. *Wenn du willst, kann ich bleiben.*

„Jilly! Du bist schon wach!“

Jilly blinzelte und drehte den Kopf in die Richtung, aus der die Stimme kam, die ihren Namen rief und sie in die Gegenwart zurückbrachte.

„Rose!“ Es war mehr ein Krächzen, das sich ihrer trockenen Kehle entrang. Sie öffnete die Arme, um ihre schlanke, kleinere Schwester, die die Stufen hinaufeilte, zu begrüßen. Roses Umarmung war überraschend kräftig.

Sie blieben eine ganze Zeit lang so stehen und wiegten sich in aufrichtiger Freude hin und her. Schluss mit der Vergangenheit. Jetzt ist jetzt, sagte Jilly sich und genoss den vertrauten Rosenduft im Haar ihrer Schwester.

„Du hast geträumt“, sagte Rose. „Du warst meilenweit weg.“

„Eher jahrelang weg“, erwiderte sie und ließ den Blick durch den Flur schweifen. „Es ist schön, wieder zu Hause zu sein.“

„Ich wollte dich nicht aufwecken“, sagte Rose und trat einen Schritt zurück, ohne ihre Arme loszulassen. „Ich habe alles über Jetlag gelesen und gedacht, du würdest vielleicht gerne bis zur Beisetzung schlafen. Aber ich bin so froh, dass du wach bist. Ich habe dich so vermisst.“

„Ich habe dich auch vermisst.“ Jilly maß ihre Schwester mit einem forschenden Blick. Rose sieht noch immer so aus wie damals auf der High School, stellte Jilly voller Neid fest.

„Du siehst müde aus“, meinte Rose, während sie sie besorgt anschaute. „Bist du sicher, dass du genug geschlafen hast?“

Müde und alt, dachte sie. „Bestimmt nicht, aber ich werde es nachholen. Doch wer kann bei diesem Lärm schon schlafen? Die Vögel waren erbarmungslos, und ich könnte schwören, dass es den ganzen Morgen über an der Tür geklingelt hat."

„Das müssen die Lieferanten gewesen sein. Nach dem Begräbnis servieren wir hier ein kleines Essen."

„Was für eine nette Idee", sagte Jilly gähnend. „Ich fürchtete schon, wir würden in ein verstaubtes altmodisches Restaurant gehen. Aber so ist es viel schöner."

Rose strahlte. „Meinst du das auch?" Sie drehte sich um und ging vor ihr die Treppen hinunter und durch die Halle ins Esszimmer. Sie deutete auf die Teller, Schüsseln, Tassen, Servierplatten, Tabletts, das Besteck und die Silberschüsseln, die schwarz angelaufen waren und dringend poliert werden mussten.

„Mom hat das ganze schöne Geschirr weggepackt. Auf dem Speicher ist noch mehr. Wir müssen es mal durchgehen, damit wir es unter uns aufteilen können. Schau mal nach, was dir gefällt."

„Ich sag dir was, *chérie.* Du suchst es für mich aus, und dann kannst du es behalten."

Rose war überrascht von ihrer Großzügigkeit. „Ich würde die Sachen hier gern für das Essen benutzen, aber das bedeutet, das noch viel gespült und poliert werden muss. Willst du ... willst du mir dabei helfen?"

„Aber klar. Selbstverständlich", antwortete Jilly. Sehnsüchtig schaute sie zur Küchentür. „Doch erst bitte ich um Gnade. Ich rieche den verführerischen Duft von Kaffee, und wenn ich nicht bald etwas davon kriege, zusammen mit ein paar Litern Wasser und einigen Aspirin, dann, das schwöre ich dir, kollabiere ich hier vor deinen Füßen und bin zu nichts mehr zu gebrauchen."

Rose neigte den Kopf und lachte hell auf. Sie war erfreut, dass

Jilly ihre Entscheidung, hier und nicht in einem Restaurant zu essen, guthieß. „Dann komm. Ich habe ein *petit déjeuner* vorbereitet", sagte sie. „Es ist nichts Besonderes; nur ein paar Kleinigkeiten, die du hoffentlich magst."

Jilly schätzte nicht nur das Frühstück, sondern auch die Mühe, die Rose sich gemacht hatte, damit sie sich willkommen fühlte – was so weit ging, dass sie sogar einige französische Floskeln zusammengekratzt hatte. Sie legte ihr die Hand auf die Schulter und hielt sie einen Moment zurück, ehe sie sich zu den anderen in der Küche gesellten.

„Danke für die Blumen im Schlafzimmer, Rose", sagte sie leise. „Dass du noch weißt, wie sehr ich gelbe Rosen liebe." Und mit einem schelmischen Lächeln setzte sie hinzu: „Und da wir gerade davon reden: Danke, dass du mir mein altes Zimmer gegeben hast. Es bedeutet mir eine Menge."

„Das habe ich mir gedacht", antwortete Rose mit einem verschwörerischen Flüstern. Dann änderte sie ihren Tonfall, lächelte und sagte: „Sieh zu, dass du noch etwas abbekommst, ehe Dennis alles verschlungen hat."

Dennis ... Mit einer Handbewegung richtete Jilly ihre Frisur, straffte die Schultern und betrat den Raum.

In der warmen Küche duftete es köstlich nach heißem Kaffee und frischen Brötchen. Auch hier herrschte Chaos. Weiße Kartons vom Bäcker türmten sich auf der Arbeitsplatte, frisches Gemüse in Plastiktüten lag neben Holzbrettchen und Messern und wartete darauf, geschnitten zu werden, und dazu gab es Dutzende von Plastikschachteln mit Spezialitäten aus dem Feinkostgeschäft. Und als gäbe es überhaupt nichts zu tun, saßen Dennis und Hannah bequem auf ihren Stühlen am Tisch und kauten ihre Croissants.

„Guten Morgen zusammen", murmelte Jilly und steuerte direkt auf die Spüle zu.

Hannah machte große Augen, als sie ihre exotische Tante erblickte, deren lange, schlanke Beine durch den kurzen, verführerischen Kimono besonders gut zur Geltung kamen.

„Guten Morgen, Tante Jillian."

Jilly streckte einen Finger empor und bedeutete allen zu warten, während sie durstig ein Glas Wasser trank. Nach einem genussvollen Seufzer schaute sie den blassen, dunkeläugigen und ziemlich pummeligen Teenager an, der zusammengekauert auf dem Stuhl saß. Hannahs rotes Haar ließ keinen Zweifel daran, dass sie eine echte Season war.

„Hannah?"

Das Mädchen nickte eifrig.

„Ich habe dich nur an deinen Haaren wiedererkannt. Du bist groß geworden." Für den Bruchteil einer Sekunde bemerkte sie die Besorgnis in den Augen und die errötenden Wangen. Sofort war ihr klar, dass ihre Nichte sich wegen ihres Gewichts schämte. „Du bist eine Frau geworden", fügte sie diplomatisch hinzu.

Hannahs Gesichtszüge entspannten sich. „Ich bin fünfzehn, Tante Jillian. Fast sechzehn."

„Nenn mich Jilly. Wir sind ja schließlich unter Erwachsenen." Sie zwinkerte ihr zu, bevor sie ein weiteres Glas Wasser trank.

Dennis ließ die *Chicago Tribune* sinken. Sein Blick war sehr viel kühler als der seiner Tochter. Er kaschierte ihn mit einem steifen, höflichen Lächeln. Plötzlich schien die Temperatur im Raum um mehrere Grad zu sinken. Jilly zog den Kimono enger um sich.

„Die verlorene Schwester ist also zurückgekehrt", sagte er, und es klang eher wie eine Bekanntmachung. Er faltete die Zeitung zusammen und legte sie auf seinen Schoß.

Jilly spürte einen Anflug von Ärger. Das sah Dennis Connor ähnlich – sie nach zehn Jahren mit einem abgewandelten Bibelzitat zu begrüßen, in dem die Kritik unüberhörbar war. Sie hatte zwar keinen Appetit, aber um sich ihren Zorn nicht anmerken zu lassen, griff sie beiläufig nach einem Croissant.

„Verlorene Schwester?“ fragte sie mit zusammengezogenen Brauen.

„Verloren trifft es doch wohl“, antwortete er und verschränkte die Arme. „Nach langer Wanderung kehrt das abhanden gekommene Schaf zur Herde zurück.“

Jilly brach ein Stück von ihrem Croissant ab und schob es sich mit einer eleganten Bewegung in den Mund. „Ich war mir nicht bewusst, dass ich auf einer Wanderung war.“

„Sie wohnt in Paris, Daddy“, schaltete Hannah sich ein, als ob er ein Dummkopf wäre.

„In dieser Familie lebt jeder, der mehr als eine Tagesreise entfernt wohnt, in der Wildnis.“ Seine Miene hellte sich auf, und mit einem schiefen Lächeln fügte er hinzu: „Und wir sind hoch erfreut über deine Rückkehr.“

Sie lächelte zurück und beschloss, ihm ein wenig zu verzeihen.

Rose stellte eine Kaffeetasse neben einen Krug mit frischer Milch und eine Schale mit Zucker. Sie schlug die Hände zusammen und warf einen besorgten Blick auf den Tisch. „Ich weiß, dass es nicht das ist, woran du gewöhnt bist, aber ...“

Dankbar nahm Jilly die Kaffeetasse entgegen. Milch wollte sie keine. „Mmm, Rose“, sagte sie mit einem genüsslichen Seufzer, „es ist viel besser.“

Rose erfüllte die Bemerkung mit Stolz.

Während sie ihren Kaffee trank, musterte sie verstohlen ihren Schwager, der sich wieder seiner Zeitung widmete.

Dennis Connor ... er war genauso gealtert, wie sie es vermutet hatte. Selbst auf der High School hatte er auf eine sehr reife, intellektuelle Weise gut ausgesehen, die sie vor Jahren attraktiv gefunden hatte. Damals hatte er sein Haar schulterlang getragen und in der Mitte gescheitelt. Die wuchtige Brillenfassung betonte seine dunklen, durchdringenden Augen und die buschigen, geschwungenen Brauen. Und dieses Grübchen an seinem Kinn hatte viele Blicke in der High School magisch angezogen. Jilly sah, dass Hannah seine Augen und das Grübchen geerbt hatte. Das Wunder der Gene!

Sein Haar mochte dünner geworden sein, sein Körper etwas rundlicher um die Hüften herum, aber er war auf sehr noble Weise älter geworden. Man konnte fast sagen, dass er jetzt, wo er reifer wirkte, noch attraktiver geworden war. Keine Frage – Birdie durfte sich glücklich schätzen.

„Ich kann mir gar nicht vorstellen, wie es ist, in Paris zu leben", sagte Hannah, das Kinn in die Hände gestützt. „Und dann in dieses langweilige, alte Chicago zurückzukommen. Oder Milwaukee." Sie verdrehte die Augen und griff nach einem weiteren Croissant.

„Bist du sicher, dass du das noch essen willst?" fragte Dennis seine Tochter über den Rand der Zeitung hinweg.

Hannah erstarrte und schaute verstohlen zu Jilly. Eine leichte Röte überzog ihre Wangen und Ohren. Sie zog die Hand zurück und ließ sie fallen. Ihre Schultern sanken nach vorne, als ob sie sich kleiner machen wollte.

Jillys Herz zog sich vor Mitleid zusammen. Sie wusste, dass Dennis es gut meinte, aber Männer konnten ja solche Dummköpfe sein. Das Schlimmste, was man einem übergewichtigen Teenager antun konnte, war, ihn auf seine Figur hinzuweisen.

„Hannah", sagte Jilly leichthin, „würdest du mir bitte eine Grapefruit reichen? Das erste, was ich als Model gelernt habe, war, viel Obst zu essen und literweise Wasser zu trinken. Es durchspült den Körper und lässt deine Haut schimmern. Wollen wir uns die Grapefruit nicht teilen? Weißt du", fuhr sie fort, während sie die

Frucht aufschnitt, „wenn ich so erschlagen bin wie jetzt, dann esse ich den ganzen Tag gedankenlos vor mich hin. Und ich kann dir nicht sagen, wie erschöpft ich im Moment bin. Würdest du mir einen Freundschaftsdienst erweisen? Wenn du mich irgendetwas essen siehst, sag mir sofort, dass ich aufhören soll. Ich schwöre dir, dass ich dir nicht den Kopf abreißen werde." Mit einem erfreuten Lachen nahm sie zur Kenntnis, dass Hannahs Stirnrunzeln einem scheuen Lächeln wich, als sie die andere Hälfte der Grapefruit nahm.

Jilly war sich durchaus der Attraktivität bewusst, die der Model-Beruf auf Teenager ausübte. Ihre Karriere verlieh ihr Ansehen. Während sie Hannah verstohlen musterte, kam sie zu dem Schluss, dass ihre Nichte weniger *dick* als vielmehr stämmig war – genau wie Birdie. Nur dass Birdie damals eine erfolgreiche Schwimmerin war und über ausgeprägte, geschmeidige Muskeln verfügte. Dank ihrem Körperbau und dem grenzenlosen Selbstvertrauen hatte sie fantastische Leistungen vollbracht. Im Gegensatz dazu wirkte Hannah mit ihren eingefallenen Schultern weich und schlaff. Das strahlende Selbstbewusstsein, ein Kennzeichen so vieler Mädchen in diesem Alter, fehlte ihr vollkommen.

Sie schaute auf und war überrascht, dass Dennis sich in seinen Stuhl zurückgelehnt hatte und sie intensiv beobachtete. Die Missbilligung, die sie in seinen Augen wahrgenommen hatte, war ehrlicher Dankbarkeit gewichen, weil sie ihn aus einer peinlichen Situation gerettet hatte. Mit einem kurzen Lächeln quittierte sie seinen Blick.

Die Hintertür schwang auf, und Birdie trat ein, begleitet von einem Schwall kühler Luft. Sie war voll bepackt mit Plastiktüten und wirkte so zufrieden, als habe sie eine schwere Aufgabe zufrieden stellend gelöst.

„Das war vielleicht ein Morgen!“ verkündete sie, und ihre Stimme war ebenso stürmisch wie der Wind. „Die Sonne scheint, und der Schnee schmilzt. Alle werden rechtzeitig zur Beerdigung kommen können. Schaut mal, ich habe jede Menge Pappteller, Papptassen und Papierservietten gekauft. Und Tonnen von Plastikbesteck.“

„Papier und Plastik?“ Rose schoss auf die Tüten zu und begann sie zu durchsuchen.

„Schau dir mal das Muster an, Rose. Das Grau ist gedeckt, aber nicht zu dunkel, findest du nicht auch?“ Es war weniger eine Frage als vielmehr eine Feststellung. Sie holte tief Luft und schaute sich in der Küche um.

Alle am Tisch schauten sie schweigend an.

„Jilly!“ rief sie überrascht. „Du bist schon aufgestanden!“

Birdies Miene verriet Freude. Sie konnte jedoch eine Spur von Missbilligung nicht verbergen, als sie sah, dass ihre Schwester kaum etwas am Leibe trug und barfuß war. Sie warf Dennis einen raschen Blick zu, dann fing sie sich wieder, stellte ihre Einkäufe ab und lief zu ihr. Weil Jilly sitzen blieb und sie sich hinunterbeugen musste, fiel die Umarmung ein wenig linkisch aus. Birdies Wangen waren kalt vom Wind, aber die Schneeflocken auf ihrem Wollmantel schmolzen sofort bei der Berührung mit Jillys Seidenkimono.

„Gestern Abend warst du sternhagelvoll“, sagte Birdie vorwurfsvoll. Während sie redete, musterte sie Jilly, als wäre sie bei ihr in der Sprechstunde. „Und heute Morgen bist du weiß wie die Wand.“

Sofort begann Jilly, ihr Gesicht zu massieren. „Der Flug war aber auch entsetzlich, und die Fahrt vom Flughafen hierher ebenfalls.“ Mit Genugtuung bemerkte sie Birdies schuldbewussten Blick, weil sie sie nicht, wie versprochen, abgeholt hatte. „Und dann natürlich der Jetlag. Aber Rose hat sich um mich gekümmert. Sie ist wie immer die perfekte Gastgeberin. Ich habe Kaffee getrunken und Obst gegessen und bin fast wieder die Alte."

Gern hätte sie Birdie nach dem Grund für deren schlechtes Aussehen gefragt. Sie hoffte, dass man ihr den Schock nicht anmerkte, als sie nun feststellte, wie sehr ihre Schwester seit dem letzten Treffen gealtert war. Sie war einundvierzig, wirkte aber zehn Jahre älter mit ihrer unförmigen Figur und dem teigigen Gesicht. Die leuchtend roten Strähnen in ihrem braunen Haar waren ausgebleicht und mussten sich gegen das durchschimmernde Grau behaupten. Zu allem Übel wirkte ihre Frisur, der sie einen sehr männlichen Schnitt hatte verpassen lassen, ausgesprochen unvorteilhaft. Birdie war immer die größte der Season-Schwestern gewesen, dabei aber anmutig und stark und stets sehr würdevoll. Sie hatte sich total verändert. War es das Alter oder die Ernährung oder Gleichgültigkeit, dass sie sich so gehen ließ? Sie beobachtete Birdie, als sie sich den bunt gemusterten Wollschal vom Hals wickelte und die halblange dunkelblaue Jacke über eine Stuhllehne warf. Während sie quer durch die Küche zu Rose hinüberging, zog sie mit einer unbewussten Geste den Pullover über ihre breiten Hüften.

Rose schaute mit bekümmerter Miene von den Einkaufstüten auf. „Das alles brauchen wir doch gar nicht."

„Und ob", antwortete Birdie mit fester Stimme und begann, den Inhalt der Tüten auszupacken.

Dennis stieß einen tiefen Seufzer aus und vergrub sich hinter seiner Zeitung, damit er von all dem nichts mitbekam.

„Wirklich, Rose", fuhr Birdie unbeirrt fort. „Jetzt haben wir uns schon einverstanden erklärt, dass das Essen zu Hause stattfindet. Aber deine Idee, das Porzellan und die Kristallschüsseln zu benutzen, ist einfach zu romantisch. Immerhin geht es um eine Beerdigung, und wir müssen hier nichts Großartiges inszenieren. Es ist viel zu viel Arbeit – für so viele Leute den Tisch zu decken und hinterher den Abwasch zu machen. Du brauchst dir auch um die zusätzlichen Kosten nicht den Kopf zu zerbrechen. Ich übernehme sie gern."

Rose straffte sich und legte die Hände auf die Tüten, als wollte sie den Inhalt keinesfalls herauslassen. „Aber ...", sie musste kräftig schlucken, „... ich habe das ganze Porzellan doch schon ausgepackt."

„Rose, sei vernünftig. Wir können Mutters Geschirr nicht benutzen."

Jilly schaute zu Hannah und bemerkte ihren wütenden Gesichtsausdruck, während sie dem Gespräch zuhörte. Auch Dennis wirkte verärgert.

„Und warum nicht?" Rose gab keinen Zentimeter nach.

Birdie hörte mit dem Auspacken auf und stützte die Hände auf die Arbeitsplatte. Nach einer übertrieben langen Pause antwortete sie: „Zum einen gibt es von keinem Essgeschirr genügend zusammengehörende Teile für so viele Leute. Zum anderen haben wir nicht genug Salatgabeln oder passende Weingläser. Es wäre ein peinliches Sammelsurium. Und es ist viel zu spät, um noch einen Geschirrverleih anzurufen."

„Wen zum Teufel kümmert das denn?" rief Dennis scharf dazwischen. Offenbar hatte er genug davon, wie Birdie ihre Schwester bevormundete. „Wenn sie das verdammte Geschirr benutzen möchte, dann lass sie doch!"

„Dennis", sagte Birdie mit unterdrückter Wut, während sie Jilly aus den Augenwinkeln musterte, um zu sehen, wie sie darauf reagierte. „Würdest du bitte nach draußen gehen und das restliche Gepäck aus dem Wagen holen?"

Verärgert warf Dennis die Zeitung hin und stand mit einer heftigen Bewegung vom Tisch auf. Sein Stuhl wäre fast umgefallen, als er ihn zurückschob.

Jilly spürte die zunehmende Spannung im Raum. Dennis und Birdie warfen einander vernichtende Blicke zu, und auch Rose und Birdie funkelten sich an. Jilly schlürfte ihren Kaffee und kniff die Augen zusammen. So beherrschend hatte sie Birdie noch nie erlebt. Als Teenager war sie immer sehr bestimmend gewesen, aber jetzt wirkte sie geradezu einschüchternd.

„Wenn Rose Mutters Geschirr benutzen möchte", schaltete Jilly sich vorsichtig ein, „dann sollten wir sie darin unterstützen. Uns bleibt sowieso keine Zeit mehr, lange darüber zu diskutieren. Also schließen wir Frieden und lassen ihr ihren Wunsch." Sie stellte die Tasse ab und streckte das Kinn vor. „Schließlich hat sie sich um alles gekümmert."

Die Härte in Jillys Tonfall war unüberhörbar. Birdie drehte sich um und funkelte sie an. „*Sie* hat sich um alles gekümmert?" Sie holte tief Luft und fuhr dann mit einer Selbstbeherrschung fort, die über ihre wahren Gefühle nicht hinwegtäuschen konnte: „Jilly, ich weiß, du bist gerade erst angekommen. Da kannst du also gar nicht beurteilen, was ich getan habe, um dieses Begräbnis zu organisieren. Es war nämlich schon alles geklärt, bis Rose sich entschloss, ihren Kopf durchzusetzen und alles wieder zu ändern. Überlege doch mal, ein Essen hier im Haus. Du hast ja keine Vorstellung, was ..."

„Selbstverständlich!" erwiderte Jilly mit einem unbeschwerten Lachen. „Das ist kein steifes Dinner mit ausgeklügelter Tischordnung. Es ist ein informelles Zusammensein. Du machst viel zu viel Aufhebens deswegen. Ich habe in kürzester Zeit größere Dinnerpartys organisiert. Ich finde es jedenfalls toll, dass Rose endlich einmal den ganzen Kram benutzen kann. Mutter hat doch fast nie Leute eingeladen."

„Das liegt daran, dass sie eine Perfektionistin war", antwortete Birdie, während sie sich zu voller Größe aufrichtete. „Entweder hat sie etwas ordentlich gemacht – oder gar nicht."

„Ach komm, Birdie", antwortete Jilly mit einer wegwerfenden Handbewegung. „Mutter hat sich so einschüchtern lassen von den Ratschlägen in Frauenzeitschriften, was das richtige Porzellan, die korrekte Menüfolge, das perfekte Auftischen und Abdecken angeht, dass sie damit vollkommen überfordert war. Die Wahrheit ist doch, dass sie stets Angst hatte, nicht gut genug zu sein." Ihre Augen blitzten. „Es war ihr immer so verdammt wichtig, was andere über sie dachten. Deshalb hat sie nie jemanden eingeladen."

Hannah bemerkte, dass diese geheimnisvolle Tante ihre Mutter zum Schweigen gebracht hatte, und lehnte sich zurück. Birdie schien an ihrer Meinung festhalten zu wollen – einzig und allein, um vor ihrer Tochter nicht als Verliererin dazustehen.

„Lass es gut sein, Birdie", sagte Jilly und stand auf. „Rose hat sich um die ganzen Vorbereitungen gekümmert; jetzt lass es uns zu Ende bringen."

Birdie war frustriert, dass sie die einzig vernünftige Lösung in dieser Angelegenheit so vehement verteidigen musste. „Jilly, das hier ist kein Spiel. Wenn du nach Jahren wieder zurückkommst, kannst du nicht erwarten, dass wir dort weitermachen, wo wir als Kinder aufgehört haben. Ich bin sicher, dass dein Leben in Europa sehr aufregend und schick ist", setzte sie pikiert hinzu, „aber hier in Amerika ist nicht immer alles nur Spaß."

Jilly schüttelte den Kopf. Was für ein Mensch war nur aus ihrer Schwester geworden? „Warum denn nicht? Birdie, hör dich doch mal selbst reden. Wann bist du eigentlich so alt und verbittert geworden?"

Birdie fuhr zurück, als habe man ihr ins Gesicht geschlagen, und Jilly bereute ihre Worte sofort.

„Keine Sorge, wir schaffen das", fuhr Jilly besänftigend fort. „Wir machen daraus das angenehmste und unterhaltsamste Essen, das man sich nur vorstellen kann. Wir nehmen Porzellan und Silberbesteck, rosa Tischdecken mit Spitzen und Bändern, wir stellen überall Blumen hin."

„Genau!" rief Rose mit glühenden Wangen. „Ich bin sicher, dass Merry es sich so gewünscht hätte."

Es war das erste Mal an diesem Morgen, dass Merrys Name fiel. Merry, die von ihnen gegangen war. Merry, deren Anwesenheit plötzlich überwältigend spürbar war. Sie hatten ihre Trauer unterdrückt, weil man sie seit ihren Kindertagen dazu erzogen hatte, ihre Gefühle zu verbergen. Aber nun, da ihr Name erwähnt worden war, wurde die jüngste Schwester in ihren Gedanken wieder lebendig.

In Roses Augen schimmerten Tränen. Jilly ging zu ihr hinüber und schloss sie in die Arme.

Birdie folgte ihrem Beispiel. „Schön, dass du wieder zu Hause bist", flüsterte sie Jilly ins Ohr. „Ich hab dich so vermisst."

„Ich dich auch", antwortete Jilly und genoss die herzliche Umarmung, auf die sie gewartet hatte, seitdem sie nach Hause zurückgekehrt war.

Dennis kam mit noch mehr Tüten mit Pappgeschirr in den Händen zur Tür herein.

„Also gut", rief Birdie. Sie ließ die Schwestern los und wandte sich an Dennis. „Das ganze Zeuge kommt zurück ins Auto."

Dennis blieb stehen und schaute sie verdutzt an.

„Frag nicht!" Birdie nahm die Tüten von der Küchentheke und

ging zur Tür. „Ich nehme sie wieder mit – aber ich glaube trotzdem, dass ich Recht habe", rief sie über die Schulter zurück.

Dennis zuckte mit den Schultern, schüttelte den Kopf und folgte ihr.

Jilly sah Rose an und lächelte. Schlagartig hatte sich die Stimmung wieder aufgehellt.

Draußen vor der Garage blieb Birdie stehen. Sie holte tief Luft und ließ ihre Blicke durch den Garten wandern. Die Sonne strahlte von einem hellblauen Himmel herunter. Vorwitzige Krokusse lugten durch die glitzernde Schneedecke und kündeten zuversichtlich vom nahenden Frühling, selbst wenn er in diesem Jahr etwas spät kam. Im Garten hatte die Sonne den Schnee von den Steinplatten abgetaut, die ein Rechteck von etwa zwanzig Quadratmetern einfassten. Vor vielen Jahren war hier einmal ein Swimmingpool gewesen.

Deutlich sah sie das leuchtende Blau der Wände vor sich – Bahamablau, wie die Farbe bezeichnet wurde. Ein über den anderen Sommer mussten die Mädchen helfen, die Zementwände und den abfallenden Boden zu streichen. Nach der Arbeit waren sie über und über mit blauer Farbe bekleckert. Damals, in glücklicheren Tagen, kam Daddy manchmal von der Arbeit nach Hause, sprang ins Wasser und machte seine Mädchen nass, die vor Vergnügen laut kreischten. Er nahm sie abwechselnd auf seine Schultern und warf sie ins Wasser, und sie taten so, als seien sie Meerjungfrauen, die von einer Klippe sprangen. *Bitte, Daddy, noch ein einziges Mal!*

Meerjungfrauen ... Birdie musste lächeln. Wie viele Jahre hatte sie nicht mehr daran gedacht? Es war ihr Lieblingsspiel gewesen. Natürlich hatte Jilly es sich ausgedacht, obwohl die meisten Regeln von ihr, Birdie, stammten. So hatte es zwischen ihr und Jilly funktioniert. Fantasie und Regeln. Die rechte und die linke Gehirnhälfte. Sie waren ein gutes Team gewesen, die besten Freundinnen. Rose hatte das Spiel auch gefallen. Und Merry.

Birdie spürte einen Stich, als sie die zarten Glieder eines Mädchens vor sich sah, das in dem bahamablauen Becken schwamm. Sie blinzelte, um das Bild loszuwerden, und als sie wieder klar sehen konnte, fiel ihr Blick erneut auf das Rechteck im Garten, wo einmal der Swimmingpool gewesen war. Mit einem Schaudern stellte Birdie fest, dass es sehr viel Ähnlichkeit mit einem Grab hatte.

5. KAPITEL

Bei der Beerdigungsfeier, die den Leuten als „Mai-Ball" in Erinnerung bleiben sollte, gelang es tatsächlich, die bei solchen Gelegenheiten übliche düstere und bedrückte Stimmung zu vermeiden, obwohl hier und da die kritischen Bemerkungen zu hören waren, die Birdie vorausgesagt hatte. Sie bekam ein paar herablassende Kommentare über die rosafarbene und mit Spitzen gesäumte Damasttischdecke mit. Doch vor allem war sie gerührt darüber, wie viele Menschen Merry gemocht hatten. Obwohl ihre Schwester nur selten Besuch gehabt hatte, so hatte sie doch einen tiefen und bleibenden Eindruck hinterlassen. Vielleicht war es ihre Unschuld, vielleicht lag es an ihrer Lebensfreude, derentwegen sie von allen, die sie kannten, geliebt wurde. Und alles in allem hatte man Merry in angemessener Weise Reverenz erwiesen, wenn auch in Rosa und mit Spitzenbesatz.

Die letzten Nachzügler standen dicht gedrängt in der Halle, zogen ihre Mäntel an und verabschiedeten sich. Jilly, die ihr Haar zu einem strengen Nackenknoten frisiert hatte, stand an der Tür, die Schultern straff und ihr Körper kerzengerade. Sie verabschiedete Fremde und Familienmitglieder gleichermaßen mit einer Anmut, die Birdie ebenso mit Neid wie mit Stolz erfüllte. Man hätte ihre Ausbildung als Model und Schauspielerin für diese Haltung verantwortlich machen können, aber Birdie wusste es besser. Jilly war immer der Schwan unter den Entlein gewesen.

Rose dagegen hatte sie fast den ganzen Nachmittag über nicht zu Gesicht bekommen. Ihre schüchterne Schwester war wie ein Butler durch die Zimmer gehuscht, hatte stets das Buffet im Auge, das Geschirr eingesammelt und war unauffällig davongeeilt, um es abzuwaschen. Ihre Gäste hatten sie bestimmt für die perfekte Gastgeberin gehalten. Aber Birdie wusste, dass ihre Schwester lieber den Boden mit einer Zahnbürste putzen würde, als mit all diesen Menschen zu plaudern.

Als die letzten Gäste gingen, trat Mrs. Kasparov, die Maklerin, für die sie sich entschieden hatte, zu ihr hin und überreichte ihr diskret einen Verkaufsentwurf. Sie war eine kleine Frau mit grauschwarzem Haar und einem Überbiss. Ihre forsche Art erinnerte Birdie an einen Terrier.

„Hier sind das Gutachten und die anderen Informationen, um die Sie gebeten haben."

„Vielen Dank. Ich denke, wir sollten das Haus sofort zum Verkauf anbieten, um noch vom Frühjahrsgeschäft profitieren zu können. Wir rufen Sie an", sagte Birdie und geleitete sie sanft, aber nachdrücklich zur Tür. Mrs. Kasparov nickte zufrieden und machte ihrem Mann ein Zeichen, der erleichtert aufseufzte. Bevor Mrs. Kasparov endgültig ging, ließ sie ihre Blicke noch einmal habichtgleich durch den Raum schweifen.

Das ganze Haus schien erleichtert aufzuatmen, als die Tür ins Schloss fiel. Birdie massierte sich den Nacken. Nichts würde sie jetzt lieber tun, als die Füße hochzulegen und sich zu entspannen. Sie und Jilly sahen sich an und lächelten mitfühlend. Mr. Collins, ihr

Anwalt, der geduldig in einem Ohrensessel am Fenster gesessen hatte, erhob sich wie auf ein stummes Stichwort.

„Ich denke, wir sind jetzt so weit", verkündete sie. „Vielen Dank für Ihre Geduld, Mr. Collins. Sollen wir ins Esszimmer gehen?"

Im Vorbeigehen legte sie Rose den Arm um die Schulter, und sie gingen zum Esstisch hinüber, von dem das Geschirr und das Tischtuch entfernt worden war.

Mutters Mahagonitisch glänzte im Licht des Kronleuchters. Als Birdie sich hinsetzte, überlegte sie, wer wohl die Esszimmermöbel erben würde. Die wuchtigen Stücke würden in ihrem Tudor-Haus bestimmt sehr gut zur Geltung kommen. Und wer außer ihr konnte eine solche Garnitur wirklich gebrauchen? Jilly würde die Möbel bestimmt nicht nach Frankreich transportieren wollen, und Rose würde vermutlich in eine kleine Eigentumswohnung ziehen.

Jilly nahm an einem Ende des Tisches gegenüber von Mr. Collins Platz, der geschäftig seine Papiere vor sich ausbreitete. Sie hatte die Hände gefaltet und saß kerzengerade. Ihre grünen Augen waren groß und aufmerksam, als ob sie auf der Bühne stände. Sie warteten geduldig, bis Rose sich ebenfalls hingesetzt hatte. Ihre Miene wurde nachdenklich, als sie den Verkaufsentwurf von Mrs. Kasparov auf dem Tisch bemerkte.

Als sie endlich alle saßen, verschränkte Mr. Collins die Hände auf dem Tisch und lächelte wohlwollend in die Runde. Er war ein großer, distinguiert wirkender Gentleman und der beste Freund ihres Vaters gewesen. Früher hatten sie ihn „Onkel George" genannt, aber nur Merry hatte ihn auch dann noch so angeredet, als sie bereits erwachsen war.

„Ihre Schwester hat mir sehr viel bedeutet, und Ihr Vater war ein sehr guter Freund. Es war mir eine Freude und eine Ehre, sein Testamentsvollstrecker und der Verwalter von Merediths Treuhandvermögen zu sein, und selbstverständlich auch, die Interessen der gesamten Familie Season während der vergangenen Jahre wahrzunehmen.“ Er warf Jilly einen kurzen Blick zu, und sie schaute ebenso reserviert zurück.

„Sie alle sind darüber informiert, wie Ihr Vater seinen Besitz nach seinem Tod verteilt haben wollte?“

Die drei Schwestern nickten.

„Zu der Zeit, als er sein Testament verfasste, im August des Jahres 1977, war sein wichtigstes Anliegen das Wohlergehen seiner jüngsten Tochter Meredith, nachdem sich herausgestellt hatte, dass sie nicht in der Lage sein würde, nach seinem Tod und dem Ihrer Mutter für sich selbst zu sorgen. Ihre Mutter hatte sich damit einverstanden erklärt, ein Drittel des Vermögens für ihren eigenen Lebensunterhalt zu akzeptieren und den größten Teil als Treuhandvermögen für Meredith anzulegen. Wie Sie sich erinnern, wurde nach dem Tod Ihrer Mutter im Jahre 1990 der Rest ihres Besitzes zu gleichen Teilen unter allen vier Töchtern aufgeteilt. Ich glaube, es handelte sich um vierzigtausend Dollar.“

Jillys Gesicht blieb ausdruckslos, als sie nickte. Birdie erinnerte sich an den Anruf ihrer Schwester aus Europa, bei dem sie ihren Zweifeln und ihrer Enttäuschung darüber Luft gemacht hatte, dass so wenig vom Besitz ihrer Mutter übrig geblieben war. Sie hatte ihr das sehr übel genommen, und von dem Tag an hatte sich ihre Haltung Jilly gegenüber grundlegend verändert.

Mr. Collins rückte seine Brille zurecht, als er eine Zahl auf dem Papier nachprüfte. „Es wurde außerdem festgesetzt, dass das verbleibende Vermögen im Falle von Merediths Tod zu gleichen Teilen unter den Erben aufgeteilt werden sollte. Zum jetzigen Zeitpunkt sind dies Jillian, Beatrice und Rose Season. Das Vermögen umfasst alle verbleibenden Gelder, bewegliches und unbewegliches Eigentum, also dieses Haus, da das Sommerhaus in Indiana im Jahre 1984 verkauft wurde. Ich habe das Bankkonto eingefroren und die wenigen noch verbliebenen Aktien verkauft. Nach Abzug der geschätzten Steuern und den Kosten für die Beerdigung verbleiben – selbstverständlich ohne den Erlös aus dem Verkauf dieses Hauses – nach meiner Einschätzung ungefähr zwanzigtausend Dollar auf dem Treuhandkonto, die aufgeteilt werden müssen."

„Ist das alles?" fragte Jilly und richtete sich auf. „Ich habe immer gedacht, mein Vater hätte ein beträchtliches Vermögen hinterlassen."

„Meine Güte", murmelte Birdie. Es machte sie wütend, dass Jilly schon wieder enttäuscht war.

„Ihr Vater hat ein beträchtliches Vermögen hinterlassen", erwiderte Mr. Collins ruhig. „Aber angesichts der Unterhaltskosten für ein Haus dieser Größe hat es sich mit den Jahren verringert – ganz zu schweigen von den erheblichen Aufwendungen für Merrys medizinische und therapeutische Versorgung. Wenn Sie es wünschen, kann ich Ihnen gleich detaillierte Abrechnungen zeigen."

„Wir sind sehr vorsichtig mit den Ausgaben gewesen", warf Rose besorgt ein.

„Das ist nicht nötig", beantwortete Jilly Mr. Collins' Angebot. „Ich bin sicher, dass alles seine Richtigkeit hat. Ich bin nur ... überrascht. Wie viel ist das Haus Ihrer Meinung nach wert?"

Sofort öffnete Birdie die Mappe mit den Verkaufsunterlagen und blätterte durch die Seiten. „Nach Angaben von Mrs. Kasparov beträgt der Marktwert ungefähr fünfhundertfünfzigtausend Dollar. Abzüglich der Grundstücksprovision, Vermögenssteuer und so weiter."

„Das ist nicht dein Ernst?" Jilly war am Boden zerstört. „In dieser Gegend? Das kann doch nicht stimmen. Das scheint mir sehr wenig zu sein."

Geht das schon wieder los? dachte Birdie. Sie warf Rose einen raschen Blick zu, denn sie wollte sie mit ihrer Bemerkung nicht verletzen. „Mrs. Kasparov ist der Meinung, das Haus sei sehr renovierungsbedürftig, insbesondere die Veranda, die teilweise verrottet ist, Rohre und Leitungen sowie das Mauerwerk. Das Haus muss gestrichen und tapeziert, der Garten neu angelegt werden. Und der stillgelegte Pool mindert den Wert ebenfalls. Außerdem sind Küche und Bäder nicht mehr zeitgemäß und müssen komplett erneuert werden. Unterm Strich kommt heraus, dass das Gebäude eine ansprechende Architektur hat und in einer ausgezeichneten Gegend liegt. Es ist ein Objekt, das normalerweise als ‚besonders gut geeignet für Handwerker' angeboten wird." Sie schloss die Mappe und legte die Hände darauf. „Ich stimme dem Gutachten vollkommen zu. Unter diesen Umständen können wir keinen Spitzenpreis erwarten."

„Aber ungeachtet des Zustands handelt es sich doch um ein Doppelgrundstück", warf Jilly ein. „Man kann den See zu Fuß erreichen. Allein das Land ist schon so viel wert. Das Haus am Ende der Straße wird doch auch für mehr als eine Million angeboten."

„Geh mal mit offenen Augen durch das Haus, Jilly. Du kannst die beiden Gebäude nicht vergleichen." Birdie zögerte einen Moment. „Es steht auch zur Debatte, ob es nicht besser wäre, das Haus abzureißen."

„Nein!" sagte Rose entsetzt.

Jilly war empört. „Ich möchte eine zweite Meinung hören."

„Du kannst dir das Gutachten durchlesen", sagte Birdie und reichte Jilly die Mappe. „Wir müssen uns überlegen, ob wir die ganzen Renovierungsarbeiten selber machen wollen oder das Haus im derzeitigen Zustand verkaufen. Offen gestanden, ich bin für Letzteres."

Rose rutschte unbehaglich auf ihrem Stuhl hin und her und knetete ihre Hände. Stumm blickte sie erst Mr. Collins und dann ihre Schwestern an. Sie schreckte vor der Frage zurück, die sie in ihren Augen lesen konnte.

Mr. Collins räusperte sich. „Nun, das ist eine Angelegenheit, die Sie unter sich ausdiskutieren sollten. Ich möchte mich da nicht einmischen, aber selbstverständlich stehe ich Ihnen zur Verfügung, falls Sie meine professionelle Hilfe benötigen oder ...", sein Lächeln verriet die Zuneigung, die er ihnen gegenüber ein Leben lang empfunden hatte, „nur den Ratschlag eines alten Freundes."

„Vielen Dank, Mr. Collins", sagte Birdie.

Jilly schloss sich ihr an, nur Rose blieb stumm. Sie schien sehr besorgt zu sein.

„Wäre das dann alles?" Birdie war ziemlich verärgert, weil Jilly so enttäuscht aussah. Sie begann, die Papiere zu sortieren, und klappte die Mappe mit den Gutachten zu. Sie wusste nicht so recht, warum Mr. Collins direkt nach dem Begräbnis auf diesem Treffen bestanden hatte, zumal doch noch gar nichts definitiv beschlossen werden konnte. Sie hätten die Angelegenheit genauso mit einem Telefonanruf oder einem Brief erledigen können. Der gute Mann war überaus fürsorglich. Was hätte sie nur all die Jahre ohne ihn getan?

„Da ist noch eine andere Sache, über die wir reden müssen. Sie ist ein wenig heikel", sagte er.

Überrascht blickte Birdie auf. Mr. Collins' Stimme hatte sich verändert; sie schien jetzt vorsichtiger zu klingen. „Und was wäre das?"

Langsam setzte er die Brille ab und verstaute sie in seiner Brusttasche. Offenbar überlegte er, wie er beginnen sollte. „Ich habe um dieses Treffen heute gebeten, weil ich mit Ihnen etwas besprechen möchte, solange Sie noch alle hier unter diesem Dach sind. Das ist schließlich eine einmalige Situation." Er räusperte sich und setzte von neuem an, während er Rose einen kurzen Blick zuwarf.

„Ich habe Merry seit ihrer Geburt gekannt. Manchmal kam sie meine Frau und mich besuchen. Wie Sie wissen, war Ihre Schwester, juristisch betrachtet, nicht geschäftsfähig. Aber während ihrer letzten Krankheit hat sie mit bemerkenswerter Intuition gespürt, dass ihre Zeit begrenzt war." Er sah Rose an, um sich ihrer Zustimmung zu vergewissern. Sie saß sehr aufrecht in ihrem Stuhl, blass und schweigsam.

„Wir haben viele Gespräche miteinander geführt. Besonders über einen Punkt hat Merry sich sehr viele Sorgen gemacht." Er räusperte sich erneut. Unter einem Stapel Papiere zog er eine Videokassette hervor. Darauf war mit einem Klebestreifen ein kleiner Briefumschlag befestigt – das Briefpapier eines jungen Mädchens, blau und mit pastellfarbenen Blumen geschmückt.

Birdie kniff die Augen zusammen, als sie die große, kindliche Handschrift auf dem Umschlag sah. Es war die von Merry.

Rose erhob sich. Als habe sie auf diesen Moment gewartet, nahm sie Mr. Collins die Videokassette aus der Hand und ging zum Fernsehapparat, der im Wohnzimmer stand und bereits für das Abspielen des Bandes eingeschaltet war.

„Bitte machen Sie es sich doch auf dem Sofa bequem", forderte er die anderen auf und bedeutete ihnen mit einer Geste, in den nebenan liegenden Raum zu gehen.

Birdie und Jilly erhoben sich, ohne einander anzusehen, und folgten ihm ins Wohnzimmer. Die Stimmung war unbehaglich, da sie nicht wussten, was sie erwartete. Sie setzten sich in die beiden

Ohrensessel, die einander gegenüber standen. Rose betätigte ein paar Tasten am Videorecorder, während Mr. Collins stehen blieb, offenbar erpicht darauf, beginnen zu können.

„Was hat das alles zu bedeuten?" wollte Birdie wissen.

„Bitte haben Sie etwas Geduld", antwortete er. „Sie werden es gleich erfahren."

„Fertig." Auf sein Nicken hin drückte Rose auf die Playtaste und nahm dann selbst vor dem Fernsehgerät Platz.

Im Raum herrschte Stille, als das Band zu laufen begann. Nach ein paar Sekunden, in denen nichts zu sehen war, tauchte Merry plötzlich auf dem Bildschirm auf. Beim Anblick ihres hübschen Gesichts, das den ganzen Bildschirm füllte, hielten die Schwestern schockiert den Atem an. Merry lächelte und kicherte und hielt sich die Hand vor den Mund, wenn sie lachte.

„Mein Gott", stieß Birdie hervor und presste die Faust gegen die Lippen. „Merry ..."

Es war kaum zu ertragen. Merry war eine atemberaubend schöne Frau. Nichts deutete auf ihre Behinderung hin. Nicht nur der zierliche Körper, die schlanke Taille, ihre strahlend blauen Augen, die ihr Gesicht erhellten, wenn sie lächelte, machten ihren Reiz aus; da war noch eine andere, schwer fassbare Eigenschaft. Trotz ihrer zweiunddreißig Jahre besaß Merry immer noch die kokette und absolut faszinierende Unschuld eines Kindes.

Als die Kamera näher heran fuhr, erkannte Birdie Spuren von Merrys Krankheit in den dunklen Ringen der Müdigkeit unter ihren Augen, der Blässe ihrer Haut und den blau gefärbten Lippen. Sie sah Rose so ähnlich.

Die beiden jüngeren Season-Schwestern waren beide klein, mit einem zierlichen Körperbau und den gleichen rotgoldenen Haaren, die sie lang und glatt trugen. Nur dass Merry schwach und zerbrechlich wirkte, während Rose Stärke ausstrahlte. Die Patientin und die Krankenschwester.

Mr. Collins' Stimme drang aus dem Lautsprecher. „Guten Tag, Merry. Wie geht es dir denn heute?"

Plötzlich wirkte Merry verschüchtert und bewegte unsicher die Schultern hin und her. „Gut." Dann legte sie den Kopf schräg und fragte: „Ist die Kamera schon eingeschaltet?"

„Ja."

„Wie in einem richtigen Fernsehstudio?"

„Genauso wird es auch aussehen", versicherte ihr die Stimme des unsichtbaren Mr. Collins.

Merry nickte zustimmend. Sie schien von etwas abgelenkt zu sein, das hinter seinem Rücken stattfand.

„Was möchtest du uns denn heute erzählen?"

„Nichts."

„Nichts?" Er lachte leise. „Ich dachte, du wolltest uns etwas mitteilen." Als Merry offenbar verstört die Stirn runzelte und den Kopf schüttelte, drängte er: „Und deinen Schwestern. Rose und Birdie und ..."

„Jilly!" rief sie aus und richtete sich in ihrem Stuhl auf. Jetzt hatte er ihre ungeteilte Aufmerksamkeit gewonnen. „Wird Jilly das auch sehen?"

„Dafür werde ich sorgen. Und jetzt erzähl Jilly und Birdie und Rose, was du mir erzählt hast."

Merrys Gesicht wurde ausdruckslos, als sie wieder in die Kamera blickte.

Birdie lehnte sich aufmerksam nach vorne. In ihrem Herzen verspürte sie einen Stich, als sie die unübersehbaren Beweise von Merrys geistiger Behinderung wahrnahm.

„Wenn ich deinen Schwestern diesen Film zeige", fuhr Mr. Collins mit bewundernswerter Geduld fort, „was willst du ihnen dann sagen?“

„Sie werden mich sehen?“

„Ja.“

Ihr Gesicht wurde ernst, und sie zog einen Schmollmund. Dann drohte sie mit dem Finger in die Kamera und sagte ganz ernsthaft: „Ich möchte, dass ihr May findet. Ich möchte, dass ihr sie wiederholt, ja? Und sagt ihr ...“ Sie hielt inne, um zu überlegen, und sah an die Decke. Dann schaute sie mit einem unwiderstehlichen Lächeln wie eine professionelle Moderatorin in die Kamera und fuhr fort: „Sagt ihr, dass ich sie liebe. Bitte!“

„Wer ist May?“ fragte er.

Merrys Gesicht umwölkte sich, und sie schüttelte den Kopf. „Darüber darf ich nicht sprechen.“

„Wer hat das gesagt?“

„Rose hat es mir verboten.“

„Ach so. Gibt es denn sonst noch etwas, das du sagen möchtest?“

Merrys Konzentration schien nachzulassen. Plötzlich sah sie müde aus. Ihre Schultern sanken herab, und sie schüttelte den Kopf. „Gibst du Rose und Birdie den Film? Und Jilly?“ Für einen kurzen Moment erhellte sich ihre Miene. „Wir sind die vier Seasons“, sagte sie stolz und hielt vier ausgestreckte Finger in die Kamera. Sie führte die Hand zum Mund, als sie zu husten begann, zuerst leise, dann immer lauter, und schließlich bekam sie kaum noch Luft.

Die Kamera wurde zur Seite geschleudert, das Bild begann wild zu tanzen und zeigte aus einer schrägen Perspektive zunächst den Teppich, dann Merrys schlanke Beine und schließlich die Hosenumschläge eines Mannes, der ihr zu Hilfe eilte. Und dann wurde der Bildschirm schwarz.

Niemand sagte etwas. Rose ging zum Fernseher hinüber und schaltete ihn aus. Jilly starrte weiter auf die dunkle Mattscheibe. Birdie schnüffelte und holte eine Schachtel Kleenex. Sie schneuzte sich und betupfte die Augen, als sie zu ihrem Platz zurückkehrte.

„Was ist mit dem Brief?“ fragte Rose nach einer Weile.

„Ach ja“, sagte Mr. Collins. Er hielt den Brief in der Hand. „Er ist versiegelt. Wer möchte ihn öffnen?“

„Ich“, sagte Rose und streckte die Hand danach aus. Mr. Collins überreichte ihn ihr. Respektvoll hielt sie den Umschlag zwischen den Fingern und strich ihn zärtlich mit der Handfläche glatt. „Ich wusste natürlich, dass sie bei Mr. Collins war, und ich wusste auch, dass sie irgendetwas bekümmerte, obwohl ich das Video vorher nicht gesehen habe.“ Sie lächelte traurig. „Merry konnte sehr verschwiegen sein, wenn sie wollte. Vielen Dank, Mr. Collins. Es war sehr bewegend. In unserer Familie ist es nicht üblich, Videoaufnahmen zu machen, und ich glaube, das ist die einzige, die wir von Merry haben. Es war wirklich ergreifend, sie zu sehen und sprechen zu hören.“ Sie verstummte, um sich zu sammeln.

„Aber ich weiß, was in dem Brief steht“, fuhr sie kurz danach fort. „Sie hat ihn selbst geschrieben. Sie hat sich sehr viel Mühe damit gegeben.“ Ein Lächeln huschte über Roses Gesicht. „Sie hat eine ganze Menge Bögen zerrissen, bis sie endlich zufrieden war.“

„Warum liest du ihn nicht vor?“ fragte Birdie.

Rose öffnete den Umschlag und zog den farblich dazu passenden Bogen heraus. Sie strich das Papier glatt, warf Jilly einen kurzen Blick zu und räusperte sich. „Er ist auf den 5. März 1999 datiert.“

„Das war einen Monat vor ihrem Tod“, sagte Birdie.

„Stimmt“, bestätigte Rose und hob den Brief hoch. „Er ist nicht lang ...“

Liebe Jilly, Birdie und Rose,
unter meinem Bett steht die Kassette, die ihr mir gegeben habt. Bitte gebt sie May. Bitte gebt ihr auch mein ganzes Geld. Sie braucht ein hübsches Haus.
Eure Schwester Merry
P.S. Erst müsst ihr sie aber finden.

„Das ist alles", sagte sie und faltete den Bogen zusammen.

Jilly rieb sich die Schläfen. Dann beuge sie sich nach vorne und sagte: „Ich bitte um Verzeihung, aber bin ich die Einzige, die hier etwas nicht mitbekommen hat? Da ist schon wieder dieser Name. Sie hat mich auch schon mal danach gefragt. Wer oder was ist May?"

„Ist das nicht der Name ihrer Puppe?" fragte Birdie. „Die, die sie ihr ganzes Leben lang hatte? Ihr kennt sie doch alle, diese Babypuppe mit den roten Haaren. Sie hat sie immer bei sich gehabt."

„Ja", antwortete Rose. „Die Puppe heißt May. Aber das ist es nicht, was sie meint."

„Warum spannst du uns auf die Folter? Ist sie eine Freundin? Existiert sie wirklich oder nur in ihrer Fantasie?"

Rose schaute Hilfe suchend zu Mr. Collins hinüber.

Er nickte, um ihr zu sagen, dass sie weitermachen sollte.

Rose wischte sich mit den Handflächen über ihr Kleid. „Jilly", sagte sie ernst, dann verstummte sie.

Jilly saß bewegungslos in ihrem Sessel, als ob sie für ein Foto posierte.

Birdie forschte in Roses Mimik nach – neugierig und gleichzeitig ängstlich. Schließlich blickte sie zu Mr. Collins, dessen Blick verriet, dass er alles wusste.

„Na ja, so was Schlimmes kann es ja wohl nicht sein“, meinte Jilly schnell. „Puppen und Kassetten sind ja nicht so etwas Weltbewegendes.“

„Bitte glaube mir: Das hier soll weder dich noch deine Privatsphäre in irgendeiner Form verletzen“, entgegnete Rose. „Merry hat dich geliebt. In gewisser Weise mehr als jede andere von uns, glaube ich. Du warst immer etwas ... nun ja ... Exotisches. Etwas Besonderes. Sie hat dauernd von dir gesprochen, und sie hat auch deine Filme geliebt. Sie hat zwar kein Italienisch verstanden, aber sie hat sie zwei oder drei Mal pro Woche angeschaut, nur um dich zu sehen.“

„Das ist sehr nett, aber was hat das mit May zu tun? Bin ich etwa May? Sie wollte, dass ich nach Hause komme? Ist es das?“

„Nicht ganz“, seufzte Rose resigniert. „Das ist so schwer.“

„Rose ...“, drängte Birdie.

Rose nickte. „Ich erzähle euch alles ohne Umschweife, und dann können wir darüber reden, einverstanden? Das ist genau das Problem“, bemerkte sie wie nebenbei. „In dieser Familie wird alles verschwiegen. Wenn wir bloß ..., naja, ist ja egal.“

Rose blickte Jilly in die Augen. „Tatsache ist, Jilly: Obwohl niemand jemals offen darüber gesprochen hat, haben wir doch alle gewusst, wo du damals hingegangen bist. Natürlich kannten wir zu dem Zeitpunkt nicht die Einzelheiten. Mutter hat all diese Geschichten erfunden und uns im Dunkeln tappen lassen. Aber wir haben gewusst, dass du irgendwohin gegangen bist, um ein Kind zu bekommen.“

Jilly wurde aschfahl im Gesicht. Sie fasste sich mit der Hand an den Hals. Ansonsten bewegte sie sich nicht.

Erstaunt legte Birdie die Finger an die Lippen und beobachtete verstohlen Jillys Reaktion.

Rose holte tief Luft und fuhr fort: „Sogar Merry wusste es. Ich weiß nicht, wie sie es herausgefunden hat, doch sie hatte schon immer ein Talent dafür, auf die Wahrheit zu stoßen. Das hier ist zwar ein großes Haus, aber es ist nicht groß genug, dass man das Flüstern in der Nacht nicht mitbekommen würde oder das Weinen hinter verschlossenen Türen oder die heftigen Streitigkeiten zwischen dir und Mom und Daddy."

Jilly umklammerte die Armlehnen des Sessels und bohrte die Fingernägel in den weichen, abgewetzten Stoff. Ihre Stimme klang kalt und fordernd. „Was weißt du genau?"

Rose sah sie mitfühlend an und sprach ohne Umschweife. „Damals nicht sehr viel. Merry und ich, wir waren ja noch Kinder, also kannten wir keine Einzelheiten. Und Birdie wollte nicht mit uns darüber sprechen. Später natürlich schon, aber damals eben nicht. Und Mom hat mir selbstverständlich auch alles erklärt – viele Jahre später."

Sie schwieg, um Jilly Gelegenheit zu einer Antwort zu geben. Aber als sie nichts sagte, fuhr Rose fort: „Tatsache ist, dass Merry nicht gewusst hat, was wirklich passiert war. Alles, was sie mitbekommen hatte, war, dass du weggegangen bist, um ein Baby zu bekommen. Deshalb war sie auch so verwirrt, als du ohne das Baby nach Hause gekommen bist. Sie war sogar regelrecht aufgebracht. Sie hat die ganze Nacht wegen des Babys geweint. Erinnerst du dich nicht mehr daran?"

Jilly sagte noch immer nichts.

„Ich erinnere mich dunkel daran", sagte Birdie. „Damals passierte eine Menge, und alle waren furchtbar angespannt. Ich glaube, wir wussten alle, dass Merry deswegen geweint hat."

„Als Mom endlich herausfand, dass sie über das Baby Bescheid wusste", fuhr Rose fort, „war sie ziemlich aufgebracht. Sie rief uns alle zu einem Gespräch zusammen und beschwor uns bei allen Höllenstrafen, niemals auch nur ein Wort darüber zu verlieren. Nicht einmal, wenn wir unter uns waren. Sie erklärte uns, dass dadurch unser Ansehen und Ruf zerstört würden."

„Damals hat Mom ihr die Babypuppe gekauft", fügte Birdie hinzu. „Sie hat es zum einen getan, um Merry zu beruhigen, und zum anderen, um sie als Vorwand zu benutzen, falls Merry über das Baby sprechen sollte."

„Aber sie hat es nie getan", sagte Rose. „Nur mir gegenüber. Und ich habe ihr immer eingeschärft, nur ja nicht mit Fremden darüber zu reden. Du hast sie ja auf dem Videoband gesehen. Da das Baby im Mai geboren wurde, hat sie es May genannt. Die Puppe war dabei nur ein Ersatz."

Rose rieb sich die Arme und blickte in die Ferne. „Es ist seltsam, aber nachdem sie dem Baby einen Namen gegeben hatte, konnten wir alle irgendwie besser damit umgehen. Ich meine, das Baby existierte jetzt wirklich. Aber während wir unser Leben weiterlebten, klammerte Merry sich daran, dass May irgendwo da draußen war – mit dir, Jilly. Und als du ohne das Baby nach Hause gekommen bist, war sie sehr aufgebracht. Sie war davon überzeugt, dass May verloren gegangen war und uns brauchte."

Jillys Gesicht war schneeweiß, und sie saß stocksteif in ihrem Sessel. Verwirrt sah sie Rose an, als ob sie versuchte, all das zu begreifen, was gerade gesagt worden war.

Birdie runzelte die Stirn. „Aber ich verstehe nicht, was das mit dem Brief und der Videokassette zu tun hat. Sie will, dass wir die wirkliche May finden? Das Baby, das Jilly zur Adoption gegeben hat?"

„Ja", antwortete Rose.

„Aber warum?"

„Sie möchte, dass wir May die Kassette geben. Und ihr Geld."

Jilly vergrub ihr Gesicht in den Händen. „Oh, Gott ...“

Birdie benötigte nicht lange, um das Durcheinander in ihrem Kopf zu ordnen. „Aber das ist doch lächerlich. Mehr als eine halbe Million Dollar einer Fremden geben? Das ist unser Erbe. Es soll durch drei geteilt werden. Es tut mir Leid, Jilly, aber ich habe auch ein Kind. Kommt Hannah in dieser Rechnung überhaupt nicht vor?“

„Sie meinte nicht das Geld aus dem Verkauf des Hauses, sondern nur das, was von ihrem Treuhandvermögen übrig geblieben ist. Sie hatte keine rechte Vorstellung von Geld, aber sie wusste, dass sie etwas auf der Bank hatte. Abgesehen davon war sie in erster Linie daran interessiert, dass wir May finden“, erklärte Rose.

„Mr. Collins“, sagte Birdie, „juristisch betrachtet war Merry doch nicht zurechnungsfähig, oder? Der Brief gilt doch nicht als letzter Wille oder Anhang zum Testament?“

„Man könnte ihn als solchen betrachten, aber darüber würde ich mir keine Gedanken machen.“ Mit einer Handbewegung versuchte er, ihre Bedenken wegzuwischen. „Wie ich schon zu Beginn gesagt habe, war Merry meiner Meinung nach nicht geschäftsfähig. Falls aber eine von Ihnen behauptet, dass sie es doch war ...“, er warf Rose einen Blick zu, „... müsste geprüft werden, inwieweit ihr Brief juristisch wirksam ist. Ich glaube nicht, dass ein Gericht ihn anerkennen würde. Ich habe ihre Bitte nur deshalb an Sie weitergeleitet, weil Merry mich darum gebeten hat.“

„Rose, ich verstehe nicht, wie du sie darin unterstützen konntest“, sagte Birdie aufgebracht. „Was hast du dir eigentlich dabei gedacht?“

„Ich habe sie nicht darin unterstützt. Ich habe ihr aber auch nicht davon abgeraten. Ob es dir nun passt oder nicht, Birdie: Merrys Wunsch war, dass wir May suchen.“

„Nun, meiner ist es jedenfalls nicht."

Alle schauten zu Jilly hin. Ihre kalte, harte Stimme erschreckte sie. Sie hatte bei diesem Gespräch so lange geschwiegen, dass die anderen sie fast vergessen hatten.

„Ich habe genug von diesem Gerede über die Suche nach May, als ob sie Merrys Kind wäre", sagte sie in gemessenem Tonfall. „Sie hatte eine *Puppe*. Das sollten wir nicht vergessen. Was das ... das ...", sie suchte nach einem unpersönlichen Begriff und spie ihn fast aus „... *andere* angeht, so ist das meine Entscheidung, und zwar allein meine Entscheidung. Und ich werde es nicht tun. Habt ihr mich gehört? Ich werde es nicht suchen. Und auch sonst niemand. Ich verbiete es euch. Du hast kein Recht dazu", wandte sie sich an Rose. „Merry hatte kein Recht dazu, diese Angelegenheit wieder aufzuwärmen. Das ist meine Geschichte, und keiner von euch hat auch nur die leiseste Vorstellung davon, was ich durchgemacht habe. Ich werde den Teufel tun, das alles noch einmal aufzukochen, nur um eure abartige Neugier zu befriedigen oder diesen idiotischen Wunsch meiner Schwester zu erfüllen. Mit diesem Teil meines Lebens habe ich abgeschlossen. Punkt. Es gibt keine May."

Jillys Augen sprühten in ihrem schmalen weißen Gesicht. Sie wirkte unnahbar, und ihre Blicke machten unmissverständlich klar, dass es besser wäre, ihr nicht zu widersprechen. Rose fuhr sich über die bebenden Lippen. Birdie verknotete ihre Finger.

Mr. Collins legte die Hände auf den Rücken und sagte mit bewundernswerter Ruhe: „Dafür haben wir vollstes Verständnis."

Jillys Schultern fielen herab. Plötzlich sah sie älter aus und wirkte unendlich müde. Wie gerne wäre sie jetzt woanders gewesen. Sie erhob sich langsam mit aller Würde, die ihr zu Gebote stand, dann verließ sie eilig den Raum. Kurz darauf fiel die Tür ihres Schlafzimmers krachend ins Schloss.

„Also ...", sagte Birdie, während sie tief Luft holte und ihre Kostümjacke aufknöpfte.

„Das habe ich befürchtet", meinte Rose.

„Was hast du denn erwartet? Wie konntest du ihr das nur antun? Kannst du dir überhaupt vorstellen, was sie damals durchgemacht hat? Die Entscheidung, nach einem Kind zu suchen, das man zur Adoption gegeben hat, muss doch eine der schmerzhaftesten, um nicht zu sagen persönlichsten sein, die eine Frau treffen kann. Es ist eine Sache, wenn Merry von ihrer Puppe redet und ihren Vorstellungen über ein verlorenes Baby, doch es ist etwas ganz anderes, daraus einen letzten Willen zu machen."

„Und um genau den geht es", rief Rose und stand auf. „Ich wusste, dass es einen Aufstand geben würde, aber wie hätte ich ihr den Wunsch abschlagen können? Birdie, du selbst hast doch Merry immer wie etwas Zerbrochenes gesehen, das zusammengefügt werden musste. Eine Hälfte, der die andere zum Ganzen fehlte. Und was Jilly betrifft ... Wer weiß? Ich liebe sie, aber in den vergangenen zwanzig Jahren habe ich sie kaum gesehen. Sie hat sich nie wirklich darum bemüht, Merry kennen zu lernen. Merry war ein kostbares, wunderschönes Individuum. Sie war mir eine liebe Freundin. Und wenn meine Schwester und Freundin mich bittet, ihren Schwestern ihren letzten Wunsch mitzuteilen, dann tue ich das auch ganz gewiss, das kannst du mir glauben."

„Schön für dich", antwortete Birdie scharf. „Aber hast du dir auch die Konsequenzen überlegt?"

„In der Tat, das habe ich getan." Rose streckte ihr Kinn vor, bereit, es mit Birdie aufzunehmen. „Ich habe mein ganzes Leben in diesem Haus verbracht. Ich war diejenige, die das College abgebrochen hat, um sich um Merry zu kümmern. Ich habe gesehen, wie du und meine Freundinnen geheiratet und Kinder bekommen habt und euer eigenes Leben führtet, während ich die Jahre an mir vorbeifließen sah. Da brauchst du mir wirklich nichts über Konsequenzen zu erzählen.“ Sie hielt inne, um sich ein wenig zu beruhigen. „Und dass ich auf Mutter Acht gegeben habe, hast du wohl ebenfalls vergessen. Wenn sie getrunken hatte, kam sie ins Reden. Ich kenne jedes kleine schmutzige Geheimnis, das unter den Teppich gekehrt wurde, und ehrlich gesagt bin ich der Ansicht, dass es höchste Zeit ist, den Tatsachen ins Auge zu blicken und reinen Tisch zu machen. Unsere Eltern sind tot. Merry ist tot. Es ist niemand mehr da, der uns zusammenhält oder zwingt, miteinander in Kontakt zu bleiben. Es wird endlich Zeit, miteinander zu reden.“

Birdie fuhr sich über die Augen. „Ich denke, das wäre wirklich das Beste.“

Mr. Collins trat einen Schritt vor und stellte sich zwischen sie. „Ich glaube, es ist Zeit für mich zu gehen. Wie immer Sie sich in diesem Fall – oder was das Haus anbetrifft – entscheiden, liegt ganz in Ihrem eigenen Ermessen. Meine Aufgabe als Testamentsvollstrecker ist jedenfalls klar. Das Geld und das Eigentum wird zu gleichen Teilen zwischen Ihnen aufgeteilt, wie Ihr Vater es in seinem Testament bestimmt hat. Sollte ich etwas anderes von Ihnen hören, dann müssen wir entsprechende juristisch Dokumente aufsetzen. Selbstverständlich müssen Sie nicht heute Abend eine Entscheidung treffen. Ich schlage Ihnen vor, die Angelegenheit zu überschlafen. Auf Wiedersehen, Birdie und Rose. Bitte grüßen Sie Jilly von mir, und sagen Sie ihr, dass sie mein vollstes Mitgefühl hat für den Kummer, den sie erlitten hat.“

Birdie stand auf und nahm seine Hand. „Das werde ich. Ich bringe Sie zur Tür.“

Rose reichte ihm seine Aktentasche. Als sie ihm auch die Videokassette geben wollte, schüttelte er den Kopf.

„Nein, die ist für Sie. Vielleicht wollen Sie sich die Aufzeichnung noch einmal ansehen." Schweigend ließ er seinen Blick durch das Wohnzimmer schweifen. Er schien gedankenverloren, so als ob er die Geister einer glücklicheren Zeit sähe, die längst vergangen war.

„Es ist mir nicht leicht gefallen, Merrys Bitte nachzukommen", meinte er. „Wenn Sie das Band noch einmal anschauen, dann werden Sie feststellen, dass Merry nur aus Liebe zu Ihnen allen gehandelt hat, als sie ihren Wunsch äußerte. Davon bin ich fest überzeugt. Oh, da fällt mir noch etwas ein."

Er beugte sich hinunter, öffnete seine Aktentasche und holte einen kleinen Karton für Kinderschuhe heraus. Er war bunt angemalt und von all den Klebebändern, die mehrfach um ihn geschlungen waren, geradezu versiegelt.

Birdie erkannte die Schachtel sofort und streckte die Hand danach aus. „Die Kassette", sagte sie atemlos.

„Ganz richtig", bestätigte er. Als er sie ihr überreichte, sagte er vollkommen ernst: „Als Mitvollstrecker des Testaments übergebe ich sie in Ihre Obhut. Es ist der Wunsch meiner Mandantin, dass sie May in diesem Zustand übergeben wird, wenn Sie sie finden sollten. Ich nehme an, Sie kennen den Inhalt."

Birdie schüttelte den Kopf, während sie die kleine Schachtel respektvoll entgegennahm. „Nein. Wenigstens nicht alles. Wir haben sie Merry geschenkt, als sie nach dem Unfall aus dem Krankenhaus nach Hause gekommen ist." Sie schwieg, als eine Flut von Kindheitserinnerungen in ihr auftauchten. „Meine Güte, ich kann gar nicht glauben, dass sie noch existiert. Es ist schon so lange her. Ich hatte sie längst vergessen."

Rose trat einen Schritt näher und legte den Arm um Birdies Taille. „Es sollte etwas sehr Persönliches sein, deshalb hat jede von uns Mutter ein Geschenk gegeben, damit sie es in die Kassette legte.

Es war uns sehr wichtig, fast schon eine Zeremonie. Sie hat alles in das Kästchen gelegt und es mit dem Klebeband verschlossen."

„Du hast es nie geöffnet?" wollte Birdie von Rose wissen.

„Selbstverständlich nicht", antwortete sie. „Es hat nicht mir gehört. Es gehörte Merry."

Birdie fragte sich, ob sie auch so edelmütig gehandelt hätte. Sie vermutete, dass ihre Neugier mit den Jahren einfach zu groß geworden wäre.

„Diese Kassette ist ein Teil unserer Kindheit", sagte Birdie, und in ihrer Stimme schwang eine Spur von Ehrfurcht mit. „Und jetzt gehört sie May."

6. KAPITEL

Nachdem Mr. Collins gegangen war, kam Dennis schläfrig die Treppe herunter. Er hatte Jackett und Krawatte ausgezogen und hielt einen Stapel Papiere in der Hand.

„Ist die Luft rein?" wollte er wissen.

Birdies Stimmung wurde nicht gerade besser, als sie merkte, dass er ausschließlich mit seinen eigenen Angelegenheiten beschäftigt war. Sie war müde und fühlte sich ausgelaugt, und insgeheim warf sie ihm vor, dass er nicht da gewesen war, als sie ihn gebraucht hatte.

„Wo bist du gewesen?" fragte sie mit scharfer Stimme.

Dennis blieb auf den Stufen stehen und klopfte mit dem Stapel Papier gegen seine Oberschenkel. Er konnte sehr abweisend wirken, wenn er wollte. „Was glaubst du denn? Ich war oben und habe die Semesterarbeiten benotet. Ich habe dir doch hundert Mal gesagt, dass ich noch zu tun habe."

Rose holte ihren Mantel aus dem Garderobenschrank neben der

Tür. „Ich mache noch einen Spaziergang", sagte sie und verschwand eilig.

„Du hast immer zu tun", konterte Birdie.

„Was meinst du damit?" fragte er abwehrend. „Das klingt ja so, als hätte ich mir da oben einen schönen Abend gemacht, Bier getrunken und ein Fußballspiel angesehen. Ich habe gearbeitet. Wo hätte ich denn sein sollen?"

„Vielleicht bei mir im Esszimmer, als das Testament verlesen wurde." Sie wusste, dass sie bitter klang, aber sie konnte es nicht vermeiden. Warum musste er so provozierend fragen? Birdie drehte sich auf dem Absatz um und ging Richtung Küche. Auf dem Weg dorthin sammelte sie im Wohnzimmer einige Teller und Servierplatten ein.

Dennis folgte ihr. Die Hände hatte er in die Gesäßtaschen seiner Hose gesteckt. „Das waren ja schließlich Familienangelegenheiten der Seasons", sagte er, nachdem die Küchentür ins Schloss gefallen war. „Zwischen den Schwestern."

„Du gehörst zur Familie", sagte sie mit zusammengepressten Lippen, während sie eine Schürze umband.

„Wenn du mich wirklich hättest dabei haben wollen, hättest du mich einfach nur zu fragen brauchen", antwortete er ärgerlich, nahm ein paar leere Flaschen vom Küchentisch und stellte sie neben die Spüle.

„Warum muss ich eigentlich immer fragen?" Mit heftigen Bewegungen drehte sie die Wasserhähne auf. „Merkst du es denn nicht selber, wenn ich dich brauche? Nach dem Essen bist du ja auch ziemlich schnell verschwunden."

„Du weißt, wie ich solche Dinge hasse."

„Ach, und für uns andere sind Beerdigungen lustige Angelegenheiten, ja?" Sie stellte das Wasser ab. Während sie ihm den Rücken zuwandte, lief er in der Küche hin und her und steckte Flaschen und

Dosen in die Abfallsäcke für den Recyclingmüll. Das Klirren der Flaschen war das einzige Geräusch in der gespannten Stille.

„Mr. Collins und Rose haben heute eine Bombe gezündet", sagte sie mit etwas sanfterer Stimme, „und es wäre schön gewesen, ein wenig Beistand gehabt zu haben."

Dennis nickte. Er hatte den Wechsel in ihrem Tonfall und ihrer Wortwahl bemerkt. Auch er klang jetzt versöhnlicher. „Was haben sie denn getan?"

„Du wirst es nicht glauben." Sie drehte sich zu ihm um. „Merry hat uns allen einen Brief geschrieben und ein Video gemacht."

„Ein Video? Ganz schön makaber."

„Das kann man wohl sagen. Und darin hat sie uns ihren ... ihren letzten Wunsch mitgeteilt. Sie möchte, dass wir – vielleicht solltest du dich lieber hinsetzen – dass wir Jillys Baby suchen."

Dennis fuhr herum. Er sah schockiert aus. „Du machst Witze."

„Ganz und gar nicht." Sie stützte sich mit den Handflächen auf die Arbeitsplatte. Irgendwie freute sie sich über seine Reaktion.

Gedankenverloren holte Dennis sich ein Bier aus dem Kühlschrank. „Was hat Jilly denn dazu gesagt?"

„Es kam wie ein Blitz aus heiterem Himmel. Zuerst hat sie nur dagesessen und total verdattert ausgesehen – so als wäre ihr gerade ein Geist begegnet."

„Das kann ich mir vorstellen."

„Dann hörte Rose gar nicht mehr auf davon zu reden, dass Merry von Anfang an über das Baby Bescheid gewusst hat. Von all dem hatte ich ja überhaupt keine Ahnung. Ich kann mir auch kaum vorstellen, dass sie sich ständig damit beschäftigt haben soll, ganz zu schweigen davon, dass es bei ihrem letzten Wunsch eine solche Rolle spielt. Und Jilly hatte erst recht keine Ahnung davon, dass wir alle Bescheid wussten."

„Das muss ja wirklich ein Schock gewesen sein." Er wandte den

Blick ab und meinte geistesabwesend: „Sie hat bestimmt geglaubt, dieses Kapitel ihres Lebens ein für allemal abgeschlossen zu haben."

„Bestimmt. Das haben wir ja schließlich alle gedacht. Aber insgeheim habe ich gewusst, dass Rose Recht hatte. Das Thema ist auch noch nicht beendet, denn wir haben nicht offen darüber gesprochen. Jilly hat nur dagesessen und zugehört. Und als sie endlich den Mund aufmachte, war sie wütend. Sie ist nicht ausgerastet; sie hatte sich ziemlich gut in der Gewalt. Wahrscheinlich hatte sie auch ein bisschen Angst. Auf jeden Fall will sie nicht, dass wir nach dem Kind suchen, das sie zur Adoption gegeben hat." Sie strich sich mit der Hand übers Gesicht. „Hast du gehört, was ich gerade gesagt habe? *Das Kind, das sie zur Adoption gegeben hat.* Kannst du dir vorstellen, wie viele Jahre lang dieser Satz in diesem Haus geflüstert worden ist? Und nur hinter verschlossenen Türen."

Dennis legte den Kopf schräg und kniff die Augen zusammen, um besser nachdenken zu können. „Sie sollte nicht nach ihm suchen. Sie hat ihr Leben, und das Kind hat seines. Sie sollte nicht wieder alles aufwühlen."

„Ich glaube, darum geht es auch gar nicht. Aber das ist übrigens noch nicht alles. Offenbar will Merry, dass wir dieser May ihr Geld geben."

„Das ganze Vermögen?

„Nein. Rose glaubt, sie hat die zwanzigtausend gemeint, die noch auf ihrem Treuhandkonto sind. Auch darüber war Jilly ziemlich sauer. Ich weiß gar nicht, warum. Sie hat doch genug Geld, warum ist sie also so geizig? Man würde es eher Rose zutrauen, dass sie das Geld behalten will. Sie hat keinen Cent, aber sie ist diejenige, die sich sofort von dem Geld trennen würde. Aber eigentlich gibt es überhaupt keinen Grund, knauserig zu sein. Wir werden mehr als genug Geld haben, wenn das Haus erst mal verkauft ist."

„Wie viel, glaubst du, wird es bringen?“

„Keine Ahnung. Fünfhunderttausend, vielleicht mehr.“

Er dachte darüber nach, während er einen tiefen Schluck aus der Flasche nahm. „Wir könnten endlich die Reise machen, von der wir schon so lange reden“, meinte er und lehnte sich an die Küchentheke.

„Nach Italien?“

Sein Blick wurde zärtlich. „Ja. Nur du und ich. Keine Termine, keine Telefonanrufe, keine Arbeit, die zu erledigen ist. Die schwierigste Aufgabe wird sein, was wir zum Dinner essen wollen. Wir sollten ein paar Wochen hungern, ehe wir losfahren, und uns dann durchs ganze Land essen.“ Er trat näher und schlang seine Arme um ihre Taille. „Wir haben nie Flitterwochen gemacht. Wir brauchen mal Zeit, Birdie. Nur für uns.“

Sie nickte und schmiegte sich an ihn. „Ich weiß.“

Er umarmte sie, und sie wusste, dass es genau das war, was sie brauchten. Besonders in Augenblicken wie diesen, die an Zeiten erinnerten, in denen sie einander ganz nahe waren. Als sie sich häufig berührten und jede Berührung ein Feuer in ihnen entfachte, das kurz darauf in wildem Sex endete. Als sie den ganzen Tag aneinander denken mussten und jede Sekunde, die sie nicht zusammen verbrachten, als Qual empfanden. Das alles schien so lange her zu sein. Seit Jahren hatten sie einander versprochen, eine Reise zu machen. Es war ein Traum, der ihnen als Rettungsanker diente während der schweren Jahre, als sie sich durch ihr Medizinstudium kämpfte und Hannah klein war. Dann hatte sie ihre Praxis eröffnet und er den Ruf an die Universität von Wisconsin erhalten. Mit den Jahren wurde der Traum immer unwirklicher. Und dann war ihre Beziehung ins Schlingern geraten.

Irgendetwas funktionierte nicht in ihrer Ehe, etwas, dem sie keinen Namen geben konnten. Sie lebten zusammen, aber es war mehr wie in einer Wohngemeinschaft als in einer Ehe. Sie wusste, dass sie ihn oft barsch behandelte. Sie konnte nichts dafür. Er provozierte sie so häufig, und es schien fast so, als täte er es mit Absicht, um ihre Aufmerksamkeit zu erregen.

Vielleicht lag es ja auch nur daran, dass sie nach zwanzig Jahren einander viel zu genau kannten, ihre Gewohnheiten, ihre Fehler. Außerdem verstand er sich wunderbar auf Sticheleien, und er war ein Meister darin, sie wie Luft zu behandeln. Nie jedoch waren ihr Zweifel gekommen, dass sie ihn liebte. Er war ihr Ehemann. Der Vater ihres einzigen Kindes. Ihr Freund.

Verführerisch rieb er seine Nase an ihrem Ohr, aber sie konnte ausschließlich daran denken, dass sie eigentlich nicht angefasst werden wollte.

„Wir sind beide müde", sagte sie, entzog sich ihm und tat so, als bemerkte sie die Enttäuschung in seinem Gesicht nicht. „Soll ich uns etwas zu essen holen, und wir machen es uns vor dem Fernseher gemütlich?"

„Warum tust du das immer?"

„Was?"

„Warum ziehst du dich immer zurück, wenn wir uns näher kommen?"

Sie lachte nervös. „Das stimmt ja gar nicht."

„Doch." Er war ganz ernst.

Birdies Miene verdüsterte sich. „Ich tue es nicht, um dich zu verletzen, und ich möchte dir auch nahe sein, aber ... In letzter Zeit habe ich einfach keine Lust auf Sex. Ich weiß auch nicht, warum das so ist. Vielleicht hat es mit meinen Hormonen zu tun."

„Vielleicht", antwortete er. Dennis schnappte sich die Tüte mit den leeren Flaschen. „Allerdings nicht erst in letzter Zeit. Das geht schon sehr lange so, Birdie. Zu lange." Er drehte sich um und ging zur Hintertür hinaus.

Birdie fühlte, wie die Distanz zwischen ihnen größer wurde. Die leeren Flaschen schlugen klirrend gegen seine Beine, als er das Haus verließ. Es war ein hohles Geräusch, und es klang einsam.

Unter den warmen Sonnenstrahlen war der Schnee geschmolzen, und Rose konnte gefahrlos durch die Straßen in ihrem Viertel laufen. Sie kannte jedes Haus und jedes Grundstück in der Nachbarschaft fast so gut wie ihr eigenes. Ihr entging nicht, wenn die Hecken im Vorgarten geschnitten oder neue Büsche gepflanzt worden waren. Die meisten Häuser wurden ausgezeichnet gepflegt, manche sogar liebevoll. Während sie vorüberging, riskierte sie einen Blick in die Fenster und sah Szenen eines typisch amerikanischen Familienlebens. Diese Häuser strahlten Geborgenheit und Fröhlichkeit aus, die herzerwärmend und einladend war.

Als sie zu ihrem eigenen Haus zurückkehrte, blieb sie auf dem Gehweg stehen. Den Mantelkragen hatte sie hochgeschlagen und ihre kleinen Hände fest unter den Achseln vergraben. Sie versuchte, das viktorianische Gebäude ebenso leidenschaftslos zu betrachten wie die Häuser der Nachbarn. Sie erinnerte sich an Mrs. Kasparovs Mängelliste, und obwohl sie der Gedanke daran schmerzte, musste sie doch zugeben, dass sie Recht hatte. Ihr Haus war der Schandfleck auf der Straße, der scheußliche Kasten, vor dem die Nachbarn stehen blieben und sagten: „Ist es nicht eine Schande? Warum renovieren sie es bloß nicht?“ Es war ein düsteres, melancholisches Haus auf einem riesigen verwilderten Eckgrundstück. Licht strömte durch zerrissene Rollos und Jalousien, denen Lamellen fehlten, und betonte die depressive Atmosphäre.

Wenn sie es jetzt so betrachtete, konnte sie sich kaum daran erinnern, wie einmal das Glück aus den trübseligen Fenstern geschienen hatte oder die Familie in den jetzt dunklen Räumen gelebt und gelacht hatte. Merry war der letzte Lichtstrahl in dem alten Haus gewesen, und auch der war jetzt verloschen. Das alte viktorianische Gebäude sah ganz nach dem aus, was es war – ein Haus voller Geheimnisse. Sie unterdrückte einen Seufzer, stieg die Treppen zum Vordereingang hinauf und schlüpfte unbemerkt hinein.

Stunden später war es im Haus totenstill. Nur das melodische Läuten des Glockenspiels, das vor ihrem Fenster hing, war zu hören. Rose war allein in der dumpfen Einsamkeit ihres Zimmers. Ihr Computer summte. Sie zog eine Schublade ihres Schreibtischs auf und holte eine Mappe hervor, die sie ganz weit nach hinten geschoben hatte, sodass niemand, der nicht gezielt danach suchte, sie entdecken konnte. Sie war in schlichtes Packpapier eingeschlagen und trug die Initialen D. B. DannyBoy. In ihr bewahrte sie die Ausdrucke seiner E-Mails auf. Es waren keine Liebesbriefe – ihre Bekanntschaft war nicht von dieser Art. Für sie waren es Briefe von ihrem liebsten Freund. Als der Computer hochgefahren war, hatte sie ihre Worte bereits in Gedanken formuliert. Sie legte die Finger auf die Tastatur und begann zu schreiben.

Lieber DannyBoy,
heute Abend bin ich so verzweifelt, dass es mir fast Angst macht. Ich habe das Gefühl, wertlos zu sein. Wenigstens meine Schwester Merry hat sich auf mich verlassen, aber sie ist nun gegangen. Meine älteren Schwestern führen ihr eigenes Leben, in dem ich keine Rolle spiele. Außerdem werden sie bald wieder abreisen. Sogar dieses Haus, das meine Heimat war, erscheint mir abweisend und erschreckend. Aber was soll's, ich muss es ja schließlich auch bald verlassen. Die vier Seasons werden in alle Winde zerstreut.

Ich sitze hier in der Dunkelheit, horche auf das Läuten des Windspiels vor meinem Fenster und warte auf die Morgendämme-

rung. Emily Dickinsons „Ein gewisser Lichteinfall am Winternachmittag“ fällt mir ein, und ich frage mich, was uns alle nach dem Tod erwartet. Rosebud

Kaum hatte sie die E-Mail abgeschickt, kam auch schon die Antwort.

Liebe Rosebud,
verzweifle nicht. Mach ein paar Lampen an.

Ich hatte mir geschworen, es nicht zu tun. Doch wir reden jetzt schon so lange im Internet miteinander, obwohl unsere Gespräche erst seit einigen Wochen so persönlich geworden sind. Ich sehe uns als Freunde, und ich hoffe, du tust es auch. Und deshalb hoffe ich auch, dass du mich nicht für einen dieser widerlichen Typen aus dem Internet hältst, wenn ich das jetzt sage, aber ich habe das Gefühl, dass ich es dir erzählen sollte.

Ich fahre täglich in einem Lastwagen von einer Stadt zur anderen. Die Meilen ziehen unter mir vorbei, und ich muss dir sagen, dass es ganz schön einsam werden kann. Ein Tag ist wie der andere. Auf den Highways gibt es dauernd Staus, und einige Fahrer sind wirklich verrückt. Es ist nicht mehr so wie früher, als die Straße sich leer und weit vor mir erstreckte.

Aber seit kurzem bin ich zufrieden, denn wenn ich meine Arbeit beendet und meinen Truck geparkt habe, weiß ich, dass ein Brief von dir auf mich wartet. Ich habe keine Ahnung, was du mit diesem „gewissen Lichteinfall am Winternachmittag“ sagen willst, aber ich kann dir versichern, dass deine Briefe das Beste an meinem Tag sind. Ich habe auch kein Glockenspiel vor meinem Laster, doch deine Worte sind Musik für einen einsamen Mann.

Du glaubst, du bist wertlos? Und ob du etwas wert bist. Du bist

etwas ganz Besonderes. Ich schätze mich glücklich, dass ich dich kenne. Wie ich schon sage, ich bin kein Verrückter und möchte nicht zu persönlich werden, also mach dir bitte keine Sorgen.
DannyBoy

Rose fasste sich an die glühenden Wangen und lachte laut. Sie war nicht mehr in der Lage, viel zu schreiben, weil sie befürchtete, sentimental und wirklich sehr, sehr persönlich zu werden. Um ihn zu beruhigen und weil sie spürte, dass er auf eine Antwort wartete, schickte sie ihm nur eine kurze Nachricht.

Gute Nacht, DannyBoy.
Jetzt kann ich ruhig schlafen. Deine Freundin Rosebud

Im Zimmer am anderen Ende des Flurs lag Jilly in ihrem Bett und starrte an die Decke. Sie haben es also die ganze Zeit gewusst, überlegte sie betroffen. Sogar Merry. Jahrelang hatten ihre Schwestern flüsternd über ihr Geheimnis gesprochen. *Weißt du schon? Jilly hat ein Baby!* Mutter hatte es ihnen erklärt. *Jilly war immer die Unbezähmbare, wisst ihr. Und ihr wollt doch nicht so enden wie Jilly.* Wussten sie überhaupt, dass sie in all den Jahren nicht einmal daran zu denken gewagt hatte? Nicht einmal im Schlaf die Worte gemurmelt hatte?

Die Nonnen in Marian House hatten ihr Vergebung versprochen, wenn sie so tat, als wäre es nie geschehen. *Es* war der skandalöse, sündige Kreislauf von Empfängnis, Schwangerschaft und Geburt außerhalb des Sakraments der Ehe. Sie hatte einen Schleier über diese Episode ihres Lebens gehüllt, einen schwarzen Nebel des Vergessens, der so undurchdringlich war, dass sie sich im Laufe der Jahre sogar selbst eingeredet hatte, all dies sei nie passiert.

Nur manchmal hatte in der ganzen Zeit irgendeine Belanglosigkeit eine Erinnerung in ihr geweckt, die sie normalerweise mit einem raschen Kopfschütteln verscheuchte. Sie hatte die Episode in der tiefsten und dunkelsten Ecke ihres Herzens verschlossen und den Schlüssel fortgeworfen.

Aber Merry hatte es geschafft, das Schloss zu öffnen. Heimlich, als niemand damit rechnete, hatte Merry den Wunsch geäußert, man möge nach dem Kind suchen. Jilly hatte das Gefühl, eine Geisterhand stieße durch ihre Brust, risse ihr das Herz heraus, durchsuchte die unzähligen Verstecke und setzte dabei die Erinnerungen frei wie einen unheilvollen Flaschengeist.

Wie sehr Schwester Benedicta sich geirrt hatte! Jahre des Stillschweigens wurden mit den schlichten Worten *Findet May* hinweggefegt.

Und jetzt musste sie damit fertig werden, dass es geschehen war. Sie hatte ein Kind bekommen. In dieser Nacht erkannte sie, dass die Erinnerungen auf sie warteten – eine mächtige, erbarmungslose Armada von Erinnerungen, und sie kauerten ganz dicht hinter der Mauer, die sie in all den Jahren errichtet hatte. Sie warteten nur auf den Moment, da sie einschlafen würde.

Und endlich beginnen könnten, ihr Gedächtnis zu erobern.

7. KAPITEL

Jilly war siebzehn und schwanger. Sie saß auf dem Beifahrersitz in dem schwarzen Cadillac Brougham, hatte eine Hand auf ihren sanft gewölbten Bauch gelegt und schaute aus dem Fenster auf die eintönige Szenerie rechts und links des Highways 95, der in nördlicher Richtung nach Wisconsin führte. Der Morgen war klar und sonnig und passte überhaupt nicht zu der düsteren, gedankenschweren Stimmung, die im Wageninnern herrschte.

„Sollen wir eine Pause machen?“ Ihr Vater wandte den Blick nicht von der Straße. In den vergangenen vier Stunden hatte er kaum etwas gesagt, höchstens gefragt, ob sie hungrig war oder auf die Toilette musste. Er war ohnehin nicht besonders gesprächig, und die üblichen Unterhaltungen zwischen Vater und Tochter über Schulnoten, Freunde oder Studienpläne lagen ihm erst recht nicht. Doch das Schweigen, das sich jetzt zwischen ihnen aufgebaut hatte, war geradezu eine Qual.

„Nein“, antwortete sie und schaute sein scharf geschnittenes Profil an. Sie hatte das Gefühl, zurückgestoßen zu werden, und war den Tränen nahe. „Mir geht's gut, danke.“ Sie blickte wieder nach vorne und presste die Schenkel zusammen, um dem stärker werdenden Druck nicht nachzugeben. Sie würde ihn nicht noch einmal bitten zu halten, nachdem er schon unmissverständliche Bemerkungen darüber hatte fallen lassen, dass diese Fahrt wohl ewig dauern würde, wenn sie an jeder Raststätte halten müssten. Sie ärgerte sich, dass sie das Mineralwasser getrunken hatte.

Trotz der langen Fahrt sah ihr Vater immer noch wie aus dem Ei gepellt aus in seinem dunklen Anzug und dem sorgfältig gebügelten weißen Hemd. In dem weiten Kleid und dem alten blauen Mantel ihrer Mutter kam sie sich neben ihm wie eine Schlampe vor. Der Wollmantel schützte sie zwar nicht vor der Januarkälte, aber der weite Schnitt verbarg ihre Schwangerschaft. Was spielt es schon für eine Rolle, wie ich aussehe oder ob er mich wärmt, sagte sie sich. Sie hatte ohnehin nicht vor, in den kommenden Monaten häufig auszugehen. Also konnte sie auch genauso gut die abgelegte Kleidung ihrer Mutter auftragen.

Jilly seufzte und betrachtete wieder die hässliche Trostlosigkeit, die sich vor ihr erstreckte. Sie spürte jede Meile, die sich zwischen sie und ihr Zuhause und das vertraute Leben in Illinois schob, wie sie sich immer weiter von dem unbeschwerten Schulmädchen entfernte, das sie vor kurzem noch gewesen war.

Sie wusste, dass sie die Schwelle von der Kindheit zum Erwachsensein an jenem Abend im November überschritten hatte, als sie in das Schlafzimmer ihrer Eltern getreten war und ihnen ganz ruhig erklärt hatte, dass sie schwanger sei.

Ihre Mutter hatte auf die Neuigkeit mit ihrer üblichen Hysterie reagiert.

„Oh, mein Gott! Schwanger? Oh, mein Gott! Du musst betrunken gewesen sein. Das warst du doch, oder?“ fragte sie anklagend, während sie sich im Bett aufgerichtet hatte und vorwurfsvoll mit dem Finger auf sie zeigte. „Ich habe dir ja gesagt, dass sie trinkt“, hatte sie ihren Mann angeschrien, als ob es seine Schuld sei.

„Mom, ich habe nichts getrunken.“

„Wie kannst du uns das nur antun? Ich habe es ja gewusst: Du hast überhaupt kein Verantwortungsgefühl. Du hast es nie gehabt. Aber ich habe nicht damit gerechnet, dass du auch noch unmoralisch bist. Du hast eine Todsünde begangen. Eine Todsünde! Dieser Skandal! Dein Vater ist Richter in dieser Stadt. Hast du auch nur eine Sekunde lang an ihn gedacht? Hast du überhaupt an jemand anderen gedacht als an dich selbst?“

Dann war ihre Mutter in Tränen ausgebrochen – nicht wegen Jilly, sondern aus Selbstmitleid. „Oh, Bill, ich kann das nicht ertragen. Zwei missratene Töchter!“ Ihre Augen waren zusammengekniffen, als sie sich wieder zu Jilly wandte und sie anschrie: „Damit hast du auch den guten Ruf deiner Schwestern zerstört. Und meinen auch!“

Ihr Vater hatte die Lippen zusammengepresst und sagte kein Wort. Seine dichten roten Augenbrauen, in denen schon ein wenig Grau zu sehen war, zogen sich zusammen, als er seine Zeitschrift zuklappte und fallen ließ.

Jilly blickte zu Boden. Sie schämte sich, weil sie ihrer Familie solche Schande machte. Jeder wusste, dass „gute" Mädchen niemals bis zum Äußersten gingen. „Gute" Mädchen wurden nicht schwanger. Ein Teil von ihr starb, als sie am Fußende des Bettes stand und das Urteil sah, das in den Augen ihrer Eltern geschrieben stand: Jillian Season ist kein gutes Mädchen.

Nach kurzem, aber geräuschvollem Weinen riss ihre Mutter sich wieder zusammen und verschwand eine Zeit lang im Badezimmer. Jilly bemerkte, wie ihr Vater sie anstarrte. In seinem Gesicht lag ein seltsamer Ausdruck, als könnte er nicht glauben, was er gehört hatte. Wie oft hatten sie in letzter Zeit darüber diskutiert, wann sie zu Hause sein musste? Er hatte ihr immer gesagt, dass es nicht sie war, der er nicht traute, sondern die Jungen, mit denen sie ausging.

„Wann kommt das Baby denn?" fragte ihre Mutter, als sie aus dem Badezimmer kam. Sie hatte ihr Gesicht gewaschen, ihr kurz geschnittenes rot-goldenes Haar gekämmt und sich offensichtlich wieder gefangen. Ein paar Sekunden lang hoffte Jilly, dass die theatralischen Ausbrüche überstanden seien und sie doch ein vernünftiges Gespräch würden führen können. Aber ihre Erwartungen wurden zunichte gemacht, als ihre Mutter durchs Zimmer rauschte und sich wieder ins Bett legte.

Jilly blieb stehen. „Irgendwann Anfang Mai."

„Warst du bei einem Arzt? Also wirklich, Jilly, woher weißt du überhaupt, dass du schwanger bist?"

„Ich bin bei der Schwangerschaftsberatung gewesen."

„Oh, Gott, ausgerechnet dort?“ rief ihre Mutter aus. In ihren Augen war die Schwangerschaftsberatung, die in einem heruntergekommenen, gefährlichen Stadtviertel lag, ein Hort von Gesetzesbrechern – Gegner der Kirche, die unverblümt über Geburtenkontrolle und Abtreibung mit einer jungen, unmoralischen Generation redeten und die die freie Liebe predigten. Und jetzt gehörte ihre Tochter dazu. „Bill“, sagte sie und griff mit dramatischer Geste nach seiner Hand.

„Wir schicken sie zu Dr. Applebee“, sagte er, ganz die Stimme der Vernunft. „Und dann werden wir sehen, wie es wirklich um sie steht.“

„Aber ich *bin* schwanger. Seit drei Monaten. Ich habe einen Test machen lassen. Es besteht kein Zweifel.“

Die ruhige Gewissheit in ihrer Stimme und die Tatsache, dass sie zur Schwangerschaftsberatung gegangen war, den Test gemacht hatte und ihnen das Ergebnis präsentieren konnte, ohne auf ihre Hilfe angewiesen zu sein, traf sie wie ein Schlag. Sie spürte, dass ihre Eltern sie plötzlich in einem neuen Licht sahen – mehr wie eine Erwachsene.

„Wer ist der Vater?“ wollte Bill wissen.

„Das möchte ich nicht sagen“, antwortete sie und wandte den Blick ab.

„Dränge sie nicht“, schaltete sich ihre Mutter ein. „Ich glaube, sie hat sich noch nicht an den Gedanken gewöhnt. Ich konnte es selber nicht glauben, als ich herausfand, dass ich dich bekommen würde. Ich war natürlich verheiratet“, setzte sie hinzu, um Jilly wissen zu lassen, dass dieser Anflug von Verständnis keineswegs bedeutete, dass sie ihr verzieh. „Trotzdem war ich überrascht. Auch erstaunt. Ich musste das Tanzen aufgeben.“

Jilly wusste, dass das Schlimmste überstanden war, wenn Mutter von ihrer Ballettkarriere redete. Die Erinnerung an ihre Zeit beim Chicagoer Ballett hütete sie wie einen Schatz, und sie ließ keine Gelegenheit ungenutzt verstreichen, um darauf hinzuweisen, was sie alles für die Familie aufgegeben hatte.

Als sie sich erst einmal mit dem Gedanken an ihre Schwangerschaft vertraut gemacht hatten, ließen das Entsetzen und der Schock ein wenig nach, und sie begannen, sich an den Gedanken zu gewöhnen, dass sie bald Großeltern sein würden. Ihre Stimmen klangen zwar noch besorgt, aber sie sahen die Zukunft in einem weniger düsteren Licht. Ihre Eltern nahmen natürlich an, dass sie einen ganz besonderen Verehrer hatte, jemanden, den sie sehr liebte und den sie schützen wollte. Sie fühlte sich wie Abschaum, als sie vor ihnen stand, während sie sich darüber unterhielten, wie sie ihr – und ihm – in ihrem schweren Leid beistehen konnten. Die Möglichkeit einer Abtreibung wurde kurzfristig in Betracht gezogen, aber nur theoretisch, denn sie waren streng katholisch.

Diese verständnisvolle Art ging Jilly auf die Nerven. Sie konnte leichter damit umgehen, wenn sie wütend waren und sie anschrien. Dann hätte sie sich wenigstens gefühlsmäßig abschotten können. Aber das Schuldgefühl, das sie ihr vermittelten, war lähmend.

„Setz dich", sagte ihre Mutter und klopfte mit den Fingern auf die Matratze. „Ich kann nicht mit ansehen, wie du da stehst. Es hat doch keinen Sinn, dass du dich so übernimmst – nicht in deinem Zustand." Sie legte eine Hand auf ihre Brust. „Ich kann nicht glauben, dass ich das gesagt habe. Zu meiner eigenen Tochter! Ja, so ist es besser. Jilly, Liebling, du musst den Jungen natürlich heiraten."

„Heiraten? Mutter, ich ..."

„Ich weiß, du bist jung. Aber so jung nun auch wieder nicht. Viele Mädchen heiraten, nachdem sie die Schule beendet haben. Ihr könntet hier im Haus wohnen."

Jilly sah, wie sich die Gedanken ihrer Mutter jagten, und sie erschienen ihr durchaus nicht unangenehm. Ann Season machte kein Hehl aus ihrem Wunsch nach Hochzeiten und Enkelkindern. Sie hatte ohnehin nie viel Sinn darin gesehen, Mädchen aufs College zu schicken, besonders dann nicht, wenn sie so hübsch waren wie ihre Älteste.

„Ich glaube nicht ..."

„Wir könnten in der obersten Etage eine kleine Wohnung für euch einrichten."

„Aber das ist zu ..."

„Das macht überhaupt keine Schwierigkeiten. Ich hatte schon immer vor, dieses Stockwerk zu renovieren. Als ihr noch klein wart, war das euer Spielzimmer, aber jetzt ..." Ihre Augen glänzten. „Die Vorstellung, dass wieder kleine Kinder durchs Haus laufen ..."

„Mom, ich habe nicht gesagt, dass ich heiraten werde."

„Aber was willst du denn sonst tun? In deiner Situation bleibt dir doch gar nichts anderes übrig. Vorausgesetzt, er ist ein anständiger Junge. Habe ich nicht Recht, Bill?"

Ihr Mann saß stumm neben ihr. Er suchte keine Antwort auf die Frage seiner Frau, sondern auf seine eigenen. Es war schon spät, und er konnte seine Augen kaum offen halten. Jilly dachte, dass er sehr alt und sehr müde aussah. Er hatte erst spät geheiratet und gehörte zu den „alten" Vätern. Er hatte sich nie für Sport interessiert und auch nie Lust gehabt, mit seinen Kindern herumzualbern. Seine Liebe war zurückhaltend und ruhig, und sie zeigte sich in seiner Unerschütterlichkeit und Sorge um seine Kinder. Alle Töchter spürten seine Zuneigung, wussten jedoch, dass die einzig wahre Leidenschaft in seinem Leben seiner Frau Ann galt. Er war altmodisch, und er nahm die Ehe sehr ernst.

„Möchtest du den Jungen heiraten?" fragte er sachlich.

Sie schüttelte den Kopf. „Nein, Daddy."

Ihre Mutter seufzte frustriert und ließ sich gegen die Kissen fallen.

„Wer ist er Vater deines Kindes?" fragte Bill noch einmal. Seine Stimme klang ruhig, aber Jilly hörte die Bestimmtheit, die in ihr lag.

„Ich kann es nicht sagen." Sie fühlte sich unendlich müde.

„Natürlich kannst du es. Wie heißt er?"

„Ist es dieser Connor-Junge?" schaltete sich ihre Mutter ein. „Du bist ein paar Mal mit ihm ausgegangen."

„Nein."

„Also – wer dann?"

Jilly schaute auf ihre Hände. „Ich möchte es nicht sagen."

„Du *wirst* es sagen", befahl ihr Vater.

„Nein!" Ihre Stimme klang ebenso leise wie entschlossen.

Niemand sagte ein Wort.

Bill Season betrachtete seine älteste Tochter mit zusammengekniffenen Augen. Sie hatte diesen Gesichtsausdruck bei ihm schon gesehen, wenn er einen Zeugen im Gericht befragte. Er ließ sich immer Zeit, damit alle spürten, dass seine Entscheidungen wohl überlegt waren.

Als sie noch klein war, hatte sie jedes Mal die Augen geschlossen, wenn sie ihrem Vater bei einem Telefongespräch mit einem Mandanten zuhörte. Er war ebenso rücksichtsvoll wie überzeugend. Der besänftigende Klang seiner Stimme hatte sie stets schläfrig gemacht. Genau den gleichen Tonfall benutzte er jetzt auch, um sie dazu zu bringen, ihm den Namen des Jungen zu nennen, der sie geschwängert hatte.

„Jillian, du bist meine älteste Tochter. Meine Erstgeborene. Ich werde nie vergessen, wie stolz und froh ich war, als ich dich zum ersten Mal in meinen Armen hielt. Ich will doch nur dein Bestes.

Als dein Vater ist es meine Pflicht, dich und mein Enkelkind zu beschützen. Bitte vergiss nicht: Ich bin zuerst dein Vater, und dann erst Richter. Also sag es mir jetzt: Wer ist der Vater des Kindes?"

Es bedurfte ihrer ganzen Willenskraft und ihrer Liebe zu ihm, nicht nachzugeben und die zu Wahrheit zu sagen.

Denn sie wusste es selber nicht.

Sie hatte eine Ahnung, wer der Vater sein konnte, aber sie war sich nicht sicher. Sie war mit zwei Jungen zusammen gewesen, einer aus ihrer Schule, einer vom College. Schwanger zu werden war schlimm genug, doch wie hätte sie ihren Eltern gestehen können, dass sie mit mehr als einem Jungen geschlafen hatte? Sie wären am Boden zerstört gewesen, hätten sie eine Herumtreiberin, eine Hure genannt, sie hinausgeworfen und enterbt. Aber das Schlimmste wäre gewesen: Sie hätte sie noch mehr verletzt, als sie es ohnehin schon getan hatte. Den Verlust ihrer Liebe fürchtete sie mehr als den ihres Babys.

„Ich kann es euch nicht sagen", antwortete sie.

Nach Jillys hartnäckiger Weigerung, den Namen des Jungen zu nennen, kam ihre Unterhaltung zu einem abrupten Ende. Ihr Vater zeigte ihr gegenüber keinerlei Gefühle mehr. Ihre Mutter gab die Träume von Babys in der Dachwohnung auf und kümmerte sich um die notwendigen Entscheidungen. Sie konnte sehr zielstrebig sein, wenn sie sich auf eine Aufgabe konzentrierte und das Trinken vergaß. Am nächsten Morgen rief sie den katholischen Sozialdienst an, und mit seiner Unterstützung entschied sie sich für Marian House.

Und dorthin war sie nun an diesem kalten Januarmorgen unterwegs. Jilly lehnte den Kopf gegen die kühle Fensterscheibe und erinnerte sich an das eisige Gefühl, das durch ihren Körper drang, als sie zum ersten Mal den Namen gehört hatte – *Marian House. Heim für ledige Mütter*. Es klang genauso fremdartig, genauso unwirtlich und feindlich wie eine Besserungsanstalt für jugendliche Straftäter. *Besserungsanstalt.* Dieses Wort wurde ausgesprochen, um unartige Kinder gefügig zu machen. „Wenn du nicht brav bist, kommst du in die Besserungsanstalt." Oder „Wenn du nicht aufpasst, landest du im Heim für ledige Mütter." Für die meisten Menschen gab es zwischen den beiden kaum Unterschiede. Wo immer man auch landete – es bedeutete, dass man ein Gesetz gebrochen hatte, dass man sich schlecht benommen hatte und nicht gesellschaftsfähig war.

Jilly fröstelte in ihrem dünnen Mantel, als sie die kahlen Bäume und die weite, verlassene und schneebedeckte Landschaft von Wisconsin betrachtete. Sie stellte sich vor, wie Marian House wohl aussehen mochte. Es gab keine Prospekte, die man durchblättern konnte, keine Artikel in Zeitungen. Niemand fragte nach ihren Wünschen. Jilly wurde *geschickt*.

Sie nahm an, dass die anderen Mädchen älter sein würden, zäher, vielleicht auch gewöhnlicher – mit blond gefärbten und kurz geschnittenen Haaren und dicken schwarzen Lidstrichen. Unsympathische Mädchen mit viel Erfahrung und einer Abneigung gegen Mittelklasse-Mädchen wie sie. Oder zurückgebliebene Landpomeranzen, die Sex auf dem Heuboden hatten wie streunende Katzen oder auf dem Rücksitz von Lastwagen, wo sie sich von Jungen mit schmutzigen Händen anfassen ließen. Würden sie sich den Mund zerreißen und hinter ihrem Rücken tuscheln? Sie war sicher, dass sie nichts mit ihnen gemein hatte, und betete, dass sie die kommenden Monate in der Hölle überleben möge. Sie streichelte sich mit der Hand über den Bauch und spürte, wie das Baby strampelte. Ihr armes kleines Baby, ihr einziger Freund. Es war ihr egal, was sie ihr antun würden, solange sie nur ihr Baby in Ruhe ließen.

Der Wagen fuhr durch die Landschaft, ohne dass ihr Vater auch nur ein Wort der Ermutigung für sie übrig hatte – der Mann, der

Fremden gegenüber so freigebig mit seinen Ratschlägen war. Dass er ihr nicht gab, was sie jetzt am dringendsten gebraucht hätte, schmerzte sie mehr, als sie zugeben wollte: seine Liebe. Schweigend legten sie Meile um Meile zurück, und als sie sein hartes Profil betrachtete, schwor Jilly sich, dass sie ihm auch niemals vergeben würde, wenn er ihr nicht vergeben konnte. Und sie würde weder ihm noch sonst einem Menschen die Wahrheit verraten. Niemals. Es war allein ihr Geheimnis.

Die qualvolle Reise war endlich zu Ende, als ihr Vater den Cadillac durch ein mächtiges, reich verziertes schwarzes Eisentor steuerte. Jilly richtete sich in ihrem Sitz auf und betrachtete die unerwartete Erhabenheit der Einfahrt. Sie fuhren über eine steile, kurvenreiche Straße. Es war ein weitläufiges Grundstück, von dem aus man den Ausblick auf einen See hatte, einsam gelegen und sehr beeindruckend. Sie bemerkte die hohen Zäune, an deren oberem Ende Stacheldraht befestigt war, und sie fragte sich, ob er die Welt da draußen aussperren oder die Mädchen hier drinnen einschließen sollte. Als sie um die letzte Biegung fuhren, passierten sie eine Grotte, die der Jungfrau Maria gewidmet war. Jilly entging die Ironie dieses Denkmals nicht. Kurz darauf erreichten sie einen großen, sehr gepflegten Parkplatz.

Ein strenger Ziegelbau beherrschte eine schneeverkrustete Anhöhe. Obwohl der Wald nicht weit entfernt war, gab es weder einen Baum noch einen Strauch entlang dem schwarzen Band der Asphaltstraße, die bis vor die Eingangstür führte. In den oberen beiden Etagen waren jeweils vier Fenster ohne Fensterläden, weitere drei befanden sich im Erdgeschoss. Rechts daneben war die schmucklose weiße Eingangstür, über der eine schlichte Lampe mit einer einzelnen Glühbirne hing. Hier hatte man keinerlei Sinn für unnötigen Zierrat und überflüssigen Schnickschnack.

Das also war Marian House.

„Wir sind da", sagte ihr Vater und steuerte den Wagen auf einen Stellplatz. Es war der einzige Fahrzeug auf dem Parkplatz. Er stieß einen Seufzer der Erleichterung aus, warf ihr einen Blick zu und meinte: „Es sieht ja ganz anständig aus."

Es war zwar nicht das heruntergekommene Heim für ledige Mütter, das sie erwartet hatte, aber es machte auch nicht gerade einen freundlichen Eindruck. Nervös und ein wenig ängstlich öffnete Jilly die Wagentür und stieg aus. Sie bewegte sich vorsichtig, um nicht auf dem vereisten Boden auszurutschen. Zitternd folgte sie ihrem Vater zum Eingang. Als er die Glocke läutete, hätte sie sich am liebsten in ihrem viel zu weiten Mantel verkrochen.

Eine ältere Nonne öffnete die Tür. „Guten Tag und willkommen", sagte sie. Die Frau reichte ihrem Vater nur bis zur Brust und musste hochschauen, um ihn anlächeln zu können. Ihre Gesichtshaut war papierdünn und von jener blassen Farbe, wie sie eigentümlich war für ältere Nonnen, aber hinter ihrer randlosen Brille leuchteten ihre strahlend blauen Augen.

„Ich bin Schwester Celestine. Sie müssen Mr. Season sein. Und du bist bestimmt Jillian."

Sie machte einen sanftmütigen Eindruck mit ihrem freundlichen Begrüßungslächeln, aber in dem Moment, als sie Jilly mit scharfem Blick musterte, wurde ihr klar, dass Schwester Celestine diejenige war, vor der man sich in Marian House in Acht zu nehmen hatte.

„Wir haben Sie schon um elf erwartet", sagte sie mit ihrem fest gefrorenen Lächeln. Ihr vorwurfsvoller Ton war zwar mild, aber unmissverständlich. „Das Mittagessen beginnt in zwanzig Minuten, und Jillian und ich werden im Speisezimmer erwartet. Uns bleibt nur wenig Zeit für einen Rundgang."

Ihr schwarzes Gewand raschelte, als sie sich umdrehte und

schnell in einen großen Aufenthaltsraum vorausging. Er war mit grün-weißem Linoleum ausgelegt. Die Sofas mit Holzlehnen stammten aus den sechziger Jahren ebenso wie die mit Polsterknöpfen verzierten orange-braunen Sesseln. Sie standen an den Wänden oder bildeten einen Halbkreis um ein altes Fernsehgerät. Auf den flachen Beistelltischen lagen keine Illustrierten, sondern nur eine katholische Zeitschrift und einige Bibeln.

„Dies hier ist der Gemeinschaftsraum", sagte sie stolz, während sie eilig vor ihnen über den blank gebohnerten Fußboden schritt.

Für Jilly strahlte er die antiseptische Kälte eines Wartezimmers im Krankenhaus aus.

„Ab dem Nachmittag dürft ihr bis abends um zehn Uhr fernsehen", sagte sie. „Das Telefon befindet sich im Treppenhaus gegenüber meinem Büro. Es ist ein Münzfernsprecher, und er darf bis zehn Uhr abends benutzt werden. Wir möchten nicht, dass die Mädchen, die früh zu Bett gehen, durch den Lärm gestört werden."

Sie betraten einen weiteren großen Raum, in dem eine L-förmige Kücheneinrichtung und zwei Esstische mit Kunststoffplatten und Metallbeinen standen.

„Hier können die Mädchen Kleinigkeiten essen, wenn sie hungrig sind. Kochen ist allerdings nicht erlaubt", warnte Schwester Celestine. „Du darfst Tee- oder Kaffeewasser heiß machen. Dort steht ein Kühlschrank für Saft und Milch, und in dem Korb sind Äpfel. Wussten Sie, dass es einen Obstgarten auf dem Grundstück gibt? Im Herbst helfen die Mädchen beim Äpfelpflücken, und davon machen wir dann Apfelkompott."

Jilly grinste. Welch ein Glück, dass Winter war.

Die meisten Bemerkungen richtete Schwester Celestine an ihren Vater, während sie ihr kaum mehr als ein paar flüchtige abschätzende Blicke zuwarf. Seinen Mantel hatte er nicht ausgezogen, während sie eilig durch die Räume im Parterre liefen, und den Hut hielt er in der Hand, als wollte er so rasch wie möglich wieder verschwinden. Er war höflich und hörte geduldig zu, machte aber keine Bemerkungen und stellte auch keine Fragen. Sie achteten kaum auf Jilly, die den Mantel über dem Bauch zusammenhielt, als sie ihnen folgte. Sie blickte nach rechts und links, während sie durch die Zimmer gingen, von denen eines kälter als das andere wirkte. Das also war ihr neues Zuhause.

Männer durften die Schlafzimmer der Mädchen im oberen Stock nicht betreten, aber Schwester Celestine zeigte ihrem Vater ein kleines Gästezimmer im Erdgeschoss, damit er sich eine Vorstellung von den Räumen machen konnte. Sie versicherte ihm, dass alle Zimmer genauso aussahen: zwei Betten, über die grüne Decken gebreitet waren, und ein Kruzifix an der Wand.

„Das Licht wird um zehn Uhr ausgeschaltet. Wir stehen jeden Morgen früh auf, um mit den anderen Nonnen die Messe um halb sieben in der Kapelle zu feiern. Sonntags können die Mädchen bis acht schlafen, weil das Hochamt erst um neun ist." Sie schien der Meinung zu sein, dass man den Mädchen damit einen besonderen Gefallen tat.

Jilly biss sich auf die Zunge. Sie hasste es, an Wochenenden vor elf Uhr aufstehen zu müssen. Oh, Gott, wie würde sie nur die kommenden Monate überstehen?

„In dem kleinen Gebäude gegenüber dem Parkplatz befinden sich die Schulräume. Wir können uns glücklich schätzen, dass wir einige pensionierte Schwestern haben, die den Mädchen Unterricht erteilen. Wir haben Kopien von Jillians Arbeiten und ihrem Lehrplan, und ich bin sicher, dass sie den Anschluss nicht verpassen wird. Von den jüngeren Mädchen erwarten wir, dass sie dieses Angebot nutzen. Für die High School-Absolventinnen ist es freiwillig.

Außerdem erachten wir es für notwendig, die Mädchen in Religion und gesunder Lebensweise zu unterrichten." Sie maß ihn mit einem mitleidigen Blick.

Ihr Vater presste die Lippen zusammen, und zum ersten Mal, seit sie ihre Besichtigungsrunde begonnen hatten, schaute er sie an. Sie konnte die Scham in seinen Augen sehen, dass er, ein angesehener Richter, ein praktizierender Katholik, der seine Kinder auf katholische Schulen geschickt hatte und jeden Sonntag zur Messe ging, eine schwangere Tochter hatte, die in Religion unterwiesen werden musste.

Und „gesunde Lebensweise" war bestimmt bloß eine verschämte Umschreibung für einen Auffrischungskurs über Schwangerschaft, Geburt und Enthaltsamkeit.

Dann beendete Schwester Celestine ihren kurzen Rundgang und führte sie zum Eingang zurück.

„Der Speisesaal auf der anderen Seite des Korridors wird gemeinsam mit den Novizinnen benutzt", sagte sie und deutete mit der Hand vage in die Richtung. „Den kann ich Ihnen leider nicht zeigen, Mr. Season."

„Es gibt hier ein Noviziat?" fragte Jilly. Niemand hatte ihr gesagt, dass sie mit Nonnen zusammen leben musste.

„Oh, ja, natürlich. Dieses Haus ist nur ein kleiner Teil eines viel größeren Gebäudekomplexes. Dies war einmal ein alter Familienbesitz", erläuterte sie. „Der Orden hat das Anwesen 1960 erworben, um hier das Mutterhaus einzurichten. An das ursprüngliche Wohnhaus haben wir Flügel anbauen lassen, wo die Novizinnen wohnen und unterrichtet werden. Weiter unten an der Straße befinden sich ein Konferenzzentrum und das Heim für die älteren Nonnen."

Jilly blickte aus dem Fenster, aber hinter der dichten Wand von Nadelbäumen und Fichten konnte sie die Ziegelmauern eher ahnen als sehen. Offenbar wollte man vermeiden, dass die Sünderinnen allzu nahe bei den Heiligen waren.

„Ursprünglich war hier eine High School für Mädchen, die Nonnen werden wollten", fuhr Schwester Celestine fort. „Aber die Zahl der Bewerberinnen ließ in erschreckendem Maße nach, so dass wir die Schule vor einigen Jahren schließen mussten. Stattdessen eröffnete der Orden Marian House, um anderen Bedürfnissen der Gesellschaft gerecht zu werden." Schwester Celestine seufzte und legte die Hände zusammen. „Ich fürchte, dies ist bezeichnend für unsere Zeit."

Sie warf Jilly einen bedeutungsvollen Blick zu. Sie musste nicht erwähnen, dass Welten lagen zwischen den neuen Bewohnerinnen von Marian House und den süßen, naiven Jungfrauen, die einst hier lebten.

Ihr Vater sah aus dem Fenster und suchte seinen Wagen.

Jilly schaute über ihren Bauch hinweg auf ihre glänzenden Schuhe. Die Besichtigungstour war zu Ende, und obwohl sie nur kurz gewesen war, hatte Schwester Celestine das, was Jilly noch an Selbstachtung geblieben war, restlos zerstört und ihr deutlich zu verstehen gegeben, was von ihr zu halten war.

„Ich glaube, es ist das Beste, wenn Sie sich jetzt verabschieden", schlug Schwester Celestine vor und schob die Hände in die Ärmel ihres Ordensgewands. „Jillian und ich müssen uns vor dem Essen noch über einige Dinge unterhalten, und es bleibt uns nicht mehr viel Zeit. Die Mahlzeiten werden pünktlich serviert."

Sie verließ den Raum nicht, sondern trat nur ein paar Schritte zurück, um ihnen ein wenig Privatsphäre zu gewähren. Aber das war gar nicht nötig. Ihr Vater kam einen Schritt näher, legte die Hände auf ihre Schultern und schaute ihr tief in die Augen.

Plötzlich lag eine Zärtlichkeit zwischen ihnen, die allen Zorn und alle Vorwürfe zunichte machte. An seinem Blick erkannte sie, dass er sie liebte und ihn das, was passiert war, bekümmerte. Aber sie sah auch die Enttäuschung in seinen Augen. Jilly hielt den Atem an und wartete auf einen Satz, mit der er ihr seine Liebe gestehen oder einen Rat geben würde. Beides brauchte sie so dringend. Sie wollte ihm sagen, dass sie Angst hatte, hier an diesem unpersönlichen Ort mit diesen Fremden leben zu müssen, sich dem strikten Reglement der Nonnen unterwerfen zu müssen, während ihr Kind in ihr wuchs und wuchs. Noch dringender aber war ihr Wunsch, ihm zu sagen, dass sie überhaupt nicht wusste, was es bedeutete, ein Baby zu bekommen. War das nicht die Zeit, in der ein Mädchen seine Eltern am dringendsten brauchte? All das versuchte sie, mit ihren Blicken auszudrücken. Ihre Kehle brannte von all den Worten, die sie zurückhielt.

Das Läuten einer Kirchenglocke drang von außen herein. Zwölf Schläge, die die Nonnen zum Mittagessen riefen.

Der Moment war vorübergegangen. Er war wieder der würdevolle Richter. Er beugte sich hinunter, um ihre Wange mit trockenen Lippen zu küssen. „Auf Wiedersehen, Jillian. Wir kommen dich abholen, nachdem ...", er suchte nach Worten, „... wenn du bereit bist", verbesserte er sich.

Sie stand in der Tür und sah ihm nach. Er ging schnell und stieg ins Auto, ohne sich noch einmal umzudrehen und ihr zu winken. Sie hielt sich am Holzrahmen der Tür fest und bekämpfte den Drang, ihm nachzulaufen und zu rufen: Daddy, geh nicht! Ich werde brav sein. Es tut mir Leid. Nimm mich mit nach Hause.

„Jillian? Komm bitte hier entlang. Und vergiss deine Tasche nicht."

Sie drehte sich um und sah Schwester Celestine ins Gesicht. Ihre Gedanken hatten sie erschreckt. Die Nonne lächelte, aber ihr Tonfall duldete keinen Widerspruch. Jilly nahm ihren kleinen Koffer und beeilte sich, der Ordensfrau in ein schmales Büro neben dem

Treppenaufgang zu folgen. Drinnen gab es kaum genug Platz für den Schreibtisch und die beiden Stühle.

Schwester Celestine nahm hinter dem Schreibtisch Platz und bedeutete Jilly mit knapper Geste, sich ihr gegenüber hinzusetzen. Als sie saßen, lächelte sie kurz und schaute auf ihre Armbanduhr, um ihr zu verstehen zu geben, dass die Zeit immer knapper wurde.

„Wir hoffen, dass dein Aufenthalt bei uns so angenehm wie möglich ist – unter den gegebenen Umständen", begann sie, ohne sich lange mit Vorreden aufzuhalten. „Ich habe alle deine Unterlagen hier, aber ich möchte noch einige Punkte mit dir besprechen." Sie nahm einen Füllfederhalter und schraubte die Kappe ab. „Der Geburtstermin ist ..."

„Der 1. Mai."

Sie kontrollierte die Papiere. „Warst du in ärztlicher Behandlung?"

„Ja. Bei Dr. Applebee. In Evanston." Sie wurde rot, als sie sich daran erinnerte, wie schockiert und gedemütigt sie bei der gynäkologischen Untersuchung gewesen war. Sie hatte die Augen geschlossen und mit den Tränen gekämpft, als seine Finger, die hart wie Eisen schienen, ihre weiche Haut befühlten und betasteten und ihr wehtaten. Er hatte nicht ein freundliches Wort für sie gefunden, um sie zu beruhigen. Als er fertig war, hatte er sie mit kaum verhohlener Missbilligung angeschaut. „Beim nächsten Mal benutzt du besser ein Kondom", hatte er gesagt und den Raum verlassen.

„Während du hier bist, wirst du jeden Montag in die Sprechstunde gehen", sagte Schwester Celestine. „Außerdem gibt es Krankenschwestern im Altersheim für Nonnen, die bei einem Notfall helfen. Gebären wirst du im St.-Francis-Hospital. Es ist in der

Nähe, und sie kennen unsere Mädchen. In der Regel bringen wir die Mädchen mit einem privaten Krankenwagen hin."

Krankenwagen? So weit in die Zukunft hatte Jilly noch gar nicht gedacht. Vor ihrem Auge tauchten schreckliche Visionen von rot flackernden Lichtern und heulenden Sirenen auf.

„Ich nehme an, du bist immer noch entschlossen, das Baby zur Adoption zu geben?"

Jilly verkrampfte die Hände. Jetzt war der Moment gekommen. Jetzt stand ihre Mutter nicht neben ihr wie eine Wärterin. Das war die Gelegenheit, die Frage zu stellen, die ihr am meisten am Herzen gelegen hatte, als ihre Mutter die Formulare für die Adoption ausgefüllt hatte.

„Besteht die Möglichkeit ... ich meine, was ist, wenn ich mein Baby behalten möchte?" Sie hielt die Luft an, während sie auf die Antwort wartete.

Schwester Celestine war nicht erfreut. Sie presste kurz die Lippen zusammen und schaute wieder auf ihre Armbanduhr, ehe sie die Frage beantwortete.

„Hör zu, Jillian", sagte sie mit einer Stimme, die ihre Enttäuschung kaum verbarg. „Das hat man dir doch sicher alles schon erklärt. Es wäre sehr schwierig, vermutlich sogar unmöglich für dich, diesem Baby eine angemessene und respektable Lebensweise zu bieten, wie es Adoptiveltern können. Wir sorgen dafür, dass dein Kind in eine Familie von ähnlicher Herkunft und mit ähnlichem Lebensstil kommt. Natürlich wird das Kind katholisch erzogen. Wir ...", sie lächelte flüchtig, als ob sie einen Scherz machen wollte, „... wir bemühen uns sogar darum, eine Mutter oder einen Vater mit grünen Augen und roten Haaren wie den deinen zu finden."

Als Jilly das Lächeln nicht erwiderte, runzelte Schwester Celestine die Stirn und schaute wieder auf die Papieren, die vor ihr auf dem Schreibtisch lagen. „Deine Eltern haben unmissverständlich klar gemacht, dass sie das Kind zur Adoption geben wollen."

Jillys Hände verkrampften sich. „Ich verstehe."

Als Schwester Celestine wieder aufblickte, wirkte sie bekümmert. „Überlege dir mal, was es für das Kind bedeutet, illegitim aufzuwachsen. Ein Bastard. Das ist ein harter Ausdruck, aber wir wissen beide, dass das Kind ihn hören wird. Die Adoptiveltern aber wollen dein Kind. Es wird ihre Familie vervollständigen. Sie werden dem Kind ein besseres Zuhause bieten, als du es jemals könntest. Und wir dürfen nicht vergessen, dass die Bedürfnisse des Kindes an erster Stelle kommen. Wenn du dein Baby wirklich liebst, wirst du dich von ihm trennen."

Jillian betrachtete die kleine, verhutzelte Nonne. In Schwester Celestines Augen erkannte sie die Hartherzigkeit und Gleichgültigkeit einer abgebrühten Veteranin, die das Immergleiche mit allzu vielen Mädchen während allzu vieler Jahre erlebt hatte.

Entmutigt ließ sie den Kopf sinken. Ihre Hände lagen auf dem Bauch, wie immer an der gleichen Stelle. Ob die Adoptivmutter jemals wissen würde, was sie aufgegeben hatte, damit sie und ihr Mann eine perfekte Familie sein konnten? Würde ihr Kind erfahren, dass sie versucht hatte, es zu behalten? Dass sie nur das Beste für ihr Baby tat, wenn sie es aufgab?

Es tut mir Leid, sagte sie ihm stumm.

„Du wirst bestimmt bald merken, dass es auch für dich das Beste ist. Du wirst dein Leben so fortführen können, wie du es gewohnt bist. Die Schule zu Ende bringen, vielleicht aufs College gehen. Und eines Tages wirst du heiraten und andere Kinder haben."

Schwester Celestine sammelte ihre Papiere auf und ordnete sie sorgfältig zu einem gleichmäßigen Stapel. „Wir können dieses Gespräch ein anderes Mal fortsetzen", sagte sie, ohne Jilly die Gelegenheit zur Antwort zu geben. „Wir müssen jetzt wirklich gehen, damit du die anderen kennen lernen kannst. Im Moment sind zwölf Mädchen hier, und in den nächsten Tagen erwarten wir zwei weitere, so dass insgesamt vierzehn hier leben. Du wirst sehen, dass alle Mädchen sehr nett sind, aber vergiss nicht, dass es für dich keine eine einfache Zeit ist. Du wirst mehr Gefühlsausbrüche und Tränen als sonst erleben. Ich hoffe, dass du dich mit ihnen anfreundest, solange du hier bist ..." Sie unterbrach sich, faltete ihre Hände auf dem Tisch und beugte sich nach vorne. Ihre Stimme war streng.

„Die Privatsphäre wird in Marian House grundsätzlich respektiert. Alle Freundschaften beginnen und enden hier. Das solltest du auf keinen Fall vergessen. Wenn du abreist, versuche nicht, mit den anderen Mädchen in Kontakt zu bleiben. Deshalb darfst du niemals deinen Familiennamen nennen oder andere danach fragen. Hier reden sich alle nur mit Vornamen an. Auch darfst du keinem erzählen, wo du herkommst, auf welche Schule du gehst oder andere Informationen preisgeben, die Rückschlüsse auf dich oder deine Familie zulassen." Sie durchbohrte Jilly mit ihren Blicken. „Wir dulden keine Missachtung dieser Regeln. Solltest du sie übertreten, wirst du sofort nach Hause geschickt. Hast du mich verstanden?"

Jilly nickte.

„Es gibt noch ein paar andere Regeln, aber die kann ich dir auf dem Weg zum Speisesaal nennen." Sie erhob sich von ihrem Stuhl. „Wir müssen uns beeilen. Ich fürchte, das Mittagessen hat bereits begonnen."

Erneut musste Jilly sich anstrengen, um mit der erstaunlich schnellen Nonne Schritt zu halten, als sie das Gebäude verließ und eine Art Abkürzung über einen gepflasterten Weg entlang einer Hecke nahm. Dahinter lag ein majestätischer roter Ziegelbau, der von hohen weißen Säulen gesäumt und eleganten Fenstern mit reich verzierten Bögen durchbrochen war. Bei seinem Anblick stockte Jilly der Atem.

„Dieses eine Mal gehen wir durch den Vordereingang", sagte Schwester Celestine, als sie über den gewundenen Pfad eilten. „Die Novizinnen sind jetzt alle in der Kirche, so dass wir unbemerkt hineingelangen können. Es ist ihnen nicht gestattet, Kontakte mit der Außenwelt zu haben."

Vor allem nicht mit der schlimmsten Sorte von Sünderinnen, dachte Jilly, als sie über den Weg lief, der das streng wirkende Marian House für ledige Mütter mit diesem prachtvollen Gebäude verband, das den jungen, unberührten Bräuten Christi vorbehalten war.

Innen war das Gebäude sogar noch anheimelnder, als man von außen ahnen konnte, doch ihr blieb keine Zeit, es zu bewundern. Sie gingen durch verwirrend viele Türen, und auf einmal hatten sie die Räume mit den hohen Decken hinter sich gelassen und standen zwischen den erbsengrünen Wänden des Heims. Essensgeruch lag in der Luft, undefinierbar, aber angenehm. Sie erkannte den Duft von gebratenem Fleisch, Gemüse und Kartoffeln. Als sie auf eine Flügeltür zugingen, hörte sie das Geräusch von Stühlen, die zurechtgerückt wurden, das Klappern von Geschirr und das hohe Summen von Frauenstimmen.

Schwester Celestine blieb stehen, ehe sie die Tür öffnete. Sie lächelte aufmunternd, aber ihre Augen schossen Blitze. Als sie die Tür aufstieß, gab sie den Blick frei auf die große und lichtdurchflutete Heim-Cafeteria. Sonnenstrahlen fielen durch die riesigen Fenster an drei Wänden. Ein gutes Dutzend grauer Metalltische stand in der Mitte, und auf der rechten Seite befand sich, wie in einer Schule, der Selbstbedienungsbereich der Cafeteria, wo braune Tabletts aufgestapelt waren und billiges Besteck lag. An der

Rückwand hing der einzige Raumschmuck: ein riesiges Holzkruzifix.

Die Unterhaltungen verstummten, als sie den Saal betrat. Jilly stand wie gelähmt, während Schwester Celestine sie den Mädchen nur mit ihrem Vornamen vorstellte. Das Blut rauschte ihr in den Ohren, und sie blickte in die verschwimmende Masse von Gesichtern, die in ihre Richtung schauten. Nur ein Gedanke ging ihr immer wieder durch den Kopf, als sie zurückstarrte.

Das waren nicht die aggressiven, altklugen und tratschsüchtigen bösen Mädchen, mit denen sie gerechnet hatte. Sie sahen vielmehr aus wie die Mädchen, mit denen sie in die Schule gegangen war.

Sie sahen genauso aus wie sie selbst.

Die Zeit ging schnell vorbei. Als der Februar kam, war Jilly der Tagesablauf in Marian House schon in Fleisch und Blut übergegangen. Sie lebten nach der Uhr. Um sechs Uhr wurden sie vom Läuten der Glocken geweckt. Die Luft war immer kühl, und der Boden unter ihren Füßen eiskalt. Um sieben Uhr mussten sie die Betten gemacht, sich angezogen haben und fertig für die Messe sein. Das Magenknurren der jungen Mütter wetteiferte mit den hohen Stimmen der Nonnen, die ihre Morgengebete verrichteten. Nach dem Frühstück gingen sie zur Schule, wo sie von pensionierten Nonnen des Ordens unterrichtet wurden. Das Mittagessen wurde um Punkt zwölf Uhr eingenommen und war die Hauptmahlzeit des Tages.

Das Mittagessen war auch deshalb ein besonderes Ereignis, weil die Post in Empfang genommen werden konnte, die, alphabetisch geordnet, auf einem Tisch lag. Die Absender waren mit schwarzer Tinte durchgestrichen, um alle Informationen, die Rückschlüsse auf die Familie zuließen, zu verhindern. Ihre Mutter sammelte zu Hause die Briefe von Birdie und Rose und die ihrer Freunde und steckte sie in große Umschläge, die einmal pro Woche eintrafen. Jilly pflegte allen zu antworten. Sorgfältig notierte sie all die faszinierenden und *très amusantes* Begebenheiten in der französischen Schule an der Universität von Wisconsin, die sie angeblich besuchte. Die Nonnen hatten sich bereit erklärt, die Schwindelei mitzumachen, indem sie die Briefe einigen Schwestern mitgaben, die sie auf dem Weg zu ihren Universitätskursen zur Post brachten.

Der Dankgottesdienst um fünf Uhr beendete ihren freien Nachmittag, dem sich um sechs das Abendessen anschloss. Dann konnten sie fernsehen, bis um zehn zur Nachtruhe geläutet wurde.

Im März war ihre Schwangerschaft nicht mehr zu übersehen, und das Baby schlug Purzelbäume in ihrem Bauch. Wenn es sich ausstreckte, konnte sie auf ihrem Bauch die Umrisse des kleinen Rumpfes sehen oder einen plötzlichen Tritt spüren. Im April setzte Schwester Benedicta sich mit Jilly, Simone und Sarah in einen kleinen, abgeschiedenen Raum mit gemütlichen Stühlen und einer Stereoanlage. Sie waren die nächsten, die ihre Babys bekamen. Sie spielte ihnen Balladen vor, meistens von Joan Baez und Judy Collins. Jilly fand das unglaublich toll. Sie bot ihnen auch heiße Schokolade und Kekse an. Jilly liebte Schwester Benedicta nicht nur, weil sie ihnen den Unterschied zwischen einer Epiduralanästhesie und einer Vollnarkose erklärte, sondern weil sie sie wie gleichwertige Menschen behandelte und nicht wie böse Kinder, die keine Gefühle hatten und deren Ansichten ohne Bedeutung waren.

Die Mädchen hungerten nach Informationen und stellten ihr hunderte von Fragen. „Wurden ihnen wirklich Augenklappen umgebunden, damit sie ihre Babys bei der Geburt nicht sehen konnten? Mussten sie Ohrenstöpsel tragen, damit sie ihre Babys nicht schreien hörten? Ist das wirklich passiert? Sind diese Geschichten wahr?"

Schwester Benedictas Miene wurde düster und nachdenklich. Dann schüttelte sie den Kopf. „Vor vielen Jahren vielleicht. Aber macht euch keine Sorgen. Heutzutage gibt es so etwas ganz bestimmt nicht mehr."

Doch sie sprachen niemals über die Babys, die in ihnen heranwuchsen, oder darüber, wie man sich um sie kümmern müsste. Allen Mädchen wurde geraten, von allen wurde es erwartet, dass sie sich nach der Geburt von ihren Neugeborenen trennten. Während ihres letzten Treffens erzählte Schwester Benedicta ihnen, dass Marian House den Mädchen erst seit kurzem erlaubte, ihre Babys nach der Geburt in den Arm zu nehmen. Viele Heime taten das noch nicht. „Schaut euch euer Baby nicht an, haltet es nicht fest", sagte sie ihnen. „Nehmt diese Prüfung auf euch. Betet, dass ihr stark werdet, dann wird es euch später so erscheinen, als sei dies alles überhaupt nicht passiert."

Der erste Mai kam und ging. Am neunten Mai setzten bei Simone die Wehen ein. Zwei Tage später kam sie mit einem flachen Bauch aus dem Krankenhaus zurück. Sie war bedrückt und wollte mit niemandem reden. Es schien, als ob das Baby alle Freude und Energie mit sich genommen hatte. Es schien, als habe es nur eine leere Hülle zurückgelassen. Simone blieb in ihrem Zimmer. Für die Mädchen war es ein ungeschriebenes Gesetz, dass keine nach der Rückkehr aus dem Krankenhaus in ihrem Zimmer gestört wurde, wenn die Tür verschlossen war. Am nächsten Tag holten Simones Eltern sie ab und brachten sie dorthin zurück, wo sie herkam. Sie hatte ihre „normale" Kleidung angezogen, und obwohl sie offensichtlich neu und von guter Qualität war, sah sie darin aus wie ein obdachloses Kind, als sie mit ihrem Koffer in der Eingangshalle stand. Als sie sich noch einmal umdrehte, um Jilly zum Abschied zuzuwinken, waren ihre dunklen und ausdrucksstarken Augen stumpf und leer.

In dieser Nacht weinte Jilly. Sie fühlte sich sehr einsam und wusste, dass sie ihre Freundin nie wiedersehen würde.

In der selben Nacht setzten bei Sarah die Wehen ein. Jilly umklammerte ihr dünnes Kissen, als sie hörte, wie Schwester Celestine an ihrer Tür vorbei in Sarahs Zimmer lief. Sarah stöhnte entsetzlich, verursachte eine schreckliche Aufregung und klagte über Rückenschmerzen. Jillys Atem ging stoßweise, denn sie wusste, dass sie die nächste sein würde. Sie konnte dem Unvermeidlichen nicht entkommen. Oh, Gott, ich will das nicht durchmachen, betete sie, als sie hörte, wie Sarahs Stöhnen sich zu einem entsetzlichen Jammern steigerte, während man sie in die Halle hinunterbrachte. Als die Mädchen am nächsten Morgen aufstanden, verkündete Schwester Celestine, Sarah habe einen Sohn geboren.

Während der nächsten Tage waren Jillys Sinne auf das Äußerste geschärft. Jeder Gedanke, jede Bewegung konzentrierte sich auf die Möglichkeit, jederzeit Wehen zu bekommen. Sie unternahm lange Spaziergänge, mied würzige Speisen und ging früh zu Bett. Am 17. Mai schließlich, nachdem sie zwei Wochen über ihre Zeit war, spürte Jilly die erste Wehe.

Die erste Morgendämmerung drang durch die Dunkelheit. Mit weit aufgerissenen Augen lag Jilly im Bett und lauschte auf das Zirpen der Vögel im Baum vor ihrem Fenster. In der Hand hielt sie einen Wecker, um den Abstand der Wehen zu kontrollieren, die ihren Unterleib verkrampften. Niemand brauchte ihr zu sagen, dass der Moment gekommen war. Sie verspürte überschäumende Aufregung und überwältigende Traurigkeit. Ehe die Sonne wieder unterging, würde ihr Kind auf der Welt sein. Die meisten Frauen hätten gejubelt. Aber für sie waren es die letzten Stunden, die sie mit ihrem Baby verbringen konnte.

Im grauen Licht des Morgens sang sie für ihr Kind. Sie hatte die Arme um ihren Bauch geschlungen, während ihr die Tränen über die Wangen liefen und die Wehen in immer regelmäßigeren Abständen kamen. Als um sechs Uhr die Morgenglocke läutete, spürte sie die Konraktionen alle fünf Minuten.

Wegen der Schmerzen stand sie sehr langsam auf und ging vorsichtig in den Gemeinschaftswaschraum am Ende des Flurs. Die anderen Mädchen hatten sie die ganze Woche über genau beobachtet. Jetzt flüsterten sie miteinander, als sie unter die Dusche trat. Sie wollte keinem erzählen, was passierte – noch nicht. Sie hatte nur noch so wenig Zeit. Das heiße Wasser fühlte sich gut an auf ihrem Rücken, in dem ein dumpfer Schmerz bohrte. Sie stützte die Handflächen gegen die Kacheln und beugte sich nach vorne. Das kostbare heiße Wasser prasselte auf sie herab und massierte ihr Kreuz. Es war ihr egal, dass sie mehr heißes Wasser benutzte, als ihr zustand. Nur dieses eine Mal ...

„Jilly, beeile dich. Du kommst zur spät zur Messe."

„Geht schon mal ohne mich", antwortete sie und öffnete die Tür. Sie hatte ihren Frotteebademantel angezogen. „Ich bleibe noch."

„Aber du wirst Ärger bekommen", prophezeite Pat. Sie, Nancy und Julie hatten sie den ganzen Morgen misstrauisch beäugt.

„Den Ärger habe ich ja wohl schon."

„Soll ich Schwester Celestine holen?" fragte Julie, ein freundliches Mädchen von sechzehn Jahren, das im nächsten Monat Zwillinge bekommen würde. Ihr Zimmer lag neben Jillys, und die beiden hatten sich angefreundet.

„Nein. Bitte nicht. Sag niemandem etwas!" bat sie. „Ich bin

noch nicht so weit, um ins Krankenhaus zu gehen. Die Zeit ist noch nicht gekommen. Ich weiß es von Schwester Benedicta, mit der wir über all das gesprochen haben. Wirklich."

Julie, die auch gerade diese Kurse besuchte, sah nicht überzeugt aus. „Gut, aber ich bleibe für alle Fälle bei dir. Oh, guck doch nicht so. Dann wird Schwester Celestine eben auf uns beide sauer sein. Ich lass dich hier nicht allein. Du hast nämlich diesen Gesichtsausdruck."

„Welchen Gesichtsausdruck?"

„Den gleichen, den meine Hündin hatte, als sie anfing, überall herumzuschnüffeln, um ein Plätzchen zu finden, wo sie ihre Jungen kriegen konnte. In welchen Abständen kommen denn die Wehen?"

„Oh, Gott", flüsterte Nancy furchtsam. „Wehen?"

„Ich weiß nicht. Sie sind noch ziemlich groß", log Jilly. Dann krümmte sie sich vor Schmerzen und versuchte, das Jammern zu unterdrücken, als die erste, wirklich schmerzhafte Wehe ihren Unterleib zu zerreißen drohte.

„Oh, Gott", wimmerte Nancy wieder.

„Mhm", sagte Julie kopfnickend. „Nancy, hol Schwester Celestine. Tut mir Leid, Jilly, aber du weißt, dass wir das tun müssen. Vielleicht willst du es nicht wahrhaben, aber du bekommst ein Baby."

In den folgenden Stunden passierte alles so schnell hintereinander, dass Jilly sich später nur noch verschwommen an die Ereignisse und Geräusche erinnern konnte. Das Rascheln von Schwester Celestines wallendem Gewand, das Klappern der Holzperlen ihres langen Rosenkranzes, die jaulende Sirene des ruckelnden Krankenwagens, das grelle Licht in der Notaufnahme, die energische Stimme einer Krankenschwester, die zu einer anderen sagte: „Sie ist eines dieser Mädchen aus dem Marian House."

An diesem Morgen war im Krankenhaus sehr viel los, und alle Kreißsäle waren besetzt. Die Krankenschwestern, die in ständigem Einsatz waren, murmelten etwas von Vollmond. Jilly versuchte, sich zu entspannen, zu lächeln und mitzuarbeiten, aber sie spürte nur kalte Blicke und noch kältere Hände. Schwester Benedicta hatte ihr gesagt, dass sich im Krankenhaus professionelles und freundliches Personal um sie kümmern würde. Möglicherweise verhielten sie sich so den verheirateten Frauen gegenüber, die mit ihren Ehemännern kamen. Sie dagegen wurde die ganze Zeit wie etwas Lästiges behandelt – das gefallene Mädchen, zu dem man nicht auch noch freundlich sein musste.

Stundenlang lag sie allein im Warteraum vor dem Kreißsaal und hatte Angst. Nur zwei Menschen bevölkerten ihre Welt: sie selbst und ihr Baby. Bitte, halte aus, beschwor sie sich immer wieder. Am späten Nachmittag kamen die Schmerzen in ihrem Unterleib in immer kürzeren Abständen, heftig und abrupt. Jilly versuchte, nicht zu schreien, bohrte die Fersen in die Matratze und biss die Zähne zusammen. Sie war fest entschlossen, einen Rest ihrer Würde zu behalten. Dann wurde sie von einer gigantischen Welle des Schmerzes erfasst, dicht gefolgt von einer zweiten, so dass ihr keine Zeit blieb, sich zu erholen. „Kann mir bitte jemand helfen?“ schrie sie.

Die Krankenschwestern reagierten schnell und rollten sie in einen Saal mit grellen Deckenlampen und blitzblanken medizinischen Apparaten und Instrumenten. Die Krankenschwestern banden ihre Arme fest und hoben ihre Beine hoch auf die Halterungen. Jilly konnte sich nicht mehr bewegen und war starr vor Angst.

„Der Kopf kommt schon“, rief eine Krankenschwester.

Plötzlich wimmelte es von Menschen im Saal. Möglicherweise war die Krankenschwester neben ihr aufgeregt, vielleicht empfand sie plötzlich nur Mitgefühl für Jilly. Auf jeden Fall deutete sie auf einen kleinen Spiegel und sagte flüsterte: „Wenn du dahin schaust, kannst du alles sehen."

Jilly erschrak, drehte den Kopf und schaute in die Richtung, die der Zeigefinger wies. „Was? Das Baby sehen?"

Sie spürte Euphorie und Dankbarkeit, die in ihrem Innern einen Kampf mit Schwester Benedictas Warnung ausfochten – *Schau dir das Baby nicht an!* Vom Wunsch getrieben, ihr Kind anzusehen, reckte Jilly den Hals und blinzelte in den kleinen Spiegel.

„Noch einmal pressen", sagte der Arzt, der den Kopf des Babys mit seinen behandschuhten Fingern umfasste.

Sie holte tief Luft, spürte den Kamm einer Welle und presste. Wieder und wieder. Vor ihren Augen tanzten rote Kreise, und sie hatte das Gefühl, nicht eine Sekunde länger durchhalten zu können. Nur schiere Willenskraft ließ sie den Blick nicht von den paar Quadratzentimetern Spiegelglas abwenden.

In Dr. Brewsters Händen lag ein schlüpfriges, blutiges Bündel mit verknautschten Gesichtszügen. Etwas Schöneres hatte sie noch nie gesehen. Lächelnd ließ sie sich auf die Liege zurücksinken und spürte ein törichtes Glücksgefühl. *Ihr Baby.* Eifrig beobachtete sie jede Bewegung des Doktors und prägte sich jede Einzelheit ihres Kindes ein. Er hielt ihr Baby in die Luft, und sie sah die winzigen Zehen und Finger, eine etwas breite Nase und verquollene Augen. Sie hörte einen leichten Schlag und dann einen kräftigen Schrei.

Die Krankenschwestern arbeiteten schnell, tropften eine Flüssigkeit in die Augen des Babys, badeten und wogen es und wickelten es in ein dünnes Tuch. Jilly dehnte und streckte ihre Finger. Sie hätte das Baby so gern in ihre Arme genommen und die weiche, warme Haut gespürt. Der Wunsch kam aus ihrem tiefsten Innern. „Bitte", murmelte sie und streckte die Arme aus.

Blitzartig erkannte sie, dass die Krankenschwester das Baby

wegtrug. Ein Eisklumpen lag in ihrer Brust. Das durfte nicht geschehen. Sie zerrte an den Lederriemen. „Nein ... nein ... bitte nicht!“ Die Stimme versagte ihr. In ihrer Kehle brannten die erstickten Schreie, als sie sah, wie sich hinter ihrem Baby für immer die Türen schlossen.

Sie hatte ein Mädchen gehabt.

Noch Jahre später hörte Jilly oft Geschichten von Kreißsälen und Geburten, wenn sie mit anderen Frauen zusammen war. Gleichgültig, ob es sich um junge oder alte Frauen handelte: Wenn das Thema auf Geburten kam, rückten die Frauen die Polstersessel in Wohnzimmern näher zusammen oder Holzstühle in Restaurants – wie Veteranen, die Geschichten vom Krieg austauschten. Wenn sie nur stumm dabei saß, hatte früher oder später eine von ihnen unweigerlich den Kopf zur Seite geneigt, ihr die Hand getätschelt und etwas Ähnliches gesagt wie „Mach dir mal keine Sorgen. Irgendwann wirst du das auch erleben“. Jilly lächelte dann immer freundlich und zuckte mit den Schultern.

Denn sie hatte es ja schon erlebt. Sie war ein Opfer dieses Krieges. Für sie hatte es jedoch keinen triumphalen Sieg gegeben, nur Schrecken und unschätzbaren Verlust. Als sie in der Dunkelheit ihres kleinen Ruheraumes im Krankenhaus lag, der wie eine Zelle wirkte, und der Regen gegen die Fensterscheibe trommelte, schluchzte Jilly hemmungslos. Eine Flut von Tränen schoss aus ihr heraus, bis sie sich vollkommen zusammengeschrumpft und ausgedörrt fühlte und keine Tränen mehr hatte. Dann ergriff die Depression von ihr Besitz und verursachte wirkliche körperliche Schmerzen.

Als der Morgen dämmerte, lag Jilly flach und bewegungslos auf dem Rücken. Sie starrte auf die streifigen Schatten an der Decke.

Die Hände hatte sie auf ihren Bauch gelegt. Sie war allein. Keine Eltern, Schwestern, Freunde, nicht einmal das Mitgefühl eines Fremden tröstete sie. Niemand konnte ihr den Schmerz in ihrem Herzen nehmen oder verstehen, was es für sie bedeutete, ihr Kind wegzugeben. Sie musste alleine damit fertig werden. Sie konnte sich nur auf sich selbst verlassen, auf ihre eigenen Fähigkeiten, auf ihren eigenen Verstand.

Als sie sich mit Hamamelisextrakt reinigte und sich anzog, um zum Marian House zurückzukehren, spürte sie eine leblose Ruhe in sich, die ihre Betreuerin als Resignation bezeichnete. Mit ihren Tränen hatte sie die Jillian, die sie einmal war, aus sich herausgewaschen. Nun, da sie ein Kind bekommen hatte, konnte sie nie wieder selbst ein Kind sein.

Als sie aus dem Krankenhaus in die liebliche Frühlingsluft des ländlichen Wisconsin trat, ließ Jilly einen Teil von sich zurück. Der beste Teil von ihr war mit ihrer Tochter verschwunden. Und diese Tochter jetzt zu verlassen war das Beste, was sie tun konnte.

Was für eine Mutter hätte sie ihrem Kind auch sein können? Welches Beispiel hätte sie ihm gegeben? Was hätte sie ihm bieten können? Schwester Celestine hatte Recht gehabt. Wenn sie dieses Baby liebte, würde sie es in ein anständiges Haus mit den passenden Eltern geben. Es stimmte, was ihre Mutter über sie gesagt hatte: Sie war unverantwortlich, flatterhaft, selbstsüchtig.

Aber jetzt hatte sie die Gelegenheit, alles richtig zu machen, wenigstens was ihre Tochter anging. Sie mochte viele Fehler begangen haben, die Entscheidung jedoch, ihr Kind freizugeben, war die einzige verantwortungsvolle und selbstlose Tat ihres Lebens. Es war das Beste, das sie jemals getan hatte. Aber es fühlte sich wie das Schlimmste an.

Jilly stand vor dem Krankenhaus und blickte ein letztes Mal zu den Fenstern der Entbindungsstation hinauf. Sie war erschöpft, aber entschlossen. Sie spürte die enge Verbindung zu dem kleinen Season-Mädchen, das dort oben schlief und das sie niemals im Arm halten, dessen Haut sie niemals streicheln, dessen Wangen sie niemals küssen würde.

„Sei stark, mein kleines Mädchen. Werde glücklich. *Du wirst überleben.*"

Und das, schwor sie sich, würde sie ebenfalls.

8. KAPITEL

Am Morgen nach der Beerdigung wachte Rose früh auf. Frohen Herzens erblickte sie das Tageslicht, das die Düsternis der letzten Stunden vertrieb. Es war kaum zu glauben, dass ein Brief von jemandem, den sie nie getroffen hatte, ihr Leben so verändern konnte. Die Sonne, die ihr ins Gesicht schien, weckte neue Hoffnungen in ihr.

Sie schlüpfte in einen langen schwarzen Rock und einen abgetragenen, aber bequemen grauen Pullover, durchquerte den Korridor und stieg die breite Treppe hinunter in die Küche. Sie bewegte sich mit der Sicherheit einer Tänzerin, die ihre Schritte unzählige Male geprobt hatte: behende, elegant und wie zu den Klängen einer inneren Musik. Sie holte große Keramikschüsseln, Dosen mit Haferflocken, Rosinen, Nüssen und kleine Dosen mit Zimt und anderen Gewürzen aus der Speisekammer. Es ging doch nichts über ihr selbst gemachtes Müsli, um den Tag gut zu beginnen.

Während sie die Zutaten mischte, dachte sie daran, wie verstört Jilly gewirkt hatte, als sie vergangene Nacht zu Bett gegangen war. Birdie war offensichtlich ebenfalls total von der Rolle gewesen – so wie sie Hannah und Dennis angefahren hatte. Als ob sie ihr eins auswischen wollte, hatte Hannah zwei oder sogar drei Mal beim Kuchen zugelangt. Nun ja, solange sie alle hier bei ihr waren, würde sie darauf achten, dass sie nur gesundes Essen bekamen.

Sie streute noch ein wenig Extra-Zimt für Hannah in den Müslibrei und verteilte sie in große Auflaufformen aus Ton. Nach einer Viertelstunde duftete die ganze Küche nach Zimt. Sie schaute nach oben, als sie Schritte im Zimmer über sich hörte. Der Tag war neu und verheißungsvoll. Sie lächelte bei dem Gedanken.

Sie konnte nicht warten, bis ihre Schwestern zum Frühstück herunterkamen.

Birdie war übel, als sie aufwachte. Sobald sie sich aufsetzte, schien das Zimmer sich um sie zu drehen, und der Magen stieg ihr in die Kehle. Als sie aufstöhnte, begann Dennis neben ihr sich zu rühren.

„Was ist ...“ Er blinzelte verschlafen und hob den Kopf. „Ist alles in Ordnung?“

„Nein. Brrr. Ich muss irgendetwas Verdorbenes gegessen haben. Oh, Gott, was ist das für ein Geruch? Was hat Rose da unten bloß im Ofen? Ich glaube, ich muss mich übergeben ...“ Sie legte die Hand an die Stirn und wartete einige Minuten, bis das Ekelgefühl in ihrem Magen nachließ.

„Geht's wieder besser?“ fragte Dennis mit geschlossenen Augen.

„Ein wenig“, antwortete sie. „Ein Zwieback oder sonst was Trockenes wäre jetzt nicht schlecht. Und wie geht's dir? Ist dir auch übel?“ Sie wusste selbst nicht, warum man im Elend immer nach Partnern suchte, denen es genauso schlecht ging, aber so war es nun mal.

Dennis fuhr sich mit den Händen übers Gesicht und stützte sich auf die Ellbogen. Nach einer Minute erwiderte er: „Nein.“

„Hoffentlich ist es keine Grippe. Für Krankheiten habe ich überhaupt keine Zeit.“

„Das hast du ja nie. Wo willst du hin? Die Beerdigung ist doch vorbei. Komm zurück ins Bett und ruh dich aus.“

Aber Birdie war bereits aufgestanden und zog ihren Frotteebademantel an. „Ich gebe mich nicht so schnell geschlagen. Ich ziehe mich an, trinke dünnen Tee und esse einen Toast, und dann werden wir sehen, wie's mir geht. Außerdem ist Rose schon unten und bereitet vermutlich gerade ein Fünf-Gänge-Frühstück vor. Sie macht sich immer so viel Arbeit.“

„So ist sie nun mal. Immer da für andere.“

„Sie muss sich mal erholen, sonst bricht sie noch zusammen.“

„Genau wie du. Bleib bei mir, Birdie, komm zurück ins Bett ...“

Sie beachtete nicht die Hand, die er nach ihr ausstreckte. „Ich bring dir einen Kaffee.“ Sie schob die Füße in die Pantoffeln und ging schnell aus dem Zimmer. Selbst nach den Querelen von gestern und obwohl ihr Magen heute Morgen in Aufruhr war, verspürte sie den dringenden Wunsch, hinunter in die Küche zu eilen.

Sie wollte mit ihren Schwestern zusammen sein.

Jilly fühlte sich wie gerädert, als sie aufwachte. Sie hatte stundenlang wie erstarrt im Bett gelegen und zugesehen, wie sich das Licht der Morgendämmerung auf der blauen Tapete veränderte. Die Erinnerungen hatten ihr das Gefühl vermittelt, verletzlich zu sein, ganz so, als hätte sie ihr Kind noch einmal geboren und als ob dieses Mal alle bei ihrer Heimkehr Bescheid gewusst hätten. Und wenn sie später hinuntergehen würde, war ihr klar geworden, würde von nun an alles anders sein. Die Vorstellung erfüllte sie gleichermaßen mit Entsetzen und Erleichterung.

Das Geheimnis war ans Licht gekommen.

Was ist das wohl für ein Gefühl, nach all den Jahren mit offenen

Karten zu spielen, überlegte sie, während sie sich den Schlaf aus den Augen rieb. Ob Birdie und Rose sich vorstellen konnten, wie sehr sie sie gerade jetzt brauchte? Sie spürte wieder die gleiche Zuneigung, die sie ihren Schwestern gegenüber empfunden hatte, als sie Kinder und Spielkameradinnen und Rose und Birdie ihre besten Freundinnen waren. Doch sie hatte sich verändert mit den Jahren. Und ihr war klar, dass die anderen sich ebenfalls verändert hatten. Aber sie waren immer noch Schwestern. Verbunden durch gemeinsames Blut und eine gemeinsame Vergangenheit.

Es duftete nach Zimt und Kaffee. Sie hatte Durst, und sie spürte einen großen Hunger nach Essen und Leben. Sie stieg aus dem Bett und zog ihren lavendelfarbenen Seidenmorgenmantel an, bändigte ihre rote Mähne mit einem Gummiband und ging ins Badezimmer, um sich frisch zu machen. Obwohl sie kaum geschlafen hatte, fühlte sie sich leichter und jünger und überhaupt nicht müde. Sie folgte dem Geräusch von klapperndem Geschirr und leisen Gesprächen, das von unten heraufklang. Es machte sie ein wenig nervös, dass sie ihnen gleich gegenübertreten musste. Aber dann öffnete sie entschlossen die Tür und betrat die Küche.

Denn sie konnte es kaum erwarten, ihre Schwestern zu sehen.

Sie waren gerade dabei, den Tisch zu decken. Birdie und Rose breiteten eine wunderschöne hellblaue Tischdecke über den langen Holztisch. Die Stimmung in der Küche war entspannt, und sie plauderten munter miteinander. Nichts erinnerte an die Auseinandersetzungen des vergangenen Tages. Jilly blieb zögernd an der Tür stehen.

Birdie sah sie als Erste. Ihr Blick war zurückhaltend, doch beim Anblick von Jillys unbefangenen Gesichtsausdruck verzog sich ihr Mund zu einem erleichterten Lächeln.

„Ich glaub's nicht. Guck mal, wer schon aufgestanden ist."

Rose brachte schnell Kaffee herbei. „Guten Morgen!"

Jilly war wie von einer schweren Last befreit, als sie erkannte, dass ihre Angst vor der Begegnung heute Morgen unbegründet war. Ein wenig schuldbewusst schaute sie in ihre Kaffeetasse und auf den Tisch und vermied es, ihren Schwestern in die Augen zu sehen. „Ja, ich bin schon auf den Beinen", antwortete sie forscher, als ihr zumute war.

Dann ging Jilly ihnen zur Hand und holte das Geschirr aus den Schränken. Rose holte das duftende Zimtmüsli aus dem Ofen, und Birdie verteilte Frühstücksschalen aus Keramik auf dem Tisch. Und im Handumdrehen fühlten sie sich wieder so wie damals, als sie noch Kinder waren. Während sie frühstückten, brachte Birdie das Thema auf den Hausverkauf und mahnte zur Eile.

„Mr. Collins möchte, dass wir ihm spätestens Donnerstag sagen, was wir mit dem Haus und dem Grundstück zu tun gedenken. Wir sollten die Entscheidung noch einen Tag aufschieben, damit wir ein bisschen mehr Zeit zum Überlegen haben, meint ihr nicht auch?"

Die anderen nickten erleichtert.

„Jetzt müssen wir erst mal diesen Riesenhaushalt zwischen uns aufteilen. Möbel, Bilder, das Porzellan, Kristall und das Silber. Das Haus ist voll gestopft bis unters Dach. Mutter hat sich ja von nichts trennen können. Aber erst mal müssen wir eine Liste von den ganzen Sachen machen. Ich gerate schon jetzt in Panik, wenn ich an den Dachboden und den Keller denke."

„Auf dem Dachboden liegen eine Menge wertvoller Sachen", erwiderte Rose. „Ich möchte nichts davon wegwerfen."

„Rose, wir wissen, dass Mutter nicht die Einzige war, die sich von nichts trennen konnte", neckte Birdie sie.

„Wir sollten uns darauf einigen, nur dann etwas wegzuwerfen, wenn wir alle dafür sind."

„Aber dann sind wir ja ewig damit beschäftigt."

„Dann mach ich es eben alleine."

„Wartet!" warf Jilly ein und hob beschwichtigend die Hand. „Wir sollten oben anfangen und uns nach unten durcharbeiten. Dann können wir nach und nach entscheiden. Alle zusammen."

Kurz darauf stand Jilly mit weit offenem Mund im staubigen Dämmerlicht des Dachbodens. Es war noch schlimmer, als sie es sich vorgestellt hatte. Der Speicher war voll bis in die letzte Ecke. Wasserflecken auf Kisten, an den Wänden und auf dem Boden zeugten von zahlreichen undichten Stellen. Das Holz der Fensterrahmen war morsch, ein paar der Glasscheiben waren zerbrochen, und der ganze Raum roch nach Staub, Schimmel und Mäusekot.

Das war einmal ihr Spielzimmer gewesen. In diesen Räumen waren die Ländereien des Oberen Königreiches gewesen, in dem die adligen Season-Schwestern herrschten. Das Gerümpel, verstaubt und voller Spinnweben, führte ihnen erbarmungslos vor Augen, wie grausam die Wirklichkeit in das Reich der Fantasie eingebrochen war.

Auf dem Dachboden des viktorianischen Hauses hatten einst die Dienstmädchen ihre Zimmer gehabt. Es gab zwei Schlafräume mit Dachschrägen, einen etwas größeren Raum, der vermutlich als Wohnzimmer gedient hatte, und ein winziges Bad mit einer altmodischen, gelbfleckigen Wanne und einem Mini-Waschbecken. Als sie jünger waren, hatten die Mädchen die Mansarde geliebt, weil sie weit weg von den Wohnräumen ihrer Eltern lag. Niemand kümmerte sich um das Dachgeschoss; deshalb konnten sie es nach Herzenslust benutzen. Mit viel Fantasie hatten sie sich hier ihre Welt erschaffen. Bis sie eines Tages von ihrer Mutter verjagt wurden, die außer sich war, weil sie aus den Kisten die schönsten Stücke herausgenommen hatten, um damit ihre „Häuser" einzurichten.

„Das sieht ja aus wie ein Kaninchenbau", sagte Birdie, die voll bepackt aus einer Ecke auftauchte.

Jilly konnte ihr nicht widersprechen. Bis zur Decke gestapelte Kisten ließen nur schmale Durchgänge vom einen zum anderen Ende des niedrigen Raums frei. „Hier werden wir im Leben keinen Durchblick kriegen", meinte sie entsetzt. „Das ist ja wie ein Dschungel. Eines Tages werden sie unsere Leichen finden, nachdem sie lange und intensiv nach uns gesucht haben. Wir werden halb verwest sein, und unsere Knochen werden zwischen den Kisten verstreut liegen."

„Wir sollten einen von diesen riesigen Müllcontainern bestellen, das Fenster aufmachen und alles hinauswerfen." Birdie wirkte fest entschlossen.

„Untersteh dich!" warnte Rose, die ihre Bemerkung mitbekommen hatte, als sie den Raum betrat.

„Schau dir bloß dieses Chaos an." Birdie öffnete eine Plastiktüte, in der nichts als Kleiderbügel aus Draht lagen. „Genau, wie ich es gesagt habe. Wofür, zum Teufel, hast du all die Kleiderbügel aufbewahrt? Und die ganzen Zeitschriften? Stapelweise *Good Housekeeping*." Sie nahm ein Heft zur Hand, blätterte es durch und warf es dann achtlos in eine Tüte. „Das hat uns gerade noch gefehlt – das zwanzigste Rezept für Käseauflauf."

„Ich wollte sie zum Altpapier geben", verteidigte sich Rose.

Entschlossen krempelte Birdie die Ärmel auf. „Gut, ich helfe dir dabei." Sie bahnte sich einen Weg durch den schmalen Gang, der zu den hinteren Räumen führte. „Hier ist es gar nicht so schlimm", rief sie aus einer der Schlafkamern. „Ich glaube, das größte Chaos ist direkt vorne bei der Tür. Wir sollten hier anfangen, wo wir uns bewegen können."

„Das ist das Schloss von Rose", sagte Jilly plötzlich.

„Was?“ Birdies steckte den Kopf um eine Ecke.

„Roses Schloss, erinnerst du dich nicht? Und das Zimmer da drüben war deines. Mir gehörte natürlich der große Raum. Das Schloss der Herrlichkeit. Ja, so hieß es.“

Roses Miene wurde träumerisch. Jilly sah ihr an, dass sie von Erinnerungen überwältigt wurde.

„Verstehst du jetzt, was ich meine?“ fragte Rose, auf der Suche nach einer Verbündeten. Ihr Herz quoll über von Gefühlen. „Hier oben stecken so viele Erinnerungen. Ich möchte nicht, dass Birdie sie einfach wegwirft, als wären sie Müll. Sie denkt immer nur so eindimensional.“

Jilly hätte ihr gerne gesagt, dass ein Müllcontainer wirklich der beste Platz für den Krempel wäre. Aber sie brachte es nicht übers Herz. „Guck doch nicht so besorgt, Rose“, sagte sie aufmunternd. „Wir müssen uns ja noch nicht heute entscheiden. Aber Birdie hat Recht. Wir behalten so viel wir können, doch Kleiderbügel und Zeitschriften sollten wir schon wegwerfen. Ich möchte nicht wochenlang mit Aussortieren beschäftigt sein. Wir müssen vieles wegwerfen, weil wir einfach nicht alles behalten können.“

Sie banden sich Schürzen um, holten Abfalltüten aus Plastik hervor, legten Scheren und Bindfäden zurecht und machten sich an die Arbeit. Während sie unzählige Kisten öffneten, unterhielten sie sich angeregt. Jeden Fund quittierten sie mit einem Stöhnen: Kontoauszüge von vor zwanzig Jahren, zwei in Leder gebundene Ausgaben der *Encyclopaedia Britannica*, Bücher, deren Seiten herausfielen, gerahmte Bilder ohne Wert, verstaubter Tannenbaumschmuck aus Plastik, Unmengen von Schüsseln, Tellern und Schalen, die alle nicht zusammenpassten. In einem anderen Raum fanden sie einen alten Kinderwagen, verschiedene Werkzeuge, die keine von ihnen haben wollte, verrostete Toaster und andere elektrische Haushaltsgeräte, an denen Teile fehlten oder deren Elektrokabel verschlissen waren, Tüten mit zusammengerollten Drähten sowie ihre alten Ski und Schlittschuhe.

Ein paar Stunden später war ihr Tatendrang der Erschöpfung gewichen.

„Wie brauchen unbedingt einen Müllcontainer", stöhnte Birdie.

Jilly schaute an sich herunter. „Schaut euch das an!" jammerte sie. „Schmutzige Jeans und ein dreckiges Sweatshirt. Ausgerechnet ich! Und meine Fingernägel sind auch ruiniert."

„Ich habe in meinem ganzen Leben noch nicht so viel wertloses Zeug auf einem Haufen gesehen", maulte Birdie.

Rose war in höchster Alarmbereitschaft.

„Nein, Rose!" rief Jilly mit erhobener Hand. Diesmal war sie auf Birdies Seite. „Sag es nicht. Wir wollen es nicht hören. Es ist wirklich alles Müll."

In dem größeren Zimmer stießen sie allerdings auf Gegenstände, die ihnen mehr bedeuteten. Rose nannte sie Schätze. In großen Kisten lagen die Bilder, die sie im Kindergarten gemalt hatten, sowie Aufsätze und Zeugnisse aus ihrer Schulzeit. In andere waren achtlos Familienfotos hineingeworfen worden, von denen manche so alt waren, dass sich das sepiafarbene Papier an den Ecken bog. Sie entdeckten Kisten mit ihren Babysachen und den Kleidchen und Schürzen, die sie als kleine Mädchen getragen hatten. Sie jauchzten, als sie auf Jillys Klarinette, Birdies Flöte und die Ballettschuhe von Rose stießen.

Sie tranken Eistee und schwelgten in Erinnerungen, lästerten hier und stichelten dort. Als die Nachmittagssonne blasser wurde, spürte Jilly jedoch wieder diese vertraute Unruhe in sich. Die Vergangenheit vermischte sich mit dem Staub und dem Schmutz der

Gegenwart, und ihre Stimmung verdüsterte sich. Die Räume erschienen ihr plötzlich so eng, und sie sehnte sich nach frischer Luft. Sie warf einen Blick über ihre Schulter. Rose und Birdie saßen eng beieinander und blätterten mit wehmütigem Gesichtsausdruck in alten Fotoalben. Sie wurde nervös und erhob sich. Sie wollte hier endlich fertig werden.

„Okay, mir reicht's", platzte sie heraus, als Birdie und Rose ein anderes Foto anschauten und kicherten. „Ich bin müde und schmutzig. Ich brauche ein Glas Wein und ein heißes Bad. Lasst uns einfach diesen Müll wegschmeißen und zusehen, dass wir hier fertig werden."

„Rose hatte Recht", meinte Birdie mit einem träumerischen Lächeln. „Hier liegen wirklich einige Schätze verborgen. Schau dir das hier an", sagte sie und lachte leise. Sie hob ein Foto hoch, das Ostern aufgenommen war und sie alle drei in ihren Festtagskleidern zeigte. „Deine Haare sind ganz kurz geschnitten, und vorne hast du eine Spange reingesteckt. Und dir fehlen zwei Schneidezähne, Rose."

Rose, das Kinn auf Birdies Schulter gestützt, lachte leise. „Schau dich doch mal an. Wie finster du guckst. Auf allen Fotos siehst du so aus."

„Wir waren schon eine verrückte Bande", erwiderte Birdie, und ihre Stimme war voller Zärtlichkeit. „Ich würde Hannah gerne diese Fotos zeigen. Sie wird sie mal erben."

„Prima", sagte Jilly scharf. „Dann behalte sie doch. Alle. Wirf sie in die Kiste und nimm sie mit nach Hause. Können wir jetzt endlich Schluss machen? Wir wollen ja schließlich nicht ewig hier oben bleiben."

„Willst du denn keine Fotos haben, Jilly?" fragte Rose.

„Nein. Behalt du sie."

„Oder wenigstens deine alten Schulhefte?“

Sie schüttelte den Kopf. „Nein. Ich will gar nichts. Die Sachen sind doch nichts wert.“

Birdies Augenbrauen zogen sich zusammen.

„Wie kannst du so etwas sagen?“ fragte Rose nachsichtig. „Das sind die Zeugnisse unserer Vergangenheit.“

Jilly holte tief Luft und presste die Fingerspitzen gegen die Schläfen. Diese alten Familienfotos und die Ereignisse der letzten Nacht hatten so vieles aus ihrer Vergangenheit wieder aufgewirbelt. Aber von *diesen* Begebenheiten war nichts in den Erinnerungsstücken ihrer Mutter zu finden.

„Es sind eben keine Zeugnisse unserer Vergangenheit. Schaut euch an, ihr zwei, wie ihr diese Fotos verschlingt und euch dabei amüsiert, als wären es so tolle Erinnerungen. Ihr nennt das Schätze. Aber die existieren nur in euren Köpfen. Unter diesem Staub sind jedenfalls keine schönen Erinnerungen vergraben, sondern nur die Andenken, die unsere liebenswerte und ach so gütige Mutter ganz bewusst aufgehoben hat.“

„Oh, Jilly“, murmelte Birdie und bedeutete ihr mit einer Handbewegung zu gehen.

„Lass das“, fuhr Jilly sie scharf an. Sie war erschöpft, und Birdie hatte sie mit ihrer Reaktion verletzt. „Sag mir nicht, was ich zu tun habe. Ich bin die Älteste, nicht du. Ich habe das doch alles miterlebt. Alles, was ich auf diesen Fotos sehe, sind lächelnde Gesichter, weil Daddy uns befohlen hat, ‚Cheese‘ zu sagen, als er auf den Auslöser drückte. Das ist doch alles nur Fassade. Mom hat da unten genauso viel Theater gespielt, wie wir das hier oben gerade tun. Das war doch alles nur eine Charade, damit auch nur ja keiner mitbekam, was hier wirklich los war. Jeden Tag habe ich wer weiß was unternommen, damit keiner merkte, dass sie wieder mal betrunken war. Immer musste ich so tun, als sei alles ganz normal. Das haben wir doch alle getan, auch Daddy, und es macht mich verdammt wütend, wenn ich diese Fotos einer perfekten amerikanischen Familie sehe. Hier kommt Richter Season mit seinen vier kleinen Seasons!“

„Jilly, hör auf!“ befahl Rose.

„Du warst es doch, Rose, die gestern all die kleinen schmutzigen Geheimnisse wieder ausgebuddelt hat. Jetzt kannst du nicht mehr zurück. Seien wir doch mal ehrlich: Wo sind denn die Bilder, auf denen zu sehen ist, wie es wirklich war?“

Ihre Schwestern sahen sie ebenso besorgt wie ratlos an.

„Warum seid ihr denn auf einmal so schweigsam?“ Sie zeigte auf die Schachtel mit den Fotos. „Ich wette, dass ihr da nicht ein einziges Foto finden werdet, auf dem Mom mit einer Ginflasche in der Hand durchs Haus läuft, oder auf dem wir vor dem Fernseher sitzen und Erdnussbutter-Sandwiches in uns hineinstopfen, weil sie uns mal wieder kein Pausenbrot mitgegeben hat. Oder wie Daddy sich aus der Hintertür schleicht, um ins Büro zu gehen; wie Birdie sich die Seele aus dem Leib schwimmt, um noch einen Preis für ihn zu gewinnen, und Rose sich überschlägt, um es allen Recht zu machen. Seid ihr darüber nicht wütend?“

Als sie nicht antworteten, schrie sie: „Aber ich! Ich bin verdammt wütend, und daran haben auch all die Jahre nichts geändert. Es tut immer noch weh. Was war sie denn für eine Mutter? Sie hat ihre Pflichten vernachlässigt. Sie war nicht da, Birdie. Sie hat uns im Stich gelassen. Sie ...“

Unvermittelt verstummte Jilly, als sie sich ihrer eigenen Worte schmerzhaft bewusst wurde. *War nicht da ... im Stich gelassen ....* Lieber Gott, hilf mir, dachte sie, und ihr Gesicht wurde kreideweiß. Ich bin ja genauso wie meine Mutter. Sie starrte Birdie und Rose an, und in ihren Augen konnte sie erkennen, dass sie es wussten. Sie wussten, dass sie an ihr eigenes Kind dachte.

„Ich kann so nicht weitermachen", sagte sie mit erstickter Stimme. „Ich kann es einfach nicht."

Rose verzog das Gesicht. „So war es überhaupt nicht, und du weißt es ganz genau."

„Woher willst du das wissen? Schau dir doch die Bilder an, Rose!" Jilly nahm eine Hand voll Fotos aus der Schachtel und hielt sie ihr hin. „Du warst doch noch klein. Hier auf diesem siehst du aus wie vier, und hier bist du – na, wie alt wohl? Zwei? Weißt du, warum du glaubst, dass diese Fotos dein Erbe sind? Weil du keine Ahnung hast, was wirklich passiert ist. Diese Bilder sind deine Erinnerungen. Und weißt du was? Sie haben nichts mit der Realität zu tun!"

Rose schaute sie an, verletzt und vorwurfsvoll.

Jilly warf die Fotos in die Schachtel zurück. Sie durchquerte den Raum und lehnte sich gegen eine hohe Kiste, die in einer Ecke stand. „Es tut mir Leid." Sie klang ruhiger, als sie war. Sie hatte das Gefühl, dass die Decke jeden Moment über ihr zusammenstürzen würde. „Ich wollte diesen ganzen Dreck nicht aufrühren. Ich habe mich jahrelang darum bemüht, nicht mehr daran zu denken, und ihr müsst mir glauben, dass es das Letzte war, was ich tun wollte, wenn ich erst mal zu Hause wäre. Aber du hast die Büchse der Pandora mit aller Gewalt geöffnet, Rose. Mit Merrys Brief. Jetzt sind die Dämonen wieder frei, und ich werde sie nicht mehr los. Ich möchte dir nicht wehtun, Rose, und dir auch nicht, Birdie. Ich möchte niemanden verletzen. Offenbar bin ich jedoch noch nicht damit fertig, denn es tut mir immer noch weh."

„Ich wollte dich auch nicht verletzen", sagte Rose mit Tränen in den Augen.

Birdie öffnete den Mund, brachte jedoch kein Wort hervor. Sie sah älter aus und sehr müde. In dem beklemmenden Schweigen, das jetzt entstand, nahm sie einen Stapel Bilder und betrachtete sie beiläufig. Plötzlich schien etwas ihre Aufmerksamkeit zu erregen, denn sie nahm noch mehr Fotos zur Hand und schaute sie schnell durch. „Wartet mal", sagte sie aufgeregt. Sie kniete sich vor die Kiste und begann, darin herumzuwühlen. Sie betrachtete ein Dutzend Bilder, und anschließend durchsuchte sie die Kleiderkiste, während ihre Schwestern ihr zuschauten. „Ich glaube, dahinter steckt ein System."

Jilly und Rose hingen ihren eigenen Gedanken nach und sagten nichts.

„Ja, zweifellos", fuhr Birdie fort. „Schau mal, Rose. Jilly hat Recht. Auf allen Bildern sind wir noch klein. Und all die Sachen, die Mom gesammelt hat, stammen aus der Zeit, als Merry noch ein Baby war."

„Na und?" Jilly schob sich die Haare aus dem Gesicht. Sie brauchte unbedingt eine Zigarette.

„Siehst du es denn nicht, Jilly?" Birdie richtete sich auf und blickte ihr in die Augen. „Damals hat Mom noch nicht getrunken."

Jilly holte tief Luft und stützte die Hände in die Hüften. Sie weigerte sich, Birdies Gedankengang zu folgen.

„Schau nur", drängte Birdie und hielt ihr ein paar Fotos hin. „Diese Bilder stammen wirklich aus einer glücklichen Zeit."

Jilly nahm sie nicht in die Hand. „Du willst damit sagen, dass sie aufhörte, solche Sachen zu sammeln, nachdem sie mit dem Trinken angefangen hatte."

„Genau!" sagte Birdie und ließ die Bilder in die Kiste zurückfallen. „Und mit dem Trinken begann sie erst *nach* Merrys Unfall."

Es wurde still, als jede von ihnen die Bedeutung der Worte auf sich wirken ließ.

„Ich weiß nicht mehr, wann genau sie mit dem Trinken angefangen hat", sagte Rose. „Als ich klein war, hatten wir jedenfalls schöne Zeiten. Dann gibt es da eine Lücke in meinem Gedächtnis – lauter weiße Flecken. Ich erinnere mich nur, dass sie oft betrunken war, als ich älter wurde. Aber es ist verständlich, dass sie nach Merrys Unfall mit dem Trinken begonnen hat."

„Ebenso verständlich wie deine Gedächtnislücke."

„Wie traurig. Arme Mom. Aber das erklärt alles."

Jilly drehte sich um und sah Rose aufmerksam an. Vielleicht lag es an der Art, wie sie sich bewegte, vielleicht am dämmrigen Licht – mit ihrem zierlichen Körper und dem rotblonden Haar sah sie fast so aus wie damals ihre Mutter. „Rose, wir brauchen keine Entschuldigungen für sie zu suchen. Mom war Alkoholikerin."

„Das ist nicht wahr."

„Oh nein, jetzt fangen wir schon wieder ..."

„Jilly", sagte Birdie streng. Sie hatte sie am Arm gepackt, damit sie nicht fortging.

Jilly blieb stehen und drehte sich zu ihr. Ihre Miene war ausdruckslos. „Ich habe keine Lust auf eine weitere Mom-war-keine-Alkoholikerin-Diskussion mit euch. Wir wissen alle, dass sie getrunken hat, was das Zeug hielt. Und wenn einige von euch das Kind nicht beim Namen nennen können ..." Sie schaute Rose an. „Na ja, jeder von uns muss auf seine Weise damit fertig werden."

„Können wir das Thema nicht beenden?" drängte Birdie. „Darum geht es doch auch gar nicht. Was ich gerade versuche, euch zu erklären, ist die Tatsache, dass ihr euch irrt, wo es um uns geht. Wir hatten eine wunderschöne Kindheit. Die beste, die man sich vorstellen kann. Mom war jeden Tag für uns da, als wir noch klein waren.

Du und ich hatten am meisten Glück, Jilly. Wir waren schon in den ersten Klassen der High School, als es anfing. Rose war erst sechs. Ich bin alt genug, um mich erinnern zu können. Und ich sage auch gar nicht, dass es nicht furchtbar war, als Mom zu trinken begann. Aber wenn ich an meine Kindheit denke, dann meine ich die frühen Jahre. Komm, Jilly, als wir eben hier heraufkamen, hast du dich doch auch an unsere Spiele erinnert, und du kannst nicht abstreiten, dass diese Tage zu den besten in unserem Leben gehören."

„Außerdem irrst du dich, Jilly, denn ich erinnere mich sehr wohl", stellte Rose mit blitzenden Augen klar. „Ich erinnere mich an alle Spiele, als wäre es gestern gewesen."

„Auch an das hier?" Birdie hielt ein Foto hoch, sodass sie alle es sehen konnten. Darauf waren Jilly, Birdie und Rose zu sehen. Sie standen lächelnd im Pool, das Wasser bis zum Hals, sie hatten roten Lippenstift aufgetragen und Diademe aus dem Kaufhaus ins Haar gesteckt. Ihre Pose war theatralisch. Am Beckenrand stand die zweijährige Merry, die ebenfalls ein Diadem auf ihren seidigen Locken trug. Sie lächelte mit leuchtend roten Lippen in die Sommersonne.

Jilly starrte auf das Foto. „Meerjungfrauen", murmelte sie, ganz in das Motiv versunken.

„Es war mein Lieblingsspiel", sagte Rose mit einem wehmütigen Lächeln und griff nach dem Bild. Sie betrachtete es so aufmerksam, als wollte sie es für immer in ihr Gedächtnis einbrennen.

„Es war unser aller Lieblingsspiel", erwiderte Birdie.

„Merry war wirklich süß", sagte Jilly und hockte sich hin, um Rose über die Schultern sehen zu können. Sie lachte kurz auf. „Sie hat uns allen die Show gestohlen. Wann ist das aufgenommen worden?" fragte sie, aber tief in ihrem Innern wusste sie es bereits.

„Sie muss zwei Jahre alt gewesen sein", antwortete Birdie. „Also der Sommer, in dem sie ihren Unfall hatte."

Der Sommer, in dem sie ihren Unfall hatte.

Jilly erhob sich und ging zum Fenster, die Arme fest verschränkt. Das Glas war schmutzig und zersprungen; der passende Rahmen für den Blick auf den Swimmingpool. Vor ihrem Auge spielte sich eine makabre Szene ab: schwimmende weiße Glieder, wallendes rotes Haar im bewegten blauen Wasser. Sie hörte Vogelgezwitscher, in das sich eine Kinderstimme mischte, die ihren Namen rief. *Jilly! Jilly! Hilfe!*

„Schau dir ihre Augen an", sagte Birdie mit belegter Stimme. „Man sieht ihnen förmlich an, wie aufgeregt sie ist, dass sie mit uns spielen darf."

„Das Schönste für sie war, eine von den vier Seasons zu sein", ergänzte Rose. „Sie hat immer so von uns gesprochen. Ich denke, auf diese Weise fühlte sie sich uns am engsten verbunden." Sie zuckte mit den Schultern. „Ihr habt ja gehört, dass sie es auf dem Video gesagt hat."

„Glaubt ihr, dass Mom die Diademe irgendwo aufbewahrt hat?" Jilly wandte sich vom Fenster ab und sah ihre Schwestern wieder an. „Die hätte ich wirklich gerne." Sie warf einen Blick nach oben, breitete die Arme aus, verbeugte sich leicht und sagte theatralisch: „Ein letzter Tribut an meine Jugend."

„Vermutlich hat sie sie in den Pool geworfen, bevor er zugeschüttet wurde", sagte Birdie.

Jilly spürte einen Stich in der Magengrube, als sie sich an das Bild des Lastwagens erinnerte, der Ladung Tonnen von Erde in das Becken ablud und die Erinnerung an den Unfall vergrub. Nach ein paar Atemzügen ließ der Schmerz nach. Sie setzte sich wieder zu ihren Schwestern auf den Boden. Mit einem resignierten Seufzer griff sie nach dem Foto mit den Meerjungfrauen und betrachtete es noch einmal lange und aufmerksam.

„Das war das Ende, wisst ihr", sagte sie nach einer Weile.

„Das Ende wovon?"

„Das Ende unserer Kindheit. Das letzte Spiel." Sie schaute erst zu Birdie, dann zu Rose. Ihre Augen verengten sich unter hochgezogenen Brauen. Sie gaben keine Antwort, aber sie spürte, dass sie die Bedeutung ihrer Worte verstanden.

„Ich denke nicht mehr darüber nach", sagte Rose mit leiser Stimme.

Nach kurzem Schweigen ergänzte Birdie: „Ich auch nicht, aber vielleicht sollten wir es tun. Vielleicht sollten wir darüber reden. Glaubt ihr nicht, dass es an der Zeit ist?"

„Nein", antwortete Jilly knapp. „Das bringt doch nichts. Was vorbei ist, ist vorbei."

„Aber es ist nicht vorbei", insistierte Rose. „Das ist ja das Problem."

„Vor einer Minute hast du uns noch gesagt, wir hätten Angst, den Tatsachen ins Auge zu schauen. Und jetzt erzählst du uns, wir sollen die Vergangenheit ruhen lassen. Also was denn nun?" wollte Birdie wissen.

Jilly schüttelte den Kopf und hob die Hände. „Ich weiß es nicht. Ich weiß es wirklich nicht, und es ist mir auch egal! Verdammt noch mal! Wie viel Schuldgefühle soll ich denn eurer Meinung nach an einem Wochenende haben?" Mit einer raschen Bewegung ließ sie die Hände sinken. „Ich verschwinde von hier." Sie warf Rose das Foto zu, sprang auf und lief hinaus.

„Jilly!" Rose erhob sich ein wenig schwerfällig. „Warte! Es ist nicht allein deine Schuld", rief sie ihr hinterher. „Glaubst du etwa, du bist die Einzige, die sich verantwortlich für das fühlt, was Merry zugestoßen ist?"

Sie stand am oberen Ende des Treppenabsatzes und rief Jilly, die

die Stufen hinunterstürmte nach: „Das ist uns allen passiert. Schau dir doch das Foto an. Wir sind alle im Pool!"

Ohne ihr Tempo zu verlangsamen, verschwand Jilly um die Ecke. Rose wandte sich zu Birdie. Sie sah bedrückt aus und fragte traurig: „Warum tut sie das immer?"

„Was?" Birdie fühlte sich müde und verschmutzt. Die Erinnerungen lasteten auf ihr.

„Weglaufen."

Traurig zuckte Birdie mit den Schultern, dann erhob sie sich mit einem Ruck vom Boden. „Komm, wir wollen sie suchen."

Sie sahen in Jillys Zimmer nach, aber dort war sie ebensowenig wie im Wohnzimmer, im Esszimmer oder in der Küche. Hannah, die dort gerade die Kuchenreste verputzte, sagte ihnen, Jilly sei in den Keller gelaufen.

„Natürlich", sagte Birdie, als sie ihr nachgingen. „Sie ist in das Untere Königreich gegangen."

„Meine Güte, diesen Ausdruck habe ich ja schon ewig nicht mehr gehört."

Als sie klein waren, hatten sie sich eine Welt auf dem Dachboden und im Keller geschaffen, die aus ihrem kindlich-klarsichtigen Blickwinkel in zwei Klassen unterteilt war: in die Reichen und die Armen. Auf dem Dachboden war das Obere Königreich, wo die Herrscher in Glanz und Gloria residierten, während im Unteren Königreich die Armen und Verzweifelten ums Überleben kämpften.

„Mir hat das Untere Königreich schon immer besser gefallen", meinte Rose.

„Mir auch. Es war viel lustiger, sich etwas zu essen zu organisieren, als Königin zu sein. Erinnerst du dich noch an das Fensterleder, das ich als Schal benutzt habe?"

„Und ob ich mich erinnere. Ich habe dich immer darum beneidet. Außerdem war es gar nicht deines", sagte sie mit einem schelmischem Blick. „Es gehörte Jilly." Als sie vor der Kellertür standen, zögerte Rose. „Sollen wir sie nicht lieber in Ruhe lassen? Diese beiden Tage haben ihr bestimmt sehr zugesetzt. Vielleicht muss sie mal allein sein."

„Es wurde höchste Zeit, dass ihr mal zugesetzt wurde", sagte Birdie mit einem Ausdruck der Entschlossenheit, den Rose nur zu gut kannte. „Aber sieh mal, Jilly läuft doch immer davon. Und solange sie sich ihren Problemen nicht stellt, wird sie sie nie in den Griff bekommen. Warum wohl war sie drei Mal verheiratet? Problematische Beziehungen sind nicht ungewöhnlich für Frauen, die ihre Kinder weggegeben haben. Wir können die Probleme nicht für sie lösen, doch wir können wenigstens versuchen, sie dazu zu bringen, sich damit auseinander zu setzen. Sie braucht Hilfe – professionelle Hilfe. Sie hat das alles durchmachen müssen, ohne dass ihr jemals einer einen Rat gegeben hätte. Und weiß der Himmel, was sie als junges Mädchen allein in Frankreich durchgemacht hat." Sie schüttelte den Kopf. „Ich weiß nicht, ob ich so stark gewesen wäre."

„Lass uns nachsichtig mit ihr sein", meinte Rose.

„Du vergisst wohl, dass auch ich sie liebe."

„Nein, das habe ich nicht vergessen." Als sie die Tür öffnete, setzte sie hinzu: „Aber du kannst sehr bestimmend sein, Birdie. Ich möchte nur nicht, dass Jilly sich überrumpelt fühlt."

„Ich werde brav sein", versprach Birdie reumütig.

Sie fanden sie im Keller. Jilly lehnte an einem der stählernen Pfosten und hatte eine unangezündete Zigarette zwischen den Lippen. Das höhlenartige, feuchte Untergeschoss war von einer bedrückenden Düsternis. Auf einer Tischtennisplatte waren Kisten gestapelt; an den unverputzten Wänden hingen alte Werkzeuge und elektrische Bohrmaschinen. Langsam gingen sie zu ihr hin. Rose zupfte sie am Haar, und Birdie legte ihr eine Hand auf die Schulter.

Jilly rutschte am Pfosten zu Boden.

„Mom, was macht ihr denn da unten?“ rief Hannah von der Kellertreppe her.

„Wir unterhalten uns nur“, rief Birdie zurück.

Hannah stieg ein paar Stufen hinunter.

„Geh wieder hoch“, befahl Birdie ihr. „Das ist ein Privatgespräch.“

Jilly sah die Spitzen von Hannahs klobigen schwarzen Schuhen und ihre ausgefransten Jeans. Kurz darauf waren Hannahs schwere Schritte zu hören, als sie verärgert die Treppe hinaufstampfte und die Kellertür hinter sich zuknallte.

„Sie hätte ruhig herunterkommen können“, meinte Jilly leise.

„Nein. Wir müssen mit dir reden, ohne dass Kinder dabei sind.“

Jilly sah aus, als fühlte sie sich in die Enge getrieben. Sehnsüchtig blickte sie zur Kellertreppe. „Wir haben genug geredet.“

„Ich weiß. Aber es hat uns nicht gefallen, wie das Gespräch oben geendet hat“, erwiderte Rose und trat einen Schritt näher. Dann ließ sie sich neben Jilly auf den Boden sinken.

„Halb so wild.“

Birdie setzte sich zu ihnen.

Es sah so aus, als könnte sie sich nirgendwo verstecken. Sie waren fest entschlossen, das Gespräch zu Ende zu führen. Ihr wurde allmählich kalt auf dem harten, feuchten Zement. Sie spielte mit ihrer Zigarette.

„Du kannst ruhig rauchen, Jilly“, meinte Rose mit einer Handbewegung. „Ich wollte nur wegen Merrys schwacher Lungen keinen Zigarettenqualm im Haus haben. Jetzt spielt es keine Rolle mehr.“

„Bist du sicher?“ fragte Jilly, zog jedoch bereits ihre Streichhölzer aus der Tasche.

„Das wird dich noch umbringen“, warnte Birdie.

„Na und?“ Sie zündete die Zigarette an und nahm einen tiefen Zug. Als der Rauch durch ihre Kehle strömte, fühlte sie sich sofort besser. Genießerisch stieß sie ihn wieder aus, ignorierte den missbilligenden Ausdruck auf den Gesichtern ihrer Schwestern. Es hätte keinen Zweck, ihnen zu erklären, warum es sie nicht im Geringsten kümmerte, was mit ihren Lungen geschah, ihrem Körper, ihrem Leben. Sie war doch sowieso schon alt und verbraucht, und ihre depressive Stimmung war heimtückischer, als es jede Krebsgeschwulst sein konnte.

„Also“, sagte Jilly und sah sich um, „da wir nun hier im Unteren Königreich sind, ist wohl die Zeit für Leiden und Angst gekommen.“

„Warum ist denn alles bloß so traurig geworden?“ fragte Rose. „Wir waren doch so glücklich, als wir hier gespielt haben. Ich war total gefangen von dem Spiel. Die kleinen Dörfer, die wir gebaut hatten, schienen so wirklich zu sein, dass ich sie niemals verlassen wollte. Ich erinnere mich, dass ich immer geweint habe, wenn Mom uns nach oben gerufen hat.“

„Vielleicht ist es deshalb so traurig, weil uns klar ist, dass diese Tage vorbei sind“, antwortete Birdie. „Wisst ihr, woran ich mich am meisten erinnere? An das Vertrauen. Und den Optimismus. Ich war fest davon überzeugt, alles erreichen zu können, was ich mir vorgenommen hatte.“ Sie holte das Foto aus der Hosentasche, auf dem alle vier als Meerjungfrauen neben dem Swimmingppol standen. Sie betrachtete es eine Weile, und dann sagte sie: „Was ist bloß mit uns geschehen? Wir hatten so viele Träume und so viel Fantasie. Wir sind nicht mehr die Mädchen, die wir mal waren.“

Jilly lachte kopfschüttelnd. „Ich ganz bestimmt nicht."

„Aber wir sind dieselben Menschen", sagte Rose. „Wir haben nur die Mädchen irgendwo tief in unserem Inneren verloren. Wir erinnern uns an Dinge, an die keiner von uns viele Jahre lang gedacht hat. Das ist genau das, was ich wollte, wenn wir alle zusammen sind. Jilly, Birdie, begreift ihr es nicht? Das hatte Merry doch auch gewollt. Dass wir uns erinnern. Dass wir zu unserer Kindheit zurückfinden. Ist es nicht eine Ironie des Schicksals, dass sie ihre eigene nie hinter sich gelassen hat und dabei so glücklich war? Ich glaube, genau darum geht es auch bei der Suche nach May."

Jilly streckte ihre langen Beine aus und legte die Füße übereinander. Birdies Mundwinkel sanken nach unten. Rose hockte sich auf ihre Fersen und sah aus wie eine freundliche Geisha.

„Wir sollten es tun", sagte Rose.

„Was?" Jilly warf ihr einen scharfen Blick zu.

„Nach May suchen."

„Ach, komm ..." Mit einer heftigen Bewegung drückte Jilly ihre Zigarette aus.

„Das haben wir doch schon alles besprochen", meinte Birdie müde.

Rose nahm Birdie die Fotografie mit den Meerjungfrauen aus der Hand und hielt sie ihnen vors Gesicht. „Es war ihr letzter Wunsch."

„Nein." Jillys Stimme klang eisig.

„Rose, lass es gut sein."

„Das sind wir ihr schuldig."

Jilly und Birdie schwiegen.

„Wir sind es ihr schuldig, ihr diesen einen Wunsch zu erfüllen", fuhr Rose mit Nachdruck fort. „Jede von uns. Wir haben alle einen Grund. Merry hat uns nie vorgeworfen, was passiert ist. Sie hat uns ihr ganzes Leben lang nur geliebt, und sie hat uns niemals um etwas gebeten."

Jillys Atem ging auf einmal schneller. Ihr Herz raste.

„Ihr habt Merry nicht so gut gekannt wie ich", sagte Rose mit sanfterer Stimme. „Das ist wirklich sehr schade. Das ist keine Kritik, sondern eine Tatsache. Jilly, du bist mit achtzehn ausgezogen und nie mehr zurückgekommen. Du kennst sie nur als das ewige kleine Mädchen, das du aus der Ferne geliebt hast. Birdie, du hast dich um die Finanzen und ihre ärztliche Versorgung gekümmert, aber du hast dich nie einfach nur so mit ihr unterhalten, nie erfahren, was für ein Mensch Merry wirklich war. Du hast sie als jemanden gesehen, für den man Verantwortung trug. Vielleicht hattet ihr beide Angst davor, herauszufinden, wer sie wirklich war.

Ich weiß, dass alle darüber reden, wie viel ich aufgegeben habe, um mich um sie zu kümmern. Aber so war es gar nicht. Überhaupt nicht. Sie war lieb und sanft und manchmal zum Brüllen komisch. Wusstet ihr eigentlich, dass sie einen grünen Daumen hatte? Alles, was sie gepflanzt hat, gedieh prächtig. Sie hat gern die Vögel gefüttert und hat mehr als zwei Dutzend verschiedene Arten hier in unserem Garten entdeckt. Merry war in vielerlei Hinsicht so wissbegierig. Aber das Großartigste war ihre Liebe. Oft saß sie einfach nur da und hörte mir zu, wenn ich redete, egal worüber und wie lange. Sie spürte, wenn ich traurig war, und versuchte, mich aufzumuntern. Und sie hat gerne gespielt. Ach, ich könnte stundenlang weiterreden. Es gibt so viel, was ich euch über sie erzählen kann ... Ich würde es gerne tun. Wenn ihr sie erst einmal besser kennt, dann werdet ihr vielleicht ihren Wunsch verstehen."

„Vielleicht hast du Recht, Rose. Vielleicht *muss* ich das ja tun", meinte Birdie ruhig. „Ich bin so lange unglücklich gewesen, und ich weiß nicht einmal, warum. Wenn ich an all die Träume denke, die ich als junges Mädchen gehabt hatte, wie erwartungsvoll ich jeden Morgen aufgewacht bin ... Ich vermisse dieses Mädchen, wisst ihr das? Ich möchte es wieder sein. Ich muss es wiederfinden. Und vielleicht hast du auch Recht, Jilly." Sie nahm das Foto und schaute es noch einmal an. Vier Mädchen strahlten Freude und Zuversicht aus. „Vielleicht war das ja wirklich das Ende unserer Kindheit. Aber vielleicht können wir sie ja wiederfinden, wenn wir Merrys Wunsch erfüllen." Sie schüttelte den Kopf und schloss die Augen mit einem kummervollen Gesichtsausdruck. „Meine Güte, ich muss es wirklich versuchen."

„Und ich muss es tun, weil es Merrys letzter Wunsch war", erklärte Rose.

„Ich kann nicht", flüsterte Jilly. Sie fühlte sich in die Enge getrieben.

Birdie öffnete die Augen. „Du brauchst es nicht zu tun. Niemand möchte, dass du unglücklich wirst. Wir machen May ausfindig und geben ihr die Kassette."

„Nein." Die Angst ließ ihre Stimme entschlossen klingen. „Ich möchte nicht, dass ihr oder sonst jemand nach dem Kind sucht. Ist das klar? May ist kein verklärter Gedanke. Sie ist nicht einmal mehr ein Baby. May, oder wie immer sie heißen mag, existiert tatsächlich. Sie ist eine erwachsene Person mit einem eigenen Leben. Wir können sie nicht einfach aufspüren und in ihr Leben reinplatzen. Vielleicht möchte sie ja gar nicht gefunden werden. Habt ihr daran auch mal gedacht?"

„Wir wollen nichts erzwingen. Wir können ja erst einmal ein paar Nachforschungen anstellen; eine Entscheidung treffen wir dann später. Wir brauchen sie ja nicht einmal zu treffen."

„Es kann Jahre dauern, sie aufzuspüren."

„Dann suchen wir eben jahrelang."

„Ich wüsste auch gar nicht, wo ich anfangen sollte", sagte Jilly nervös. „Ich erinnere mich an keine Namen."

„Das ist noch das Leichteste", entgegnete Birdie. „Das sind nur Kleinigkeiten, Jilly. Das Schwierigste ist, Ja zu sagen."

„Bitte sag Ja, Jilly", bettelte Rose. „Wir suchen gemeinsam. Wir drei. Und wir helfen dir. Ganz bestimmt. Nicht wahr, Birdie?"

„Darauf kannst du Gift nehmen."

Hätte sie geahnt, wozu sie ihre Schwestern überreden würden, wäre sie nie nach Hause zurückgekommen.

Und doch wusste sie tief in ihrem Inneren, dass dies nicht die ganze Wahrheit war. In den hintersten Winkeln ihres Herzens war ihre Hoffnung, eines Tages ihre Tochter wiederzusehen, nie ganz gestorben. Nicht unbedingt mit ihr sprechen – das hieße wohl, zu viel erwarten. Aber sie wollte wenigstens ihr Kind, das inzwischen erwachsen war, noch einmal sehen. Ja, sie war neugierig. Doch von mehr würde sie nicht einmal zu träumen wagen.

Sie öffnete den Mund und hatte die Lippen schon zu einem „Ja" geformt. Doch dann schüttelte sie den Kopf und stand auf. „Nein. Bitte fragt mich nicht. Ich kann es nicht tun. Es ist zu spät."

Später am Abend saß Jilly mit angezogenen Knien auf ihrem Bett. Sie hatte eine Decke um sich geschlungen und schaute aus dem Fenster. Das Zimmer war dunkel. Der Mond schien voll und hell und tauchte den Garten in ein märchenhaftes Licht. Ein paar Schneereste wirkten wie Inseln in einem See aus dunkler Erde und Gras. Dahinter lag das Rechteck der Steine, das den zugeschütteten Swimmingpool einfasste. Als sie ein leises Klopfen hörte, legte sie das Kinn auf die Knie und rief: „Es ist nicht abgeschlossen."

Sie hörte das Quietschen der Tür und Roses leise, fragende Stimme: „Kann ich hereinkommen?"

„Klar." Sie wandte sich nicht um. Sie hörte Roses Schritte auf dem Boden, dann spürte sie ihr Gewicht auf der Matratze, als sie sich zu ihr aufs Bett setzte und näher rückte.

„Du bist nicht zum Abendessen gekommen. Ich habe mir Sorgen um dich gemacht."

„Ich war nicht besonders hungrig."

Eine Weile saßen sie schweigend nebeneinander und schauten in den Garten. Schließlich hatte Rose das Gefühl, dass der richtige Moment zum Reden gekommen war.

„Es tut mir Leid, Jilly. Wir hätten dich nicht so drängen dürfen. Wir wollten dich nicht verletzen. Wir werden tun, was du für richtig hältst. Du bedeutest uns mehr als alles andere auf der Welt."

Entwaffnet von dieser Freundlichkeit, stützte Jilly den Kopf auf die Knie und kämpfte mit den Tränen. Sie spürte Roses Hand auf ihrem Haar; ein stiller Trost, der die Schwere der Einsamkeit von ihr nahm, die auf ihr gelastet hatte. „Ich mache niemandem einen Vorwurf", begann Jilly. „Außer vielleicht mir selbst. Ihr wisst nicht, was ihr da von mir verlangt. Wie denn auch? Möglicherweise wäre alles ganz anders gelaufen, wenn wir damals darüber gesprochen hätten, als ich von Marian House zurückgekommen bin. Dann hätte es nicht all diese Geheimnisse gegeben, und ich wäre vielleicht auch nie weggegangen." Sie zuckte mit den Schultern. „Aber so war es nun mal nicht. Du kannst dir nicht vorstellen, wie verletzt ich war. Ich hatte das Gefühl, dass alle mich aus ihrem Leben verbannen wollten."

„Nein, Jilly. Wir wollten nicht, dass du fortgingst. Wir wussten doch nicht wirklich, was los war."

„Ich weiß, ich weiß. Ich wusste es auch damals schon, aber es hat den Schmerz nicht gelindert.“ Jilly wandte den Kopf um und schaute in den mondhellen Garten. „Weißt du, was ich getan habe, als du an meine Tür geklopft hast? Ich habe aus dem Fenster gesehen und mich an die Zeit erinnert, als ich dreizehn war.“ Sie stützte das Kinn wieder auf die Knie. „Eine meiner Lieblingsbeschäftigungen während des Sommers war es, hier am Fenster zu liegen, den Wind auf meiner Haut zu spüren und den Fledermäusen zuzuschauen, wie sie über den Swimmingpool flatterten. Das war so friedlich. Birdie hatte Recht – das hat mich immer schläfrig gemacht. Das waren wunderschöne Tage. Wann immer ich daran denke, spüre ich hier einen ganz schlimmen Schmerz.“ Sie deutete auf ihr Herz. „Ich war so ...“, sie suchte nach dem passenden Wort, „... zufrieden. Es war das letzte Mal, dass ich mich so gefühlt habe. Nach diesem Sommer bin ich ein bisschen durchgeknallt, erinnerst du dich noch?“ Sie sah ihrer Schwester ins Gesicht. Rose hörte schweigend zu. Das mochte Jilly so sehr an ihr: Sie wusste, wann sie still sein musste.

„Vielleicht nicht nur ein bisschen. Sondern ziemlich heftig.“ Sie drehte den Kopf wieder weg. „Ich hab's verdorben, weißt du noch? Ich habe es allen verdorben.“

„Da nimmst du aber eine Menge Schuld auf dich.“

„Ja.“

„Du hast mir gesagt, dass du uns keine Vorwürfe machst. Dann musst du auch endlich aufhören, dir selbst Vorwürfe zu machen. Es ist schon lange her. Du warst doch noch so jung. Hör endlich auf damit.“

„Wie kann ich das, wenn ihr wollt, dass ich mich auf die Suche mache und alles wieder aufwühle? Ich habe wieder und wieder darüber nachgedacht, und ich glaube nicht, dass ich sie suchen sollte. Es würde nur ihr Leben durcheinander bringen. Außerdem kann sie von Glück sagen, dass ich sie aufgegeben habe. Ich bin nicht der Typ, der eine gute Mutter abgibt. Ich bin nicht verantwortungsvoll, nicht verlässlich. Ich bin nicht ..."

„Hör auf, dich damit zu quälen. Ja, du hast dein Kind zur Adoption gegeben, aber du hast es aus dem richtigen Grund getan. Du hast doch selbst gesagt, dass du nicht die Unterstützung hattest, die du gebraucht hättest. Was hättest du denn machen sollen? Du warst ein Kind, dass die Entscheidungen einer Erwachsenen treffen musste. Du hast das Bestmögliche getan. Und jetzt hast du es verdient, dass du dir vergibst."

„Aber vielleicht hat sie mir nicht vergeben."

„Vielleicht glaubt sie, dass es gar nichts zu verzeihen gibt."

Zu Jillys Überraschung füllten sich ihre Augen mit Tränen. Da sie mit Rose allein in der Dunkelheit saß, ließ sie ihnen freien Lauf. Ihre Schwester saß stumm neben ihr. „Ich habe Angst, Rose", gestand sie. „Wenn ich daran denke, dieses Kind – diese Frau zu treffen, dann packt mich eine grenzenlose Furcht, gegen die ich einfach nicht ankomme. Ich fürchte mich so sehr davor, die Vergangenheit ..."

„Wenn du es nicht tust und nicht reinen Tisch machst, dann wird dich die Vergangenheit bis an dein Lebensende verfolgen."

Jilly schauderte und holte tief Luft. „Was soll ich denn tun, Rose?"

Rose ergriff ihre Hand und lächelte ihr aufmunternd zu. „Was möchtest du denn tun?"

„Ich möchte nach Hause kommen." Die Worte waren heraus, ehe sie darüber nachgedacht hatte.

„Oh, Jilly." Rose nahm sie in die Arme.

Jilly war sich nicht bewusst gewesen, wie sehr sie diese Geste jetzt brauchte. Sie fühlte sich geborgen. Sie wollte noch einmal diesen wunderbaren, unschuldigen Frieden jenes süßen Sommers spüren, als sie zufrieden war mit der Welt und mit ihrem Platz darin. Dieses Gefühl noch ein einziges Mal zu haben, wäre jede Mühe wert, und sie würde viele Mühen auf sich nehmen müssen.

Jilly spürte das Meer von Furcht und Verleugnung sich vor ihr ausbreiten, und ihr wurde klar, dass sie in ihre Vergangenheit hinabtauchen musste, um damit fertig zu werden. Sie griff Roses Hand, schloss die Augen, holte tief Luft. Sie hatte das Gefühl, von einer hohen Klippe zu springen, als sie antwortete:

„Einverstanden."

9. KAPITEL

Lieber DannyBoy,
in den vergangenen vierundzwanzig Stunden ist so viel passiert, dass ich gar nicht weiß, womit ich anfangen soll. Ich denke, das Wichtigste ist wohl, dass meine Schwestern und ich angefangen haben, miteinander zu reden – wirklich miteinander zu reden. Es ist wie nach dem Sturz der Mauern von Jericho! Nach einer sehr heftigen Diskussion haben wir uns alle entschlossen, nach dem Kind meiner Schwester zu suchen, das zur Adoption gegeben wurde. Sobald wir alle Einzelheiten besprochen und unsere Sachen gepackt haben, beginnen wir mit der Suche. Es war der letzte Wunsch meiner verstorbenen Schwester.

Die andere Entscheidung, die wir treffen müssen, betrifft den Verkauf dieses Hauses. Dabei sind meine Schwestern darauf bedacht, meine Gefühle nicht zu verletzen. Ich weiß das wirklich sehr zu schätzen.

Ich bin so unentschlossen, was das Haus angeht. Mein ganzes

Leben habe ich hier verbracht. Ich verlasse es nicht gern. Ich habe das College abgebrochen, um für meine kranke Mutter und für meine Schwester zu sorgen, die als Kind einen Gehirnschaden erlitten hat. Jemand musste es ja tun – und ich wollte es. Ich habe zwar nie um das Haus gebeten, aber um ehrlich zu sein, ich wollte es schon immer haben. Schließlich habe ich es ja auch verdient. Denn weil ich zu Hause geblieben bin, konnten meine Schwestern fortgehen und ihr eigenes Leben führen. Jilly, meine älteste Schwester, ist in Europa Model geworden. Sie hat sogar in einem Spaghetti-Western mit Clint Eastwood mitgewirkt (nicht einer seiner berühmten, aber immer noch aufregend genug). Birdie hat Medizin studiert, geheiratet und eine eigene Familie.

Niemand hat mich gebeten, zu Hause zu bleiben, aber sonst war ja niemand da. Ich konnte meine Schwester nicht in ein Heim geben. Ich hätte nicht mehr in den Spiegel schauen können, wenn ich es getan hätte.

Ich weiß nicht, wieso, aber dir gegenüber kann ich ganz ehrlich sein. Wenn ich zurückblicke, wird mir klar, dass ein anderer Grund, warum ich geblieben bin, darin lag, dass ich irgendwie in diese Entscheidung hineingerutscht bin. Es war kein Entschluss, über dessen Tragweite ich mir im Klaren gewesen bin oder über den ich lange nachgedacht habe. Jetzt aber habe ich die Chance, mein Leben zu ändern. Ich kann wählen, was ich als nächstes tun will. Und merkwürdigerweise will ich das Haus gar nicht haben. Es ist zu groß, zu alt, zu teuer und voll gepackt mit zu vielen Erinnerungen, guten wie schlechten. Ich habe das Gefühl, noch einmal von vorne anfangen zu müssen.

Aber ich weiß eigentlich gar nicht, was ich tun könnte. Ich habe keine besonderen Fähigkeiten. Vielleicht könnte ich als Gesellschafterin arbeiten. Darin habe ich ganz bestimmt Erfahrung. Ehrlich gesagt, ich weiß noch gar nicht, was ich tun will. Das macht mir solche Angst.

Auf jeden Fall fühle ich mich schon besser, nachdem ich dir das alles geschrieben habe. Vielen Dank, dass du da bist.
Rosebud

Liebe Rosebud,
das hört sich ja an, als würde eine Menge passieren. Sei bloß vorsichtig und überstürze nichts. Meine Mom hat mir immer gepredigt: Eile mit Weile. Oder so was Ähnliches. Aber ich glaube, da ist was Wahres dran. Ich verstehe dich, wenn du sagst, dass das Haus von Rechts wegen dir gehören sollte. Aber das Leben funktioniert nicht immer nach Richtig und Falsch. Manchmal ist es eben so, wie es ist, und dann ist es am besten, sich so gut es geht damit abzufinden. Ich will Dir die Geschichte vom Ring meiner Grandma erzählen. Sie hatte nicht viel zu vererben, als sie starb. Sie hatte eine Mietwohnung, es gab ein paar Möbelstücke, die weitergegeben wurden, ein bisschen Geschirr, aber wie ich schon sagte, es war nicht eben viel. Bis auf ihren Diamantring. Es war ein sehr ausgefallenes Stück mit vielen winzigen Brillanten, die um einen größeren herum angeordnet waren. In Wahrheit glaube ich, dass er gar nicht so viel wert war, aber Granddad Hank hatte ihn ihr geschenkt. Sie war ganz stolz darauf und trug ihn nur zu besonderen Anlässen. Als sie starb, wollte ihn jeder haben. Sie hatte drei Töchter – eine davon war meine Mom – und zwei Söhne. Ich kann Dir sagen, es gab ziemlichen Streit um diesen Ring. Grandma Sue hätte jemanden als Erben bestimmen sollen, aber ich glaube, sie konnte nicht einmal den Gedanken daran ertragen, sich von ihm trennen zu müssen.

Eines Tages war der Ring verschwunden. Keiner konnte ihn fin-

den. Natürlich hat jeder jeden dafür verantwortlich gemacht. Das ist jetzt schon fast zehn Jahre her, und meine Mom hat noch immer kein Wort mit ihrer einen Schwester gewechselt.

Wir werden wohl niemals herausfinden, was wirklich mit dem Ring von Grandma Sue geschehen ist, aber ich vermute, Granddad Hank hat ihn verpfändet. Er machte furchtbar gern Dreierwetten beim Pferderennen. Natürlich werden wir es nie mit Bestimmtheit wissen. Ich hoffe nur, dass er seine Wette gewonnen hat, Gott hab ihn selig. Wir sprechen noch oft über Grandma Sues Ring; meistens nach ein paar Bier, wenn die Stimmung und unsere Zungen sich gelöst haben. Fast alle sind der Meinung, die Schwestern hätten den Ring verkaufen sollen, selbst wenn für jede von ihnen nur ein paar Dollar herausgesprungen wären. Tatsache ist nämlich, niemand hat den Ring wirklich gewollt. Es war ein hässliches Ding, groß und protzig. Alle wollten ihn nur deshalb haben, weil Grandma Sue ihn so geliebt hatte, und als sie gestorben war, brauchten sie einfach ein Zeichen dieser Liebe, um sich irgendwie selbst geliebt zu fühlen. Ich weiß, dass meine Mom ihre Mom vermisst. Aber sie vermisst auch ihre Schwester, mit der sie kein Wort mehr redet. Was ich damit sagen will: Verkauf dieses Haus! Teile das Geld mit deinen Schwestern und fange das neue Leben an, von dem du träumst. Du musst nicht unbedingt Gesellschafterin werden – obwohl, wenn du es ernst meinst: Hier im Truck kann man sich ganz schön einsam fühlen. Komm und begleite mich eine Zeit lang auf meinen Touren!

Vergiss nicht, was meine Grandma sagte. „Ich nehme den Ring mit mir.“ Haha. Nein, was sie wirklich gesagt hat – und ich glaube, sie hat es sogar in ein Kissen gestickt: „Ein Haus ist kein Zuhause.“ Kitschig, aber wahr.

Schreib mir, wie du dich entscheiden wirst.

Dein Freund Dannyboy

Am nächsten Morgen rief Birdie Mr. Collins an, um ihm Jillys Entschluss mitzuteilen.

„Das sind gute Neuigkeiten“, sagte er, und seine sonst so zurückhaltende Stimme klang begeistert. „Sowohl meine Frau als auch ich haben gehofft, dass sie sich so entscheiden würde. Ich möchte Ihnen nochmals versichern, dass dieser Brief juristisch nicht zu halten wäre, wenn eine von Ihnen ihn anfechten würde. Aber ich glaube, sie hat die richtige Entscheidung getroffen.“

„Vielen Dank für Ihre Hilfe, Mr. Collins, und für Ihre Freundlichkeit gegenüber Merry. Wir haben viel reden und noch mehr aus der Erinnerung kramen müssen, aber ich glaube, Sie haben vollkommen Recht. Merrys Wunsch verdient es, erfüllt zu werden.“

„Jillian ist sehr mutig.“

„Ja, das stimmt. Aber sie ist nicht allein. Rose und ich haben beschlossen, sie zu begleiten.“

„Wirklich? Das ist wunderbar. Sie wird Ihre Unterstützung brauchen. Sagen Sie Jillian, sie soll mich anrufen“, riet er ihr, ehe er auflegte. „Vielleicht kann ich ja von Nutzen sein.“

Jilly zog ihren eleganten blauen Hosenanzug an, schlang ihr Haar zu einem eleganten Chignon und machte sich auf den Weg zu Mr. Collins. Mrs. Collins empfing sie warmherzig. Sie war eine schöne ältere Frau mit blauen Augen. Ihre Kleidung war teuer, aber dezent. Da sie wusste, warum Jilly gekommen war, ließ sie sie nicht lange warten. Nach ein paar freundlichen Bemerkungen führte sie sie in das Büro ihres Mannes.

Als Jilly eintrat, erhob er sich und reichte ihr die Hand. Sogar zu Hause trug er Anzug und Krawatte. Die Wände des großen Raumes waren mit dunklen Panelen verkleidet. Schwere Samtvorhänge rahmten die Fenster, und in der Mitte stand ein Schreibtisch von beeindruckenden Ausmaßen. Jilly fand, dass es ganz wie das Arbeitszimmer eines erfolgreichen Anwalts aussah, der er ja auch war. Er führte sie zu einem bequemen Ledersessel neben dem Schreibtisch.

Da er ihre Anspannung spürte, begann er lächelnd über Belanglosigkeiten zu plaudern. Allmählich kamen sie auf das Thema zu sprechen, das sie beide beschäftigte.

„Eine solche Suche ist nicht nur kompliziert, sondern auch emotional sehr aufwühlend. Vermutlich werden Sie viele Leute treffen, die Ihnen die Suche erschweren wollen, indem sie die Unwahrheit sagen oder Sie auf einen falschen Weg locken. Es wird auch Menschen geben, die Ihnen unverblümt sagen, dass Sie kein Recht haben zu suchen. Und dafür werden sie Ihnen alle möglichen Gründe nennen. ‚Sie werden das Leben Ihres Kindes zerstören', dürfte dabei das gängigste Argument sein. Hören Sie nicht auf sie, und lassen Sie sich nicht beirren. Es gibt keine Nation, keinen Staat und kein Bundesland, in dem die Suche nach seinem zur Adoption gegeben Kind illegal ist. Natürlich werden Sie auf Hindernisse stoßen und sich in Sackgassen verirren. Als Anwalt, der Ihre Eltern und Sie bei der Adoption juristisch beraten hat, hoffe ich allerdings, ein paar von diesen Hindernissen aus dem Weg räumen zu können."

„Mr. Collins, ich habe keine Ahnung, wo ich beginnen soll. Ich habe gedacht, zuerst könnte ich versuchen, die Dokumente über die Adoption zu bekommen."

„Leider wird es höchstwahrscheinlich so sein, dass die Adoptionsakte versiegelt ist. Sollten Sie einen Antrag auf Einsichtnahme stellen, so könnte er abgelehnt werden, und Sie hätten nichts erreicht. Der Richter könnte allerdings auch einen Vermittler benennen." Er lächelte aufmunternd, als er sah, wie bedrückt sie war. „Machen Sie sich keine Sorgen. Ich hoffe, dass ich Ihnen in diesem

Punkt helfen kann. Ich könnte einen Freund von mir anrufen, der Richter in Wisconsin ist und eine Verfügung erlassen kann, dass die Dokumente zur Einsicht freigegeben werden. Ich habe jedoch keine Amtsbefugnisse in Wisconsin, wo die Adoption stattgefunden hat. Vermutlich haben die Adoptiveltern einen eigenen Anwalt engagiert. Es wäre also am besten für Sie, auf eigene Faust ein paar Nachforschungen anzustellen. Fahren Sie als Erstes nach Marian House und fragen Sie, welche Akten dort noch existieren. Und dann erkundigen Sie sich in dem Krankenhaus, wo Sie Ihr Kind bekommen haben."

„Ich soll nach Marian House fahren?" Ihr Magen verkrampfte sich, und sie spürte einen stechenden Schmerz.

„Ich glaube, das Kloster existiert noch, aber ich weiß nicht, ob es noch das Heim für ledige Mütter gibt."

„Ich hasse diesen Ort. Ich habe mich dort immer wie eine Verbrecherin gefühlt."

Mr. Collins sah auf seine Hände. „Das tut mir Leid."

„Aber ich fahre hin. Wenn es sein muss." Sie hielt inne. „Gibt es denn keine Agenturen, die ich mit der Suche beauftragen könnte?"

„Doch, die gibt es; sie kosten natürlich Geld. Aber das größte Problem dürfte sein, ein vertrauenswürdiges Unternehmen zu finden. Das heißt, Sie müssen Referenzen einholen. Und das kann teuer werden."

„Meine finanzielle Situation ist ... nun, sagen wir: hoffnungslos."

„Oh." Er schwieg. Sie sah das Mitgefühl in seinen Augen. „Wenn Sie sich alleine auf die Suche machen, wird es möglicherweise zwar noch schwieriger werden, andererseits hat es natürlich auch viele Vorteile. Es könnte eine Therapie für Sie sein. Sie dürfen auch nicht vergessen, Jillian, dass Sie nicht allein sind. Ihre Schwestern werden Sie unterstützen. Und ich werde meinerseits alles tun, was in meiner Kraft steht, um Ihnen Türen zu öffnen. Ich habe mich übrigens schon mit einer Bekannten vom Adoptionsbüro in Verbindung gesetzt. Sie kann Informationen über Wege beschaffen, die nicht unbedingt – nun, sagen wir – offiziell sind, und obwohl ich nicht befugt bin, etwas über ihre Arbeitsweise zu erzählen, bin ich mir doch ziemlich sicher, dass sie mir eine Liste mit Namen besorgen kann, die das Feld der Nachforschungen wenigstens begrenzen wird."

Als sie ihn verwirrt anschaute, fügte er hinzu: „Einer dieser Namen wird der Ihrer Tochter sein."

Wie vom Donner gerührt, richtete Jilly sich in ihrem Sessel auf. *Ihr Name.*

„Natürlich wird es eine Weile dauern, die Namen auf der Liste abzuhaken. Aber wenn wir erst einmal die Adoptionsunterlagen haben, wird es relativ schnell gehen. Außerdem empfehle ich Ihnen, so bald wie möglich bei der Adoptionsbehörde eine Verzichtserklärung bezüglich des Datenschutzes zu hinterlegen. Auf diese Weise hat Ihre Tochter Zugang zu den Informationen, die Ihre Person betreffen, und kann sich sofort persönlich mit Ihnen in Verbindung setzen, sollte sie sich an die Institution oder das Gericht wenden, um Erkundigungen über Sie einzuholen. Haben Sie ein Handy?"

„Ich bin sicher, dass Birdie eins hat."

Er faltete die Hände auf dem Schreibtisch. „Wir müssen in Verbindung bleiben. Ich schlage Ihnen vor, dass Sie der Agentur meine Telefonnummer geben, um als Ihr Vermittler tätig werden zu können."

„Wie lange, glauben Sie, wird es dauern?"

„Schwer zu sagen. Jede Suche ist einzigartig. Einige dauern nur ein paar Tage. Andere ein Jahr oder noch länger. Es hängt alles von den Auskünften ab, die man bekommen kann, und davon, ob Ihre Tochter möglicherweise ebenfalls auf der Suche ist."

Jilly lehnte sich zurück. „Mein Gott, daran habe ich noch gar nicht gedacht."

„Es gibt viele Gründe, warum ein Kind seine leibliche Mutter sucht. Warten Sie – wie alt ist Ihre Tochter jetzt?"

„Fast sechsundzwanzig."

Er zog die Augenbrauen hoch. „So alt schon? Das ist ja kaum zu glauben. Nun ja, unter diesem Umständen besteht eine reelle Chance. Ab achtzehn kann sie sich von Rechts wegen ohne Zustimmung ihrer Eltern um eine Kontaktaufnahme bemühen. Unter Umständen möchte sie Sie auch aus medizinischen Gründen finden – zum Beispiel, wenn sie eigene Kinder hat. Aber vielleicht will sie Sie auch einfach nur kennen lernen. Wer weiß das schon?"

„Was soll ich zuerst tun?"

„Sie sollten beginnen, ein Tagebuch zu führen. Schreiben Sie alles auf, an das Sie sich erinnern, und dann alles, was Sie während Ihrer Suche in Erfahrung bringen. Notieren Sie jede Einzelheit, gleichgültig, wie nebensächlich sie Ihnen erscheinen mag. Es ist wie ein Puzzle. Man weiß nie, welches Teil man braucht, um weitermachen zu können." Er lächelte wohlwollend. „Die Suche besteht aus vielen kleinen Schritten. Wenn Sie erst einmal den ersten gemacht haben, dann ergibt sich der Rest von selbst."

Jilly nahm dies als Stichwort und löste die zusammengefalteten Hände. Sie hatte gar nicht gespürt, wie sehr sie sie verkrampft hatte. „Ich glaube, ich habe mich noch gar nicht für Ihre Hilfe von damals bedankt."

„Das müssen Sie nicht."

Sie lachte. „Um ehrlich zu sein, ich war auch nicht wirklich dankbar. Ich war zornig. Ich glaube, ich habe Sie sogar gehasst, weil Sie mitgeholfen haben, mein Baby zur Adoption zu geben."

Er wirkte verletzt. „Es tut mir Leid, dass Sie es so empfanden."

„Ich war jung. Ich wollte mein Baby überhaupt nicht weggeben. Haben Sie das gewusst?“

Er zog die Augenbrauen zusammen und schüttelte den Kopf.

„Naja, das spielt jetzt sowieso keine Rolle mehr, nicht wahr?“ Sie lächelte flüchtig und wurde sofort wieder ernst. „Ich hoffe nur, dass mein Mädchen an liebe Eltern geraten ist und eine glückliche Kindheit hatte und ...“ Plötzlich hatte Jilly einen Kloß im Hals, und sie presste die Finger gegen ihre zitternden Lippen, um nicht in Tränen auszubrechen. „Warum wurde ich gezwungen, das Baby fortzugeben?“ platzte es aus ihr heraus. Ihre Stimme klang gepresst, und die Worte schmerzten in ihrer Kehle. „Wäre es so schlimm gewesen, wenn ich mein Kind allein erzogen hätte? Mom und Daddy haben diese Möglichkeit nicht einmal in Betracht gezogen.“

„Damals waren die Zeiten anders“, gab er sanft zu bedenken. „Es gab weniger Alternativen.“

Schon wieder so eine vorgestanzte Antwort, dachte sie und schlug sie sich sofort aus dem Kopf. Sie putzte sich die Nase mit dem Taschentuch, das er ihr anbot, trocknete ihre Augen und gab es ihm zurück, als sie Anstalten machte zu gehen. „Vielen Dank, Mr. Collins“, sagte sie höflich. „Das alles kommt sechsundzwanzig Jahre zu spät.“

Er erhob sich, nahm ihre Hand und hielt sie eine Weile fest. „Wenn es Ihnen nichts ausmacht, dass ich ein wenig wie ein Vater klinge ... Ich denke, Bill hätte nichts dagegen.“

Als er den Namen ihres Vaters erwähnte, stand ihr Entschluss nur noch umso fester: Sie wollte ihr Kind finden. Zwar machte sie ihm keine Vorwürfe mehr, verspürte jedoch immer stärker den unbeugsamen Willen, ihm zu beweisen, dass sie fähig war, ihr Kind zu finden.

„Sie werden mit sehr vielen Gefühlen während dieser Suche konfrontiert werden. Alte Unsicherheiten und Ängste können geweckt werden. Aber möglicherweise erleben Sie auch unerwartete und erfreuliche Dinge. Öffnen Sie Ihr Herz und Ihren Verstand; seien Sie offen allem gegenüber, das Ihnen begegnet. Verlassen Sie sich auf die Hilfe Ihrer Schwestern und auf meine Unterstützung. Diesmal werden Sie nicht allein sein, Jillian."

Er verstummte, und sie glaubte zu sehen, dass seine Augen feucht wurden.

„Ich weiß, dass wir alles unter größter Verschwiegenheit getan haben. Und dass Sie darunter gelitten haben. Ich bin ein alter Mann, und ich habe viele Veränderungen erlebt. Ich glaube, wenn Ihre Eltern heute noch lebten, wären sie über Ihre Suche erfreut."

Während sie seinen aufrichtigen Worte lauschte, atmete sie tief durch. Sie hätte gerne geglaubt, dass er die Wahrheit sagte. Einerseits schwang jedoch zu viel Vergangenheit in ihnen mit, und andererseits war es noch zu früh, sie auszusprechen. Sie nahm sich vor, seine Bemerkungen mit auf ihre Reise zu nehmen und bei der Suche nach May darüber nachzudenken.

Die Familie hatte sich zum Abendessen um den langen ovalen Esstisch versammelt, und Jilly erzählte ihnen alles, was sie von Mr. Collins erfahren hatte.

„Vielleicht wissen wir schon nächste Woche, wo May sich befindet!" rief Rose. „Aber das ist wohl doch eher unwahrscheinlich. Es wäre mehr, als ich zu hoffen gewagt habe."

„Ihr Name wird nur einer unter vielen auf der Liste sein", gab Jilly zu bedenken. „Erwarten wir lieber nicht zu viel. Wir müssen zuerst zum Marian House fahren, um genauere Informationen zu bekommen. Aber allein gehe ich da nicht hin, das könnt ihr mir glauben."

„Das brauchst du auch nicht. Wir haben dir versprochen, dass wir dich nicht mehr im Stich lassen werden", versicherte Birdie ihr.

Dennis schaute sie überrascht an. „*Du* gehst mit ihr?"

Birdies Gesicht verfärbte sich. Nach kurzem Zögern jedoch sagte sie entschlossen: „Ja."

Dennis' Besteck fiel klappernd auf den Tisch. „Und wann wolltest du mich darüber informieren?"

„Kann ich mitkommen, Mom?" Hannah beugte sich erwartungsvoll vor.

„Wenn du damit ein Problem hast, dann können Rose und ich auch alleine fahren", beschwichtigte Jilly ihn.

„Nein. Ich habe gesagt, dass ich mit dir komme, und das werde ich auch. Dennis, können wir unter vier Augen darüber reden?"

„Es sieht so aus, als hättest du dich wie üblich bereits entschlossen", entgegnete Dennis und warf seine Serviette auf den Tisch. „Wenn ihr mich bitte entschuldigen wollt."

Als er das Zimmer verließ, war die Atmosphäre spannungsgeladen.

„Birdie, hör zu ...", begann Rose.

„Ich habe mich entschieden. Ich komme mit." Sie verstummte und fügte in versöhnlicherem Ton hinzu: „Ich muss einfach mitkommen."

„Kann ich euch begleiten?" bat Hannah erneut. „Nächste Woche beginnen die Osterferien, und ich weiß sowieso nicht, was ich zu Hause anfangen soll."

„Ach, Hannah ..." Im Moment konnte sie wirklich nicht noch mehr Stress gebrauchen. Birdie lag auf der Zunge, Nein zu sagen. Bei dieser Unternehmung wollte sie wirklich nicht auch noch auf ihre Tochter aufpassen müssen.

„Bitte, Mom!"

Als sie Hannahs erwartungsvolles Gesicht und ihre leuchtenden Augen sah, brachte Birdie es nicht übers Herz. Auf dieser Reise wollte sie ihre verlorene Jugend wiederfinden. Und hier saß sie nun ihrer eigenen Tochter gegenüber, die ebenfalls Gefahr lief, genau wie sie ihre Zuversicht und Lebensfreude zu verlieren.

„Na gut", sagte sie. Die Überraschung und die Aufregung, die sich mit daraufhin in Hannahs Gesicht spiegelten, erfüllten sie mit einer unerwarteten Freude. „Ich werde es deinem Vater sagen."

Als Birdie die Tür zum Gästezimmer öffnete, warf Dennis gerade seine Sachen in den schwarzen Koffer. Abrupt blieb sie stehen, die Hand an der Türklinke, und das Herz klopfte ihr bis zum Hals.

„Wo willst du hin?" Wie immer, wenn sie ihre Furcht verbergen wollte, klang sie sehr bestimmend.

„Was kümmert's dich?" Im Gegensatz zu ihr klang er leidenschaftslos.

„Dennis, du benimmst dich wie kleines Kind."

Er stopfte ein paar dunkle Socken in den Koffer. „Danke."

Sie sah ihm zu, wie er zum Schrank ging und mit drei Hemden und einigen Krawatten in der Hand zurückkam. Er machte sich nicht einmal die Mühe, sie zu falten, sondern warf sie achtlos in den Koffer.

„Du tust es schon wieder", sagte sie. „Du ziehst dich einfach zurück." Als er keine Antwort gab, betrat sie das Zimmer und schloss die Tür hinter sich. Sie konnte das mit Bordüren, Bändern und Borten überladene Gästezimmer nicht leiden. Hier fühlte sie sich absolut unwohl.

„Hör mal mit dem Packen auf." Sie klang mehr wie eine Mutter als eine Ehefrau. Ihr Ton wurde sanfter, denn sie wollte, dass er ihr zuhörte. „Wir müssen miteinander reden."

Einen Moment lang hielt er in seiner Tätigkeit inne und schaute auf. Er sprach zwar mit beherrschter und vorsichtiger Stimme, doch seine dunklen Augen blitzten wütend hinter den Brillengläsern.

„Was gibt es denn da noch zu reden? Du hast beschlossen, auf diese unsinnige Suche zu gehen, ohne mich zu fragen, also habe ich ebenfalls beschlossen zu gehen."

„Wohin denn?"

„Ich weiß nicht. Irgendwohin. Ich mache eine Reise. Ich brauche mal Ferien. Eine Atempause." Er lachte kurz auf. „Vielleicht mit einem Motorrad." Er ging in das pink und grün gekachelte Badezimmer und begann, Rasierzeug und Zahnbürste in seine Toilettentasche zu werfen.

„Eine Reise?" fragte sie, während sie ihm folgte. „Woher kommt denn das auf einmal? Wovon redest du überhaupt?"

„Reden, reden, reden, reden." Er ging zurück ins Schlafzimmer und schleuderte die Toilettentasche in den Koffer. Als er Birdie ansah, war seine Miene unergründlich. „Das ist nicht gerade unsere Stärke. Gespräche, Unterhaltungen, Diskussionen. Bei diesen Übungen benutzt man Worte, um zu kommunizieren. Wir tun das nicht. Du benutzt Worte, um mich herumzukommandieren. Du benutzt Worte, um mir zu sagen, was ich falsch mache, oder um Hannah zu sagen, was sie falsch macht. Du findest immer etwas, worüber du dich beklagen kannst oder in Wut gerätst. Aber reden?" Er schüttelte den Kopf. „Nein, Birdie, das tun wir nicht."

„Du sprichst ja auch nicht mit mir", schrie sie wütend zurück. „Wir reden über gar nichts mehr. Du bist verschlossen wie eine Auster."

„Es ist nicht einfach zu diskutieren, wenn die andere Person nur befiehlt."

Ihr Gesichtsausdruck versteinerte sich. „Das ist nicht fair. Wenn wir am Esstisch sitzen, rede ich über dies und das und jenes, aber du antwortest überhaupt nicht. Ich weiß, dass es stimmt, denn ich habe dich auf die Probe gestellt. Ich habe mal während eines ganzen Dinners absichtlich kein einziges Wort gesagt, aber dir ist es überhaupt nicht aufgefallen! Und Hannah auch nicht. Es herrschte absolute Stille. Bis auf das Klappern von Geschirr, und das machte mich beinahe wahnsinnig."

„Manche Leute nennen das Frieden."

„Ich geb's auf!" sagte sie mit einer resignierenden Handbewegung. „Ich habe genug. Von dir und Hannah. Ihr ..."

„Und da ist noch etwas!" brüllte er, während er sich auf dem Absatz umdrehte und ihr ins Gesicht sah. Seine Heftigkeit überraschte sie. „Du bist andauernd hinter Hannah her. Ständig hast du etwas an ihr auszusetzen. Merkst du eigentlich nicht, was du ihr antust? Wie sehr sie darunter leidet?"

„Wage ja nicht, mir die Verantwortung für ihr Verhalten zu geben. Wage es ja nicht!"

Er trat einen Schritt näher, und sie spürte, wie ihr Herz hämmerte.

„Mir kannst du vorwerfen, was du willst, aber lass sie aus dem Spiel." Seine Stimme war wieder leise geworden, aber sie zitterte vor unterdrückter Wut, und in seinem Gesicht sah sie einen Anflug von kaltem Hass.

Birdie war am Boden zerstört, und ihr Atem ging schwer. „Ich habe nicht ..."

„Doch, du hast", fiel er ihr barsch ins Wort. „Dir passt nichts von allem, was sie tut. Du kommandierst sie herum wie ein Feldwebel. Du kritisierst sie andauernd. Und mich kritisierst du auch. Es ist der reinste Terror. Und ich will, dass du endlich damit aufhörst."

Sie zitterte vor Entsetzen bei dem Gedanken, ihre Tochter zu terrorisieren. Es gab niemanden auf der ganzen Welt, den sie mehr liebte. Es stimmte nicht, was er behauptete.

Und dennoch sagte ihr eine innere Stimme, dass Dennis Recht hatte mit dem, was er ihr an den Kopf warf. Sie hatte diese Wut in sich, und sie entwickelte sich zu einem Wirbelsturm, der sich in letzter Zeit schneller und schneller drehte und außer Kontrolle geriet. Sie hatte versucht, diese Wut zu unterdrücken und nach Möglichkeiten gesucht, zu Hannah wieder ein engeres Verhältnis zu finden, aber sie hatte versagt.

„Dennis, merkst du nicht, was mit ihr los ist? Sie ist so depressiv und verschlossen. Und sie hat sich überhaupt nicht mehr in der Gewalt, was ihre Essgewohnheiten angeht. Je mehr sie an Gewicht zunimmt, desto schwermütiger wird sie. Es ist ein Teufelskreis für einen Teenager. Natürlich beobachte ich sie mit Argusaugen. In diesem Alter neigen sie nun mal zu Depressionen."

„Sie hat keine Depressionen. Das ist ein vorübergehendes Stimmungstief."

„Du machst es dir zu leicht. Wenn du es nicht wahrhaben willst, bitte, das ist deine Sache. Aber ich liebe sie zu sehr, und deshalb kümmere ich mich um sie und überlasse sie nicht sich selbst. Das haben meine Eltern nämlich mit Jilly gemacht. Mein Kind wird mir nicht außer Kontrolle geraten."

„Meine Güte, Birdie. Sie gerät nicht außer Kontrolle. Sie ist ein gutes Mädchen. Sei nicht so hart."

„Natürlich ist sie ein gutes Mädchen. Deshalb mache ich mir ja so große Sorgen."

„Du übertreibst!"

Sie richtete sich zu voller Größe auf. „Und du *unter*treibst!"

Er lachte bitter und schüttelte bekümmert den Kopf. „Verstehst du jetzt, was ich meine? Wir reden nicht miteinander ..." Seine Stimme erstarb.

„Ich bemühe mich ... ich bemühe ich wirklich sehr, eine gute Mutter zu sein." Sie stockte und fuhr sich hastig mit der Hand über die Augen. Verdammt, sie verachtete sich für diese Gefühlsregung. Er würde sie nur zu seinem Vorteil ausnutzen.

Aber überraschenderweise beruhigten ihn ihre Tränen. Er ließ die Schultern sinken und fuhr sich mit beiden Händen durchs Haar, während er tief Luft holte. „Ich weiß, dass du das tust."

Jetzt klang er wieder mehr wie sonst, nur traurig. Sehr traurig. Und das machte ihr noch mehr Angst. Sie ließ die Hände sinken und betrachtete aufmerksam sein Gesicht.

„Ich weiß, dass du eine gute Mutter bist. Und ich weiß, dass du das Herz am rechten Fleck hast. Aber du mutest dir zu viel zu, Birdie. Du glaubst, alles schaffen zu können. Du willst der Welt etwas beweisen, und dabei nimmst du dir so viel vor, dass es ein aussichtsloser Kampf wird. Du möchtest, dass alles perfekt ist. Aber das Leben ist nun mal nicht perfekt."

Er senkte die Stimme. „Vielleicht hast du Recht. Ja, ich ziehe mich zurück. Je mehr du meckerst, umso mehr schotte ich mich ab." Er schaute ihr in die Augen und sagte ohne Zorn: „Du wirst immer mehr zu einer Nörglerin, Birdie." Er stützte die Hände in die Hüften und kämpfte einen Moment lang mit sich selbst, ehe er ruhig, aber entschieden fortfuhr: „Und ich kann das nicht länger ertragen."

Ein langes, schreckliches Schweigen füllte den Raum. In Birdies Gesicht spiegelten sich Schock und Verletzung. Er musterte sie kritisch und leidenschaftslos auf eine Art, die ihr die Plumpheit ihrer Figur bewusst machte, das alte Sweatshirt, das sie trug, und ihr stumpfes, schlecht geschnittenes Haar. Die Sekunden verstrichen, während auch sie Dennis' Miene studierte, als ob es das letzte Mal wäre. Sie nahm Einzelheiten wahr, als ob sie auf eine große Leinwand projiziert würden: die tiefen Linien unter seinen dunklen, durchdringenden Augen, sein hellbraunes Haar, das dünner geworden und mit mehr Grau durchsetzt war, als sie in Erinnerung hatte, seine vollen Lippen, die blass vor Zorn oder Erschöpfung oder beidem waren.

Wir sind zusammen gealtert, erkannte sie erschrocken. Und sie hatten sich auseinander gelebt.

Er klappte den Koffer zu und zog den Reißverschluss zu. „Du hast sicherlich dein Möglichstes mit Hannah versucht." Er deutete mit dem Zeigefinger auf seine Brust. „Aber du hast es nicht mit mir versucht. Ich habe es satt, andauernd die Prügel abzubekommen. Ich brauche mehr. Ich brauche eine Beziehung. Ich brauche etwas Spaß. Verdammt noch mal, ich brauche etwas Sex. Ich werde schließlich nicht jünger. Und weißt du, was mich wirklich wütend macht?"

Sie schüttelte den Kopf und verschränkte schützend die Arme über der Brust. Ihr war klar, dass das, was er jetzt sagte, schmerzen würde.

„Ich wollte eine Reise mit dir machen. Jahrelang habe ich dich angebettelt, mit mir zu kommen, irgendwohin. Ich habe Kataloge aus Reisebüros nach Hause geschleppt. Ich habe sogar schon Flüge gebucht. Aber du hattest immer zu viel zu tun, oder du wolltest nicht ohne Hannah fahren. Nicht einmal übers Wochenende! Und jetzt erzählst du mir, dass du mit deinen Schwestern eine Reise machst. So ganz spontan? Für sie kannst du also eine Vertretung für deine Praxis organisieren, aber nicht für mich. Was zum Teufel glaubst du wohl, wie ich mich dabei fühle?"

Er senkte den Kopf, allerdings nicht schnell genug, dass sie nicht noch die Tränen sehen konnte. Sie wusste, dass sie ihn verlegen machten. „Versuch doch zu verstehen, Dennis“, bat sie mit belegter Stimme. „Es ist schwer zu erklären. Ich *muss* diese Reise machen. Ich spüre es in meinem tiefsten Inneren. Und ich habe das Gefühl, dass ich dabei herausfinden kann, warum ich in letzter Zeit so traurig bin. Es hat mit mir zu tun, nicht mit dir. Kannst du das verstehen?“

Er nickte.

Erleichtert holte sie Luft.

„Ich weiß, dass irgendetwas mit dir nicht stimmt“, sagte er, aber seine Stimme klang nicht mitfühlend, sondern tonlos und unversöhnlich. „Und ich kann so nicht weiterleben. Ich möchte mich von dir trennen.“

Seine kalten Worte stießen ihr wie Eiszapfen ins Herz. Mit hängenden Armen und offenem Mund blickte sie ihm nach, als er seinen Koffer ergriff und das Zimmer verließ.

10. KAPITEL

Dennis stürmte in die Küche. „Komm, Hannah“, befahl er. „Wir fahren.“

Jilly und Hannah setzten sich kerzengerade in ihren Stühlen auf. Jilly hatte Hannahs ängstlichen und verwirrten Gesichtsausdruck mitbekommen, als die Stimmen von oben lauter wurden. Um sie abzulenken, war sie mit ihr in die Küche gegangen, hatte die Tür geschlossen und begonnen, eine Liste mit den Dingen aufzustellen, die sie für die Reise brauchten. Jetzt starrte sie ihren Vater entsetzt und mit weit aufgerissenen Augen an. Solche Wutanfälle waren gar nicht seine Art.

„Was ist denn los?“ fragte Jilly.

Er beachtete sie nicht, sondern schaute Hannah unverwandt an. „Wir fahren nach Hause. Hol deine Sachen."

„Nein", widersprach Hannah aufsässig. Hilfe suchend blickte sie zu Jilly.

„Birdie hat gesagt, sie kann mit uns kommen", antwortete Jilly besänftigend. „Warum lässt du sie nicht? Es wird ihr bestimmt Spaß machen."

„Weil ich Nein sage. Mach schon", befahl er.

„Nein." Mit einem Ruck stand Hannah auf. „Ich fahre nicht nach Hause. Und du kannst mich nicht dazu zwingen." Polternd schob sie den Stuhl zurück und lief zur Hintertür hinaus, ohne sie zu schließen. Das Fliegengitter schwang im Wind hin und her.

Dennis rannte hinter ihr her. Jilly sprang auf uns eilte ihm nach. „Lass sie", rief sie, als sie ihn auf der Veranda hinter dem Haus erwischte und am Arm packte. Sie sah, wie Hannah hinter der hohen Hecke verschwand. „Lass ihr ein wenig Zeit. Sie kommt gleich zurück. Wo sollte sie auch hingehen?"

Sie spürte, wie die Anspannung in seinem Arm nachließ, und ließ ihn los. Es war ihr ein wenig unangenehm, dass sie ihn angefasst hatte. Dennis fuhr sich mit der Hand durchs Haar, als er über den leeren Garten blickte. Dann drehte er sich um und schaute sie missbilligend an.

„Warum tust du das?"

„Was?"

„Warum überredest du alle Leute, bei deiner Sucherei mitzumachen?"

„*Ich* überrede alle Leute?"

„Du schaffst es stets, dass alle sich für dich aufopfern. Das war doch schon immer so."

Sie trat einen Schritt zurück. „Ich weiß nicht, was mich wütender macht", entgegnete sie. „Dass du diese Suche ‚Sucherei' nennst, oder dass du glaubst, ich hätte damit angefangen. Beides ist falsch. Wenn es hier ein Opfer gibt, dann bin ich das."

„Dann hör mit diesem Unsinn auf."

Sie richtete sich zu voller Größe auf, während sie sich eine Antwort überlegte. Tausend Dinge schwirrten ihr durch den Kopf wie ein Schwarm wütender Bienen, und jede einzelne versetzte ihr einen Stich. „Was geht dir denn dabei so an die Nieren?" Die Frage kam eher unbewusst. Eine von diesen Bienen sollte auch ihn stechen. Sie war gespannt auf seine Reaktion.

„Na gut, ich sag's dir. Ich wollte ein paar Tage mit meiner Frau wegfahren, aber sie hat nie Zeit. Und plötzlich, wie aus heiterem Himmel, hat sie Zeit für dich. Na großartig!"

„Sie tut das nicht für mich. Sondern für sich selbst. Sie will daraus Kraft für sich schöpfen. Wenn du mal eine Minute lang nicht nur an dich denken würdest, dann könntest du sehen, wie unglücklich sie ist."

Sein Gesicht verfärbte sich. „Ich verstehe. Du machst dich also nur aus uneigennützigen Gründen auf die Suche, ja? Hast du dir überhaupt mal Gedanken darüber gemacht, wie das Kind – diese May – sich wohl fühlt, wenn sie gefunden wird? Vielleicht will sie ja gar nicht, dass man sie aufspürt. Vielleicht möchte sie ihrer verschollenen Mutter überhaupt nicht begegnen. Möglicherweise ruinierst du ja ihr Leben."

Jilly lachte kurz auf. „Mr. Collins hat mich schon darauf vorbereitet, dass ich so was zu hören bekomme. Aber so schnell habe ich nicht damit gerechnet. Und ganz bestimmt nicht von dir."

„Wenn du es zu hören bekommst, dann deshalb, weil es wahr ist. Und du ruinierst auch nicht nur *ihr* Leben. Schau dir doch an, was du mit *unserem* machst."

Sie sah ihn scharf an. „Was, bitte schön, mache ich mit deinem Leben?“

„Du weißt ja gar nicht, was du mit dieser Reise alles wieder aufwühlst.“ Sein Blick war fragend, herausfordernd.

Sie kniff die Augen zusammen. „Rede weiter.“

Ein kalter Windstoß blies über die Veranda. Er schaute zu Boden. Sie hielt den Atem an.

„Ich muss es wissen, Jilly“, sagte er mit einem verschwörerischen Flüstern. „Bin ich der Vater?“

Mit dieser Frage hatte sie gerechnet. Aber als er sie nun stellte, war sie doch schockiert.

„Aha!“ Sie holte tief Luft und trat noch einen Schritt zurück. „Die Frage kommt ein bisschen spät, findest du nicht?“

„Bin ich's?“

Sie sah hinunter auf ihre nackten Füße. Der Kopf schwirrte ihr. Sie wusste nicht, was sie antworten sollte. Eine verteufelte Zwickmühle nach sechsundzwanzig Jahren. Sie betrachtete ihre dunkelroten Fußnägel, während sie überlegte, ob sie seine Frage verneinen sollte. Es wäre die einfachste Antwort gewesen. Genau wie damals, als ihre Mutter sie gefragt hatte: Ist es dieser Connor-Junge? Dieses eine Wörtchen ‚Nein‘ hatte alle glücklich gemacht, und anschließend hatten sie sie in Ruhe gelassen. Sie könnte es jetzt wieder tun.

Nur dass sie keine Lust mehr hatte, Dinge vorzutäuschen. Bei ihrem Entschluss, sich den Gespenstern der Vergangenheit zu stellen, hatte sie geschworen, dass es in ihrem Leben keine Lügen mehr geben würde. Nur um des lieben Friedens oder des Wohlergehens eines anderen Menschen willen würde sie keine Opfer mehr auf sich nehmen.

Sie schaute fest in Dennis' braune Augen und antwortete: „Ich weiß es nicht.“ Jetzt war es heraus. Sie fühlte sich um Jahre jünger.

Und Dennis sah um Jahre gealtert aus. „Was ... was soll das heißen? Dass *ich* der Vater sein könnte?“

„Ja.“

Er fluchte leise, und sein Blick war vorwurfsvoll.

„Ich bin nicht mit jedem ins Bett gegangen“, fuhr sie ihn an. „Das weißt du ganz genau. Es war nur das eine Mal mit dir. Und einem anderen Jungen.“

An seinem abwesenden Gesichtsausdruck erkannte sie, dass er sich genau wie sie an die Woche jenes Sommers erinnerte, in der sie von Emotionen überwältigt worden waren.

Sie hatten fast diesen ganzen Sommer über zusammen verbracht. Dennis war zwar ein Einzelgänger, trotzdem recht beliebt. Als Herausgeber der Schülerzeitung und des Jahrbuchs galt er als geradezu unheimlich klug. Er sah gut genug aus, um die Mädchen für sich zu interessieren, und auch beim Baseballspiel machte er eine elegante Figur, sodass ihn die Jungs ebenfalls anerkannten. Jilly war auf ihn aufmerksam geworden, als er bei dem Fernsehquiz *Ich weiß alles* in letzter Minute eine komplizierte Frage aus dem Bereich der Literatur beantworten konnte. Er war anders als die anderen, feinfühlig, faszinierend ... und dieses Grübchen in seinem Kinn war einfach hinreißend.

Also beschloss sie, sich diesen Dennis Connor ein wenig genauer anzusehen, und es dauerte nicht lange, bis sie ihr Ziel erreicht hatte. Er war sehr geschmeichelt, dass ein Mädchen, das so beliebt war wie Jillian Season, sich für ihn interessierte. Prompt erlag er ihrem Charme.

Es war ein herrlicher Sommer. Sie verbrachten die Tage am Strand mit Jillys Clique. Dennis genoss die Eifersucht der anderen Jungs, als er Jillys wohl proportionierten, nur mit einem knappen Bikini bekleideten Körper einölte. Die Nächte waren mild. Gruppenweise fuhren sie zu McDonalds, aßen und kehrten anschließend an den Strand zurück, wo sie sich auf Decken niederließen und sich die Zeit vertrieben, eingehüllt in die dunkle Nacht und umtost vom Donnern der Brandung.

Sie war sein erstes Mädchen. Es war ein Fehler, das hatte sie sofort gespürt, nicht nur, weil sie überhaupt nichts empfand, sondern auch, weil er ihr sklavisch ergeben war, nachdem sie miteinander geschlafen hatten. Jillian war klug genug zu wissen, dass es nur um Sex ging; aber Dennis hatte das nicht erkannt. Er hing an ihr wie ein ausgehungertes Hündchen; er wollte sie ständig berühren und mit ihr ins Bett gehen. Deshalb machte sie Schluss mit ihm. Eine Woche später lernte sie auf einer Party einen hinreißenden Studenten kennen, und nachdem sie ein paar Bier zu viel getrunken hatte, gab sie sich ihm auf dem Rücksitz seines Wagens hin. Dennis erfuhr davon – das sollte er auch –, und er hörte auf, sie anzurufen.

„Du hast mir mit diesem College-Typen das Herz gebrochen." Er meinte es nicht ganz ernsthaft, aber sein Lächeln war unbeholfen.

„Wir wussten doch beide, dass es keine Liebe war. Wir waren auf der High School, verdammt noch mal."

„Als ich ein paar Jahre später erfuhr, dass du ein Baby hast, war ich wie vom Donner gerührt und habe mich andauernd gefragt, ob es wohl von mir war. Ich habe nachgerechnet. Dann habe ich mir gedacht, wenn es so wäre, hättest du es mir bestimmt erzählt, und ließ die Sache auf sich beruhen. Es war einfacher so. Und außerdem war ich mit deiner Schwester verheiratet. Das Letzte, woran ich denken wollte, war die Möglichkeit, mit dir ein Kind zu haben."

„Oder auch nicht."

„Aber allein die Möglichkeit ..."

„Hast du Birdie geliebt, als du sie geheiratet hast?"

Die Frage schien ihn zu überraschen. „Natürlich. Wahnsinnig. Wie verrückt."

„Gott sei Dank", murmelte sie. „Das habe *ich* mich nämlich dauernd gefragt."

Er zog eine Grimasse und schaute zur Decke. Über ihnen lag ihr Schlafzimmer. „Es war für sie immer ein Problem, dass wir zwei mal was miteinander hatten. Auch wenn es nur für so kurze Zeit war. Ich habe ihr gesagt, ihre Befürchtungen seien lächerlich, dass es lange vor unserer Zeit gewesen war. Aber wenn sie das hier hört, wird sie am Boden zerstört sein."

„*Ich* werde es ihr nicht erzählen."

„Vielleicht musst du das ja auch gar nicht. Aber was, wenn das Baby mir ähnlich sieht?"

Jilly stockte der Atem. „Daran habe ich überhaupt nicht gedacht."

„Wenn Birdie das herausfindet, wird es ihr Leben zerstören. Sie wird denken ..." Seine Gesichtszüge verhärteten sich, als er seinen Entschluss verkündete: „Ich will nicht, dass sie auch nur im Geringsten daran zweifelt, dass ich sie geliebt habe."

„Geliebt habe?" Sie spitzte die Ohren. „Warum die Vergangenheitsform?"

Statt einer Antwort zuckte Dennis nur mit den Schultern. „Eins ist jedenfalls sicher. Ich möchte nicht, dass Hannah da mit hineingezogen wird."

„Du machst dir zu viele Gedanken. Zunächst einmal hat Hannah nicht den leisesten Verdacht, dass es da eine Verbindung gibt, also wird sie auch nicht darauf achten. Außerdem gibt es kein Baby mehr. May, oder wie sie heißen mag, ist sechsundzwanzig Jahre alt. Und drittens – was auch immer die Wahrheit ist, wir müssen damit fertig werden."

„Es ist nicht immer klug, alle Wahrheiten ans Licht zu bringen, Jilly. Innerhalb der Familie ist es manchmal besser, ein paar Geheimnisse zu wahren."

„Was du nicht weißt, macht dich nicht heiß?"

„Ja, so in etwa."

„Falsch." Geistesabwesend tastete sie in ihren Hosentaschen nach einer Zigarette und fluchte im Stillen, weil sie keine fand. Als sie wieder hochschaute, hielt Dennis ihr mit einem ironischen Lächeln seine Schachtel hin. Dennis rauchte? Sie nahm eine Zigarette, steckte sie zwischen die Lippen und beugte sich vor, damit er ihr Feuer geben konnte. Sie musste seine Hand anfassen, damit sie nicht zitterte. Es war nur eine leichte Berührung von Fingerspitzen und Knöcheln, und doch spürte sie die Hitze. Sie dauerte gerade so lange wie zwei Züge, und dennoch schien die Zeit stehen zu bleiben. Sie zog ihre Hand zurück, inhalierte tief, dann stieß sie den Rauch in einer langen Wolke aus. Junge, Junge, dachte sie, *jetzt* würde es zwischen uns funken. An seinem verunsicherten Gesichtsausdruck erkannte sie, dass er genauso empfand.

„Wie in alten Zeiten", sagte er.

Sie war erleichtert, als sie ihn leise lachen hörte. Wie er da so mit den Händen in den Taschen an der Veranda lehnte, entdeckte sie in dem scheuen Lächeln in seinem Gesicht den Jungen von der High School wieder. „Ich wusste gar nicht, dass du noch rauchst."

„Manchmal tu ich's heimlich."

Für einen erwachsenen Mann war das eine geradezu Mitleid erregende Bemerkung. „Birdie?" fragte sie.

„Ja, Birdie." Seine Stimme klang gequält.

Er liebte seine Frau, das war offensichtlich. „Hör zu, Dennis, ich möchte weder dich noch Birdie oder Rose und am allerwenigsten Hannah verletzen. Ich werde niemandem etwas erzählen.

Es sei denn, sie fragen mich. Und dann ...", sie hob die Hände, „erzähle ich die Wahrheit. Wir können uns vormachen, dass wir zum Wohle der Familie lügen, aber im Grunde machen wir doch nur mit den alten Lügen weiter." Sie schaute an der verwitternden Fassade des viktorianischen Hauses hoch. „Wir machen Hausputz", fuhr sie fort. „Innen und außen. Und wenn wir fertig sind, müssen wir unsere Sachen packen, egal wie abgenutzt sie sind, und weiterziehen."

Dennis maß sie mit einem langen Blick. Seine Ernsthaftigkeit war eine seiner Eigenschaften, die ihr am meisten an ihm gefielen.

„Ich bitte dich, Birdie und Hannah nicht mitzunehmen."

„Du bittest die falsche Person. Das ist nicht meine Entscheidung. Aber ich werde sie nicht drängen, mitzukommen. Ich schaffe das auch ohne sie."

Während er über ihre Antwort nachdachte, verhärtete sich seine Miene. „Ich fahre jetzt. Sag Birdie, dass ich den Zug nehme. Ich lass ihr den Wagen hier."

Es dauerte ein paar Sekunden, bis Jilly reagierte. „Du verlässt Evanston?"

Er räusperte sich. „Ich verlasse Birdie."

„Das glaube ich nicht."

„Es ist schon lange überfällig."

„Wenn es wegen dieser Reise ist, dann rede ich mit ihr. Ich weiß, dass sie dickköpfig ist, aber die Sache ist es nicht wert ..."

„Nein. Es geht um mehr als das. Mir wäre es lieber, wenn sie nicht führe." Er schaute Jilly mit forschendem Blick an. „Du kennst den Grund. Aber sie ist fest entschlossen, und ich kenne sie zu gut, um mit ihr zu diskutieren, wenn sie sich etwas in den Kopf gesetzt hat. Und ehrlich gesagt – ich bin diese ewigen Diskussionen Leid. Ich bin es Leid, sie zu bitten. Lass nur, Jilly", sagte er, als sie den

Mund öffnete, um zu antworten. „Bitte! Sag ihr nur, dass ich gefahren bin."

Er drehte sich um, blieb dann aber unvermittelt stehen. Als er sie noch einmal anschaute, konnte sie in seinen Augen den Kampf erkennen, den er in seinem Inneren ausfocht. Er legte ihr die Hände auf die Schultern, küsste sie auf die Stirn und sagte leise: „Ich wünschte, ich hätte damals für dich da sein können, wenigstens als Freund. Deshalb werde ich dir jetzt auch nicht im Wege stehen." Er trat einen Schritt zurück, und seine Augen verdüsterten sich. „Leb wohl, und viel Glück."

Ihre Augen wurden feucht, so dass sie ihn nur verschwommen wahrnahm, als er die Treppe hinunterging und das Haus verließ.

Lieber DannyBoy,
ich kann es kaum glauben! Wir fahren wirklich los. Und zwar Morgen früh.

Ich bin aufgeregt. Ich habe Angst. Und es ist alles so wunderschön. Stell dir vor, ich mache eine Reise! Auf der Karte bin ich die Strecke schon ein paar hundertmal entlang gefahren. Ich habe mir im Internet die günstigsten Routen rausgesucht. Außerdem nehme ich viele Kassetten mit meiner Lieblingsmusik auf, um sie unterwegs hören zu können, packe nahrhafte Snacks ein, so dass wir nichts Ungesundes essen müssen. Und bitte lach nicht: Ich nehme sogar viele Flaschen Schaumbad mit. Jilly sagt, dass ist die beste Medizin gegen Verspannungen. Ich könnte auch Tagebuch führen, aber ich habe ja dich. Mir gefällt die Vorstellung, dass ich dir von unterwegs schreiben kann. Ich weiß noch, wie du mir geschrieben hast, dass du dich jeden Abend auf meine Briefe freust. Das gilt auch für mich. Es gibt mir das Gefühl, enger mit dir verbunden zu sein. Auf Wiedersehen!
Rosebud

Liebe Rosebud!
Willkommen in meiner Welt! Es wird dir auf den Straßen gefallen. Der Verkehr rund um die Städte kann zwar ganz schön dicht werden, aber auf dem Land, besonders im Norden von Wisconsin, wo ihr hinfahrt, ist es nicht so schlimm. Die Hügel sind sanft, und die Straßen gewunden. Du wirst Milchfarmen sehen mit schwarz-weißen Kühen auf den Weiden, Silos, die mit Weizen gefüllt sind, und vielleicht siehst du ja auch den ersten Hauch des Frühlings – einen grünen Schimmer auf den kahlen Zweigen.

Ich bin immer noch in Richtung Westen unterwegs nach Wichita. Die Gegend ist flach, und ich kann meilenweit sehen. Das Fahren ist leicht. In solchen Momenten wünschte ich mir, du könntest neben mir sitzen und wir redeten miteinander, anstatt nur E-Mails zu verschicken. Während ich so dahinfahre, denke ich an dich. Ich frage mich, wie du wohl aussiehst? Welche Farbe hat dein Haar? Deine Augen? Wie sieht dein Lächeln aus?
Dein neugieriger Dannyboy

11. KAPITEL

Jilly, Birdie, Rose und Hannah fuhren nordwärts nach Wisconsin. Sie hatten nur wenig Gepäck dabei. Das war – zusammen mit Roses Laptop, Wasser- und Saftflaschen, Tonbandkassetten, Büchern und einigen Tüten mit Lebensmitteln, auf deren Mitnahme Rose bestanden hatte – im Kofferraum des Landrovers verstaut.

Birdic hatte sich bereit erklärt, den ersten Teil der Strecke zu fahren. Sie trug bequeme khakifarbene Hosen, ein langärmeliges Flanellhemd und eine Daunenjacke. Da sie keine große Lust auf Gespräche hatte, konzentrierte sie sich voll und ganz auf die Straße, die vor ihr lag. Jilly setzte sich als Nächste ans Steuer. Sie liebte das Gefühl, unterwegs zu sein, und genoss die Landschaft. Es war schon lange her, seit sie das letzte Mal durch Amerika gefahren war. Auch Rose blickte unbekümmert aus dem Fenster, die Augen lebhaft unter hellen Wimpern. Sie trug einen langen Jeansrock, einen weißen Pullover und schwarze Turnschuhe.

Sie tat Jilly Leid. Obwohl sie es kaum erwarten konnte, loszufahren, war es ihr doch schwer gefallen, am Morgen das Haus zu verlassen. Immer wieder zählte sie die Rucksäcke im Kofferraum, anschließend hatte sie mit der ungeduldigen Birdie zum zehnten Mal die Route durchgesprochen, und bevor sie losfuhren, musste sie sich noch einmal vergewissern, dass sie sämtliche Türen verschlossen hatten. Jilly, die in ihrem Leben schon so viel gereist war, fand Roses Vorkehrungen ziemlich übertrieben.

„Wir sollten langsam nach einer Übernachtungsmöglichkeit Ausschau halten", schlug sie vor.

„Ich habe auf der Karte die Gegend markiert, wo wir ungefähr sind", sagte Rose und blätterte durch den Hotelführer des Automobilclubs. „Ich fürchte, die Auswahl ist nicht sehr groß."

„Es ist mir egal, wo wir übernachten. Hauptsache, es gibt ein anständiges Bad", schaltete Jilly sich ein. „Ich sehne mich nach einem heißen Bad."

„Wir sollten zwei Zimmer nehmen. Eins für Hannah und mich, das andere für dich und Rose", ergänzte Birdie. „Ich bezahle unseres, und ihr könnt euch das eure teilen."

„Ich möchte ein Zimmer mit Tante Jilly", sagte Hannah.

Ihre Abfuhr versetzte Birdie einen Stich. „Mach, was du willst", antwortete sie. „Mir ist es egal. Schaut mal, da ist ein Hinweisschild zu einem Marriott-Hotel. Die sind in der Regel ganz nett."

„Das habe ich aber nicht angekreuzt“, sagte Rose und blätterte in dem Führer, bis sie die Liste gefunden hatte. „Es ist nämlich ganz schön teuer.“

„Wie viel?“

„Warte mal ... Hundertfünfundvierzig Dollar für ein Doppelzimmer.“ Sie runzelte die Stirn und zögerte. „Wie viele Nächte bleiben wir?“

„Das kann ich mir nicht leisten“, gestand Jilly freimütig, ohne den Blick von der Straße zu nehmen.

„Wie bitte?“ fragte Birdie überrascht.

Jilly umklammerte das Steuerrad. Der Tag hatte sie enger zusammengeschweißt, und das Gefühl von Kameradschaft zwischen ihnen war größer geworden. Also jetzt oder nie. „Naja, ich kann es euch genauso gut gleich erzählen.“ Sie räusperte sich. „Ich bin pleite.“ Sie schaute in den Rückspiegel. Alle starrten sie an. „Ich mache keine Witze. Ich weiß nicht, wie lange diese Suche dauern wird und wie viel mich die Nachforschungen kosten werden. Ich nehme an, es reicht für ein paar Wochen, wenn wir in billigen Motels übernachten und nicht in Drei-Sterne-Restaurants essen. Und ich meine wirklich billige Motels, Birdie. Sauber sollten sie allerdings schon sein, wenn du verstehst, was ich meine.“

Im Wagen herrschte verlegenes Schweigen.

Jilly errötete, aber sie war erleichtert, dass sie es ihnen gesagt hatte.

„Was ist denn mit deinem ganzen Geld passiert?“ fragte Rose, nachdem sie ihre Stimme wiedergefunden hatte. „Du hattest doch genug. Und was ist mit deinem ganzen Schmuck?“

„Du warst doch mit einem Rothschild verheiratet!“ rief Birdie.

„Der Schmuck ist verkauft. Und der Ring hier?“ Jilly wedelte mit der Hand durch die Luft. An ihrem Finger steckte ein Ring mit einem Diamantklunker. „Unecht. Und was meinen letzten Ehemann angeht – der war genauso unecht wie der Ring. Ein gut aussehender, aber armer und weit entfernter Verwandter der Familie. Er hat sich mein Geld erschwindelt, um seine Spielschulden zu bezahlen. Eines Morgens bin ich wach geworden und hatte einen ziemlich heftigen Kater und ein ziemlich leeres Bankkonto."

„Dieser Mistkerl!" rief Hannah aus, aber ihrem verklärten Gesichtsausdruck war anzumerken, dass sie dieses Drama teilweise genoss.

„Da kannst du ja froh sein, dass du ihn los bist", meinte Birdie.

Jilly genoss den Zorn ihrer Schwestern. „Tja, das ist mir inzwischen auch klar geworden. Dummerweise war es ein sehr kostspieliger Fehler, den ich zu einem äußerst ungünstigen Zeitpunkt in meinem Leben begangen habe. In vier Jahren hat mein liebenswürdiger Ehemann alles auf den Kopf gehauen, was ich in zwanzig Jahren angespart hatte. Mein finanzielles Polster, auf das ich angewiesen war, ist weg, und so schnell kann ich kein Vermögen mehr machen. Ich bin zu alt."

„Du bist nicht zu alt", widersprach Rose.

„Schau dir Hannahs junge Haut an und vergleiche sie mit meiner. Die Kamera lügt nicht." Sie sah in den Rückspiegel und zwinkerte, als Hannah sich aufsetzte und vor Freude über das Kompliment rot wurde. „Es läuft also darauf hinaus, dass ich von der Hand in den Mund leben muss, bis ich meinen Anteil vom Verkauf des Hauses bekomme." Sie machte eine Pause. „Tut mir Leid, dass ich mich wegen des Geldes wie ein Scheusal benommen habe, als das Testament eröffnet wurde. Aber jetzt kennt ihr ja den Grund. Pleite zu sein macht mir Angst."

„Das kann ich verstehen." Roses Lippen verzogen sich zu einem ironischen Lächeln. „Besonders, wenn man so pleite ist wie ich.“

„Ach, jetzt dämmert's mir“, schaltete Birdie sich ein. „Ihr glaubt wohl, ich bin der Geldsack für diesen Vergnügungstrip.“

„Sozusagen“, sagte Jilly mit einem ansteckenden Lachen.

„Wie schön, dass ihr alle euren Spaß habt. Jetzt sage ich euch mal was. Hört gut zu: Mir stehen die Hypothekenzinsen bis zum Hals, so dass ich in derselben Situation bin wie ihr. Mein ganzer Besitz steht nur auf dem Papier. Das gesamte Geld ist fest angelegt. Ich bin das, was man einen verarmten Hausbesitzer nennt.“

„Also sitzen wir alle im selben Boot? Wer hätte das gedacht?“ Jilly drückte auf die Hupe, als sie erneut in Gelächter ausbrachen.

„Ich sage es nur ungern“, begann Birdie, als das Lachen verebbte, „aber ich bin unheimlich froh darüber, dass ihr auch bankrott seid.“ Sie grinste. „So spielen wir wenigstens alle in derselben Liga.“

„Du hast so ein tolles Leben geführt“, meinte Hannah ehrfurchtsvoll. „Verglichen mit uns.“

„So toll war es nun auch wieder nicht“, entgegnete Jilly nachdenklich. „Es war sogar ziemlich ermüdend. Alle haben miteinander konkurriert, keiner hat den anderen jemals zugehört oder sich um sie gesorgt. Es gab keinen, dem man wirklich vertrauen konnte. Der Ehrgeiz hat manchmal ein sehr hässliches Gesicht. Letztlich ging es nur darum, dass man gesehen wurde. Ziemlich oberflächlich war das alles. Und man fühlt sich sehr einsam.“

Rose beugte sich nach vorne und stützte die Arme auf die Rückenlehne des Vordersitzes. „Aber vermisst du denn nicht dein Leben in Paris?“

„Ich? Überhaupt nicht. Meine Karriere ist vorbei.“ Sie verstummte. Dann fügte sie mit einem Hauch von Wehmut hinzu: „Es war Zeit, nach Hause zu kommen.“

Nach Hause. Für Rose war das immer Evanston, Illinois, gewesen. Sie hatte nie woanders gelebt. Wie mag es wohl sein, überlegte sie, einen neuen Ort zu erkunden, ein neues Zuhause einzurichten, und zwar ganz allein? Wie würde sie damit zurechtkommen, einen neuen Lebensmittelladen finden oder sich einen neuen Mitgliederausweis für die Leihbücherei besorgen zu müssen? Was für ein Gefühl wäre es, nicht zu wissen, wo man die schönsten Blumen und das beste Brot kaufen konnte oder eine Straße entlangzugehen, wo niemand ihren Namen kannte? Sie wandte den Kopf ab und schaute auf die fremde Landschaft, die am Fenster vorbeiflog.

Zuhause. Birdie fröstelte unter ihrer Daunenjacke. Sie fragte sich, was aus ihrem Heim werden würde. Wie konnte Dennis einfach den Nachmittagszug nach Milwaukee nehmen, ohne ihr auch nur ein einziges Wort zu sagen? Es gibt nur einige Differenzen zwischen uns, mehr nicht, beruhigte sie sich. Das Begräbnis, Jillys Ankunft, das Testament, und jetzt die Suche nach May – es war alles zu viel gewesen. Sie würde ihn später am Abend anrufen, um sich zu erkundigen, ob es ihm gut ging. Es war gemein von ihm, sie eine Nörglerin zu nennen. Sie *musste* schließlich alles unter Kontrolle haben, sonst würde zu Hause doch alles drunter und drüber gehen. Das war ihre Aufgabe als Ehefrau und Mutter. Sie versuchte doch nur, ihm zu helfen – und Hannah. Sie warf einen Blick auf ihre Tochter, die neben ihr saß. So sehr sie sich auch bemühte – sie konnte die Angst, bereits kein Zuhause mehr zu haben, nicht abschütteln.

Zuhause. Ein paar Meilen lang fuhr Jilly, eingehüllt in ein behagliches Schweigen, und dachte über dieses Wort nach. Es hatte eine so tiefe Bedeutung, sogar für eine arme heimatlose Seele wie sie. Sie hatte in Häusern und Apartments in ganz Europa gelebt, eines größer als das andere. Aber nie hatte sie etwas anderes als den alten viktorianischen Bau in der Michigan Avenue als ihr Zuhause betrachtet. Der Platz mit seinen üppig wuchernden Hortensien, der Veranda, die um das ganze Haus herum ging, und dem Balkon mit dem filigranen schmiedeeisernen Geländer war der Hort all ihrer Erinnerungen.

Aber als sie nun in dem Wagen mit ihren Schwestern und ihrer Nichte nach Norden fuhr, kam es ihr vor, als sei dieser enge Raum ebenfalls ihr Zuhause. Selbst jedes billige Motel, in dem sie heute Nacht absteigen würden, wäre ein Zuhause. Wann immer und wo immer die Seasons zusammenkamen, war es wie ein Zuhause. Denn Zuhause – das war kein Ort, sondern ein Gefühl.

„Wann sind wir denn endlich da?"

Die Schwestern grinsten, als sie diese für alle Kinder typische Bemerkung von Hannah hörten.

„Wusstest du schon, dass die Polka der Nationaltanz des Bundesstaats Wisconsin ist?" versuchte Rose sie abzulenken.

„Es wird langsam spät", seufzte Birdie. Sie fuhr die letzte Etappe. „Wir sollten das nächste Motel nehmen."

„Ja, bitte", sagte Jilly, während sie sich sanft ihren Nacken massierte. „Ehe Rose uns auch noch erzählt, welches die Nationalblume von Wisconsin ist."

„Das Waldveilchen."

Alle stöhnten gequält auf.

Green Bay, eine geschäftige Stadt mit Papierfabriken, umgeben von Laubwäldern, lag schon lange hinter ihnen. Sie waren bereits an vielen Holiday Inns, Comfort Suites und Super-8-Motels vorbeigefahren. Sie hatten beschlossen, weiterzufahren und ganz in der Nähe von Marian House zu übernachten. Jetzt fuhren sie wieder durch einen unbewohnten Landstrich, auf kurvenreichen Straßen, die über die bewaldeten Hügel führten, und vorbei an lehmigen Feldern, auf denen die letzten Reste von Schnee und Eis lagen. Um diese Jahreszeit wirkte die Landschaft abweisend. So weit nach Norden war der Frühling noch nicht vorgedrungen.

Birdie machte sich allmählich Sorgen. Die Temperatur fiel von Minute zu Minute, während das Licht des Spätnachmittags den Horizont bleigrau färbte. Hoffentlich begann es nicht zu schneien. Sie drehte die Heizung ein wenig auf und fasste im Stillen den Entschluss: Egal, wie teuer das nächste Motel wäre, sie würde jeden Preis zahlen und sich notfalls verschulden, wenn sie nur endlich aus dem Wagen herauskäme. Ihr Rücken schmerzte höllisch. Bald sind wir in Hodges, tröstete sie sich, während sie aufs Gaspedal trat und eine Anzeige wegen Geschwindigkeitsübertretung riskierte.

Eine halbe Stunde später erreichten sie den Ort, dessen Bewohner vor allem von der Landwirtschaft lebten. Hodges, ein idyllischer Flecken, wirkte zu dieser Tageszeit eher bedrückend. Die roten viktorianischen Ziegelhäuser mit ihren liebevoll gestalteten historischen Details waren reparaturbedürftig. Sie standen zu beiden Seiten der Mainstreet und beherbergten die örtliche Tageszeitung, einen kleinen Drugstore, ein Restaurant, eine Bank, einen Buchladen, ein Lebensmittelgeschäft und zahlreiche Antiquitätenläden. Birdie trat auf die Bremse, und während sie langsam durch die schmale Straße fuhren, schauten alle neugierig aus dem Fenster.

„Das muss hier mal eine blühende Stadt gewesen sein, als die Milchwirtschaft noch boomte“, meinte Birdie.

„Es wirkt wie aus einem Roman von Stephen King“, sagte Hannah.

„Meinst du wirklich? Ich finde es reizend hier“, erwiderte Rose. „Wusstet ihr übrigens, dass Milch- und Käseprodukte immer noch der Hauptwirtschaftszweig von Wisconsin sind?“

„Ich hätte jetzt nichts gegen ein bisschen Käse und Wein", sagte Jilly.

„Hoffentlich gibt's hier ein Motel."

Jilly wollte gerade sagen: „Keine Bange, wir werden schon was finden", als sie das kleine Schild sah: *Rivers' End Motel. Saubere Zimmer, freundlicher Service, vernünftige Preise.*

„Das ist doch genau das, was wir suchen", rief Birdie und prägte sich die Adresse ein. „Rivers' End – das klingt richtig nett."

Alle stimmten ihr zu, und jeder stellte sich bequeme Betten, ein Fernsehgerät und einen kleinen Fluss vor, der sich vor ihrem Fenster vorbeischlängelte. Erwartungsvoll steuerte Birdie auf die romantische Brücke zu, die über den schmalen Fluss mit dem klarem Wasser führte. Sie fuhren an einem hübschen weißen Haus mit schwarzen Fensterläden vorbei, in dem Übernachtung und Frühstück angeboten wurden. Leider hing ein „Besetzt"-Schild im Fenster. Die Straße wurde abschüssig. Sie überquerten die Eisenbahnschienen. Auf einem schmalen Stück Land, eingezwängt zwischen Bahngleisen und einem flachen Nebenarm des Flusses, lag das Rivers' End Motel.

Ihre Hoffnung sank, und das Schweigen im Wagen sagte Birdie, dass es den anderen genauso ging. Es gab weder ein einladendes Entree noch eine Auffahrt zum Motel.

In Anbauten links und rechts des Haupthauses befanden sich jeweils etwa ein Dutzend Zimmer mit billigen Holztüren.

„Fantastisch", sagte Jilly und drückte aus, was alle dachten. „Genau das, wonach wir gesucht haben. Eine billige Imitation eines frühen Howard Johnson-Motels. Mann, oh Mann, wenn die Mädels in Paris mich jetzt sehen könnten."

„Paris? Zum Teufel. Wenn die Mädels in Milwaukee mich jetzt sehen könnten", wiederholte Hannah.

Vor dem Eingang bremste Birdie und ließ die Scheibe herunter. „Es ist schlimmer, als ich dachte. Das Gebäude besteht aus Zementblöcken. Man kann die einzelnen Quader noch unter der wunderschönen kackbraunen Farbe erkennen."

„Jetzt sei mal nicht so kritisch", neckte Jilly sie. „Immerhin ist die kackbraune Farbe noch ziemlich frisch. Und findet ihr nicht, dass der Bottich mit den Geranien neben dem Eingang dem Ganzen ein gewisses *Je ne sais quoi* verleiht? Obwohl sie unecht sind."

„Leute, was soll's?" sagte Birdie. „Entscheidet euch. Bleiben oder weiterfahren? Ich denke, wir sollten es versuchen."

„Wenigstens sieht es preiswert aus", meinte Rose.

„Das sollte es auch sein", spottete Jilly.

Sie kraxelten aus dem Landrover in die feuchtkalte Luft des Nordens, gähnten und reckten sich und ließen das schäbige Motel auf sich wirken. Alle vier waren enttäuscht.

Birdie ging zur Rezeption, während die anderen begannen, das Gepäck aus dem Wagen zu holen. Das Innere des Büros machte keinen besseren Eindruck. Die braun-weiße Inneneinrichtung stammte aus den fünfziger Jahren und sah dem Alter entsprechend mitgenommen aus. Ein hoher Tresen trennte den vorderen vom hinteren Teil des Raumes. Ein Ständer neben der Tür enthielt Broschüren, auf deren Fotos Leute zu sehen waren, die Jetski fuhren, über Seen ruderten, durch Höhlen liefen und in unzähligen Outlet-Center speziell für Touristen einkauften. Alle Sehenswürdigkeiten befanden sich in Door County, meilenweit von Hodges entfernt.

„Hallo!" rief Birdie und wartete. Niemand zeigte sich. „Hallo!" rief sie noch einmal, diesmal lauter. Wieder keine Reaktion. Na wundervoll, dachte sie. Auf dem Parkplatz stand kein einziger Wagen; vermutlich verirrten sich um diese Jahreszeit nicht viele Touristen hierher. Ihr Magen knurrte, und sie überlegte, ob es vielleicht besser wäre, zunächst etwas essen zu gehen und dann noch einmal zurückzukommen. Sie ging zum Fenster und lugte durch die vergilbten Jalousien. Als sie sah, dass ihr Gepäck schon auf dem Parkplatz stand, seufzte sie.

„Guten Tag. Kann ich Ihnen helfen?"

Die volltönende Stimme erschreckte sie ebenso wie der Akzent. Sie fasste sich mit der Hand ans Herz und fuhr herum.

Hinter der Rezeption stand ein hoch gewachsener, dunkelhäutiger Mann, den sie für einen Inder hielt. Er sah eher exotisch als gut aus mit seinen ausgeprägten Backenknochen und den vollen, sinnlichen Lippen. Sein schwarzes Haar hatte er zurückgekämmt, so dass es über den Kragen seines gestärkten weißen Hemdes fiel. Es waren seine Augen, von denen sie den Blick nicht abwenden konnte: dunkel und von einer unwiderstehlichen Anziehungskraft.

„Sie haben mich aber erschreckt", meinte sie und fühlte sich plötzlich unbehaglich.

„Das tut mir Leid. Ich war draußen im Hof und habe Sie nicht kommen gehört. Mussten Sie lange warten?" Er sprach mit einem ausgeprägt britischen Akzent.

„Nein", antwortete sie, während sie ihre Fassung zurückfand. „Wir sind gerade erst angekommen. Haben Sie noch Zimmer frei?"

Seine Lippen kräuselten sich gerade so viel, dass sie seine Belustigung bemerkte. Das Schlüsselbrett hinter ihm hing voller Zimmerschlüssel. „Ja", antwortete er. „Wie viele benötigen Sie denn?"

„Zwei. Mit zwei Doppelbetten. Jeweils zwei Personen übernachten in einem Zimmer."

Er drehte sich um und nahm zwei Schlüssel vom Haken. „Zimmer 101 und 102. Sie haben Doppelbetten und eine kleine

Terrasse, die nach hinten zum Fluss hinausgeht. Obwohl – bei diesem Wetter ..." Er hob die Augenbrauen. „Wie lange möchten Sie bleiben?"

Birdie wollte sich nicht festlegen, bevor sie nicht die Zimmer gesehen hatte. Die Frühstückspension, an der sie vorbeigefahren waren, hatte sehr viel einladender gewirkt. „Eine Nacht. Vielleicht auch zwei. Wir haben einiges zu erledigen und wissen nicht, wie lange es dauert."

„Sehr gut", antwortete er. Und als ob er ihre Gedanken lesen konnte, fügte er hinzu: „Sollten Sie länger bleiben müssen, so dürfte das kein Problem sein."

„Ich nehme an, die Zimmer haben Telefon und Fernsehen und ..." Sie beendete den Satz nicht.

„Selbstverständlich."

Schnell füllte sie die Formulare aus, nahm die Schlüssel, dankte ihm und eilte aus dem Büro. Etwas an ihm machte sie nervös. Vielleicht war es seine ausländische Erscheinung, seine dunkle Haut oder sein männliches Aussehen, aber in dem kleinen, aufgeheizten Raum war ihr plötzlich ziemlich klar geworden, dass sie eine Frau und er ein Mann war.

„Okay, Mädels", rief sie und begann zu zittern, als sie einen kalten Windstoß spürte. „Lasst uns hineingehen."

Sie schleppten ihre Taschen zu den beiden Zimmer, die am äußersten Ende des Komplexes lagen. Birdie öffnete die Tür zu ihrem Zimmer. Als sie den Lichtschalter betätigte, wurden ihre Knie weich.

„Hier sollen wir bleiben?" Hannahs Stimme klang entsetzt. „Die reinste Absteige."

Birdie betrat den voll gestopften rechteckigen Raum und schloss die Tür, damit die kalte Luft draußen blieb. Doch im Zimmer war es kaum wärmer. Als Erstes schaltete sie die primitive Heizung an und drehte sie auf die höchste Stufe.

Das Zimmer war winzig und bot kaum Bewegungsmöglichkeit. Zwei Doppelbetten waren hineingequetscht worden und standen nur wenige Zentimeter voneinander entfernt. Zu beiden Seiten befanden sich Nachttische, auf denen futuristisch anmutende Lampen standen. Der Raum roch allerdings nach Reinigungsmittel, und obwohl das Mobiliar alt und teilweise beschädigt war, so war es doch wenigstens aus echtem Holz.

Einen Moment lang blieb Birdie mit dem Koffer in der Hand bewegungslos stehen. Sie war unschlüssig, ob sie die anderen verständigen sollte, um das Gepäck wieder in den Wagen zu laden oder ihre Sachen abzustellen und sich für eine Nacht mit den Gegebenheiten abzufinden. Ihre Blase traf die Entscheidung für sie.

„So schlimm ist es ja nun auch wieder nicht“, log sie, während sie sich an der avocado-grünen Kombination aus Waschbecken und Frisiertisch vorbei quetschte, einer Farbe, die in Motels offenbar ungeheuer beliebt war. Sie öffnete die Tür mit zerkratztem Furnier.

Das Bad war noch schlimmer. Es hatte die Größe eines Kleiderschranks. Ein winziges Klo war neben eine schmale Duschkabine gequetscht; als Abtrennung diente ein naturfarbener Baumwollvorhang, der an Metallhaken hing. So etwas hatte sie zuletzt im Sommerlager gesehen, aber damals waren es Duschen im Freien gewesen. Sie setzte sich hin und schaute hinter den Vorhang.

Oh, Gott, dachte sie, während sie den Atem anhielt und überlegte, was Hannah dazu sagen würde. Und erst Jilly! Kopfschüttelnd fasste sie sich an die Stirn. Die Metallteile der Duschkabine waren total verrostet. Der Wasserhahn war provisorisch an der Leitung befestigt, und den Abfluss bildete ein Loch im Zementboden, über das lose ein Eisengitter gelegt war. Sie dachte an ihr Haus in

Wisconsin mit seinem geräumigen, gefliesten Badezimmer und dem Jacuzzi-Bad. Als ihr die Massagedüsen für ihren schmerzenden Rücken einfielen, musste sie erneut aufstöhnen. Dennis hatte gerne ihren Rücken massiert ...

Ein paar Minuten später zurück im Zimmer, wurde sie von Jilly und Rose mitleidig empfangen.

„Willkommen im Punjab-Palast", meinte Jilly mit einem hämischen Grinsen. „Achtet vor allem auf die Kunstgegenstände."

Birdie bemerkte die Drucke diverser Hindu-Gottheiten, deren Namen sie nicht kannte.

„Wart ihr schon im Badezimmer?" fragte Jilly mit einem Schaudern. „Es ist ein bisschen gewagt, es so zu bezeichnen, denn es gibt ja nicht einmal eine Wanne."

Birdie nickte. „Meine Dusche hat ein Eisengitter, das auf dem Boden aufliegt."

„Du hast ein Eisengitter? Unser Abfluss ist ein offenes Loch." Sie machte eine wegwerfende Handbewegung. „Hört mal, ich weiß zwar, dass ich gesagt habe, ich möchte etwas Billiges, aber das hier spottet doch jeder Beschreibung. Wir können unmöglich hier bleiben."

„Es ist schon spät", antwortete Birdie und unterdrückte ein Gähnen. „Wenn du etwas Besseres weißt ... Wenigstens sind die Zimmer sauber, und es gibt ein breites Bett."

„Mir macht es nichts aus", rief Jilly, während sie ihren Blick durch den Raum wandern ließ. „Es gibt keine Badewanne und keinen vernünftigen Abfluss in der Dusche. Es gibt auch keinen Kühlschrank." Sie holte tief Luft. „Und keinen Zimmerservice."

„Jilly!" fuhr Birdie sie an. „Du hast gesagt, du könntest dir das Drei-Sterne-Hotel nicht erlauben, an dem wir vorbeigefahren sind. Das hier *können* wir uns leisten."

„Das Motel hat keine Sterne. Höchstens negative.“

„Aber es ist nicht so schlimm“, unterbrach Rose. „Es ist ...“

Plötzlich war der Raum erfüllt vom Geräusch kreischenden Metalls, als das antiquierte Rohrsystem versuchte, mit so etwas seltenem wie einer Wasserspülung fertig zu werden. Birdie lief zurück ins Badezimmer – gerade rechtzeitig, um zu sehen, wie das Wasser aus dem Toilettenbecken herausschwappte und auf den Boden lief.

„Wir haben eine Überschwemmung!“ Birdie kam zurück. „Schnell, ruft die Rezeption an.“

„Wo ist das Telefon?“

Birdie sprang auf das eine Bett und von dort auf das andere. Es war der schnellste Weg durch das überfüllte Zimmer, aber auf keinem der Nachttische stand das Telefon.

„Hier ist es, neben dem Fernseher“, rief Hannah. Sie nahm den Hörer und wählte die Null. Während sie die überfließende Toilette meldete, sah Birdie, dass das Wasser bereits das ganze Badezimmer überschwemmt hatte.

„Hier kommt es schon!“ schrie sie, während sie von einem Fuß auf den anderen hüpfte. Dann brach sie in schallendes Gelächter aus. Sie wusste nicht, warum, aber plötzlich kam ihr die ganze Situation urkomisch vor.

Jilly ließ sich sofort von der Absurdität der Szene anstecken und fiel lachend auf das andere Bett. Hannah schloss sich ihr an und strampelte mit den Beinen in der Luft, während sie lauthals lachte. Nur Rose stand unschlüssig herum und schaute mit Entsetzen auf das Wasser, das aus dem Badezimmer strömte.

Patsch! Jemand hatte Rose mit einem Kissen getroffen. Verblüfft schaute sie hoch.

„He, du kleine ...“ Rose trat die Schuhe von den Füßen und

sprang auf das Bett. Sofort griffen alle nach den Kissen, und wenig später war die wildeste Kissenschlacht im Gange.

Niemand bemerkte, dass die Tür geöffnet wurde.

„Entschuldigen Sie bitte!“ Die Stimme war laut und unverkennbar männlich.

Abrupt endete die ausgelassene Stimmung. Die Vier boten ein chaotisches Bild, wie sie da auf dem Bett lagen, Kopfkissen in den Händen, Münder, in denen das Lachen erstarb, und weit aufgerissene Augen.

Der Mann an der Tür hielt ein Kissen in der Hand, und seine Frisur war in Unordnung geraten. Seine Augen blitzten. In der anderen Hand trug er einen Eimer mit Werkzeug und Schwämmen.

„Ich bin Mr. Patel, der Manager des Motels. Ich habe ein paarmal angeklopft ...“ Er versuchte, Haltung zu bewahren.

Birdie, Hannah und Rose reagierten sofort. Sie strichen ihre Kleidung glatt und richteten ihre Frisur, dann stiegen sie vom Bett herunter und versuchten, so damenhaft wie möglich auszusehen.

„Es tut uns furchtbar Leid, dass wir Sie haben warten lassen“, sagte Birdie.

„Und dass wir Sie mit einem Kissen getroffen haben“, fügte Rose hinzu, die sich eine Haarsträhne aus dem geröteten Gesicht strich.

„Wir ... wir haben Sie überhaupt nicht bemerkt“, kicherte Hannah.

„Entschuldigen Sie“, sagte er noch einmal. Er war zwar höflich, aber seine Missbilligung war unverkennbar. Er schaute an ihnen vorbei zum Badezimmer. Wortlos traten Hannah und Rose beiseite und machten ihm den Weg frei. Unter den dichten Wimpern warf er

Jilly einen schnellen, abschätzenden Blick zu, ehe er im Badezimmer verschwand.

Birdie, Rose und Hannah legten die Hände vor den Mund, um das Lachen zu unterdrücken.

Jilly stand immer noch auf dem Bett, ein Kissen in der linken Hand. Sie hatte sich nicht bewegt, seit sie den stattlichen Mann auf der Türschwelle gesehen hatte. Er trug eine schwarze Hose und ein langärmeliges weißes Hemd, das bis zum Hals zugeknöpft war. Dennoch hatte sie in ihm eine animalische Ungezähmtheit bemerkt – wie bei einem Tiger, der an einer dünnen Leine festgebunden war. Doch in Sekundenbruchteilen hatte er sich zusammengerissen, so dass sie sich jetzt fragte, ob sie diese Wildheit wirklich in seinen Augen gesehen hatte, oder ob sie nur eine Täuschung war, verursacht durch einen Lichtreflex. Sie ließ das Kissen fallen, stolperte vom Bett herunter, nahm ihre Handtasche und ging hinaus in die Kälte, um eine Zigarette zu rauchen.

Nachdem die Toilette repariert war und sie geduscht hatten, waren sie zu erschöpft, um sich auf die Suche nach einem Restaurant zu machen. Sie überlegten gerade, was sie tun sollten, als Mr. Pratel mit einer gekühlten Flasche Weißwein und vier blitzenden Gläsern wieder vor der Tür stand.

„Ich möchte mich für die Unannehmlichkeiten entschuldigen“, sagte er. Er lächelte nicht, aber seine harten Gesichtszüge waren ein wenig weicher geworden.

Birdie bedankte sich überschwänglich für die Weinflasche, die sie an Rose weiterreichte, und nahm die Gläser. Sie versicherte ihm, dies sei zwar nicht nötig gewesen, aber eine sehr nette Geste. Sie schloss die Tür, drehte sich um und lehnte sich mit weit aufgerissenen Augen an den Türrahmen. Als sie ihre Schwestern betrachtete, wurde ihr sofort klar, dass sie allesamt dem Charme des gut aussehenden Mr. Patel erlegen waren. Wieder brachen sie in schallendes Gelächter aus und taten so, als ob sie sich Luft zuwedelten. Hannah gab vor, schockiert zu sein über die Art, wie sie auf Mr. Patel reagierten, dabei war es nicht zu übersehen, dass sie im Grunde entzückt darüber war, ihre Mutter in einem neuen Licht zu sehen. Zum ersten Mal in ihrem Leben wurde Hannah als Frau akzeptiert.

Birdie schenkte den Wein aus. Als Jilly sie mit hochgezogenen Brauen anschaute, goss sie auch ein wenig in Hannahs Glas. Dazu aßen sie Käse und Baguette, das von der Beerdigungsfeier übrig geblieben war, Möhren und Selleriesticks, Orangen und Trauben, die Rose für das Picknick eingepackt hatte. Es war eine klassische Pyjamaparty. Sie hatten ihre Schlafanzüge angezogen und sahen einen Film im Kabelkanal an. Hannah war ganz begeistert darüber, dass es so etwas in dem schäbigen Hotel überhaupt gab. Schließlich packten sie ihre Schokoladenvorräte aus und machten es sich gemütlich. Aber der Tag war zu lang gewesen. Einer nach der anderen fielen die Augen zu. Gähnend machten Jilly und Hannah sich auf den Weg in ihr Zimmer.

Als Birdie eingeschlafen war, holte Rose leise ihren Laptop hervor, um an DannyBoy zu schreiben.

Er hatte sie darum gebeten, ihm zu schildern, wie sie aussah. Eigentlich widerstrebte es ihr, seiner Bitte nachzukommen. Sie hatte ein paar Dutzend E-Mails geschrieben und wieder gelöscht, in denen sie sich vage beschrieben hatte. Wie konnte sie es anstellen, attraktiv zu wirken, ohne banal oder angeberisch zu klingen? Schließlich hatte sie Heiratsannoncen in den Zeitungen studiert und sich bemüht, Worte zu finden, die am wenigsten peinlich wirkten. Dann hatte sie sich hingesetzt und eine Kombination aus Annonce und E-Mail-Nachricht angefertigt, von der sie glaubte, dass sie einigermaßen glaubwürdig sei.

Lieber DannyBoy,
okay, dann wollen wir mal. Ich bin nicht besonders gut, wenn es darum geht, eine Beschreibung von mir zu liefern. Ich habe ein unbehagliches Gefühl, ja, ich denke sogar, dass es unbescheiden ist. Aber weil du mich gefragt hast ...

Ich bin allein stehend, weiß und sechsunddreißig Jahre alt. Ich bin von mittlerer Größe und habe rotes Haar, das mir bis zur Taille reicht. Die meisten Leute beschreiben mich als dünn. Ich sammle Briefmarken. Ich lese auch gerne (sehr viel), koche, surfe im Internet, und vor kurzem habe ich festgestellt, dass ich Spaß habe am Autofahren.

Ja, das wäre alles über mich. Ich bin eher ruhig, aber hoffentlich nicht langweilig. Ich interessiere mich für eine Menge Dinge und wünsche mir, diese Interessen irgendwann mit jemandem teilen zu können.
Rosebud

Es war die schrecklichste E-Mail, die sie jemals verfasst hatte. Sie konnte kaum glauben, dass sie das tatsächlich über sich geschrieben hatte. Ihr Finger schwebte über der Löschtaste, während sie den Brief immer wieder las. Neben ihr bewegte Birdie sich im Schlaf und murmelte hin und wieder vor sich hin. Birdie hatte ihr von ihrem Streit mit Dennis erzählt. Rose hatte ihre Schwester noch nie so verwirrt oder verängstigt gesehen. Als sie über Dennis sprach, hatte sie die Hände gerungen, was ganz und gar untypisch für sie war. Rose warf einen besorgten Blick auf sie. Es wäre besser, wenn sie bald das Licht löschte.

Sie bewegte den Finger über die Tastatur und drückte dann den Befehl „Senden“. Kaum hatte sie das getan, wurde ihr Herz schwer, und sie wünschte, sie könnte die Botschaft zurückholen.

Er musste auf ihren Brief gewartet haben, denn er antwortete sofort.

Liebe Rosebud,
du bist spät dran heute Abend. Ich habe gehofft, dass es an deiner Autofahrt liegt und nicht daran, dass ich dich um eine Beschreibung deines Aussehens gebeten habe. Vielleicht hätte ich das nicht tun sollen. Du scheinst ein bisschen verärgert zu sein. Aber dafür gibt es keinen Grund, wirklich nicht! Jetzt kann ich mir endlich ein Gesicht hinter den Worten vorstellen. Ein wirklich hübsches Gesicht. Aber das Wichtigste hast du mir nicht gesagt. Welche Farbe haben deine Augen?
DannyBoy

Sie seufzte erleichtert auf, als sie seine Antwort las. Und sie musste lachen, als sie ihm zurückschrieb.

Oh nein, DannyBoy. Erst musst Du mir eine Beschreibung von Dir schicken. Rosebud

Aber ehe er ihrer Aufforderung nachkommen konnte, schaltete sie den Computer aus, und einen Moment später auch das Licht.

12. KAPITEL

Ein Lärm wie von einem Orkan, der durchs Zimmer brauste, weckte Jilly am nächsten Morgen. Kerzengerade setzte sie sich auf, die Bettdecke um den Oberkörper geschlungen.

Hannah kroch aus dem Bett und zog die verstaubten, orientalisch gemusterten Vorhänge zur Seite. Ein Güterzug rumpelte mit Getöse über die Schienen, die auf der anderen Seite des Parkplatzes vorbeiführten. Jilly spürte die Erschütterung bis ins Mark. Auf der grasbewachsenen Anhöhe seitlich der Gleise stand ein weißer Hund mit einem schwarzen Fleck über dem Auge. Wütend bellte er den Zug an, wobei er vor lauter Aufregung den Halt unter den Pfoten zu verlieren drohte. Jilly lachte erleichtert auf und schlang die Arme um die Knie.

Hannah stand am Fenster und rieb sich gähnend die Augen. „Guten Morgen." Sie musste gegen den Krach anbrüllen, um sich verständlich zu machen.

Aufgeregt wie ein Kind schaute Jilly aus dem Fenster. „Ich habe seit über fünfundzwanzig Jahren keinen dieser altmodischen amerikanischen Güterzüge mehr gesehen", rief sie zurück. „Damals haben wir immer die Waggons gezählt."

Hannah drehte sich zu ihr um. Im Licht der Morgensonne wirkte ihre Tante Jilly älter und weniger glamourös. Wenn sie kein Make-up aufgelegt hatte, sah man die kleinen Fältchen neben ihren vollen Lippen und die Krähenfüße an den Augen. Trotzdem wirkt sie immer noch so schick wie ein Model aus den Magazinen, dachte Hannah.

Wenn sie doch auch so aussähe und nicht so plump und eckig wie ihre Mutter. Sie wünschte, Tante Jilly wäre ihre Mutter, während sie sich wieder dem vorbeirumpelnden Zug zuwandte.

Ein paar Sekunden später klingelte ihr Telefon.

„Wie hat euch der Weckruf gefallen?“ Birdie war offensichtlich in ausgezeichneter Stimmung.

„Originell“, erwiderte Jilly. „Für die Seasons ist das Beste eben gerade gut genug.“

„Ich bin hungrig. Mr. Patel hat gesagt, dass es in der Stadt ein nettes Restaurant gibt, zu dem wir zu Fuß gehen können.“

„Oh, haben wir schon mit Mr. Patel geplaudert?“

Am anderen Ende der Leitung schnalzte Birdie mit der Zunge. „Frühstück in zwanzig Minuten – einverstanden?“

Jilly warf einen Blick auf ihre Armbanduhr. Es war schon Viertel nach acht. Sie wollte so bald wie möglich weiterfahren. „Komm zur rechten Zeit, oder es tut dir Leid!“

„Meine Güte, Jilly, den Satz habe ich ja seit Jahren nicht mehr gehört.“

„Ich habe das auch schon seit Jahren nicht mehr gesagt. Wir werden wohl allmählich wieder kindisch.“

„Glaubst du wirklich? Na wenn schon. *See you later, alligator.*“

„*In a while, crocodile.*“ Jilly legte den Hörer auf. Sie freute sich diebisch darüber, dass sie die Sätze und Sprüche aus ihrer Kindheit nicht vergessen hatten. Nach all den Jahren tat das richtig gut.

Der Morgen war kühl, aber sonnig. Gut gelaunt verließen sie das Motel und liefen zu zweit nebeneinander über den Parkplatz und die Eisenbahnschienen zur Main Street. Jilly, ganz in schwarz gekleidet, sah schick wie immer aus in ihren maßgeschneiderten Hosen und dem knielangen italienischen Mantel aus weichem Leder. Auf die Bewohner dieser Provinzstadt irgendwo im Norden Wisconsins wirkte sie ausgesprochen europäisch, und sie zog unweigerlich die Blicke der Passanten auf sich.

Sie drehten sich nach ihr um, als sie vorbeiging, aber Jilly achtete nicht darauf. Hannah lief neben ihr her. Ausgefallene Jeans und ein bauschiger weißer Parka betonten ihre Jugend. Birdie trug einen langen khakifarbenen Rock und ihr dickes dunkelblaues Wolljackett. Sie hatte sich bei Rose untergehakt, die wieder ihren wadenlangen Jeansrock angezogen hatte und dazu die Kamelhaarjacke, die von ihrer Mutter stammte und an den Ärmeln ein wenig abgeschabt war.

In dem kleinen Ort Hodges waren bereits eine Menge Leute auf den Beinen. Ein alter Mann kehrte den Gehweg vor seinem Friseurgeschäft mit den immer gleichen weit ausholenden Bewegungen. Der Blumenhändler füllte Kübel mit Narzissen, Gänseblümchen und langstieligen Weidenkätzchen, von denen Rose unbedingt ein paar kaufen wollte.

Der Country Diner war ein belebtes, lichtdurchflutetes Restaurant mit blau-weißen Baumwollvorhängen an den Fenstern, runden Eichentischen und Stühlen mit hohen Lehnen. An den Wänden hingen gestickte Sprüche wie „Eigner Herd ist Goldes wert" in Bilderrahmen. Im vorderen Teil des Restaurants stand der Tresen für alkoholfreie Getränke, komplett mit Shaker und Mixbecher für Milchgetränke. In den Regalen dahinter stapelten sich die Glasschalen für Eis und Obstsalate. Das Schönste aber war eine altmodische, auf Hochglanz polierte Registrierkasse, die das Herz jeden Antiquitätensammlers höher schlagen ließ. Ein Schmuckstück war auch die Bar aus Holz mit Metallbeschlägen, vor der Hocker mit roten Ledersitzen aufgereiht waren, von denen die meisten aufgerissen, aber sorgfältig repariert worden waren.

„Hier hat sich ja in all den Jahren nichts verändert", murmelte Jilly.

„Du warst schon mal hier?" fragte Rose.

Sie wollte keine Erinnerungen hochkommen lassen, bevor sie nicht eine Tasse Kaffee getrunken hatte. Deshalb presste sie die Lippen zusammen und nickte nur kurz.

Sogar die Kellnerin sah aus wie ein Original aus alten Zeiten. Sie war eine freundliche Frau in den Siebzigern, so groß wie Jilly, aber mit einem üppigeren Oberkörper und ganz und gar nicht zurückhaltend. Sie begrüßte sie mit kräftiger Stimme und führte sie zu einem Tisch in der Nähe des Fensters.

Als Jilly an dem Tresen vorbeiging, sah sie wieder die fünf Mädchen auf den Hockern sitzen, Strohhalme zwischen den Lippen. Nichts hatte sie von den anderen Teenagern im Rest des Landes unterschieden – abgesehen von den weit geschnittenen Kleidern, die ihre Schwangerschaft verbergen sollten. Natürlich hatten sie keinem etwas vormachen können. Wenn die Mädchen ein Mal im Monat Ausgang hatten, traten sie stets in Gruppen auf und blieben dicht beisammen, um die ausgestreckten Finger und das Flüstern hinter vorgehaltenen Händen besser ertragen zu können.

„Ich bin Maude", sagte die Kellnerin, während sie ihren Block hervorzog. „Ihr Mädels seid wohl nicht von hier, was?"

Sie schüttelten den Kopf und lächelten zurückhaltend.

„Woher kommt ihr denn?"

Unsicher schauten Rose, Birdie und Hannah zu Jilly.

Verdammt noch mal, glauben sie etwa, dass wir hier auf einer geheimen Mission unterwegs sind? dachte Jilly. „Chicago", antwortete sie mit ihrem reservierten Lächeln.

Maude grinste breit. „Aha, Chicago. Um diese Jahreszeit haben wir nicht viele Besucher aus Chicago. Aber im Sommer kommen sie alle auf dem Weg nach Door County hier vorbei. Es gibt viele Antiquitätengeschäfte im Ort. Das ist die Attraktion."

In beiläufigem Tonfall sagte Jilly: „Wir sind auf der Suche nach einem Kloster, das ganz in der Nähe sein soll. Wissen Sie, welches ich meine?"

„Das wird wohl Holy Hill sein."

Der Name weckte Erinnerungen in Jilly. *Holy Hill.* „Das gibt's also noch?"

„Klar. Aber da oben ist es jetzt sehr einsam geworden. Es sind nicht mehr viele Nonnen da. Nur noch die alten, die sich dahin zurückziehen, um zu sterben. Vor ein paar Jahren war das noch anders. Ne Menge Leute haben hier eine Pause auf ihrem Weg nach Holy Hill gemacht. Die Mädchen, die da oben gewohnt haben, kommen manchmal auf einen Besuch vorbei, um zu sehen, was daraus geworden ist. Sind Sie auch eine von denen?" fragte sie, während sie mit ihrem Bleistift spielte.

Jillian zuckte zusammen. Sie klappte die Speisekarte zu und faltete die Hände. Ihr Lächeln wirkte gezwungen. „Die Mädchen?"

„Na ja, eher Frauen", verbesserte Maude sich, die Jillys Antwort falsch gedeutet hatte. „Die als Mädchen da ihr Noviziat verbracht haben." Als sie ihre verständnislosen Blicke sah, fügte sie hinzu: „Die jungen Dinger, die Nonne werden wollten. Im Laufe der Jahre haben die meisten aufgegeben, und dann sind keine mehr gekommen. Die jungen Leute von heute haben eben andere Vorstellungen vom Leben. Ein paar ehemalige Nonnen kommen auch hin und wieder hier vorbei. Ich dachte, Sie wären vielleicht eine von denen. Aber ...", sie lachte und schüttelte den Kopf, „... Himmel, nein. Sie sehen nicht so aus." Sie wandte sich mit hochgezogenen Brauen an Birdie und Rose, aber ihr Blick ruhte auf Birdie.

Birdie wurde ungehalten und fuhr sich durch ihre kurzen Haare. „Das denke ich auch."

„Ach, ich rede schon wieder zu viel." Maude schob ihre

schwarz geränderte Brille zurück und zückte den Bleistift. „Sie wollen alle ein Frühstück?"

„Ich bin nicht besonders hungrig", sagte Jilly. Sie fühlte plötzlich wieder diesen brennenden Schmerz in ihrem Magen bei der Aussicht, nach Marian House zurückzukehren. „Nur Kaffee und Orangensaft für mich."

„Für mich auch", sagte Birdie.

„Das kommt gar nicht in Frage", wies Rose sie zurecht. „Wir brauchen eine ordentliche Grundlage für den Tag. Sind die Muffins selbst gemacht?"

„Wir backen jeden Morgen selbst", antworte Maude stolz.

„Sehr gut. Dann nehmen wir ein paar Blaubeermuffins und Mehrkornbrötchen, Marmelade, Orangensaft und Kaffee für alle." Sie spitzte die Lippen. „Und dazu noch eine doppelte Portion gebratenen Speck."

Ihre Schwestern starrten sie an.

„Ich habe Hunger", sagte sie, klappte die Speisekarte zu und gab sie Maude mit einem Lächeln zurück.

Als die Bestellung serviert wurde, ignorierte Jilly die Schmerzen in ihrem Magen und fragte so beiläufig wie möglich: „Maude, können Sie uns sagen, wie wir zum Kloster kommen?"

Als sie sich den schwarzen schmiedeeisernen Toren von Holy Hill näherten, hatte sie wieder das Gefühl, ein siebzehnjähriges schwangeres Mädchen zu sein, verunsichert und verängstigt. Genau wie damals hätte sie jetzt nichts lieber getan, als auf dem Absatz kehrtzumachen und nach Hause zu fahren. Sie machte sich ganz klein in ihrem Sitz und schaute aus den Augenwinkeln zu Birdie, die am Steuer saß. Ihre Schwester sah ihrem Vater so ähnlich – die gleiche gebogene Nase, der gleiche kräftige Körperbau und der gleiche ernste

Zug um den Mund. Beinahe hätte Jilly ihr gesagt, sie solle anhalten, weil sie ihre Meinung geändert hatte und die Sache nicht durchstehen konnte. Sie wollte genau die Worte benutzen, die sie so gerne herausgeschrien hätte, als sie das erste Mal durch dieses Tor gefahren war.

Doch genau in diesem Moment wandte Birdie ihr den Kopf zu. Sie bemerkte das Entsetzen in Jillys Augen, während in ihren eigenen die aufmunternde Botschaft zu lesen war: Keine Sorge, Schwesterherz. Du bist nicht allein!

Deshalb hielt Jilly sich zurück, aber sie fühlte sich ganz winzig, als sie über das imponierende Grundstück fuhren. Sie kamen an dem stillen See vorbei, an dessen Ufern Zypressen standen, und dann an der Grotte, in der die Gottesmutter noch immer in vollem Prunk stand. Der Motor heulte auf, als sie den steilsten Teil der Strecke bewältigten – und dann sahen sie es.

Marian House. Der rote Ziegelbau mit seiner schmucklosen Fassade, in dem sie vier Monate verbringen musste, die ihr Leben verändert hatten, lag unheildrohend vor ihr. Der Atem stockte ihr. Als sie auf den Parkplatz einbogen, drückte sie sich in ihren Sitz und stützte sich mit den Händen am Armaturenbrett ab, als ob sie einen Aufprall abfangen wollte.

„Jilly, ist alles in Ordnung?" Rose legte ihr die Hand auf die Schulter. Sie hatte sich nach vorne gebeugt; ihre Gesichter waren dicht beieinander.

„Ich will hier weg", antwortete sie mit gepresster Stimme. „Ich will nicht hierher zurückkommen."

Rose warf Birdie einen besorgten Blick zu.

„Bleib im Wagen sitzen", sagte Birdie entschlossen. „Ich werde mal an die Tür klopfen. Der Ort sieht jedenfalls ziemlich verlassen aus."

Birdie öffnete die Autotür, stieg aus und atmete tief durch. Sie war ein bisschen blass um die Nase, aber die kühle Frühlingsluft schien ihr gut zu tun. Hinter vorgehaltener Hand beobachtete Jilly, wie Birdie auf das Haus zuschritt. Natürlich war es absurd, aber dennoch rechnete sie damit, dass Schwester Celestine mit ihrem messerscharfen Lächeln die Tür öffnen würde. Birdie läutete die Glocke, dann wartete sie einen Moment, und schließlich klopfte sie laut.

Jilly ließ die Scheibe herunter und sog die Morgenluft in ihre Lungen. Über ihr flatterten Vögel von Ast zu Ast. Sie schloss die Augen und hörte wieder die Rufe der Mädchen, die von der Kapelle über die Klosterwiese zum Marian House liefen. *Jilly, warte doch!* Jetzt war alles so still. Gespenstisch.

„Scheint niemand da zu sein", sagte Birdie, als sie den Kopf durch das geöffnete Wagenfenster steckte und Jilly aus ihren Tagträumen riss. „Gibt es noch ein anderes Haus, wo wir nachfragen können?"

Sie fuhren zum Hauptgebäude, das ihre Schwestern ebenso verblüffte und beeindruckte wie damals Jilly, als sie es zum ersten Mal gesehen hatte.

„*Da* hast du gewohnt?" fragte Hannah.

„Von wegen", antwortete Jilly. Sie sollten bloß nicht glauben, dass sie hier auf Holy Hill ein angenehmes Leben gehabt hatte. „Das Haus war für die jungen Bräute Christi reserviert. Die Maria Magdalenas hatten hier nichts verloren. Wir mussten im Marian House bleiben, und wir durften uns auch nie weit davon entfernen." Sie verzog das Gesicht zu einem schiefen Lächeln, um die brennende Scham zu vertuschen, die sie immer noch empfand. „Man könnte sagen, wir lebten jenseits von Eden."

Rose runzelte die Stirn, und Jilly schaute wieder aus dem Fenster.

„Wer ist denn Maria Magdalena?“ wollte Hannah wissen.

Unter anderen Umständen hätte Jilly Birdie gern mit dieser Frage aufgezogen, aber im Moment schwirrte ihr der Kopf von Stimmen und Gesichtern aus der Vergangenheit. Sie dachte an Simone, Sarah, Julie und die anderen. Was wohl aus ihnen geworden ist, überlegte sie. Sie sehnte sich danach, sie wiederzusehen und mit ihnen zu reden. Sie waren die Einzigen, die verstehen konnten, was jetzt in ihr vorging.

Sie fuhren weiter, an einer vernachlässigten Obstplantage vorbei. Seit Jahren hatte sich niemand um die Anlage gekümmert, so dass das Unkraut üppig wuchern konnte. Jilly wurde von einer unbestimmten Traurigkeit ergriffen, als sie an den Gärten vorbeikamen. Sie wusste, dass es nur eine Frage der Zeit war, bis auch sie verwildert sein würden. Ganz offensichtlich starben die alten Nonnen nach und nach, und es gab keine jungen Frauen mehr, die dem Orden beitraten. Das Anwesen lag auf erstklassigem Land, das wohl bald verkauft und für Baugrundstücke erschlossen werden würde.

Die Straße endete vor einem lang gestreckten gelben Ziegelbau. Er sah moderner aus als die anderen Gebäude, schien aber genauso verlassen zu sein. Hier war das Konferenzzentrum, wo die Büros und die Verwaltung untergebracht waren und wo höchstwahrscheinlich auch sämtliche Akten aufbewahrt wurden. Jilly starrte auf die Eingangstür, die genauso gut zu irgendeinem beliebigen Verwaltungsgebäude hätte gehören können, und überlegte, ob sie womöglich Schwester Celestine oder Schwester Benedicta oder irgendeine andere der Nonnen, die sie kannte, wiedersehen würde.

Na, wenn das nicht Jillian Season ist. Was ist denn aus dir geworden?

Nun, Schwester, ich war drei Mal verheiratet, bin drei Mal geschieden, ein ehemaliges Model, eine ehemalige Schauspielerin aus einem Spaghetti-Western und habe im Moment eine Pechsträhne.

Nicht gerade eine Erfolgsgeschichte. Als sie noch hier war, hatte sie davon geträumt, eines Tages als erfolgreiche Frau zurückzukehren, um ihnen zu zeigen, dass sie es zu etwas gebracht hatte. Aber ihre Rückkehr schien ihr Versagen nur noch größer zu machen. Sie würde im Boden versinken, wenn sie sie wieder so von oben herab anschauen würden – mit diesem Blick, der ihr unmissverständlich klar machte, dass sie eine Schande für ihre Eltern war, eine uneinsichtige Sünderin, eine verlorene Seele

„Du musst nicht hineingehen, wenn du nicht willst", sagte Rose, die wie immer spürte, was mit ihr los war. „Gib uns einfach das Tagebuch mit deinen Aufzeichnungen. Wir erledigen das schon."

„Es gibt nichts, wovor du dich fürchten müsstest", ergänzte Hannah.

Plötzlich ärgerte sich Jilly über ihre Nichte. Was wusste sie denn schon? Sie war gerade einmal fünfzehn!

„Ich meine", fuhr Hannah mit jugendlichem Ernst fort und rutschte ein wenig in ihrem Sitz vor, „überleg doch mal. Du bist doch ... so erfolgreich. Du bist berühmt! Du hast etwas aus deinem Leben gemacht. Und dazu noch im Ausland. Und keiner hat dir geholfen. Du hast es ganz allein geschafft. Das finde ich echt cool! Du kannst jedem ins Gesicht sehen, ohne Angst haben zu müssen. Ich bin wirklich stolz darauf, dass du meine Tante bist."

Jillys Herz wuchsen Flügel. Das kam so unerwartet. So aufrichtig. Und genau zum richtigen Zeitpunkt. Dieses junge Mädchen betrachtete ihr Leben nicht als etwas Bemitleidenswertes, sondern als etwas, worauf sie stolz sein konnte. Die Worte waren Balsam für ihr angeschlagenes Selbstbewusstsein. Nie zuvor hatte sie erlebt, dass jemand stolz auf sie war.

„Danke, *chérie,*“ sagte sie und berührte Hannahs Gesicht mit einer raschen liebevollen Geste. „Mein ganzes Leben lang haben mir die Leute nur wegen meines Aussehens Komplimente gemacht. Ich habe mich oft gefragt, ob das alles war, was sie an mir wahrgenommen haben. Das ist ohne Frage das größte Kompliment, das ich jemals bekommen habe. Ich liebe dich, Schätzchen.“ Jilly holte tief Luft und griff nach ihrem Tagebuch. „Gehen wir.“

Von innen machte das Gebäude den gleichen verlassenen Eindruck.

„Sieht ganz so aus, als ob auch hier niemand ist“, meinte Birdie.

„Aber irgendjemanden muss es doch geben. Oder die Heinzelmännchen machen nachts sauber“, witzelte Hannah. „Hier ist ja alles blitzblank geputzt.“

Das stimmte. Der grün-gelbe Linoleumboden war offensichtlich frisch gebohnert.

Jilly blieb schweigend stehend, als die Gerüche und Bilder der Vergangenheit auf sie einstürmten. Sie erinnerte sich, wie viel Mühe sich die Nonnen mit den Zimmern gaben, um sie makellos sauber zu halten. Als sie ihren Blick umherschweifen ließ, sah sie ihre schattenhaften Gestalten, die langen wallenden Gewänder, hörte das Klappern der hölzernen Rosenkranzperlen, während sie von einer Aufgabe zur nächsten eilten.

Selbst nach all den Jahren hatte sie das Gefühl, dass sie Ärger bekommen würde, wenn man sie im Konferenzzentrum entdeckte. Die Mädchen von Marian House durften es normalerweise nicht betreten. Sie war nur wenige Male hier gewesen – für die Unterrichtsstunden von Schwester Benedicta und um die Dokumente für die Adoption ihres Babys zu unterschreiben. Sie schaute sich in der Halle um, und einem plötzlichen Gefühl folgend ging sie bis zur dritten Tür auf der linken Seite. Das Echo ihrer Schritte hallten von den Wänden zurück. Die Tür ließ sich geräuschlos öffnen, und Jilly hielt den Atem an. Das war das Zimmer. Noch immer stand der runde Eichentisch in der Mitte, auf dem sie die Adoptionspapiere unterzeichnet hatte. Sogar das Bild an der Wand war dasselbe – ein großer gerahmter Druck einer *Muttergottes mit dem Kind*. Sie wagte es nicht, das Zimmer zu betreten.

Blitzartig kam ihr die Erinnerung an jenen Nachmittag. In einem Sessel des voll gestopften Raumes saß die Sozialarbeiterin und starrte sie durch riesengroße Brillengläser an. Ihr aufdringliches Parfüm erfüllte die Luft; Jilly stieg sogar der Geruch wieder in die Nase. Schwester Celestine stand neben hier, aufrecht und unbeweglich. Die Hände hatte sie in den weiten schwarzen Ärmeln ihres Gewandes verborgen. Warum fiel ihr der Name der Sozialarbeiterin nicht mehr ein? Nur ihre Stimme klang ihr noch im Ohr. Sie war heiser wie die eines Mannes.

„Unterschreiben Sie das", hatte sie gesagt und ein Blatt Papier vor sie hingelegt.

Jilly war noch erschöpft von der Geburt, die noch keine achtundvierzig Stunden hinter ihr lag, und gerade aus dem Krankenhaus nach Marian House zurückgekommen. Man hatte sie sofort ins Konferenzzentrum gebracht. Jilly bewegte sich unbehaglich auf ihrem Stuhl hin und her, als sie auf die Papiere starrte und nur vage mitbekam, was sie da tat.

„Mach schon, Jillian, wir haben nicht den ganzen Tag Zeit", sagte Schwester Celestine streng.

Jillian tat, wie ihr befohlen wurde.

„Und jetzt das hier. Und dann das. Sehr gut", sagte die Sozialarbeiterin zufrieden. Rasch sammelte sie die Dokumente ein und stopfte sie in ihre Aktentasche. „Sie haben die richtige Entscheidung getroffen, Miss Season."

Es war vollbracht. Ihre Eltern warteten in der Empfangshalle von Marian House. Sie war erschöpft. Sie spürte nur eine riesige Erleichterung darüber, dass es vorbei war. Endlich konnte sie wieder nach Hause gehen ...

„Jilly?"

Erschrocken drehte sie sich um und schaute ihre Schwestern an, die mit besorgter Miene neben ihr standen.

„Es geht mir gut", versicherte sie ihnen hastig. Rasch wischte sie sich eine Träne aus dem Gesicht und schloss die Tür. „Ich habe mich nur ein wenig umgesehen. Da drüben ist das Hauptbüro", sagte sie und deutete mit dem Finger auf die andere Seite des Korridors. Schnell ging sie weiter und führte sie zu einer Tür, die rechts neben dem Eingang lag. „Hier war jedenfalls das Empfangsbüro. Mal sehen, ob jemand drinnen ist."

Das hellgrün gestrichene Büro war ebenfalls leer. Hinter einem glänzenden Resopaltresen befand sich eine große, altmodische Telefonanlage, wie sie die High Schools im ganzen Land hatten, komplett mit einem Handmikrofon für die hausinterne Lautsprecheranlage.

Birdie ging zum Tresen und rief: „Hallo? Ist jemand hier?"

Das Geräusch hinter dem hohen Schaltbrett ließ darauf schließen, dass ein Stuhl hastig über den Linoleumboden geschoben wurde; darauf folgte das unverkennbare Rascheln eines langen Gewands und das Klappern eines Rosenkranzes. Unwillkürlich straffte Jilly sich. Eine ältere Nonne, klein und stämmig, tauchte hinter der Telefonanlage auf. Das Bemerkenswerte war, dass sie noch eine Ordenstracht trug und eine buschige schwarze Augenbraue hatte, die wie eine dicke Raupe über den Rand ihrer Brille ragte.

„Guten Morgen", grüßte Birdie mit entwaffnender Freundlichkeit, die jeder Feindseligkeit den Wind aus den Segeln nehmen musste.

Die Nonne lächelte, aber sie sah verwirrt aus. „Guten Morgen."

„Offenbar hat sie keinen guten Morgen", wisperte Hannah Jilly hinter vorgehaltener Hand zu.

Jilly brachte sie mit einem Blick zum Schweigen und trat einen Schritt vor.

„Guten Tag, Schwester", sagte sie mit dem respektvollen Ton eines Schulmädchens. „Mein Name ist Jillian Season. Ich hoffe, Sie können mir helfen. Ich bin auf der Suche nach einigen Unterlagen. Können Sie mir sagen, wo sie aufbewahrt werden?"

Das Gesicht der Nonne war ein einziges Fragezeichen. „Unterlagen? Was denn für Unterlagen?"

Jilly hatte das Gefühl, über Treibsand zu laufen. Mr. Collins hatte ihr geraten, niemandem zu sagen, dass sie eine Mutter war, die ihre Tochter zur Adoption gegeben hatte und nun Informationen über sie suchte. Aber sie hatte sich geschworen, nie wieder zu lügen. Lügen bedeutete nämlich, etwas Unrechtes, Illegales oder sogar Unmoralisches zu tun.

„Unterlagen über eine Adoption", antwortete sie ruhig.

„Adoption?" Einen Moment lang schien die Nonne aus der Fassung gebracht. Sie starrte ins Leere, dann dämmerte es ihr. „Sind Sie eines der Mädchen aus Marian House?"

Birdie und Rose traten enger zusammen.

„Ja. Das heißt, ich war es. Ich suche nach den Adoptionsunterlagen meines Kindes", entgegnete sie und schaute ihr unverwandt in die Augen, obwohl sie innerlich zitterte. „Können Sie mir sagen, wo ich sie finde?“

„Sie sind nicht mehr hier. Sie sind weg.“

„Weg? Wo denn?“

„Ich weiß es nicht. Alle Akten in diesem Haus wurden weggebracht, als Marian House geschlossen wurde. Das war 1981 oder 1982. Ich weiß es nicht genau.“ Dann fragte sie mit vorwurfsvoller Stimme: „Warum suchen Sie diese Unterlagen?“

„Ich hoffe, dass ...“ Jilly machte eine Pause, und dann sagte sie die Worte, die sie noch nie ausgesprochen hatte. „Ich hoffe, dass ich meine Tochter finden kann.“

Die alte Frau schüttelte den Kopf. „Lassen Sie das Kind in Frieden. Was geschehen ist, ist geschehen. Sie wollen doch nicht etwa das Leben dieses Kindes durcheinander bringen – und das der gesamten Familie? Meiner Meinung nach ist das äußerst egoistisch.“

Birdie straffte ihre beeindruckend breiten Schultern. „Ich kann mich nicht erinnern, Sie nach Ihrer Meinung gefragt zu haben.“

„Birdie ...“ Besänftigend legte Jilly ihr eine Hand auf den Arm.

Das Gesicht der Nonne wurde rot und hob sich deutlich vom Weiß ihres Schleiers ab. „Nun, mehr weiß ich nicht. Sie sollten jetzt gehen. Es tut mir Leid, aber wir können Ihnen nicht helfen.“

„Noch eine Frage, bitte“, sagte Jilly und ärgerte sich sofort über den flehentlichen Ton ihrer Stimme. Sie erinnerte sich an Mr. Collins' Rat, keine Möglichkeit unversucht zu lassen. „Lebt Schwester Celestine noch hier?“

Diese Frage schien die Nonne zu überraschen. Vor lauter Bekümmerung wurde sie etwas verbindlicher. „Nein. Schwester Celestine ist gestorben. Das ist jetzt mehr als zehn Jahre her. Friede ihrer Seele.“

„Das tut mir Leid. Und was ist mit Schwester Benedicta?"

„Wer ist das?"

„Sie hat sich in den siebziger Jahren um die medizinische Beratung gekümmert."

„Ach ja, ich erinnere mich." Die Nonne schüttelte den Kopf. „Eine Quertreiberin. Sie ist aus dem Orden ausgetreten – nicht lange danach."

Sie sind alle fort, dachte Jilly. Marian House und das gesamte Anwesen war eine Art Geisterstadt geworden.

Jilly spürte, wie jemand sie am Ärmel zupfte. Es war Birdie, die ihr mit einem Nicken bedeutete, dass es Zeit war zu gehen.

Birdie, Rose und Hannah setzten Jilly im Motel ab. Sie rechne mit einem Anruf von Mr. Collins, hatte sie ihnen gesagt. Natürlich wussten alle, dass dies nur ein Vorwand war. Nach dem Besuch in Marian House wollte sie eine Weile allein sein. Die anderen gingen zum Mittagessen in den Country Diner. Maudes Herzlichkeit und ihr freundliches Gesicht war jetzt genau das Richtige für ihre Seelen nach der kühlen Behandlung im Kloster.

„Könnt ihr euch jetzt vorstellen, was Jilly dort durchgemacht haben muss?" fragte Birdie, die sich ihrer Schwester auf einmal wieder sehr nahe fühlte. „Dieser Ort war ja so etwas von grässlich."

Rose nickte zustimmend. „Und alles so verlassen. In dieser depressiven Atmosphäre habe ich kaum Luft bekommen." Nach ein paar Sekunden fügte sie hinzu: „Kein Wunder, dass sie nie wieder daran erinnert werden wollte."

Die drei verstummten. Birdie nahm ihr Schinken-Sandwich und blickte es resigniert an. „Tschüs, schlanke Linie. Sie backen ihre eigenen Muffins, aber die Sandwiches machen sie mit billigem Weißbrot. Und keine Tomaten drauf. Dafür gibt's fettige Pommes dazu."

Sie rümpfte die Nase. „Vermutlich haben sie irgendwo Mutters Kochbuch gefunden."

Rose kaute an ihrem Käse. „Ich komme immer noch nicht drüber weg, wie unsensibel diese Nonne war."

Birdie stimmte ihr zu, während sie sich die Lippen abtupfte. „Kann man es ihr verübeln? Sie ist alt und muss in dieser Leichenhalle leben, wo alle nur darauf warten, endlich zu sterben. In vielen Altersheimen ist es auch nicht so viel anders."

„Ob es wohl genauso war, als Tante Jilly dort gewohnt hat?" fragte Hannah.

Auf der Rückfahrt war Hannah sehr schweigsam gewesen. Auch jetzt hatte sie kaum etwas gesagt, während sie in ihrer Gemüsesuppe rührte.

„Alles in Ordnung, Schätzchen?" fragte Birdie.

Hannah nickte. „Mir tut nur Tante Jilly so Leid", erwiderte sie. „Sie war doch kaum älter als ich, als sie dahin gegangen ist." Sie schaute ihre Mutter an, als erwarte sie eine Bestätigung.

Birdie legte die Hälfte ihres Sandwiches auf den Teller und schien mit ihren Gedanken weit weg zu sein. War das wirklich so? Unter diesem Gesichtspunkt hatte sie es noch gar nicht betrachtet. Hannah sah so jung aus. Sie war ein Kind! Sie brauchte noch die Führung ihrer Mutter, Ratschläge, Regeln und Einschränkungen. Liebe und Verständnis. War es möglich, dass Jilly wirklich *so* jung gewesen war, als sie die Familie verlassen musste? Als sie ihr Baby bekommen hatte? Die Vorstellung, dass Hannah in solch einer Zeit allein wäre und ohne sie zurechtkommen müsste, war ihr unerträglich.

„Meine arme Jilly."

„Sie hat niemals über ihre Erlebnisse in Marian House gesprochen", meinte Rose. „Vergesst nicht – kaum war sie wieder zu Hause, ist sie nach Europa gegangen. Und wir haben kein Wort darüber verloren, nicht einmal untereinander. Das Thema war tabu. Ich kann mir nicht vorstellen, dass sie eine angenehme Zeit in Marian House verbracht hat. Ehrlich gesagt, kann ich mir überhaupt nicht vorstellen, wie es dort gewesen ist. Nur dass es damals wahrscheinlich etwas lebhafter war. In den siebziger Jahren haben bestimmt viel mehr Nonnen dort gelebt. Schließlich gab es noch das Noviziat und die anderen Mädchen im Heim."

„Glaubt ihr, dass die auch nach ihren Kindern suchen?" fragte Hannah.

Birdie hob die Schultern, um anzudeuten, dass sie es nicht wusste. Sie schaute in die braunen Augen ihrer Tochter, die genauso aussahen wie die von Dennis, und überlegte, wie es wohl wäre, wenn sie selbst nach ihrem Kind suchen müsste. Sie spürte einen Stich im Herzen, als ihr klar wurde, wie unausgefüllt ihr Leben wäre, wenn sie es nicht mit Hannah teilen könnte.

„Ich fürchte, wir müssen wieder ganz von vorne anfangen. Die Adoptionsunterlagen sind irgendwohin verfrachtet worden, und die Nonnen sagen nicht, wohin. Die Schwestern, die Jilly kannte, sind nicht mehr da, und an den Namen der Sozialarbeiterin kann sie sich nicht erinnern. Der Ausflug nach Marian House war also eine Sackgasse."

„Es war nur eine Umleitung", antwortete Rose. Sie war entschlossen, sich keinen Strich durch die Rechnung machen zu lassen. „Wir haben doch gerade erst angefangen."

„Was tun wir also als Nächstes?" fragte Hannah.

„Wir schauen nach, ob im Motel Nachrichten für uns angekommen sind", antwortete Birdie. „Vielleicht hat Mr. Collins versucht, uns zu erreichen. Im Moment ist er unsere größte Trumpfkarte." Beifallheischend sah sie zu Rose.

„Es muss andere Informationsmöglichkeiten geben, an die wir noch nicht gedacht haben." Gedankenverloren klopfte Rose mit den Fingerspitzen gegen ihre Lippen. „Vielleicht kann man aus dem Internet etwas erfahren. Ich werde das versuchen, sobald wir zurück sind."

„Es gibt bestimmt noch Orte, an denen wir suchen können, aber wir haben zu wenig Hinweise", meinte Birdie. „Wir müssen realistisch sein. Die Suche kann Monate dauern. Womöglich Jahre."

„Wo könnte es sonst noch Unterlagen von der Geburt geben? Auf den Ämtern der Kreishauptstadt? In den Bibliotheken?"

„Möglich, aber im Moment haben wir einfach zu wenig in der Hand, um weitermachen zu können. Es ist wie bei einem Puzzle. Alles hängt miteinander zusammen." Sie zählte die Möglichkeiten an den Fingern ab. „Wir kennen den Namen der Mutter. Wir kennen das Geburtsdatum, aber nicht die genaue Zeit. Wir wissen, wo sie entbunden hat." Plötzlich richtete Birdie sich in ihrem Stuhl auf, und ihre Miene erhellte sich. „Natürlich! Wie dumm von mir, dass ich nicht sofort daran gedacht habe. Das Krankenhaus. Jilly hat das Baby im Ortskrankenhaus bekommen, nicht in Marian House. Glücklicherweise bewahren die Entbindungsstationen die Unterlagen auf, aus denen man ersehen kann, welche Kinder an welchem Tag geboren wurden. Sie müssen Akten von jeder Geburt haben."

„Na, dann lass uns mal gehen", sagte Rose eifrig und nahm ihre Handtasche. Hannah schob bereits ihren Stuhl zurück.

„Immer langsam mit den jungen Pferden", hielt Birdie sie zurück. „Erst mal müssen wir wissen, wie das Krankenhaus heißt."

„So viele kann's ja wohl nicht geben. Wir brauchen nur ins Telefonbuch zu schauen." Ungeduldig trommelte Rose mit den Fingern auf die Tischplatte. Ihre Nervosität ließ nach, als sie länger darüber nachdachte. „Jilly sollte mit uns kommen, um nach den Akten zu fragen."

Birdie verspeiste die letzten Reste ihres Sandwiches. Dann warf sie ihnen einen verschmitzten Blick zu. „Ihr vergesst wohl, dass ich Ärztin bin", sagte sie und wischte sich die Lippen ab.

Jilly saß auf dem Bett ihres Motelzimmers und blätterte im Telefonbuch. Sie hatte den Eintrag für den Katholischen Sozialdienst gefunden und die Nummer herausgeschrieben, aber sie konnte sich nicht mehr an den Namen der Sozialarbeiterin erinnern, die ihren Fall betreut hatte. Sie schaute bei den Krankenhäusern nach. Vielleicht spielte ihr die Erinnerung ja einen Streich, aber keines der drei eingetragenen Hospitäler sagte ihr etwas. Sie hätte schwören können, dass es das Heilige-Irgendwas-Hospital war, aber unter den Eintragungen konnte sie nichts finden, was annähernd katholisch klang. Die schreckliche Fahrt in dem Krankenwagen würde sie niemals vergessen, aber sie hatte keine Erinnerung, in welchem Ort das Krankenhaus lag. Auf der Rückfahrt war sie wie in Trance gewesen, zu erschöpft und schockiert, um sich an etwas so Banales wie eine Adresse zu erinnern.

Sie warf das Telefonbuch beiseite. Sie schloss die Augen und sah die Gesichter der Mädchen vor sich, mit denen sie in Marian House gelebt hatte. So viele Gesichter ... Warum konnte sie sich bloß an kaum einen Namen erinnern? Sie hatte sich ein ganzes Leben lang darum bemüht, sie zu vergessen, und jetzt hatte sie auf einmal Angst, nicht einmal die geringste Kleinigkeit aus ihrer Erinnerung abrufen zu können. Plötzlich hatte sie Verlangen nach einer Zigarette. Sie stand auf, steckte sich eine Schachtel Zigaretten und Streichhölzer in die Tasche ihres Ledermantels und ging zur Hintertür hinaus.

Mr. Patel hatte das vier Quadratmeter große Rechteck, dessen Zementboden mit Rissen übersät war, als *Terrasse* beschrieben. Sie schnaubte verächtlich. Nun ja, wenn diese Absteige für ihn schon ein Motel war ... Vier unscheinbare Holzstühle standen um einen passenden Tisch herum, und ein Blumenkübel aus Stein, der in einer Ecke verwitterte, war mit Zigarettenstummeln und Müll gefüllt. „Jetzt bist du wirklich ganz unten angekommen, Season", murmelte sie.

Der Wald auf der anderen Seite des Flusses war allerdings beeindruckend in seiner wild wuchernden Natürlichkeit. Darüber erstreckte sich ein strahlend blauer Himmel, und die frische Brise fühlte sich angenehm auf ihrer Haut an. Jilly zog ein Taschentuch hervor und wischte den Schmutz und das Laub von einem Stuhl. Dann setzte sie sich hin und ließ ihren Blick schweifen.

An dieser Stelle war der Fluss eher ein Bach, der sich über Felsen und Kieselsteine an der Böschung vorbeischlängelte, die ihn zur einen Seite begrenzte. Das sanfte Plätschern war beruhigend. Sie atmete tief und gleichmäßig, während sie versuchte, ihre betrüblichen Gedanken loszuwerden und dabei das friedvolle Bild des Waldes auf sich wirken zu lassen. Zu ihrer Linken bellte ein Hund, der von einem Mann zur Ordnung gerufen wurde. Neugierig geworden, schaute sie nach, wer für die Ruhestörung verantwortlich war.

Es war Mr. Patel. Er stand weiter unten am Flussufer bei einer kleinen Holzbrücke und war damit beschäftigt, Äste und Abfall aus dem Wasser zu ziehen. Der kleine weiße Hund, den sie schon früher am Morgen bemerkt hatte, war an seiner Seite. Er tauchte eine Pfote ins Wasser, als ob er die Temperatur testen wollte, dann tat er bellend seine Meinung kund. Schnüffelnd ging er zurück zu dem kleinen Abfallhaufen, den Mr. Patel bereits aufgeschichtet hatte. Er beachtete den Hund nicht, während er in zügigem Tempo weiterarbeitete. Die Nachmittagssonne hatte ihr Versprechen gehalten und die Luft erwärmt, und er hatte seine Jacke ausgezogen – eine khakifarbene Öljacke, die am Ast eines Baumes in seiner Nähe hing. Er trug Arbeitskleidung, hohe Gummistiefel und klobige Arbeitshandschuhe.

Träge streckte Jilly ihre langen Beine aus und sah ihm bei der Arbeit zu. Seine Gesten hatten etwas Faszinierendes, als er Äste und Zweige aufsammelte und sie scheinbar mühelos auf den Uferstreifen warf. Sein Körper war lang und muskulös, und er arbeitete zielstrebig mit gleichmäßigen, geschmeidigen Bewegungen. Während sie ihre Zigarette rauchte, lehnte sie sich in ihren Stuhl zurück und beobachtete ihn aufmerksam. Sie erinnerte sich an die unwiderstehliche Anziehungskraft, die er auf sie gehabt hatte, als sie ihn zum ersten Mal sah.

Er sah auch wirklich gut aus – und sehr exotisch. Offenbar war er auch ein sehr ordentlicher Mann, sogar wenn er Schwerstarbeit leistete. Sie kicherte leise, als sie entdeckte, dass sein Arbeitshemd ein abgetragenes und zerschlissenes Anzughemd war. Die Ärmel waren hochgekrempelt und gaben den Blick frei auf schöne braune Arme, die einen starken Kontrast zu der weißen Baumwolle bildeten.

Es war der Hund, der sie verriet. Als sie leise hustete, hob er den Kopf und bellte warnend. Mr. Patel richtete sich auf und schaute sich suchend um. Sie blieb bewegungslos sitzen, während der Rauch ihrer Zigarette in ihrer ausgestreckten Hand sich in der Luft kräuselte. Er sagte nichts, als er sie erblickte, und er winkte ihr auch nicht zu. Er betrachtete sie einen Moment lang, und wieder fiel ihr auf, wie sehr er mit seiner Vorsicht und Ruhe einer großen, gefährlichen Wildkatze glich. Schließlich bedachte er sie mit einem kurzen Kopfnicken.

Sie reagierte mit der gleichen Geste.

Der Hund war nicht so zurückhaltend. Er lief zu ihr. Als er bei ihr war, stellte er sich auf die Hinterbeine und legte die Vorderpfoten auf ihr Bein.

„Du böser Hund. Schau dir deine schmutzigen Pfoten an. Schämst du dich nicht?“ schalt sie mit einem Lächeln. Er war wirklich ein süßer Kerl. Eine richtige Terriermischung, klein, weiß und mit Schlappohren. Aber es waren seine Augen, die sie faszinierten. Mandelförmig und dunkel, strahlten sie eine Intelligenz aus, die nahezu menschlich wirkte. Sein Kopf war schmal und schneeweiß, und um sein linkes Auge war ein schokoladebrauner Fleck. „Du bist ein richtiger Schlingel, stimmt's?“ sagte sie und kraulte ihm das Ohr. „Und ich mag Schlingel. Das hast du gewusst, nicht wahr?“

Sie hörte Mr. Patels Schritte, aber sie schaute nicht hoch, sondern hielt den Blick auf den kleinen Hund gerichtet. Ihr Körper spannte sich an, der Hund sprang zu Boden, drehte sich um und bellte. Langsam schaute sie auf und sah in Mr. Patels Gesicht.

Sein Blick hatte etwas Verwirrendes. Er war sowohl heiter als auch wachsam – eine ungewöhnliche Kombination, die auf einen selbstzufriedenen Menschen schließen ließ, der allerdings keine Störungen duldete.

„Ich hoffe, der Hund hat Sie nicht belästigt“, sagte er.

„Nein, ganz und gar nicht. Er ist ein lieber Kerl.“

„Eher ein Plagegeist.“

„Das kann ich mir gar nicht vorstellen“, antwortete sie und lächelte den Hund an, der einen Stein auf der anderen Seite der Terrasse beschnüffelte. Als sie wieder hochschaute, fragte sie beiläufig: „Möchten Sie eine Zigarette?“

„Vielen Dank. Ich rauche nicht.“

„Oh." Sie schwieg, dann legte sie den Kopf zur Seite und fragte schelmisch: „Im Zimmer ist das Rauchen nicht erlaubt, nicht wahr?"

„Nein", antwortete er. Seine Augen blitzten vergnügt, als er fortfuhr: „Aber ich glaube kaum, dass Sie die Nachbarn belästigen in Anbetracht der Tatsache, dass gar keine da sind."

Sie lächelte ebenfalls, und in diesem Moment geschah etwas zwischen ihnen. Es war, als ob ein Blitz über den Himmel zuckte, und für den Bruchteil einer Sekunde spürten sie eine Gemeinsamkeit, den Beginn einer gegenseitigen Anziehung.

„Haben Sie alles, was Sie benötigen?" fragte er.

Es war eine Frage, die ihre Unterhaltung beenden sollte, aber sie hatte noch keine Lust, das Gespräch abzubrechen. Sie streckte die Hand aus. „Mein Name ist Jillian Season. Jilly."

Er zögerte kurz, dann streifte er rasch den Handschuh ab und ergriff ihre Hand. Sie fühlte eine leichte Nervosität, als sich seine Finger um ihre schlossen.

„Ich bin Rajiv Patel."

„Sie sind der Manager?"

„Ja. Und der Besitzer."

Sie nahm es mit einem Nicken zur Kenntnis.

„Ich hoffe, Sie halten mich nicht für neugierig", sagte er mit einem entschuldigenden Tonfall, „aber Sie sind miteinander verwandt, nicht wahr?" Er deutete mit der Hand zum Kopf. „Das rote Haar."

„Zwei der Frauen sind meine Schwestern, und die andere ist meine Nichte. Das rote Haar ist das Markenzeichen der Familie Season."

„Besuchen Sie Verwandte?"

Jilly schüttelte den Kopf. „Nein. Tatsächlich sind wir auf der

Suche nach einem Mitglied der Familie. Jemanden, den ich sehr lange nicht gesehen habe."

Über sein Gesicht huschte ein Schatten von Trauer. „Die Familie ist das Wichtigste. Sie können sich glücklich schätzen, Ihre Schwestern bei sich zu haben."

Ein gefühlvoller Mann, dachte sie. Es gefiel ihr. „Möchten Sie ein Glas Limonade haben? Ein Mineralwasser?"

„Nein, vielen Dank", sagte er und verlagerte sein Körpergewicht. „Ich muss zurück an die Arbeit."

Er wollte gehen, dann drehte er sich noch einmal um und schaute ihr ins Gesicht. Obwohl sie in seinen Augen jenen verlangenden Blick bemerkte, der Zuneigung verriet, war auch eine gewisse Zurückhaltung zu erkennen. „Viel Glück bei Ihrer Suche", sagte er, und es klang aufrichtig. Dann verschwand er. Der kleine Hund trottete bis ans Ende der Terrasse und beobachtete Mr. Patel mit gespitzten Ohren, aber er lief ihm nicht nach.

„Mr. Patel!" rief sie hinter ihm her. „Ihr Hund."

Er verlangsamte seinen Schritt und schaute sich um. „Es ist nicht mein Hund", rief er zurück. „Es ist ein Straßenköter. Seien Sie vorsichtig. Wenn Sie ihm etwas zu fressen geben, werden Sie ihn nicht mehr los." Er drehte sich um und ging weiter.

„Du bist ein armer kleiner Bettler, was?" fragte sie den Hund. Er setzte sich zu ihren Füßen und legte den Kopf schräg. Ihr ging das Herz auf. „Du bist ein Profi", meinte sie und tätschelte seinen Kopf. „Du erinnerst mich an meine Männer."

Sie griff in ihre Tasche und holte einen von Roses Keksen heraus, da sie glaubte, der Hund sei hungrig. Ihre Mutter hatte immer mit ihr geschimpft, wenn sie einer Katze oder einem Hund eine Schale Milch hinstellte oder ein Stück Wurst zuwarf. Aber Jilly hatte stets ein Herz für herrenlose Katzen und Hunde gehabt. Sie musste lächeln, als sie daran dachte, dass es ihr bei der Wahl ihrer Ehemänner ganz genauso gegangen war.

Noch während sie den Keks auspackte, sprang der gewitzte Hund hoch und schnappte das Gebäck samt Papier. Als sie sich von ihrem Schrecken erholt hatte, war der Hund schon zum Ufer zurückgelaufen und setzte sich neben Mr. Patel ins hohe Gras. Reglos blieb sie ein paar Sekunden stehen. Der Hund genoss sein gestohlenes Mittagessen, und Mr. Patel hatte sich hingehockt und band ein Bündel von Zweigen mit einer Schnur zusammen. Beide schienen ihre Blicke nicht zu spüren.

Kein Wunder, dachte sie, während sie die Zigarette fallen ließ und mit der Schuhspitze auf dem Zementboden ausdrückte. Sie konnten sie nicht sehen, weil sie in Wirklichkeit gar nicht da war. Sie befand sich auf einer Reise, bei der sie mit Lichtgeschwindigkeit durch die Zeit raste.

13. KAPITEL

Agnes Muirfield.

Jilly war aus dem Schlaf aufgeschreckt und saß mit weit aufgerissenen Augen im Bett. Der Name der Sozialarbeiterin war ihr wieder eingefallen. Vielleicht hatte die frische Luft ihren Geist so belebt, dass sie sich an ihn erinnerte; vielleicht lag es an den Ereignissen der letzten Tage. Auf jeden Fall wusste sie den Namen wieder.

Sie kletterte aus dem Bett, um sich kaltes Wasser ins Gesicht zu spritzen, ihr zerzaustes Haar zu bändigen und sich die Zähne zu putzen. Der kurze Schlaf hatte dafür gesorgt, dass sie wieder ganz die Alte war. Nach dem Besuch in Marian House hatte sie sich wie eine Ausgestoßene gefühlt. Aber ihre Erinnerungen hatten ihren Zorn geweckt. Rose hatte Recht. Angesichts der Tatsache, dass ihr niemand geholfen hatte – weder ihre Eltern noch die Nonnen oder Sozialarbeiterinnen wie Agnes Muirfield –, hatte sie damals wirklich die einzig mögliche Entscheidung getroffen. Sie hatte dafür mit Schmerzen und Schuldgefühlen bezahlt. Jetzt hatte sie eine Entschädigung verdient.

Sie nahm den Telefonhörer und wählte die Nummer des Katholischen Sozialdienstes in Green Bay.

„Hallo? Bitte verbinden Sie mich mit Agnes Muirfield." Ihr bestimmender Tonfall gefiel ihr.

„Tut mir Leid, aber sie ist schon vor Jahren in Rente gegangen."

„Oh." Verdammt. Das hatte sie befürchtet. „Können Sie mich denn mit der Sozialarbeiterin verbinden, die ihre Fälle übernommen hat?"

Die Sekretärin stellte sie zu einer Frau namens Donna Strobel durch. Sie hatte eine ebenso Respekt einflößende Stimme wie Birdie. Einen Moment lang zauderte Jilly, ob sie die Wahrheit sagen und nach den Unterlagen für die Adoption fragen oder irgendeine Geschichte erfinden sollte. Aber sie erinnerte sich an ihren Vorsatz und sagte die Wahrheit.

Als sie Mrs. Strobel den Grund ihres Anrufs nannte, wurde der Ton der Sozialarbeiterin zu ihrer Überraschung freundlicher. Sie sagte Jilly, dass sie danach suchen wolle und sie in etwa einer halben Stunde zurückrufen werde.

Jilly gab ihr die Telefonnummer und legte den Hörer auf. Sie wollte nach den Dokumenten suchen! Jilly konnte es kaum glauben; es war zu einfach gewesen. Was für ein Glück! Die dreißig Minuten wirkten wie Stunden. Sie suchte nach einer Zigarette. Dann erinnerte sie sich, dass sie die letzte geraucht hatte. Deshalb nahm sie ihre Tasche und eilte über den schmalen Gehweg zur Rezeption. Die Sonne ging gerade unter, und sie spürte die Kälte des Nordens durch ihren Seidenpullover und ihre schwarze Hose. Sie verschränkte die Arme und lief mit gesenktem Kopf weiter.

Leise betrat sie die Rezeption und betrachtete die alten Prospekte und die altmodische Einrichtung. Zu ihrer Überraschung lag ein weißes Tischtuch über einem kleinen Holztisch in der Ecke. Darauf standen eine Kanne mit duftendem Tee, weiße Porzellantassen, Unterteller und silberne Löffel. Auf einem Teller lagen einige Kekse. Der Duft des Tees zog durch den Raum, und sie warf einen sehnsüchtigen Blick auf die Kanne. Hinter ihr wurde eine Tür geöffnet, dann hörte sie Schritte.

„Jilly, darf ich Ihnen eine Tasse Tee einschenken? Ich habe ihn für meine Gäste gemacht."

Aus den Augenwinkeln sah sie, dass Rajiv hinter dem Tresen hervortrat und in ihr Blickfeld kam. Er trug wieder seine schwarze Hose und ein weißes Hemd, und sein Haar war noch feucht vom Duschen. Mit seiner schier unendlichen Geduld stand er erwartungsvoll neben dem Tisch.

„Gerne", antworte Jilly und spürte die Anspannung im Raum wachsen. Wieder war die Anziehungskraft, die er auf sie ausübte, ausgesprochen intensiv. Sie hatte es in ihrem Leben zu oft erlebt, um es jetzt nicht zu spüren. Sie beobachtete ihn beim Verrichten der alltäglichen Gesten – er griff zur Teekanne, goss die goldgelbe Flüssigkeit in eine Tasse, stellte sie auf einen Unterteller. Ihrem aufmerksamen Blick entging nicht die geringste Kleinigkeit. In der Welt der Mode, in der so vieles bezaubernd und formvollendet und Schönheit etwas ganz Alltägliches war, hatte sie gelernt, auf jene Details zu achten, die Rückschlüsse auf das Wesen eines Menschen gestatteten. Wie oft hatte sie ein Designerkleid an einem ungewaschenen

Körper oder ein Hemd für zweihundert Dollar gesehen, an dem ein Knopf fehlte?

Rajivs Kleidung war nicht teuer, aber sie war peinlich sauber und sorgfältig gebügelt. Seine Fingernägel waren gepflegt. Seine schwarzen Lederschuhe waren von einer guten Qualität, ein wenig abgetragen zwar, aber poliert.

Sie war sich nicht sicher, ob er ihre prüfenden Blicke registrierte. Seine Haltung gefiel ihr. Das ließ auf gute Manieren schließen. Und auf Selbstbeherrschung. Er ließ sich Zeit. Mit fragend gehobenen Augenbrauen bot er ihr Sahne an. Sie schüttelte verneinend den Kopf. Zucker? Nein danke. Mit einer unterschwelligen Selbstsicherheit reichte er ihr Tasse und Unterteller. Plötzlich kam ihr die Szene merkwürdig vor. Seine Eleganz, die aus einer anderen Zeit stammte, war in dieser schäbigen Motel-Rezeption im Norden Wisconsins so fehl am Platz wie die Gepflogenheit der britischen Teestunde.

Der Tee war köstlich, aber Jilly dachte an den anstehenden Telefonanruf. „Verkaufen Sie hier Zigaretten?"

„Ja, aber die Auswahl ist nicht sehr groß."

„Darauf kann ich keine Rücksicht nehmen."

Er lächelte. „In diesem Fall habe ich etwas für Sie. Einen Moment, bitte."

Sie trank den Tee in kleinen schnellen Schlucken. Der Darjeeling duftete köstlich, und sie genoss seine Wärme, die die Kälte des späten Nachmittags vertrieb. Sie schaute auf ihre Uhr, denn es drängte sie, in ihr Zimmer zurückzukehren. Gleichzeitig befürchtete sie, dass Mrs. Strobel die Unterlagen bis zum Ende ihres Arbeitstages nicht würde finden können. Als er zurückkam, bot er ihr drei Sorten zur Auswahl an. Nachdem sie sich entschieden hatte, bezahlte Jilly rasch.

„Oh, verdammt", rief sie, als sie ihre Tasse abgesetzt hatte und hektisch ihre Tasche durchsuchte. „Ich habe meinen Schlüssel vergessen."

„Ich kann Ihnen die Tür mit dem Generalschlüssel öffnen."

„Vielen Dank. Könnten Sie sich bitte beeilen? Ich erwarte nämlich einen wichtigen Anruf."

Als sie vor der Tür standen, klingelte das Telefon. Schnell schloss er auf, und Jilly lief hinein. Doch gerade als sie den Hörer aufnehmen wollte, hörte das Läuten auf. Ihr Herz sank, und mit einem Seufzer ließ sie sich auf das Bett fallen. Sie verfluchte sich, dass sie ihr Zimmer überhaupt verlassen hatte, obwohl sie kaum länger als zehn oder fünfzehn Minuten fort gewesen war.

„War es sehr wichtig?" fragte er.

„Ja, sehr", antwortete sie, während sie sich mit der Hand durchs Haar fuhr.

„Dann wird er oder sie bestimmt wieder anrufen." Er ging zur Tür. „Ich muss zurück ins Büro. Ich bringe Ihnen noch eine Tasse Tee, während Sie warten."

„Vielen Dank." In diesem Moment klingelte das Telefon erneut. Er öffnete noch einmal die Tür, lächelte und warf ihr einen Blick zu, der so viel sagen sollte wie *Habe ich es Ihnen nicht gesagt?* Als sie den Hörer abnahm, lächelte sie ebenfalls.

„Miss Season?"

„Ich bin so froh, dass Sie zurückrufen. Ich hätte es nicht ausgehalten, wenn ich die ganze Nacht hätte warten müssen."

„Nun ja, sechsundzwanzig Jahre sind ja auch wirklich lang genug."

Ihre Stimme klang freundlich, und ihrer Bemerkung entnahm Jilly, dass sie die Unterlagen bereits gelesen hatte.

„Ich habe die Akte vor mir liegen", begann Mrs. Strobel. „Aber

Sie wissen, dass ich Ihnen aus rechtlichen Gründen keine Informationen geben darf."

Warum nicht? wollte Jilly fragen. Schließlich handelte es sich um ihre Tochter. Warum durfte Mrs. Strobel wissen, wo ihre Tochter war, sie selbst jedoch nicht? Aber sie wusste, dass es keinen Zweck hätte, sich zu beschweren, und dass die Frau nur ihre Pflicht tat.

„Ich denke, als Erstes wollen Sie wissen, dass Ihre Tochter gesund geboren wurde und in jeder Beziehung normal war. Die Adoption ist rechtskräftig, und es gibt einige Hinweise, dass die Adoptiveltern mit ihrer neuen Tochter sehr zufrieden waren. Um es mit ihren eigenen Worten zu sagen: sie schätzten sich überaus glücklich."

Jilly versuchte, ihnen das Glück zu gönnen, aber trotzdem konnte sie nicht umhin, sie um das zu beneiden, was eigentlich ihr zugestanden hätte. Sie schaute aus dem Fenster und musste schlucken. „Bitte fahren Sie fort", sagte sie. „Wie war die Familie?"

„Gebildet, katholisch. Der Vater war berufstätig, die Mutter blieb zu Hause beim Kind. Aus den späteren Berichten geht hervor, dass das Mädchen sich sehr gut angepasst hat, intelligent und kontaktfreudig war. In der Schule hatte sie ausgezeichnete Noten."

„Wie sieht sie aus?"

„Warten Sie." Jilly hörte das Rascheln der Papiere und wünschte sich so sehr, sie vor sich liegen zu haben. „Sie hat blaue Augen und rote Haare. Hier steht, dass sie sehr hübsch ist." Sie konnte das Lächeln in Mrs. Strobels Stimme hören.

Ihre Tochter hatte die roten Haare der Seasons. Ihr Herz schlug schneller. „Wie haben sie sie genannt?"

Eine kurze Pause entstand, und dann antwortete Mrs. Strobel

bedauernd: „Es tut mir Leid, aber ich darf weder Namen noch Adressen nennen."

„Nicht einmal ihren Vornamen?"

„Es tut mir wirklich Leid. Ich wünschte, ich könnte es."

Jilly bedankte sich und legte den Hörer auf. Einen Moment lang stand sie reglos da, während sie das Mobiliar in dem kleinen Motelzimmers blicklos anstarrte. Die karierten Bettdecken, die futuristisch geformten Lampen, geöffnete Koffer auf dem Boden – alles sah noch genauso aus wie ein paar Minuten zuvor. Und dennoch hatte sich die ganze Welt verändert.

Etwas war wirklich geworden. Sie hatte eine Tochter. Ein rothaariges, blauäugiges Mädchen. Der Wunsch, sie zu finden, brach mit der Wucht einer Welle über ihr zusammen und war fast schmerzhaft in seiner Intensität.

Es klopfte. Zögernd ging Jilly zur Tür. Sie wusste, dass es Rajiv war, aber sie wäre gerne allein geblieben mit den Neuigkeiten, die sie gerade erfahren hatte. Als sie Tür öffnete, stand er mit einer kleinen Teekanne und einer Tasse vor ihr.

„Hier ist Ihr Tee." Er reichte ihr die Tasse und stellte die Kanne auf den kleinen Schreibtisch. Dann hielt er inne und betrachtete ihr Gesicht voller Mitgefühl. „Geht es Ihnen gut? Sie haben geweint."

Jilly fuhr sich mit den Fingern über die Wangen. Sie hatte gar nicht gespürt, dass ihr Tränen übers Gesicht liefen. „Doch, es geht mir gut", antwortete sie mit einem breiten Lächeln und wischte sie schnell weg. Plötzlich fühlte sie sich erleichtert, als ob ihr Herz vom Stein zum Luftballon geworden wäre. „Ich habe Neuigkeiten erfahren. Ganz herrliche Neuigkeiten. Sie betreffen meine Tochter." Sie spürte das Wort *Tochter* noch auf ihren Lippen. Sie hatte es ausgesprochen. Es war sehr ungewohnt, aber wunderschön.

Er lächelte erfreut. „Sie muss sehr schön sein – genau wie ihre Mutter."

Unwillkürlich musste Jilly lachen. „Das ist sie auch", antwortete sie und wunderte sich, dass sie sich dessen so sicher war. „Aber ich habe es eben erst erfahren." Als er sie verdutzt ansah, fuhr sie fort: „Ich bin auf der Suche nach meiner Tochter, und ich habe gerade die ersten Informationen über sie bekommen. Deshalb war der Anruf so wichtig. Ich habe sie nämlich nach der Geburt zur Adoption gegeben. Das ist auch der Grund, warum wir hier sind. Wir wollen sie finden. Meine Schwestern und ich."

„Ach so." Seine Stimme klang neutral.

„Ich habe sie bekommen, als ich noch sehr jung war. Es war nicht weit von hier – in Holy Hill."

„Im Kloster der katholischen Schwestern?"

Sie musste über seine Ausdrucksweise lächeln. „Ja. Das ist schon sehr lange her."

„Ach so", wiederholte er. „Haben Sie herausgefunden, wo Ihre Tochter jetzt ist?"

„Nein, noch nicht. Aber das werde ich."

Er goss Tee in ihre Tasse und reichte sie ihr. „Es ist zwar kein Champagner, aber eine sehr gute Teesorte. Herzlichen Glückwunsch!"

Das Aroma des Tees stieg zwischen ihnen empor. Sie bedankte sich und nahm einen Schluck. Er schmeckte köstlich. Sie schloss die Augen. Dieser Tee war viel berauschender als Champagner und besser für eine stille Feier geeignet.

„Der Tee ist wunderbar. Woher haben Sie ihn?"

„Meine Familie schickt ihn aus Indien."

„Leben Sie schon lange hier?"

„Nein. Im Mai vorigen Jahres bin ich hierher gekommen. Mein

Vater und mein Onkel sind schon seit zwanzig Jahren in Amerika. Sie haben mit einem Motel angefangen, und jetzt besitzen sie mehrere; die meisten im Süden. Georgia, Nord- und Süd-Carolina, Tennessee. Ich glaube, sie sind gute Beispiele für die typisch amerikanische Erfolgsgeschichte. Erst vor kurzem haben sie auch Motels im Mittleren Westen erworben. Die anderen Motels werden von meinen Brüdern und Vettern geführt. Mein Vater hat mir für den Anfang dieses hier angeboten." Er lächelte kurz, als sein Blick durch das Zimmer schweifte. „Ein ziemlich schwerer Start", fügte er ohne Bitterkeit hinzu. „Ich bin mir zwar nicht sicher, ob er wirklich glaubt, dass dieser Beruf das Richtige für mich ist. Aber ich bin ihm dankbar für diese Chance. Ich brauchte eine Veränderung. Mein Leben in Indien war ...", er machte eine Pause, „... sehr schwierig geworden."

„Als Sie eben von Ihrer Familie in Indien sprachen, meinten Sie da Ihre Frau?"

Sein Gesicht verdüsterte sich. „Meine Frau ist vor drei Jahren gestorben."

Wieder bemerkte sie das zornige Feuer in seinen Augen. Jetzt kannte sie wenigstens einen der Gründe dafür. Es war ihr schon schwer gefallen, auf ihre Tochter zu verzichten und sie einer anderen Familie anzuvertrauen. Wie viel schwerer musste es da erst sein, einen geliebten Mensch an den Tod zu verlieren. „Das tut mir Leid", sagte sie. Natürlich war das nur eine Floskel, aber sie meinte es wirklich aufrichtig.

Er nahm ihr Mitgefühl mit einem höflichen Nicken entgegen. Sein Schweigen verriet nichts von seinen Gefühlen.

Erneut klopfte es an der Tür. „Mach auf, Tante Jilly. Ich bin's."

Eine Sekunde lang machte sich ein Gefühl der Verlegenheit im Zimmer breit, als ob seine Anwesenheit etwas Unrechtmäßiges sei.

Sie verscheuchte diesen Gedanken, öffnete rasch die Tür und lächelte mit übertriebener Begeisterung. „Ich habe wundervolle Neuigkeiten!“ rief sie.

„Wir haben auch wunderv...“ Hannah verstummte, als sie Rajiv sah. Ihr Blick wanderte von ihm zu Jilly und zurück. Ihre Überraschung wich einem Ausdruck des Misstrauens.

„Ich lasse Sie jetzt besser mit Ihren erfreulichen Nachrichten alleine. Die Teekanne können Sie ruhig stehen lassen“, sagte Rajiv, der um formvollendetes Verhalten bemüht war. „Ich werde dem Zimmermädchen sagen, dass es sie mitbringen soll, wenn es Ihr Zimmer sauber macht. Guten Tag.“

In ihren Blicken lag allerdings eine Vertrautheit, die fern jeder Förmlichkeit war.

Birdie und Rose kamen gerade noch rechtzeitig, um Rajiv beim Verlassen des Zimmers zu sehen. Ihre Augen wurden groß wie Untertassen.

„Er hat mir Tee gebracht“, erklärte Jilly und zeigte auf die Kanne. „Also, was habt ihr denn für gute Neuigkeiten?“

Sie akzeptierten ihre Erklärung und setzten sich aufs Bett. Ihre Augen leuchteten vor Aufregung.

„Wir haben deine Krankenhausakten gefunden!“

„Was?“ Jilly stockte der Atem. Verblüfft starrte sie ihre Schwestern an. „Woher wusstest ihr denn, welches Krankenhaus es war?“

„Das wussten wir überhaupt nicht“, antwortete Birdie. „Aber wir haben uns gedacht, dass es eins von den dreien in der Umgebung sein musste. Also haben wir beim nächstgelegenen angefangen und Bingo! Wir hatten Glück. Sagt dir der Name Universitätskrankenhaus etwas?“

„Nein.“

Birdie lachte. „Das liegt daran, dass die Universität das Krankenhaus vor sieben Jahren gekauft hat. Wie ist es denn mit St. Francis?"

In Jillys Gehirn machte es Klick, als ein weiterer Puzzlestein seinen Platz fand. „Das ist es! Ja, das ist es!"

„Wenn wir Pech gehabt hätten, dann hätten wir tagelang, vielleicht wochenlang suchen müssen. Aber wie ich schon sagte, wir hatten Glück."

Jilly konnte es kaum glauben. „Und sie haben euch die Unterlagen einfach so gegeben?"

„Nun ja ... nein. Ich habe ihnen eine einigermaßen glaubwürdige Geschichte erzählt – dass ich eine Untersuchung mache über Geburten in der Region, die Mitte der siebziger Jahre stattgefunden haben. Ich habe mich als Ärztin ausgewiesen, und so konnte ich die Akten einsehen."

„Hannah und ich sind nicht mitgegangen, um keinen Verdacht zu erregen", sagte Rose.

„Als Ausgangspunkt hatte ich das Geburtsdatum und den Namen der Mutter. Aber weißt du was? Deine Erinnerung hat dich im Stich gelassen. Du hast dich um einen Tag im Geburtsdatum geirrt."

„Nein!" flüsterte Jilly und sank auf ihr Bett. Ihre Knie waren weich. „Nein. Das kann ich nicht glauben. Wie kann das sein? Ich bin die Mutter. Ich war doch dabei."

Birdie zuckte mit den Schultern. „Manchmal ist das Gedächtnis eben ein bisschen vernebelt. Du hast es ja nirgendwo aufgeschrieben, und du hast auch keine Geburtsurkunde, und dann ist es ja schon sehr lange her. Wo ist dein Tagebuch?"

Rose kramte in ihrer Schultertasche, holte das grüne Tagebuch hervor und reichte es ihr. Birdie schlug es auf und setzte sich neben

Jilly auf das Bett, damit sie gemeinsam die Notizen lesen konnten. Rose und Hannah scharten sich um sie.

Sie räusperte sich. „Deine Tochter wurde am 17. Mai um 16.14 Uhr im St.-Francis-Hospital geboren. Der Dienst habende Arzt war Dr. Joseph Brewster, der Anästhesist Dr. Robert Clayton. Das Season-Mädchen wog dreitausenddreihundert Gramm, war vierundfünfzig Zentimeter groß und vollkommen gesund. Sie wurde dem Katholischen Sozialdienst am 20. Mai übergeben." Sie schaute Jilly mit einem triumphierenden Lächeln an. „Deine Tochter heißt Anne."

Am Abend gingen sie in den Country Diner, um den Erfolg ihrer Nachforschungen zu feiern. Sie hatten Wein mitgebracht und auch Maude davon angeboten, ebenso wie dem älteren, zurückhaltenden Herrn hinter der Theke, der, wie sich herausstellte, Larry war – Maudes Ehemann seit siebenundvierzig Jahren. Ihnen gehörte das Restaurant, das sie gemeinsam führten.

„Haben Sie Mitte der siebziger Jahre schon hier gearbeitet?" wollte Jilly wissen.

„Das kann man wohl sagen", antwortete Larry ein wenig schüchtern. Seine hellen Augen blickten freundlich. „Aber nicht meine Frau. Sie war zu Hause und hat sich um die Kinder gekümmert. Und wenn Sie sich fragen, ob ich es war, der Ihnen damals die Limonade serviert hat, dann dürfte das wohl stimmen. Ich habe Limonaden und Milk Shakes für viele Mädchen aus dem Marian House gemixt. Für sie habe ich die Gläser immer ein bisschen voller gemacht."

„Ich danke Ihnen im Namen aller Mädchen", sagte sie und hob ihr Glas.

Es war nicht der letzte Trinkspruch an diesem Abend. Sie genossen das Gefühl ihres Triumphes. Irgendwo da draußen war noch eine Season mit blauen Augen und roten Haaren.

Sie waren ziemlich erschöpft und auch ein wenig angeheitert, als sie ins Motel zurückkehrten. Hannah und Jilly gingen sofort in ihr Zimmer, um zu schlafen. Birdie und Rose folgten ihrem Beispiel.

„Ich denke, ich überwinde mich und gehe noch unter die Dusche", sagte Birdie, während sie sich den Rücken massierte.

„Mach das", sagte Rose. „Ich werde noch ein bisschen surfen."

Birdies Rücken schmerzte, und sie verspürte leichte Krämpfe. Ihre Periode war schon wieder überfällig, und erneut hegte sie im Stillen die Hoffnung, möglicherweise schwanger zu sein. Der Gedanke kam ganz automatisch, nachdem sie jahrelang versucht hatten, ein zweites Kind zu bekommen, aber er stimmte sie auch gereizt, als sie sich an die Enttäuschung erinnerte, die sie jedes Mal empfunden hatte, wenn es wieder nicht geklappt hatte. In ihrem Alter waren das wohl eher Anzeichen der beginnenden Wechseljahre.

Sie stieg unter die heiße Dusche und genoss das Gefühl des Wasserstrahls, der ihren schmerzenden Rücken und ihren steifen Hals massierte. Während sie sich mit den Händen an den Kacheln abstützte, dachte sie an Dennis. Was mochte er in diesem Moment wohl tun? War er allein oder bei Freunden? Ob er auch an sie dachte? In den vergangenen Tagen hatte sie sich bemüht, gar nicht an ihn zu denken und auch nicht an die Worte, die er ihr an den Kopf geworfen hatte, bevor er so überstürzt aus Evanston abgereist war. Sie konnte nicht glauben, dass er es Ernst gemeint hatte. Wegen eines Streits würde er doch nicht zwanzig Jahre ihres Lebens wegwerfen!

Andererseits hatte er keinen ihrer Telefonanrufe beantwortet. Und irgendwie wollte sie ihn schon dafür bestrafen, dass er sie ignorierte oder ihr so grausame Dinge vorgeworfen und sie zum Weinen gebracht hatte. Aber sie vermisste ihn. Allein die Möglichkeit, dass er sie verlassen könnte, ließ sie verzweifelt die Hände ballen und erneut in Tränen ausbrechen, und dafür hasste sie sich. Mit heftigen Bewegungen rieb sie sich Shampoo ins Haar, wobei sie die ganze Zeit schluchzte. Das heiße Wasser spülte ihre Tränen fort, und das Rauschen der Dusche übertönte ihr lautes Weinen.

Als sie ihre Haare gewaschen hatte, schienen auch die Tränen versiegt zu sein. Sie kam sich ein wenig töricht vor, verspürte jedoch auch eine gewisse Erleichterung. Sie griff nach einem Handtuch und begann, sich abzutrocknen. Missmutig betrachtete sie ihre hängenden Brüste und das Profil ihrer Figur, die einmal so kurvenreich gewesen war und jetzt die klassische Birnenform angenommen hatte, über die sich Teenager lustig machten. Sie beugte sich näher zum Spiegel und zupfte an ihren Haaren. Wo kommt nur das ganze Grau her? fragte sie sich verwundert. War sie wirklich so beschäftigt gewesen, dass sie keine Zeit mehr hatte, sich um Dinge wie ihre Frisur, ihr Gewicht und ihre Fingernägel zu kümmern? Das Zusammensein mit Jillian während der vergangenen Woche hatte ihr schmerzlich vor Augen geführt, wie sehr sie sich all die Jahre hatte gehen lassen. Sie kam sich vor wie ein Elefant neben einer Gazelle. Niemand würde vermuten, dass Jilly die ältere Schwester war. Kein Wunder, dass Dennis abgehauen ist, dachte sie deprimiert.

Sie ging in das kühle Zimmer, froh darüber, dass Rose nicht erkennen konnte, ob sie geweint oder nur Seife in die Augen bekommen hatte. Rose hatte sich ihren alten babyblauen Bademantel angezogen, die Füße in dicke Wollsocken gesteckt, saß vor dem Laptop und bearbeitete eifrig die Tastatur. Das lange rotblonde Haar war zu einem unordentlichen Zopf geflochten und mit Haarnadeln festgesteckt. Sie wirkte auf nachlässige Weise attraktiv. Wusste Rose überhaupt, wie hübsch sie war? Ihre Schönheit war nicht von der berückenden Art wie Jillys, sondern sanft und natürlich, die gefällige Blicke auf sich zog. Birdie spürte einen Stich des Bedauerns, dass sie im Vergleich zu ihren Schwestern nicht gerade eine Augenweide war.

Rose schaute kurz auf und lächelte. Dann widmete sie sich wieder ihrer Tätigkeit, die ihr ganzes Interesse in Anspruch nahm.

Birdie begann, ihre Haare trockenzureiben. Rose ist schon komisch, überlegte sie. Sie erinnerte sich daran, wie sie sich als Kind stundenlang mit ihrer Briefmarkensammlung beschäftigen konnte. In der Familie hatte man immer Witze darüber gemacht, dass eine Bombe hätte explodieren können, ohne dass Rose es mitbekommen hätte, wenn sie auf eine Aufgabe konzentriert war.

„Rose, was machst du da?"

Rose schaute wieder auf. Ihre Augen blitzten aufgeregt, wie man es bei ihr nur selten sah. „Ich suche nach Informationen über Adoptionen im Internet. Ein paar von den Geschichten der leiblichen Mütter sind unglaublich. Sie werden dir bestimmt das Herz brechen, wenn du dabei an Jilly denkst. Möchtest du mal sehen?"

„Schon", antwortete sie müde. „Aber nicht jetzt. Ich bin kaputt, und ich möchte erst Dennis anrufen."

Roses Lächeln erstarb. Besorgt zog sie die Augenbrauen hoch. „Möchtest du vorher darüber reden?"

Birdie wollte weder mit Rose noch mit sonst jemandem darüber sprechen. Ihre Probleme mit Dennis gingen niemanden etwas an. „Es gibt nichts zu bereden", meinte sie leichthin. „Ich will nur mal nachfragen, wie es ihm geht. Wir kriegen unsere Meinungsverschiedenheiten schon in den Griff."

„Willst du allein sein? Ich kann so lange in Jillys Zimmer gehen."

„Rose! Wegen mir musst du deine Sache da nicht unterbrechen. Das wäre dir gegenüber nicht fair. Ich liebe dich, und ich bin dir dankbar, aber du solltest nicht so entsetzlich selbstlos sein."

Rose seufzte und sah ihr tief in die Augen. Wie schon in jener Nacht, als Merry starb, spürte Birdie erneut, dass Rose tiefer in die Seelen ihrer Mitmenschen blicken konnte, als diese es für möglich hielten.

„Es macht mir nichts aus, selbstlos zu sein", sagte sie eher als Erklärung denn als Verteidigung. „Es macht mir sogar Spaß. Vor allem bei denen, die mir nahe stehen."

Mit kräftigen Bewegungen rubbelte Birdie ihre Haare. Roses Bemerkung hatte sie zutiefst gerührt. „Mach nur weiter, während ich telefoniere. Du siehst so aus, als hättest du gerade eine wichtige Spur gefunden."

„Das stimmt. Aber sag mir trotzdem Bescheid, wenn du deine Meinung änderst und allein sein willst." Sie wandte sich erneut zum Bildschirm und war einige Sekunden später wieder ganz gefangen genommen von ihrer Lektüre.

Schnell schlüpfte Birdie in ihr langes Nachthemd, stellte die Heizung ein wenig höher, dann ging sie ins Bett und kuschelte sich unter die Decke. Sie griff zum Handy und wählte ihre Nummer zu Hause. Während das Telefon läutete, sagte sie sich immer wieder, dass der Anruf keine große Sache sei. Sie wollte ihm nur sagen, wo sie war.

Nach dem fünften Läuten schaltete sich der Anrufbeantworter ein.

„Hallo, Sie haben den Anschluss der Connors erreicht. Hier spricht Dennis. Bitte hinterlassen Sie eine kurze Nachricht nach dem Signal."

Sie öffnete den Mund, um etwas zu sagen, aber sie brachte kein

Wort heraus. Warum hatte er die Ansage geändert? Warum erwähnte er ihren Namen nicht? Nach kurzem Zögern unterbrach sie die Verbindung und starrte auf das Handy. Ihr Blick wanderte zum Wecker. Es war zehn vor elf. Wo konnte Dennis sein? Es sah ihm gar nicht ähnlich, während der Woche um diese Zeit nicht zu Hause zu sein. Mit zitternder Hand legte sie das Handy auf den Nachttisch. Sie rutschte unter die Decke, zog die Beine an und hielt ihr Kissen fest umklammert. Mit einem Seufzer schlief sie ein.

Spät in der Nacht war Rose auf ihrer Suche nach Informationen über Adoptionen fündig geworden. Zuerst wollte sie Birdie wecken und Jilly rufen und ihnen sofort von ihren Entdeckungen berichten. Aber als sie auf ihre Uhr sah, runzelte sie die Stirn und verfluchte die späte Stunde. Birdie schlief wie ein Murmeltier, und Jilly hatte gesagt, dass sie erschöpft sei und sich ebenfalls sofort ins Bett legen wollte. Sie schluckte ihre Enttäuschung herunter, fügte die Website der „Soundex Reunion Registry" ihrer Internet-Adressenliste bei und tröstete sich damit, dass es bis zum nächsten Tag Zeit hatte.

Dann holte sie tief Luft und schaute in ihrer E-Mail nach. Als sie sah, dass eine Nachricht von DannyBoy auf sie wartete, strahlte sie übers ganze Gesicht. In dem Moment wurde ihr klar, wie viel er ihr inzwischen bedeutete.

Liebe Rosebud,
ich habe heute oft an dich denken müssen. Ich habe darüber nachgedacht, was ich dir über mich erzählen soll. Es wäre einfacher, nur ein Bild zu senden, aber ich weiß, dass du das nicht möchtest. Also, dann fang ich mal an.

Ich bin achtunddreißig Jahre alt, einsachtzig groß und wiege

80 Kilo. Ich habe braune Haare und blaue Augen. Im Moment habe ich keinen Schnurrbart, aber die Entscheidung darüber ist noch nicht endgültig gefallen. Ich bin ein einfacher Mensch. Ich zelte und jage gern. Wahrscheinlich, weil ich so viel im Truck sitze, möchte ich in der Freizeit meine Beine bewegen und weit weg von der Straße sein. Ich koche gern, und ich kann das auch ganz gut. Dabei probiere ich lieber eigene Sachen aus, als Rezepte nachzukochen. Ich glaube, man kann sagen, dass ich eher ein Einzelgänger bin. Bei meinem Job und meinen Hobbys liegt das ja nahe. Aber ich mag auch Menschen; besonders, wenn sie zur Familie gehören.

Ich bin geschieden und habe einen zehnjährigen Sohn. Er lebt bei seiner Mutter. Sie ist eine gute Mutter. Mein Sohn bedeutet mir alles, und wir sehen uns immer, wenn ich zu Hause bin. Und das ist in Nebraska.

Ich weiß, dass du im Moment in der Nähe von Green Bay bist, und ich würde gerne wissen, wie lange du in Hodges bleibst. Meine Tour ist in ein paar Tagen zu Ende, und ich könnte versuchen, in einer Woche in Wisconsin zu sein. Falls es klappt, würdest du mich treffen wollen? DannyBoy

Rose spürte, wie ihr das Blut aus dem Gesicht wich. Ihn treffen? Mein Gott, er wollte sich mit ihr treffen?

Sie sank in ihren Stuhl zurück und atmete tief aus. Im Stillen hatte sie seit langem damit gerechnet, dass er sich mit ihr treffen wollte. Aber bisher war es ihr gelungen, den Gedanken an diese Möglichkeit in den hintersten Winkel ihres Gehirns zu verbannen. Sie hatte Geschichten über Leute gelesen, die per E-Mail kommunizierten, und nachdem sie sich schließlich persönlich getroffen hatten, heirateten sie entweder und lebten glücklich bis ans Ende ihrer

Tage, oder aber sie stellten ziemlich schnell fest, dass sie nicht füreinander geschaffen waren.

Sie wollte nicht, dass es ihr und DannyBoy ebenso ergehen würde. Ihr gefiel die Beziehung so, wie sie war. Sie klickte die E-Mail weg und schaltete den Laptop aus. Plötzlich war sie sehr müde und fror. Mucksmäuschenstill legte sie sich ins Bett, um Birdie, die sehr unruhig schlief, nicht aufzuwecken. Sie starrte in die Dunkelheit und hörte auf das Zischen und Rasseln der altmodischen Heizung, während sie sich verschiedene Antworten auf seine schlichte Frage zurechtlegte: „Würdest du mich treffen wollen?"

Erst viel später schlief sie erschöpft ein, nachdem sie sich gesagt hatte, dass es das Beste wäre, seine E-Mail nicht zu beantworten – jedenfalls vorerst nicht.

14. KAPITEL

Jillys Nasenspitze berührte fast den Bildschirm. In der einen Hand hielt sie die Maus, in der anderen eine Tasse Kaffee. Ihr Puls raste bei der Aussicht auf den ersten wirklichen Hoffnungsschimmer, nachdem man ihr beim Katholischen Sozialdienst mitgeteilt hatte, dass man ihr keine Auskünfte über ihr eigenes Kind geben konnte.

„Was ist das denn?" fragte sie und stotterte fast vor Aufregung.

Rose saß neben ihr auf dem Bett und lächelte zufrieden, weil sie es geschafft hatte, endlich etwas zu der Suche beizusteuern. „Das ist das Soundex Reunion Registry. Ich habe es gestern Abend im Internet entdeckt."

„Nicht zu fassen! Und die können mir einen direkten Kontakt zu meiner Tochter vermitteln?"

„Nur, wenn sie auch registriert ist. Es ist eine Institution, die Leute zusammenführt, die zusammengehören."

„Wie kann ich mich denn anmelden? Was muss ich tun?"

„Du kannst sie nicht per E-Mail erreichen", erklärte Rose geduldig. „Aber wir können ein Registrierungsformular anfordern, entweder per Post oder telefonisch."

„Vergiss die Post. Lass uns anrufen."

„Gut, aber warte noch. Ich will dir zuerst noch etwas anderes zeigen." Sie tippte eine Adresse in die Tastatur und klickte eine Internetseite an, auf der leibliche Mütter Informationen und Geschichten über die Suche nach ihren Kindern veröffentlicht hatten. Jilly stellte die Kaffeetasse ab, setzte sich bequem hin und begann zu lesen.

Eine Stunde später liefen ihr die Tränen übers Gesicht. Die Berichte der anderen Mütter, die Ähnliches bei der Geburt erlebt hatten, führten ihr eindrucksvoll vor Augen, dass sie nicht die Einzige mit solchen Erfahrungen war. Ganz und gar nicht. So vielen war es genauso ergangen wie ihr. Ihre Schmerzen waren die gleichen. Ihr Verlust war der gleiche. Und so wie sie hatten viele keine andere Möglichkeit gehabt, als ihr Baby zur Adoption zu geben. Genau wie ihr hatte man ihnen das Gefühl vermittelt, etwas Unrechtes getan zu haben, das bestraft werden musste. Einige Frauen hatten das Erlebnis verdrängt. Andere verzehrten sich in Sorge um ihr Kind. Einige Frauen hatten später weitere Kinder bekommen, während andere nie wieder welche hatten. Doch allen gemeinsam war der unendliche Kummer über die Trennung von ihrem Kind.

Nach der Lektüre war Jilly wieder voller Hoffnung und brannte darauf, jeder Spur nachzugehen. Aus dem Internet hatte sie zahlreiche Adressen von Gruppen und Institutionen aufgeschrieben, die Hilfe und Unterstützung versprachen. Schnell schlüpfte sie in ihre

Jeans und einen Sweater, hängte sich die Handtasche über die Schulter und ging zu Rajiv, um Schreibpapier und Briefmarken zu kaufen.

„Was führt Sie heute Nachmittag zu mir?“ fragte Rajiv und schaute von einem Stapel Papiere auf seinem Schreibtisch auf. „Möchten Sie Tee?“ Sein Lächeln verlieh seinem ernsten, fast strengen Aussehen eine sympathische Wärme, und Jilly lächelte zurück.

„Ich bin doch kein Bettler wie der kleine Hund.“ Dann ließ sie ihren Blick durchs Zimmer schweifen. „Aber falls Sie gerade welchen haben ...“

„Ich könnte frischen machen.“

„Bitte bemühen Sie sich nicht. Ich bin am Verhungern, und ich sollte mir etwas zu essen besorgen. Ich war so beschäftigt, dass ich es ganz vergessen habe.“ Sie trat einen Schritt näher zum Tresen und lehnte sich dagegen. Sie wirkte fast ein wenig kokett. „Ich habe heute Morgen nämlich das Internet entdeckt.“

Er lehnte sich in seinem Stuhl zurück und zog die Augenbrauen hoch. „Sie haben Ihre Suche ausgeweitet, wie ich sehe. Jetzt kommt High Tech ins Spiel.“

„Machen Sie sich nicht lustig über mich. Ein wenig habe ich schon vorher übers Internet gewusst, aber ich habe es nie benutzt. Für meine Arbeit habe ich es nicht gebraucht. Wenn ich geahnt hätte, was mir entgeht! Und das verdanke ich Rose.“

„In welcher Branche haben Sie denn gearbeitet?“

„Oh, ich war ... Model“, sagte sie ein wenig abwehrend. „In Europa.“ Fast wäre sie sich mit der Hand durch ihre Frisur gefahren. Sie sah bestimmt entsetzlich aus mit ihrem zerzausten Haar, das sie mit einer Plastikspange zu bändigen versuchte, und dem verschlafenen Gesicht, in dem keine Spur von Make-up zu entdecken war. „Verkaufen Sie auch Briefmarken?“

„Nein. Aber ich kann Ihnen eine geben."

„Vielen Dank, nein. Ich brauche eine ganze Menge. Ich möchte diesen Brief mit Eilpost schicken. Wo ist das nächste Postamt?"

„Ich bringe Sie hin. Ich muss nämlich auch einige Briefe aufgeben."

Sie zog die Augenbrauen hoch. „Vielen Dank", antwortete sie und freute sich, dass sie ein wenig Zeit mit ihm verbringen würde. Es war bestimmt viel schöner, mit ihm zu reden, anstatt bloß an ihn zu denken.

Als Jilly am nächsten Tag von ihrem Spaziergang zurückkehrte, fing Rose sie an ihrer Zimmertür ab und wedelte mit einem großen Umschlag. Birdie und Hannah scharten sich mit glänzenden Augen um sie.

„Der ist für dich gekommen, als du weg warst", sagte sie und reichte ihr den Eilbrief.

Ehrfürchtig nahm sie den Umschlag entgegen. „Er ist von Mr. Collins."

„Wir konnten es kaum erwarten, bis du endlich zurückkommst."

Sie nahm den Umschlag in den Arm, als wäre er ein neugeborenes Baby. Er war weder dick noch schwer. Was kann nur darin sein? fragte sie sich. Ein Name? Mehrere? Vielleicht sogar eine Adresse? Es tat gut zu wissen, dass sie sich auf die Unterstützung ihrer Schwestern verlassen konnte. Sie öffnete den Brief und zog ein paar Papiere heraus, denen ein Schreiben von Mr. Collins beigefügt war. Sie setzte sich aufs Bett, fuhr sich mit der Zungenspitze über die Lippen und begann zu lesen.

„Er sagt, das hier ist die Namensliste, die ihm seine Kontaktperson geschickt hat. Und er weist nochmals darauf hin, dass sie ihre

Identität nicht preisgeben kann ... bla bla bla ... aber er ist sicher, dass einer der Namen auf der Liste ...", sie schaute mit großen Augen hoch, „... der meiner Tochter ist."

„Gott sei Dank", sagte Rose. „Lies weiter."

„Außerdem schreibt er, dass sich die Herausgabe der Adoptionsunterlagen verzögern wird." Sie blickte wieder auf. „Verdammt."

„Weiter!"

„Die Richterin hat es für notwendig erachtet, einen Vermittler zu benennen", las sie. „Mr. Collins ist von dieser Entwicklung überrascht. Er nimmt an, dass die Adoptiveltern besorgt sind über Kontakte mit der gefürchteten leiblichen Mutter."

„Das haben sie nicht gesagt!" meinte Hannah empört.

„Vielleicht habe ich ein bisschen übertrieben, aber so verstehe ich es jedenfalls." Sie schaute wieder auf den Brief. „Außerdem sagt er uns, dass wir die Hoffnung nicht verlieren sollen, und dass es sich nur um eine Verzögerung handelt. Mit freundlichen Grüßen und so weiter ..."

Jilly legte die Unterlagen auf ihren Schoß. „Ich traue mich gar nicht, sie anzusehen."

„Ich schon", sagte Birdie und gab ihr einen aufmunternden Klaps auf die Schulter. „Stirbst du nicht vor Neugier? Wir wissen doch schon, wie das Baby genannt wurde."

„Es wird auf einmal so wirklich. Mit jedem Schritt nähern wir uns der Begegnung mit ihr. Nach so vielen Jahren, in denen ich nicht einmal an sie gedacht habe, geht auf einmal alles rasend schnell."

„Ich kann verstehen, wie du dich fühlen musst", sagte Rose und trat einen Schritt näher. „Manchmal sind wir einfach noch nicht so weit, uns den Tatsachen zu stellen. Wir brauchen ein wenig mehr

Zeit. Wir haben Verständnis dafür, wenn du es ein bisschen langsamer angehen willst. Wir haben dir ja gesagt, dass du in jeder Hinsicht auf uns bauen kannst."

Einerseits hätte sie wirklich noch gerne ein wenig gewartet. Andererseits – hatte sie sich nicht schon viel zu viel Zeit gelassen? Im Gegensatz zu Rose war sie sehr impulsiv. Sie holte tief Luft, legte Mr. Collins' Schreiben beiseite und schaute auf die Liste.

Acht Namen standen darauf – drei Mal der Name Anne – in verschiedenen Schreibweisen und zwei Mal mit einem zweiten Vornamen. Einige hatten ausländisch klingende Nachnamen. Die Seasons waren jedoch englischer und irischer Abstammung, mit roten Haaren und blaugrünen Augen. Schwester Celestine hatte ihr versichert, dass sie alles unternehmen wollten, um das Kind in einer Familie unterzubringen, deren kultureller Hintergrund ebenso passend war wie die Haarfarbe.

„Ich dachte, wir wüssten, dass sie Anne heißt", sagte Hannah. Sie schaute ihrer Mutter über die Schulter, als sie sich alle um die Liste drängten.

„Das habe ich auch gedacht", antwortete Birdie. „Aber vielleicht haben sie ihn noch mal geändert."

Jilly schüttelte den Kopf. „Das glaube ich nicht. Es wäre etwas anderes, wenn ich das Kind Anne genannt hätte." Sie verdrehte die Augen. „Ausgerechnet! Nehmen wir mal an, ich hätte es getan, dann könnte ich verstehen, dass die Adoptiveltern einen eigenen Namen für ihr Kind auswählen wollten. Aber ich habe dem Baby gar keinen Namen gegeben. Man hat mir gesagt, ich sollte es nicht tun, weil es die Trennung nur noch schwerer gemacht hätte. Wenn also die Adoptiveltern das Kind Anne genannt haben, warum sollten sie es dann wieder ändern? Das wäre doch sinnlos." Sie schaute fragend zu Birdie. „Hättest du Hannahs Namen geändert, als du aus dem Krankenhaus nach Hause gekommen bist?"

Birdie schüttelte den Kopf. „Nein. Ich verstehe, was du meinst."

„Warum dann also die anderen Namen?"

Schweigend dachten sie eine Weile darüber nach.

„Ich denke, wir sollten alle Namen außer den verschiedenen Annes ignorieren", schlug Birdie vor. „Auf diese Weise können wir die Suche einengen. Zum Glück haben wir den Hinweis aus den Krankenhausakten. Fangen wir am besten damit an."

„Einverstanden", sagte Jilly. Sie holte einen Federhalter aus der Schublade, legte die Papiere nebeneinander auf den Schreibtisch und machte neben drei Namen ein Kreuz.

Ann Josephine Neville.

Anne Rutledge.

Anne Marie Parker.

Sie starrten auf die Liste, und jede fragte sich, welcher Name wohl der Richtige war.

„Hättet ihr euch jemals vorstellen können, dass das Baby den gleichen Namen wie unsere Mutter hat?" fragte Birdie mit einem Anflug von Ehrfurcht. „Was für eine Ironie des Schicksals!"

„Es ist wohl ausgleichende Gerechtigkeit", meinte Rose.

„Ich nenne es süße Rache", spottete Birdie. „Mutter dreht sich wahrscheinlich im Grab um."

„Meine Güte, bist du verbittert", rief Rose.

„Genau wie ich", antwortete Jilly, die ebenfalls stets ein Gefühl von Zorn überkam, wenn sie an ihre Mutter dachte. „Ich hätte meine Tochter niemals nach ihr benannt."

„Vergiss es, Jilly", gab Birdie zurück. „Sie war auch nicht bei mir im Kreißsaal. Ich hätte es auch gar nicht gewollt. Sie war nicht diese Art von Mutter."

„Ach komm, Birdie", antwortete Jilly aufbrausend. „Wir wollen nicht unsere jeweiligen Situationen vergleichen. Ich rede gar nicht davon, dass Mutter nicht mit mir im Kreißsaal war. Sie hat doch so getan, als hätte es diese Geburt nie gegeben."

„Ja, sie war ein wenig verrückt. Sie hätte besser niemals vier Kinder gehabt. Aber sie hat uns geliebt. Daran habe ich nie gezweifelt."

„Manchmal ist es eben nicht genug, sein Kind zu lieben", entgegnete Jilly.

„Stimmt", murmelte Hannah und verschränkte die Arme.

Birdie fuhr herum und sah ihre Tochter an. In deren Miene lag eine Mischung aus Aufbegehren und Anklage.

Jilly bemerkte die Verletztheit in Birdies Gesichtsausdruck, die Sekunden später Kummerfalten wich. Das hatte sie ja noch nie erlebt. In der High School hatte man sie „die eiserne Birdie" genannt, weil nichts und niemand Beatrice Season zum Weinen bringen konnte.

„Wir wollen uns doch nicht streiten. Das ist unser erster konkreter Hinweis. Lasst uns lieber mit der Arbeit anfangen", sagte sie und stand auf. Erleichtert sah sie Roses zustimmendes Nicken.

„Gut!" sagte Rose unternehmungslustig. „Wir haben drei Namen. Was machen wir als Nächstes?"

„Ich hole mal das Tagebuch", sagte Jilly. Ihr geschmeidiger Körper streckte sich katzengleich quer über das Bett, als sie das Tagebuch aus ihrer Ledertasche herausfischte. „Zum Glück hat Mr. Collins uns die Nachnamen genannt. Nach allem, was ich heute Morgen aus dem Internet erfahren habe, kann es Monate dauern, bis manche Frauen überhaupt so weit kommen. Wenn ich das hier so lese“, sagte sie, während ihre Augen über eine Seite des Tagebuchs huschten, „sollten wir in der Stadtbibliothek beginnen und die Telefonbücher des Geburtsjahres durchforsten.“

„Wir wissen, dass das Baby in Green Bay County geboren wurde. Als Erstes schauen wir auf die Karte und beginnen mit der Suche in einem Radius von fünfzig Meilen. Und dann schauen wir in den örtlichen Telefonbüchern nach.“

„Das kann stundenlang dauern“, jammerte Hannah. „Vielleicht sogar tagelang.“

„He!“ sagte Jilly mit scharfer Stimme. Hannahs Kopf schoss hoch. „Weshalb sind wir denn hier? Wenn du nicht mithelfen willst ...“, sie maß ihre Nichte mit einem vernichtenden Blick, „... dann kannst du ja hier im Zimmer bleiben und fernsehen.“

Der schneidende Ton ihrer Lieblingstante verletzte Hannah. „Nein, nein. Natürlich komme ich mit und helfe.“

„Gut“, sagte Jilly schnell und nickte zufrieden. Sie hatte keine Lust, die „gute“ Tante zu spielen, wenn dies zu Problemen zwischen Birdie und ihrer Tochter führte. Außerdem reagierte sie immer irritierter auf die herablassende Art, mit der Hannah ihre Mutter behandelte – dass sie nicht mit ihr das Zimmer teilen und im Restaurant nicht neben ihr sitzen wollte, dass sie nichts darauf gab, was ihre Mutter sagte, aber alles, was Jilly äußerte, begierig in sich aufsog.

Sie standen auf und nahmen ihre Mäntel. Hannah ging zuerst hinaus, gefolgt von Rose. Als Jilly den Schlüssel aus ihrer Tasche kramte, um das Zimmer abzuschließen, berührte Birdie sie am Ärmel.

„Danke“, sagte sie.

„Keine Ursache“, erwiderte Jilly leichthin. Dann hielt sie inne und sah ihr in die Augen. „Aber unter uns gesagt: Versuch doch mal, Hannah nicht nur wie ein Kind zu sehen. Behandle sie wie eine Frau. Dabei könntest du feststellen, dass sie schon ziemlich reif ist." Sie zwinkerte ihr zu. Im Hinausgehen fügte sie hinzu: „Hast du's gemerkt? Ich übe schon für die Mutter-Tochter-Beziehung."

Die Suche nach einer Adresse war nicht so leicht, wie sie es sich vorgestellt hatten. Zwar hatten die vier sich die Aufgaben geteilt, aber zwei Tage später waren sie immer noch nicht weitergekommen. Die Anspannung wurde größer. Jeden Nachmittag eilte Jilly ins Motel, um nachzuschauen, ob eine Nachricht von Mr. Collins auf sie wartete. Jeden Abend rief Birdie bei Dennis an, aber es meldete sich immer nur der Anrufbeantworter. Jede Nacht schaute Rose sehnsüchtig auf ihren Laptop, aber sie schaltete ihn nicht ein, um nach ihrer E-Mail zu schauen. Verschlossen und dunkel stand er auf dem Schreibtisch – ganz so, wie sich sie sich im tiefsten Innern fühlte.

Ihre Freizeit verbrachten sie damit, durch die Läden von Hodges zu bummeln. In einem Antiquitätengeschäft erstand Rose einen Webteppich, Lampen, Zierdeckchen und eine Tagesdecke. Jilly kaufte Gläser und Teetassen, um ihr Zimmer etwas wohnlicher zu gestalten. Aber so richtig konnte sie nichts aufheitern, seitdem die Suche ins Stocken geraten war. Nachdem sie drei Tage nach Adressen geforscht hatten, sank ihre Stimmung beträchtlich. Jilly schaute sich ihre entmutigte Truppe an und entschied, dass sie eine Aufmunterung benötigten.

„Mädels", sagte Jilly, während sie sich genießerisch ein Stück Schokolade in den Mund steckte, „ich glaube, ich habe einen weiteren Tiefpunkt in meinem Leben erreicht."

In der Mitte des Doppelbetts in ihrem Zimmer stand ein fettiger Pappkarton mit einem kalt gewordenen Stück Käse-Tomaten-Oliven-Pizza. Daneben lagen Tüten mit Schokolade, Schokoladenkeksen und Gummibärchen und eine Chipstüte, deren Inhalt sie bereits verputzt hatten.

„Lass mich raten", sagte Birdie, während sie sich die Kissen in den Rücken stopfte, um die Schmerzen zu lindern. „Im eleganten Frankreich unternehmen die feinen Damen keine Sauf- und Fressorgien."

„Durchaus, wenn es um delikate Schweizer Schokolade und Champagner geht", antwortete Jilly mit affektiertem Tonfall. „Aber nicht mit Pizza und Bier, *chérie*."

„Sie wissen nicht, was ihnen entgeht. Zum Beispiel hier diese typisch amerikanische Durchschnittsmädchen-Pyjamaparty, wie ich sie zu nennen pflege. Wirkt tausend Mal intensiver als alle Pillen gegen Depressionen."

„Ich glaube, ich habe noch nie so viel ungesundes Zeug während einer einzigen Mahlzeit gegessen", sagte Rose und rollte sich neben Jilly auf den Bauch. „Wahrscheinlich wird mir gleich schlecht."

„Untersteh dich. Ein bisschen Dekadenz tut der Seele ganz gut", meinte Birdie und nahm sich noch einen Keks.

„Aber nicht der Figur", konterte Jilly. Dann warf sie Birdie ein Stück Schokolade zu und ergänzte: „Ich kann nicht glauben, dass du Ärztin bist."

„Du weißt, was man über Ärzte sagt", erwiderte Birdie, während sie die Süßigkeit aufschnappte. „Sie sind die unvernünftigsten Patienten, die man sich denken kann."

„Morgen werden wir dafür büßen müssen", prophezeite Jilly und schob die Tüten mit den Süßigkeiten weiter fort von sich. „Nur Hannah nicht. Schaut euch diese knospende Schönheit dort an." Sie deutete auf ihre Nichte, die auf dem Boden saß und mit ihren Fingernägeln beschäftigt war. „Hat außer mir niemand bemerkt, dass sie nur ein Stück Pizza und überhaupt keine Süßigkeiten gegessen hat?"

Birdie war es nicht aufgefallen. Sie drehte sich um und betrachtete ihre Tochter.

Hannah zuckte schüchtern mit den Schultern und feilte weiter an ihren Nägeln. „Ich war überhaupt nicht hungrig."

Birdie dachte an die Essgewohnheiten, die Hannah in letzter Zeit an den Tag gelegt hatte. Sie war sehr wählerisch gewesen und hatte all die süßen und fettigen Speisen gemieden, die sie sonst so gerne aß. Sie entschied sich für Salate, die mit Essig und Öl angemacht waren, aß sehr viel Obst und keine Desserts. Sie achtete auch mehr auf ihre Kleidung und legte ein sehr dezentes Make-up auf.

„Bist du auf Diät?" fragte sie erstaunt. Hannah hatte noch nie einen der gesunden Speisepläne akzeptiert, die sie ihr früher immer vorgeschlagen hatte.

„Nicht wirklich", antwortete Hannah leichthin. „Es ist mehr eine Lebenseinstellung."

Birdie hob die Augenbrauen. Eine Lebenseinstellung? Das klang überhaupt nicht nach Hannah. Sie blickte zu Jilly hinüber. Als sie deren stolzen Gesichtsausdruck sah, war ihr klar, woher der Wind wehte. Sie stellte sich vor, dass die beiden im Dunkeln lange und sehr persönliche Gespräche über Schlankheitskuren, Schönheit, Jungen und vielleicht sogar Sex geführt hatten. All das also, worüber eigentlich sie mit ihrer Tochter hätte reden sollen. Unvermittelt überkam sie ein Gefühl von Eifersucht. „Und was ist das für eine Lebenseinstellung?"

Hannah schnalzte vernehmlich mit der Zunge. „Was glaubst du denn? Dass ich auf Drogen bin oder so was? Oder magersüchtig? Ich esse gesunde Sachen", rief sie. „Keine Chips und keine Süßigkeiten. Mein Gott, Mom, das ist doch genau das, was du mir seit Jahren predigst. Nur dass du dich selber nicht daran hältst."

Der Seitenhieb war beabsichtigt, und er sollte wehtun. Das tat er auch. Birdie versuchte, sich die Worte nicht zu Herzen zu nehmen, und sie hasste die verräterische Röte, die sie auf ihren Wangen spürte. „Ich habe nicht behauptet, dass du auf Drogen bist. Ich habe nur eine Frage gestellt."

Hannah gab keine Antwort, sondern feilte heftig an ihren Nägeln.

„Sie macht auch Gymnastik", ergänzte Jilly. „Jeden Abend. Ich habe ihr ein paar Übungen gezeigt, und jeden Morgen gehen wir Joggen."

„Nach den Osterferien werde ich wie neugeboren sein."

Sie joggten auch zusammen? Birdie fühlte sich schrecklich ausgeschlossen.

Natürlich wollte Jilly nur hilfsbereit sein, aber das verschlimmerte die ganze Sache nur noch. Merkte sie denn nicht, dass Hannah alles, was ihre Tante tat, viel höher schätzte als das, was ihre Mutter ihr zu vermitteln versuchte? Jilly war schlank und wunderschön, und in ihrer Gegenwart kam Birdie sich wie eine alte, verbrauchte Frau vor.

Jilly seufzte. Sie legte sich auf den Rücken und rieb über ihren provozierend flachen Bauch. „Ich habe Magenschmerzen. Schafft dieses Zeug fort. Werft es weg. Ich will nie mehr Schokolade sehen."

Birdie griff nach der Tüte und steckte sich bedrückt ein weiteres Stück Schokolade in den Mund.

„Bis morgen", sagte Rose lachend.

„Hört euch das an", neckte Birdie sie. „Ich hab gar nicht gesehen, dass du dich über die Süßigkeiten hergemacht hast."

„Ich habe davon gegessen", entgegnete Jilly abwehrend. „Aber ich mag Süßes nicht besonders."

„Ich hasse es, wenn dürre Menschen so etwas sagen."

„Vielleicht sind sie gerade deshalb dürr und andere nicht", murmelte Hannah.

„Hannah ..." Jillys Stimme klang warnend. Hannah sah ihre Tante herausfordernd an, dann zuckte sie mit den Schultern und widmete sich wieder ihren Fingernägeln.

Birdie nahm noch ein Stück Schokolade.

„Was soll ich mit meiner Frisur machen?" wechselte Jilly das Thema. Sie stand auf und ging zum Spiegel über dem Waschbecken. „Seht ihr? Grau. Direkt über den Schläfen. Ist das nicht erschreckend?"

„Willkommen im Club", sagte Birdie mürrisch.

„Nicht solange ich noch atme und einen Dollar in meiner Tasche habe." Jilly ging ganz nahe an den Spiegel heran und suchte nach weiteren grauen Haaren.

An Hannahs bewundernder Miene erkannte Birdie, dass sie graue Haare bei Jilly ausgesprochen attraktiv fand. Sie kniff die Lippen zusammen, während sie überlegte, dass es kaum verwunderlich wäre, wenn Hannah im nächsten Schuljahr Spanisch aufgab und Französisch wählte.

„Ich muss unbedingt zum Friseur", sagte Jilly. „Nein, besser nicht. Es überläuft mich kalt, wenn ich überlege, an wen ich hier oben geraten könnte. Ich kann mir meine Haare selber färben. Ich möchte nicht, dass meine Tochter mich mit grauen Haaren kennen lernt. Kriegt man in den Supermärkten eigentlich noch Friseurartikel?"

„Klar. Alles, was du willst", antwortete Birdie. „Aber um ehrlich zu sein, Jilly, ich sehe kaum Grau."

„Ich auch nicht", schloss Rose sich an, während sie sich auf die Ellbogen stützte.

„Kaum? Das heißt also, ihr seht etwas." Sie drehte sich wieder zum Spiegel. „Ich hasse meine Haare."

„Komisch, dass du das sagst", meinte Birdie und wedelte mit einem Schokoladenpapier durch die Luft. „Ich habe dein Haar immer geliebt."

Im Spiegel sah Jilly ihren nachdenklichen Gesichtsausdruck. Sie ließ die Hände sinken.

„Und deines auch, Rose", ergänzte Birdie. „Dieses weiche Rotblond."

„Es ist orange. Wie ein Kürbis", sagte Rose in ihrer selbstverleugnenden Art.

„Es ist wunderschön und erinnert an die Sonne", konterte Birdie. „Wie das von Mom und Merry. Ich war so glücklich, dass Hannah dieselbe Haarfarbe hatte, als sie geboren wurde. Rote Haare sind das Markenzeichen der Seasons, und alle haben es. Außer mir." Sie lachte kurz auf, um das Mitgefühl ihrer Schwestern nicht an sich herankommen zu lassen. „Als wir noch klein waren und Daddy jedes Mal, wenn wir ein Zimmer betraten, dieses entsetzliche ‚Hier kommen die vier Seasons' rief, habe ich mich immer ganz klein gemacht, weil ich dachte, alle würden mich anstarren und sich fragen, wer denn wohl dieses hochgeschossene, linkische Kind war. Ich hatte immer das Gefühl, nicht dazuzugehören mit meinen langweiligen braunen Haaren. Soll ich dir mal sagen, was meine erste Reaktion war, als ich im Krankenhaus gelesen habe, dass dein Kind rote Haare hat, Jilly? Ich habe mich betrogen gefühlt. Noch eine Season mit rotem Haar. Warum haben sie mich ausgelassen? Ich schwöre euch, wenn ich Daddy nicht so ähnlich sähe, dann würde ich glauben, ich wäre adoptiert."

„Aber du hast herrliches Haar, Birdie", sagte Jilly, und sie klang aufrichtig. Plötzlich tat es ihr Leid, dass sie ihre Schwester jahrelang wegen ihres Aussehens beschimpft und geneckt hatte, ohne gemerkt zu haben, dass sie damit ihren wunden Punkt getroffen hatte. Birdie hatte immer nur mit den Schultern gezuckt und hochnäsig geantwortet, Verstand sei ihr wichtiger als Aussehen. „Du hast wunderschöne rote Strähnchen."

„Ich *hatte* mal rote Strähnchen. Inzwischen sind sie grau geworden."

Jilly legte die Fingerspitzen an die Lippen und sagte mit Nachdruck: „Das kann man ändern."

„Nein, nein, bloß nicht. Färben und so was ist wirklich nichts für mich."

„Warum nicht?"

„Ich bin so, wie ich bin, egal ob schön oder nicht. Ich möchte gerne natürlich sein. Ich benutze kaum etwas anderes als ein wenig Lippenstift und Wimperntusche." Sie spürte den arroganten Tonfall in ihrer Stimme und bereute ihn sofort. Sie hatte überhaupt keinen Grund, hochnäsig zu sein. Im Gegenteil, sie tat sich furchtbar Leid, aber sie wollte sich einen Rest ihres Stolzes bewahren nach allem, was sie gerade von sich preisgegeben hatte. Peinlich berührt wünschte sie sich nichts sehnlicher, als ihre Geständnisse ungeschehen machen zu können.

Aber Jilly ließ nicht locker. „Es gibt viele Produkte, die hundertprozentig natürlich sind." Sie setzte sich neben Birdie und fuhr in sanfterem Tonfall fort: „Die Natur geht nicht gerade freundlich mit uns Frauen um, wenn wir älter werden. Ich denke, wir müssen selber alles Mögliche tun, um ihr ein Schnippchen zu schlagen." Ihre Miene erhellte sich, und mit einem boshaften Blick schaute sie zwischen ihren Schwestern hin und her. „Wir sollten einen neuen Schnitt ausprobieren."

„Nein", antwortete Birdie entschieden.

„Ach komm, das macht Spaß, und du wirst fantastisch aussehen, wenn ich fertig bin.“

„Nein.“

„Sei kein Frosch“, sagte Rose, und sie verkniff sich ein Lachen.

„Du hast es gerade nötig! Seit der High School läufst du mit derselben Frisur herum. Ich tue es, wenn du es auch tust.“

„Oh, nein.“ Rose machte einen Rückzieher. „Ich werde meine Frisur niemals ändern. Die gehört zu mir. Ich kann mir nicht vorstellen ...“

Birdie brach in schallendes Gelächter aus und schlug die Hände über dem Kopf zusammen.

„Warum nicht?“ fragte Hannah, die sich auf dem Bett ausgestreckt hatte. „Es sind doch nur Haare. Die wachsen wieder. Glaubst du, dass du mir auch die Haare schneiden könntest, Tante Jilly? Ich möchte etwas ganz Verrücktes haben. Vielleicht ganz kurz, wie Winona Ryder.“

„Ich glaube, das würde dir sehr gut stehen“, meinte Jilly, während sie Hannahs jugendliche, makellose Haut und die dunklen, geschwungenen Brauen mit Bewunderung betrachtete. Gedankenverloren klopfte sie sich auf den Mund. Sie nahm ihre Rolle als Schönheitsberaterin ernst. Unter ihren prüfenden Blicken setzte Hannah sich kerzengerade auf. „Ein bisschen länger vielleicht als die von Winona. Etwas mehr Meg Ryan. Es könnte deine Augen betonen. Und ein bisschen Gold hinein, um deine Gesichtshaut zur Geltung zu bringen. Ein dezenteres Make-up. Weich und feminin. Ja,“ sagte sie nickend. „Genau so. Bei dir auch, Rose. Eine neue Frisur würde dir bestimmt gefallen.“

Rose nahm ihre langen Haare in die Hand und schüttelte den Kopf. „Bleib mir bloß vom Leib, du Verrückte.“

„Wie du willst“, sagte Jilly und wandte sich wieder ihrem ursprünglichen Ziel zu. „Ehrlich gesagt, Birdie, du solltest deinen Friseur erschießen. Dieser Haarschnitt bringt dir überhaupt nichts. Ebenso wenig wie die grauen Strähnen. Es macht dich – entschuldige, wenn ich so offen bin, aber ich bin deine Schwester, und wenn ich es dir nicht sage, wer soll's denn dann tun? – es macht dich älter. Du möchtest rote Haare haben? Ich glaube, du sähst fantastisch aus als Rothaarige. Wenn die Natur einen Fehler gemacht hat – na wenn schon." Sie lächelte schelmisch. „Wir können ihn korrigieren."

„Vergiss es."

„Ihr seid zwei richtige Landpomeranzen", sagte Jilly, die an der Dickköpfigkeit ihrer Schwestern fast verzweifelte.

„Warum denn nicht, Mom?" leistete Hannah ihrer Tante Schützenhilfe. „Ich glaube, mit roten Haaren würdest du großartig aussehen. Wäre das nicht eine tolle Überraschung für Daddy, wenn wir wieder nach Hause kommen?"

Diesem Argument wusste Birdie nichts Überzeugendes entgegenzusetzen. Denn ihr waren die wissenden Blicke zwischen Jilly und Rose ebenso wenig entgangen wie Hannahs erwartungsvoller Gesichtsausdruck.

„Ich glaube nicht, dass er den Unterschied bemerken würde", antwortete sie trotzdem. Wahrscheinlich wäre es ihm sowieso egal, dachte sie.

„Und ob!" antwortete Hannah mit Nachdruck. „Du solltest mal was für dich tun, Mom. Es wird dir bestimmt gut tun. Ich mache deine Nägel. Wir veranstalten einen Schönheitsabend. Als ich klein war, haben wir das so oft gemacht. Erinnerst du dich nicht mehr?"

Natürlich erinnerte sie sich noch, und sie spürte einen bittersüßen Schmerz, als sie an den Spaß dachte, den sie beide dabei hatten. Birdie schaute ihrer Tochter in die Augen und fragte sich, was sie ihr mit diesem intensiven Blick wohl sagen wollte.

„Glaubst du wirklich, dass ich mit roten Haaren gut aussehen würde?“ fragte sie mit einer Beiläufigkeit, die niemanden täuschen konnte.

Hannahs Augen wurden groß vor Aufregung, die sich allmählich auch auf Birdie übertrug. „Ganz bestimmt“, sagte sie, während sie das Haar ihrer Mutter durch ihre Finger gleiten ließ. „Du würdest echt scharf aussehen.“

„Scharf?“ antwortete Jilly. „Das ist doch ein Wort! Komm, Birdie, wie kannst du nur allen Ernstes darauf verzichten, scharf auszusehen?“

Birdie sah, wie Hannahs Gesicht sich aufhellte. So hatte sie als Dreijährige ausgesehen, wenn sie den Tannenbaum betrachtete. Plötzlich war ihr, als würde sie auf einer Woge von Hochgefühl davongetragen, und sie lachte ergeben. „Wenn ihr meint! Dann wollen wir mal!“

Ein paar Stunden später stand Jilly am Waschbecken und spülte die Plastikflaschen mit dem Haarfärbemittel aus. Lachen drang aus dem kleinen Motelzimmer, das nun schon seit fünf Tagen ihr Zuhause war, zu ihr ins Bad hinüber. Das Gelächter wurde lauter und unkontrollierter – genau die Art von Lachen, bei dem sie sich früher über den Boden gerollt und die Tränen aus dem Gesicht gewischt hatten.

Jilly hatte nicht mehr daran geglaubt, dass sie dieses Lachen noch einmal hören oder diese Zärtlichkeit und Zuneigung noch einmal spüren würde, die gerade ihr Herz heftiger schlagen ließen. Sie hielt inne und betrachtete ihre Schwestern, die mit gespreizten Fingern und Zehen auf dem Bauch lagen und die Farbe auf den Nägeln trocknen ließen. Der Schönheitsabend war ein voller Erfolg gewesen.

Mit ihren roten Haaren wirkte Birdie attraktiv wie nie zuvor und zehn Jahre jünger. Sie hatte die Farbe von Hannahs Haar gewählt, nur ein wenig intensiver und ein bisschen gewagter. Jilly hatte den unvorteilhaften eckigen Schnitt abgerundet, was ihre Wangenknochen betonte. Die neue Haarfarbe ließ ihre blauen Augen wie Sterne funkeln, und das Make-up, das Jilly mit Könnerschaft aufgetragen hatte, unterstrich diese Wirkung noch. Den ganzen Abend über hatte Birdie ihre kurzen Haare angefasst und verstohlen in den Spiegel geschaut. Jilly lächelte zufrieden, als sie das ungläubige Staunen in ihrem Gesicht las.

Auch Hannah sieht gut aus, fand Jilly. Sie ihr einen Stufenschnitt verpasst, der das Blond ihrer Strähnchen hervorhob, die sie eingearbeitet hatte. Der schwere schwarze Lidstrich war verschwunden, pastellfarbener Lidschatten verlieh ihr ein strahlendes Aussehen.

Und sogar Rose erklärte sich einverstanden, ihrem Haar den ersten professionellen Schnitt verpassen zu lassen, nachdem Jilly gebettelt und geschmeichelt hatte. Rose schloss die Augen, als Jilly die Schere ansetzte, die noch nie so nervös gewesen war, wenn sie jemandem die Haare gemacht hatte. Das Ganze hatte etwas von einer Entjungferung. Birdie und Hannah hatten sich dicht hinter sie gestellt und schauten ihr mit offenem Mund zu. Jilly schnitt nur die ungleichmäßig langen und gesplissenen Enden ab, doch das allein machte schon fast fünfzehn Zentimeter aus. Jetzt reichte Rose das Haar bis zu den Brüsten und hatte eine gleichmäßige Fülle, die es gesünder und dichter wirken ließ. Als Rose ihre Augen wieder öffnete, bemerkte sie gar nicht, dass ihre Haare kürzer waren. Stattdessen lachte sie so fröhlich, wie sie es als Sechsjährige immer getan hatte. Rose lachte nicht oft, aber wenn sie es tat, klang es wie helles Glockenläuten.

Jilly lauschte der Musik ihres Lachens und fühlte sich zurückversetzt in jene Zeit, als sie den ganzen Tag miteinander herumalberten und ausgelassen waren. Zurückversetzt in die goldenen Tage, als sie daran glaubten, Prinzessinnen zu sein, die Königinnen wurden und die ganze Welt regierten.

15. KAPITEL

Ein leises Klopfen an der Tür holte Jilly aus einem tiefen Schlaf. Sie blinzelte mit einem Auge in die Dunkelheit. Durch einen Spalt zwischen den olivgrünen Vorhängen fiel ein Streifen grauen Lichts.

„Hm?" Verschlafen hob Jilly den Kopf. „Wer ist da?" fragte sie müde.

„Ich bin's, Birdie. Mach bitte auf."

Jilly stolperte aus dem Bett und öffnete die Tür. In einem Meer von Rosa ging die Sonne über den Hügeln auf. Überrascht kniff sie die Augen zusammen. Birdie trat ins Zimmer und rieb sich die Hände.

„Komm mir jetzt bloß nicht mit ‚den frühen Vogel fängt die Katze' oder so was Ähnliches", warnte sie. Dann warf sie einen Blick in den dunklen Raum, sah, dass ihre Tochter noch tief und fest schlief, und verzog enttäuscht das Gesicht. „Ich denke, ihr zwei geht jeden Morgen Joggen", sagte sie. „Ich wollte nämlich mit euch kommen."

Birdie schien etwas vom Licht der Morgendämmerung mit ins Zimmer gebracht zu haben. Ihr Gesicht, eingerahmt von rot schimmerndem Haar, glühte. Sie trug Jeans und ein burgunderfarbenes Sweatshirt mit der Aufschrift „University of Wisconsin". Sie begann, auf der Stelle zu joggen.

„Vergiss die Sache mit dem Vogel. Du erinnerst mich an ein Kaninchen. Hör auf, so herumzuhopsen", grummelte Jilly.

„Ich mache ein Warm-up."

„Das ist kein Warm-up, Mom." Hannah war aufgewacht. Sie saß im Bett und gähnte. „Du musst Streckübungen machen."

Birdie hielt inne. Sie blinzelte in das dämmrige Zimmer. „Zeigst du mir, wie man's macht?" fragte sie und hoffte, dass ihr Eifer nicht allzu offensichtlich war.

Hannah kratzte sich am Bauch und lächelte ihr zuvorkommend zu. „Aber sicher."

„Lauft ihr beiden schon mal vor", sagte Jilly, immer noch schläfrig. „Nach dem Essen von gestern macht mir mein Magen zu schaffen. Ich komme gleich nach." Natürlich hatte sie keine Probleme mit ihrem Magen, aber sie wollte die beiden gern ein wenig allein lassen.

„Du wirst alt", neckte Birdie, doch sie befolgte ihren Vorschlag.

Zwanzig Minuten später hatte Jilly ihre Trainingshose und ein Sweatshirt angezogen, war nach draußen gegangen und begann mit ihrer Frühgymnastik. Die milde Morgenluft versprach einen angenehmen Frühlingstag. In der Nacht hatte es geregnet, und die Tropfen hingen noch auf den Blättern und in den Gräsern. Blütenduft stieg ihr in die Nase?

In gemächlichem Tempo lief sie am Fluss entlang. Der Boden fühlte sich weich unter ihren Füßen an. Das morgendliche Joggen gefiel ihr hier viel besser als in der Stadt. Sie liebte die Kühle eines ländlichen Morgens in ihrem Gesicht, den Geruch des Waldes und der Erde, das feuchte Gras, über das sie lief. Joggen war für sie eine Art Zwiegespräch zwischen der Natur und ihrem Körper; eine Konzentrationsübung für ihre Gedanken, wenn ihre Welt aus den Fugen geriet. Sie steigerte ihr Tempo, bis ihr Körper schweißgebadet war und ihr das Herz wild in der Brust hämmerte. Dann machte sie kehrt und lief am Fluss entlang zurück.

Als sie sich dem Motel näherte, erblickte sie jemand anderen am gegenüberliegenden Ufer, der ihr entgegenjoggte. Im Dunst des frühen Morgens konnte sie nicht erkennen, wer es war. Nachdem sie ein paar Schritte weitergelaufen war, kniff sie die Augen zusammen und bemerkte den kleinen weißen Hund, der neben der Person rannte. Es war also Rajiv Patel. Ein hoffnungsvoller Schauer durchfuhr ihren Körper.

Ein paar Meter weiter vorn war die kleine Holzbrücke, wo sie ihn bereits arbeiten gesehen hatte. Sie verlangsamte ihre Schritte und wischte sich mit dem Ärmel über die Stirn. Ehe sie sich noch fragen konnte, ob er wohl herüberkäme, um sie zu begrüßen, nahm ihm der kleine Hund die Entscheidung ab: Er schoss über die Brücke und lief bellend auf sie zu. Jilly beugte sich hinunter und tätschelte seinen Kopf. Er sprang hoch und hinterließ Schlammspuren auf ihrer Hose.

„Sind Sie wirklich sicher, dass das nicht Ihr Hund ist?“ fragte sie Rajiv, als er näher kam.

Er lachte. „Ich schon. Aber ich glaube, er ist es nicht.“

„Hat er einen Namen?“

„Falls ja, hat er ihn mir nie verraten.“

„Wie nennen Sie ihn denn?“

„Gar nicht. Normalerweise beachte ich ihn auch nicht, aber das scheint ihm überhaupt nichts auszumachen. Ich weiß nicht, warum, doch er treibt sich gerne hier in der Umgebung herum.“

„Sie könnten ihm doch einen Namen geben.“

„Aber ich habe kein Recht dazu. Er gehört zu dieser unabhängigen Sorte. Er kennt jeden Quadratzentimeter in der Umgebung, und er weiß, wo es etwas für ihn zu holen gibt. Ich glaube, dass er auch bei den Hundedamen sehr beliebt ist. Ich habe ein paar Mischlinge in der Stadt gesehen, die einen Fleck auf dem Auge haben.“

Sie lachte. Ihr gefielen der sehnige Körper des Hundes und seine wachen Augen. Keine Frage – dieser kleine Kerl verstand es, die Menschen für sich einzunehmen. „Aber er braucht einen Namen. Jeder braucht einen Namen.“

„Schon möglich. Doch nicht von mir. Denn dann würde ich mich ihm irgendwie verbunden fühlen.“

Jilly wunderte sich über diese Antwort. Wie schmerzhaft musste eine Beziehung für ihn sein, wenn er sie nicht einmal für eine Zeit lang mit einem streunenden Hund eingehen oder ihm auch nur einen Namen geben wollte? Sie schaute auf den Hund und dachte an ihre Tochter. Ihr hatte sie auch nie einen Namen gegeben.

„Dann werde ich ihn eben taufen“, entschied sie sich, erneut darum bemüht, ihre Fehler aus der Vergangenheit wieder gutzumachen. Sie überlegte kurz, während sie den Fleck über seinem Auge und sein unbekümmertes Wesen studierte. „Was halten Sie von Pete?“

Rajiv betrachtete den Hund aufmerksam. „Ein sehr menschlicher Name, finden Sie nicht?“

Sie erinnerte sich daran, wie er ihr sein Fressen aus der Hand geschnappt hatte. „Ich hab’s. Wie wär es mit ‚Ricky der Räuber‘?“

Rajiv nickte lächelnd. „Das passt zu ihm.“

Ihr gefiel es, dass er ihr sofort zustimmte.

„Haben Sie ein besonderes Ziel?“ fragte er.

„Ich laufe nur so vor mich hin. Und Sie?“

„Ebenfalls“, antwortete er. „Haben Sie etwas dagegen, wenn ich mich Ihrer Ziellosigkeit anschließe?“

Sie joggten am Hotel vorbei bis zu der Stelle, wo der Fluss breiter wurde und schneller dahinströmte und durch die Schneeschmelze angestiegen war. Beim Laufen sprachen sie über alltägliche Dinge und waren doch beide bemüht, möglichst unauffällig ihre Interessen, ihre Herkunft und ihre Erfahrungen auszukundschaften. Er war ein faszinierender Mann, denn er kannte sich mit so vielen Dingen aus. Dennoch schien er wenig Lust zu haben, viel von sich preiszugeben, was Jilly verwirrte. Sie musste ihm jedes Wort aus der Nase ziehen, und das war genauso mühselig wie die Suche nach einer Perle in einer Auster.

Er erwies sich allerdings sehr geschickt darin, sie auszufragen, besonders, was ihre Suche anbetraf. Er interessierte sich immer mehr für ihre Geschichte, und ihr Erfolg schien ihm wirklich am Herzen zu liegen. Während sie weiterliefen, rannte Ricky zwischen ihnen und dem Wald hin und her und verfolgte eine Spur. Oder er plant seinen nächsten Beutezug, vermutete Jilly.

„Wann haben Sie Ihre Tochter bekommen?"

„Vor sechsundzwanzig Jahren. Kaum zu glauben, nicht wahr?"

„Und der Vater? Waren Sie mal verheiratet?"

Sie schüttelte den Kopf. „Ich habe zwar drei Mal geheiratet, aber niemals den Vater meines Kindes."

„Drei Mal?" Er ging nicht weiter darauf ein, sondern beobachtete einen Habicht, der seine Kreise über ihnen zog.

„Das ist eine lange Geschichte", meinte sie mit einem abfälligen Lachen.

„Es ist ein langer Weg zurück."

Sie erinnerte sich an eine alte Regel, die sie aufgestellt hatte: niemals mit Fremden über Geld oder Liebe sprechen – jedenfalls nicht über *ihr* Geld und *ihre* Liebe. Er wirkte jedoch so unkonventionell mit seiner geheimnisvollen Ausstrahlung und seiner höflichen Zurückhaltung. Sie musterte sein attraktives Profil und überlegte, wozu Regeln aufstellen, wenn man sie nicht brechen konnte?

Und so fing sie an, ihm ihre Geschichte zu erzählen, zögernd zunächst und ohne auf alle Einzelheiten einzugehen. Sie begann mit ihrer Ankunft in Frankreich – ein unzureichend vorbereitetes, aufgeschossenes, mageres junges Mädchen, für eine Au-pair-Stelle absolut ungeeignet. Sie sprach über ihre schnellen Erfolge als Model, ihre kurze, sehr erfolgreiche Karriere im italienischen Filmgeschäft und ihre ebenso kurze Ehe mit einem italienischen Filmregisseur, über ihren Weg zum Ruhm, auf dem sie drei sehr gut aussehende Männer geheiratet hattet, die immer die Falschen waren. Jilly genoss es, mit Rajiv über Dinge zu reden, die sie noch keinem Menschen erzählt hatte. Am allerwenigsten ihren Ehemännern. Sie gehörten nicht zu der Sorte Männer, denen sie vertrauen konnte – egal in welcher Sprache.

Es lag nicht allein daran, dass Rajiv ein Fremder für sie war und sie ihm jederzeit den Rücken zuwenden konnte, ohne sich noch ein einziges Mal nach ihm umzuschauen, dass sie ein solches Gefühl von Freiheit verspürte. Er war ein ausgezeichneter Zuhörer. Seine Miene war ernst und aufmerksam, und seinen Augen sah sie an, dass ihn ihre Erzählungen berührten.

„Und deshalb bin ich nach Hause gekommen – um mein Glück zu suchen“, beendete sie ihren Bericht, während sie langsam weiterging. „Dabei hätte ich nicht im Traum daran gedacht, dass dieses Glück ausgerechnet meine Tochter ist. Und dass das Vermögen, das ich gefunden habe, meine Schwestern sind.“

Vor einem kleinen hübschen roten Ziegelbau, der auf einer Anhöhe lag, blieben sie stehen. Von hier aus konnte man den Fluss sehen, der sich durch die Landschaft schlängelte, und den Ort Hodges.

„Was für ein hübsches Haus", bemerkte Jilly.

„Vielen Dank. Ich wohne hier", erwiderte Rajiv.

„Tatsächlich? Ehrlich gesagt, ich hätte nicht damit gerechnet, dass Sie in einem so malerischen Haus leben. Ich hatte mir Sie eher in einer öden Wohnsiedlung vorgestellt – ein Betonklotz neben dem anderen", neckte sie ihn.

Er lächelte schwach. „Es ist schon schwer genug, in einem solchen Haus zu arbeiten. Gott sei Dank muss ich nicht auch noch in einem solchen leben."

„Wie kommt es, dass Sie in so einem, nun ja ..."

„Seien wir wohlwollend meinem Vater gegenüber. Sagen wir, in einem architektonisch so uninspirierten Motel?"

Sie lachte.

„Er hat es bei einem Kartenspiel gewonnen. Das meine ich vollkommen ernst. Ich habe mich nie für das Familiengeschäft interessiert. Ich wäre in Indien geblieben und hätte meine eigenen Pläne verfolgt. Habe ich Ihnen schon erzählt, dass ich in der Softwarebranche gearbeitet habe?" Er schaute sie lächelnd an, und seine Augen blitzten fröhlich. „Ich kenne mich also ein bisschen im Internet aus."

„Ich verstehe", entgegnete sie und freute sich über die erste heitere Anspielung in ihrer Bekanntschaft. „Und wie sind Sie dann an das famose Rivers' End Motel gekommen?"

Sein Lächeln erstarb, und sein Blick wanderte zu einem Punkt, der irgendwo im Tal lag. „Mein Vater hat angerufen und mir von diesem kleinen Anwesen in Wisconsin erzählt, das er gewonnen hatte. Und er hat mit mir über Karma gesprochen." Er lachte bitter. „Vielleicht sollten wir besser nicht darüber reden. Es könnte nämlich damit enden, dass ich über diesen wackligen Zaun in den Fluss springe."

„Ich bräuchte Ihnen nur nachzuspringen und versuchen, Sie zu retten.“ Sie zuckte mit den Schultern. „Karma.“

Er schaute sie von der Seite an. „Ich glaube, Sie verstehen nicht, was Karma bedeutet.“

„Vielleicht sollten Sie es mir erklären?“ sagte sie in unmissverständlichem Tonfall.

Sein Blick war ein wenig missbilligend. „Ich fürchte, ich bin kein guter Lehrer.“ Mit ernster Miene sah er auf seine Uhr. „Es tut mir Leid, Jillian, aber es ist schon spät. Ich muss an die Arbeit. Es war schön, mit Ihnen zu joggen.“

„Das finde ich auch.“ Und weil sie ihn wiedersehen wollte, fügte sie kühn hinzu: „Vielleicht können wir es wiederholen.“

„Ja, das wäre schön.“

„Morgen früh laufe ich wieder.“ Warum werfe ich mich ihm nicht gleich an den Hals? fragte sie sich.

Ihre Blicke trafen sich, und erneut war die Anziehungskraft zwischen ihnen spürbar. Vielleicht sollte ich es tun, beantwortete sie ihre Frage.

„Ich werde nach Ihnen Ausschau halten“, fügte sie hinzu.

„Dann bis morgen.“ Mit einem flüchtigen Nicken wandte er sich ab, öffnete das schmiedeeiserne Tor und ging zu dem roten Ziegelhaus.

Als der Abstand zwischen ihnen größer wurde, empfand Jilly ein Gefühl von Enttäuschung. „Drückeberger“, murmelte sie. Während sie freimütig über ihre Vergangenheit gesprochen hatte, war er verschlossen geblieben wie eine Auster. Ricky saß zu ihren Füßen und blickte sie erwartungsvoll an.

„Wenigstens du hast keine Angst vor mir“, sagte sie zu dem Hund. „Komm, Junge, lass uns essen gehen.“ Sie nahm den gleichen Weg zum Motel zurück, während Ricky ihr dicht auf den Fersen blieb. Jilly schaute sich noch einmal zum Haus um und verfluchte sich, weil sie gegen ihre Prinzipien verstoßen hatte. Aber er interessierte sie nun mal, denn er übte eine ungeheure Faszination auf sie aus. Und je mehr er sie auf Distanz hielt, desto neugieriger wurde sie. Neugieriger und neugieriger.

Später am Morgen kurbelten zwei Ereignisse die Suche wieder in an. Zunächst brachte der Postbote das Anmeldeformular des „Soundex Reunion Registry". Schnell füllte Jilly die Bögen so genau wie möglich aus und notierte Mr. Collins' Telefonnummer, über die man Kontakt aufnehmen konnte. Die ausgefüllten Bögen steckte sie zusammen mit einem Spendenscheck in einen Umschlag, den sie als Eilbrief zurückschickte.

Das zweite Ereignis war eine Anschrift, die zu einem der Namen passte.

Sie waren wieder in der Bibliothek und blätterten durch die Telefonbücher, als Rose plötzlich mit einem lauten Triumphschrei von ihrem Stuhl aufsprang. „Ich hab's gefunden!" rief sie und wedelte mit dem Blatt Papier durch die Luft. „Ich hab's!" Jauchzend lief sie zu ihnen hinüber. Die Bibliothekarin quittierte ihren Ausbruch mit einem Stirnrunzeln.

„Was hast du gefunden?" fragte Birdie, die sich erwartungsvoll erhoben hatte.

„Eine Übereinstimmung. Ich habe eine Anschrift gefunden, die zu Ann Josephine Neville passen könnte. In Lake St. George gab es damals eine Familie Neville. David und Susan." Sie blickte von dem Papier auf. „Etwa siebzig Meilen von hier."

„Neville? Das ist der erste Name auf der Liste."

„Wer weiß, ob die Nevilles noch da wohnen?"

„Sie sind jedenfalls unter derselben Adresse registriert."

Jilly begegnete ihren erwartungsvollen Blicken. „Es ist ein Anfang."

Jilly saß neben dem Telefon. Als sie zum Hörer griff, zitterten ihr die Hände, und sie legte ihn wieder zurück. Kurz darauf wollte sie erneut zum Telefon greifen, doch auf halbem Wege überlegte sie es sich anders und nahm ihre Tasche zur Hand. Sie wühlte in dem schwarzen Lederbeutel herum und holte schließlich eine Schachtel Zigaretten heraus. Sie zündete sich eine an und stieß langsam den Rauch aus.

Warum war sie bloß so nervös? Sie war sich ja noch nicht einmal sicher, ob diese Ann Josephine überhaupt ihr Kind war. Bis jetzt war es doch nur eine Namensgleichheit. Und selbst wenn sie sich als zutreffend herausstellen sollte – was konnte schon Schlimmes passieren?

Vielleicht, dass die Frau doch nicht ihre Tochter war. Oder dass die Nevilles nicht mehr unter der angegeben Adresse wohnten. Oder dass Ann – oder ihre Familie – wütend wurden, weil sie versucht hatte, mit ihnen in Verbindung zu treten. Das wäre nun wirklich das Schlimmste. Wenn ihre Tochter nichts mit ihrer leiblichen Mutter zu tun haben wollte.

Sie nahm noch einen tiefen Zug. Das war ja wohl eher unwahrscheinlich. Ann war sechsundzwanzig Jahre alt und wohnte vermutlich gar nicht mehr bei ihren Eltern. Das Beste, worauf Jilly hoffen konnte, war, dass sie ihr ihre Anschrift gaben, ihr mitteilten, ob sie verheiratet war und wie ihr neuer Familienname lautete. Das konnte doch nicht so schwer sein.

Sie stand auf und lief in dem schmalen Zimmer hin und her. Es bringt nichts, sich in irgend etwas hineinzusteigern, ermahnte sie sich. Am Ergebnis würde es nichts ändern. Sie konnte es genauso gut sofort hinter sich bringen. Außerdem wusste sie, dass ihre Schwestern draußen vor der Tür standen und auf eine Nachricht von ihr warteten. Sie zog noch einmal an ihrer Zigarette und legte sie auf einen Unterteller. Dann setzte sie sich aufs Bett, nahm das Telefon und wählte die Nummer, ehe sie Angst vor der eigenen Courage bekam.

„Hallo?" Es war die Stimme einer Frau.

„Guten Tag. Mrs. Neville?"

„Ja?"

Jillys Herz klopfte bis zum Hals, und ihr Mund war trocken. „Ist Ann zu sprechen?"

Ein langes Schweigen entstand. „Wer ist denn da?" Die Stimme klang plötzlich misstrauisch.

„Sie kennen mich nicht. Ich möchte nicht aufdringlich erscheinen, aber mein Name ist Jillian Season, und ich glaube, dass ich möglicherweise Anns Mutter bin. Ihre leibliche Mutter, meine ich."

Diesmal dauerte das Schweigen noch länger. „Das ist unmöglich", erwiderte Mrs. Neville mit zitternder Stimme. „Nein, das kann nicht sein."

„Ist Ann Josephine Neville Ihre Tochter?"

„Ja. Das heißt, sie war es."

War es? Jilly spürte, wie ihr ein kalter Schauer über den Rücken lief. „Ich fürchte, ich verstehe nicht ganz ..."

„Meine Ann ist vor vier Jahren gestorben."

Jillys Gehirn war plötzlich leer.

„Bei einem Autounfall. Der Herr hat sie uns genommen." Ihre Stimme versagte.

Jilly konnte nicht glauben, was sie da hörte. Sie war darauf vorbereitet gewesen, dass sie einfach den Hörer auflegten oder ihr sagten, dass sie nichts mit ihr zu tun haben wollten. Sie hatte sich auf eine lange Diskussion über Geburtsdaten und Geburtsorte eingestellt, hatte sich Einzelheiten eingeprägt, mit deren Hilfe sie feststellen konnte, ob *diese* Ann *ihre* Ann war. Aber auf eine derartige Auskunft hatte sie keine Antwort parat.

„Das ... das tut mir Leid." Ihre Finger zitterten, als sie sie an die Lippen legte. War es möglich, dass die Suche nach ihrer Tochter auf diese Weise endete? „Ich weiß nicht, was ich sagen soll ..."

„Ich denke, Sie haben auch nicht die richtige Familie gefunden", sagte Mrs. Neville, nachdem sie sich wieder gefangen hatte.

„Es spielt keine Rolle. Es tut mir Leid, dass ich Sie belästigt habe. Ich fühle mit Ihnen."

„Ich habe gesagt", wiederholte die Frau mit Nachdruck, „dass Sie nicht bei der richtigen Familie sind. Wir haben Anns leibliche Mutter bereits kennen gelernt. Vor sechs oder sieben Jahren. Ann wollte sie finden, als sich herausstellte, dass sie schwanger war. Sie hat sie ausfindig gemacht, und sie haben sich getroffen, obwohl nicht viel dabei herumgekommen ist. Ich habe nie das Gefühl gehabt, dass ich Ann weniger bedeutete, weil sie sie kennen lernen wollte. Ich wusste, dass ich Anns wirkliche Mutter war. Ich war diejenige, die sich fast dreiundzwanzig Jahre lang um sie gekümmert und sie geliebt hat."

„Natürlich", erwiderte Jilly. „Daran bestand wohl nie ein Zweifel."

„Ich wollte Ihnen damit nur sagen, dass Ann glücklich war, die Frau kennen zu lernen, der sie ihr Leben verdankt. Es hat ihr viel bedeutet. Und ich bin glücklich, dass sie es noch herausfinden konnte, bevor sie gestorben ist." Sie hörte einen tiefen Seufzer. „Nun denn ... ich wünsche Ihnen viel Glück. Hoffentlich finden Sie Ihre Tochter."

Ihre letzten Worte erstarben in einem Schluchzen. Jilly murmelte ein mitfühlendes Auf Wiedersehen und legte auf. Dann weinte sie um Ann Josephine Neville und ihre beiden Mütter.

„Ich brauche einen Drink." Sichtlich mitgenommen betrat Jilly das Zimmer ihrer Schwestern.

Nachdem sie ihnen erzählt hatte, was geschehen war, waren sie gleichermaßen erschrocken und bekümmert.

„Das Erschreckendste an der ganzen Sache ist, dass ich niemals damit gerechnet habe, meiner Tochter könnte etwas Schlimmes passiert sein", sagte Jilly und fasste sich an den Hals. „Ich meine, in den ganzen Jahren hätte ja alles Mögliche geschehen können. Sie könnte einen Unfall gehabt haben. Oder gelähmt sein. Ein Bein verloren haben. Und was, wenn sie krank ist und im Sterben liegt?" Sie schlug die Hände vors Gesicht. „Oder schon gestorben ist? Vielleicht ist sie genauso tot wie die arme Ann Josephine Neville."

„Ja, all das kann möglich sein", sagte Birdie ruhig und rückte näher, um ihr den Arm um die Schultern zu legen. „Das gehört nun mal zum Leben."

„Ich weiß nicht, Birdie", sagte Jilly und lehnte sich an sie. „Ich glaube nicht, dass ich das noch einmal durchmachen könnte. Stell dir vor, meine Ann wäre die Adoptivtochter dieser Frau gewesen?"

„Wir sind jetzt schon so weit gekommen bei unserer Suche. Wir können nicht mehr aufhören. Was immer geschehen sein mag, ist geschehen."

Jetzt wollte Birdie einen Anruf tätigen. Sie verließ das Zimmer, setzte sich in ihren Wagen, ließ die Heizung laufen und schaltete das Radio ein. Der Sonnenuntergang beendete einen weiteren Tag. Die anderen machten sich gerade fertig, um zum Abendessen zu gehen. Maude hatte ihnen versprochen, ihren weltberühmten Rindfleischeintopf für sie zu kochen.

Auf dem Unterhaltungskanal spielten sie „Unchained Melody“, und Birdie nahm es als ein gutes Omen. Es war ihr Lieblingslied gewesen, als sie und Dennis während ihrer College-Zeit miteinander gingen. Sie erinnerte sich an jenen Abend, als ihr klar wurde, dass dies *ihr* Lied sein würde. Sie waren auf einer Party im Verbindungsheim der Studentinnen und feierten den Meisterschaftssieg ihrer Schwimmmannschaft. Birdie hatte eine neue Rekordzeit für ihr Team geschafft, aber nicht nur deswegen fühlte sie sich großartig, sondern weil Dennis Connor unter den Zuschauern war und sie angefeuert hatte. Sie hatten sich im College wiedergesehen und waren seit einigen Monaten zusammen. In jener Nacht, gerade als Dennis mit den Drinks auf sie zusteuerte, erklang dieses Lied. Es waren Margaritas, und sie beobachtete ihn, wie er die Gläser mit einer Ernsthaftigkeit transportierte, die ihn ihr ans Herz hatte wachsen lassen. Er schaute auf den Boden, und eine Strähne seiner langen Haare war ihm ins Gesicht gefallen. Genau in dem Moment hatte ihn ein Betrunkener angerempelt, so dass sich der größte Teil der Getränke über sein Hemd und seine Hose ergoss. Birdie stockte der Atem. Der Kerl entschuldigte sich ausführlich und wollte helfen, wobei er sich so ungeschickt anstellte, dass noch mehr von den Margaritas über Dennis' Hemd floss. Dennis schaute auf, aber anstatt den Kerl zu beschimpfen, sah er in ihre Augen, lächelte ein wenig schief und zuckte selbstironisch mit den Schultern. In dem Moment wusste Birdie, die in einem humorlosen Haushalt lebte, in dem zusammengepresste Lippen zum Alltag gehörten, dass dieser Mann für sie der Richtige war.

Meine Liebe, mein Liebling ...

Sie hatte Dennis gar nicht so nahe kommen wollen, weil Jilly mit ihm befreundet gewesen war. Aber sie konnte es nicht verhindern; sie hatte ihn seit jeher geliebt. Später an diesem Abend hatte sie in seine dunklen Augen geschaut; Augen, die so braun und von einer so unergründlichen Tiefe waren, dass sie das Gefühl hatte, in seine Seele zu blicken, und sie hatte ihm geglaubt, als er ihr erzählte, Jilly sei nur ein Schülerschwarm gewesen und nicht zu vergleichen mit dem, was er für sie empfand.

„Und was ist das?" fragte sie ihn ein wenig neckend. „Was empfindest du für mich?"

„Liebe", hatte er mit einer entwaffnenden Ehrlichkeit geantwortet. Und dann hatte er sie sehr sanft und so langsam geküsst, als hätten sie alle Zeit der Welt. Sie hatte die Augen geschlossen und war wieder so schwerelos geworden wie zuvor im Wasser, aber diesmal bewegte sie sich durch Wogen der Lust. Sie schnappte nach Luft, weil sie fürchtete zu ertrinken.

Ich habe mich nach deiner Berührung verzehrt ...

In dieser Nacht hatten sie zum ersten Mal miteinander geschlafen – zu den Klängen dieses Liedes, und sie hatten zu der Musik getanzt, als sie ein Jahr später auf ihrer Hochzeit gespielt wurde. Während Birdie im Wagen saß und auf das Handy starrte, wurde ihr bewusst, dass sie diesen Song schon lange nicht mehr zusammen gehört hatten.

Schnell wählte sie ihre Nummer in Milwaukee. Das Telefon klingelte fünf Mal. Sie atmete jedes Mal tief aus. Dann schaltete sich der schreckliche Apparat ein, und sie hörte Dennis' Stimme. Sie war kalt, und sie sprach zu Fremden. Dann kam wieder der Signalton.

„Dennis, ich bin's, Birdie. Ruf mich auf meinen Handy an. Bitte."

Sie unterbrach die Verbindung, ohne noch mehr zu sagen. Tränen flossen über ihre Wangen, als die Melodie anschwoll und den Innenraum des Wagens füllte.

Gehörst du noch mir?

Als Rose allein im Zimmer war, nutzte sie die Gelegenheit und schaltete schnell ihren Laptop ein, um nach ihrer E-Mail zu sehen, was sie schon seit einiger Zeit nicht mehr getan hatte. Sie hatte sich vorgenommen, einen Tag über alles nachzudenken, dann wurden zwei Tage daraus, dann drei und vier, bis die Furcht, DannyBoy zu antworten, einfach zu groß geworden war. Was sie nicht zur Kenntnis nahm, konnte ihr schließlich auch nicht wehtun.

Aber als sie sah, wie Jilly ihre Furcht überwand und bei den Nevilles anrief, erkannte Rose, dass sie selbst ein Angsthase war. Nur ein Feigling würde einen Mann wie DannyBoy im Ungewissen lassen, nachdem er sie um ein Treffen gebeten hatte.

Vier Nachrichten von DannyBoy warteten auf sie. Sie konnte sie nicht ignorieren. Sie klickte die erste Mail an, und die Schrift erschien auf dem Bildschirm.

Liebe Rosebud,
im Südwesten gab es heute ein Unwetter; ein Tornado jagte den anderen. Trucks wurden von den Straßen gewirbelt, und wir mussten ganz schnell Schutz suchen. Ich hatte Glück, dass ich rechtzeitig von der Straße runterkam und ein Zimmer gefunden habe und nicht wie ein paar andere arme Teufel unter einer Straßenüberführung gestanden habe, wie man mir hinterher erzählt hat. Aber die Warterei in der Nacht war schon ziemlich nervenaufreibend. Wenn der Himmel über Texas bis zum Horizont diese düstere grüne Farbe annimmt und die Luftfeuchtigkeit so hoch ist, dass du sie praktisch aus-

löffeln kannst, dann schauen alle nur noch nach oben. Hast du jemals einen Tornado miterlebt? Ich kann dir aus Erfahrung sagen: So ein Ereignis vergisst man nie wieder.

Aber in Wisconsin ist das Wetter ja recht gut, wie ich gehört habe. Du erlebst sogar schon ein bisschen Frühling. Das freut mich. Es gibt nichts Schöneres als die Hügel im Mittelwesten, wenn sie sich grün färben und die Luft so herrlich frisch riecht. Ich kann es kaum erwarten, nach Hause zu kommen. Ich würde dir gerne einige meiner Lieblings-Wanderwege zeigen – das heißt, wenn du es möchtest. Es gibt da einen Flecken, auf dem unglaublich viele Wildblumen wachsen.

Der Tornado hat meinen Terminplan durcheinander gebracht. Ich werde jetzt erst in einer Woche zu Hause sein.

Ich muss los. Das elektrische Licht spielt verrückt. Das muss wohl am Sturm liegen.

DannyBoy

Liebe Rosebud,

ich frage mich, ob es wegen der Stürme Probleme mit der E-Mail gegeben hat, denn ich habe nichts von dir gehört. Vielleicht hast du Schwierigkeiten, unterwegs ins Internet zu kommen? Wenn du diesen Brief liest, schreib doch bitte zurück, damit ich weiß, dass alles in Ordnung ist.

Hier ist das Wetter wieder gut. Ein Ort, etwa zwanzig Meilen von hier, wurde von einer Windhose dem Erdboden gleichgemacht. Die armen Leute! Häuser wurden umgeworfen, und drei Menschen getötet. Da wird einem doch wieder klar, wie froh man sein kann, dass man noch lebt.

DannyBoy

Liebe Rosebud,

ich bin jedes Mal sehr enttäuscht, wenn ich am Ende des Tages nichts von dir gehört habe. Ich merke, wie wichtig deine Briefe ... und du für mich geworden bist. Ich will deine Freundschaft auf keinen Fall verlieren.

Ich weiß, du hast von Anfang an gesagt, dass du zu den schüchternen Typen gehörst. Das gefällt mir ja so an dir. Ich habe versucht, nichts zu tun oder zu schreiben, was dir irgendwie unangenehm sein könnte. Ich habe meine alten E-Mails noch mal gelesen und festgestellt, dass du nicht mehr geschrieben hast, seitdem ich dich gefragt habe, ob wir uns einmal treffen können. Ich frage mich, ob das der Grund ist, warum ich nichts mehr von dir höre.

Bitte glaube mir, dass ich dich nicht drängen möchte. Wenn du kein Treffen willst, ist es in Ordnung. Ich sage dir ganz offen, dass ich dich gerne kennen lernen würde. Ich habe gehört, manche Menschen haben Angst davor, dass dem oder der anderen nicht gefallen könnte, was sie sehen, und dass sie sich deshalb niemals treffen. Mir geht es nicht so. Ich schicke dir auch gerne ein Foto, und ich wäre froh, wenn ich eins von dir bekommen könnte. Vielleicht fällt dir dann die Entscheidung leichter.

Wenn du allerdings sagst, dass du mich auf keinen Fall kennen lernen möchtest, so fände ich das zwar schade, aber meine Freundschaft zu dir über unsere E-Mails ist mir immer noch lieber als überhaupt keinen Kontakt mit dir. Bitte schreib mir, was du darüber denkst.

Dein Freund DannyBoy

Liebe Rosebud,

ich glaube, ich verstehe den Wink. Ich hoffe, dass du immer noch unterwegs bist und irgendetwas mit deinem Computer nicht in Ord-

nung ist und du mich nicht erreichen kannst. Vielleicht bist du ja enttäuscht darüber, dass du keine Briefe mehr von mir bekommst (jedenfalls hoffe ich das).

Aber wenn das nicht der Grund ist, dann höre ich auf, dir noch länger auf die Nerven zu gehen. Ich würde mich sehr freuen, etwas von dir zu hören. Ich fände es furchtbar schade, wenn unser Kontakt abbricht, ohne dass wir uns Auf Wiedersehen gesagt haben.
DannyBoy

Sie las jeden Brief drei Mal. Und jedes Mal weinte sie ein bisschen mehr. Dann klopfte es an die Tür, aber Rose war viel zu aufgewühlt, als dass es ihr etwas ausgemacht hätte, in Tränen aufgelöst angetroffen zu werden. Deshalb stand sie auf und öffnete. Hannah stand draußen, und als sie Rose weinen sah, verschwand das Lächeln von ihren Lippen.

„Ist alles in Ordnung?" fragte sie, während sie ins Zimmer trat und ihre Tante umarmte.

„Es geht mir gut", sagte Rose, löste sich aus Hannahs Armen, ging zum Frisiertisch hinüber und zog ein Kleenex aus der Schachtel.

Jilly kam ins Zimmer und schloss die Tür. „Ich mache mir Sorgen um Birdie", sagte sie, während sie ihre Tasche auf den Boden fallen ließ. „Sie sitzt allein im Wagen und weint."

Hannah versetzte Jilly einen Rippenstoß.

„Was ist denn?" Sie drehte sich um. Hannah deutete mit dem Finger auf Rose, die am Waschbecken stand. Im Spiegel konnte Jilly sehen, dass Rose weinte.

„Liebes, was hast du denn?" fragte sie, während sie zu ihr ging. „Hast du dich mit Birdie gestritten?"

Rose versuchte zu lachen, aber es klang mehr wie ein Schluckauf. Nun war es ihr doch peinlich, dass man sie beim Weinen erwischt hatte. „Nein, nein", antwortete sie, ohne sie anzusehen. „Das ist es nicht."

„Was dann?"

Sie zerriss ihr Kleenex. Wie konnte sie Jilly nur beibringen, was geschehen war? Sie hatte noch niemandem von DannyBoy erzählt. Möglicherweise lächelten sie nur mitleidig oder würden sie warnen. DannyBoy bedeutete ihr zu viel, als dass sie es ertragen hätte, wenn jemand ihre Freundschaft nicht ernst nahm. „Ich habe es doch schon gesagt. Es ist nichts."

Jilly legte ihr die Hand auf die Schulter und drehte sie zu sich um. Ihr Blick war ebenso bittend wie entschlossen. „Sag mir, was los ist, Rose." Sie schüttelte sie sanft. Als sie den Kopf abwandte, mahnte Jilly: „Komm, sag's mir! Wir haben doch vereinbart, keine Geheimnisse mehr voreinander zu haben."

„Versprichst du mir, dass du mich nicht auslachst? Ich könnte es nicht ertragen, wenn du das tust."

„Versprochen!"

„Soll ich lieber rausgehen?" fragte Hannah und machte bereits Anstalten, das Zimmer zu verlassen.

Rose schüttelte den Kopf. „Nein. Nachdem wir schon so viel zusammen durchgemacht haben, kannst du ruhig bleiben.

„Du bist ja schließlich eine von uns", fügte Jilly hinzu.

Sie setzten sich aufs Bett. Rose zog die Beine unter sich und nahm ihre Geisha-Pose ein. Die Hände legte sie auf die Oberschenkel.

„Was würdet ihr sagen, wenn ich euch erzähle, dass ich einen speziellen Freund habe?"

Jilly zog eine Grimasse. „Was zum Teufel ist ein spezieller Freund?"

„Mach dich nicht lustig über mich. Und erzählt Birdie nichts davon. In diesem Fall kann ich nämlich auf ihre Ratschläge gut verzichten.“ Sie streckte die Beine aus und rollt sich auf den Bauch. „Ich habe einen Freund, den ich im Internet kennen gelernt habe.“

„Der Typ, von dem du uns schon erzählt hast?“ fragte Hannah.

„Ja. Wir haben uns in einem Chatroom für Briefmarkensammler getroffen.“

Rose bemerkte den ungläubigen Ausdruck in Jillys grünen Augen. Aber sie hielt ihrem Blick stand. Wehe, sie machte eine spöttische Bemerkung! Als sie schwieg, blickte sie zu Hannah, um zu sehen, wie sie reagierte, dann fuhr sie fort: „Wir haben uns dann E-Mails geschickt und sind gute Freunde geworden. Mir gefallen seine Ansichten, und wir haben eine Menge gemeinsamer Interessen. Getroffen haben wir uns noch nicht. Wir haben noch nicht mal unsere Fotos ausgetauscht. Aber wir können uns alles erzählen und ... ich glaube, ich habe mich in ihn verliebt.“

„Tante Rose! Du hast eine Liebesaffäre im Internet?“ Hannah fand das sehr aufregend, worüber Rose sehr ärgerlich war. „Ich habe davon schon gelesen, aber außer dir kenne ich niemanden, der so etwas wirklich tut.“

„Was weißt du über diesen Mann?“ wollte Jilly wissen. „Seine Herkunft, seine Arbeit? Er könnte irgendein perverser Lüstling sein, der dich ...“

„Nein. So einer ist er nicht. Ich hätte es gemerkt, wenn er ein seltsamer Vogel wäre. Ich bin nicht so viel herumgekommen wie du, Jilly, aber ich bin nicht so dumm, dass ich so etwas nicht spüren würde.“

„He, ich bin auch schon zum Narren gehalten worden. Und zwar oft.“

„Ich habe von Leuten gelesen, die beschwindelt worden sind,

Tante Rose. Im Internet treiben sich jede Menge Verlierertypen rum."

Rose war beleidigt. „Vielen Dank."

Hannah errötete. „Ich meine doch nicht dich damit."

„Hannah", sagte Rose eine Spur schärfer, „ich bin viel älter als du, und in meiner Freizeit hänge ich nun mal nicht gerne in Kneipen herum. Ich bin nicht im mindesten daran interessiert, von irgendeinem Typen angemacht zu werden. Aber ich habe nicht so viele Freunde, über die ich jemanden kennen lernen könnte. Außerdem bin ich eher eine Einzelgängerin, und deshalb bin ich auch in keinen Vereinen. So ist es nun mal. Für Frauen in meinem Alter und in meiner Situation gibt es nicht mehr viele Möglichkeiten, nette Männer kennen zu lernen. Und umgekehrt. Das macht uns aber nicht zu Verlierertypen. Es macht uns nur einsam."

„Es tut mir Leid, Tante Rose. Ich hab's nicht so gemeint."

„Du bist jung, Hannah. In deinem Alter verbringen die Leute viel Zeit miteinander, man geht zusammen aus und unternimmt eine Menge. Wenn man so alt ist wie ich, ist es etwas anderes. Da sind viele schon verheiratet. Außerdem bin ich der Meinung, dass es ganz schön modern ist, jemanden im Internet kennen zu lernen. Millionen Menschen tun es. Mein Freund ist ein Lastwagenfahrer. Er ist viel unterwegs und hat ebenfalls wenig Gelegenheit, andere Leute zu treffen."

„Ein Lastwagenfahrer?" Jillys Stimme wurde laut.

„Ja", antwortete Rose trotzig. „Sei bloß nicht so hochnäsig, Jilly."

„Ist ja schon gut", beschwichtigte Jilly sie. „Wie heißt er denn?"

Rose wurde unsicher. „Um ehrlich zu sein, wir haben noch nicht unsere Namen ausgetauscht. Jedenfalls nicht richtig. Nur unsere Internet-Namen. Ich bin Rosebud. Und er ist DannyBoy."

Jillys Lippen zuckten. „Nennen wir ihn fürs erste Danny. Damit liegen wir bestimmt nicht so falsch."

„Rosebud gefällt mir", versuchte Hannah, ihre Taktlosigkeit wieder gutzumachen.

„Du hast also einen *speziellen* Freund im Internet", fasste Jilly zusammen. „Er heißt Danny, er ist ein netter Kerl, und er fährt einen Lastwagen. Ich nehme an, er ist nicht verheiratet." Sie blickte Rose viel sagend an. „Das weißt du doch, oder?"

„Natürlich. Er ist geschieden."

„Einige Typen sagen nur, dass sie geschieden sind, aber es stimmt überhaupt nicht", warf Hannah ein.

„Nein", erwiderte Rose mit Nachdruck. „Er nicht."

„Hm-hm." Jilly kniff die Augen zusammen. „Ich hoffe es. Vorausgesetzt, dass das alles der Wahrheit entspricht, gibt es dann noch etwas, von dem wir nichts wissen, Rose? Warum hast du denn geweint?"

„Er möchte sich mit mir treffen."

Jilly zog die Augenbrauen hoch. „Na und?" Sie warf Hannah einen Blick zu. Sie zuckte nur mit den Schultern.

Kläglich verzog Rose die Lippen. Sie hätte Jilly am liebsten alles und nichts erzählt. „Ich habe Angst, mich mit ihm zu treffen, verstehst du? Deshalb habe ich ihm in den vergangenen vier Tagen nicht geantwortet, und jetzt hat er mir geschrieben, dass er mich nicht belästigen will und deshalb mit den E-Mails aufhört. Schaut es euch selbst an", sagte sie plötzlich deprimiert. Sie erhob sich und forderte sie auf, ihr zu folgen.

Rose ging mit ihnen zum Laptop, klickte ihr Postfach an und zeigte ihnen den Ordner mit DannyBoys Briefen. Jilly setzte sich auf den Stuhl, und Hannah las über ihre Schultern mit. „Langsamer", murmelte sie, als Jilly den Text zu schnell hinauffuhr.

Nachdem sie die Briefe gelesen hatten, sah Jilly ihre Schwester an und sagte mit einem Ausdruck des Erstaunens im Gesicht: „Oh, Rose, du hattest Recht. Das klingt wirklich alles sehr aufrichtig."

Rose lächelte erleichtert. „Nicht wahr?"

„Warum zögerst du dann noch? Du solltest dich mit ihm treffen."

Rose lief im Zimmer auf und ab und holte tief Luft. „Jilly, ich bin nicht wie du. Leute zu treffen ist mir immer sehr schwer gefallen, und es fällt mir immer schwerer, je älter ich werde. Birdie glaubt, das liegt daran, weil ich durch Merry jahrelang ans Haus gebunden war, und zum Teil stimmt das wohl auch." Sie zuckte mit den Schultern. „Aber Danny zu treffen ist etwas ganz anderes. Er ist nicht irgendwer. Er ist etwas Besonderes. Es spielt eine Rolle, dass er mich mag."

„Warum schickt ihr euch nicht eure Fotos?" fragte Hannah. Sie spielte mit ihrem Haar und war sichtlich darauf bedacht, nicht noch einmal etwas Dummes zu sagen. „Das macht doch heutzutage jeder."

„Ich weiß", antwortete Rose. „Ich wollte einfach noch nicht so weit gehen. Ich weiß auch nicht, wieso. Es klingt ziemlich albern, wenn ich so darüber spreche."

„Nicht wirklich", meinte Jilly freundlich. „Immerhin steht einiges auf dem Spiel."

Rose warf ihr einen dankbaren Blick zu. „Ich habe im Internet von Leuten gelesen, die sich wirklich mochten, solange sie sich gemailt haben, und denen auch die Fotos gefielen. Aber als sie sich dann getroffen haben, hat etwas gefehlt. Es hat einfach nicht gezündet. Was, wenn es auch zwischen DannyBoy und mir nicht zündet? Würden wir dann einfach aufhören, uns gegenseitig zu schreiben? Das will ich auf keinen Fall. Ich würde ihn sehr vermissen."

„Du musst es einfach darauf ankommen lassen. Er hat dich gebeten, einen Abschiedsbrief zu schreiben. Wenigstens das solltest du tun. Aber ehrlich gesagt, du wärst verrückt, wenn du das tätest. Ich frage mich immer, was das Schlimmste ist, das mir bei irgendetwas oder irgendwem passieren kann. Also, was wäre das Schlimmste, das passieren kann, wenn du dich mit ihm triffst?"

Rose überlegte einen Moment und antwortete: „Dass ich ihm nicht gefalle."

„Gut. Was würde dann geschehen?"

„Er würde mir nicht mehr schreiben."

„Richtig. Aber passiert das nicht gerade schon?"

Rose senkte die Augen und nickte.

„Was hast du also noch zu verlieren, wenn du dich mit ihm triffst? Die Furcht ist dein größter Feind. Und hast du dir schon mal überlegt, dass er vielleicht *dir* nicht gefällt? Oder dass er dich liebt und du ihn liebst und ihr glücklich sein werdet bis ans Ende eurer Tage?"

„Das ist doch dummes Zeug."

„Jeden Tag passiert noch dümmeres Zeug."

„Ich habe von einer Menge Leute gehört, die sich im Internet kennen gelernt und nach einiger Zeit sogar geheiratet haben", fügte Hannah ermutigend hinzu. „In den Illustrierten wird dauernd über sie berichtet."

„Ich weiß, ich weiß. Ich glaube nur nicht, dass Leute wie ich so viel Glück haben."

Jilly erhob sich vom Stuhl und nahm Roses Gesicht in die Hände. Ihre Augen funkelten, als sie sie mit aufrichtiger Zärtlichkeit ansah. „Rose, Rose, was mach ich nur mit dir? Erinnerst du dich noch, wovon wir als Kinder geträumt haben? Weißt du noch, wer der Mann unserer Träume war? Wen du als Erwachsene heiraten wolltest? Überleg doch mal!"

Rose war überrascht von der Frage, die aus heiterem Himmel kam, aber Jillys Blick ließ sie nicht los. Rose musterte sie, als ihre Gedanken zurückschweiften auf der Suche nach diesen kleinen Dingen, die in ihrer Erinnerung vergraben waren. Sie erinnerte sich an warme Sommernächte, als die Luft zu feucht war, um schlafen zu können. Sie erinnerte sich daran, wie sie den älteren Schwestern gefolgt war, als sie ihre Zimmer verließen, Decken und Kissen hinter sich herzogen, um sie auf die Liegestühle am Swimmingpool auszubreiten. Sie hatten stundenlang miteinander geredet, bis sie vom Schlaf übermannt wurden oder ihre Mutter herauskam, um sie in ihre Betten zurückzuschicken.

„Ich erinnere mich, dass ich einen Entdecker heiraten wollte. Jemand, der um die ganze Welt fährt."

„Genau!" Jillys Augen glänzten. „Und er wartet auf deine Antwort. Das kann dir keiner abnehmen, Rose Season. Für die Erfüllung deiner Träume musst du schon selber sorgen."

16. KAPITEL

Rose saß vor dem Laptop, und Jilly stand hinter ihr. Sie waren gerade dabei, gemeinsam eine Antwort auf Dannys E-Mail zu entwerfen, als sie hörten, wie die Tür geöffnet wurde und Hannah mit sorgenvoller Stimme fragte: „Mom, was ist los?"

Jilly drehte sich um. Birdie kam mit steifen Schritten ins Zimmer; ihr Gesicht war weiß und angespannt. Ihre Augen waren schreckgeweitet, und mit den Händen umfasste sie ihren Bauch. „Birdie?" Rasch lief sie zu ihr.

„Macht euch keine Sorgen", sagte Birdie in dem ernsten Tonfall, den sie manchmal in ihrer Praxis anschlug. „Es ist nur meine Periode. Sie hat ganz plötzlich eingesetzt. Kannst du mich bitte ins Badezimmer begleiten?"

Jilly griff nach ihrem Arm und führte sie durch den engen Raum ins Bad. Sie musste einen Anflug von Panik unterdrücken, als sie die Spur von frischen Bluttropfen hinter Birdie sah. „Hannah, bleib hier. Für drei ist das Bad zu klein. Rose, hast du Binden?"

„Ich habe gerade welche gekauft!" rief Birdie. „Schaut in den Tüten neben meinem Bett nach."

Während die beiden anderen die Tüten durchsuchten, drehte Jilly sich um und fragte leise: „Ist alles in Ordnung?"

Birdie setzte sich hin und verzog schmerzhaft das Gesicht. Dann machte sie Jilly ein Zeichen, sie alleine zu lassen, und schlug die Tür zu. Jilly hörte ein seltsames Geräusch, als würde sich etwas Flüssiges über den Boden ergießen, und griff sich erschrocken an den Hals.

Sie konnte sich nicht vorstellen, was passierte, und das machte ihr noch mehr Angst. Hannah kam mit den Binden in der Hand angelaufen, dicht gefolgt von Rose. Sie sahen sie an, als ob sie wüsste, was vor sich ging.

„Birdie, wir haben deine Binden. Ist alles in Ordnung da drinnen?"

Keine Antwort.

„Mom?"

„Mir geht's gut." Birdies Stimme klang gepresst. „Lasst mich eine Minute in Ruhe."

„Setzen wir uns doch hin", meinte Rose und vertrieb sie energisch von der Tür.

Wie ein gefangenes Tier lief Jilly hin und her, Hannah und Rose machten den Weg frei und setzten sich aufs Bett. Rose hatte die Hände gefaltet und in den Schoß gelegt; Hannah kaute an ihren Fingernägeln.

Nach einer Weile öffnete sich die Badezimmertür einen Spalt breit. Sie schraken auf und liefen zur Tür. Birdies Hand schoss hervor.

„Kann mir bitte jemand ein paar Handtücher geben? Und die Binden."

Sie beeilten sich, ihren Wunsch zu erfüllen. Sie reichten ihr die Sachen, ängstlich darauf bedacht, nicht ins Badezimmer zu sehen, um Birdies Intimssphäre nicht zu verletzen. Als Hannah ihr eine Binde reichte, rief Birdie ungeduldig: „Die ganze Schachtel. Bitte!"

„Sie ist so verdammt höflich", zischte Jilly Rose zu. „Das ist doch viel zu viel Blut für eine Periode. Was zum Teufel geht da vor?"

„Bist du sicher, dass bei dir alles in Ordnung ist?" rief Rose durch die Tür.

„Ja!"

„Soll eine von uns reinkommen?"

„Nein. Ich bin gleich wieder draußen. Verdammt noch mal, drängt mich doch nicht so."

Rose trat einen Schritt von der Tür zurück. Jilly kam zu ihr und wisperte: „So ist es besser. Das klingt wenigstens wieder nach Birdie." Dann trat sie erneut vor die Tür und rief: „Lass dir nur Zeit. Wir sind in der Nähe, falls du etwas brauchst."

Ein paar Minuten später rief Birdie etwas ruhiger und leiser: „Ich glaube, es ist eine Fehlgeburt."

Jilly und Rose sahen sich schockiert an.

„Ist das schlimm?" fragte Hannah, die nun auch Angst bekam. „Ich meine, muss sie damit ins Krankenhaus?"

Rose legte den Arm um ihre Nichte. „Glaub mir, Hannah, wenn eine weiß, was in einer solchen Situation zu tun ist, dann deine Mutter. Sie sagt uns schon Bescheid, wenn sie irgendetwas braucht.“ Innerlich war sie davon allerdings nicht überzeugt. Sie kannte Birdie gut genug, um zu wissen, dass sie eben nicht rechtzeitig um Hilfe bitten würde. „Ich werde mal nachsehen“, sagte sie zu Hannah.

Sie klopfte an die Tür. „Birdie? Ich bin's, Rose. Wir könnten dich ins Krankenhaus fahren, nur um sicherzugehen.“

Ein paar Sekunden blieb es ruhig. „Nein. Nein, das ist nicht nötig. Ich weiß, was ich zu tun habe. Eine Fehlgeburt in diesem frühen Stadium ist keine Sache fürs Krankenhaus.“

Sorgenvoll verschränkte Rose die Arme. Birdie sprach mit der Stimme der Ärztin. So hatte sie auch immer geredet, wenn Merry krank war und sie sich persönlich nach Evanston aufgemacht hatte, um sie zu untersuchen. Merry hatte immer ein wenig Angst vor Birdie, der Ärztin, gehabt. *Diese* Birdie ging gefühllos und systematisch vor. Es war nicht dieselbe Birdie, die ihr Süßigkeiten mitbrachte und ihre kleine Schwester kitzelte, um ihr Lachen zu hören. Rose hatte stets den Eindruck, dass Birdie ihre wahren Gefühle hinter einer Maske verbarg.

„Ich brauche noch ein Handtuch“, rief Birdie. Ihre Stimme zitterte ein wenig. „Ich gehe mal kurz unter die Dusche. Rose, könntest du bitte meine Schmerztabletten suchen?“

„Hört euch das an“, sagte Jilly perplex. „Das klingt ja so, als ob sie da drinnen ein Schönheitsbad nimmt und nicht gerade eine Fehlgeburt hatte. Was zum Teufel soll das alles?“

„Das ist genau die Art, wie Birdie medizinische Krisen bewältigt.“

„Birdie!“ rief Jilly durch die Tür mit einer Stimme, die vor lauter Sorge heiser klang. „Schließ die Tür auf. Wenn dir jetzt etwas passiert? Hör auf mit ...“ Sie biss sich auf die Zunge, denn sie wollte sie nicht zurechtweisen. Sie wusste, dass es nur ihre Angst war, die sie wütend machte. „Sollen wir dir zur Abwechslung nicht mal helfen?“ Sie rüttelte an der Klinke.

„Ich brauche keine Hilfe. Geht und tut irgendwas anderes, ja?“ Ihre Stimme stockte. „Ich möchte ein paar Minuten allein sein.“

Das Rauschen des Wassers beendete die Unterhaltung.

„Ich brauche frische Luft. Ich geh mal nach draußen.“ Jilly griff nach ihrem Mantel, einer Schachtel Zigaretten und verließ eilig das Zimmer.

Sie tut's schon wieder, dachte Rose. Läuft einfach weg. „Und wie geht's dir?“ fragte sie Hannah.

Hannah saß auf dem Bett. Sie hatte die Hände zwischen die Knie gepresst und sah ein bisschen bleich aus.

„Was hältst du davon, wenn du uns eine Pizza bestellst?“

„Ich habe keinen Hunger“, antwortete sie und starrte düster auf die Badezimmertür.

„*Du* vielleicht nicht, aber möglicherweise ist deine Mutter gleich hungrig. Und ich bin's auch.“

Hannah wurde rot vor Verlegenheit. Rose bemerkte es mit Befriedigung. Das Mädchen wurde schnell erwachsen. „Tut mir Leid. Ich habe nicht darüber nachgedacht. Ich mach's sofort.“

„Danke, mein Schatz“, sagte sie besänftigend. „Wir müssen jetzt stark sein, um deiner Mutter willen. Los, bestell die Lieblingspizza deiner Mutter. In meiner Brieftasche ist Geld.“

„Schon gut, ich habe selber welches“, antwortete sie. Rose war überrascht über ihre Großzügigkeit.

Eine Viertelstunde später lag Birdie auf dem Bett. Sie hatte ein paar Kissen untergeschoben. Die Angst war aus ihrem Gesicht gewichen und hatte einer herzzerreißenden Traurigkeit Platz gemacht. Sie sah aus, als habe sie eine Schlacht verloren.

Alle waren erschöpft. Mit einer Fehlgeburt hatte niemand gerechnet, und daher war sie umso beängstigender. Birdie hatte sehr viel Blut verloren, aber sie versicherte ihnen, ganz Ärztin, dass alles in Ordnung war.

„So verhält sich die Natur eben, wenn sie ein Baby loswerden will, das nicht lebensfähig ist."

„Bist du sicher, dass du nicht ins Krankenhaus musst?" fragte Rose, während sie ihr zwei Schmerztabletten und ein Glas Wasser reichte.

„Ich brauche nur ein bisschen Ruhe." Ihre Stimme klang matt und ausdruckslos. Sie nahm die Tabletten und schluckte sie.

„Können wir dir irgendetwas besorgen?" Hannah war besorgt. „Die Pizza kommt gleich. Mit Käse und Tomaten. Wie du sie am liebsten magst."

Birdie tätschelte ihre Hand. „Danke, aber ich bin nur müde. Ich würde gern schlafen." Als Hannah ihre Hand fest drückte und sie ansah wie ein verängstigtes Kind, warf Birdie ihr einen aufmunternden Blick zu. „Okay, Schatz?"

Hannah nickte und gab ihrer Mutter einen Kuss auf die Wange, der etwas länger dauerte als ihre üblichen Küsse.

Rose nahm ihrer Schwester das Glas aus der Hand, machte die Bettlampe aus und deckte Birdie fürsorglich zu. Als Krankenpflegerin war sie unschlagbar. Sie hatte stets das Gefühl, auf diese Weise besonders deutlich zeigen zu können, jemanden zu mögen.

„Warum gehst du nicht in dein Zimmer?" flüsterte sie Hannah zu. „Ich bleibe bei ihr, falls sie etwas braucht."

„Ich möchte auch bei ihr bleiben. Nicht nur heute Nacht. Ich möchte in ihrem Zimmer wohnen, verstehst du?"

Rose nickte. „Ich glaube, das ist eine gute Idee. Aber es ist besser, wenn du bis morgen wartest. Es ist viel zu hektisch, heute Abend noch alles umzuräumen. Und ich habe die meiste Erfahrung, wenn sie Hilfe braucht. Bist du damit einverstanden?"

Hannah nickte. „Na gut. Rufst du mich, wenn es Probleme gibt?"

„Es wird keine Probleme geben", meldete Birdie sich unter ihrer Decke. „Mir geht's ausgezeichnet."

Rose schaute Hannah an und zuckte mit den Schultern.

Hannah ging in ihr Zimmer. Rose verschloss die Tür und betrachtete den Umriss von Birdies Körper unter der Decke, die sie bis zu den Ohren hochgezogen hatte. Ihr neu gestyltes, flammend rotes Haar war feucht und strähning und zeichnete sich gegen die weißen Kissen ab. Rose brach fast das Herz. Sie versuchte gerade wieder, Birdie, die Starke, zu sein. Birdie, die alles im Griff hatte. Aber ehe sie den Blick abwandte, bemerkte Rose die Tränen in ihren Augen.

Jilly stand auf der kleinen Holzbrücke in der Nähe des Motels. Der Kragen ihres dünnen Ledermantels fühlte sich steif und kalt an ihrem Hals an, und sie zitterte in der kühlen Nachtluft. Sie stützte sich auf das Geländer und rauchte eine Zigarette nach der anderen, und jede schmeckte ihr weniger als die vorhergehende. Es ging ihr mehr um das Ritual als um den Geschmack. Der Anblick des kleinen rot glühenden Kreises in der Dunkelheit hatte etwas Tröstliches.

Sie war sich so überflüssig vorgekommen in dem Zimmer mit Birdie und den anderen, dass sie hinausgehen musste, um nicht durchzudrehen. Birdie hatte sich so kühl verhalten und so zügig gehandelt, dass es fast schon unnatürlich schien. Sie hatten nur die Hand gesehen, die sie durch den Türspalt gesteckt hatte. Alles, was sie von ihr gehört hatte, war ein kurz angebundenes und höfliches „Nein danke, ich brauche keine Hilfe."

Jilly hatte untätig herumgestanden und auf die Badezimmertür gestarrt. Sie war sich im Klaren darüber, dass Birdie sehr viel mehr verlor als nur eine Menge Blut. Sie verlor gerade ein Baby. So etwas war auch mit der größten Kompetenz nicht so ohne weiteres zu bewältigen. Sie nahm einen tiefen Zug und stieß den Rauch aus, der wie eine erstarrte Wolke in der kühlen Luft hing.

Aus der Dunkelheit klang ein vertrautes Bellen zu ihr herüber. Sie schaute in die Richtung, aus der das Geräusch kam, und im Mondlicht sah sie die Silhouette eines Mannes und einen verschwommenen weißen Fleck zu seinen Füßen.

„Hallo!" rief sie.

Ricky rannte fröhlich bellend zu ihr hinüber, als er ihre Stimme hörte. Sie holte den Hundekuchen aus ihrer Tasche, den sie seit neuestem stets dabei hatte. Rajiv näherte sich zögernd.

„Stören wir?"

„Überhaupt nicht. Wahrscheinlich müsste ich jetzt etwas sagen wie: ‚Wir sollten uns nicht mehr in dieser Form treffen'."

Er lachte. „Das ist Karma. Sind Sie sicher, dass wir Sie nicht bei irgendetwas stören?"

„Ehrlich gesagt bin ich froh über Gesellschaft. Ich habe nämlich eine ziemlich anstrengenden Abend hinter mir."

Er kam über die Brücke. Jetzt standen sie zusammen in der Mitte. Er trug einen blauen Wollmantel und hatte die Hände in die Taschen gesteckt. Die Dunkelheit ließ seine Augen noch geheimnisvoller erscheinen.

„Haben Sie Neuigkeiten von Ihrer Tochter?" wollte er wissen.

„Nein. Ehrlich gesagt, es war ziemlich dramatisch. Birdie hatte eine Fehlgeburt."

Er erschrak. „Geht es ihr gut?“ fragte er schnell. „Braucht sie einen Arzt?“

„Sie ist selbst Ärztin. Und es geht ihr gut. Jedenfalls hat sie das gesagt. Die Schwangerschaft war noch nicht sehr weit fortgeschritten. Sie wusste nicht einmal, dass sie schwanger war. Stellen Sie sich das mal vor. So etwas nicht zu wissen.“ Sie nahm noch einen Zug aus ihrer Zigarette, lehnte sich über das Geländer und starrte in die Dunkelheit. „Ich habe mal gelesen, dass zehn Prozent aller Schwangerschaften mit einer Fehlgeburt enden. Normalerweise in den ersten zwölf Wochen. Vielleicht sogar noch mehr, denn bei den meisten merkt man es nicht einmal.“ Sie schaute hoch. „Soll ich Ihnen sagen, was ich gedacht habe, als ich von Birdies Fehlgeburt erfahren habe? Ich habe gedacht: Warum ist mir das nicht passiert? Wenn ich eine von diesen zehn Prozent gewesen wäre, dann hätte ich mir mein Leben nicht vermasselt. Oder das Leben meiner Schwestern. Und das meiner Eltern. Glauben Sie, dass andere Mütter sich jemals so etwas fragen? Wie ihr Leben verlaufen wäre, wenn sie keine Kinder gehabt hätten? Ich würde gerne wissen, ob sich meine Mutter das bei mir auch vorgestellt hat.“ Sie lachte abfällig. „Wahrscheinlich. Aber dann habe ich mir gedacht: Wie komme ich bloß dazu, mir zu wünschen, dass mein Baby nicht geboren worden wäre? Meine wunderschöne Tochter? Egal, was ich durchmachen musste – ich weiß, dass ich mir immer wünschen würde, sie bekommen zu haben.“ Sie drehte sich um und schaute ihm in die Augen. Ihre Worte kamen aus tiefstem Herzen. „Wenn ich eines in meinem Leben ändern könnte, nur eines, dann hätte ich mein Baby behalten.“ Sie sah das Mitgefühl in seinen Augen. Sie blickte wieder aufs Wasser und warf die Zigarette in den Fluss. „Ich muss mich wirklich überwinden, das auszusprechen, was ich Ihnen jetzt gestehe. Wirklich. Ich habe das noch nie jemandem gesagt: Ganz tief in mir drin war ich erleichtert, als ich mein Baby weggegeben habe. Ist das nicht schrecklich? Sie müssen mich für ein Monster halten. Aber so habe ich mich gefühlt. Ich war erst siebzehn und hatte fürchterliche Angst. Was wusste ich schon darüber, Mutter zu sein? Und alle haben mir gesagt, dass es das Richtige wäre, auf mein Baby zu verzichten. Da habe ich's eben getan." Sie fuhr sich mit der Hand durchs Haar und stieß einen tiefen Seufzer aus. „Was das heißt, erkennt man erst später.

Und jetzt stehe ich hier und frage mich, was Birdie wohl empfindet. Meine arme, liebe, starke, zerbrechliche Schwester. Ob sie traurig ist über den Verlust ihres Babys, von dem sie nicht einmal wusste, dass es in ihr war? Oder ist sie erleichtert? Egal, trauern wird sie so oder so." Ihre Stimme versagte, und sie presste die Lippen zusammen, um das Schluchzen zu unterdrücken.

Plötzlich spürte sie seine Hände auf ihren Schultern, groß und stark. Er zog sie vom Geländer fort und drückte sie an seine Brust. Sie hatte das Gefühl, ein kleiner Kieselstein im Fluss zu sein, der mit der Strömung fortgerissen wurde. Es war ganz natürlich, ihm näher zu kommen und die Arme und seinen Rücken zu schlingen, ihre Wangen an die raue Wolle seines Mantels zu legen, während er sie fest in seine Arme schloss, um sie zu trösten. Seine Umarmung schützte sie gegen die kalte Nacht. Sie konnte den exotischen Duft seines Rasierwassers riechen und ein köstliches Gewürz, das sie nicht kannte. Seine Finger strichen ihr die Haare aus dem Gesicht. Von weither aus der Tiefe der Nacht hörte sie das Rauschen des Flusses.

Er neigte den Kopf, und sie hob ihren. Ihre Lippen berührten sich so leicht, als hätten sie sich schon oft zuvor geküsst. Sie spürte, wie das Feuer seines Kusses ihre Lippen entflammte und dann sanft durch ihren ganzen Körper strömte. Seine Arme schlossen sich fester um sie, und seine Zunge erkundete ihren weit offenen Mund, köstlich kosend und ihren Geschmack aufnehmend. Als er sich zurückzog, hielt sie sich an ihm fest, schloss die Finger um seinen Nacken und zog ihn zu sich heran. Sein Mund schloss sich über ihrem, diesmal hart und fordernd. Sie öffnete die Lippen und schob ihre Zunge tief in seinen Mund. Ihre Körper pressten sich gegeneinander, und sie sehnte sich nach der Erfüllung, die sie so sehr brauchte. Es war schon lange her, dass sie so empfunden hatte.

Als er sich zum zweiten Mal von ihr zurückzog, umfasste er ihre Hände und löste sanft ihre Finger von seinem Nacken. Sie öffnete die Augen, die seinen so nahe waren, und war verblüfft über die ungezügelte Wildheit, die sie wieder in ihnen wahrnahm.

„Können wir irgendwo hingehen?“ fragte sie.

In seinem Gesichtsausdruck sah die den Kampf, den er mit sich ausfocht, um die Fesseln abzustreifen, die ihn so sehr unter Kontrolle hielten. Er hatte noch immer ihre Hände umfasst und führte sie an seine Lippen, um sie zu küssen, bevor er sie losließ.

„Ich glaube, das ist keine gute Idee.“

Die Ablehnung traf sie wie ein harter Schlag, und sie trat einen Schritt zurück. Sie fuhr sich mit der Hand durchs Haar, dankbar dafür, dass die Nacht ihr Erröten verbarg. „Vielleicht nicht“, erwiderte sie beiläufig. Vom Parkplatz war das Quietschen von Reifen zu hören. Sie drehte sich um und sah die Leuchtreklame eines Pizza-Lieferdienstes auf dem Dach einer alten Limousine.

„Nun, dann gute Nacht“, sagte sie. Sie steckte ihre Hände, die eiskalt geworden waren, in ihre Hosentaschen und machte Anstalten zu gehen. Sein Arm schoss hervor und hielt sie zurück.

„Ich weiß, dass du im Moment sehr verletzlich bist“, sagte er. Im Schein des Mondes waren seine Augen geradezu elektrisierend. „Ich möchte deine Situation nicht ausnutzen.“

Jilly sah ihm in die Augen. Diesmal hasste sie das Mitgefühl, das sie darin erblickte. Sie stieß seine Hand fort, steckte ihre in die Tasche und brachte ein gezwungenes Lächeln zustande, das sie lange geübt hatte und perfekt zu präsentieren verstand.

„Rajiv, wenn du mich besser kennen würdest, dann wüsstest du, dass niemand Jillian Season ausnutzen wird."

17. KAPITEL

Der nächste Tag war trübe und regnerisch, als ob die Natur es darauf angelegt hätte, das Klima ihren Stimmungen anzupassen. Bei schlechtem Wetter machte das Motel einen noch hässlicheren Eindruck, wenn das überhaupt möglich war. Birdie lag apathisch unter der Bettdecke. Als der Morgen dämmerte – soweit man das bei diesem Wetter überhaupt erkennen konnte –, war sie aufgewacht und bewegungslos liegen geblieben, während sie hin und her überlegte, wie es möglich gewesen war, dass sie nichts von ihrer Schwangerschaft gewusst hatte.

Ihre Periode war zwar schon überfällig gewesen, aber das war bei ihr nichts Ungewöhnliches. Mit ihren einundvierzig Jahren hatte sie die ersten Anzeichen einer Schwangerschaft vorzeitigen Wechseljahren zugeschrieben. Hätte sie doch nur einen Test gemacht. Wäre sie doch nur zu Hause geblieben und hätte sich geschont.

Sie schniefte und wischte sich die Tränen aus dem Gesicht. Sie schalt sich, dass sie so gefühlsbetont reagierte. Sie benahm sich unreif und unvernünftig. Als Ärztin wusste sie doch, dass man niemandem die Schuld für eine Fehlgeburt geben konnte. Selbst wenn sie sich sofort ins Bett gelegt hätte, wäre das noch keine Garantie dafür gewesen, ihr Baby zu behalten. Es war allein eine Entscheidung der Natur.

Warum hatte sie denn dann das Gefühl, etwas Unwiederbringliches verloren zu haben?

Sie sehnte sich nach ihrem Mann. Es war nicht richtig, dass sie dieses entsetzliche Erlebnis allein durchstehen musste. Es war genauso gut auch sein Verlust. Er sollte darüber Bescheid wissen. Aber das war nicht gerade die Art von Nachricht, die man auf einem Anrufbeantworter hinterließ.

Wo steckte er bloß? Warum rief er sie nicht zurück? War er einfach nur wütend, oder konnte es sein, dass sie ihn ebenso verloren hatte wie ihr Kind? Sie presste die Handflächen gegeneinander und legte die Fingerspitzen an die Lippen. Dieser Gedanke war niederschmetternd. Während sie ausgestreckt auf dem Bett lag und in die fahle Dämmerung starrte, erkannte Birdie plötzlich, dass ihr Leben aus dem Ruder zu laufen drohte.

Tagelang hatte sie sich eingeredet, dass Dennis' Bemerkungen, die er in Evanston gemacht hatte, nicht ernst gemeint waren. Dass er sie nicht wirklich verlassen hatte. Aber jeder Tag, an dem er nicht zu Hause war und er sie nicht anrief, war wie ein heftiger Schlag gegen den Schutzwall, den sie um sich herum aufgerichtet hatte. Schlag auf Schlag traf sie, bis der Druck der Verantwortung in ihrem Inneren so stark geworden war, dass er explodierte und sich in blutigen Klumpen entlud.

„Ich kann nicht mehr", jammerte sie. Sie presste die Fäuste gegen die Lippen, um einen Aufschrei zurückzuhalten. Sie spürte, wie etwas tief in ihrem Inneren zerbrach. *Ich bin nicht vollkommen. Ich kann nicht alle Probleme lösen. Ich kann niemandem helfen. Nicht einmal mir selbst.*

Noch Jahre später würde sie sich an das Gefühl dieses Aufbrechens erinnern. Es war ähnlich wie bei einem Erdbeben, bei dem der Druck sich aufstaut, der Boden sich bewegt und ein unheilvolles Getöse zu hören ist, wenn die Erde aufreißt. Nach diesem Befreiungsschlag begann sie zu schluchzen – wilde Schluchzer, die ihre Schultern erzittern ließen und die sie nicht mehr unter Kontrolle hatte. Sie weinte laut und hemmungslos. Sie ließ ihrer Furcht freien Lauf, so wie sie am vergangenen Abend dem Blut freien Lauf hatte lassen müssen. Sie bemerkte, wie Rose aufwachte und an ihr Bett trat. Ohne ein Wort zu sagen, schlang sie ihre Arme um sie und wiegte sie wie ein kleines Kind, das ohne Scham und Hemmungen weinte. Vorsichtig strich Rose ihr das Haar aus dem Gesicht, als sie mit ihrer sanften Stimme flüsterte: „So ist's gut, Birdie. Gut so. Lass es alles raus. Das ist richtig. Du bist nicht allein. Ich liebe dich."

Ein paar Stunden später kam Jilly mit einem üppig beladenen Tablett ins Zimmer. Unter den Arm hatte sie einen Strauß Frühlingsblumen geklemmt.

„Überraschung! Aufwachen, ihr Schlafmützen. Zeit fürs Frühstück!"

Birdies Körper schmerzte. Sie wollte weder frühstücken, noch war sie in der Lage, ein glückliches Gesicht zu machen. Sie wusste nicht mehr, wie lange sie geweint und wie lange sie danach geschlafen hatte. Sie wusste nur, dass es nicht lange genug gewesen war. Aber Jilly war von einer unbeirrbaren Fröhlichkeit. Deshalb rang sie sich ein mühsames Lächeln ab und stützte sich auf ihre Ellbogen. Als sie sich bewegte, spürte sie, wie ein Schwall Blut aus ihrem Körper floss.

„Verdammt. Ich bin gleich zurück", sagte sie und lief so schnell sie konnte ins Bad. Als sie zurückkam, hatte Jilly die Blumen in eine Vase neben ihr Bett gestellt, das Zimmer in Ordnung gebracht und das Fenster einen Spaltbreit geöffnet. Ein frischer Windstoß vertrieb die abgestandene Luft im Raum.

„Komm frühstücken", sagte Jilly und schlug die Bettdecke zurück.

Birdie bemerkte, dass sie sogar die Laken ausgewechselt hatte. Das kühle Leinen roch nach Waschpulver und verursachte ein angenehmes Gefühl auf ihrer Haut. Derlei kleine Aufmerksamkeiten taten ihr jetzt besonders gut.

„Vielen Dank", sagte sie und kletterte in das frisch bezogene Bett.

„Keine Ursache", antwortete Jilly mit einem etwas zu eifrigen Lächeln. „Stets zu Diensten. Sag Bescheid, wenn ich noch etwas für dich tun kann."

Birdie lehnte sich gegen die Kissen und musterte Jilly aufmerksam. Sie hatte ihre Haare gewaschen und hinter die Ohren gekämmt, ein kurzes weißes T-Shirt und bequeme Hosen angezogen. Sie wirkte wie die perfekte Gastgeberin. Doch hinter ihrer aufgekratzten Fröhlichkeit schien sie etwas zu verbergen. Birdie wusste, dass sie sich immer so verhielt, wenn sie Fremden etwas vorspielte. Ob Jilly meinetwegen so nervös ist? überlegte Birdie.

„Mir geht's wieder gut", sagte sie deshalb mit einem Blick in Jillys Augen. „Ich raste nicht aus, werfe mich nicht in den Fluss und werde auch sonst keine Dummheiten machen."

Jillys Lächeln verschwand, aber sie hatte sich rasch wieder unter Kontrolle. Sie setzte sich auf die Bettkante und strich die Decke glatt, um das voll beladene Tablett darauf abzusetzen.

„Das weiß ich doch", erwiderte sie leichthin. Dann wechselte sie das Thema. „Ich hoffe, du hast Appetit auf ein anständiges Frühstück. Eier, Speck, Bratkartoffeln und Toast. Mit freundlicher Empfehlung von Maude und Larry."

„Rose hat dir erzählt, dass ich geweint habe, stimmt's?"

Jilly füllte eine Tasse mit Kaffee aus einer Thermoskanne, goss etwas Milch hinein und gab sie Birdie.

„Sturzbäche", antwortete sie. Dann füllte sie eine Tasse für sich selbst. Als sie aufschaute, sah sie Birdies Blick auf sich gerichtet. Ihr Gesichtsausdruck wurde sanft. „Ich bin froh, dass du geweint hast. Du tust es viel zu selten. Es ist nicht fair dir selbst gegenüber, wenn du immer so stark bist. Manchmal musst du auch uns stark sein lassen – für dich. Wir können das nämlich auch, weißt du." Sie legte ihre Hand auf Birdies. „Leb wohl, eiserner Vogel."

Birdie hatte das Gefühl, gleich wieder in Tränen ausbrechen zu müssen, und drehte das Gesicht zur Seite. „Hör auf", sagte sie mit einem kurzen Lachen. „Offenbar kriege ich den Wasserhahn nicht mehr zu."

„Du hast deine Tränen jahrelang zurückgehalten. Jetzt lass sie fließen."

„Es ist mir so peinlich. Ich hasse diese Heulerei. Sie macht einen so verletzlich."

„Vielleicht, weil du es im Moment bist. Du hast gerade eine Fehlgeburt gehabt, meine Liebe. Klar, dass du dich jetzt ein bisschen wacklig fühlst. Niemand ist so stark. Wie geht es dir denn jetzt?"

„Das war ja schließlich nicht die erste."

„Wie viele hast du denn schon gehabt?"

„Vier. Fünf. Ungefähr. Man kann es ja nicht immer mit Gewissheit sagen. Ich bin mir ja nicht einmal jetzt sicher. Möglicherweise war es auch nur eine aperiodische Gebärmutterblutung. Das passiert in unserem Alter schon mal."

„Macht dir das es leichter, damit umzugehen?"

Birdie zuckte mit den Schultern. „Nicht wirklich. Das Ergebnis ist ja dasselbe, egal, ob es eine Fehlgeburt oder die Wechseljahre sind. Ich werde keine Kinder mehr haben."

Jillys grüne Augen waren voller Mitgefühl. „Das wird keine von uns."

Sie nippten gleichzeitig an ihrem Kaffee, dann ließen sie die Tassen sinken.

„Ich habe auch mal so geweint", bemerkte Jilly eher beiläufig.

„Im Krankenhaus?"

Sie nickte. „Nachdem ich mein Baby bekommen hatte, habe ich die ganze Nacht lang geheult. Und als ich wach geworden bin, hatte ich keine Tränen mehr. Jedenfalls habe ich das gedacht." Sie schüttelte den Kopf und lächelte reumütig. „All die Jahre habe ich sie zurückgehalten. Literweise Tränen, hier drin aufbewahrt. Aber wenn man sie erst einmal laufen lässt, wow! Es ist schrecklich. Ich muss immer wieder weinen, seitdem ich nach Hause gekommen bin. Die Erinnerungen brechen über mich herein, und ich sitze da und heule. Ich habe das Gefühl, mir mit den Tränen das Gehirn aus dem Kopf zu spülen."

„Das ist vielleicht nicht einmal das Schlechteste. Eine Reinigung – genauso wie ein Arzt eine Wunde reinigt."

„Manchmal kommt es wie ein Vulkanausbruch. Einige Forscher, habe ich mal gelesen, glauben, dass unter dem Meeresgrund noch riesige Wassermengen sind, deren Druck immer stärker wird. Seit Millionen von Jahren werden sie da zurückgehalten, als die Erdplatten sich bewegten und sie einschlossen. Sie befürchten, dass der Druck sich eines Tages in einer gigantischen Explosion entladen wird. Wenn der Meeresgrund dann aufplatzt, gibt es diese Riesenwellen, die die Küsten überschwemmen. Könnt ihr euch das vorstellen? Da sitzt irgendein armer Teufel am Strand von New Jersey, liest *Der weiße Hai*, und plötzlich fällt ein Schatten auf ihn, er schaut hoch, und dann wird er von einer Monsterwelle überrollt."

Birdie kicherte, aber sie wusste, was Jilly ihr damit sagen wollte. Der Druck, der sich in ihr aufgestaut hatte, musste für alle klar ersichtlich gewesen sein. Sie war zum Zerreißen angespannt gewesen, dann war am Morgen die Explosion gekommen, und die Nachbeben spürte sie immer noch. „Willst du damit sagen, dass Dennis von einer Riesenwelle meiner Gefühle erschlagen wird?"

„Besser er als ich", entgegnete Jilly mit einem verschmitzten Lächeln. Dann wurde sie wieder ernst und fuhr fort: „Nein. Ich bin nur froh, dass du es endlich einsiehst: Du musst den Druck herauslassen. Genau wie ich. Wir haben ihn ja weiß Gott viele, viele Jahre zurückgehalten."

„Ich glaube, er wird schon geringer, wenn man nur darüber redet."

„So haben wir schon lange nicht mehr miteinander gesprochen. Nicht mehr, seitdem wir ein Zimmer teilten. Ich habe nicht geglaubt, dass wir es noch einmal tun würden. Ich habe dich vermisst, Birdie."

Die Bedeutung dieses Satzes drang tief in Birdies Bewusstsein ein. „Darüber werde ich wahrscheinlich auch gleich heulen. Lass mir ein paar Minuten Zeit, um ein wenig Flüssigkeit zu sammeln."

Jilly nahm ihre Kaffeetasse und erhob sie, als wollte sie einen Toast ausbringen. „Gut!"

„Du bist wirklich erstaunlich, wusstest du das schon?"

Jilly sah überrascht aus. „Ich? Um Himmels willen, warum?"

„Bereits auf der ganzen Fahrt habe ich deine Zähigkeit bewundert. Du hast schon eine ganze Menge Probleme mit nach Hause gebracht, und dann überfallen wir dich auch noch mit der Suche nach

May. Deine ganze Vergangenheit bricht über dich herein, und trotzdem bist du noch in der Lage, mir frische Blumen zu bringen und ein fröhliches Gesicht zu machen. Ich wünschte, ich hätte deinen Optimismus."

„Optimismus ist das, was du hast, wenn dir sonst nichts mehr bleibt", antwortete sie. „Erinnerst du dich noch an die Tränen, von denen wir gesprochen haben?" Sie nickte. „Die kommen manchmal immer noch."

Birdie stocherte mit der Gabel in ihrem Frühstück herum. Dann legte sie sie wieder hin, denn sie konnte keinen Bissen hinterbringen. „Jilly, was soll ich machen? Ich glaube, Dennis hat mich tatsächlich verlassen."

Jilly holte tief Luft. „Du hast mich nicht mehr um Rat gebeten, seit du fünfzehn warst. Das ist jetzt ein historischer Moment für mich." Nach einer Weile schaute sie sie von der Seite an und fragte: „Möchtest du denn, dass er zurückkommt?"

Birdie nickte. „Ja."

„Dann musst du daran arbeiten, dass er das auch tut. Das Selbstbewusstsein der Männer ist wie hauchdünnes Glas. Schön anzusehen, aber furchtbar zerbrechlich. Ich glaube wirklich, dass Frauen stärker sind. Widerstandsfähiger. Doch wenn eine Frau nach außen hin so stark ist wie du, dann fällt es einem Mann schwer, dagegen zu bestehen."

„Ich bin gar nicht so stark."

„Oh doch, das bist du. Im Moment fühlst du dich wahrscheinlich zerbrechlich, aber du wirst schon wieder auf die Beine kommen. Du setzt dir ein neues Ziel und lässt nichts unversucht, es zu erreichen. So bist du immer schon gewesen. Das ist eine deiner Stärken, und die solltest du auch nicht unterdrücken. Aber du könntest Dennis genauso stark sein lassen, wie du es bist. Schmeichle ihm.

Flirte mit ihm. Er ist dein Mann, nicht dein Kind. Und er liebt dich, Birdie. Das kann jeder sehen."

Sie zupfte an den Ärmeln ihres Nachthemds und sprach das aus, was sie am meisten fürchtete. „Ich weiß nicht, ob er das wirklich tut."

„Er hat es mir gesagt. Bevor er gefahren ist."

Sie sah Jilly scharf an. „Er hat dir das gesagt? Was genau hat er gesagt?"

„Mein Gott, Birdie, wortwörtlich weiß ich es auch nicht mehr."

„Sag mir nur, was er gemeint hat. Worüber habt ihr denn gesprochen, wenn er dir urplötzlich sagt, dass er mich liebt?"

Jilly stieß einen langen Atemzug aus, während sie sich zu erinnern versuchte. „Nun, er drängte Hannah, mit ihm nach Hause zu fahren, und ich habe versucht, ihm das auszureden. Er hat davon gesprochen, dass er dich verlassen wollte, und ich habe ihn gefragt, ob er dich noch liebt oder so was in der Art."

„Und er hat Ja gesagt?"

Jilly sah Birdie unbeirrt an und nickte. „Das kannst du mir glauben."

Birdie nahm die Worte in sich auf, als wären es die Bissen ihres Frühstücks, und sie spürte, wie ein Glücksgefühl durch ihren Körper floss. Dennis hatte gesagt, dass er sie liebte ... Plötzlich war sie wieder voller Hoffnung. „Ich weiß nicht, was los ist", klagte sie. „Ich habe ihn immer wieder angerufen, aber es ist nur der Anrufbeantworter eingeschaltet. Wo kann er denn die ganzen Nächte sein? Ich habe früher nie etwas bemerkt, aber allmählich habe ich den Verdacht, dass da eine andere sein könnte."

„Dennis und Fremdgehen?" Jilly dachte kurz darüber nach, dann schüttelte sie den Kopf. „Nein. Das glaube ich nicht. Jedenfalls noch nicht. Allzu lange solltet ihr allerdings nicht getrennt bleiben. Nicht jetzt, wo es so viele Ungewissheiten zwischen euch gibt." Sie streckte sich auf dem Bett aus und verschränkte die Hände hinter dem Kopf. „Ich wollte schon seit längerem mit dir darüber sprechen. Ich weiß, dass Hannah nächste Woche wieder zur Schule muss. Vielleicht solltest du nach Hause fahren. Rose und ich suchen alleine weiter. Und wir rufen dich sofort an, wenn wir etwas herausfinden. Du kannst ja jederzeit wieder zu uns stoßen. Ich möchte nicht, dass du deswegen deine Ehe aufs Spiel setzt."

„Ich weiß nicht, woran es liegt, Jilly, aber ich habe das dringende Gefühl, dass ich hier bleiben muss. Bei dir und Rose, und Hannah auch, um die Sache zu Ende zu bringen. Es kommt mir vor, als könnte ich auf dieser Reise meine Batterien wieder aufladen. Manchmal, wenn ich jogge oder einfach nur auf der Terrasse sitze und auf den Fluss hinausschaue, kommt mein altes Ich wieder zum Vorschein. Ich erkenne es, lächle und denke: Herzlich willkommen. Schön, dass du wieder da bist." Sie sah hoch. „Aber es bleibt nicht lange. Und dann bin ich wieder so, wie ich immer bin."

„Du musst es eben immer wieder zurückrufen."

„Das werde ich. Ich meine, ich tue es bereits. Deshalb bin ich auch noch nicht so weit, dass ich nach Hause fahren kann. Außerdem bin ich wirklich davon überzeugt, dass wir May finden werden."

Jillys Augen leuchteten auf. „Schön, dass du das sagst."

Birdie schob das unberührte Tablett zur Seite. „Ich bin nicht hungrig", sagte sie, während sie die Bettdecke glatt strich. „Ich hoffe, du bist mir nicht böse. Danke, dass du an mich gedacht hast."

„Gern geschehen", sagte Jilly. Sie stand auf und nahm das Tablett. „Ich bringe es ins Restaurant zurück."

„Warte", sagte Birdie und streckte die Hand aus. „Geh noch nicht. Es ist so schön, miteinander zu reden."

Jilly lächelte und stellte das Tablett auf dem Schreibtisch ab. Dann streckte sie sich wieder auf dem Bett aus und meinte: „Das stimmt. Wie in alten Zeiten, nicht wahr?“

„Wir haben viel miteinander geredet.“

„Ununterbrochen. Du kanntest alle meine Geheimnisse.“

„Nun ja, fast alle Geheimnisse. Von einem besonders großen hast du mir ja gar nichts erzählt.“

Jilly zuckte mit den Schultern und schnippte eine Fluse von der Bettdecke. „Stimmt.“

„Ich verrate dir jetzt ein kleines Geheimnis von mir“, sagte Birdie. Ihr Blick war fast schüchtern. „Hast du gewusst, dass ich rasend eifersüchtig war, als du mit Dennis gegangen bist?“

Jilly hob schockiert den Kopf. „Oh?“ sagte sie zögernd.

„Und wie. Ich war schon damals in ihn verknallt. Ich habe mir immer die Haare gebürstet und Lippenstift aufgetragen, wenn er auf seinem Motorrad vorgefahren kam, um dich abzuholen. Erinnerst du dich noch daran, wie du mich immer losgeschickt hast, um ihn an der Straßenecke abzufangen, weil Daddy nicht wollte, dass du Motorrad fährst? Hast du dich eigentlich nie gefragt, warum ich das so gern getan habe? Er war ein Traum in seiner Lederjacke und mit den langen blonden Haaren. Wir haben uns am Straßenrand unterhalten, während wir auf dich warteten. Einmal hat er mich sogar mitgenommen. Meine Güte, ich war im siebten Himmel. Ich hatte die Arme um ihn und seine Lederjacke geschlungen. Ich kriege immer noch eine Gänsehaut, wenn ich Leder und Motoröl rieche.“

„Das hast du mir noch nie gesagt“, sagte Jilly vorsichtig, während sie das Muster der Bettdecke studierte.

„Es war mir peinlich, denn ich hätte ihn dir sofort ausgespannt, ohne auch nur einen Moment lang ein schlechtes Gewissen zu haben. Ich habe mich furchtbar benommen. Ich habe ihn mit so einem gewissen Augenaufschlag angesehen." Sie lachte. „Wahrscheinlich hat er gedacht, ich hätte etwas im Auge. Er war mehrere Klassen über mir. Das war damals ein himmelweiter Unterschied. Außerdem hatte er sowieso nur Augen für dich." Wieder spürte sie einen Stich der alten Eifersucht auf Jilly.

„Das ist schon so lange her." Jillys Stimme klang leise. Birdie merkte nicht, dass ihre Hände zitterten. „Wir waren fast noch Kinder."

„Ich weiß. Glaub bloß nicht, dass ich mir heute noch darüber Gedanken mache", sagte sie fröhlich, aber in ihrem Herzen wusste sie, dass sie log. „Als ich ihn Jahre später an der Northwestern University wiedersah, traf es mich wie ein Schlag, nur noch härter. Ich konnte es kaum glauben, dass er diesmal mir den Hof machte. *Mir.* Beatrice Season." Birdie musterte Jilly mit einem langen, forschenden Blick. Obwohl die Frische ihrer Jugend vergangen war, besaß sie noch immer jene natürliche Schönheit, die sie auch noch mit achtzig Jahren haben würde. Birdie wusste, dass sie diese Art von Schönheit niemals gehabt hatte und auch niemals haben würde. „Ich glaube, ich habe Dennis Connor von dem Moment an geliebt, als ich ihn zum ersten Mal gesehen habe."

„Du weißt, dass es nie etwas Ernstes zwischen uns gab", sagte Jilly mit Betonung. „Nichts wirklich Ernstes."

Birdie blickte auf und sah in Jillys bleiches und müdes Gesicht. Instinktiv wurde sie misstrauisch, als sie Zweifel und noch etwas anderes – Angst? – in ihren grünen Augen las. Sie spürte, wie Gefühle in ihr hochkamen, die sie längst für überwunden gehalten hatte.

„Nein, das weiß ich eben nicht", antwortete sie zögernd und sprach damit zum ersten Mal eine lang unterdrückte Sorge aus. Sie wandte den Blick von Jilly, schaute auf ihre Hände und den Finger mit dem goldenen Ehering, in den ein Diamant eingelassen war.

„Tief in meinem Inneren habe ich mich oft gefragt, wie ernst es wirklich mit euch beiden war. Ich weiß noch genau, wie er von dir geschwärmt hat. Aber das haben ja schließlich alle Jungs getan. Ich glaube, ich bin immer ein bisschen eifersüchtig gewesen, weil er zuerst mit dir befreundet war. Ich dachte, ich hätte es überwunden, aber im Laufe der Jahre habe ich immer mal ein wenig nachgerechnet und mich manchmal gefragt ...", sie verstummte kurz und nahm ihren ganzen Mut zusammen, „... ob das Baby vielleicht von Dennis ist."

Sie drehte den Ehering an ihrem Finger hin und her, während das Schweigen zwischen ihnen fast unerträglich wurde. „Ist es von ihm?" Ihre klaren Augen musterten Jilly forschend. „Ist Dennis der Vater?"

Jillys Gesicht war so weiß wie das Bettlaken. Sie rührte sich nicht. Ihre blassen, vollen Lippen waren halb geöffnet, als müsste sie nach Luft schnappen, und in ihren grünen Augen stand ein gehetzter Ausdruck. Die Sekunden tickten weiter, und jede steigerte die Spannung noch, jede vergrößerte ihre Angst vor der Antwort.

„Nein!" Jilly stieß die Luft aus. Sie schüttelte den Kopf, dann stand sie schnell auf und fuhr sich mit der Hand durchs Haar. „Guter Gott, Birdie, nein!"

Birdie wollte ihr unbedingt glauben. Die Angst schien ihr die Luft zum Atmen zu nehmen. Fragend schaute sie Jilly ins Gesicht, dann ließ sie sich erleichtert auf die Kissen zurückfallen.

„Ich weiß auch nicht, warum, aber ich hatte die ganze Zeit dieses Gefühl", sagte sie. „Verrückt, ich weiß. Aber ich musste dich einfach fragen."

„Ich wünschte, du hättest es nicht getan."

„He, du bist doch diejenige, die dauernd sagt: keine Geheimnisse mehr."

Mit einer heftigen Kopfbewegung wandte Jilly sich ab. „Ja, vielleicht ist es wirklich keine so gute Idee, weiterzubohren. Man könnte dabei auf manche empfindliche Stellen treffen."

„Du hast Recht. Tut mir Leid."

„Vergiss es." Sie begann, sich mit dem unberührten Tablett zu beschäftigen. „Ich muss jetzt gehen. Bist du sicher, dass du nichts davon essen willst? Vielleicht ein bisschen Obst?"

„Lass nur, es passiert nicht oft, dass ich keinen Hunger habe", sagte Birdie und versuchte, die alte Stimmung zwischen ihnen wieder herzustellen. Jilly schüttelte ihr Haar – ein sicheres Zeichen, dass sie erregt war. Sie nahm das Tablett und lächelte, aber ihr verschmierter Lidschatten verriet sie.

„Ich bringe die Sachen einem Freund. Ich werde den kleinen Bettler mal suchen gehen." Sie schien erpicht darauf, das Zimmer verlassen zu können.

„Okay. Vielen Dank. Ich bin ziemlich müde. Ich glaube, ich werde noch ein wenig schlafen."

„Schlaf gut – und träum bloß nicht von Wanzen."

Birdie rutschte unter die Decke und zog sie bis zum Kinn hoch. Ihr Mund verzog sich zu einem Lächeln. „Die dir auf der Nase tanzen."

„Ich liebe dich, Birdie."

Sie gähnte herzhaft und verschwand fast unter der Decke. „Ich liebe dich auch."

Birdie hörte die Tür zufallen und das Klicken des Schlosses. Stille breitete sich in dem leeren Zimmer aus. Das lange und denkwürdige Gespräch mit Jilly ging ihr noch einmal durch den Kopf. Sie hatten eine Menge zwischen sich geklärt. Sie zog sich die grüne Decke bis über die Ohren und gähnte noch einmal. Es hatte zwar sehr wehgetan, aber sie war froh, dass sie sie nach Dennis gefragt hatte.

Sie schloss die Augen und lachte leise, während sie an die riesigen Wasservorräte unter dem Meeresgrund dachte. Im Vergleich dazu hatten sie und Jilly nur ein wenig Dampf abgelassen.

18. KAPITEL

Mit jedem Schritt, mit dem Jilly die Distanz zwischen sich und ihren Schwestern vergrößerte, wuchs ihr Ärger. Sie ging schneller, angetrieben vom Ansturm der Vorwürfe, die sie sich machte. Sie hatte das einzige wirklich wichtige Versprechen gebrochen, das sie sich gegeben hatte: Niemals mehr zu lügen, um einen anderen zu schonen.

Aber Birdie ist krank und schwach und schon am Boden zerstört wegen des einen Verlusts, beschwichtigte sie sich. Wie konnte sie ihrer Schwester da eine Wahrheit zumuten, die vielleicht ebenso niederschmetternd war? Sie hatte Birdies Zimmer mit Frühstück und Blumen und guter Laune betreten und versucht, dem guten Beispiel von Rose zu folgen. Mit dieser Frage hatte sie schließlich überhaupt nicht gerechnet, verdammt noch mal.

Weil sie Birdie liebte, hatte sie gelogen und ihr das beste Geschenk gemacht, das sie für sie hatte – ein bisschen Seelenfrieden. Ganz bestimmt ein edler Grund für Unehrlichkeit.

Warum aber fühlte es sich dann so falsch an?

Die graue, regnerische Kälte trug dazu bei, dass ihre Stimmung noch düsterer wurde. Sie spürte wieder ihre alte Ruhelosigkeit und joggte meilenweit, bis sie fast am Ende ihrer Kräfte war. Auf einer felsigen Kuppe blieb Jilly keuchend stehen. Der Schweiß lief ihr in Strömen am Körper herab, während sie ihren Blick über das Tal schweifen ließ. Es schien sich bis ins Unendliche zu erstrecken. Wie eine Lüge, dachte sie. Dann ließ sie die Schultern hängen und weinte.

Sie war müde und entmutigt, als sie auf dem Rückweg über die Brücke an Rajiv vorbeilief. Er war wieder damit beschäftigt, das Flussufer zu reinigen.

„Jillian, warte!“ rief er.

Sie beachtete ihn nicht und lief schneller.

Dieses Mal rannte er hinter ihr her, packte ihren Arm und zwang sie zum Stehenbleiben. Ihr Atem ging schwer, und sie blickte ihn wütend an, als sie sich aus seinem Griff befreite.

„Jillian, bitte lass es mich erklären.“

Sie schob sich eine Strähne aus dem Gesicht. „Erklären? Es gibt nichts zu erklären. Ich habe alles verstanden.“ Sie ging weiter, aber er blieb dicht hinter ihr.

„Du denkst, ich habe dich zurückgewiesen.“

„Du weißt nicht, was ich denke.“ Sie den Kopf gesenkt, damit er die verräterische Röte auf ihren Wangen nicht sah.

„Ich wollte dich nicht beleidigen. Im Gegenteil. Jillian, bitte bleib stehen. Hör mir einen Moment zu.“ Er hielt an und stemmte die Hände in die Hüften.

Sie joggte noch ein paar Meter, dann blieb sie ebenfalls stehen. Mit herunterhängendem Kopf, die Arme in die Seiten gestützt, schnappte sie nach Luft. Sie wandte sich halb um. Rajiv stand kerzengerade in seiner Öljacke, Jeans und hüfthohen Gummistiefeln da. An seiner linken Backe war ein Schlammspritzer, der wie eine Narbe aussah. Ihre Blicke trafen sich, und wieder fühlte sie sich von der Ernsthaftigkeit seines Ausdrucks angezogen.

„Geht es Birdie gut?“

„Besser. Danke.“

„Das freut mich.“

Jilly steckte die Hände unter die Achselhöhlen und wandte den Blick ab.

Rajiv bückte sich nach einem herabgefallenen Ast auf dem Weg und schleuderte ihn fort. „Es ist schon lange her, dass ich jemanden geküsst habe", erklärte er. Seine unvermittelte Aufrichtigkeit überraschte sie.

„Ehrlich gesagt, bei mir auch", erwiderte sie und musterte ihn von der Seite.

„Ich habe an dich gedacht, als ich mich von dir zurückgezogen habe. Aber an mich habe ich auch gedacht. Ich bin mir nämlich nicht sicher, ob ich mich mit jemandem einlassen möchte. Ich mag meine Privatsphäre. Mir gefällt es, allein zu leben. Ich möchte mich nicht binden."

„Rajiv, ich wollte bloß Sex mit dir. Von Heiraten war keine Rede."

Nervös schaute er weg und blinzelte, als ob er zu verstehen versuchte, was er gerade gehört hatte.

„Hör zu, machen wir's uns nicht so schwer. Ich nehme deine Entschuldigung an", sagte sie. „Lassen wir es dabei bewenden."

„Genau das ist das Problem. Ich will es nicht dabei bewenden lassen. Mir ist klar, dass ich alles zwischen uns vermasselt habe. Ich möchte mich nicht mit jemandem einlassen, aber die Wahrheit ist, ich habe es schon getan. Ich denke die ganze Zeit an dich. Du gehst mir nicht mehr aus dem Kopf. Das ist sehr unangenehm, wirklich."

Sie sah seinen verschmitzten Ausdruck und musste ebenfalls lächeln.

Der Abstand zwischen ihnen betrug nur wenige Zentimeter. Sie berührten sich absichtlich nicht, aber sie spürten, wie es zwischen ihnen knisterte.

„Ich würde gerne noch mal von vorne anfangen, wenn du nichts dagegen hast", fuhr er fort. „Ich möchte ein bisschen Zeit mit dir verbringen. Als dein Freund. Und später vielleicht ..."

„Vielleicht", antwortete sie und sah, wie die Anspannung aus seinem Gesicht wich und seine Augen blitzten. Dann hob sie eine Schulter und sagte: „Vielleicht auch nicht", bevor sie weiterlief.

Jilly ging in ihr Zimmer, zog Jeans und einen alten Pullover an, und dann lief sie zur Brücke zurück. Ricky tänzelte an ihrer Seite. Rajiv hob den Kopf, als er sie kommen hörte. Dann strahlte er und winkte sie zu sich.

„Ich komme als Freund und will dir helfen", verkündete sie.

Seine Augen leuchteten bei ihren Worten, dann blickte er zu dem kleinen Hund hinunter, der ergeben neben ihr stand. „Du bist also ein Freund, ja?" neckte er sie. „Sieht ganz so aus, als hätte mein Freund meinen Hund gestohlen. Das ist doch ziemlich frech."

„Ach, jetzt ist er auf einmal dein Hund, ja? Wie war das mit ‚bloß keine Beziehungen'?"

Er beugte sich hinunter zu Ricky und tätschelte ihn. „Ein Mann kann sich ändern."

Sie spürte ihr Herz schneller schlagen und vergrub die Hände in den Taschen ihrer Jeans. „Ich habe dich ausgetrickst", meinte sie und kam sich vor wie ein flirtendes Schulmädchen. „Ich habe ihm etwas Rührei gegeben, und danach war er mir vollkommen verfallen."

Rajiv richtete sich auf und sah sie an. Sein Blick wurde weich, als er ihr eine Haarlocke hinters Ohr steckte. In dem Moment wusste Jilly, dass sie *ihm* vollkommen verfallen war.

Sie begannen mit ihrer Arbeit, klaubten heruntergefallene Äste, alte Wasserflaschen und anderen Abfall aus dem Fluss und stapelten ihn am Ufer auf, um den Müll anschließend wegzufahren. Später am Vormittag kam die Sonne hinter den Wolken hervor und wärmte ihre Gesichter. Sie fischten zu klebrigen Haufen verklumpte Blätter aus dem Flussbett, damit das Wasser wieder ungehindert über Felsen und Steine fließen konnte. Während sie ihrer Arbeit nachging, wunderte sie sich über das Schicksal, das so unvorhersehbar war. Im Moment war sie doch überhaupt nicht auf der Suche nach jemandem, und nichts lag ihr ferner, als ihr Leben durch eine Affäre noch komplizierter zu machen. Und ihm ging es offenbar genauso. Aber jetzt hatten sie einander getroffen, und sie musste sich eingestehen, dass er ganz anders war als all die Männer, die sie zuvor gekannt hatte. Obwohl sie ihn jeden Tag nur wenige Minuten gesehen hatte, spürte sie eine Seelenverwandtschaft, wie sie sie in dieser Intensität zuvor nicht gekannt hatte. Während sie nebeneinander standen und das Flussbett säuberten, fühlte sie sich so wohl, als wären sie schon seit Jahren verheiratet.

Wer hätte gedacht, dass der ernsthafte, schweigsame Rajiv Patel so witzig sein konnte?

Während der nächsten Tage kam Rajiv öfter in Birdies Zimmer und brachte Kannen mit duftendem Kardamom-Tee und spezielle Süßigkeiten aus Indien – kleine Leckereien, deren Namen sie nicht kannten und die nach Pistazien und Cashew-Nüssen und nach Gewürzen schmeckten. Wenn Jilly nicht mit Rose in der Bibliothek saß oder Telefonanrufe erledigte, genoss sie seine Besuche ebenso sehr wie Birdie.

Er blieb stets neben der Tür stehen, eine große und schlanke Gestalt, und er verhielt sich so ehrerbietig, als ob Birdie eine Königin sein. Seine Augen blitzten belustigt, wenn er ihnen fantastische Geschichten aus seiner Heimat erzählte. Aber so, wie er aussieht, dunkelhäutig und elegant, könnte er auch einfach nur stumm dastehen, dachte Jilly. Allein ihn anzuschauen war das reinste Vergnügen. Sie konnte nicht auf seine Lippen blicken, ohne an seinen Kuss zu denken oder die Berührung seiner Hände auf ihrem Gesicht zu spüren, wenn er seine Erzählungen gestenreich unterstrich. Ihn so nahe zu sehen und doch so distanziert verschaffte ihr eine ganz besondere Art von qualvollem Vergnügen. Sie spürte es bis ins Innerste. Noch nie hatte sie einen Mann so sehr begehrt wie Rajiv.

Es war schon spät, als Jilly aus dem Waschsalon zurückkam. Vor der Rezeption des Motels stand ein Wagen vom Express-Zustelldienst. Das Herz klopfte ihr bis zum Hals, als sie schnell den Landrover einparkte. Dann sprang sie aus dem Wagen und eilte zum Büro. Rajiv beschrieb dem Fahrer gerade den Weg zu ihrem Zimmer, als sie eintrat. Rajivs Augen blitzten aufgeregt, und in der Luft lag eine erwartungsvolle Spannung.

„Ich nehm's schon mit", sagte sie beim Eintreten. Sie quittierte die Lieferung, und mit einem gut gelaunten Dankeschön verließ der Fahrer das Büro. Sie wog den Umschlag in der Hand und schaute nach dem Absender. Er war von Mr. Collins – endlich!

„Ich hoffe, es sind gute Neuigkeiten", sagte Rajiv.

Statt einer Antwort küsste sie ihn auf die Lippen, und dann lief sie zu ihren Schwestern.

„Es ist angekommen!" rief sie, als sie Birdies Zimmer betrat. Chipstüten waren auf dem Bett verstreut, die Vorhänge geschlossen: Die Frauen hatten es sich bequem gemacht und sahen sich einen Film an. Jilly hatte das Gefühl, dass Mr. Collins' Brief gerade rechtzeitig eingetroffen war, um sie alle aus der Lethargie zu reißen.

Im Vorbeigehen schaltete sie den Fernsehapparat aus und ließ sich mit Schwung aufs Bett fallen. „Es geht weiter, Freunde", sagte sie und rieb sich die Hände.

„Das wird auch Zeit. Ich habe schon befürchtet, wir würden ewig hier bleiben müssen", seufzte Hannah erleichtert.

„Irgendwie gefällt mir dieser abgefahrene Ort immer besser", sagte Birdie zur Überraschung der anderen.

„Vielleicht liegt es auch nur an der Gesellschaft", kam Rose ihr zu Hilfe.

„Mr. Collins hält wirklich Wort", sagte Jilly, die nur Augen für den Umschlag in ihrer Hand Augen. „Er hat die Unterlagen wahrscheinlich am selben Tag, als sie bei ihm eintrafen, weitergeschickt." Sie holte tief Luft und schaute Birdie an. „Na gut, dann wollen wir mal!" Sie riss den Umschlag auf und zog einen Stapel Papiere hervor. Verblüfft schaute sie auf die Blätter, denn sie hatte nicht mehr als eine Geburtsurkunde erwartet.

Rose trat näher. „Was ist denn das alles?"

Jilly überflog die Seiten, dann atmete sie tief durch und begann, den Stapel von der ersten bis zur letzten Seite durchzulesen. „Das hier ist eine Geburtsurkunde", meinte sie und betrachtete das Papier genau. „Mal sehen", sagte sie, während sie die Eintragungen las. „Ja, hier steht es. Meine Tochter ist als Mädchen Season aufgeführt, Mutter Jillian Season und ..." Sie hielt inne. In der Rubrik Vater stand *Unbekannt*. „Es war das St.-Francis-Krankenhaus." Sie zwinkerte Birdie zu. „Ein Punkt für uns. Das Geburtsdatum ist der 17. Mai." Sie warf einen raschen Blick auf ein zweites Formular. „Hier steht nicht viel anderes", sagte sie und wandte sich der nächsten Seite zu. „Und hier ist noch eine Geburtsurkunde." Ihre Augen sogen förmlich sich an den Einträgen fest. „Sie nennen es eine", sie verfiel in einen spöttisch-hochtrabenden Tonfall, „korrigierte Geburtsurkunde." Als sie jedoch weiterlas, wurde ihre Miene ernst. Dann schaute sie Birdie, Rose und Hannah an und grinste übers ganze Gesicht.

„Ihr Name ist Anne Marie."

Sie jauchzten vor Vergnügen wie kleine Mädchen bei einer Geburtstagsfeier, fielen sich gegenseitig in die Arme und küssten sich. Jede hatte das Gefühl, als sei Anne Marie gerade erst geboren worden, und sie feierten ihren Geburtstag zum allerersten Mal. Anne Maries Name stand auf der Liste! Schritt für Schritt kamen sie voran, und alle spürten, wie Adrenalin durch den Körper schoss.

„Lies auch den Rest", sagte Rose und klatschte in die Hände. „Wir wollen alles über sie wissen."

„Ja, mach schnell", sagte Birdie mit rosig glühenden Wangen. „Wir haben lange genug warten müssen."

Jilly schaute von ihren Papieren auf und blickte in die erwartungsvollen Gesichter. Diesen Anblick würde sie, wie ein Fotograf mit der Kamera, für immer in ihrem Herzen festhalten.

„Na gut", sagte sie und holte noch einmal tief Luft. Was sie nun las, dämpfte ihren Enthusiasmus ein wenig. „Mein Name steht überhaupt nicht auf dieser Geburtsurkunde." Das hätte sie nicht überraschen sollen, aber es schmerzte sie trotzdem. „Es ist schon merkwürdig, hier unter der Rubrik *Mutter* den Namen Susan Parker zu sehen."

„Lies weiter", drängte Birdie. „Das ist wichtig. Denn jetzt kennst du den Namen der Adoptivmutter."

„Unter *Vater* steht Robert Parker. Meine Güte, als Adresse ist Sturgeon Bay angegeben. Das ist doch ganz in der Nähe. Er ist Schiffsbauer."

„Das ist ja cool", meinte Hannah.

Jilly fand das auch. „Und die Mutter ... hier steht, sie ist

Hausfrau.“ Es versetzte ihr einen leichten Stich, und sie verstummte. „Offenbar hat Anne Marie doch noch eine Vollzeit-Mutter gehabt.“

„Das ist ja fantastisch. Ist das nicht aufregend? Was noch?“ Rose drängte sich noch näher an Jillys Schulter.

„Der Vater war dreißig zum Zeitpunkt der Adoption. Die Mutter neunundzwanzig.“ Sie blätterte durch die anderen Papiere; auf vielen Seiten ging es nur um die Adoptiveltern. Der Adoptionsantrag, das Protokoll über die häuslichen Verhältnisse der Eltern, Berichte der Agentur über sie und ihre medizinische Vorgeschichte. Sie überflog die nächste Seite. „Robert hat die Universität besucht. Holzschnitzen und Segeln sind seine Hobbys.“

„Na klar“, schaltete Hannah sich ein und rollte mit den Augen. „Schließlich ist er Schiffsbauer.“

„Wie sieht es mit der Mutter aus?“

„Sie hat die High School abgeschlossen. Ein bisschen studiert. Näht gerne und liebt Gartenarbeit. Sehr engagiert in ihrer Kirchengemeinde.“

„Klingt das nicht wunderbar?“ meinte Birdie.

Jilly zog die Stirn kraus. Sie hatte nicht mit diesem starken Anflug von Eifersucht gerechnet. „Ja, nicht wahr? Alles, was ich über sie wissen muss, steht hier drin.“ Erregung packte sie, als sie von den Papieren hochschaute und ihre Schwestern ansah. „Alles, was wir wissen müssen, um May zu finden.“

„Anne Marie“, korrigierte Birdie sie.

„Ja“, sagte sie sehnsüchtig. „Mein Baby hat einen Namen, einen wunderschönen Namen.“

„Können wir mal die Papiere sehen, die du wie deinen Augapfel hütest?“ fragte Birdie und streckte die Hand aus.

Jilly reichte ihr die Blätter bis auf das letzte, das sie noch nicht gelesen hatte. Sie legte die Beine übereinander und studierte die letzte Seite. Es war eine Kopie der Adoptionsurkunde. Als sie dieses Formular las, wich ihre überschäumende Freude einer Eiseskälte. Die Juristensprache, in der die Urkunde abgefasst war, klang grausam. Die Worte drangen tief ein wie Dolche und zerstörten ihr ohnehin zerbrechliches Selbstbewusstsein noch mehr. Stocksteif hielt sie das Papier in der Hand, wie vom Donner gerührt und erfüllt von Scham.

Das Dokument deklarierte schwarz auf weiß: Jillian Seasons Baby war illegitim, und deshalb hatte sie ihre Tochter zur Adoption freigegeben.

„Was ist denn?“ fragte Birdie.

Jilly winkte ab. Sie brachte kein Wort heraus. Mit Tränen in den Augen las sie den Schriftsatz zu Ende. Er besagte, dass Anne Marie auf Grund ihrer Adoption sämtliche Rechte ehelich geborener Kindern genoss.

„Ich hoffe nur, dass ihr das nie jemand gezeigt hat“, sagte Jilly und ließ die Hand sinken.

Birdie ergriff das Dokument und las es; dann war Rose an der Reihe. Sie tauschten sorgenvolle Blicke aus, während Jilly stumm dasaß und ins Leere starrte.

„Du solltest dir das nicht zu Herzen nehmen“, sagte Rose.

„Ach, wirklich nicht?“

„Das ist doch bloß ein juristischer Wisch, sonst nichts“, konterte Birdie.

„Es ist nur eine Formalität. Die Hauptsache ist, dass du jetzt ihren Namen kennst“, bemühte Rose sich, den Enthusiasmus wieder zu wecken. „Und den Namen ihrer Eltern. Jetzt haben wir doch berechtigte Hoffnung, dass wir sie finden werden.“

„Und dann?“ fragte Jilly. „Wenn sie mich nun nicht kennen lernen will, wenn ich sie anrufe? Mich, die schreckliche Mutter, die sie unehelich geboren hat? Die stellen mich ja dar wie eine verantwortungslose Schlampe, die ein Kind bekommen hat, ohne verheiratet zu sein. Warum sollte sie ausgerechnet mich kennen lernen wollen, wo sie doch schon ein glückliches und ordentliches Leben mit einer perfekten Mutter führt, die sie vor dem Makel der Illegimität bewahrt hat?"

„Anne Marie ist bestimmt nicht so", verteidigte Hannah ihre Cousine, obwohl sie sie überhaupt nicht kannte. „Sie wird sich bestimmt mit dir treffen wollen. Ich würde meine richtige Mutter auf jeden Fall kennen lernen wollen."

„Es heißt leibliche Mutter", korrigierte Jilly sie. „Was für ein entsetzliches Wort. Das klingt so, als würde man das Kind in einem Krankenhaus abgeben, sobald es aus dem Leib ist, und sich dann aus dem Staub machen. Aber *wirkliche* Mutter trifft die Sache wohl immer noch mehr als *leibliche* Mutter."

„Hör auf damit", sagte Birdie.

„Womit? Ich bin nur ehrlich. Schau es dir doch an. Auf der Adoptionsurkunde steht ja nicht einmal mein Name. Als würde ich überhaupt nicht existieren."

„Aber du existierst!" Zum ersten Mal seit ihrer Fehlgeburt setzte Birdie wieder ihren energischen Tonfall ein. „Und du bist ihre Mutter. Und Rose und ich sind ihre Tanten und Hannah ist ihre Cousine. Wir sind Blutsverwandte. Dieses Kind ist eine Season. Niemand bestreitet, dass die Frau, die Anne Marie adoptiert hat, ihre Mutter ist – in des Wortes grundsätzlicher Bedeutung. Ihre wirkliche Mutter, wie du es genannt hast. Wir sollten beten, dass es auch so ist – um Anne Maries willen. Hier geht es ja schließlich nicht um eine Art Wettstreit. Susan Parker ist Anne Maries Mutter. Darüber müssen wir uns im Klaren sein, und wir müssen es akzeptieren – oder die Suche sofort abbrechen."

„Ich akzeptiere es."

„Gut. Tatsache aber ist, dass du ihre biologische Mutter bist, Jilly. Die Hälfte ihrer Gene stammen von dir. Wir wissen heute zu viel über Erbgut und Genetik, um ihre Bedeutung ignorieren zu können. Anne Marie muss das auch wissen. Glaub mir, Jilly, sie wird dich bestimmt kennen lernen wollen."

Aber Jilly hörte gar nicht mehr zu. Sie hatte plötzlich das Gefühl, dass die Wände des kleinen Zimmers sich enger um sie schlossen. Langsam erhob sie sich und ging zur Tür.

„Wo gehst du hin?" fragte Rose.

„Ich möchte eine Zigarette rauchen. Und ich muss mal alleine sein."

„Bleib hier", sagte Birdie. „Das Wetter ist scheußlich."

Jilly lachte kurz auf, als sie die Tür öffnete. „Prima. Dann passt es ja genau zu meiner Stimmung."

Als sie das Motelzimmer verließ, hätte Jilly auf die Bibel schwören können, dass sie nicht wusste, wo sie hinging. Sie wusste nur, dass sie an die frische Luft musste. Es war sehr kalt für die Jahreszeit, und dafür waren die Wolken verantwortlich, die sich schon vor Tagen zusammengezogen hatten und tief und bedrohlich am Himmel hingen. Sie sog die Luft ein, die nach Schnee roch. Das machte sie unendlich traurig. „Schnee im Frühling", murmelte sie. „Das passt ja ausgezeichnet." Der Frühling ließ also noch auf sich warten. Und wie lange würde sie noch warten müssen, bis sie endlich ihre Tochter kennen lernte?

Als sie am Fluss entlangging, hörte sie aus dem nebligen Zwielicht wieder die spöttischen Stimmen und hämischen Bemerkungen, die sie aus ihrem Bewusstsein verdrängt hatte, seitdem sie diese unbeschwerten Tage mit ihren Schwestern verbrachte. Hier in dieser kleinen Stadt gab es nichts, das in Verbindung stand mit dem Leben, das sie sich während der vergangenen sechsundzwanzig Jahre geschaffen hatte. Vielleicht gerade deswegen hatte sie den Gedanken genossen, wieder eine der vier Seasons zu sein. Sie stellte sich vor, noch jung und unversehrt zu sein. Sie war die schöpferische Jilly, die Anführerin, die Schwester, mit der man unheimlich viel Spaß haben konnte. Die Suche nach ihrer Tochter war wie ein kompliziertes Spiel, das sie wieder enger aneinander gebunden hatte – eines der Spiele aus ihrer Fantasiewelt.

Die Adoptionsurkunde hatte sie allerdings in die raue Wirklichkeit zurückgerissen. *Verlassen. Illegitim. Unehelich.* Mach dir nichts vor, Jilly, ermahnte sie sich.

Sie lief weiter, bis sie vor dem kleinen roten Ziegelhaus stand, das von einem schmiedeeisernen Zaun umgeben war. Aus einem der oberen Fenster drang Licht durch die heruntergelassenen Jalousien. Es wirkte warm und einladend. Eine Weile blieb sie am Tor stehen und fragte sich, ob er wohl im Bett lag und ein Buch las, denn sie sah nicht das bläuliche Flackern eines Fernsehgeräts. Es war so ruhig, dass sie ihren eigenen Atem hören konnte.

Laut quietschte das Gartentor in der Stille. Ricky sprang von seinem Platz auf und kam herbeigelaufen, um nachzusehen, was los war. Ein Knurren drang aus der Tiefe seiner Kehle. Als sie das Grundstück betrat, begann er laut zu bellen.

„Schsch“, beruhigte sie ihn. „Sei still, Ricky.“

Der Hund kam näher und beschnüffelte sie. Als er ihren Geruch wahrnahm, hörte das Knurren auf, und er wedelte freudig mit dem Schwanz. Aber es war zu spät. Die Außenbeleuchtung ging an. Jilly hörte, wie ein Schloss geöffnet wurde, und dann ging die Tür auf.

Jilly hatte eine Hand auf das Tor gelegt und betrachtete die große, dunkle Gestalt auf der Veranda. Er trug einen Morgenmantel. Seine Hand lag auf dem Türgriff, und sein Körper wirkte angespannt und wachsam. Da das Licht von hinten kam, konnte sie sein Gesicht nicht erkennen, aber sie spürte seinen durchdringenden Blick.

Die alte Jillian Season hätte ein verführerisches Lächeln aufgesetzt und sich ihm mit dem aufreizend wiegenden Gang eines Models genähert. Aber die neue Jillian Season war nicht mehr so selbstbewusst. Ihr Gesicht war tränenverschmiert, ihre Kleidung zerknittert und abgetragen. Ihr ungekämmtes Haar hatte sie mit einem Gummiband im Nacken zusammengebunden. Und sie fror, sie fror ganz erbärmlich. Es war diese Jillian, die einen Schritt vortrat. Langsam ging sie über den gewundenen schmalen Gartenpfad, der sich an alten Bäumen vorbeischlängelte, deren mächtige Stämme tiefe Spalten aufwiesen. Dann stieg sie die sechs rissigen Zementstufen zu ihm hinauf.

„Ich brauche einen Freund", sagte sie leise.

Er reichte ihr die Hand, und sie nahm sie. An seinem unruhigen Blick merkte sie, dass er in ihrem Gesicht wie in einem Buch lesen konnte. Sie spürte es an seiner Berührung, die elektrische Ströme durch ihren Körper zu jagen schien. Sie erkannte es an der Art, wie er stumm zur Seite trat, um sie eintreten zu lassen.

Die Küche war klein und unscheinbar. Neonröhren unter den Hängeschränken verbreiteten ein diffuses Licht. Im Zimmer dahinter standen Bücherregale und ein modernes, schlichtes Ledersofa. Ihr Blick wanderte zu der nackten Haut, die im V-Ausschnitt seines Bademantels zu sehen war. Sie wirkte so weich, dass sie nicht widerstehen konnte, sie zu berühren. Ihre Finger waren eiskalt. Sie merkte, wie er die Luft einsog, aber er bewegte sich nicht. Ganz langsam schob sie erst die eine und dann die andere Hand unter den Frotteebademantel und fuhr über die warme Haut. Sie genoss es, über seine festen Muskeln zu streicheln und zu spüren, wie seine Brustwarzen unter ihren Handflächen hart wurden. Als er sie am Ellbogen packte, um sie wegzuziehen, widerstand sie ihm.

„Bitte", sagte sie und fuhr mit den Lippen über seine nackte Brust. Sie legte ihre Wange darauf und stand bewegungslos, abwartend. Sie konnte sein Herz klopfen hören.

Er berührte ihr Kinn und hob es gerade so weit an, dass sie ihm in die Augen sehen konnte. Sein weiches Haar umrahmte in dichten schwarzen Wellen sein Gesicht. Unter den geschwungenen Brauen schienen seine Augen in der Dunkelheit zu leuchten, als er einen Finger auf ihre Lippen legte und ihr bedeutete, still zu sein. Er nahm sie bei der Hand und führte sie über den gefliesten Boden in sein Schlafzimmer. Als sie in dem kleinen, ordentlichen Raum standen, hob er die Hand und bedeutete ihr zu warten. Dann drehte er sich um und ging ins Badezimmer. Bald darauf hörte sie das Rauschen des Wassers, das in die Wanne lief.

Sie sah sich um. Überall standen und lagen Bücher – in den Regalen entlang der Wand, auf dem Boden neben dem Bett und auf dem Nachttisch. Viele waren in Hindi, aber eine ganze Reihe von ihnen war in Englisch – zumeist klassische Literatur und Computer-Fachbücher. Zu ihrer Überraschung entdeckte sie auch einige französische Bücher. Sie nahm einen abgegriffenen Lederband zur Hand: Sartre. Als sie ihn öffnete, entdeckte sie viele unterstrichene Passagen.

Als er ins Zimmer kam, legte sie das Buch rasch aus der Hand. Es war ihr peinlich, dass er sie beim Herumschnüffeln ertappte. Aber es schien ihm nichts auszumachen. Er lächelte und reichte ihr die Hand. In seinen Augen lag ein geheimnisvoller Glanz, was die

Spannung zwischen ihnen noch größer werden ließ. Sein Körper war schlank, nicht besonders muskulös, aber fest, mit schmalen Hüften. Sie dachte daran, wie er am Fluss gearbeitet hatte.

Er nahm ihre Hand und führte sie in das kleine Badezimmer. Sie tauchte ein in eine Wolke duftenden, warmen Dampfes, der das Licht von parfümierten Kerzen noch sanfter machte. Sie standen überall – auf dem Rand der Badewanne, auf der Toilette, auf dem Boden. Er half ihr beim Ausziehen und dann beim Einsteigen in die Badewanne. Er ließ sie erst los, als sie in das süßlich duftende Wasser eingetaucht war. Dann ging er hinaus, damit sie sich in Ruhe entspannen konnte, und schloss die Tür hinter sich.

Woher weiß er, dass ich diese Einsamkeit brauche? wunderte sie sich. Ein genüsslicher Seufzer entrang sich ihren Lippen, als sie die Augen schloss, bis zum Hals im heißen Wasser versank und sich dem köstlichen Gefühl vollkommen hingab. Sie dachte an nichts anderes, als sie spürte, wie das Wasser gegen ihre Brüste plätscherte, und das leise, rhythmische Tröpfeln des Wasserhahns hörte. Sie wusste nicht, wie lange sie so gelegen hatte, aber als er hereinkam, um nach ihr zu sehen, hatte sich das Wasser ein wenig abgekühlt. Bereitwillig nahm sie seine Hand, stand auf und schlang das riesige weiche Handtuch um sich, das er für sie bereithielt. Er bestand darauf, sie abzutrocknen. Noch nie war sie mit einer solchen Zärtlichkeit und solcher Ehrerbietigkeit behandelt worden, und sie fand es überaus aufregend.

Sanft fuhr er über ihre ausgestreckten Arme, ihren Nacken, ihre Brüste und küsste sie zart an allen möglichen Stellen. Sie genoss seine Aufmerksamkeit. Seine Zurückhaltung war ausgesprochen erotisch.

Er führte sie wieder in sein Zimmer. Er hatte das Bett frisch bezogen und kühle Getränke bereitgestellt. Während sie trank, holte Rajiv die Kerzen und baute sie im Zimmer auf, bis sie wieder von flackernden Flammen umgeben war. Dann zog er die Decke zurück und bedeutete ihr, sich in die Mitte des Bettes zu legen. Er setzte sich neben sie und begann, ihren Körper mit duftendem Öl einzureiben. Es roch nach Sesam und einem anderen himmlischen Gewürz, und es drang sofort in ihre feuchte und warme Haut ein. Er schaute ihr in die Augen, als er ihre Arme und Brüste einrieb, dann lächelte er schelmisch, als er etwas Öl auf die Innenseite ihrer Schenkel goss und mit seinen Fingerspitzen kleine, sinnliche Kreise zog. Lustvoll bewegte sie ihre Hüften und wünschte sich, seine Hand würde dort verweilen, wo sich allmählich ein köstliches Gefühl aufbaute.

Aber er ließ sich Zeit. Er rollte sie auf den Bauch, goss Öl auf ihren Rücken, massierte sie mit kräftigen Bewegungen, die die Verspannungen aus ihren Schultern nahm. Sie stöhnte und gab sich ganz seinen festen und zärtlichen Fingern hin. Im Hintergrund erklang leise Musik; es mussten Liebeslieder sein, die eine Inderin sang. Seine Hände massierten weiter und hatten mittlerweile die untere Rückenpartie erreicht. Dann knetete er ihre Pobacken und ihre Schenkel. Anschließend rollte er sie wieder auf den Rücken und breitete ihr Haar auf dem Kissen aus.

Ihr Atem ging jetzt schwerer. Unter halb geschlossenen Lidern sah sie, wie er die rote Rose aus der Vase nahm und die Blüte mit der Hand zerquetschte. Dann ließ er die duftenden Rosenblätter auf ihren nackten Körper fallen, und das Gefühl, als sie auf ihrer geschmeidigen Haut landeten, war überwältigend. Die Blütenblätter, die Kerzen, der Gesang – all das gab ihr das Gefühl, er sei ein Hohepriester und sie eine Jungfrau auf einem Altar. Was ist das Opfer? fragte sie sich. Wie lautet das Gebet?

Er spreizte ihre Beine. Nun lag sie vor ihm, vollkommen für ihn geöffnet. Als sie ihn mit einem von Lust verschleierten Blick ansah, bemerkte sie seine dunklen Schenkel, die sich gegen ihre weißen pressten, wie sie es sich so viele Male vorgestellt hatte. Wieder berührte er ihr Gesicht, ihre Lippen und ihre Brüste, dann fuhr er mit der Hand über ihren Bauch und widmete sich neuen Zärtlichkeiten. Als sie aufstöhnte und seinen Namen flüsterte, schob er ihre Beine noch weiter auseinander und kniete sich zwischen sie. Sie sah in seine dunklen Augen, in denen Begehren funkelte. Einen Moment lang verständigten sie sich auf diese Weise, dann glitt er in sie hinein.

Sie bog sich ihm entgegen, damit er sie ganz ausfüllen konnte. Sie klammerte sich an ihn, küsste sein Ohr, seinen Hals und seinen Mund, als er in den langsamen Rhythmus ihrer Leidenschaft verfiel. Sie schloss die Augen, und wie aus weiter Ferne drang der hohe, nasale Gesang aus einer unbekannten Welt an ihr Ohr. Ein seltsamer, intensiver Duft lag in der Luft. Sie befand sich in einem heißen, feuchten Dschungel, über dem die Sterne wie Kerzenflammen leuchteten, und der Mann, den sie liebte, war gleichzeitig Rajiv und eine wilde, exotische Kreatur. Sie waren menschlich, und sie waren es nicht. Sie waren zwei Liebende, die in einer vollkommenen Nacht zusammengefunden hatten. Mit wilden Bewegungen pressten sie ihre Körper aneinander, sie küssten und liebkosten sich. Noch einmal tauchte er tief in sie hinein, und ihr gemeinsamer Schrei hallte hinauf bis zu den Sternen.

Später, als sie ihre Sprache wiedergefunden hatten, redeten sie stundenlang miteinander.

19. KAPITEL

„Wo bist du denn gewesen?“ Rose hatte sich in ihren Morgenmantel gehüllt, ihr langes rotes Haar umrahmte ihr von Zorn gerötetes Gesicht.

Verlegen kam Jilly ins Zimmer und schloss die Tür hinter sich. Sie brachte es nicht fertig, ihrer Schwester in die Augen zu blicken, denn sie fürchtete, man könnte ihr ansehen, was in den vergangenen Stunden geschehen war – dass sie Sex gehabt hatte. Sie schaute zum Spiegel, zum Waschbecken, zum Bett – nur nicht in Roses Gesicht.

„Es tut mir Leid. Ich weiß, ich hätte anrufen sollen. Ich habe überhaupt nicht mehr auf die Zeit geachtet.“

„Als Entschuldigung ist das ein bisschen dünn. Ich habe mir wahnsinnige Sorgen gemacht. Ich war drauf und dran, die Polizei zu verständigen.“

Jilly fuhr herum und sah sie ungläubig an. Rose schrie sie an! Sie lief erregt im Zimmer auf und ab und schrie sie tatsächlich an!

„Bist du dir eigentlich darüber im Klaren, dass du ganz schön rücksichtslos sein kannst, Jilly? Wenn du etwas willst, dann gehst du los und holst es dir, und die Gefühle der anderen sind dir vollkommen egal. Hast du überhaupt eine Vorstellung davon, was ich mir für Sorgen gemacht habe? Und Birdie?“

Jilly war so schockiert über Roses Wutausbruch, dass es ihr glatt die Sprache verschlug.

„Hast du's getan?“

„Was?“

„Oh, Jilly!“ Rose breitete die Arme aus.

Jilly stieß einen langen Seufzer aus. „Worüber regst du dich eigentlich so auf? Ich bin ausgegangen. Was ist denn schon dabei?“

Rose hatte sich ein wenig beruhigt. Sie war froh, Jilly lebendig wiederzusehen. Sie bemühte sich, leiser zu reden, aber ihre Stimme zitterte immer noch vor Erregung. „In dem Zustand, in dem du warst, gehst du doch spät abends nicht einfach weg, läufst durch die Nacht und kommst erst Stunden später zurück, ohne ein Wort zu sagen."

Fast hätte Jilly gelacht. „Ich bin dreiundvierzig Jahre alt. Ich muss doch nicht zu einer bestimmten Zeit zu Hause sein. So habe ich immer gelebt. Ich gehe, wann ich will, und ich komme zurück, wann ich will. Ehrlich gesagt bin ich nur deshalb zurückgekommen, damit ihr euch keine Sorgen macht, und ich versichere dir ...", sie deutete mit dem Finger auf Rose, „... das war ein verdammtes Opfer. Es tut mir Leid, wenn du dir Sorgen gemacht hast, aber ich habe dich nicht gebeten, mein Kindermädchen zu sein."

Rose richtete sich auf, schloss den Morgenmantel am Hals und warf ihr einen langen, forschenden Blick zu.

„Entschuldige bitte", sagte Jilly sofort. „Ich hab's nicht so gemeint." Sie rieb sich die Stirn. Insgeheim war ihr klar, dass Rose Grund hatte, sich Sorgen zu machen. Es war schon in Ordnung, dass sie ein wenig grollte. „Ich bin es nicht gewohnt, dass sich Leute um mich sorgen", sagte sie in einem sanfteren Tonfall. „Ich werde beim nächsten Mal ein bisschen rücksichtsvoller sein. Einverstanden?"

Rose ließ die Schultern sinken und steckte die Hände in die Manteltaschen. „Ich glaube, ich bin es nicht gewöhnt, mit selbstständigen Menschen zusammenzuleben. Ich hätte dich nicht so anschreien dürfen."

Die Tür ging auf, und Birdie kam mit wehendem Bademantel herein. Das kurze rote Haar war auf der Seite, auf der sie gelegen hatte, platt gedrückt. Ihre Augen funkelten. „Wegen dir bin ich um zehn Jahre gealtert", rief sie. „Und verdammt noch mal, ich habe keine zehn Jahre zu verschwenden." Dann schlang sie die Arme um

Jilly und drückte sie fest an sich. „Wir haben schon gedacht, die Bären hätten dich aufgefressen. Oder noch Schlimmeres." Sie ließ sie los und meinte: „Ich könnte dich umbringen."

Sie trat einen Schritt zurück und sah Jilly ins Gesicht. Als sie deren feuchte Haare, rissige Lippen und sanft schimmernde Haut mit den Augen einer Mutter betrachtete, flackerte etwas in ihren blauen Augen auf. Birdie verzog spöttisch die Lippen. „Ich nehme an, du warst Joggen?"

Natürlich wusste Birdie, was sie getan hatte. Jilly zog den Mantel aus, und bei der Erinnerung daran, dass Rajiv jeden Knopf ihrer Bluse mit seinen schlanken Fingern geöffnet hatte, errötete sie leicht. „Ja. Gibt nichts Schöneres."

„Mhm. In *den* Schuhen?"

Jilly schaute auf ihre nackten Füße, die in dünnen Lederschuhen steckten. Die Socken hatte sie in ihrer Jackentasche verstaut. „Naja, es war eher Walking unter erschwerten Bedingungen."

„Ich habe noch nie erlebt, dass jemand nach vier Stunden Joggen so frisch und rosig duftet."

Jilly warf ihren Mantel über einen Stuhl. Ihre Lippen zuckten, als sie Birdie ansah. „Das liegt an der frischen Bergluft."

Birdie schüttelte den Kopf und lachte. „Du bist ganz schön gerissen, was?" sagte sie, wieder ganz ernsthaft. Als Jilly spöttisch grinste, errötete sie. „O.K., O.K., ich klinge schon wieder wie eine Mutter. Ich habe mir eben Sorgen gemacht."

„Das ist es nicht. Ich musste mir gerade von meiner Zimmergenossin die Leviten lesen lassen." Grinsend schaute sie Rose an. „Du hättest sie mal erleben sollen. So ein Temperament! Wer hätte das für möglich gehalten?"

Birdie drehte den Kopf zu Rose, die ihre Schultern straffte. „Dann warst du es also, die so gebrüllt hat?"

„Das hat vielleicht gut getan", meinte Rose und streckte das Kinn vor. „Du solltest dich schon mal dran gewöhnen."

Jilly brach in Gelächter aus und hielt sich an Birdie fest. „Wir haben ein Monster geschaffen", meinte Birdie prustend.

„Nach deinem Vorbild", entgegnete Jilly und versetzte Birdie einen Rippenstoß.

„Sehr komisch."

„Lasst es gut sein", sagte Rose. Dann dämmerte ihr etwas, und ihr Gesichtsausdruck änderte sich. „Jilly ... du und Rajiv Patel?"

Jilly, die immer noch an Birdies Schulter lehnte, brach erneut in Gelächter aus. Birdie verdrehte bloß die Augen. Ungläubig schüttelte Rose den Kopf. „Ich dachte, das wäre nur Spaß, als wir dich mit der Anziehungskraft aufgezogen haben."

„Freut euch mit mir", sagte Jilly. Sie strahlte übers ganze Gesicht. Ein Glücksgefühl durchströmte sie von Kopf bis Fuß.

„Schön zu sehen, dass wenigsten eine der Season-Schwestern ein bisschen Spaß hat", meinte Birdie und ließ sich auf die Matratze fallen.

„Du und Rajiv ..." Rose setzte sich neben Birdie. Sie hatte die Neuigkeit immer noch nicht verdaut.

„Seid mir nicht böse, Mädels, aber bitte macht es euch hier nicht allzu gemütlich", sagte Jilly gähnend. „Ich bin erschöpft. Ich möchte nur noch unter die Decke kriechen und schlafen. Morgen früh will ich nämlich fit sein, wenn ich die Adresse suche."

„Schon gut, schon gut. Jedenfalls ist deine Laune jetzt besser als vor vier Stunden", sagte Birdie und erhob sich langsam. „Machen wir also mit der Suche weiter, ja?" Erleichterung war in ihrem Gesicht zu lesen. „Was immer es ist, was er bietet – kann ich auch etwas davon haben?"

„Nur über meine Leiche", erwiderte Jilly und begann, ihre Bluse aufzuknöpfen. „Für euch gilt: Hände weg!"

„Ist er wirklich so gut?" fragte Birdie grinsend.

„Noch viel besser."

„Erzähl mir lieber nichts", sagte Birdie und schüttelte trübsinnig den Kopf. „In meinem derzeitigen Zustand wäre das wirklich zu grausam."

„Na ja, aber mir kannst du's doch erzählen", meinte Rose und rutschte näher. „Ich gebe ehrlich zu, dass ich ein paar Tipps gebrauchen könnte."

„Warum?" Jilly hielt an einem Knopf inne und warf ihr einen misstrauischen Blick zu. „Irgendwelche neuen Frontberichte?"

Roses Miene erhellte sich. „Er hat geschrieben. Und er hat gesagt, dass er warten würde. Dass ich es wert sei."

Birdie stieß einen Freudenschrei aus.

„Ach, ich freu mich so für dich", sagte Jilly und umarmte Rose. Dann flüsterte sie ihr ins Ohr: „Warte nur nicht zu lange. Glaub mir, wenn ich dir das sage."

Birdie gesellte sich zu ihnen. „Es gibt eine Zeit für alles, oder so ähnlich. Unternimm was, Rose. Deine Zeit ist gekommen."

Am nächsten Morgen erklärte Rajiv sich nach einigem Zögern bereit, mit ihnen im Country Diner zu frühstücken. Er wirkte steif und schien sich sehr unwohl zu fühlen, als er neben Jilly Platz nahm und den anderen Gästen im Lokal zulächelte, die ihn anstarrten, als hätten sie einen Geist gesehen.

„Du gehst wohl nicht oft aus?" fragte Jilly leise.

Er antwortete nicht. Stattdessen konzentrierte er sich auf die Speisekarte.

„Na sieh mal einer an. Wen haben wir denn da?" sagte Maude in ihrer burschikosen Art. „Wir haben uns schon gefragt, ob überhaupt jemand da oben in dem Motel wohnt. Man bekommt Sie ja selten zu sehen."

Er schien ganz von der Karte gefangen genommen. „Ich habe viel zu tun", sagte er mit einem gezwungenen Lächeln.

„Ich heiße Larry." Der alte Mann trat an ihren Tisch und reichte ihm die Hand. „Willkommen."

„Rajiv Patel", erwiderte er und ergriff die Hand.

„Wir haben Sie Robinson genannt", sagte Larry lachend. Als Rajiv die Augenbrauen hob, fügte er hinzu: „Weil Sie mit keinem etwas zu tun haben wollten."

„Ich fürchte, Robinson ist viel zu romantisch für meine Verhältnisse."

„Warum eigentlich?" meinte Jilly amüsiert. „Dann könnte ich doch Freitag sein."

Rajiv wandte sich zu ihr, und sie sah seiner heiteren Miene an, dass ihm der Vergleich gefiel. In entspannter Stimmung bestellten sie ein üppiges Frühstück, um sich für die Suche, die der Tag für sie bereithielt, zu stärken.

„Ich fürchte, wir müssen wieder ganz von vorne anfangen", meinte Rose. Sie machte kein Hehl daraus, dass es ihr in den engen Räumlichkeiten der Öffentlichen Bücherei überhaupt nicht gefiel. „Wenigstens haben wir diesmal einen Namen, nach dem wir suchen können."

„Was haben Sie denn bis jetzt herausgefunden?" wollte Rajiv wissen.

„Wir kennen den Namen der Adoptiveltern und wissen, wo sie zum Zeitpunkt der Adoption gewohnt haben. Aber diese Anschrift ist sechsundzwanzig Jahre alt. Wir müssen noch einmal in die Bücherei und in den Adress- und Telefonbüchern nachschauen."

„Sie heißen Parker. Es gibt Millionen Parkers in den Melderegistern. Warum kann es denn keiner von diesen langen, merkwürdigen Namen mit Dutzenden von Konsonanten sein?"

„Warum wollen Sie denn in die Bücherei?" fragte Rajiv.

Sie schauten ihn verdutzt an.

„Wo sollen wir denn sonst hingehen?" wollte Jilly wissen. Sie war nicht sicher, worauf er hinaus wollte.

„Ich habe ein Software-Programm mit sämtlichen Adressen im Land. Mit seiner Hilfe kann man Namen und Anschriften vergleichen. Wir könnten in Wisconsin anfangen und dann Staat für Staat durchgehen, entweder von Norden nach Süden oder alphabetisch, wie Sie möchten. Und wir könnten in meinem Büro arbeiten. Das wäre doch viel einfacher."

Jilly beugte sich zu ihm hinüber, umarmte und küsste ihn ausgiebig. „Was für ein Mann", sagte sie strahlend und freute sich diebisch über Rajivs erstaunten Gesichtsausdruck – und den ihrer Schwestern.

Rose hatte Jillys frische Gesichtsfarbe und ihren beschwingten Gang durchaus registriert. Ihre Schwester mit Rajiv zusammen zu sehen führte ihr die Leere ihres eigenen Lebens schmerzlich vor Augen. Die kleinen diskreten Gesten der Zuneigung berührten sie am stärksten: wie Rajiv seine Hand auf Jillys Schulter legte, eine Haarsträhne hinter ihr Ohr schob und auf den Bildschirm schaute, während sie nach den Namen suchte und sich unbewusst an ihn lehnte. Rose bekam Jillys Seufzer und Rajivs begehrliche Blicke mit, die er ihr zusandte, wenn er sich unbeobachtet glaubte.

Rose sehnte sich so sehr nach einem Mann, der ihr gegenüber ebenso empfand, der sie ebenso verlangend ansah. Sie wünschte sich so sehr Romantik in ihrem Leben. Sie wollte Herzensbekenntnisse und Blumen, geflüsterte Liebesschwüre, jemand, der ihre Hand hielt und mit ihr gemeinsam den Mond anschaute, und schließlich die vollkommene Hingabe. Sie wollte ein eigenes Kind.

Darüber war sie sich erst klar geworden, als sie mit der Suche nach May begonnen hatten. Sie hatte sich so viele Jahre um Merry gekümmert, dass sie nie über ein anderes Kind nachgedacht hatte, für das sie hätte sorgen müssen. Aber als sie nun mit eigenen Augen erlebte, wie in Jilly mütterliche Instinkte erwachten, erkannte sie, dass sie diese Erfahrung unbedingt machen wollte.

Das kann dir keiner abnehmen, hatte Jilly gesagt.

Jetzt bist du an der Reihe, hatte Birdie gesagt.

Mutig und entschlossen, ihr Ziel zu erreichen, legte sie die Finger auf die Tastatur und begann zu schreiben.

Lieber DannyBoy,

es ist wieder eine kühle Nacht im Norden von Wisconsin. Aber während ich dir schreibe, wird mir warm. Habe ich dir in letzter Zeit eigentlich gesagt, wie viel mir deine Briefe bedeuten? Ich habe deine Route auf der Landkarte verfolgt und mir vorgestellt, was du gerade siehst. Das weite Land in Texas, die herrlichen Äcker in Kansas und Missouri. Eines Tages möchte ich diese Gegenden auch einmal kennen lernen.

Es gibt viele Neuigkeiten. Mrs. Kasparov hat Interessenten für das Haus gefunden! Da gibt es offenbar ein Paar, das ganz verrückt danach ist. Das kann ich gut verstehen. Es ist ja auch ein wunderschönes Haus. Die Interessenten wollen auf keinen Fall, dass das Haus in die Zeitung gesetzt wird. Das hat Mrs. Kasparov uns heute Morgen mitgeteilt. Es scheint so, als würden sich die Leute gegenseitig überbieten, um Häuser in unserer Gegend zu bekommen. Deshalb haben sie jetzt ein Angebot gemacht, das beträchtlich höher ist als das, was wir ursprünglich erwartet haben. Ist das nicht toll? Das bedeutet, dass wir uns um all die Reparaturen für das Dach, die Fußböden und die Wände nicht mehr kümmern müssen, wie ich befürchtet habe. Die beiden wollen gar nicht, dass wir überhaupt noch etwas am Haus machen. Sie haben eigene Pläne. Was ihnen besonders gefällt, ist der Umstand, dass alles noch im Originalzustand ist – zum Beispiel die Holzwände. Die hätten wir sowieso nie farbig überstrichen.

Deshalb haben wir uns entschlossen, ihnen unser Haus zu verkaufen.

Wow! Jetzt musste ich aber doch mal tief Luft holen, als ich diesen Satz hingeschrieben habe. Willst du meine ehrliche Meinung hören? Ich habe gedacht, dass ich traurig sein würde, wenn die Entscheidung erst mal gefallen ist. Birdie und Jilly haben mich wie ein rohes Ei behandelt, weil sie davon überzeugt waren, dass ich ihretwegen meine wirklichen Gefühle verberge. Ich habe das nämlich oft getan – nicht gesagt, was ich wirklich empfand oder dachte, um für die anderen alles leichter und angenehmer zu machen. Aber das tue ich nicht mehr. Ich kann es nicht erklären, doch jetzt, wo ich wieder so viel Zeit mit meinen Schwestern verbringe und wir in Erinnerungen schwelgen, fühle ich mich viel besser. Ich habe das Gefühl, dass ich wieder zu dem Mädchen werde, das ich einmal war. Kannst du das verstehen? Ich bin nicht immer so schüchtern gewesen. Ich wollte niemals mein ganzes Leben am selben Fleck verbringen, ganz zu schweigen vom selben Haus. Ich wollte durch die ganze Welt reisen.

Wenn ich mir das ins Gedächtnis rufe, dann ist es leichter, das Haus zu verkaufen. Ich möchte dort wirklich nicht länger leben, so sehr es mir auch ans Herz gewachsen ist, und ich werde bestimmt traurig sein, wenn es demnächst tatsächlich verkauft wird. Es ist schließlich ein Teil meiner Vergangenheit. Aber ich bin jetzt bereit für neue Erfahrungen. Bereit, neue Gegenden kennen zu lernen. Ich bin bereit, mit meiner Zukunft zu beginnen. Rosebud

Eigentlich hatte sie ihm eigentlich schreiben wollen, dass sie bereit war, ihn zu treffen. Sie wusste, dass er nichts lieber als das lesen würde. Drei Mal hatte sie diesen Satz geschrieben und wieder gelöscht. Vielleicht morgen, wenn ich ihm wieder eine E-Mail schreibe, sagte sie sich, als sie den Laptop ausschaltete. Oder übermorgen. Auf jeden Fall bald.

„Mom, was geht eigentlich ab zwischen Tante Jilly und Rajiv?"

Birdie lehnte sich zurück. Sie war froh, dass diese Frage endlich gestellt wurde. Sie hatte schon lange damit gerechnet. Hannah lag neben ihr auf dem Bett und hatte sich auf ihr Kissen gestützt. Seitdem sie gemeinsam ein Zimmer bewohnten, hatten sie alle ernsten Unterhaltungen vermieden, als hätten sie eine stillschweigende Vereinbarung getroffen, nur kein Thema anzuschneiden, das zu einem Streit führen konnte. Das nun war die erste Frage, bei der es um ihre Qualitäten als „Mom" ging.

„Meinst du damit die Tatsache, dass Jilly die Nacht in seinem Haus verbringt?"

„Natürlich."

Birdie verzog die Lippen, während sie sich eine gute Antwort überlegte. „Sie hat was mit ihm."

„Ach so. Na ja."

Die Stille, die folgte, empfand Birdie fast als schmerzhaft.

„Du bist schließlich alt genug um zu wissen, dass zwei Menschen eine Beziehung haben können, sowohl emotional als auch körperlich, ohne verheiratet zu sein."

„Damit willst du wohl sagen, dass sie miteinander Sex haben."

Sie hütete sich davor, in eine dieser typischen Diskussionen zwischen Mutter und Tochter über Sex hineinzugeraten, bei der sie nur redete und Hannah nur zuhörte. Das hatten sie schon mal gehabt, und es hatte zu nichts geführt.

„Ich nehme an, es ist ein bisschen zu spät, dir etwas von Bienen und Vögeln zu erzählen", meinte sie mit einem ironischen Lächeln.

Hannah verdrehte die Augen, aber ihre Miene erhellte sich, als sie merkte, dass ihre Mutter keine Predigt halten würde. „Mom, das lernen wir doch schon in der fünften Klasse."

„In der Schule aufgeklärt zu werden ist etwas anderes als ein Gespräch über moralische Wertvorstellungen. Ich möchte nicht, dass du das Gleiche erleben musst wie Jilly, als sie so alt war wie du."

„Ehrlich, Mom, ich habe erstklassige moralische Wertvorstellungen. Ich bin die Letzte, um die du dir Sorgen machen musst."

Birdie musste lächeln, als sie die Worte ihrer Tochter hörte, die sie daran erinnerten, wie sie selbst als Fünfzehnjährige gesprochen hatte. Nach Jillys Schwangerschaft hatten ihre Eltern es mit der Sexualerziehung und dem pünktlichen Zu-Hause-sein-Müssen auf die Spitze getrieben. Es war so weit gekommen, dass es einem Ausbruch aus dem Gefängnis glich, wenn man eine Freundin besuchen wollte. Es gab so viele Gemeinsamkeiten zwischen ihr und ihrer Tochter. Das hatte sie auf dieser Reise entdeckt. Ihre Dickköpfigkeit, die Art, wie sie den Mund verzog, wenn sie nachdachte, wie sie ihr Kinn vorstreckte, wenn sie ihre Meinung sagte, ihre Vorliebe für alte Liebesfilme, sogar der Tonfall in ihrer Stimme.

„Du bist die Erste, über die ich mir Sorgen mache." Sie lächelte, als sie es sagte.

Hannah erwiderte das Lächeln, während sie mit ihren kurzen

Locken im Nacken spielte. „Aber wenn ich jemals ... nun ja, du weißt schon, in Schwierigkeiten gerate ... würdest du mich dann auch fortschicken?"

„Nein." Birdie antwortete schnell und mit fester Stimme. „Ich kann mich dir an einem solchen Ort überhaupt nicht vorstellen. Ich denke, wir würden eine andere Lösung finden." Sie holte tief Luft und sprach zögernd weiter. „Kennst du dich denn mit Empfängnisverhütung aus? Mit Kondomen?"

„Aber sicher. Darüber wissen doch alle Bescheid."

„Wir reden jetzt nicht mehr nur über moralische Wertvorstellungen. Wir reden über Leben und Tod."

„Du kannst dir nicht vorstellen, wie brav ich bin."

Birdie war nicht davon überzeugt, denn Hannah sah bei dieser Bemerkung eher niedergeschlagen als stolz aus. Sie wusste, wie sehr ihre Tochter Jilly verehrte und sie sich als Vorbild nahm.

„Hannah, ich möchte nicht, dass du einen falschen Eindruck von Tante Jillian bekommst. Sie gehörte nicht zu den Mädchen, die mit jedem ins Bett gingen. Sie war anständig. Sie war begabt, intelligent und wunderschön." Sie schwieg, während ihre Gedanken in die Vergangenheit schweiften. „Aber sie hatte Probleme. Ich glaube, sie ist niemals über den Unfall von deiner Tante Merry hinweggekommen. Später hat sie dann immer so getan, als würde sie überhaupt nicht mehr daran denken. Aber sie war nicht verantwortungslos, eher unbedacht. Sie hat sich nie Gedanken gemacht über das, was sie gesagt oder getan hat. Das war eine Eigenschaft, die sie sehr beliebt gemacht hat. Das und natürlich ihre Schönheit."

„Na ja, ich bin nicht gerade sehr beliebt oder schön, deshalb ..."

Birdies Herz tat einen Sprung, als sie dieses Geständnis hörte. „Natürlich bist du schön. Und deine neue Frisur gefällt mir übrigens ausgezeichnet." Sie verkniff sich eine Bemerkung über ihre

Diät und ihre Gymnastikübungen. Als Ärztin von Patientinnen mit Magersucht und Bulimie wusste sie, dass es besser war, die Aufmerksamkeit nicht auf das Körpergewicht zu lenken. „Und dein Daddy und ich haben dich sehr gern."

Hannah reagierte mit der typischen „Wen kümmert das schon"-Haltung eines Teenagers. Dann wurde ihre Miene ernst. „Was ist eigentlich los mit dir und Daddy?"

Auf diese Frage war Birdie nicht vorbereitet. Natürlich hätte sie damit rechnen müssen, aber sie hatte sie immer wieder aus ihrem Kopf verdrängt. „Ich weiß es nicht."

Hannah runzelte die Stirn und verschränkte die Arme. Offensichtlich glaubte sie ihr nicht.

„Ich will ehrlich zu dir sein, Hannah. Wenn ich dich beruhigen wollte, würde ich sagen, dass alles in Ordnung ist." Sie holte tief Luft und fuhr fort: „Ich weiß, dass er wütend auf mich ist."

„Weswegen?" Hannah war empört. „Weil du mit Tante Jilly gefahren bist?"

„Ja. Und wegen ein paar anderer Dinge, die sich im Laufe der Zeit angesammelt haben. Es ist schwer zu erklären, was schief gelaufen ist. Ich verstehe es ja selber nicht."

„Was meinst du damit?" In ihrer Stimme klang Panik mit. „Das hört sich ja so an, als ob ihr euch scheiden lassen wollt."

„Nein", entgegnete Birdie rasch. „Ich jedenfalls will das nicht. Ich hoffe nur, dass dein Vater es auch nicht will. Wir lieben uns, da bin ich mir ganz sicher. Aber manchmal lebt man sich eben auseinander, selbst wenn man sich liebt. Es ist harte Arbeit, wenn man die Romantik am Leben erhalten will, und dein Daddy und ich haben nicht genug dafür getan. Das war keine Absicht. Es ist einfach so gekommen. Die Arbeit, das Haus, das in Ordnung gehalten werden muss, die Anstrengungen, eine gute Mutter zu sein. Ich wollte in jeder Hinsicht vollkommen sein, und ich habe mich so sehr darum bemüht, dass ich zum Schluss nichts von allem erreichte. Ich war immer nur müde und schlecht gelaunt. Und deshalb habe ich mich unattraktiv gefühlt. Es war ein Teufelskreis." Sie schaute ihre Tochter an und stellte sie sich als junge Frau vor. „Ich weiß, dass ich nicht immer nett zu dir war. Ich war auch nicht immer nett zu deinem Vater. Er hat mir gesagt, dass er die Nase voll hat von mir. Tja ... so sieht es im Moment aus."

Hannah sagte nichts. Birdie wurde ganz warm ums Herz, als sie in ihr Gesicht schaute, das, eingerahmt von den kurzen rotblonden Haaren, so ganz anders wirkte. Sie sah die Tränen in ihren rehbraunen Augen und das Grübchen an ihrem Kinn, das sie von ihrem Vater geerbt hatte.

„Glaubst du, dass es anders wäre, wenn du das Baby nicht verloren hättest?"

„Wäre es für dich anders?"

Sie nickte zögernd. „Ich habe mir schon immer eine Schwester gewünscht."

„Oh, Hannah." Plötzlich war Birdie bekümmert. Wie konnte sie ihrer Tochter nur erklären, wie sehr sie darunter litt, eine Fehlgeburt gehabt zu haben? Seit zehn Jahren versuchte sie, schwanger zu werden, und sie war jedesmal todtraurig, wenn ihre Periode einsetzte. Sie war sich im Klaren darüber, dass dies ihre letzte Chance gewesen war. Jetzt würde sie kein Baby mehr haben können. Aber wie konnte sie das ihrer Tochter erklären? Und, schlimmer noch, wie würde sie es Dennis diesmal erklären können?

„Wein doch nicht, Mom." Hannah versuchte zu lachen, doch es klang wie ein unterdrückter Schluchzer. „Das ist schon seltsam. Ich habe immer versucht, dich zum Weinen zu bringen, aber es ist mir nicht gelungen. Und jetzt, wenn ich nicht will, dass du ..."

„Oh, du hast mich sehr wohl zum Weinen gebracht", gestand Birdie schnüffelnd. „Sehr oft. Du hast es nur nicht gemerkt."

Hannahs Augen wurden groß vor Erstaunen. „Ich war so wütend auf dich, weil du dauernd an mir rumgemäkelt hast."

„Das habe ich doch gar nicht."

„Doch, das hast du, Mom. Du hast immer gewollt, dass ich alles genauso mache wie du. Dass ich so bin wie du. Und wenn ich das nicht war, bist du ausgerastet und hast gesagt, ich sei faul und dumm."

„Ich habe niemals gesagt, dass du dumm bist."

„Nicht direkt, aber so hat es sich für mich angehört. Ich habe dir nichts recht machen können. Deshalb habe ich aufgehört, es zu versuchen."

Birdie spürte, wie sich ihre Augen mit Tränen füllten. „Ich wollte dir doch nur helfen. Ich wollte nur dein Bestes."

„Lass doch einfach mal locker, Mom. Du klammerst viel zu sehr. In zwei Jahren bin ich doch sowieso weg. Wenn ich jetzt keine Entscheidungen treffen darf, dann werde ich im College verrückt werden, weil ich mit meiner Freiheit nicht klarkomme." Sie warf ihrer Mutter einen Blick zu, um zu sehen, wie sie reagierte. „Und ich würde nicht wieder heimkommen wollen."

Birdie starrte sie an und verzog die Lippen, als sie zu begreifen versuchte, was Hannah ihr gerade sagte. „Aber ich würde dich vermissen. Ich hoffe doch sehr, dass du immer wieder heimkommen wirst."

„Auf dieser Reise ist es anders. *Du* bist anders. Du hast mich in alles mit einbezogen und mich nicht wie ein kleines Kind behandelt."

Danke, Jilly, dachte sie. „Du hast dich auch wie eine Frau benommen."

Hannah nahm das mit einem Nicken zur Kenntnis. „Ich möchte gerne mit dir befreundet sein. Damit wir über alles reden können, verstehst du? Das wäre schön."

Birdie spürte eine Woge des Wohlgefühls durch ihren Körper fluten. Diese Worte wirkten auf sie wie frisches Quellwasser, das sie regelrecht aufblühen ließ.

Sie hielt die Hände fest verschränkt, um nicht von Emotionen überwältigt zu werden und womöglich ihre Tochter in die Arme schloss, um ihr Gesicht mit Küssen zu bedecken. „Ja", erwiderte sie. „Das wäre wirklich schön."

20. KAPITEL

Jilly saß auf der winzigen Terrasse vor ihrem Zimmer und schaute auf den Fluss, der mit unbekanntem Ziel an ihr vorüberströmte. Im Wasser spiegelten sich die grauen Wolken, die am Himmel entlangjagten. Kein einziger Vogel war an diesem Morgen zu hören. Es lag eine unheimliche Ruhe in der Luft – die Ruhe vor dem Sturm. Sie war in Rajivs Armen aufgewacht und zum Motel zurückgeeilt, bevor die anderen aufstanden. Und weil sie nicht mehr schlafen wollte, hatte sie sich hier draußen hingesetzt. Sie hoffte, dass die kühle Morgenluft ihre Nervosität vertreiben würde. Doch die Atmosphäre schien elektrisch aufgeladen.

Als das Telefon läutete, stand sie auf, nahm einen tiefen Zug von ihrer Zigarette und stieß erwartungsvoll den Rauch aus. Mit erhobenem Kopf ging sie zur Verandatür und wartete. Sie war bereits darauf vorbereitet, als sie Rose ihren Namen rufen hörte.

„Ich bin hier draußen!"

Rose öffnete die Tür und sah Jilly mit müden Augen an, in denen trotzdem Erwartung lag. „Ach, da bist du. Es ist für dich. Jemand vom Soundex Reunion Register."

Jilly wollte ins Zimmer stürzen, aber mitten in der Bewegung hielt sie inne. Plötzlich fühlte sie sich, als habe ihr jemand einen Eimer kaltes Wasser über den Kopf gegossen.

„Na los. Worauf wartest du?" Rose gab ihr einen sanften Stoß.

Jilly schlug das Herz bis zum Hals, als sie zum Telefon ging.

„Hallo?"

„Guten Tag, hier ist das Soundex Reunion Register. Spreche ich mit Jillian Season?" Es war die Stimme eines älteren Mannes. Sie klang warm und freundlich.

„Ja."

Es entstand eine kurze Pause. „Ich habe gute Neuigkeiten."

Jilly war sich jeder Sekunde dieses Tages bewusst. Nach ihrem morgendlichen Gespräch mit dem Mitarbeiter des Soundex Reunion Registers hatte sie das Gefühl, sich durch eine Nebelwand zu bewegen. Bis zu diesem Moment hatten die Season-Schwestern sich gemeinsam darum bemüht, ihre Tochter zu finden. Und sie hätten wahrscheinlich noch wer weiß wie lange Adressbücher und Melderegister durchforsten müssen, wenn Anne Marie nicht selbst mit der Suche begonnen hätte. Anne Marie versuchte sie zu finden! Der Gedanke daran raubte Jilly den Atem. Endlich hatten sie einander ausfindig gemacht.

Das Soundex Reunion Register trat als Vermittler auf, um zwischen ihr und Anne Marie den ersten Kontakt herzustellen. Problemslos erhielt sie die aktuelle Adresse und Telefonnummer ihrer Tochter, die um acht Uhr abends ihren Anruf erwartete. Es schien alles so selbstverständlich und durchorganisiert zu sein; dabei tobte in ihrem Inneren ein Sturm der Gefühle.

Der einzige Ort, an dem sie sich in diesem Moment wirklich sicher fühlte, war merkwürdigerweise die kleine Terrasse hinter ihrem Zimmer. Während des ganzen Nachmittags waren schwere Regenschauer niedergegangen, und in der Ferne hatte der Donner gegrollt, begleitet von eindrucksvollen Blitzen. Das Unwetter war weitergezogen, und die Erde roch feucht. Der Fluss war angestiegen, und das Rauschen des Wassers bildete eine ferne, beruhigende Geräuschkulisse. Jilly sank auf den Stuhl, lauschte dem Fluss und hing den Gedanken nach, die sich in ihrem Kopf überschlugen.

Bald würde sie mit ihrer Tochter telefonieren. Aber anstatt Freude und Aufregung empfand sie nur nackte Angst und Schuld. Was sollte sie ihr bloß sagen? Es tut mir Leid? Immerhin war das die Wahrheit. Ihr tat *alles* so furchtbar Leid. Ihr ganzes verdammtes Leben. Im Geiste stellte sie eine Liste von Entschuldigungen zusammen. Es tut mir Leid, dass ich ein rücksichtsloser Teenager war. Es tut mir Leid, dass ich dem Druck nicht widerstanden und dich nicht behalten habe. Es tut mir Leid, dass ich nicht schon früher nach dir gesucht habe.

Vielleicht wäre ihr Leben ganz anders verlaufen, wenn sie ihr Baby behalten hätte. Unter diesen Umständen wäre ihre Familie nämlich gezwungen gewesen, Anne Maries Geburt zu akzeptieren. Es hätte nicht all die Jahre voller Vortäuschungen und Lügen gegeben, und sie wäre nicht von der Familie verstoßen worden. Und dann hätte sie ihr Leben vielleicht besser in den Griff bekommen.

Aber wie hätte sie sie behalten können? Jilly zitterte, als sie sich an ihre Tränen erinnerte, nachdem sie herausgefunden hatte, dass sie schwanger war. Sie war davon überzeugt, dass sie ihrem Baby letztlich ebenso schaden würde, wie sie Merry geschadet hatte. Das hätte sie nicht ertragen können. Also wurde ihr Leben zu dem, was es bis vor kurzem noch gewesen war: eine lange Reihe von selbstsüchtigen, unverantwortlichen Taten. Und ein zweites Kind, an dem sie alles hätte wieder gutmachen können, hatte sie nicht bekommen.

Sie holte tief Luft und richtete sich auf. Wem machte sie denn jetzt etwas vor? Es war besser, dass Anne Marie bei Adoptiveltern aufgewachsen war. Möglicherweise brachte sie nun ihr Leben durcheinander und machte sie unglücklich. Verhielt sie sich schon wieder egoistisch, wie ihr die Schwestern in Holy Hill vorgeworfen hatten?

Sie hatte nicht gehört, dass jemand die Terrasse betreten hatte. Deshalb zuckte sie zusammen, als sie plötzlich eine Hand auf ihrer Schulter spürte.

„Rajiv! Meine Güte, hast du mich erschreckt. Mein Herz schlägt wie verrückt."

„Du warst mit deinen Gedanken ganz weit weg. Und du hast so traurig ausgesehen. Sollte das nicht eher ein glücklicher Augenblick für dich sein?"

„Ich fühle mich ganz elend", klagte sie und schmiegte ihr Gesicht an seine Hand. „Ist es richtig, diesen Anruf zu tätigen? Vielleicht sollte ich mich besser nicht mit ihr treffen. Wenn sie mich nun gar nicht kennen lernen will?"

„Was erzählst du denn da? Natürlich will sie dich kennen lernen", antwortete er, nahm sich einen Stuhl und setzte sich ihr gegenüber, so dass sich ihre Knie berührten. „Warum hätte sie denn sonst die Suche nach ihrer leiblichen Mutter beginnen sollen?"

„Dafür gibt es jede Menge Gründe. Vielleicht wollte sie nur wissen, welche Gene sie hat. Sie ist jetzt in dem Alter, wo man über eigene Kinder nachdenkt; es ist also ein verständlicher Wunsch. Vielleicht will sie etwas über die medizinische Vorgeschichte in der Familie erfahren. Sie will wissen, wer ihre Eltern und Großeltern sind, welche Krankheiten sie hatten, woran sie gestorben sind. Vielleicht will sie auch nur wissen, ob sie Geschwister hat. Ach Rajiv, ich weiß doch auch nicht, warum sie mich gesucht hat. Aber das bedeutet noch lange nicht, dass sie mir persönlich gegenübertreten möchte oder ich ein Teil ihres Lebens werden soll."

„Du bist ihre Familie. Und nur durch die Familie gewinnt man ein Gefühl für seine Identität."

Sie hörte die Trauer aus seiner Stimme, wann immer er das Wort *Familie* aussprach. Aber sie wollte ihn nicht bedrängen. Er würde es ihr sowieso nicht erzählen, glaubte sie. Sein Gesichtsausdruck war undurchdringlich.

„Ich bin nicht ihre Familie. Sie hat schon lange eine eigene Familie."

„Das stimmt, aber sie muss doch hunderte von Fragen haben, die sie selbst betreffen, Jillian. Sie möchte wissen, ob sie dir ähnlich ist." Er schaute ihr ins Gesicht, und als sie sein Lächeln sah, wurde ihr warm ums Herz. „Wenn sie Glück hat, ist sie's. Aber wenn sie noch mehr Glück hat, besitzt sie auch noch deinen Charakter und deine Stärke. Ruf sie an."

Er sagte immer genau die richtigen Worte, um ihr ramponiertes Selbstbewusstsein wieder aufzubauen.

„Ich rufe sie an", sagte sie ergeben und lehnte den Kopf an seine Schulter.

„Wir sollten hier nicht herumstehen", sagte Rose zu den anderen. Sie drängelten sich draußen vor der Tür von Jillys Zimmer, von wo aus sie telefonieren wollte.

„Hoffentlich überstürzt sie nichts", meinte Birdie. „Sie hat auf mich gewirkt wie ein Rennpferd vor dem Start. Ihr wisst schon – flackernder Blick und ziemlich nervös."

„Lass sie es auf ihre Art machen“, entgegnete Rose. „Wenn sie sich entschließt, heute Abend nicht anzurufen, dann werden wir sie auch darin unterstützen. Wir haben ihr versprochen, jederzeit für sie da zu sein. Mach dir keine Sorgen; ich glaube nicht, dass sie eine voreilige Entscheidung trifft. Vielleicht muss sie sich vor lauter Aufregung übergeben“, fügte sie lächelnd hinzu, „aber anrufen wird sie bestimmt.“

„Ich bin furchtbar aufgeregt!“ rief Hannah und stampfte mit den Füßen auf, denn ihr war kalt.

„Das sind wir alle, Schatz.“

„Dann ist das ja wohl das Ende unserer Suche.“ Hannah hob den Kopf und schaute ihrer Mutter in die Augen.

Birdie stellte überrascht fest, dass ihre Blicke sich fast auf der gleichen Höhe trafen. Wann war ihre Tochter nur so groß geworden? „Ich nehme es an.“

„Ich möchte gar nicht, dass es schon vorbei ist.“ Hannah lachte nervös. „Ich meine, natürlich will ich, dass Jilly ihre Tochter findet. Aber ich finde alles hier echt cool.“

Birdie umarmte sie und flüsterte: „Ich auch.“

Hannah wich zurück und sah sie verlegen an. „Nur – irgendwie vermisse ich Daddy doch. Du nicht auch?“

„Deshalb brauchst du mir gegenüber kein schlechtes Gewissen zu haben. Schließlich ist das hier keine Sache von ‚er gegen mich'. Ich vermisse ihn nämlich auch. Und zwar sehr.“

„Warum rufst du ihn dann nicht an?“

Birdie wand sich. „Ich habe ihn angerufen. Immer und immer wieder. Aber er hat mich nicht zurückgerufen.“

„Dann ruf ihn noch mal an. Nur weil er sich wie ein Dummkopf verhält, musst du das doch nicht auch tun. Du hast mir gesagt, dass du alles unternimmst, was in deiner Macht steht.“

„Irgendwann kommt der Moment ..."

„Ach, Mom! Tante Jilly sitzt da drinnen und telefoniert mit ihrem Kind, das sie sechsundzwanzig Jahre lang nicht gesehen hat. Da wirst du Daddy doch wohl nach zwei Wochen anrufen können."

„Da ist was dran", meinte Rose.

„Ruf ihn jetzt an", drängte Hannah, dankbar für die Unterstützung.

„Ach, Hannah ..."

„Worauf wartest du noch? Mach's jetzt sofort, Mom."

„Ich gehe mit Hannah Eis essen, dann hast du deine Ruhe, einverstanden?" bot Rose an.

Birdie durchbohrte Rose mit ihren Blicken. Am liebsten hätte sie sie geschüttelt. Aber tief in ihrem Inneren dachte sie, was soll's – Hannah hat Recht. Worauf wartete sie? Es war doch nur falscher Stolz, der sie davon abhielt, Dennis noch einmal anzurufen. Es verletzte sie, dass er nicht so hinter ihr her war, wie sie es gerne gehabt hätte. Sie stellte sich Jilly vor, die allein schon bei der Vorstellung, den Hörer in die Hand zu nehmen, schweißgebadet war. Sie und Rose waren diejenigen gewesen, die sie zu der Suche gedrängt hatten. Wie stand sie denn da, wenn sie selbst sich jetzt vor einer Entscheidung drückte?

Langsam verzog sie die Lippen zu einem resignierten Lächeln. Als sie nickte, stürzte Hannah sich auf sie und umarmte sie.

„Ach, haut doch ab und geht euer Eis essen", sagte sie abwehrend. „Und lasst euch Zeit. Vergesst nur nicht, mir eine Riesenportion mitzubringen. Egal, wie viele Kalorien da drin sind."

Kurz vor acht Uhr saß Jilly allein in ihrem Zimmer vor dem Telefon und erinnerte sich an all die ermutigenden Worte, die sie den ganzen Tag über gehört hatte. Sie brauchte sie jetzt als Schutzschild, um ihren Anruf tätigen zu können.

Auf dem Tisch vor ihr stand ein Glas Weißwein, daneben lagen eine Schachtel Zigaretten und Streichhölzer. Den Wein hatte sie noch nicht angerührt. Stocknüchtern wollte sie sein, wenn sie die ersten Worte mit ihrer Tochter sprach. Der Alkohol stand nur für den Fall bereit, dass sie nach dem Gespräch ihren Kummer ertränken musste. Auf dem Bett hatte sie die Adoptionsurkunde, die Unterlagen von Mr. Collins, einen Kugelschreiber und eine Straßenkarte von Wisconsin ausgebreitet, um sofort den Weg finden zu können. Das Tagebuch lag in ihrem Schoß. Alles war bereit.

Sie nahm den Hörer, dann legte sie ihn wieder auf. Seufzend stand sie auf und lief in dem schmalen Zimmer hin und her. Es kam ihr vor, als wöge ihre Kleidung hundert Pfund. Nachdem sie ein paar Mal auf und ab gelaufen war, schaute sie auf die Uhr und blieb vor dem Telefon stehen. Plötzlich fühlte sie sich vollkommen mutlos. Egal, ob sie richtig oder falsch gehandelt hatte – sie musste sich von diesem Gedanken einfach lösen. Es war acht Uhr – und zu spät, um jetzt noch einen Rückzieher zu machen. Irgendwo da draußen in der Gegend von Green Bay saß Anne Marie vor dem Telefon. Sie konnte sie nicht einfach im Stich lassen. Entschlossen setzte sie sich hin, nahm den Hörer und wählte die Nummer, die ihr Soundex Reunion am Morgen mitgeteilt hatte. „Lieber Gott, hilf mir“, betete sie.

Das Telefon läutete zwei Mal.

„Hallo?“ Eine Frau nahm den Anruf entgegen. Ihre Stimme war leise.

Auf einmal spürte Jilly eine unendliche Leere in ihrem Kopf. Sie öffnete den Mund, brachte aber kein Wort hervor.

„Hallo?“ sagte die Stimme noch einmal.

„Guten Tag“, brachte sie mühsam hervor. „Spreche ich mit

Anne Marie?“ Jilly war überrascht, wie schrill und zitternd ihre normalerweise volltönende Stimme klang.

„Ja. Ist dort ...“ Es entstand eine verlegene Pause, als Anne Marie nach Worten suchte. „Mrs. Season?“

Mrs. Season? Es tat ihr weh, den Namen zu hören. Sie wusste zwar, dass sie es nicht verdient hatte, *Mutter* genannt zu werden, jedenfalls noch nicht und vielleicht auch niemals. Aber für den Bruchteil einer Sekunde hatte sie gemeint, dass Anne Marie das Wort *Mutter* über die Lippen kommen würde.

„Ja. Nein. Eigentlich ist es Miss Season. Jillian Season.“ Warum konnte sie bloß ihre Zunge nicht bewegen?

„Oh.“

„Bitte nennen Sie mich doch einfach Jilly.“

Es entstand eine Pause, die Jilly unendlich lang vorkam, und sie wusste nicht, wie sie sie beenden konnte. Sie schlug die Hand vors Gesicht und seufzte.

„Ich freue mich, dass Sie angerufen haben.“ Anne Maries Stimme klang vorsichtig.

Jillys Kopf wurde wieder leer. Panisch öffnete sie ihr Tagebuch, überflog ihre Notizen und stellte eine der Fragen, die zu stellen man ihr geraten hatte.

„Kommt mein Anruf auch nicht ungelegen?“

„Natürlich nicht. Ich habe den ganzen Tag gewartet.“

Sie hatte gewartet? Jilly atmete erleichtert auf. Das musste bedeuten, dass sie auf jeden Fall mit ihr sprechen wollte. Jilly spürte eine grenzenlose Erleichterung und richtete sich auf. Ihr war gar nicht bewusst gewesen, dass sie die ganze Zeit in gebeugter Haltung über dem Telefon gesessen hatte, als erwartete sie einen Tritt in den Magen.

„Gut. Gut“, antwortete sie. „Das freut mich.“

„Ist es denn für Sie ein günstiger Zeitpunkt – zu reden, meine ich?"

„Ja. Selbstverständlich. Der Zeitpunkt ist ausgezeichnet." Sie suchte nach Worten, überwältigt von der Bedeutung dieses Augenblicks. Das war die Stimme ihrer Tochter. Ihr Kind! Ein einziges Mal nur hatte sie seinen kräftigen Schrei gehört – unmittelbar nach der Geburt.

„Sind Sie ..." Beide hatten gleichzeitig zu sprechen begonnen und verstummten sofort.

„Sprechen Sie weiter", forderte Jilly sie auf, während sie mit der Telefonschnur spielte.

„Nein, Sie zuerst." Anne Marie klang, als ob sie durch die gleiche Hölle ginge.

„Nun", begann Jilly erneut, vollkommen aus der Fassung gebracht, weil sie sich nicht mehr erinnern konnte, was sie hatte sagen wollen. „Ich frage mich gerade, was ... ähm ... was Sie gedacht haben, als Sie erfuhren, dass auch ich auf der Suche war."

„Ach Gott, ja." Sie lachte nervös. „Ich habe gedacht, wow! Ich ... ich habe erst gar nicht glauben können, dass das wirklich passiert."

Jilly lächelte und konnte zum ersten Mal seit Beginn dieser Unterhaltung frei atmen. „Ich auch nicht. Als ich begann, nach dir zu suchen, haben sie mir gesagt, dass es schnell gehen könnte. Aber dass es *so* schnell gehen würde ..."

„Ich habe tausend Fragen, aber im Moment fällt mir nicht eine einzige ein."

„Jetzt verstehe ich, warum man mir gesagt hat, ich soll sie aufschreiben. Denn alles, woran ich im Moment denken kann, ist, wie toll es ist, deine Stimme zu hören." Sie schwieg, damit Anne Marie etwas erwidern konnte. Als sie jedoch nichts sagte, versuchte sie, die lange Stille zu beenden. „Ich könnte dir als Erstes sagen, dass du den Namen deiner Großmutter hast – Ann."

„Wirklich?" Sie klang sehr überrascht. „Hast du mich so genannt?"

„Nein. Ich ..." Sie wollte Anne Marie nicht sagen, dass sie bei der Geburt überhaupt keinen Namen bekommen hatte – genauso wenig wie Ricky der Räuber einen Namen bekommen hatte, weil er zu niemandem gehörte. „Deine Adoptivmutter hat den Namen ausgesucht."

„Du meinst meine Mutter."

Jilly zuckte zusammen und schloss die Augen. Verdammt, dieses Thema hatte sie eigentlich vermeiden wollen. „Ja", antwortete sie rasch. „Ich wollte nur klar zum Ausdruck bringen, über wen ich spreche."

„Ich denke, ich sollte mich auch klar ausdrücken, und zwar sofort." Anne Marie sprach mit einer Entschlossenheit, die Jilly bisher nicht bei ihr gespürt hatte. „Ich habe eine Mutter. Ich brauche nicht noch eine. Darum geht es hier nicht."

„Natürlich nicht." Mit fieberhaften Bewegungen griff Jilly nach den Zigaretten. Ihre Hände zitterten so sehr, dass sie heftig auf die Schachtel trommeln musste, um eine Zigarette nehmen zu können. Schließlich fielen alle heraus. Während sie eine anzündete, hörte sie Anne Marie zu, deren Worte sie wie Gewehrkugeln trafen.

„Als ich anfing, nach meiner leiblichen Mutter zu suchen, ging es mir nicht darum, meine Mutter zu ersetzen. Sie war fantastisch. Ist fantastisch. Ich liebe sie sehr. Ich wollte nur mehr über mich erfahren. Und über meine Wurzeln, verstehst du? Ich wollte meine biologische Familie kennen lernen." Sie schwieg. „Und ich habe mich gefragt, wer du wohl bist. Ich wusste ja überhaupt nichts von dir." In ihrer Stimme klang ein Unterton von Zorn und Verletzung darüber, dass Jilly nicht schon früher versucht hatte, mit ihr in Verbindung zu treten.

Jilly hörte ein Rauschen in ihren Ohren, und alles, was sie erwidern konnte, war ein gestammeltes „Nein, nein, wie hättest du auch irgendetwas über mich wissen können? Alles war in Akten versteckt – wie ein Staatsgeheimnis." Sie schalt sich, dass sie sich wie eine Närrin benahm. Alles, was Anne Marie wissen wollte, hätte auch per Post erledigt werden können, und sie hätten sich diese qualvolle Unterhaltung erspart.

Freundlicherweise lachte Anne Marie, obwohl es ein wenig gezwungen klang. „Es wurde tatsächlich wie ein Staatsgeheimnis behandelt, nicht wahr? Ich habe allein zwei Jahre gebraucht, nur um herauszufinden, dass ich mein rotes Haar von dir geerbt habe." Als sie erneut lachte, klang es etwas aufrichtiger. „Es war schön, das zu wissen."

„Es tut mir Leid", antwortete Jilly zögernd. Der schwarze Hörer lag bleischwer in ihrer Hand. „Ich wollte damit nicht andeuten ... ich meine, bitte glaube mir, dass ich mich nicht in dein Leben hineindrängen will. Ich würde niemals zwischen dich und deine ...", um ein Haar hätte sie wieder *Adoptivmutter* gesagt, „... deine Mutter kommen wollen", brachte sie mühsam heraus. Sie zog hastig an ihrer Zigarette, während sie die ganze Zeit betete *Bitte, lieber Gott, lass mich bloß nicht weinen.* „Es ist nur so, dass es mir furchtbar schwer fällt, die richtigen Namen zuzuordnen – Adoptivmutter, leibliche Mutter, wirkliche Mutter ... Das ist alles so furchtbar verwirrend."

„Erzähl mir davon!"

Endlich! Ein Zeichen von Mitgefühl. Jilly legte ihre Zigarette in den Aschenbecher.

„Anne ist der Name meiner Großmutter väterlicherseits", fuhr

Anne fort, ehe Jilly etwas sagen konnte. Ihre Stimme klang versöhnlich. „Meine Mutter heißt Marie.“

„Du hast eine Tante namens Meredith, aber wir haben sie Merry genannt.“ Oh, nein. Sie spürte wieder die Tränen hochsteigen. Es war ihr absolut unmöglich zu erklären, welche Rolle Merry in dieser Odyssee spielte.

„Habe ich noch mehr Tanten oder Onkel?“

„Zwei Tanten. Beatrice und Rose. Merry ist vor kurzem gestorben.“

„Das tut mir Leid.“

„Wir sind alle traurig. Sie hätte dir gefallen.“

„Und Onkel?“

„Nein. Du hast auch eine Cousine. Hannah. Sie ist fünzehn und hat ebenfalls rote Haare. Wenn du so weit bist, würden sie dich gerne kennen lernen.“

„Ich habe keine Brüder und Schwestern, aber eine Menge Cousins und Cousinen. Sieben. Und einen Mann. Ich bin verheiratet.“

„Das ist ja wundervoll. Obwohl ich nicht überrascht sein sollte. Schließlich bist du sechsundzwanzig.“ Jilly lachte leise. „Doch es immer noch schwer zu glauben.“

„Hast du dich eigentlich gefragt, warum ich begonnen habe, nach dir zu suchen?“

Jilly nahm ihre Zigarette und lehnte sich in den Sessel zurück. Worauf wollte sie denn jetzt hinaus? „Nein“, sagte sie zögernd. War Anne Marie etwa krank? Sie dachte an Ann Josephine Neville und spürte, wie ihr eine Gänsehaut über den Rücken lief. „Aber ich hatte auch gar keine Zeit, mir darüber Gedanken zu machen. Genau wie du habe ich erst heute Morgen herausgefunden, dass von beiden Seiten gesucht wurde. Den ganzen Tag musste ich daran denken, dass ich bald deine Stimme hören würde.“

„Ich habe vor drei Jahren mit der Suche begonnen. Ich wollte über die gesundheitlichen Hintergrüne Bescheid wissen. Denn ich war schwanger."

Jilly umklammerte den Hörer, als sie mit dieser Neuigkeit konfrontiert wurde. Ihr wurde schwindlig, und sie war kaum noch fähig, ihre Zigarette zwischen den Fingern zu halten. Das konnte doch unmöglich wahr sein. Plötzlich war sie auch noch *Großmutter?*

„Hallo?"

„Ich bin noch da. Ich bin nur ... überwältigt", antwortete sie langsam. Die Stimme drohte ihr zu versagen, und ihre Augen füllten sich mit Tränen. Als sie sich übers Gesicht wischte, fiel ihr die Zigarette in den Schoß. „Warte!" rief sie in den Hörer und sprang auf. Die Zigarette rollte zu Boden. Als sie sie aufhob, rutschte ihr der Hörer aus der zitternden Hand. Sie griff danach und rief in die Muschel: „Ich bin noch da. Mir ist nur die Zigarette hingefallen. Hallo?" Sie drückte die Zigarette im Aschenbecher aus, während sie mit der anderen Hand den Hörer festhielt.

„Ich bin auch noch da. Ich wollte dich nicht erschrecken", sagte Anne Marie mit einem Tonfall, der wie Selbstverteidigung klang. „Ich dachte, du würdest dich freuen."

„Oh ... das tu ich auch", sprudelte es aus Jilly heraus. Sie legte die Hand an die Stirn und holte tief Luft. „Es ist nur ... nun, es kommt schon sehr überraschend. Ich stelle mir dich noch als *Baby* vor. Und jetzt hat mein Baby schon selbst ein Baby. An den Gedanken muss ich mich erst gewöhnen." Sie lachte unsicher und war unglaublich froh, als sie hörte, dass Anne Marie mit ihr lachte.

„Sie heißt Lauren und ist zweieinhalb Jahre alt. Sie ist fantastisch und intelligent und das schönste Mädchen auf der Welt. Wir sind wirklich sehr glücklich."

„Das kann ich mir vorstellen", antwortete Jilly. Sie richtete sich auf und versuchte, ihre Fassung wiederzufinden.

„Sitzt du?" fragte Anne Marie mit munterer Stimme.

Jilly griff nach ihrem Weinglas. „Jetzt wieder."

„Ein zweites ist unterwegs. Es kommt nächsten Monat."

„Zwei! Ich bin entzückt!" Zwei Enkelkinder? Wie konnten die Jahre nur so schnell vorbeifliegen? Sie spürte einen stechenden Schmerz, als ihr plötzlich bewusst wurde, dass sie nie die ersten Schritte ihrer kleinen Tochter gesehen hatte, sie nicht an ihrem ersten Schultag zur Schule gebracht hatte, sie nicht bei ihrer Hochzeit am Altar gesehen hatte. All das und so viel mehr hatte sie verpasst.

Aber vielleicht sind die Enkelkinder ja eine zweite Chance, überlegte sie.

„Deine Eltern müssen überglücklich sein", sagte sie, und ihre Stimme klang immer noch überrascht. „Da wir gerade darüber sprechen – wissen deine Eltern von unserem Kontakt?"

„Meine Mutter weiß davon. Mein Vater ist vor ein paar Jahren gestorben, aber er würde sich bestimmt mit mir freuen. Mom hat mir sehr viel geholfen und versteht vollkommen, warum ich dich kennen lernen wollte."

„Sag ihr, ich danke ihr dafür", entgegnete Jilly aufrichtig.

„Ja, das tue ich, vielen Dank. Es ist schon spät, und ich muss Schluss machen. Lauren hat heute Probleme mit dem Einschlafen. Ich glaube, sie spürt, dass irgendetwas Besonderes los ist. Möchtest du, dass ich dir ein paar Fotos von ihr schicke? Und von mir natürlich auch?"

Jilly stockte der Atem. War das etwa schon alles? Ein paar Informationen, übers Telefon ausgetauscht? Ein paar Bilder? Würden sie sich nicht persönlich sehen?

„Du weißt doch, dass wir zurzeit in Hodges sind, nicht wahr?"

fragte sie zögernd. „Das ist ganz nahe bei Green Bay. Nicht weiter weg als eine Stunde."

Die Stille war kurz, aber angespannt. „Ja, ich weiß. Man hat es mir gesagt. Es ist sogar weniger als eine Stunde." Da war wieder dieses nervöse Lachen. „Noch ein Wink des Schicksals."

Jilly überlegte, dass sie noch eine Weile um den heißen Brei herumschleichen oder aber den Stier bei den Hörnern packen konnte. „Warum folgen wir dem Wink des Schicksals nicht? Was hältst du von einem Treffen? Ich würde dich wahnsinnig gerne kennen lernen. Und meine Enkelin natürlich auch."

„Hm, ja. Natürlich."

Ihr Zögern schmerzte Jilly. Sie hielt den Atem an.

Anne Marie atmete hörbar aus. „Ich muss gestehen, das kommt ein bisschen plötzlich. Als ich heute Morgen den Anruf bekam, wusste ich nicht, was ich davon halten sollte. Ich wollte so sehr, dass wir uns finden. Ich habe sogar dafür gebetet. Aber im Moment bin ich hochschwanger, und ..." Die Stimme versagte ihr.

Jilly wickelte die Telefonschnur um die Finger. „Ich verstehe. Wir können ja noch ein wenig warten." Sie schloss die Augen.

„Nein. Wir sollten uns kennen lernen."

Jilly lehnte sich zurück und stieß einen Seufzer der Erleichterung aus. „Ich sage dir ganz offen, es wäre mir furchtbar schwer gefallen, noch länger zu warten. Warten ist nämlich nicht gerade meine Stärke. Wir können uns an einem neutralen Ort treffen, wenn dir das lieber ist. Ich könnte dich doch zum Mittagessen einladen?"

„Das wäre schön." Aber in ihrer Stimme lag wieder dieses Zögern.

„Such dir irgendein Restaurant aus. Eins, das dir gut gefällt."

„Es gibt ein nettes französisches Lokal in Green Bay. Das *Rive Gauche*."

„Prima. Ich kann morgen früh losfahren. Sollen wir uns um ... sagen wir, ein Uhr im *Rive Gauche* treffen? Oder bin ich zu voreilig? Kannst du in deinem Zustand noch in Restaurants gehen?"

„Klar. Mir geht es ausgezeichnet. Abgesehen davon, dass ich wie eine Ente watschle und Unmengen esse. Aber ich glaube auch, dass es besser ist, wenn wir uns sofort kennen lernen. Dann kaue ich wenigstens nicht vor lauter Spannung an meinen Fingernägeln. Und demnächst werde ich ohnehin nur noch Zeit für mein Baby haben."

Sie lachte wieder, und es machte Jilly unglaublich glücklich, als sie jetzt darin das Lachen ihrer Tochter erkannte.

„Du kannst mich gar nicht übersehen", meinte Anne Marie leichthin. „Ich bin der Elefant in dem roten Kleid."

Jilly gefiel ihr Humor, der ihrem so sehr glich. Sie klang sogar wie eine Season – sie hatte die gleiche volltönende Stimme. „Du kannst dir nicht vorstellen, wie viel mir das bedeutet. Ich habe so lange auf diesen Augenblick gewartet." Jilly verstummte. Sie wollte auf keinen Fall sentimental werden. Es war ihr einfach so herausgerutscht.

„Ich auch", sagte Anne Marie mit der gleichen Ernsthaftigkeit.

„Na dann – bis morgen."

„Auf Wiedersehen."

Jilly legte nicht gleich den Hörer auf, denn sie fürchtete, die hauchdünne Verbindung zu ihrer Tochter zu verlieren. Sie hielt ihn an ihre Brust gedrückt und blieb lange sitzen, ohne sich zu bewegen.

21. KAPITEL

Birdie ließ ihre Blicke durch das kleine Motelzimmer wandern, das noch genauso trostlos wirkte wie an dem Tag, als sie angekommen waren. Im Gegensatz zu Rose hatte sie keine Deckchen oder Nippessachen in den Antiquitätenläden gekauft, um dem Raum eine persönliche Note zu geben. Hannah kümmerte es nicht, wie das Zimmer aussah, und Birdie war auf dieser Reise überhaupt nicht in Stimmung, es wohnlich herzurichten. Das hatte sie zu Hause im Übermaß getan – und was hatte es ihr gebracht? Im Moment kam es ihr mehr darauf an, mit sich selbst ins Reine zu kommen. Jetzt, wo sich die Reise dem Ende näherte, hatte sie das Gefühl, gute Arbeit geleistet zu haben, denn sie war sich über vieles im Klaren geworden. Allein die Tatsache sich einzugestehen, dass ihre Ehe zu zerbrechen drohte, war dafür Beweis genug.

Sie saß neben dem Telefon, rührte es aber nicht an. Noch nicht. Trotzdem war sie fest entschlossen, Jillys Rat zu folgen und sich darum zu bemühen, Dennis zurückzugewinnen. Sie *wollte* ihn zurückhaben. Sie war daran gewöhnt, dass er neben ihr im Bett lag; sie war gewohnt, dass er morgens den Kaffee kochte, während sie das Brot toastete. Sie fand es schön, dass sie sich die Hausarbeit teilten. Er war handwerklich geschickt, konnte Löcher in den Wänden ausbessern, anstreichen, renovieren. Sie kannte sich besser mit der Elektrizität aus, reparierte Haushaltsgeräte und Lampen. In vielerlei Hinsicht ergänzten sie einander vollkommen.

Sie hätte auch gerne wieder einmal mit ihm geschlafen. Vielleicht waren ihre Hormone wieder aktiv, vielleicht hatte sie auch nur erkannt, wie sehr sie ihn liebte. Aber ob er sie auch noch liebte?

Dennis hatte sie eine Nörglerin genannt. Ein furchtbares Wort; es klang abschreckend und unfreundlich. Als er Hals über Kopf aus

Evanston abgereist war, hatte sie geglaubt, dass er allein die Schuld an ihrem Streit trug. Sie hatte ihn einen Drückeberger genannt, was bloß ein anderes Wort für Feigling war. Dieser Streit war nur einer von vielen gewesen, die sie im Laufe der Jahre miteinander ausgefochten hatten. Es war fast schon zu einem vertrauten Spiel geworden, dessen war sie sich inzwischen bewusst – das „Du bist an allem Schuld"-Spiel. Sie konnte sich nicht mehr erinnern, wer damit angefangen hatte, aber das war jetzt auch egal. Sie spielten es beide. Und sie waren beide sehr gut darin. Nun wünschte sie sich nur noch, dieses unwürdige Spiel endlich zu beenden, sich zu besinnen und noch einmal von vorne zu beginnen. Diese Chance hatten sie verdient.

Sie hatte lange nachgedacht und schließlich erkannt, dass sie Dennis nicht würde ändern können. Und wenn sie ehrlich zu sich war, dann wollte sie es auch gar nicht mehr. Aber sie konnte endlich anfangen, sich selbst zu ändern.

Sie würde nicht mehr nörgeln. Sie würde ihm nicht länger sagen, was er zu tun hatte. Und sie wollte ihren Stolz vergessen und sich nicht länger darüber ärgern, dass er ihre Anrufe nicht erwidert hatte. Mein Gott! Wenn Jilly den Mut hatte, mit Anne Marie zu telefonieren, dann konnte sie doch wohl auch ihren Ehemann anrufen!

Sie griff zum Hörer und wählte. Es läutete unendlich lang, aber diesmal schaltete sich der Anrufbeantworter nicht ein. Wo konnte er bloß sein? Morgen begann sein Unterricht. Je länger es läutete, umso größer wurde ihre Enttäuschung. Aber ihr Entschluss stand fest, und sie legte nicht auf. Sie begann, ihre Schuhe abzustreifen, als sie plötzlich seine Stimme hörte.

„Hallo?"

Sie erstarrte.

„Dennis?"

„Ja."

„Ich bin's, Birdie."

Eine Pause entstand. „Ich weiß."

Also war er immer noch wütend. „Ich bin überrascht, dass du noch meine Stimme erkennst. Aber ich habe ja schließlich auch oft genug auf den Anrufbeantworter gesprochen." Sie bemühte sich um einen leichten Plauderton, bezweifelte jedoch, dass sie ihn täuschen konnte.

„Ich habe deine Nachrichten erhalten."

Sie holte tief Luft. Sie versuchte sich einzureden, dass er dies sagte, weil er verletzt war, und nicht aus Gemeinheit.

„Wo bist du denn? Hannah hätte vergangenen Montag in der Schule sein müssen." Seine Stimme klang ruhig.

„Ich weiß. Deshalb rufe ich ja auch an. Wir sind noch in Hodges und wollten eigentlich zurückfahren."

„Wollten?"

„Wir haben unsere Pläne geändert. Wir können noch nicht fahren. Dennis, Jilly hat gerade mit May gesprochen! Oder besser Anne Marie. So heißt ihre Tochter nämlich."

Das Schweigen in der Leitung dauerte unendlich lang.

„Dennis?"

Sie hörte seine Atemzüge. „Ich bin noch hier", sagte er. „Dann hat sie sie also gefunden."

Er schien nicht sehr glücklich darüber sein. Selbst wenn er Jilly nicht mochte, so hätte er sich doch wenigstens für sie freuen können. Für sie alle. Sie bemühte sich, ihren Ärger hinunterzuschlucken.

„Ja, heute. Genauer gesagt, sie telefoniert gerade mit ihr."

„Es wundert mich, dass sie sie gefunden hat. Ehrlich gesagt habe ich nicht daran geglaubt."

„Wir haben eben Glück gehabt. Alles hat wunderbar geklappt." Sie spürte die Anspannung zwischen ihnen, die durch die Distanz nur noch verstärkt wurde. Deshalb versuchte sie es noch einmal.

„Dennis, du würdest stolz sein auf Hannah. Es ist, als ob sie über Nacht erwachsen geworden wäre. Sie wirkt so reif und so verständig – man kann über alles mit ihr reden."

„Dann bist du ja bestimmt sehr glücklich."

Birdie hörte den Sarkasmus in seiner Stimme und holte tief Luft. „Das bin ich auch", antwortete sie ruhig. „Aber nur, weil es sie glücklich macht. Sie ist rundum mit sich zufrieden. Das ist ganz was Neues. Wir sind beide rundum mit uns zufrieden. Wir streiten uns überhaupt nicht mehr. Na gut, manchmal schon, aber es ist irgendwie anders. Nicht so gemein. Sie hat mir erzählt, wie sie sich so fühlt, und ob du's glaubst oder nicht, ich habe es ihr auch erzählt. Weißt du noch, wie ich immer gesagt habe, dass ich nicht gleichzeitig ihre Mutter und ihre Freundin sein kann? Nun, ich habe mich geirrt. Es macht Spaß, ihr zuzuhören, wenn sie mir erzählt, was sie so denkt und weiß, dass ich ihr deshalb keine Vorhaltungen mache. Wir reden wirklich miteinander."

„Das muss ja sehr schön sein."

Schon wieder dieser Sarkasmus. Birdie kniff die Augen zusammen und fragte sich, ob es möglicherweise doch schon zu spät war. Sie ließ einen Versuchsballon steigen. „Vielleicht können wir darüber reden, wenn ich nach Hause komme."

Nach einer langen Pause fragte er: „Und wann wird das sein?"

„Bald. Hannah und ich möchten nur noch sehen, wie die Sache ausgeht." Sie sprach schnell, während sie sich die Telefonschnur um die Finger wickelte. „Anne Marie wohnt nur eine Stunde von hier entfernt, in der Gegend von Green Bay. Wir wollen noch eine Nacht bleiben, oder vielleicht zwei. Bloß um sie kennen zu lernen.

Ich meine, nach allem, was wir unternommen haben, möchten wir sie schon gerne mal sehen. Aber dann fahren wir nach Hause."

„Nein. Du weißt genauso gut wie ich, dass Hannahs Noten nicht die Besten sind. Sie hat das ganze Jahr über kämpfen müssen, um mitzukommen. Wenn sie nicht sofort zur Schule geht, verpasst sie endgültig den Anschluss. Sie hat ihre Ferien gehabt. Ich möchte, dass sie nach Hause kommt. Und zwar sofort."

Seine Stimme klang hart, und es versetzte ihr einen Stich, dass er *Hannah* zu Hause haben wollte. Mit keinem Wort sagte er, ob ihm etwas daran läge, dass sie mit ihr käme. „In den nächsten Tagen wird sie viel mehr über das Leben lernen können als in der Schule. Das ist wichtig für sie. Sie kann ruhig noch ein paar Tage versäumen. Komm, Dennis, wir sollten nicht so unflexibel sein. Wir sollten einfach mal locker lassen." Birdie konnte nicht glauben, dass sie diese Worte aussprach oder wirklich meinte, was sie sagte. Und Dennis konnte es vermutlich auch nicht.

„Ich hab's satt, immer nachgeben zu müssen", antwortete er zornig. „Ich habe dich gebeten, nach Hause zu kommen, aber du hast dich geweigert. Einer von uns muss nachgeben. *Ich* tue es diesmal nicht."

So also lief der Hase. Aber er hatte Recht. Er war normalerweise derjenige, der klein beigab. Ihre Entscheidungen waren stets maßgebend gewesen, weil sie die Besserverdienende in der Familie war. Was sie an ihm stets am meisten geliebt hatte, war seine Vernunft. Hatte sie ihn jetzt dazu gebracht, sich zur Wehr zu setzen? Plötzlich fühlte sie sich schuldig und hätte ihm am liebsten gesagt, dass sie sofort nach Hause kommen würde. Aber eine innere Stimme warnte sie, dass es nicht möglich war – noch nicht.

„Dennis, du kannst dir nicht vorstellen, was hier los war. Und was ich durchgemacht habe."

„Was ich durchgemacht habe, kannst du dir auch nicht vorstellen."

Birdie erinnerte sich an Jillys Bemerkung, dass er ein Mann und kein Kind war. Aber es fiel ihr schwer, sich das vorzustellen, wenn sie „Wie du mir so ich dir" spielten.

„Das stimmt. Ich kann mir nicht vorstellen, was du durchgemacht hast", versuchte sie es ein letztes Mal. „Ich habe versucht, dich zu erreichen, doch du hast nicht auf meine Anrufe reagiert. Wo bist du denn die ganze Zeit gewesen?"

„Ich war mit dem Motorrad unterwegs."

Fast hätte sie gelacht. „Was?"

„Ein Motorradtrip. Ich habe dir doch gesagt, dass ich das mal machen wollte. Seit Jahren hatte ich mir das vorgenommen, und jetzt habe ich mir gesagt, warum nicht?"

Vor Birdies innerem Auge tauchte ein Bild auf: Dennis in Lederkluft und mit Motorradbrille. Die Erinnerung führte sie weit zurück in Zeit, als sie ihn zum ersten Mal gesehen und sich Hals über Kopf in ihn verliebt hatte.

„Das hätte ich gerne miterlebt", sagte sie mit einem Lächeln in der Stimme. „Ich habe dich immer gern auf dem Motorrad gesehen. Das letzte Mal ist schon eine ganze Weile her. Es hat bestimmt Spaß gemacht", fügte sie ein wenig unbeholfen hinzu.

Eine Pause entstand, und sie vermutete, dass er seine Reaktion überdenken musste, weil er eine zynische Bemerkung erwartet hatte.

„Nee", antwortete er. „Es war affenkalt." Sein Zorn schien verraucht, doch er klang immer noch gereizt. „Ich bin Richtung Süden gefahren, aber dann schnell wieder zurückgekommen. Es ist noch kein Motorradwetter." Er verstummte. „Aber ich habe die Maschine gekauft."

Sie hörte die Provokation in seinem Tonfall. „Was soll denn das?“ fragte sie neckend. „Ein Fall von männlichen Wechseljahren?“

„Keine Ahnung. Vielleicht.“

„Na gut, das ist ja auch nur gerecht. Wahrscheinlich machen wir beide gerade ein paar Veränderungen durch.“

„Die haben wir auch nötig.“

Diesmal fehlte der Sarkasmus. Sie sah vielmehr einen Hoffnungsschimmer in der Bemerkung. „Du hast vollkommen Recht.“ Jetzt setzte sie alles auf eine Karte. „Nimmst du mich auf einen Trip mit, wenn ich nach Hause komme?“ Das waren die Worte, die sie in jenem Sommer immer benutzt hatte, als sie noch ein junges Mädchen war und nicht von seiner Seite wich, während er auf Jilly wartete. An der Länge seines Schweigens merkte sie, dass er sich daran erinnerte.

„Komm nach Hause, Birdie. Jetzt“, sagte er. Seine Stimme klang unnatürlich. Fast flehend.

„Ich muss das mit Jilly bis zum Ende durchstehen. Es dauert nicht mehr lange.“

„Jilly soll sich um ihre eigenen Probleme kümmern. Du kannst nicht immer die ganze Welt retten.“

„Ich weiß! Ganz bestimmt. Aber das ist es ja, was du nicht verstehst. Ich rette Jilly nicht. Sie rettet mich. Und Hannah. Und Rose. Wir retten uns gegenseitig. Wir sind wieder so vertraut miteinander wie früher, und das hat uns alle verändert. Ich wünschte, ich könnte es dir besser erklären. Leider weiß ich ja nicht einmal, ob ich es selber verstehe. Auf jeden Fall fühle ich mich wieder wie die Birdie von damals. Voller Energie und Hoffnung.“ Sie fuhr sich mit den Fingern durchs Haar. „Ich habe es ernst gemeint, als sich sagte, dass wir wieder miteinander reden und es noch einmal versuchen sollten.

Du hast Recht gehabt. Wir haben aufgehört, miteinander zu sprechen. Und es gibt so vieles, über das ich mit dir reden möchte."

Sie wartete auf eine Antwort, aber er schwieg. Sein Schweigen dauerte unendlich lang, und sie umklammerte angespannt den Telefonhörer. „Bitte sag mir, dass du auf uns wartest, wenn wir nach Hause kommen. Hannah braucht dich. Aber ich brauche dich noch mehr. Bitte warte – auf *mich.*"

Birdie schloss die Augen und formte mit den Lippen das Wort *bitte ...*

Sie hörte den Seufzer am anderen Ende der Leitung, und dann seine Stimme, leise, aber fest: „Ich werde warten."

Lieber DannyBoy,

heute sind wir ein großes Stück weitergekommen bei unserer Suche. Ich hoffe, du sitzt: Jilly hat ihre Tochter gefunden! Sie heißt Anne Marie und wohnt ganz in der Nähe von Green Bay. Sie haben sich über diese Agentur gefunden, von der ich Dir geschrieben habe. Noch zwei Menschen, die durch die Segnungen des Internets zusammenkommen. Morgen fahren wir also nach Green Bay und werden dort wahrscheinlich ein paar Tage bleiben.

So, jetzt hole ich mal tief Luft. Sitzt du immer noch?

Ich würde dich gerne kennen lernen. Und ich möchte nicht länger warten. Das haben wir nämlich schon lange genug getan. Es tut mir Leid, dass ich es bis zum letzten Moment hinausgezögert habe. Ich wollte dich schon lange treffen, aber ich hatte Angst, dass wir uns nicht gefallen würden, und ich wollte das, was wir haben, nicht aufs Spiel setzen. Doch als ich gesehen habe, wie Jilly sich zum ersten Mal mit ihrer Tochter verabredet hat, ist mir klar geworden, dass man sein Glück nur finden kann, wenn man etwas riskiert. Wenn du also immer noch nach Green Bay kommen und dich immer noch mit mir treffen möchtest, dann will ich es auch. Solltest du es nicht schaffen, während ich in der Stadt bin, na gut – Evanston liegt schließlich nicht am Ende der Welt, und wir versuchen es eben ein anderes Mal. Mehr können wir ja wirklich nicht tun.

Wir haben Zimmer in den Embassy Suites gemietet; du wirst sie bestimmt finden.

Ich muss jetzt mit dem Packen beginnen. Ich kann mir noch gar nicht vorstellen, dass wir unsere kleine Oase wieder verlassen werden. Wir haben hier nette Freunde kennen gelernt. Larry und Maude und vor allem Rajiv sind einfach großartig. Ich bin sicher, dass ich sie irgendwann noch einmal besuchen werde. Unvorstellbar auch, wie viele Sachen wir in den zwei Wochen zusammengekauft haben. Ich denke, einiges davon werde ich Rajiv schenken – bis auf die beiden chinesischen Lampen, die ich in einem kleinen Antiquitätenladen gefunden habe und an denen ich sehr hänge, denn sie werden mich immer an die Odyssee der Seasons erinnern, wie Jilly unsere Reise nennt. Es ist merkwürdig, aber irgendwie habe ich das Gefühl, endlich den Weg nach China geschafft zu haben. Das hat mit einer langen Geschichte aus meiner Kindheit zu tun, die ich dir irgendwann einmal erzählen werde.

Schreib mir doch, ob wir uns ins Green Bay sehen können. Alles Liebe, Rosebud

Liebe Rosebud,

ja, wir können uns in Green Bay treffen!

Am Samstag habe ich noch eine Tour, aber wenn du bis Montag dort bleiben kannst, dann werde ich irgendwie dorthin kommen, egal, was ich dafür tun muss. Und ich komme so schnell wie möglich – notfalls mit qualmenden Reifen.

In Liebe, DannyBoy

Spät in dieser Nacht lag Jilly an Rajivs Schulter geschmiegt. Mit langsamen, sinnlichen Bewegungen streichelten er ihren Rücken, während die Hitze in ihren Körpern allmählich nachließ. Sie hatte ihm gesagt, dass sie am nächsten Morgen abreisen würden, und er hatte genauso reagiert, wie sie es erwartet hatte. Er hatte nicht viel gesagt, sie dafür mit einer so verschlingenden, wahnsinnigen Leidenschaft geliebt, die mehr als alle Worte Auskunft gaben über die Gefühle, die er für sie empfand.

Seine Seele hatte Rajiv ihr allerdings immer noch nicht offenbart; sie blieb ihr weiterhin verborgen hinter seinen makellosen Umgangsformen und seiner klugen Zurückhaltung. Als sie ihm über den Brustkorb strich, musste sie sich zusammenreißen, um nicht die Hände zu Fäusten zu ballen, ihn zu schlagen und unter Tränen zu bitten, ihr seine Liebe zu gestehen.

„Du bist so still", meinte sie und hob den Kopf, um ihm ins Gesicht zu sehen. „Meditierst du?"

Er grinste. „Wenn Inder still vor sich hin denken, heißt das noch lange nicht, dass sie meditieren."

Sie kniff ihn zärtlich.

„Jilly, was soll ich bloß mit dir machen?"

Halt mich fest, dachte sie. Lass mich bei dir bleiben.

„Ich reise morgen früh ab und weiß kaum etwas von dir. Das macht mich traurig."

„Was möchtest du denn wissen?"

„Alles."

Er lachte leise. „Wenn du wirklich alles wissen willst, wirst du morgen nicht fahren können."

„Dann bitte mich zu bleiben." Sie hielt den Atem an.

„Das kann ich nicht", sagte er endlich.

„Warum nicht? Bedeute ich dir nicht genug, um mich zu bitten, dass ich bleibe?“

„Doch.“

Ein Glücksgefühl überkam sie. „Dann frag mich.“

„Nein. Ich kann nicht.“

Ihr Herz verkrampfte sich, und sie stützte sich auf die Ellbogen, um ihm ins Gesicht zu sehen. Sein Blick war ehrlich, aber irgendwo tief drinnen bemerkte sie den lauernden Tiger.

„Kannst du nicht oder willst du nicht?“

„Beides.“

„Wenn ich dir nicht genug bedeute, um mich zum Bleiben zu bitten, warum sollte ich es dann tun? Was bietest du mir stattdessen an?“

„Ich biete dir gar nichts an, Jillian. Es ist allein deine Entscheidung.“

„Nein, ist es nicht. Es ist nicht allein meine Entscheidung. Es ist auch deine. Sag mir einfach, was ich tun soll.“

„Jillian, Liebling! Ich werde dir doch nicht vorschreiben, was du tun sollst.“

„Du lässt mal wieder nichts an dich herankommen“, fuhr sie ihn an. „Du ziehst dich nur ganz tief in dich selbst zurück.“

„Meinst du wirklich? Ich habe das Gefühl, ganz hoch oben am Rand eines sehr tiefen Abgrunds zu stehen.“

Sie rollte sich auf den Rücken und starrte an die Decke. Tränen brannten ihr in den Augen, und ums Herz wurde ihr plötzlich eiskalt. „Ich habe gedacht, mit uns sei es etwas Besonderes. Aber du kannst ja gar nichts für mich empfinden, wenn du mich einfach so gehen lässt.“

Nach einer Weile fragte er ruhig: „Würdest du denn bleiben, wenn ich dich darum bäte?“

Sie zögerte. „Zuerst muss ich natürlich nach Green Bay, um meine Tochter zu treffen. Aber danach ...“

Er beugte sich über sie und legte ihr einen Finger auf die Lippen, um sie zum Schweigen zu bringen. „Mach keine Versprechen, die du nicht halten kannst. Das brauchst du nicht. Nicht bei mir. Bei niemandem. Ich bitte dich nicht um mehr als das, was du mir bereits gegeben hast. Und glaub mir, Jillian, wenn ich dir so etwas sagen kann, dann heißt das, dass du mir sehr viel bedeutest. Du weißt, dass du gehen musst. Wir sollten ehrlich zueinander sein. Das sind wir doch von Anfang an gewesen.“

Er legte sich auf den Rücken und zog sie an sich, sodass ihr Kopf wieder an seiner Schulter lag. Noch nie war ein Mann so direkt und so ehrlich zu ihr gewesen. Die anderen hatten ihr geschmeichelt und falsche Versprechungen gemacht, und im Lauf der Jahre hatte sie sich an diese nichts sagenden Komplimente gewöhnt. Derlei Notlügen kaschierten doch nur eine schmerzhafte Wahrheit, und Rajiv hielt überhaupt nichts von solchen Täuschungsmanövern, weder von seiner noch von ihrer Seite. Sie spürte, dass ihre Augen sich mit Tränen füllten, über ihre Wangen liefen und auf seine Schulter tropften. „Das tut so weh.“

„Ich glaube, wir müssen in unserem Leben leiden, damit wir die nächst höhere Bewusstseinsebene erreichen können.“ Sie vernahm seine wohltönende Stimme; sein Mund war ganz nah. „Aber Leben bedeutet nicht nur Leiden. Um die höchste Ebene erreichen zu können, muss die Seele nach Glück suchen. Ich bin ein Narr gewesen, und das schon seit Jahren. Ich habe meine Verzweiflung geradezu genossen.“

Er rollte sich auf die Seite, legte den Arm unter den Kopf und sah ihr in die Augen. „Doch dann bist du hier aufgetaucht, Jillian Season, und hast mich vor mir selbst gerettet. Du warst erbarmungslos. Du hast mir nicht erlaubt, dich aus meinem Leben auszuschließen. Du hast mir Mut gemacht, mich der Vergangenheit zu stellen und mutig weiterzumachen.“ Er schob ihr eine widerspenstige Locke hinters Ohr und lächelte sein unergründliches Lächeln. Sie sahen einander lange an. Die Blicke drangen tief in den anderen ein, forschend, suchend, fragend. Dann legte er seine Hand in ihren Nacken, zog sie zu sich heran und küsste sie. Es war kein verzweifelter Kuss, wie er ihn ihr zuvor gegeben hatte. Er war behutsam und zärtlich, und mit den Lippen suchte er nach einer Antwort auf die gleiche Art und Weise, wie er es gerade noch mit seinen Augen getan hatte.

Er ist auf der Suche nach seiner Glückseligkeit, dachte sie, während seine Berührungen ihr Blut zum Wallen brachten. Er suchte nach der Glückseligkeit in ihrem Körper und auch in ihrer Seele. Als ihre Küsse gieriger wurden, fragte Jilly sich, warum diese Glückseligkeit für sie nur eine tiefe Qual war.

22. *KAPITEL*

Es war Zeit loszufahren.

Jetzt war ihr Ziel zum Greifen nahe.

Birdie und Rose hatten beschlossen, in Jillys Nähe zu bleiben. Das Feuer, das normalerweise in ihren grünen Augen flackerte, war erloschen.

Der Tag war ungewöhnlich sonnig. Der Frühling hatte offenbar beschlossen, dass er nicht länger auf sich warten lassen wollte und die Zeit reif war, die Erde mit aller Macht zu erobern. Die Vögel sangen, die ersten Narzissen blühten, und die Bäume hatten praktisch über Nacht begonnen, in frischem Grün zu leuchten. Schnell luden sie die Sachen in den Landrover. Als sie ihre Zimmer ausgeräumt und den Abfall beseitigt hatten, blieben sie an der Tür stehen und warfen einen letzten Blick in die bescheidenen Räumen, die in den vergangenen Wochen ihr Zuhause gewesen waren.

„Ich werde diesen Ort nie vergessen. Aber er sieht jetzt schon so aus, als wären wir niemals hier gewesen", sagte Hannah bedauernd.

„Ach, ich weiß nicht", meinte Rose leichthin. „Ich bin davon überzeugt, dass dieser Flickenteppich Gott Shiva immer an uns erinnern wird."

„Kommt jetzt", unterbrach Jilly ihr Gelächter. Ihr Mund war eine schmale Linie, als sie zum Wagen ging und ihre Handtasche auf den Beifahrersitz warf.

„Willst du Rajiv die Schlüssel bringen?" fragte Rose Birdie.

„Nicht nötig. Da kommt er", sagte Hannah und zeigte zur Rezeption.

Sie drehten sich um. Er kam über den asphaltierten Vorplatz auf sie zu. Fröhlich trottete Ricky neben ihm her. Rose blickte zu Jilly. Sorgenvoll betrachtete sie ihr Gesicht, in dem sowohl Qual als auch Verlangen zu lesen war. Rajiv lächelte höflich, als er vor ihnen stand, aber seine Blicke wanderten immer wieder zu Jilly.

„Ich wünsche Ihnen viel Glück", sagte er. Mit Bedauern stellten sie fest, dass er wieder die unverbindliche Freundlichkeit eines Hoteldirektors an den Tag legte. „Ich hoffe, Sie lassen es mich wissen, wie die Geschichte ausgeht. Vielleicht schicken Sie mir eine Karte?"

Er sah, dass Jilly abrupt den Kopf zur Seite drehte, und sein Gesicht erstarrte zur Maske.

Rose bemerkte einen Anflug jener unergründlichen Wildheit in seinen Augen, von der Jilly gesprochen und die sie selbst nie zuvor gesehen hatte.

Sie trat auf ihn zu und legte ihm die Arme um den Nacken. „Rajiv, ich werde Sie vermissen", sagte sie. Sie umarmte ihn herzlich und war erfreut, als er die Umarmung erwiderte.

„Wir werden Sie alle vermissen", schloss Birdie sich an. Sie stand neben Rose und wartete darauf, dass auch sie ihn umarmen konnte. Hannah bildete das Schlusslicht.

Er lächelte dankbar, dann schaute er zu Jilly hinüber.

Wie aufs Stichwort setzten alle drei sich ins Auto, um den beiden Gelegenheit zu geben, sich ohne Augenzeugen zu verabschieden.

„Komm her", sagte er und streckte die Arme aus.

Sie ging schnurstracks zu ihm hin, schlang die Arme und ihn und legte den Kopf an seine Brust.

„Ich werde dich vermissen", flüsterte er ihr mit rauer Stimme ins Ohr.

Sie schaute ihn an und stellte fest, dass sein Gesicht große Trauer widerspiegelte. Sie wünschte sich so sehr, dass er ihr sagte, sie solle nach Hause kommen – zu ihm nach Hause. Wie konnte er sie nur so gehen lassen? Sein Schweigen, das sie anfangs so attraktiv an ihm gefunden hatte, verursachte ihr jetzt Qualen. Als sie daran dachte, dass sie am nächsten Morgen ohne ihn aufwachen würde, füllten sich ihre Augen mit Tränen.

„Verdammt, du ruinierst mein Make-up."

Er umfasste ihr Kinn und hob ihren Kopf, so dass sie ihn ansehen musste. Er schaute ihr in die Augen, aber sie konnte in ihnen nicht die erhoffte Botschaft lesen. Wollte er ihr überhaupt etwas sagen? Es war zum Verrücktwerden und gleichzeitig zum Herzzerreißen.

„Pass auf dich auf, Jillian. Ich werde dich sehr vermissen. Ich liebe dich."

Es brach ihr fast das Herz. Er kann das doch nicht wirklich meinen und mich dann gehen lassen, dachte sie bestürzt. Sie drängte sich näher an ihn heran, um so viel wie möglich von ihm spüren zu können. Seine Umarmung wurde fester und nahm ihr fast den Atem. Das Gebell an ihrer Seite ließ sie auseinander fahren, und Jilly seufzte unwillig, als Ricky an ihrem Bein hochsprang und Schmutzflecken auf ihre Hose machte. Sie ließ Rajivs Schultern los und spürte förmlich jeden Millimeter, der zwischen sie kam, aber sie hielten sich an den Händen fest. Sie schaute zu Ricky hinunter, der an ihnen hochsprang, um die Aufmerksamkeit auf sich zu lenken.

„Tja, kleiner Kerl, wer wird dich denn jetzt versorgen?"

Er bellte fröhlich, als sie nun endlich mit ihm sprach. Sie steckte die Hand in die Hosentasche und fand einen zerbrochenen Keks. „Bereit?" Sie warf den Keks in die Luft, und Ricky fing ihn im Sprung, um ihn gierig zu verschlingen.

„Ich befürchte, du hast uns verwöhnt", meinte Rajiv. „Wir werden beide nicht mehr die Alten sein."

Plötzlich fühlte sie sich müde. „Leb wohl, Rajiv." Sie küsste ihn leicht auf den Mund und verharrte einen Moment, um seinen persönlichen Duft in sich aufzunehmen. Dann drehte sie sich um und ging schnell zum Wagen.

Er trat einen Schritt zurück und pfiff den Hund zu sich. Ricky achtete allerdings nicht auf den Befehl, sondern sprang aufgeregt bellend um den Wagen herum. Dann lief er hinter ihm her, bis er vom Parkplatz gerollt war.

„Schau doch mal zurück. Winke ihm noch mal zu", forderte Birdie Jilly auf, die vorne neben ihr saß. „Er rührt sich nicht vom Fleck. Es ist so traurig."

„Ich schaue nicht zurück", sagte Jilly, während sie auf die Straße starrte, die vor ihr lag. „Ich kann nicht. Los, gib Gas. Für mich zählt jetzt nur noch die Zukunft."

Die Embassy Suites, ein hoher, ausladender roter Ziegelbau, machte mit seiner architektonischen Gestaltung und dem großen, überdachten Eingang auf jeden Gast gebührenden Eindruck. Ihre Suche näherte sich jetzt dem Ende, und sie hatten beschlossen, sich ein luxuriöses Wochenende zu gönnen. Sie stellten den Wagen auf dem Parkplatz ab und trugen ihr Gepäck über einen gewundenen Pfad hinauf zur Lobby des Hotels. Lachend verglichen sie dieses Hotel mit River's End. Doch hinter dem Lachen lag bei allen ein Hauch von Sehnsucht nach dem Charme der kleinen, gastfreundlichen Stadt, in der sie die vergangenen beiden Wochen verbracht hatten, dem Rauschen des Flusses und dem majestätischen Wald.

Die Eingangshalle des Hotels glich einem riesigen Garten mit den zahlreichen Bäumen und tropischen Pflanzen. Gläserne Aufzüge glitten geräuschlos zwischen den Stockwerken auf und ab.

„Das sieht schon besser aus", meinte Hannah, als sie über den dunkelgrün gemusterten Teppichboden zur Rezeption ging.

Jilly folgte ihr mit dem Koffer in der Hand, während sie die Einrichtung in der Lobby betrachtete. Dann sah sie ihn. Während Hannah unbekümmert weiterlief, verharrte Jilly unvermittelt in der Mitte der Halle. Als Birdie und Rose sie eingeholt hatten, blieben sie ebenfalls stehen. Instinktiv spürte sie ihre Anwesenheit, auch ohne dass sich ihre Körper berührten. Sie sagten kein Wort sondern starrten mit bleichen Gesichtern in dieselbe Richtung.

Umgeben von tropischen Pflanzen befand sich in einer Art gläsernem Gewächshaus ein großer Swimmingpool, dessen Wasser wie Diamanten schimmerte. Auf den kleinen Wellen spiegelte sich das Licht und schien ihnen geradezu spöttisch zuzwinkerte. Die

Schwestern standen Schulter an Schulter und starrten schweigend und mit ausdruckslosen Gesichtern auf den Swimmingpool. Ihre Anspannung war geradezu spürbar.

„Da ist ein Pool", sagte Jilly überflüssigerweise. Ihre Stimme klang furchtsam, und ihr Mund fühlte sich trocken an. Um ein Haar hätte sie auf dem Absatz kehrtgemacht und ein anderes Hotel gesucht. Sie fuhr sich mit der Zungenspitze über die Lippen und sagte so beiläufig wie möglich: „Normalerweise steige ich nicht in Hotels ab, die einen Pool haben."

„Ich glaube auch nicht, dass der Pool es wert ist, dafür mehr Geld auszugeben", meinte Rose. Ihre Finger umklammerten den Koffer, und ihre Stimme klang gepresst. „Ich schwimme sowieso nicht mehr. Wahrscheinlich habe ich es ohnehin verlernt."

„Das ist wie Fahrrad fahren. Man verlernt es nie", entgegnete Birdie steif. Obwohl sie jahrelang an Schwimmwettbewerben teilgenommen hatte, um ihren Vater zu beeindrucken, war sie in ihrer Freizeit niemals in die Nähe eines Pools gegangen. Dann räusperte sie sich und sagte: „Wir müssen sparen. Wir können in ein anderes Hotel gehen, wenn ihr wollt. Das hier ist teuer, und dann diese Luftfeuchtigkeit und alles ..."

„Ja, die Luftfeuchtigkeit ist schlimm."

„Schrecklich."

„Worauf wartet ihr denn?" rief Hannah fröhlich, als sie zu ihnen zurückkam. Ihre Augen leuchteten vor Aufregung. „Hier ist es so was von cool. Kommt, holen wir unsere Zimmerschlüssel. Ich will endlich ein heißes Bad nehmen. Und es gibt sogar einen Fitnessraum. Ist das nicht fantastisch?"

Jilly drehte sich um und sah ihre Schwestern an. In ihren Augen erkannte sie den wahren Grund dafür, warum keine von ihnen in dem Hotel bleiben wollte, obwohl es keine zugegeben hätte.

Birdie straffte die Schultern. „Es ist doch nur für eine Nacht. Ich denke, wir sollten einchecken.“ Erwartungsvoll sah sie ihre Schwestern an.

Zögernd biss sich Rose auf die Lippen.

Jilly schaute auf ihre Uhr. Viertel vor zwölf. Sie sollte ihre Tochter um ein Uhr treffen – zum ersten Mal. Ihnen blieb keine Zeit, durch die Gegend zu fahren, um ein anderes Hotel zu suchen. „Okay, wir bleiben hier. Das Gepäck ist verdammt schwer.“

Ohne weitere Umstände checkten sie ein und fuhren mit einem der außergewöhnlichen Aufzüge in den vierten Stock.

Jillys Zimmer war angenehm und großzügig – ein richtiges Hotelzimmer eben. Farben und Muster der Vorhänge und der Bettdecke waren aufeinander abgestimmt, der Teppichboden leuchtete in hellem Grün, und die Handtücher waren gelb. Jilly sehnte sich nach dem voll gestopften Zimmer im River's End Motel. Aber als ihr Blick auf den kleinen Wecker auf dem Nachttisch fiel, dessen Zeiger auf zwölf Uhr standen, vertrieb ein plötzliches Gefühl von Panik alle Gedanken an Motels und Rajiv. Im Moment konnte sie nur noch an ihr Treffen mit Anne Marie denken.

Lange stand sie unter der Dusche, während Seifenschaum und heißes Wasser über Haare, Gesicht und Körper flossen. Sie schloss die Augen und erinnerte sich an jenen Moment vor sechsundzwanzig Jahren in Marian House, als sie am Tag der Entbindung ebenfalls unter der Dusche gestanden hatte. Sie presste die Hände auf ihren flachen Bauch und dachte daran, wie er sich vor der Geburt angefühlt hatte. An jenem Morgen hatte sie geweint, weil sie wusste, dass sie sich von ihrer Tochter verabschieden musste. Heute Morgen weinte sie, weil sie wusste, dass sie sie begrüßen würde.

Nachdem sie sich abgetrocknet hatte, wählte sie ihre Kleidung so sorgfältig aus, als ob sie sich für ein wichtiges Fernsehinterview vorbereitete. Einfachheit war das Gebot der Stunde. Sie entschied sich für ihre eleganteste cremefarbene Seidenbluse, eine schlichte schwarze Wollhose und eine blassrosa Seidenstrickjacke. Als einzigen Schmuck legte sie die Ohrringe mit den großen Perlen an. Schließlich schaute sie in den Spiegel und bemerkte, dass ihre Haut gerötet war und ihre Augen glänzten – ein untrügliches Zeichen, dass sie aufgeregt war.

Ihre Tochter würde sie bestimmt schön finden; aber sie wollte ihr auf keinen Fall übertrieben elegant gegenübertreten. Während der letzten Wochen hatte sie sich mehr auf ihre natürliche Erscheinung verlassen und kaum noch Make-up benutzt. Ihr tägliches Joggen hatte einen Hauch von Sommersprossen auf ihr Gesicht gezaubert, die sie jünger als ihre dreiundvierzig Jahre aussehen ließen. Sie legte ein dezentes Make-up auf. Ein gutes Aussehen stärkte ihr Selbstvertrauen, und das brauchte sie jetzt unbedingt. So viele Entscheidungen in ihrem Leben hatte sie unüberlegt und überstürzt getroffen. Dieses Mal wollte sie keinen Fehler machen.

Gerade als sie in ihre schwarzen Pumps schlüpfte, läutete das Telefon: Ihr Taxi war eingetroffen. Ihre Schwestern warteten bereits unten auf sie. Es gibt Momente im Leben, wo man nicht viel Worte machen muss und sich schweigend versteht. Dies war so ein Augenblick. Jilly küsste sie auf die Wange, und dann machte sie sich auf den Weg, um ihre Tochter zu treffen.

Sie kam zeitig im *Rive Gauche* an. Niemand wartete vor dem einladenden Restaurant, wie Jilly nach einem suchenden Blick durch die Autoscheiben feststellte. Sie drückte dem Fahrer einige Banknoten in die Hand, rückte ihre dunkle Sonnenbrille zurecht und stieg mit einer eleganten Bewegung aus dem Taxi. Einen Moment lang blieb sie reglos stehen und schaute auf die schwarz glänzende Eingangstür des Restaurants. Dies war einer der wichtigsten

Momente in ihrem Leben. Sie konnte doch nicht einfach durch diese Tür gehen, um ihre Tochter kennen zu lernen und die versäumte Vergangenheit nachzuholen. Allerdings war es ihr auch unmöglich, auf dem Absatz kehrtzumachen und die letzten sechsundzwanzig Jahre für immer aus ihrem Leben zu streichen. Schließlich holte sie tief Luft, straffte die Schultern und ging durch die Tür.

Köstliche Essensdüfte umfingen sie, als sie das freundliche und dezent gestaltete Restaurant betrat. In einem Stil eingerichtet, der besonders Frauen ansprach: hell, aber anheimelnd, mit Ansichten vom linken Seineufer an den Wänden und Möbeln mit schmiedeeisernen Verzierungen. Die Gespräche bildeten eine dezente Geräuschkulisse, die gelegentlich von einem Lachen unterbrochen wurde. Jilly spürte ein paar kühle und abschätzende Blicke auf sich gerichtet. Sie hatte ihr üppiges rotes Haar zu einem Knoten im Nacken gebunden. Sie wusste, dass sie in ihrem schwarzen Ledermantel und mit der dunklen Sonnenbrille groß, schlank und elegant wirkte.

„Darf ich Sie zu einem Tisch führen?" fragte eine lächelnde Frau in schwarzem Rock und weißer Bluse.

„Ich bin mit jemandem verabredet. Ich glaube, wir haben einen Tisch bestellt. Anne Marie ..." Fast hätte sie Parker gesagt, aber das stimmte ja nicht mehr. Wie hieß noch gleich ihr Mann?

„Suchst du mich?" fragte eine Stimme neben ihr.

Jillian fuhr herum. Vor ihr stand eine jüngere, etwas kleinere, frischere und temperamentvollere Ausgabe ihrer selbst. Das Haar der hübschen Frau, das ebenso feuerrot war wie ihr eigenes, fiel in üppigen Wellen über ihre Schultern. Ihre helle Haut schimmerte wie Porzellan, und ihre Brauen waren dunkel und fein geschwungen. Aber ihre Augen hatten eine andere Farbe: sie waren nicht smaragdgrün wie ihre eigenen, sondern von einem türkisfarbenen

Blau, in dem sich die Warmherzigkeit und Lebendigkeit ihres Charakters zu spiegeln schien. Diese Augen waren jetzt weit geöffnet, als sie zu der kühlen, elegant gekleideten Frau emporblickten, die sie schweigend musterte.

Ihr Baby.

Ihre Knie wurden weich. „Anne Marie?"

Das Gesicht der jungen Frau verzog sich zu einem zauberhaften Lächeln.

Jillian hätte ihre Tochter überall erkannt, selbst wenn sie nicht das am Telefon beschriebene hellrote Kleid getragen hätte. Als sie in ihre Augen sah, spürte sie unvermittelt wieder die enge Verbindung, die sie damals bei der Geburt empfunden hatte, als sie ihr Baby einige Sekunden lang in dem Spiegel an der Wand des Kreißsaals erblickt hatte.

„Wie geht es dir?" Anne Marie hielt ihr die Hand hin und bemühte sich, ihrer leiblichen Mutter nicht zu auffällig ins Gesicht zu starren.

Sehnsüchtig blickte Jilly auf die ausgestreckte Hand. Die Hand ihres Kindes. Sie hatte ihr Baby niemals berührt. Man hatte es ihr nicht erlaubt. Sie starrte auf die Hand und hatte das Gefühl, immer noch mit Lederriemen an den Operationstisch geschnallt zu sein. Anne Maries Lächeln verschwand, und sie ließ die Hand sinken. Rasch griff Jilly nach ihr. Sofort spürte sie eine seltsame Vertrautheit, und sie musste sich zwingen, die Hand wieder loszulassen. Ihr Körper, der sich sonst so elegant und anmutig bewegte, fühlte sich ungelenk und steif an. Krampfhaft war sie darauf bedacht, sich normal zu verhalten, damit Anne Marie sie nicht für eine merkwürdige, überängstliche Mutter hielt. Wie sollte Anne Marie auch wissen, was es für sie bedeutete, die Hand ihrer Tochter zu berühren?

„Ich hoffe, ich bin nicht zu spät dran", sagte Anne Marie. Sie schien ziemlich nervös zu sein. Sie strich das Kleid über ihrem Bauch glatt und schaute auf ihre Schuhe. „Es war etwas schwierig, von zu Hause wegzukommen. Lauren wollte unbedingt mit mir gehen."

Jilly befeuchtete ihre Lippen, brachte aber kein Wort heraus. Sie konnte ihre Tochter nur unverwandt ansehen und war froh, dass ihre Augen hinter den dunklen Gläsern verborgen waren. „Ich bin auch gerade erst gekommen. Es ist wirklich ein nettes Lokal. So französisch."

„Naja, du müsstest das ja am Besten beurteilen können", antwortete Anne-Marie, offensichtlich erleichtert. Sie blickte überall hin, nur nicht zu Jillian.

„Bist du nervös?" fragte Jilly freundlich.

„Ja", antwortete Anne Marie, während sich ihre Wangen rosig färbten. „Ich glaube schon."

„Ich auch."

„Darf ich Sie zu Ihrem Tisch führen?" meldete sich die Kellnerin.

„Wollen wir?" fragte Jilly.

Anne Marie straffte die Schultern und sah sie an zum ersten Mal lange an – mit einem festen und abschätzenden Blick. Es bestand kein Zweifel daran, dass dies kein Kind mehr war, sondern eine Frau, eine Mutter, jemand, der seinen eigenen Willen hatte. „Natürlich", antwortete sie, drehte sich um und schritt vor ihr her mit einer Eleganz und Selbstsicherheit, die Jillian nicht entging.

Sie nahmen Platz an einem kleinen runden Tisch für zwei Personen. Auf der weißen Damastdecke stand bunt gemustertes Geschirr in provenzalischem Stil. Jilly war froh, dass sie nahe beieinander saßen und keine Mühe hatten, einander über die lauten Unterhaltungen der anderen Gäste hinweg zu verstehen. Sie nahm die Sonnenbrille ab und setzte sich auf ihrem Stuhl zurecht. Als sie ihre Tochter wieder anschaute, stockte ihr der Atem, und einen Moment lang befürchtete sie, ohnmächtig zu werden. Das war doch nicht möglich ...

Es war nicht sehr ausgeprägt, und deshalb sprang es nicht sofort ins Auge, besonders wenn sie lächelte. Aber wenn Anne Maries Gesicht ernst war wie jetzt gerade, als sie die Speisekarte studierte, bemerkte Jilly das Grübchen an ihrem Kinn. Es war unübersehbar.

Das Kind von Dennis.

Jillys Herz wurde ein eiskalter Klumpen in ihrer Brust, und ihre Finger krampften sich um die Speisekarte. *Anne Marie war das Kind von Dennis.*

Sie spürte, wie ihr das Blut aus dem Gesicht wich und ihr Atem schneller ging. Sie griff nach dem Wasserglas und hob es mühsam an ihre Lippen. Sie dachte an Birdie, die im Hotel wartete. An Hannah. Sie erinnerte sich an Dennis' Worte *Und was, wenn sie mir ähnlich sieht?* und schauderte. Um Himmels willen. Ihre schlimmsten Befürchtungen hatten sich bewahrheitet. Was konnte sie jetzt bloß tun?

„Der gedünstete Lachs ist gut", sagte Anne Marie gerade und blickte von der Karte auf.

Jilly räusperte sich und zwang sich zu einem Lächeln. „Wunderbar. Dann nehme ich ihn", sagte sie und legte die Karte beiseite. Als der Kellner Brot und Butter brachte, war sie dankbar für die Unterbrechung. Er stellte den Brotkorb ab und sah sie erwartungsvoll an.

Beide wählten den gedünsteten Lachs mit Sauce Hollandaise; Jilly bestellte ein Glas Chardonnay und Anne Marie Eistee. Als er davoneilte, beschloss Jilly, sich später mit diesem Problem zu beschäftigen. Wenn sie jetzt schon anfinge, sich die Folgen auszumalen, würde sie verrückt werden. Sie war es Anne Marie schuldig – und sich selbst –, dass es bei diesem ersten Treffen ausschließlich um das Kennenlernen von Mutter und Kind ging.

Sie kämpften sich durch einen Gefühlsdschungel von Halbsätzen und unbeholfenem Lächeln, während sie auf das Essen warteten. Als es endlich serviert wurde, stocherte Jilly allerdings nur auf ihrem Teller herum und versuchte, die gespannte Atmosphäre zwischen ihnen zu lockern, indem sie Anne Marie Fragen über ihre Tochter Lauren und ihren Mann Kyle stellte. Anne Maries Augen glänzten, und sie fühlte sich offensichtlich wohler, wenn sie über die Menschen sprechen konnte, die ihr die liebsten waren.

Kyle arbeitete in der örtlichen Papierfabrik. Das Geld wurde ein bisschen knapp, besonders jetzt, wo das zweite Baby unterwegs war, aber sie kamen trotzdem ganz gut über die Runden. Sie lebten in einem kleinen Haus in De Pere, das ihnen sehr gut gefiel und das sie gerade einrichteten. Ausführlich erzählte sie von dem Gemüsegarten, den sie im Frühjahr anlegen wollten. Lauren war ein Schatz. Sie lachte gern und war ganz aufgeregt, weil sie bald einen Bruder oder eine Schwester bekommen würde. Jilly stellte überrascht fest, dass sich ihr Kind so gut entwickelt hatte und *glücklich* war.

Als sie selbst an der Reihe war, erzählte sie von dem alten viktorianischen Haus, in dem sie aufgewachsen waren, von ihren Eltern und Geschwistern, ohne sich dabei allzusehr in Einzelheiten zu verlieren. Ihre eigene Vergangenheit erwähnte sie mit keinem Wort. Am Anfang ihrer Bekanntschaft wollte sie nur über angenehme Dinge reden.

„Ich würde deine Schwestern gern kennen lernen“, sagte Anne Marie, womit sie die Möglichkeit eines weiteren Treffens andeutete. „Meine Tanten.“

Erfreut nahm Jsie das Angebot an. „Sie sind alle mitgekommen“, erwiderte sie. „Sie können es ebenfalls kaum erwarten, dich zu sehen. Sie haben gehofft, dass du so denkst, aber wir wollten natürlich nicht alle zusammen hier auftauchen. Die vier Seasons können manchmal eine ziemliche Zumutung sein.“

„Die vier Seasons?“

Jilly lächelte. „So hat mein Vater uns immer genannt, als wir noch jung waren. Er hat uns alle immer nebeneinander aufgestellt. Gott, war uns das peinlich. Wenn wir ins Zimmer kamen, rief er immer ganz laut: ‚Hier kommen die vier Seasons.' Wenn ich heute so darüber nachdenke, muss ich allerdings sagen, dass es uns in unserer Persönlichkeit und unserem Zusammengehörigkeitsgefühl sehr bestärkt hat.“

„Aber du hast doch eben gesagt, dass eine deiner Schwestern vor kurzem gestorben ist?“

„Ja. Merry, die jüngste. Sie ist Anfang des Monats an einer Lungenentzündung gestorben.“

„Warum gibt es dann immer noch vier Seasons?“

„Das kann ich dir erklären. Hannah, die Tochter meiner Schwester, ist ebenfalls mitgekommen. Deine Cousine. Sie ist offiziell zur vierten Season ernannt worden.“

Anne Marie schaute auf ihren Teller. „Dann ist für mich ja wohl kein Platz mehr?“ Sie meinte es humorvoll, aber als die Worte ausgesprochen waren, spürten beide die unterschwellige Verletzung: Sie war eine Außenseiterin.

„Das ist doch nur so eine Redeweise.“

Anne Maries fröhliche Stimmung ließ allmählich nach, und Jilly bereitete sich darauf vor, das düstere Territorium zu betreten, das sie bei ihrem Telefongespräch sorgfältig gemieden hatten.

„Warum hast du mich zur Adoption gegeben?“

Obwohl Jilly damit gerechnet hatte, traf sie die Frage wie ein Blitz aus heiterem Himmel. Sie ließ ihren Blick durch das Lokal schweifen und presste die Knie zusammen. Plötzlich hatte sie das Gefühl, ihre Kehle sei zugeschnürt. Ihre Hand zitterte, als sie sie an die Stirn führte, und sie hoffte inständig, dass sie jetzt nicht zusammenbrach. Wie damals stiegen die alten Gefühle von Verlust und Verzweiflung mit Gewalt in ihr hoch.

„Du brauchst es mir nicht zu sagen, wenn du nicht willst. Ich war nur neugierig."

„Ich habe dich zur Adoption gegeben, aber niemals aufgegeben", brachte sie hervor und schaute ihre Tochter an. Anne Maries Gesicht war blass geworden. Sie entdeckte darin ebenso viele Sommersprossen wie in ihrem eigenen. Jilly betupfte die Augen mit der Stoffserviette und riss sich zusammen. „Ich habe dich freigegeben. So sagt man das heute, und das trifft es auch besser. Man gibt sein eigenes Kind nicht auf."

Anne Marie beugte sich nach vorne. „Aber warum? Meine Mutter hat mir gesagt, du seist so jung gewesen. Stimmt das?"

Jilly holte tief Luft und nickte. „Ich war sechzehn, als ich schwanger wurde. Siebzehn, als ich dich bekam."

„Dann hast du meinen Vater also nicht geheiratet."

„Nein, natürlich nicht." Dennis' Gesicht tauchte blitzartig vor ihrem inneren Auge auf. „Wir waren doch selber noch Kinder. Damals war alles ganz anders. Ich wünschte, du könntest es verstehen. Wenn ein Mädchen schwanger wurde, hat man es fortgeschickt. Es wurden keine Fragen gestellt. Schwanger und ledig zu sein war ein Skandal. Es war eine Schande für die ganze Familie. Da ich so jung war, kam die Möglichkeit, dich zu behalten, überhaupt nicht in Betracht. In dem Moment, als ich feststellte, dass ich schwanger war, haben mir alle gesagt, es sei das Beste für das

Baby, in eine Familie zu kommen, die sich ein Kind wünschte, und dass es falsch von mir sei, ja geradezu selbstsüchtig, mein Baby behalten zu wollen."

„Aber warum hast du nicht schon früher nach mir gesucht? Ich habe mich so oft gefragt, warum du nicht versucht hast, mich zu finden."

„Oh, Anne Marie ..." Ihre Kehle schnürte sich zu.

„Versteh mich nicht falsch. Ich liebe meine Familie. Meine Mom und mein Daddy waren wundervoll, und ich würde sie um nichts in der Welt gegen jemand anderen eintauschen. Sie sind meine Familie." In ihrem Blick lag nun Trotz. „Aber manchmal, wenn ich jemanden sagen höre, dass Lauren die gleichen Augen wie Großmutter Marie hat, oder dass mein Cousin genauso lacht wie Onkel Bob, dann fühle ich mich immer ein bisschen ausgeschlossen und frage mich, woher ich wohl meine Nase habe oder wem mein Lachen ähnlich ist."

„Sieh mich an, und du bekommst eine Antwort auf viele deiner Fragen", sagte Jilly mit rauer Stimme und zutiefst bewegt. Sie schaute auf das Grübchen und wandte schnell die Augen wieder ab. „Und dein Lachen ist wie das von deiner Tante Rose. Ganz hoch und glockenrein. Musik in meinen Ohren. Und dein rotes Haar ..." Sie zuckte lässig mit den Schultern. „Das ist das Markenzeichen der Seasons."

Anne Marie lächelte, und das Leuchten kehrte in ihre Augen zurück. „Lauren hat auch rotes Haar."

„Wirklich?" Jilly war so glücklich, dass ihr ganz leicht ums Herz wurde. „Na bitte, da hast du's. Seine Gene kann keiner verleugnen."

Nach diesem für beide anstrengenden Gespräch bestellten sie einen Kaffee und ordneten schweigend ihre Gedanken. Jilly betrachtete aufmerksam das Gesicht ihrer Tochter. Ihre Augen schienen größer zu sein, und ihre zarte Haut schimmerte wie Alabaster. In diesem Moment erkannte sie das Gesicht des Kindes, das die Hebamme im Kreißsaal in den Armen gehalten hatte. Auch wenn sie ihr Baby nur wenige Sekunden lang gesehen hatte, so hatten sich doch seine Augen und seine Gesichtszüge für immer in ihr eingebrannt.

„Ich erkenne so viele Dinge in dir, Anne Marie", sagte sie leise und legte den Kopf schräg, während sie weiterforschte. „Die Art, wie du deinen Kopf neigst, der Klang deiner Stimme, wie du die Schultern bewegst, wenn du gehst. Man sagt, dass es in jeder Familie Blutsbande gibt, und ich glaube, da ist etwas dran. Ich würde dir so gern alles über mich und meine Familie erzählen – deine Familie. Nicht, um dich von der Familie zu entfremden, die du bereits hast, sondern um dich zu bereichern."

Als die Rechnung gebracht wurde, schien ein günstiger Moment gekommen, ihr erstes Treffen zu beenden. Die anfängliche Verlegenheit hatten sie zwar gut in den Griff bekommen, aber jetzt wurden doch die Zeichen der Anspannung sichtbar, unter der sie beide gestanden hatten. Anne Marie sah auf ihre Uhr und stieß einen leisen Schreckensschrei aus.

„Oh, Gott, es ist spät geworden. Schon fast drei Uhr. Meine Mutter wird mich umbringen. Sie ist zum Bridge verabredet, und Lauren wird böse sein, weil ich so lange weggeblieben bin."

„Ich würde deine Mutter gern kennen lernen. Ich möchte auf keinen Fall, dass sie mich für eine Konkurrentin hält – egal in welcher Beziehung. Ich bin nur dankbar, dass ich dich gefunden habe, dass wir uns getroffen haben, und ich hoffe auch, dass ich meine Enkelin kennen lernen kann." Es war eine ziemlich unverhohlene Bettelei um eine Einladung, aber das war Jilly jetzt egal.

„Wann möchtest du sie denn kennen lernen?"

„So bald wie möglich."

Anna Marie schien darüber mehr erfreut als besorgt zu sein. „Wie wäre es mit morgen? Du wohnst in den Embassy Suites, nicht wahr? Dort gibt es ein sehr schönes Gartenrestaurant, und man kriegt einen fantastischen Brunch. Wollen wir uns nicht morgen um zehn dort treffen? Ich bringe Kyle und Lauren mit. Und meine Mutter. Ich glaube, ihr liegt ebenso viel daran, dich zu sehen. Bitte doch deine Schwestern, ebenfalls zu kommen."

„Selbst wenn ich es wollte, könnte ich sie nicht daran hindern."

Schnell beglich Jilly die Rechnung. Und weil sie wusste, dass Anne Marie in Eile war, lehnte sie ihr Angebot ab, sie zum Hotel zu fahren, und bestellte ein Taxi.

Als sie sich auf der Rückbank niederließ und ihre dunkle Sonnenbrille aufsetzte, war Jilly verwirrt und unendlich müde. Sie wollte sich ein wenig hinlegen und entspannen und Ordnung in ihren Gedanken schaffen. Dann konnte sie vielleicht noch einmal über das Grübchen in Anne Maries Kinn nachdenken. War es möglich, dass ein so niedliches kleines Körpermal zur Bombe wurde, die eine ganze Familie auseinander sprengen konnte?

23. KAPITEL

Als Jilly in ihr Hotelzimmer zurückkehrte, zog sie die Vorhänge zu und ließ sich aufs Bett fallen. Sie starrte an die Decke, und ihre Gedanken kreisten unaufhörlich um die unabänderliche Wahrheit, die sie nicht länger leugnen konnte: Dennis Connor war der Vater ihres Kindes.

Welch eine bittere Ironie des Schicksals. Als sie schwanger

wurde, wusste sie nicht hundertprozentig, wer der Vater war, und sie hatte sich gesagt, es spiele keine Rolle, da sie ohnehin nicht heiraten oder das Kind behalten würde. Der Vater würde ganz einfach in der Anonymität verschwinden. Jahre später erfuhr sie dann, dass Birdie mit Dennis zusammen war, ausgerechnet Dennis, und sie konnte kaum glauben, dass ihr das Leben einen solch üblen Streich spielte. Was für eine grausame Fügung! Allein die Möglichkeit, dass Dennis der Vater sein könnte, war plötzlich ein weiteres unappetitliches, schmutziges kleines Geheimnis geworden. Trotzdem hatte sie sich eingeredet, dass er unmöglich der Vater sein konnte, nachdem sie sich einverstanden erklärt hatte, May zu suchen. Sie war doch nur ein einziges Mal mit ihm zusammengewesen. Sollte sie denn wirklich nicht mehr zur Ruhe kommen?

Sie richtete sich im Bett auf und trat die Decke fort, die sich um ihre Beine geschlungen hatte. Sie atmete tief ein, um den Kopf freizubekommen. „Keine weiteren Lügen mehr“, sagte sie, fest entschlossen, an ihrer Absicht festzuhalten. Denn es waren Lügen gewesen, die sie von Anfang an in ihre verzwickte Lage gebracht hatten. Allerdings konnte sie Birdie am nächsten Tag unmöglich unvorbereitet in das Restaurant gehen lassen, um von den Tatsachen überrumpelt zu werden. Birdie würde einen Blick auf Anne Marie werfen und Bescheid wissen, ebenso wie sie selbst. Wären die Karten anders verteilt, hätte sie schließlich ebenfalls von Birdie verlangt, die Wahrheit zu erfahren.

Das Herz klopfte ihr bis zum Hals, und ihr Puls raste wie verrückt. So musste man sich wohl fühlen, wenn man einem Erschießungskommando gegenübertrat. Sie hob den Telefonhörer ab und wählte Birdies Zimmernummer.

„Hallo?“

„Birdie?"

„Oh, hallo Jilly. Was machen deine Kopfschmerzen?"

„Sie sind besser geworden, danke."

„Gut. Können wir dann essen gehen? Rose und ich suchen gerade ein Restaurant aus."

„Hör zu, Birdie, können wir uns zuerst auf einen Drink treffen? Nur du und ich? Ich muss mit dir reden. Wir können uns unten in der Halle treffen."

Nach einer Pause erwiderte Birdie: „Klar. In – sagen wir zehn Minuten?"

Jilly hatte einen Tisch gefunden, der ein wenig abseits an der Wand stand und zum größten Teil von einer Topfpalme verdeckt wurde. Sie bestellte zwei Gläser Wein und wartete. Die zehn Minuten kamen ihr wie eine Ewigkeit vor, als sie versuchte, sich die Sätze zurechtzulegen, die sie Birdie sagen wollte. Aber nichts klang richtig, und beklommen machte sie sich klar, dass sie Birdie auf jeden Fall verletzen würde, gleichgültig, wie sie ihre Worte wählte.

Sie hörte die Glocke des Aufzugs und schaute hoch. Birdie betrat die Halle. Jilly fuhr sich mit der Zungenspitze über die Lippen und winkte ihr zu. Birdie zog die Augenbrauen hoch, als sie sie entdeckte, und lächend winkte sie zurück.

„Du siehst ja furchtbar ernst aus", meinte Birdie, als sie sich vorbeugte, um ihr einen Kuss auf die Wange zu geben. Sie musterte Jilly besorgt. „Hast du uns irgendetwas über Anne Marie verschwiegen?"

Sie wartete, bis Birdie Platz genommen hatte. „In gewisser Weise. Da ist etwas, das ich mit dir besprechen muss."

Birdie lehnte sich in ihren Sessel zurück. „Ich bin ganz Ohr."

Sie war in ausgezeichneter Stimmung. Der Gedanke daran, dass sie das in wenigen Sekunden ändern würde, verursachte Jilly einen solchen Schmerz in der Brust, dass sie kaum noch Luft bekam. Es gab keine schonende Art, etwas Derartiges mitzuteilen, und deshalb beschloss sie, so schnell wie möglich mit der Wahrheit herauszurücken.

„Wir haben uns so viele Jahre nicht gesehen, Birdie", fing sie an, um den Schlag ein wenig abzumildern. „Ich finde es wirklich schön, dass wir uns auf dieser Fahrt wieder so nahe gekommen sind."

„Ich auch."

„Ich möchte das nicht mehr missen. Deshalb muss ich dir etwas sagen." Der Blick, den Birdie ihr von der anderen Seite des Tisches zuwarf, wurde bohrender, und das Lächeln gefror ihr im Gesicht. Die Riesenwelle kam näher, und sie spürte es. Jillys Kehle schnürte sich zusammen. „Erinnerst du dich noch daran, wie du mir im Motel erzählt hast, dass du in Dennis verknallt warst?"

Birdies Gesichtszüge wurden härter, und sie beugte sich leicht nach vorne. „Ja."

„Du hast mich gefragt, ob Dennis der Vater meines Kindes ist."

Die Farbe wich aus Birdies Gesicht.

„Damals habe ich dir gesagt, er sei es nicht, aber das stimmt nicht so ganz."

„Also entweder ist er's, oder er ist es nicht." Ihre Stimme war leise und kalt. „Was stimmt denn nun?"

„Anne Marie ...", sie presste ihre Hände zusammen, „sie hat ein Grübchen am Kinn."

Birdie rührte sich nicht, während sie versuchte, mit diesem Schock fertig zu werden. Ihre gute Laune war blankem Entsetzen gewichen.

„Du hast mich angelogen", schrie sie, und ihre Augen blitzten wütend. „Als ich dich gefragt habe, hast du mir gesagt, dass er nicht der Vater ist. Wie konntest du nur! Du hast gelogen!"

„Ich weiß, und es tut mir ja Leid. Es tut mir so furchtbar Leid. Ich wollte dir ja die Wahrheit sagen, aber wie hätte ich das tun können? Du hast im Bett gelegen, weil du gerade eine Fehlgeburt hattest. Wie hätte ich es dir in dieser Situation sagen können?"

Birdie schlug die Hände vors Gesicht und wiegte den Oberkörper verzweifelt hin und her.

„Ich habe einen Fehler gemacht, ich weiß es. Deshalb erzähle ich es dir ja. Damit du die Wahrheit von mir erfährst. Aber du sollst wissen, dass ich gelogen habe, um dich zu schützen, und nicht, um dir wehzutun." Jilly beugte sich vor, um sie zu berühren, aber Birdie fuhr zurück, als würde sie ihre Hand verbrennen.

„Ich wusste es!"

Jilly zog sich zurück. Sie war wie vom Donner gerührt und konnte nichts anderes tun, als ihre Schwester anzustarren. Die Gäste an den Nachbartischen schauten missbilligend zu ihnen herüber.

Birdie beantwortete ihre Blicke mit einem Stirnrunzeln, dann beugte sie sich zu Jilly und fuhr mit einem unterdrückten Flüstern fort: „Ich habe immer schon gewusst, dass da etwas zwischen euch gewesen ist, aber ich wollte es einfach nicht glauben. Da war stets diese Spannung zwischen euch, wenn ihr zusammen wart. Ich habe das gespürt."

„Wovon redest du?" rief Jilly verständnislos. „Ich bin ja fast nie zu Hause gewesen. Das kann doch gar nicht so oft gewesen sein."

„Ich hätte meinem Instinkt vertrauen sollen."

„Birdie, zwischen mir und Dennis ist überhaupt nichts."

„Er ist der Vater deines Kindes."

„Er braucht nicht einmal zu wissen, dass er der Vater ist. Ich habe es doch selbst nicht gewusst, bis ich Anne Marie gesehen habe."

Birdie war sprachlos. Nach einer Weile sagte sie angewidert: „Das ist ja großartig. Einfach großartig. Und die ganze Zeit haben wir gedacht, du seist so tapfer und so edel, weil du den Namen des Vaters nicht preisgegeben hast. Und jetzt erfahre ich, dass du nichts anderes als eine liederliche Schlampe warst."

„Du gefühlloses Miststück", schrie Jilly und schlug ihr heftig auf die Schulter.

Birdie, schockiert und wütend, gab Jilly den Schlag zurück. „Du Schlampe."

Das Paar am Nachbartisch schnalzte laut mit der Zunge, griff hastig nach seinen Gläsern und stand auf, um sich einen anderen Platz zu suchen.

Birdie und Jilly sahen ihnen nach, bevor ihre Blicke sich wieder trafen. Ihre Augen blitzten, ihre Haltung drückte Aggression aus, und ihr Atem ging schwer. Dann entspannten sich ihre Mienen ein wenig, und ein paar Sekunden lang wusste keine von ihnen, was sie tun oder sagen sollte.

„Mein Gott, was machen wir nur?" sagte Birdie schließlich und ließ sich in ihren Stuhl zurücksinken. Sie presste die Hand vor die Augen.

Jilly schaute durch die ungewöhnlich ruhige Halle und bemerkte, dass die Leute sie mit ausdruckslosen Blicken musterten. Eine Frau rümpfte verächtlich die Nase, aber nach und nach wurden die Gespräche wieder aufgenommen.

„Kann ich Ihnen etwas bringen?" fragte der Kellner, der nach dem Ausbruch des Streits an ihren Tisch geeilt war.

„Nein, danke", sagte Jilly, ohne ihn anzusehen. Kerzengerade saß sie in ihrem Stuhl. Als er keine Anstalten machte zu gehen, hob sie den Kopf und wiederholte mit Nachdruck: „Nein, danke!“

„Gut. Rufen Sie mich, wenn Sie etwas brauchen“, sagte er mit aufgesetzter Fröhlichkeit und verschwand.

Ihre Finger trommelten auf die Tischplatte, während sie Birdie ansah, die zusammengesunken dasaß und auf ihre Hände starrte. Schließlich beugte Jilly sich müde und mitgenommen vor und stützte die Ellbogen auf den Tisch.

„Ich wollte dir nicht wehtun.“

Birdie blieb stumm und rührte sich nicht.

„Was hätte ich denn tun sollen?“ fragte Jilly mit kläglicher Stimme. „Es dir verschweigen? Ihr dich morgen einfach vorstellen, damit du es selbst herausfindest – genau wie ich? Das konnte ich nicht zulassen.“

Birdie schloss die Augen.

„Und selbst wenn du es morgen nicht gemerkt hättest, hätte ich es für alle Zeit verschweigen sollen? Und jeden Tag vor Angst vergehen, bis du es endlich herausgefunden hättest? Ich hätte wieder weggehen müssen. Anne Marie hätte unmöglich ein Teil meines Lebens werden können, ein Teil der Familie – aus Angst, dass die Wahrheit ans Licht kommen würde. Und sie wäre ans Licht gekommen, Birdie. Letztlich tut sie das immer. Wir hätten nur ein Geheimnis gegen ein anderes eingetauscht. Wollen wir das wirklich? Ich bin auch in dieser Lüge gefangen. Sag mir, Birdie, was hätte ich tun sollen?“

„Ich weiß es nicht.“

„Ich musste es dir sagen. Ich hätte es dir schon vor Jahren sagen sollen.“

„Ja, das hättest du tun sollen“, sagte Birdie mit einem bitteren Lachen. „Dann hätte ich nämlich nie etwas mit Dennis angefangen.“

„Dann hättest du Hannah nicht bekommen.“

Birdie verzog das Gesicht. Sie sah verloren aus. „Ich fühle mich betrogen. Angelogen. Verraten."

„Wieso haben wir dich verraten?"

„Du hast ein Kind. Du und er. Gemeinsam", sprudelte es aus ihr heraus, und ihr Gesicht war rot vor Zorn.

Jilly starrte ihre Schwester an und erkannte die Quelle ihres Kummers. „Es geht nicht um das Kind, nicht wahr?" sagte sie langsam. „Was dir zu schaffen macht, ist, dass Dennis und ich miteinander geschlafen haben. Die alte Eifersucht. Weil wir intim waren."

„Ist das etwa kein Betrug?"

„Nein. Er war ja nicht dein Ehemann. Mach dir das endlich einmal klar. Birdie, er hat dich doch damals gar nicht zur Kenntnis genommen. Wie hätten wir dich da betrügen können? Ich hatte Sex mit einem Teenager namens Dennis Connor, als ich sechzehn war. Ein Mal, Birdie. Ein einziges Mal! Dennis war nicht die Liebe meines Lebens, und ich war es bestimmt auch nicht für ihn. Er war nur ein Junge, den ich ein bisschen gemocht habe, mehr nicht. Und er war nicht dein Ehemann. Er war nicht einmal dein Freund. Nur irgendein Junge. Da ist nichts zwischen uns. Begreif das doch endlich!"

„Ich kann nicht." Sie warf ihre Serviette auf den Tisch und stand auf, um zu gehen.

„Wo willst du hin?"

„Weg von dir."

„Du glaubst, du kannst einfach so weggehen?" rief Jilly hinter ihr her. „Das habe ich auch mal versucht, aber es klappt nicht. Ich bin deine Schwester. Möglicherweise reden wir nie wieder miteinander. Du kannst dich von deinem Mann scheiden lassen. Aber du kannst nicht einfach weglaufen. Die Wahrheit wird dich immer einholen."

Birdie ging weiter, ohne sich noch einmal umzudrehen.

24. KAPITEL

Am nächsten Tag war das Wetter ungewöhnlich warm für die Jahreszeit. Einige der Türen zum Innenhof des Hotels standen offen, um die milde Luft in das Gartenrestaurant zu lassen. Der Swimmingpool hinter den Glaswänden ließ den Eindruck entstehen, sie würden auf einer Terrasse frühstücken. Keine Mühen waren gescheut worden, um den künstlichen Garten mit üppig wuchernden Pflanzen und Farnen herzurichten, und um die Illusion von wilder Natur vollkommen zu machen, mussten die Kellner sogar grasgrüne Schürzen tragen.

Lauren lief umher, als bewegte sie sich im Freien. Sie rannte von Tisch zu Tisch, patschte mit den Händen an die Glasscheiben, drückte ihre Nase platt und war fasziniert von den kleinen Wellen auf dem Swimmingpool.

Lauren. Ihre Enkelin! Jilly konnte sich gar nicht satt sehen an dem bezaubernden Kind mit den rotgoldenen Locken und den leuchtenden braunen Augen. Sie war von einem Gefühl der Liebe durchdrungen, wie sie es nie zuvor erlebt hatte. Endlich verstand sie, warum Großmütter so verrückt nach ihren Enkeln waren. Sie konnte es kaum erwarten, Lauren mit Süßigkeiten und Geschenken zu überhäufen, sie im Arm zu halten, zu küssen, ihren Geruch einzuatmen – alles, solange sie sie nur recht nahe bei sich haben konnte.

Lauren war ihre zweite Chance. Sie war Gott und Anne Marie so dankbar für dieses unerwartete Geschenk.

Der Brunch war ohne besondere Zwischenfälle verlaufen, wenn man bedachte, unter welcher Anspannung alle Beteiligten standen. Jilly saß zwischen Anne Marie und ihrer Mutter, Susan Parker. Sie war eine hübsche Frau Mitte Fünfzig, und in ihrem roten Hosenanzug und dem dezenten Schmuck sah sie wie aus dem Ei gepellt aus. Auf der anderen Seite des Tisches bemühte Rose sich tapfer um eine Unterhaltung mit dem wortkargen Kyle, der so aussah, als könne er es nicht erwarten, endlich wieder aus seinem Anzug herauszukommen.

Neben ihnen saß eine schweigsame Hannah. Das arme Ding war genauso aufgebracht und verwirrt wie Rose, weil Birdie nicht am Brunch teilnahm. Hannah war verlegen ins Restaurant gekommen und hatte gemurmelt, dass Birdie zu einem Notfall gerufen worden sei. Während die anderen die Entschuldigung akzeptierten, ohne sich etwas dabei zu denken, ließen Jilly und Rose sich nicht täuschen.

Jillys Lächeln war unerschütterlich trotz der rasenden Kopfschmerzen, unter denen sie seit der schlaflosen Nacht litt. Susan und Anne Marie gaben Geschichten aus deren Kindheit zum Besten, und Jilly kommentierte ihre Erzählungen mit höflichen Fragen und humorvollen Kommentaren. Vor allem aber war sie Susan dankbar, dass sie ein Talent für Small Talk hatte. Sie bestritt den Löwenanteil der Gespräche und sorgte dafür, dass keine peinlichen Pausen entstanden, die einen Schatten auf dieses Treffen geworfen hätten.

Manchmal war es allerdings auch ein wenig lästig. Immer, wenn Jilly allein mit Anne Marie sprechen wollte, mischte Susan sich ein, strich eine Locke aus Anne Maries Gesicht, hakte sich bei ihr unter oder erzählte eine Anekdote aus der Vergangenheit. Sie war fest entschlossen, Jilly zu zeigen, dass sie und Anne Marie ein so enges Verhältnis hatten, wie es besser zwischen keiner Mutter und Tochter hätte sein können.

Jilly beobachtete das Schauspiel und wünschte sich, sie könnte Susan in den Arm nehmen und ihr versichern, dass es für sie überhaupt keinen Grund zur Eifersucht gab. Sie dachte nicht im Traum daran, ihr das Kind wegzunehmen. Und selbst wenn sie es gewollt hätte, wäre es unmöglich gewesen. Sie wollte nur die Chance haben, weiter den Kontakt zu halten.

Als die braun gebrannte junge Kellnerin die Rechnung brachte, griffen Susan und Jilly gleichzeitig danach.

„Das übernehme ich", sagte Jilly freundlich. „Es ist das Mindeste, was ich tun kann."

„Oh, nein", rief Susan entschlossen. Ihre Augen blitzten, und sie war fest entschlossen, den Sieg davon zu tragen. „Sie sind unser Gast."

„Ich bitte Sie. Lassen Sie mich bezahlen."

„Das ist unsere Stadt. Und ich bin ja so froh, eine so schöne Wiedersehensfeier für meine Tochter arrangieren zu können."

Sie hatte also den Handschuh geworfen. *Meine Tochter.* Jilly hörte die unmissverständliche Botschaft in diesen beiden Worten und wusste, dass sie der Herausforderung dieser Frau nichts entgegenzusetzen hatte. Gleichgültig, wie sehr Jilly sich als Anne Maries Mutter *fühlen* mochte – diese Frau *war* ihre Mutter. Die Frau, die Anne Marie voller Liebe und Fürsorge großgezogen hatte. Jilly zog ihre Hand zurück und ließ sie in den Schoß sinken.

„Vielen Dank", sagte sie mit einem Blick in Susans Augen. Zwischen ihnen entstand ein kurzes Schweigen, und sie hoffte, Susan würde dem Klang ihrer Stimme entnehmen können, dass sie damit viel mehr gemeint hatte als nur den Brunch.

„Ist das Ihre andere Schwester?" fragte Susan, nachdem sie ihre Kreditkarte auf den Teller mit der Rechnung gelegt hatte und interessiert zur Tür sah. „Sie sieht Ihnen sehr ähnlich."

Jilly drehte den Kopf und sah Birdie am Eingang des Restaurants stehen. Ihr wurde leicht ums Herz; Birdie war also doch noch gekommen. Sie stand auf, um ihr entgegen zu gehen, und strahlte übers ganze Gesicht. Als sie zu Rose hinschaute, begegneten sich ihre Blicke.

Aber Roses Augen waren schmal geworden, und auf ihrer Stirn hatten sich Falten gebildet. Sie deutete mit dem Kopf auf Birdie, als wollte sie sagen *Siehst du nicht, was los ist?*

Ein wenig verunsichert schaute Jilly wieder zu Birdie hinüber und bemerkte, dass sie etwas in der Hand hielt. Sie blinzelte, und vor Überraschung stockte ihr der Atem. Ihre Hoffnung zerstob im Nu. Das war kein Versöhnungsbesuch. Das war eine Pflichtveranstaltung. Als Mitverantwortliche für die Erfüllung von Merrys letzten Willen war sie nur gekommen, um die Kassette zu überbringen.

Birdie erspähte die Tischgesellschaft. Mit gerecktem Kinn und in kerzengerader Haltung ging sie auf den Tisch zu. Sie trug einen dunklen Hosenanzug, der sehr streng wirkte, und an ihren Ohren funkelten eiskalte Diamanten. An guten Tagen konnte Birdie sehr beeindruckend wirken; wenn der Tag hingegen nicht so gut war, dann war sie wie ein Unwetter, das über eine Picknick-Gesellschaft hereinbrach. Ihre kühle Haltung schien das Klima im ganzen Raum zu beeinflussen. Als sie sich dem Tisch näherte, standen Anne Marie und Kyle auf.

Jilly blieb kaum Zeit, ihre Fassung zurückzugewinnen. „Hallo, Birdie. Wie schön, dass du doch noch kommen konntest."

Sie würdigte Jilly keines Blickes, sondern wandte sich sofort an Susan Parker. „Guten Tag", sagte sie und kam Jillys Vorstellung zuvor. „Ich bin Beatrice Connor."

„Hannahs Mutter", fügte Jilly hinzu, um diesem Auftritt ein wenig von der Kälte zu nehmen.

Susan blieb sitzen und reichte ihr eine schlaffe Hand. „Dann sind Sie also die Ärztin?“

Birdie gab sich sehr kühl. Sie schüttelte ihr kurz die Hand, dann ließ sie los. „Richtig.“

Jilly hatte das Gefühl, einen Eisklumpen in der Brust zu haben, als Anne Marie neben ihr stand. Sie hätte sowohl Anne Marie als auch Birdie diesen Augenblick gerne erspart, aber jetzt gab es keinen Rückweg mehr. Irgendwie fand sie ihre Stimme wieder. „Und das ist Anne Marie.“

Birdie erbleichte, als sie der jungen Frau ins Gesicht sah. Als ihre Wangen sich langsam wieder röteten, wusste Jilly, dass sie das Grübchen an ihrem Kinn bemerkt hatte. Zu Jillys großer Erleichterung akzeptierte sie Anne Maries Hand, wenn auch ausgesprochen reserviert.

„Anne Marie“, sagte Birdie, während sich ihre Miene kaum zu einem Lächeln verzog. „Endlich lernen wir uns kennen.“

Kyle trat einen Schritt vor, um ihr ebenfalls die Hand zu reichen und ein paar Begrüßungsworte zu murmeln, aber es war Lauren, die Birdies Unnahbarkeit zum Einstürzen brachte. Zur Überraschung aller lief das kleine Mädchen zu ihr hin und schlang die Arme um ihre Beine.

„Hallo“, zirpte sie, wie es nur Kinder können, und schaute mit einem schelmischem Blick zu der fremden Frau empor.

Während Anne Marie und ihre Familie sich darüber amüsierten, wie unbefangen die Kleine sich benahm, erstarrte Jilly zur Eissäule. Gelassen schaute Birdie hinunter. Ihr Mund verzog sich zu einem Lächeln, das jedoch nicht ihre Augen erreichte, als sie das Mädchen ansah, das immer noch ihre Bein fest umklammert hielt.

„Wie du siehst, hat Lauren sich bereits selbst vorgestellt“, bemerkte Jilly mit erzwungener Fröhlichkeit.

Die Kleine entschied, dass sie genug von dem Auftritt hatte, und lief davon. Kyle ging hinter ihr her, um ein Auge auf sie zu werfen. Zweifellos war er erleichtert, dass er die Frauen allein lassen konnte. Hannah stahl sich ebenfalls fort und begann, mit Lauren zwischen den Palmen Verstecken zu spielen.

„Ich weiß nicht, ob Jilly dir schon von der Kassette erzählt hat“, sagte Birdie in förmlichem Tonfall, nachdem sie alle einander vorgestellt waren.

„Nein, ich hatte noch keine Zeit dazu“, erwiderte Jilly gepresst. „Vielleicht können wir es jetzt machen?“ Sie war wütend auf Birdie. Der sorgenvolle Blick von Rose auf der anderen Seite des Tisches bestätigte ihre Vermutung. Es war Birdies Art zu sagen, dass sie Anne Marie das Geld nicht geben würde. Sie würde ihre Hände in Unschuld waschen, sobald sie ihre Pflichten hier erledigt hatte.

„Jetzt oder morgen oder übermorgen, das ist doch egal“, erwiderte Birdie. Sie hatte die Situation voll unter Kontrolle.

Jilly warf ihr einen warnenden Blick zu. *Untersteh dich!*

Birdie schaute sie herausfordernd an.

„Wir können es wirklich sofort machen“, schaltete Rose sich ein. Mit einem gewinnenden Lächeln trat sie vor.

Jilly sah sie überrascht an.

Rose nahm einen Löffel vom Tisch und schlug leicht gegen ein Wasserglas. Auf der anderen Seite des Raumes blickten Kyle und Hannah auf, und sie winkte sie herbei. „Setzt euch doch bitte hin“, sagte sie.

Jilly und Birdie nahmen an den entgegengesetzten Enden des Tisches Platz. Lauren kuschelte sich in Kyles Schoß. Anne Marie und Hannah setzten sich neben ihre Mütter.

Sie alle konzentrierten sich auf die kleine Frau in dem unscheinbaren Kleid und mit dem wundervollen roten Haar, das sie offen trug. Jilly fragte sich nervös, was Rose vorhatte, und knetete die Hände in ihrem Schoß. Rose nahm Birdie die Kassette aus der Hand und stellte sich neben Anne Marie.

„Ich möchte euch eine Geschichte erzählen", begann sie mit ihrer melodischen Stimme. Alle setzten sich bequem zurecht, um ihr zuzuhören. „Sie handelt von deiner Tante Meredith Season, die wir immer nur Merry genannt haben. Sie war unsere jüngste Schwester. Die Vierte der Seasons. Nicht nur altersmäßig, sondern auch, was ihre Intelligenz anging. Als Kind hatte sie einen Unfall, und deshalb ist sie nie über das geistige Stadium eines sieben- oder achtjährigen Kindes hinausgekommen. Obwohl sie, wie die meisten Kinder, manchmal sehr, sehr kluge Sachen sagte."

Anne Marie lächelte, und die anderen lachten leise.

„Wir haben nie offen und frei über deine Geburt gesprochen", wandte sie sich an Anne Marie. „Das war ein großer Fehler, ja fast eine Tragödie, die die ganze Familie getroffen hat. Es war eine Tragödie, die uns allen furchtbar Leid tat. Merry hat es niemals überwunden. Sie hat dich auf ihre kindliche Art geliebt, nachdem sie von deiner Existenz erfahren hatte, und sie hat andauernd nach dir gefragt.

Wo ist May? wollte sie immer wissen. So hat sie dich genannt – nach dem Monat, in dem du geboren wurdest. Eine ihrer Puppen hieß ebenfalls May, und in all den vielen Jahren hat es keine einzige Nacht gegeben, in der sie ihr nicht stellvertretend für dich einen Gute-Nacht-Kuss gegeben hat.

Aber sie hat gewusst, dass die echte May – nämlich du, Anne Marie – irgendwo da draußen lebte. Und sie hat sich Sorgen um dich gemacht, hat dich geliebt und keine ruhige Minute gehabt, weil du nicht da warst. Als sie starb, war ihr letzter Wunsch, dass wir, ihre Schwestern, dich suchen sollten. Und wenn wir dich gefunden hätten, sollten wir dir ihren größten Schatz geben – diese Kassette.“

Rose schaute auf den ramponierten Schuhkarton in ihrer Hand, der mit Klebestreifen umwickelt war. „Du fragst dich bestimmt, welchen Wert diese Kassette für dich haben könnte. Was in dieser kleinen Schachtel ist, haben wir drei gesammelt – Jilly, Birdie und ich –, als wir sehr jung waren. Es sind Erinnerungsstücke aus unserer Kindheit – unbedeutender Kleinkram, der für uns jedoch furchtbar wichtig war. Was Merry dir mit dieser Schachtel gibt, ist die Quintessenz dessen, was wir waren – deine Mutter und deine Tanten. Sie wollte, dass du es besitzt, damit du immer das Beste von uns dein Eigen nennen kannst.

Wir wissen selbst genau nicht, was drin ist. Jede von uns hat etwas hineingelegt, aber wir haben immer ein großes Geheimnis daraus gemacht. Und wie du siehst, ist es nie geöffnet worden.“ Liebevoll fuhr sie mit dem Finger über die Schachtel, ehe sie sie Anne Marie überreichte. „Jetzt gehört sie dir. Als deine Tante glaube ich, für alle sprechen zu können, wenn ich sage, dass wir nun, da wir dich gefunden haben, auch May gefunden haben.“

Geradezu ehrfürchtig nahm Anne Marie den Schuhkarton entgegen, und in ihren türkisblauen Augen standen Tränen.

Jilly war zutiefst bewegt. Rose hatte all das ausgesprochen, das sie gerne gesagt hätte. Sie hasste es, in der Öffentlichkeit zu weinen, aber sie wusste, dass sie den Kampf verloren hatte, als ihre Lippen zu zittern und schließlich auch ihre Schultern zu beben begannen. Und dann liefen ihr die Tränen in Sturzbächen übers Gesicht.

Anne Marie eilte an ihre Seite. Sie umarmten sich und weinten gemeinsam. Jilly hielt ihre Tochter umklammert und drückte sie fest an sich. Zum ersten Mal in ihrem Leben konnte sie das Gefühl genießen, ihr Kind in den Armen zu halten. Wie oft schon hatte sie von diesem Augenblick geträumt und nie mehr daran zu glauben gewagt, dass er Wirklichkeit werden könnte? „Danke, Merry", flüsterte sie.

Jilly! Sie hörte, wie ihr Name gewispert wurde. Sie drehte sich um, konnte aber niemanden sehen. Da war die Stimme schon wieder – eine Kinderstimme. *Jilly!*

„Wo ist mein Enkelkind?" fragte Jilly, während sie ihre Blicke durch den Raum schweifen ließ. Auf einmal hatte sie ein ungutes Gefühl.

„Lauren!" rief Anne Marie in die plötzliche Stille und lief suchend durch das Restaurant.

Unvermittelt wurde es kalt im Raum, als alle bemerkten, dass Lauren nicht mehr bei ihnen war. Sie riefen ihren Namen und bemühten sich, Ruhe zu bewahren. Niemand wollte sich die Panik anmerken lassen, die von jedem von ihnen Besitz ergriff, während sie zwischen den Tischen und hinter den riesigen Pflanzen des Restaurants nachschauten.

„Sie spielt wahrscheinlich nur Verstecken", meinte Susan, aber ihr Gesicht war schneeweiß.

„Ich schau mal in der Halle nach", sagte Kyle kurz angebunden und lief aus dem Raum.

„Und ich draußen", bot Hannah an und verschwand durch die Tür.

Jilly, Birdie und Rose hatten sich getrennt und durchsuchten jeder einen Teil des Restaurants. Als sich ihre Blicke trafen, waren ihre Augen vor Schreck geweitet. In diesem Moment dachten alle drei das gleiche.

Der Swimmingpool.

Wortlos begannen sie zu rennen. Es war wie ein Reflex, den eine Erinnerung ausgelöst hatte.

Atemlos stürmte Jilly quer durch das Restaurant. Sie hörte wieder das schrille Zirpen der Vögel, die über ihren Kopf hinweg flogen. *Jilly! Jilly! Hilfe!* Ihre Füße bewegten sich im Takt ihres Stoßgebets, „Nicht noch mal, nicht noch mal, nicht noch mal."

Sie liefen durch die Lobby; Jilly vorneweg, Birdie und Rose dicht hinter ihr her. Durch die Glasscheibe und das Blattwerk der Pflanzen sahen sie, wie Lauren im Wintergarten am Rand des Swimmingpools entlang balancierte. Sie tauchte die Hand ins Wasser, und im nächsten Moment stürzte sie in das Becken.

„Lauren!" kreischte Jilly. Nur ein Mal zuvor in ihrem Leben hatte sie eine solche Panik verspürt. Sie schürfte sich das Bein auf, als sie um die Ecke bog und an einem Stuhl vorbeischrammte, dann stieß sie die schweren Glastüren auf. Hinter sich hörte sie die schnellen Schritte ihrer Schwestern. Sie schleuderte ihre Schuhe weg und wäre auf den feuchten Fliesen fast ausgerutscht. Im letzten Moment fand sie ihr Gleichgewicht wieder, lief zum Rand des Pools und sprang kopfüber ins Wasser.

Ihre Kleider tränkten sich mit Wasser und wurden schwer, als sie verzweifelt versuchte, ihre Enkelin zu erreichen. Sie hörte ein dumpfes Geräusch, als rechts von ihr eine Gestalt ins Wasser eintauchte und einen Moment darauf ein zweiter Körper auf ihrer linken Seite. Für einen Augenblick verlor sie ihr Ziel, ein rosafarbenes Kleidchen und leblose Glieder, aus den Augen.

Da war er wieder, dieser Albtraum. Jilly spürte eine ungeheure Wut in sich und schrie innerlich laut auf. „Ich will sie nicht verlieren. Ich werde es nicht zulassen, dass diesem Kind etwas passiert, bei Gott, das schwöre ich!"

Mit geradezu übermenschlicher Kraft schaufelte sie sich durch das Wasser zu Lauren. Die Lungen drohten ihr zu bersten. Sie tauchte tiefer, bekam ein Stück Stoff zu fassen und zog kräftig daran. Endlich hielt sie Laurens kleinen Körper umfangen. Mit kräftigen Stößen schwamm sie nach oben.

Birdie und Rose tauchten gleichzeitig mit ihr auf. Rose half Jilly, Lauren über Wasser zu halten. Birdie stieg die Leiter hoch, nahm Lauren entgegen und legte sie vorsichtig auf den gekachelten Boden.

Jilly und Rose kletterten aus dem Swimmingpool und sahen schweigend zu, wie Birdie das Kind auf Lebenszeichen hin untersuchte. Ihre Bewegungen waren rasch und präzise. Es war das erste Mal, dass Jilly ihre Schwester im Einsatz als Ärztin erlebte. Sie legte den Arm um Rose und schaute zu, wie Birdie mit schnellen pumpenden Bewegungen versuchte, das Wasser aus den kleinen Lungen zu pressen.

In diesem kurzen Moment hatte Jilly auf einmal das Gefühl, mit rasender Geschwindigkeit in die Vergangenheit zurückkatapultiert zu werden und noch einmal die Situation durchleiden zu müssen, in der die Season-Geschwister ihre düstersten und schlimmsten Minuten erlebten ...

Die Sonne strahlte am wolkenlosen Himmel. Das tiefblaue Wasser des Swimmingpools kräuselte sich zu kleinen Wellen, als die Meerjungfrauen ihre Fantasiewelten durchschwammen. Aber heute waren nur zwei Meerjungfrauen im Wasser. Rose war sauer, dass Jilly nicht mitspielen wollte, und rief ihr unaufhörlich zu, sie solle sich ihnen anschließen. „Komm doch, Jilly. Wir brauchen dich."

Aber Jilly hatte sich verändert. Seit sie die High School besuchte, interessierte sie sich nicht mehr für ihre Lieblingsspiele; eigentlich fand sie an keinem Spiel mehr Gefallen. Ihr waren nur noch diese blöden Freundinnen und die Jungs wichtig, die sie andauernd anriefen und deretwegen sie sich wie eine dumme Gans benahm. Rose gefiel das überhaupt nicht. Auch jetzt telefonierte Jilly wieder mit einem dieser Jungs. Sie hatte sich in einen Liegestuhl gelegt, sich den ganzen Körper mit Sonnenöl eingerieben und hörte Rock 'n' Roll-Musik.

„Jilly, hör auf zu telefonieren und komm spielen. Bitte! Ohne dich macht es überhaupt keinen Spaß!"

Jilly schob die Sonnenbrille in die Stirn, warf ihr einen kurzen Blick zu und konzentrierte sich wieder auf ihr Gespräch.

„Ich spiele, ich spiele!" rief Merry, die auf der Leiter stand, die in den Pool führte. „Ich möchte spielen."

„Bleib aus dem Wasser", befahl Rose ihr barsch.

Schmollend trat Merry einen Schritt zurück.

Rose tauchte, um den orange-farbenen Plastikring herauszuholen, den Birdie hineingeworfen hatte. Heute hatte sie nämlich ein neues Gesetz verkündet: Wer den Zauberring holte, würde für diesen Tag die Königin der Meerjungfrauen werden.

Mit aller Kraft schwamm Rose durch den Pool. Sie wollte den anderen unbedingt beweisen, dass sie bis zum Grund schwimmen und den tiefsten Punkt berühren konnte – genau wie ihre Schwestern. Sie spürte den Druck auf ihrem Trommelfell und in den Lungen, aber was war das schon gegen das Triumphgefühl, das von ihr Besitz ergriff, als sie nach dem Plastikring griff. Die Beine fest wie eine Flosse zusammengepresst – das war eine der wichtigsten Regeln des Spiels –, schwamm sie schnell zurück zum flachen Ende des Pools, wo sie stehen konnte. Nur Birdie schaffte es von einem Ende zum anderen zu tauchen, ohne zwischendurch Atem holen zu müssen. Mit unbändigem Stolz tauchte sie auf, schnappte nach Luft und schrie: „Guck mal, Birdie, ich hab ihn."

Lachend suchte sie nach Birdie, um sich von ihr bewundern zu lassen. Sie entdeckte sie auf dem schmalen Zementstreifen, der den

Pool einfasste. Besorgt untersuchte sie eine Schramme an ihrem Fuß. Eine Wolke schob sich vor die Sonne, und Rose spürte die plötzliche Kühle. Sie bekam eine Gänsehaut und hatte auf einmal das Gefühl, dass etwas nicht in Ordnung war. Ihr Lachen erstarb, als sie sich das feuchte Haar aus dem Gesicht strich und sich im Pool umschaute. Jilly telefonierte immer noch. Birdie war über ihren Fuß gebeugt. Und Merry ... wo war Merry?

Sie blickte hinüber zur Leiter, wo ihre kleine Schwester zuletzt gestanden hatte. Dort war Merry nicht. Sie wollte gerade in die andere Richtung schauen, als etwas ihre Aufmerksamkeit erregte. Eine Bewegung unter der Wasseroberfläche. Sie schaute genauer hin und sah ein Büschel roter Haare und ein Stück von einem rosafarbenen Kleidchen.

Rose war unfähig, sich zu bewegen. Sie konnte nicht einmal atmen. Sie war zur Eissäule erstarrt und stand zitternd im Schatten der Wolke, die sich vor die Sonne geschoben hatte. Jemand schrie. Erst später wurde ihr bewusst, dass sie es selbst gewesen war.

„Jilly! Jilly! Hilfe!"

Birdie fuhr hoch, als sie den Hilferuf hörte, und blickte zum Pool hinüber. Rose stand am flachen Ende des Beckens, und ihre ausgestreckten Arme deuteten auf die tiefe Seite. Birdie schaute in die Richtung, in die Rose zeigte, und nahm eine Silhouette unter der Wasseroberfläche wahr. Noch ehe sie erkannte, dass es sich um einen Körper handelte, war sie schon aufgesprungen und hatte sich kopfüber ins Wasser gestürzt, um ihn herauszuziehen.

Sie war zu tief getaucht. Kostbare Sekunden verrannen. Sie schwamm mit kraftvollen Bewegungen, um so schnell wie möglich bei Merry zu sein. Später wusste sie nicht mehr, wer ihr Merry aus den Händen gerissen hatte, aber das war ja auch egal. Hauptsache, Merry war nicht mehr unter Wasser.

Jillys Hände zitterten unkontrolliert, als sie Merry auf den Rand des Pools zog. Sie hatte gehört, wie jemand ihren Namen rief. Als sie irritiert aufblickte, sah sie Birdie in den Pool springen. Instinktiv ließ sie den Hörer fallen, sprang auf und lief zum Beckenrand. Ihr blieb fast das Herz stehen, als sie ihre kleine Schwester sah, die wie leblos unter der Wasseroberfläche trieb.

Was soll ich nur tun? fragte sie sich immer wieder in heller Aufregung, als sie die bewusstlose Merry auf den Zementboden legte.

„Merry! Merry!“ rief sie und schüttelte sie, damit sie endlich die Augen öffnete und etwas sagte.

„Dreh sie zur Seite!“ befahl Birdie, während sie aus dem Pool kletterte. „Klopf ihr auf den Rücken.“

Jilly tat, wie ihr befohlen. „Komm, komm doch ...“

Merrys Brust hob und senkte sich nicht. Ihr Mund war geöffnet, aber sie atmete nicht.

„Ruf die Notfallzentrale. Sie sollen einen Krankenwagen schicken. Lauf!“ schrie Jilly. Birdie rannte zum Telefon, das auf der Terrasse stand, während Rose verzweifelt die Arme um sich schlang und weinte. Jilly nahm ihre kleine Schwester in den Arm, drückte sie an sich, wiegte sie hin und her und klopfte ihr immer noch auf den Rücken. „Es wird alles gut, Merry“, flüsterte sie, aber sie wusste genau, dass das nicht stimmte. Tränen liefen ihr übers Gesicht, als sie den schlaffen Körper ihrer Schwester streichelte und sich selbst verfluchte. Warum hast du nicht besser auf sie aufgepasst? schalt sie sich.

Sie war die Älteste. Sie trug die Verantwortung. Es war alles ihre Schuld.

„Baby, Baby, Baby ... bitte atme doch.“

„Bitte atme doch", sagte Birdie zu dem kleinen Mädchen, während sie rhythmisch auf seine Brust drückte.

Laurens kleiner Körper bewegte sich, dann hustete sie. Schnell drehte Birdie sie auf die Seite und hielt sie fest, während sie Wasser spuckte. Sie ist so klein, dachte sie. Zwei, vielleicht drei Jahre alt. Nachdem sie den Mund des Kindes gesäubert hatte, drehte sie es vorsichtig auf den Rücken, um die Herztöne zu kontrollieren. Mit ihren großen braunen Augen starrte Lauren sie an wie ein erschrockenes Reh. Birdie fiel auf, wie sehr sie Hannah ähnelte. Bis hin zu dem entzückenden Grübchen an ihrem Kinn.

Plötzlich empfand sie eine unendliche Liebe für dieses Kind, und sie wusste, dass Jilly Recht hatte. Es ging nicht um das Kind. Das kleine Mädchen war wunderschön und unschuldig, und sie musste es schützen.

„Lauren! Lauren!" Anne Maries Stimme war schrill und voller Panik.

„Mom", wimmerte Lauren und streckte die Hände aus. Sie musste wieder husten.

„Hab keine Angst, Lauren", sagte Birdie lächelnd. Sie hob sie hoch und drehte sie um, so dass sie Anne Marie sehen konnte. „Siehst du, Schätzchen? Da kommt deine Mom."

Anne Marie nahm ihr Kind, drückte es an sich und wiegte es hin und her, während ihr die Tränen übers Gesicht liefen. Lauren hustete noch einmal, rieb sich die Nase und blinzelte ein paarmal, als sie sich erstaunt umschaute.

„Sie wird sich bald wieder erholt haben", sagte Birdie zuversichtlich, ganz die Ärztin. „Sie wollte nur ein wenig schwimmen gehen."

„Gott sei Dank", flüsterte Jilly und klammerte sich an Rose.

Nun kamen auch Kyle und Susan zum Pool gelaufen, dicht gefolgt von Hannah. Alle sahen sehr besorgt aus.

„Es ist alles in Ordnung", sagte Anne Marie und lachte unter Tränen. „Der kleine Racker wollte nur ein bisschen schwimmen." Es sollte fröhlich klingen, aber in ihrer Stimme schwang das Entsetzen mit, und sie hielt ihre Tochter noch immer fest an sich geklammert.

Kyle nahm Lauren in seine Arme und drückte sie so sehr, dass ihr fast die Luft wegblieb.

„Es tut uns so Leid", brachte Jilly mit gebrochener Stimme hervor. „Es tut uns so schrecklich Leid."

Anne Marie schaute sie ungläubig an. „Es tut *euch* Leid? Warum um Himmels willen?"

„Weil wir euch abgelenkt haben. Weil wir nicht auf Lauren aufgepasst haben."

„Jillian!" rief Anne Marie. „Du hast überhaupt keinen Grund, dir Vorwürfe zu machen. Schließlich bin ich Laurens Mutter. *Ich* muss auf sie Acht geben, nicht du. Dich trifft überhaupt keine Schuld. Du hast ihr das Leben gerettet."

Plötzlich fühlte Jilly sich sehr schwach, und sie schaute Hilfe suchend zu ihren Schwestern. Diesmal wandte Birdie nicht den Blick ab. Roses Augen waren gerötet. Das nasse Haar hing wirr herab, und ihre Gesichter waren verschmiert von der verlaufenen Wimperntusche. Die feuchten Kleider klebten ihnen am Körper, so dass die Konturen ihrer Büstenhalter und jedes Fettpölsterchen zu sehen war. Jilly fand, dass sie niemals schöner ausgesehen hatten.

„Wir haben einen Krankenwagen gerufen", sagte der Hotelmanager und wischte sich über die Stirn. Kurz darauf betraten zwei Sanitäter die Schwimmhalle. Durch die Glasscheiben sah man das flackernde Rotlicht des Rettungswagens.

„Sie ist okay", sagte Kyle. „Wir brauchen keinen Krankenwagen."

„Es kann nichts schaden, sie untersuchen zu lassen, damit alle heute Nacht gut schlafen können", meinte Birdie. „Aber machen Sie sich keine Sorgen. Der Kleinen geht's schon wieder blendend, nicht wahr, Schätzchen?"

„Wir würden uns besser fühlen, wenn Sie sie untersuchen ließen, Sir", beharrte der Hotelmanager.

Kyle nickte, und Anne Marie nahm ihm Lauren, die zu weinen begonnen hatte, aus dem Arm.

Jilly war unsagbar erleichtert. Ihrer Enkelin würde nichts fehlen. Aber Merry war es nicht so gut gegangen. Sie alle hatten es gespürt, als sie sahen, mit welcher Besorgnis die Sanitäter Merry an jenem schrecklichen Tag in den Krankenwagen gebracht hatten. Sie erkannten es am kummervollen Gesichtsausdruck ihrer Mutter, im unausgesprochenen Vorwurf in ihren Augen, wenn sie sie ansah. Es war ihnen klar geworden, als sie Wochen später verstohlene Blicke in Merrys Zimmer geworfen hatten und sie teilnahmslos und bleich in ihrem Bett liegen sahen, umgeben von merkwürdigen medizinischen Apparaturen, während ihre Mutter neben ihr saß und in einem Buch las. Sie hatten nie mehr über diesen Tag am Swimmingpool gesprochen. Nicht einmal in ihren Gedanken waren sie zurückgekehrt zu dem schrecklichen Ereignis, das sie an jenem Tag am Pool erlebt hatten.

Ein nervöser Hotelmanager und seine Angestellten wuselten um sie herum, entschuldigten sich tausendmal und boten ihnen Handtücher an.

„Vielen Dank, aber machen Sie sich keine Umstände. Es ist alles in Ordnung", murmelte Jilly, während sie ein Handtuch um sich schlang. Sie schaute ihrer neuen Familie nach, die den Sanitätern zum wartenden Krankenwagen folgte.

„Komm, Jilly", sagte Rose und nahm sie beim Arm. „Lass uns ins Zimmer gehen und trockene Sachen anziehen. Du auch, Birdie. Ich werde Tee bestellen. Und dann wird es höchste Zeit, dass wir miteinander reden."

25. KAPITEL

Nachdem sie geduscht hatten und in die flauschigen weißen Bademäntel geschlüpft waren, die das Hotel für die Gäste bereithielt, kamen Rose und Birdie in Jillys Zimmer. Die Stimmung der drei Schwestern war gedrückt. Sie nahmen auf der geblümten Sitzgruppe am Fenster Platz. Es ging nach Süden hinaus, und eine strahlende Sonne tauchte das Zimmer in gleißendes Licht. Rose hatte beim Zimmerservice Tee bestellt.

„Ich kann keinen Darjeeling mehr trinken, ohne an Rajiv zu denken", eröffnete Rose die Unterhaltung, während sie ihre Tasse auf den Tisch stellte. Dann wurde ihr bewusst, was sie gesagt hatte, und sie warf Jilly einen verstohlenen Blick zu.

„Keine Sorge", meinte Jilly, während sie in ihre Tasse pustete, „ich kann seinen Namen hören, ohne in Tränen auszubrechen. Beinahe."

„Hast du vor, ihn noch einmal zu sehen?" fragte Rose.

„Ich weiß nicht", antwortete sie müde und nahm einen Schluck von ihrem Tee. „Ich glaube nicht, dass ich mir jetzt darüber Gedanken machen kann. Mein Kopf ist ... voll." Über den Rand ihrer Tasse schaute sie ihre Schwestern an, dann stellte sie sie zurück auf den Unterteller. „Im Moment denken wir doch alle nur an Merry und an das, was damals passiert ist, nicht wahr?"

Sie nickten und schauten zu Boden. Die Stimmung verdüsterte sich noch mehr. Ihnen allen war klar, dass das Unaussprechliche in den nächsten Minuten endlich ausgesprochen werden würde.

„All die Jahre habe ich mich nicht getraut, darüber nachzudenken", sagte Rose mit belegter Stimme. „Aber irgendwie lauerte es ständig in meinen Gedanken. Diese ewigen Vorwürfe waren wie eine Art Bestrafung. Könnt ihr das verstehen?"

„Oh ja", gestand Birdie. „Ich zucke immer noch zusammen, wenn ich daran denke, wie ich ihren kleinen Körper im Pool zu fassen bekam. Es bleibt ein bohrender Schmerz. Das Bild hat sich in meine Erinnerung eingebrannt, egal, wie sehr ich mich bemühe, es aus meinem Kopf zu bekommen. Als sie starb, habe ich genauso gehandelt – den Gedanken einfach verdrängt. Ich kann über ihren Tod erst trauern, seitdem ich mich damit abgefunden habe."

„Kürzlich auf dem Dachboden hätten wir fast darüber gesprochen", erinnerte Rose sie.

„Gott sei Dank haben wir es nicht getan. Instinktiv haben wir uns richtig verhalten. Ich glaube nicht, dass wir damals damit fertig geworden wären. Wir waren noch nicht so weit."

„Ich bin mir nicht sicher, ob ich jetzt schon so weit bin", entgegnete Rose. „Natürlich möchte ich es sein. Ich muss es sogar. Ich muss endlich damit fertig werden, damit ich in die Zukunft blicken kann."

„Das müssen wir alle."

Jilly presste die Hände auf den Bauch. Zum ersten Mal seit langer Zeit fühlte sie wieder den stechenden Schmerz.

Birdies Augen verengten sich, als sie ihr einen forschenden Blick zuwarf. „Jilly, geht es dir gut?"

„Es war alles meine Schuld", brach es aus ihr hervor. Ihre Stimme klang verzweifelt. „Was Merry zugestoßen ist, habe allein ich zu verantworten."

„Es war nicht deine Schuld." Rose ergriff Jillys Hand. „Was ist denn mit mir? Und Birdie? Ist dir nicht klar, dass uns allen das passiert ist? Wir waren doch alle dort."

„Ich war die Älteste. Ich hatte die Verantwortung." Jilly verbarg das Gesicht in den Händen und schüttelte den Kopf. „Heute ist mir alles wieder eingefallen. Ich habe telefoniert und mit irgendeinem Jungen geflirtet. Ich hatte keine Lust aufzupassen. Ich wollte nicht babysitten, während all meine Freunde unterwegs waren und eine Menge Spaß hatten. Ich war sauer auf Mom und auf Merry, weil ich ihretwegen zu Hause bleiben musste." Sie hob den Kopf und sagte voller Selbstvorwürfe: „Mom hatte Recht – ich war entsetzlich egoistisch."

Birdie eilte an ihre Seite. „Jilly, hör mir zu", sagte sie. Ihre Stimme zitterte vor Ergriffenheit, als sie die Hände ihrer Schwester nahm. „Es war nicht deine Schuld."

„Du hast gut reden. Schließlich hast du sie ja gerettet."

Schmerzhaft verzog Birdie das Gesicht. „Aber ich war nicht schnell genug." Ihr versagte die Stimme. „Oh, Gott, ich war nicht schnell genug bei ihr."

„Birdie ..." Jilly schaute sie ungläubig an. Sie hatte nie gewusst, dass Birdie Schuldgefühle wegen des Unfalls hatte. Stattdessen hatte sie stets angenommen, dass sie sich in der Rolle der Lebensretterin gefiel – und zwar bis zum heutigen Tag.

Roses Gesichtsausdruck war kummervoll. Ihre Lippen zitterten, als sie die Hand vor den Mund legte. „Nein, Birdie, du warst schnell genug. Du hättest sie rechtzeitig erreichen können. Aber ... ich habe dich nicht gerufen. Als ich heute Lauren im Pool sah, habe ich mich blitzartig an alles erinnert. Ich habe Merry wieder im Pool gesehen, unter Wasser. Und ich habe nichts unternommen", brach es aus ihr hervor. „Ich konnte mich einfach nicht bewegen. Ich habe dagestanden wie fest gefroren."

„Du brauchst dir überhaupt keine Vorwürfe zu machen", erwiderte Birdie rasch. „Du warst ja erst sechs Jahre alt. Was hättest du schon tun können?"

„Etwas! Irgendetwas! Ich hätte etwas tun müssen, anstatt einfach nur so rumzustehen. Ich habe kostbare Minuten verschwendet. Hätte ich das nicht getan, wäre alles anders gekommen."

Jilly schlang die Arme um Rose, die in Tränen ausgebrochen war. „Du hast gerufen", erinnerte sie sie sanft. „Ich weiß es ganz genau. Du hast meinen Namen gerufen."

„Jilly ..." Rose legte den Kopf auf Jillys Schulter.

Sie hielten sich fest umklammert und bewegten sich in einem sanften, tröstlichen wiegenden Rhythmus hin und her. Birdie hatten sie in ihre Mitte genommen. Plötzlich fühlten sie sich so schutz- und hilflos, dass sie einander stützen mussten. Es war, als ob sie sich gegenseitig ihre Wunden verbanden. Gemeinsam weinten sie um Merry. Sie weinten so offen, wie es ihnen bei der Beerdigung nicht möglich gewesen war. Sie weinten um die geliebte Schwester, die sie zweimal verloren hatten. Erst an das Schicksal und dann an den Tod.

Als sie kurz darauf Papiertaschentücher suchten und sich die Augen trockneten, fühlte Jilly sich ausgelaugt, aber friedvoll – so wie ein Soldat sich fühlen mochte, der einen Bombenangriff im Schützengraben lebend überstanden hatte. Sie ließ sich wieder aufs Sofa fallen und legte ihre Füße auf den Couchtisch. Am tiefblauen Himmel waren dicke weiße Kumuluswolken aufgezogen. Sie musste an Netta denken.

„Das ist also die Relativitätstheorie“, sagte Jilly erstaunt. Endlich verstand sie, was Netta damit hatte sagen wollen.

Birdie schaute sie fragend an. „Was?“

„Relativität. Diese kluge alte Frau, neben der ich im Flugzeug gesessen habe, hat versucht, sie mir zu erklären. Damals habe ich es nicht verstanden, aber jetzt ist es mir plötzlich klar geworden. Wir haben alle unsere eigene Version von dem, was damals am Swimmingpool passiert ist. Und obwohl jede anders ist, haben alle ihre Gültigkeit. Es hat etwas mit Reisen in unterschiedlichem Tempo zu tun. Ich fürchte allerdings, das habe ich nicht verstanden.“

Birdies Augen leuchteten auf, als sie die Bedeutung von Jillys Bemerkung begriff. „Im Grunde bedeutet es, dass es nicht nur eine einzige richtige Sicht auf das Universum gibt. Jeder Mensch sieht die Dinge aus seiner persönlichen Perspektive.“

„Dann haben wir also alle Recht mit unseren Erinnerungen an diesen Tag in jenem Sommer?“ fragte Rose und rutschte in ihrem Sessel nach vorne.

„Oder Unrecht.“

„Wenn wir das verstanden hätten, dann hätten wir uns vielleicht gegenseitig helfen können“, sagte Jilly. „Oder wären besser miteinander klargekommen. Dann hätten wir uns auch verzeihen können.“ Sie dachte an all die Missverständnisse, an die Jahre lang gehüteten Geheimnisse und unausgesprochenen Tatsachen. „Schließlich sind wir doch Geschwister.“ Sie warf Birdie einen fragenden Blick zu. *Oder?*

Birdie hielt ihrem Blick stand und nickte. *Ja, oh, ja.*

Eine Minute lang sprach keine von ihnen.

„Das hätte aber an den Ereignissen jenes Tages nichts mehr geändert“, meinte Rose, die in ihre eigenen Gedanken versunken war.

„Gleichgültig, welche Erinnerungen jede von uns daran hat – keine hätte etwas an der Tatsache ändern können, dass Merrys Gehirn und Lunge geschädigt wurden – obwohl ich alles darum gäbe, wenn ich es gekonnt hätte."

„Nein. Es ist passiert, und wir waren nie mehr dieselben", fügte Jilly hinzu. „Das habe ich gemeint, als ich sagte, dass unsere Kindheit an diesem Tag zu Ende war."

„Nur dass es viel mehr war." Rose rang die Hände. „Wir haben uns nach dem Unfall verändert. Ich weiß nicht – wir sind mit einer Verletzung erwachsen geworden. Was mich angeht – ich bin unschlüssig und ängstlich geworden", setzte sie fast unhörbar hinzu.

„Und ich habe versucht, alles richtig zu machen", gestand Birdie. „Als ob ich damit wieder gutmachen könnte, was geschehen war. Ich habe versucht, die vollkommene Tochter zu sein. Und später die perfekte Ehefrau, Ärztin und Mutter. So habe ich mich selbst unter Druck gesetzt."

„Ich habe gemerkt, wie Mom mich danach immer angeschaut hat", sagte Jilly düster. „Und ich habe mir gedacht, wenn ich schon ein schlimmes Mädchen war, na gut, was soll's? Dann mache ich eben so weiter." Ihre Augen blitzten. „Meine Güte, denen hab ich's gezeigt. Dabei waren sie so stolz auf mich. Besonders Daddy." Sie schaute Birdie an. „Du warst die gute Schwester, und ich war die böse."

„Oh, Jilly", sagte Birdie müde. „Können wir nicht endlich mit unserem ewigen Wettkampf aufhören? Es gibt keine gute und keine böse Schwester. Es gibt nur dich und mich. Und Rose."

Jilly überlegte, ob sie das wirklich meinte. Falls ja, dann war das jetzt hier die Gelegenheit für eine vollkommene Versöhnung. „Und Dennis ..."

Birdies Blick war offen. „Ja“, meinte sie aus tiefstem Herzen. „Und Hannah. Und Anne Marie.“

Jilly fühlte eine Welle der Erleichterung. Sie nickte, dankbar, dass Birdie die Tatsachen akzeptierte und ihr verzieh. Doch ehe sie etwas sagen konnte, klopfte es. Fragend schauten sie sich an.

„Verflixt“, sagte Jilly, während sie zur Tür eilte und ihren Bademantel zusammenraffte. Vor der Tür stand ein Postbote. Er lächelte freundlich. „Ich habe ein Paket für Miss Jillian Season.“

Jilly gab ihm ein Trinkgeld und ging erstaunt zu den anderen zurück. In der Hand hielt sie den Schuhkarton.

„Was hat der denn hier zu suchen?“ wunderte sich Rose.

„Ein Brief liegt dabei.“ Jilly riss den Umschlag auf und überflog das Schreiben. „Es ist von Anne Marie.“

„Was schreibt sie denn?“ Sie setzten sich zu ihr aufs Sofa.

Ich weiß es wirklich sehr zu schätzen, dass du mir die Kassette gegeben hast. Die Erinnerung an dieses Geschenk werde ich für immer in meinem Herzen tragen. Aber der Inhalt ist sehr persönlich und betrifft dich und deine Schwestern. Du hast mir bereits das größte Geschenk gemacht, das ich jemals bekommen konnte: mein eigenes Leben und das Leben meines Kindes.

Jilly faltete den Brief zusammen und steckte ihn in ihre Tasche. Sie würde ihn immer aufbewahren. Sie schlug die Beine übereinander. „Wir wollen es öffnen.“

Roses Augen wurden groß. „Jetzt?“

„Warum nicht? Gibt es eine bessere Zeit?“

„Ja, warum eigentlich nicht?“ fragte Birdie. „Wer weiß, wann wir drei wieder zusammen sein werden?“

Mit gerunzelter Stirn blickte Rose die Kassette an. „Ich denke, wir sollten sie nicht so einfach öffnen. Schließlich ist es ein bedeutungsvoller Akt. Sollten wir nicht irgendetwas Besonderes sagen oder tun?"

„So etwas wie eine Zeremonie?"

„Ja. Eine Art von Ritual."

„Nun gut", meinte Jilly, während ihr viele Ideen durch den Kopf gingen. „Stellen wir noch einen Stuhl an den Tisch – für Merry. Sie ist bei uns. Ich kann sie fühlen. Ich habe schon den ganzen Nachmittag ihre Anwesenheit gespürt."

„Mir geht es genauso", sagte Rose und zog einen Stuhl in ihre Runde. Dann setzte sie sich neben Jilly. „Gut. So fühle ich mich besser. Der Kreis ist komplett. Die vier Seasons sind zusammen."

Jilly reichte Birdie ein kleines Buttermesser, das auf dem Tablett mit dem Teegeschirr lag. „Nehmen Sie mal eine kleine Operation an dem Kästchen vor, Doc."

Birdie sah sich das unzulängliche Instrument an. Sie schob es beiseite und holte ein Schweizer Armeemesser aus ihrer Handtasche. „Allzeit bereit."

„Typisch", neckte Jilly sie.

Birdie hielt ihr Messer hoch. „Für Merry", sagte sie, dann schnitt sie das Klebeband mit derselben Geschicklichkeit durch, mit der sie auch eine Operation ausgeführt hätte. Gespannt beugten sich alle nach vorn, als sie das Band von dem abgenutzten kleinen Schuhkarton wickelte.

Die weiße Schachtel war von Kinderhänden mit fröhlichen bunten Blumen und Meerjungfrauen, einem Mond und einer Sonne bemalt worden.

„Wer soll es öffnen?" fragte Birdic, als sie ihre Aufgabe erledigt hatte.

„Rose", antwortete Jilly mit fester Stimme.

Roses Augen glänzten erwartungsvoll. „Dann wollen wir mal.“ Mit ihren zierlichen Fingern hob sie vorsichtig den Deckel hoch.

Sie hielten den Atem an und beugten sich noch weiter vor, um besser hineinsehen zu können. Ein beigefarbenes Tuch lag zuoberst und bedeckte den Inhalt wie ein Stück Geschenkpapier.

Jilly erkannte es sofort. „Mein Schal!“ rief sie und zog ihn hervor. Es war ein Fensterleder, und als sie es durch ihre Finger gleiten ließ, schweiften ihre Gedanken zurück in die Vergangenheit. Es war ihr wertvollster Schatz gewesen, als sie ein Kind gewesen war. Dieses Tuch war ihr Schal gewesen, in dem sie als Bettlerin ihr Kind an ihre Brust gehalten hatte, während sie im Unteren Königreich lebte. Sie schlang es sich um den Hals und genoss das weiche Gefühl auf ihrer Haut.

Rose beugte sich vor und entdeckte ein verkrumpeltes Diadem aus blaugrünem Glanzpapier mit aufgeklebten Glitzersteinen. Die Spitze war verbogen, aber die Farben leuchteten wie eh und je.

„Meine Meerjungfrauenkrone“, sagte Birdie verblüfft. „Ich habe ganz vergessen, dass ich sie dort hineingelegt habe.“ In ihren Augen lag ein geradezu kindliches Erstaunen, als sie das zerbrechliche Diadem befingerte, das in seine Bestandteile zu zerfallen drohte. „Ich weiß noch, wie ich Mom gesagt habe, dass sie es ganz vorsichtig in die Schachtel legen soll, damit die Steine nicht abfallen.“

Vorsichtig setzte sie sich das verbogene Diadem auf den Kopf. Grün blitzten die Steine zwischen den roten Spitzen ihrer kurz geschnittenen feuchten Haare. „Von all meinen Schätzen habe ich dieses Diadem am meisten geliebt“, sagte Birdie leise und sah ihre Schwestern an. „Das Meerjungfrauen-Spiel war wirklich großartig, findet ihr nicht auch? Das haben wir immer mit Begeisterung gespielt.“

„Stundenlang“, ergänzte Jilly. Vorsichtig berührte sie die gebogene Spitze des Diadems. „Und was ist mit deinem Schatz, Rose?“

Rose griff in den Karton und holte eine kleine bemalte Schachtel hervor, die sie sofort wiedererkannte. Mit äußerster Sorgfalt hatte sie jedes kleinste Muster gezeichnet. Birdie beugte sich näher, als Rose sie öffnete. Heraus kam der größte Schatz, den sie als Siebenjährige besaß – ihre wertvollste Briefmarke. Nach der sie so lange gesucht, für die sie so lange gespart und auf die sie so lange gewartet hatte. Und noch immer war sie fasziniert von dem kleinen Stück Papier.

Während Rose die Briefmarke bewunderte, holte Birdie ein Foto aus der Kassette hervor. „Was ist denn das?“ fragte sie und schaute auf die Rückseite. In der Handschrift ihrer Mutter las sie *Meine Meerjungfrauen und ich*. Als sie es umdrehte, sahen sie einen weiteren Schnappschuss, der sie zu viert neben dem Pool zeigte. Sie trugen ihre Diademe, und ihre Lippen hatten sich zu einem breiten Lächeln verzogen. Diesmal war ihre Mutter jedoch ebenfalls auf dem Bild.

Ann Season hatte sich neben Merry gesetzt. Ihr Haar war von einem leuchtenden Rotblond, und ihre Augen strahlten blau. Mit einem Arm hielt sie schützend ihre Jüngste, und die andere Hand umfasste die Trittleiter am Pool, um nicht das Gleichgewicht zu verlieren. Jilly hatte sich auf einer der oberen Sprossen in Positur gesetzt und einen Arm um die Schulter ihrer Mutter geschlungen. Birdie hing an der anderen Seite der Leiter. Den freien Arm hatte sie ausgestreckt, als wollte sie die ganze Welt umarmen. Rose saß schüchtern auf der obersten Stufe, direkt unter Merry, und strahlte mit kindlicher Unschuld in die Kamera. Die Ähnlichkeit von Mutter und Schwestern war verblüffend – die unterschiedlichen Rottöne ihrer Haare, die helle Haut mit den zarten Sommersprossen, das gewinnende Lächeln. Eine schier unbändige Lebensfreude war in dieser Momentaufnahme festgehalten.

Das Bild erfüllte Birdie mit Trauer. „Das habe ich ja noch nie gesehen. Wer hat das denn da hineingelegt?"

„Ich kenne es auch nicht", sagte Rose. „Das muss Mutter gewesen sein. Sie kommt als Einzige in Frage. Wir haben ihr unsere Schätze gegeben, damit sie sie in das Kästchen legt, und sie hat es auch versiegelt."

Jilly nahm die Fotografie zur Hand und betrachtete sie aufmerksam. Es versetzte ihr einen Stich, als sie sah, wie sie den Arm um ihre Mutter gelegt hatte. Sie waren sich damals so nahe gewesen. Ihre Mutter war ihr großes Vorbild, als sie dreizehn war.

Rose griff erneut in die Schachtel. Sie fand nur noch einige pastellfarbene Briefumschläge. Als Jilly und Birdie sie sahen, schlugen sie sich die Hand vor den Mund und lehnten sich zurück.

„Oh, Gott, die habe ich ja ganz vergessen", sagte Jilly leise.

„Ich glaube, ich habe mir meine Schuldgefühle von der Seele geschrieben und versiegelt."

„Aber du kannst deine Schuldgefühle nicht loswerden, indem du sie irgendwohin steckst", entgegnete Jilly. „Das ist mir klar geworden, als wir mit unserer Suche angefangen haben. Es ist wie mit den Erinnerungen. Sie sind immer da, wie diese Briefe, tief in uns drin. Kommt. Jetzt sind wir schon so weit gegangen. Jetzt können wir sie auch genauso gut öffnen."

„Ich kann mich gar nicht daran erinnern", sagte Rose erstaunt. „An alles andere ja, aber daran nicht. Woher kommen sie?"

„Ich kann mir nicht vorstellen, dass ausgerechnet ihr davon nichts mehr wisst", sagte Birdie. „Es hat doch damit angefangen, als Mutter uns zusammengetrommelt und gesagt hat, dass Merry aus dem Krankenhaus zurückkommt."

An diese Szene erinnerte sich Jilly, als habe sie erst gestern stattgefunden.

Sie hatten nervös nebeneinander auf dem Sofa im Wohnzimmer gesessen. Es war ein sehr ernstes Gespräch gewesen, und keine von ihnen hatte ein Wort zu sagen gewagt ...

„Ich möchte euch erklären, was mit Merry geschehen ist“, sagte Ann Season ihnen in sehr bedrücktem Tonfall. Ihr Gesicht war weiß, ihre Miene angespannt, und ihre Augen waren gerötet. „Merry wird nicht mehr die Alte sein, wenn sie zu uns zurückkommt. Ihre Lunge hat Schaden genommen von dem ganzen Wasser, das sie geschluckt hat. Sie kann jetzt zwar wieder atmen, aber ...“ Die Stimme versagte ihr, während sie ein Taschentuch aus dem Ärmel ihres Kleides zog und sich die Augen trocknete.

Jilly warf Birdie einen verstohlenen Blick zu. Beide fragten sich, ob ihre Mutter die Unterhaltung überstehen würde, ohne in Tränen auszubrechen. Seit dem Unfall hatte sie sehr viel geweint, oft bis spät in die Nacht hinein, und nichts schien sie trösten zu können.

Als sie weitersprach, zeichneten sich ungewohnt harte Linien in ihrem Gesicht ab. „Ihr Gehirn ist auch nicht mehr dasselbe“, sagte sie ein wenig unsicher. „Durch den Sauerstoffmangel wurde es ebenfalls geschädigt. Sie ist immer noch unsere liebe Merry, aber sie wird nicht so erwachsen werden wie ihr. Sie wird immer ein kleines Mädchen bleiben. Könnt ihr das verstehen?“

„Wird ihr Körper denn wachsen?“ wollte Birdie wissen.

„Ja, aber ihr Verstand wird der eines Kindes sein.“

„Merry ist *zurückgeblieben*?“ brach es aus Jilly hervor, als sie plötzlich verstand, was passiert war. Kaum hatte sie das Wort ausgesprochen, zeichnete sich Angst in den Mienen ihrer Schwestern ab. Wie konnte jemand in ihrer Familie zurückgeblieben sein?

Ihre Mutter wurde böse. „Dieses Wort werden wir *niemals* in diesem Hause erwähnen. Niemals! Ist das klar?“

Jilly waren tausend Fragen durch den Kopf geschossen, aber sie hatte gewusst, dass sie ihrer Mutter keine einzige davon würde stellen können. Nie.

Alle drei hatten eingeschüchtert genickt.

„Ich kann mich immer noch nicht erinnern“, sagte Rose mit einem Blick in die Kassette. „Ich muss es vollkommen verdrängt haben.“

„Nachdem Mutter uns gesagt hatte, dass Merry nicht erwachsen werden würde, haben wir geschworen, für Merry erwachsen zu werden“, fuhr Jilly fort. „Das, was sie selbst nicht mehr konnte. Kannst du dir das vorstellen?“

„Das ist wirklich wundervoll“, murmelte Rose mit feucht schimmernden Augen.

„Deshalb hatten wir die Idee mit dem Brief.“

„Es war eigentlich kein Brief“, warf Birdie ein. „Eher ein Versprechen, das jede aufschreiben sollte. Das war meine Idee“, sagte sie mit einem verlegenen Lächeln.

„Gut. Tun wir's.“ Jilly griff nach den Umschlägen. Auf einem stand Birdies Name, den anderen gab sie Rose, den eigenen behielt sie. Der vierte trug die breite Schrift des Füllfederhalters, den ihre Mutter immer benutzt hatte. Er war adressiert an *Die vier Seasons*.

„Meine Güte“, sagte Birdie, während sie ihn musterte. „Mit so etwas habe ich nun wirklich nicht gerechnet.“

„Ein Brief von Mom?“ fragte Rose ungläubig.

„Den schauen wir uns später an“, meinte Jilly ein wenig irritiert und schob ihn auf die andere Seite des Tisches.

Dann öffnete sie ihren eigenen Brief. Sie hatte einen schlichten Satz aufgeschrieben – das Versprechen, von dem Birdie gesprochen hatte. Als sie ihn sah, erinnerte sie sich wieder an die Sorgfalt, mit der sie ihn damals abgefasst hatte. Jilly legte das Blatt auf den Tisch, damit ihre Schwestern es sehen konnten.

Wenn ich groß bin, möchte ich Schauspielerin werden. Das verspreche ich dir, und ich tue es für dich.

„Ja, jetzt fällt es mir wieder ein“, sagte Rose zutiefst bewegt. Schnell öffnete sie ihren Brief und legte ihn auf den Tisch.

Wenn ich groß bin, möchte ich Entdeckerin werden. Das verspreche ich dir, und ich tue es für dich.

Birdie schaute lächelnd auf die beiden Blätter, die nebeneinander auf dem Tisch lagen und bittersüße Erinnerungen in ihr weckten. Sie öffnete ihren Brief und legte ihn daneben.

Wenn ich groß bin, möchte ich Mutter sein. Das verspreche ich dir, und ich tue es für dich.

Jilly warf Birdie einen verblüfften Blick zu. Damit hatte sie nicht gerechnet. „Mutter? Du wolltest Mutter sein? Ich hätte mit Forscherin oder Astronautin oder so etwas gerechnet. Du hattest doch so große Träume.“

„Ich weiß“, antwortete Birdie mit einer Stimme, die von weither zu kommen schien. „Aber das war nun mal mein größter Traum.“ Sie sah sie an, zuckte mit den Schultern und lächelte unsicher. „Na und? Ich wollte immer schon Mutter sein.“

Jilly überlegte, ob sie sich wohl über Birdies Traum lustig gemacht hätte, wenn sie ihn gekannt hätte, oder ob sie sie aufgezogen hätte, weil ihre Wahl so fantasielos war. Vermutlich. Nun, da sie selber Mutter war, hatte sie mehr Verständnis dafür. „Dein Traum hat sich ja wohl erfüllt.“

„Ich hätte ihn beinahe aus den Augen verloren. Aber ich habe Glück gehabt. Dein Traum ist doch auch wahr geworden, Jilly. Du bist Schauspielerin.“

„Findet ihr das nicht auch sehr merkwürdig? Ungefähr zu der Zeit, als ich das aufschrieb, habe ich nämlich mit der Schauspielerei angefangen."

„Ich hatte ganz vergessen, dass ich Entdeckerin werden wollte", sagte Rose leise. „Ausgerechnet ich. Die nicht einmal aus ihrem Elternhaus ausgezogen ist." Sie wandte den Blick ab. „Mein Traum hat sich jedenfalls nicht erfüllt."

„Natürlich", entgegnete Birdie. „Du entdeckst die Welt im Internet. Du sammelst Briefmarken aus aller Herren Länder. Du hast das Herz einer Entdeckerin, Rose."

„Unbedingt", stimmte Jilly zu. „Und morgen erlebst du dein größtes Abenteuer."

„DannyBoy", wisperte Rose.

„Wir werden dich bei jedem Schritt begleiten", versicherte Birdie ihr.

„Kopf hoch, Rose", sagte Jilly, als sie sah, wie sie die schmalen Schultern hängen ließ. „Du gehst voran! Gemeinsam haben wir eine weite Reise zurückgelegt. Das hast du doch selbst gesagt. Wir können nicht wieder zurück. Wir sind endlich zu Hause angekommen, und wie der gute alte Odysseus müssen wir jetzt unsere Gegner bekämpfen. Spann den Bogen und schieße deine Furcht und Unentschlossenheit weit weg."

„Ich bin gar nicht so mutig."

„Und ob!" sagte Birdie mit Nachdruck, während sie nach dem Brief griff, auf den Rose mit kindlicher Handschrift ihren Schwur geschrieben hatte. Sie hielt ihn ihr hin.

Ich möchte Entdeckerin werden. Das verspreche ich dir, und ich tue es für dich.

„Da habe ich mich wohl in meinem eigenen Netz gefangen", meinte sie und musste über sich selbst lachen. Sie hatte es Merry versprochen. Und sie spürte, wie der Entschluss, sie nicht ein zweites Mal im Stich zu lassen, übermächtig in ihr wurde. Sie beugte sich über den Tisch und griff nach den anderen beiden Briefen aus hellblauem Papier. Den einen reichte sie Jilly, den anderen Birdie, und dann schaute sie beide herausfordernd an.

„Wenn ich es kann, dann könnt ihr es auch. Vor dreißig Jahren haben wir Merry unsere Zukunft versprochen. Lasst uns unser Versprechen erneuern und sofort in die Tat umsetzen."

Mit ausgestreckten Armen stellten sie sich im Kreis auf, sodass sich die Briefe in ihrer Mitte trafen. „Für Merry!"

Und dann redeten sie stundenlang miteinander, bis Rose der Kopf vor Müdigkeit auf die Brust sank. Aber allen war klar, dass sie noch nicht einmal einen Bruchteil von dem besprochen hatten, was ihnen jahrelang auf der Seele lag. Dass Merry um ein Haar ertrunken wäre, hatten sie eigentlich nur angeschnitten. Jede musste dieses traumatische Erlebnis für sich erst noch bewältigen, und dafür hatten sie noch keine Zeit gehabt. Sie würden viel mehr davon brauchen, um all die Gespräche führen zu können, die notwendig waren. Dafür waren sie heute Abend allerdings viel zu erschöpft.

„Ich muss ins Bett", sagte Rose und reckte sich. „Sonst schlafe ich hier auf der Couch ein. Und ich habe morgen viel vor."

„Ich auch. Hannah fragt sich wahrscheinlich schon, wo ich bleibe."

„Okay, machen wir Schluss für heute." Jilly gähnte ausgiebig und erhob sich umständlich vom Sofa, um ihre Schwestern zur Tür zu geleiten. „Wir sehen uns morgen früh. Wann triffst du dich mit Danny?"

„Um halb zehn."

„Gut“, sagte sie und gähnte erneut. „Bis dahin bin ich fertig. Ich bin total erschossen. Das war aber auch wirklich ein anstrengender Tag. Gute Nacht, liebe Schwestern.“

Sie beugte sich zu ihnen und küsste sie auf die Wangen. In den letzten Stunden war ihr klar geworden, dass es keine Probleme oder Sorgen mehr geben würde, die sie auseinander bringen könnten. Sie waren eine Familie. In ihren Adern floss das gleiche Blut. Das spürte sie, als sie ihre beiden Schwestern zum Abschied berührte.

„Geh schon vor, Rose“, sagte Birdie. „Ich muss Jilly noch etwas fragen.“ Sie wartete, bis Rose die Tür hinter sich geschlossen hatte, dann drehte sie sich wieder zu Jilly. Ihr Gesichtsausdruck war nachdenklich. Sie lehnte sich gegen die Tür und starrte auf ihre Füße.

Jilly hatte mit diesem Moment gerechnet und war froh, dass er nun gekommen war. Als Birdie wieder aufschaute, bemerkte sie eine Verletzbarkeit in ihrem Gesicht, die sie zuvor nie gesehen hatte.

„Es tut mir Leid, Jilly. Ich habe mich gestern scheußlich dir gegenüber benommen.“

Jilly öffnete erstaunt den Mund. Das war mehr, als sie zu hören erwartet hatte. „Du hast dich nicht scheußlich benommen. Du warst schockiert. Du musstest dich abreagieren.“

„Ich habe überreagiert. Das passiert mir manchmal.“ Sie schaute zur Decke und schloss die Augen. „Jilly, ich war so wütend auf dich. Und auf Dennis. Vor lauter Zorn wusste ich nicht mehr, was ich tat. Und was mir am meisten zu schaffen macht, ist die Tatsache, dass ich so unbeherrscht war. Ich war rasend vor Zorn. Nachdem ich dich verlassen hatte, habe ich Dennis angerufen und ihm gesagt, dass es aus ist zwischen uns. Ich wollte ihn genauso bestrafen, wie ich dich bestrafen wollte.“

„Aber Birdie, das hast du doch nicht etwa getan!“

„Lass mich ausreden. Ich habe versucht, ihn anzurufen, aber er ist nicht ans Telefon gegangen." Sie schüttelte den Kopf. „Gott sei Dank für diese gnädigen Zufälle. Wenn ich daran denke, dass ich mit ein paar Worten alles hätte ruinieren können! Aber die Wut kochte immer noch in mir, und heute Morgen wollte ich dir und der ganzen Welt beweisen, dass ich mich immer noch unter Kontrolle hatte. Ich wollte meine Pflicht erfüllen – nur um dir zu beweisen, dass ich es konnte –, dann ins Auto steigen und dich nie wiedersehen. Und ich wollte verdammt sein, wenn ich diesem Kind von dir und Dennis auch nur einen Cent von Merrys Geld gegeben hätte." Sie holte tief Luft und fuhr sich mit der Hand durch die Haare, während sie Klarheit in ihre Gedanken zu bringen versuchte.

„Und dann ist Lauren in den Pool gefallen." Sie lachte verwundert auf und schüttelte ungläubig den Kopf. „Es war wie ein Déjà-vu-Erlebnis. Auf einmal war ich wieder elf Jahre alt und hatte noch einmal die Gelegenheit, Merry zu retten. Ich hielt ein Kind in meinen Armen, aber diesmal wusste ich genau, was zu tun war. Ich hatte das Gefühl, mich ein ganzes Leben lang auf diesen einen Moment vorbereitet zu haben. Es war wie in einem Rausch. Ein wahnsinnig belebendes Gefühl." Sie schaute Jilly an, und ihr Gesichtsausdruck wechselte von Triumph zu Nachdenklichkeit.

„Aber als ich ihr Gesicht sah, wurde mir plötzlich klar, dass es nicht Merry war. Es war Lauren. Die kleine Lauren mit ihrem eigenen Gesicht, ihrem eigenen Verstand und ihrer eigenen Seele – und ein Mitglied unserer Familie. Ich fühlte mich ihr plötzlich ganz eng verbunden. Ganz intuitiv. Ich wusste nur, dass ich sie liebte und dass ich sie retten musste. Du hattest Recht gehabt, Jilly. Die Wut in mir, die hatte nichts mit dem Kind zu tun. Die ist in mir drin, und sie zerstört so viele von meinen Beziehungen. Sie lässt mir kaum Platz für Mitgefühl." Sie wischte sich eine Träne aus dem Gesicht.

„So kann man nicht leben. Vielleicht brauche ich Hilfe. Ich weiß es nicht. Aber ich habe gespürt, wie diese ganzen düsteren verdrängten Erinnerungen heute auf einmal an die Oberfläche kamen. Die Vergangenheit kann ich nicht ändern. Ich kann die Schmerzen nicht ungeschehen machen. Aber ich kann wenigstens versuchen, sie zu lindern, indem ich versuche, die Tatsachen zu akzeptieren."

Jilly schlang die Arme um ihre Schwester.

Birdie hielt sie fest umklammert. Rasch sprach sie weiter. „Ich will dich nicht verlieren, Jilly. Nicht noch einmal. Das würde ich nicht aushalten. Du bist meine Schwester, und ich liebe dich, und es ist mir egal, dass es ein paar Probleme gibt, mit denen ich fertig werden muss. Aber ich werde damit fertig. Nur – ich will auf keinen Fall wieder verlieren, was wir gerade gefunden haben."

„Das werden wir auch nicht", sagte Jilly und hielt sie fest in den Armen. „Wir lieben uns, und das wird uns über alles hinweghelfen."

„Dennis liebe ich auch", sagte Birdie, während sie sich aus der Umarmung löste und mit der Hand übers Gesicht fuhr. „Ehrlich gesagt fällt es mir sehr schwer, mich damit abzufinden, dass du mit Dennis ein Kind hast. Ich werde Zeit brauchen, mich an den Gedanken zu gewöhnen."

„Natürlich brauchst du die. Alles wird viel Zeit kosten. Monate, vielleicht sogar Jahre. Wir alle werden Zeit brauchen. Und Dennis weiß es ja noch nicht einmal."

„Das ist auch so eine Sache. Ich möchte es ihm sagen."

„Selbstverständlich. Was immer du tun willst."

Sie nickte entschlossen. „Aber ich möchte nicht, dass die Familie es schon erfährt. Nicht einmal Rose."

„Noch mehr Geheimnisse, Birdie? Hältst du das für eine gute Idee?"

„Es gibt einen Unterschied zwischen Geheimnissen und der Privatsphäre, Jilly. Das betrifft schließlich unser Leben, meines und das von Dennis. Es betrifft unsere Ehe. Und es betrifft Hannah. Wir müssen abwarten, bis die Zeit gekommen ist, es ihr zu sagen."

„Was sage ich Anne Marie, wenn sie wissen will, wer ihr Vater ist?"

Birdie lächelte müde und zuckte mit den Schultern. „Ich weiß es nicht. Das müssen du und Dennis und ich später entscheiden. Einverstanden?"

Jilly nickte zustimmend. „Gut. Ich glaube, für ein Wochenende haben wir wirklich genug Probleme durchdiskutiert." Sie musterte ihre Schwester besorgt. Sie sah so bleich und zerbrechlich aus. Ganz untypisch für Birdie. „Geht es dir wirklich gut?"

„In Anbetracht der Umstände."

Jilly kicherte. „Ich bin hundemüde. Möchtest du heute Nacht hier schlafen?"

Birdie schüttelte den Kopf. „Nein. Hannah würde sich Sorgen machen. Ich gehe jetzt besser. Gute Nacht."

Jilly öffnete die Tür. Sie hätte ihre Schwester gern überredet, bei ihr zu bleiben, denn sie wollte nicht, dass sie schon ging. Es gab noch so viel zu besprechen.

„Gute Nacht, Birdie. Und träum bloß nicht von Wanzen."

Birdies Mund verzog sich zu einem schiefen Lächeln, und in diesem Moment sah Jilly in ihr wieder die pummelige Elfjährige, in deren Augen der Schalk blitzte. „Die dir auf der Nase tanzen."

Lächelnd schloss Jilly die Tür.

Als Jilly die Tassen, Klebenbandschnipsel und Servietten vom Couchtisch räumte, sah sie ihn. Der Brief ihrer Mutter lag immer noch da, wo sie ihn hingeschoben hatte – neben der Tischlampe und halb verdeckt von einer achtlos zur Seite geworfenen Serviette. In der Aufregung hatten sie ihn ganz vergessen.

Jilly hielt inne, stellte die Tassen ab und zog den Brief zu sich herüber. Die sorgfältige Handschrift, so unverwechselbar, versetzte ihr einen Stich. Sie wog den Brief in der Hand, während sie überlegte, ob sie ihre Schwestern zurückrufen sollte, damit sie ihn gemeinsam öffnen konnten. Sie ging zum Telefon, dann blieb sie stehen. Es war schon zu spät, und sie waren viel zu müde, um noch mehr dramatische Ereignisse in dieser Nacht zu ertragen. Sie konnten bis zum nächsten Morgen warten.

Aber sie konnte es nicht. Sie werden mir verzeihen, dachte sie, während sie ihren Finger unter die Falz schob. Der brüchige Klebstoff gab rasch nach. Während sie den cremefarbenen Bogen herauszog, vermochte sie sich beim besten Willen nicht vorzustellen, was ihre Mutter ihnen vor dreißig Jahren hatte schreiben können. Bitte, lieber Gott, mach, dass es keine Vorwürfe sind, flehte sie stumm, während sie den Bogen auseinander faltete.

An meine Töchter Meredith, Rose, Beatrice und Jillian.

Es tut mir Leid.

Ich hätte da sein müssen. Ich hätte meine Kinder niemals allein lassen dürfen, um auf Kinder aufzupassen. Ich hoffe, dass ihr mir verzeihen könnt, wenn ihr, meine Lieblinge, das lest. Ich bezweifle, dass ich mir selbst jemals werde verzeihen können.

Ich liebe Euch,

Mutter

Als Jilly ein paar Stunden später im Bett lag, las sie erneut den Brief ihrer Mutter, obwohl sie ihn nur noch verschwommen wahrnahm.

„Ach Mutter, es gibt nichts zu verzeihen!“ rief sie gequält und frustriert. Bis vielleicht auf das Schweigen. So vieles zwischen ihnen war unausgesprochen geblieben. Warum hatte ihre Mutter ihr nicht gesagt, dass sie von solchen Schuldgefühlen gepeinigt wurde? Oder ihr wenigstens versichert, dass sie ihr keinen Vorwurf wegen Merrys Unfall machte? Was nützte es schon, es auf ein Stück Papier zu schreiben, den Umschlag zuzukleben und ihn in einer Schachtel zu verstecken? Es hatte nichts, überhaupt nichts gebracht. Es hatte nur das Leid aller Beteiligten ins Unermessliche gesteigert.

Sie konnte sich gut vorstellen, welche Schuldgefühle ihre Mutter gehabt haben musste. Kein Wunder, dass sie so viel getrunken hatte. Das war für sie die einzige Möglichkeit zur Flucht. Arme Mutter, dachte sie, während sie den Brief an ihr Herz drückte. Sie trauerte den verlorenen Jahren nach. So viel Zeit hatten sie mit Quälereien und Missverständnissen verschwendet. Sie vermisste ihre Mutter so sehr, wünschte sie sich zurück, um ihr all die Dinge sagen zu können, die sie ihr zu Lebzeiten hätte sagen müssen. Vielleicht wäre ihrer beider Leben dann ganz anders verlaufen.

Jilly weinte in der Dunkelheit um das, was hätte sein können und was war. Als das Schluchzen schließlich verebbte, wischte sie sich ruhig über die Augen. Inzwischen hatte sie sich ja daran gewöhnt, ihren Tränen freien Lauf zu lassen. Sie strich den zerknitterten Bogen glatt, schloss die Augen, führte den Brief an die Lippen und stellte sich vor, dass sie ihrer Mutter einen Gute-Nacht-Kuss gab.

„Ich sag dir was, Mom“, flüsterte sie, während sie den Brief sorgfältig zusammenfaltete und ihn unter ihr Kopfkissen steckte. „Wir treffen eine Vereinbarung. Nur du und ich.“ Sie lächelte, denn tief in ihrem Herzen spürte sie, dass ihre Mutter zuhörte. „Ich vergebe dir alle deine Geheimnisse – und du vergibst mir meine.“

26. KAPITEL

Als die Season-Schwestern am nächsten Morgen aufwachten, wussten sie, dass sich ihr Leben verändert hatte. Zwar mussten sie sich wieder mit Dingen wie Kofferpacken beschäftigen und Hotelrechnungen bezahlen. Aber diese alltäglichen Verrichtungen unterstrich erst recht die Bedeutsamkeit der Tatsache, dass sie ihr Ziel endlich erreicht hatten.

Die Suche war vorüber. Sie hatten Anne Marie gefunden und Merrys letzten Wunsch erfüllt. Auf diese Weise hatten sie in der Tat Trauerarbeit für Merry geleistet und einen Schlussstrich unter die Vergangenheit gezogen.

Jilly blieb noch ein paar Minuten im Bett liegen und starrte an die Decke, während sie über all das, was geschehen war, nachdachte und sich fragte, welche Richtung ihr Leben nun nehmen würde. Viele Jahre war sie unterwegs gewesen, bis sie den Anbruch dieses besonderen Tages erleben konnte: Ihre Zukunft hatte soeben begonnen.

Wenn ich groß bin, möchte ich Schauspielerin werden. Ich verspreche dir, das tue ich für dich.

Dies war die Zukunft, die sie Merry versprochen hatte, als sie ein Kind war. Ihre Schwestern glaubten, sie habe ihren Traum verwirklicht. Leider. Sie dachte an das siebzehnjährige Mädchen, das Wisconsin verlassen und sich geschworen hatte, zu überleben. Sie hatte sich in ihrer Fantasie neu erfunden mit allem, was dazugehörte: Kleider, Schmuck, Accessoires. Nichts davon hatte mit der echten Jilly zu tun gehabt. Ihr Leben war eine große Lüge gewesen.

Dennoch war etwas Wahres aus all den Täuschungen hervorgegangen. Sie hatte eine Tochter bekommen, die ebenfalls eine Tochter bekommen hatte. Der Kreis hatte sich geschlossen, und das war eine *Realität.*

Das Geheimnis des Überlebens bestand darin, die Welt mit den Augen und dem Herzen eines Kindes zu sehen. Es war die Lektion gewesen, die Merry ihre Schwestern gelehrt hatte. Das Leben zu schätzen und, mehr noch, zu lieben. Einfach so, ohne Bedingungen und mit freudiger Hingabe. Zu lieben, ohne eine Gegenleistung zu verlangen oder zu erwarten.

Jilly entschied sich, an diesem zukunftsträchtigen Morgen Merry noch einmal ein Versprechen auf die Zukunft zu geben. Sie hatte neue Wahrheiten in ihrem Leben entdeckt, keine Täuschungen. Rose hatte ihr gesagt: „Wenn ich mutig handle, dann bin ich auch mutig." War das nicht die schlichteste Form zu handeln? Sich auf seine inneren Stärken zu verlassen, selbst wenn man ängstlich oder unsicher war? Zu seinen eigenen Überzeugungen zu stehen? Sie nahm sich vor, auf diesem Gebiet ihr Bestmögliches zu geben.

Mit kräftigen Bewegungen schwamm Birdie durch das kalte Wasser des Pools. Sie hatte jetzt schon seit mehr als einer halben Stunde ihre Bahnen gezogen und das Becken immer wieder durchquert. Allmählich begannen ihre untrainierten Arme zu zittern, und sie musste sich überwinden, weiterzumachen, aber sie wollte nicht aufhören. Oder sie konnte es nicht.

Sie hatte eine unruhige Nacht verbracht und war früh aufgewacht. Sie hatte wieder geträumt, in einem Pool zu sein und unaufhörlich zu schwimmen. Dabei war sie vollkommen außer Atem gewesen. Hinter ihr lauerten all die Fehler, die sie die ganzen Jahre über gemacht hatte, und wenn sie es jetzt noch bis zur anderen Seite schaffte, dann könnte sie hinausklettern und tief durchatmen, und sie wäre sicher. Aber die Gefahr war ihr unmittelbar auf den Fersen – wie ein Hai, der nach ihren Beinen schnappte. Mit diesen Albträumen zwischen Wachen und Schlafen wälzte sie sich die ganze Nacht herum und ruderte heftig mit den Armen. Als sie aufwachte, hatten sich die Betttücher wie riesige Schlingpflanzen um ihren Körper gewickelt, und sie hatte das Gefühl, zu ertrinken und keine Luft mehr zu bekommen.

Als sie aus dem Bett stieg, spürte sie ein brennendes Verlangen in sich. Sie zog sich rasch an, ging hinunter zu den Boutiquen in der Hotelhalle und fand einen Laden, der gerade öffnete. Sie nahm einen Badeanzug in ihrer Größe vom Ständer, bezahlte ihn und ging mit entschlossenen Schritten zum Pool. Seit zwanzig Jahren, seit dem Tod ihres Vaters, war sie nicht mehr geschwommen. Nachdem er gestorben war, hatte sie keinen Sinn mehr darin gesehen. Sie war ja nur für ihn geschwommen, wollte nur für ihn im Wasser Triumphe feiern.

Doch dieses Mal schwamm sie für sich selbst. Kräftig und gleichmäßig bewegte sie Arme und Beine und schenkte dem Schmerz, der sich in ihren Schultern breit machte, keine Beachtung. Bildete sie es sich ein, oder war es wirklich so, dass mit jedem Zug der Druck in ihrem Körper ein wenig nachließ und ein wenig von dem Gift in ihren Gedanken in das dunkle Wasser floss? Während sie Bahn um Bahn zurücklegte, zwang sie sich dazu, weiterzumachen und ihr Ziel zu erreichen. Sie musste auf die andere Seite gelangen und dann wieder zurück. Wasser schlug ihr ins Gesicht, sie schluckte, hustete. Sie hatte angefangen zu weinen, aber sie pflügte unbeirrt weiter durch das kalte, gleichgültige Nass.

„Birdie!“

Ihr Kopf fuhr herum, und sie kam aus dem Takt. Hatte sie es nur geträumt, oder hatte da wirklich jemand ihren Namen gerufen?

„Birdie!“

Sie drehte sich um und sah Dennis. *Dennis!* Eine Welle der Freude schoss durch ihren Körper, und mit neuer Energie schwamm sie zu ihm hinüber. Jetzt hatte sie ein Ziel. Dennis. Ihre Arme waren bleischwer, und all ihre Muskeln taten höllisch weh. Aber sie wusste: Wenn sie ihn erreichen konnte, dann war sie in Sicherheit. Ihr Albtraum wäre zu Ende.

Er streckte die Arme nach ihr aus und zog sie aus dem Wasser. Er wickelte ein Handtuch um sie, nahm sie in die Arme und drückte sie fest an sich. Ihre Beine zitterten, ihr ganzer Körper bebte, aber sie klammerte sich an ihm fest. Als er sie in seinen Armen hielt, wollte sie sich nicht länger beherrschen und schluchzte hemmungslos. Sie wusste, dass er stark genug war, bei dieser gigantischen Welle von Gefühlen nicht den Boden unter den Füßen zu verlieren.

„Du bist hier“, sagte sie schließlich mit versagender Stimme.

„Ich bin schon letzte Nacht gekommen. Ich musste hier sein. Da ich nicht wusste, in welchem Hotel du wohnst, habe ich im dritten, wo ich nach dir gefragt habe, ein Zimmer genommen. Heute Morgen wollte ich weiter nach dir suchen.“

„Dennis.“ Sie trat einen Schritt zurück, um ihm in die Augen schauen zu können. „Anne Marie ... ist dein Kind.“

Der Schock stand ihm ins Gesicht geschrieben. Lange Zeit schaute er auf einen Punkt irgendwo auf der anderen Seite des Pools. Dann sah er sie argwöhnisch an. „Woher weißt du das?“

„Jilly hat es mir gesagt.“ Als sie spürte, wie sich seine Finger um ihren Arm krallten, setzte sie hastig hinzu: „Sie wusste, dass ich es ohnehin herausfinden würde. Anne Marie hat ein Grübchen am Kinn – genau wie du.“

Dennis blickte sie durchdringend an, während er diese Neuigkeit verarbeitete. „Ist das sehr schlimm für dich?"

Sie zuckte mit den Schultern. „Es war nicht einfach. Aber ich denke, ich komme damit klar."

„Und Hannah?" Sein Blick wurde düster.

„Sie weiß es noch nicht. Jilly ist einverstanden, wenn wir sie informieren."

„Gut", sagte er erleichtert. Nach einer Weile des Schweigens lachte er kurz auf und schüttelte den Kopf. „Das sind eine Menge Neuigkeiten für einen Vormittag. Ich habe mir schon seit langem darüber Sorgen gemacht und mich gefragt, wie du wohl reagieren würdest, wenn es sich herausstellen sollte, dass sie mein Kind ist. Als du mir am Telefon mitgeteilt hast, dass du Jilly begleitest, um Anne Marie kennen zu lernen, war mir klar, dass ich kommen musste. Zu Hause rumzusitzen und mir vorzustellen, was hier abgeht – das konnte ich nicht. Und jetzt weiß ich nicht, was ich sagen soll."

„Wir müssen gemeinsam damit fertig werden."

Als ihm die Bedeutung ihrer Worte klar wurden, wirkte er erleichtert. „Schön, dass du das sagst, Birdie. Ich möchte es auch." Seine dunklen Augen musterten sie forschend, und mit bewegter Stimme fügte er hinzu: „Aber erst müssen wir über uns reden. Und es geht *nicht* um unsere Vergangenheit. Unsere Probleme liegen in der Gegenwart. Deine und meine."

Mit einem Nicken gab sie ihm zu verstehen, dass sie bereit war, darüber zu reden – mehr als nur bereit. Sie wollte es unbedingt. Sie setzten sich an einen weißen Gartentisch neben dem Pool. Sie wickelte sich das große Handtuch um die Schultern, schaute in Dennis' braune Augen und erschauerte. Er lächelte, als er ihr kurz geschnittenes Haar bemerkte.

Und sie begannen zu reden, langsam und unbeholfen zunächst, doch dann kamen sie sich immer näher und entdeckten wieder ihre Gefühle füreinander. Sie redeten und hörten einander zu, ihre Blicke trafen sich, und ihre Aufmerksamkeit konzentrierte sich ganz auf den anderen. Als Dennis ihre Hand nahm, spürte Birdie ein Gefühl der Wärme und wusste, dass alles wieder in Ordnung kommen würde.

Wenn ich groß bin, möchte ich Entdeckerin werden. Ich verspreche dir, das tue ich für dich.

Roses Blicke wanderten über das kleine Stück Papier, dann holte sie tief Luft und steckte es zurück in ihre Manteltasche. „Mein Gott, Merry“, flüsterte sie. „Bleib jetzt bloß bei mir.“

Sie und Jilly waren auf den Parkplatz des Einkaufszentrums eingebogen und suchten einen freien Platz vor dem Eingang an der Westseite, wo Danny sich mit Rose treffen wollte. Die meisten Läden hatten noch nicht geöffnet. Danny hatte gemeint, ohne Menschenmengen würde es ihnen leichter fallen, einander zu erkennen. Sie schaute aus dem Wagenfenster, während Jilly in eine Parklücke fuhr. Nur wenige Platzplätze waren besetzt, und niemand wartete am Eingang.

„Wie fühlst du dich?“ fragte Jilly.

„Als ob ich mich übergeben müsste.“ Als sie Jillys besorgte Miene sah, setzte sie hinzu: „Aber nicht wirklich.“ Sie war zu aufgeregt gewesen, um etwas zu essen, und wie ein Mantra murmelte sie seit Stunden vor sich her: „Ich bin mutig, ich bin mutig.“

Das war aber auch ein Morgen, überlegte sie, während sie sich gegen die Autotür lehnte. Jilly und Hannah hatten sie lange überreden müssen, bis sie einen Hauch von Rouge und ein wenig Mascara auflegte. Dann hatte Birdie ihnen einen Schock versetzt, als sie

Hand in Hand mit Dennis ins Zimmer kam und sie fragte, ob sie Hannah nach Hause bringen könnten. Birdie wollte nämlich mit Dennis auf dem Motorrad zurückfahren.

„Siehst du ihn?" fragte Jilly, während sie den Motor ausstellte.

„Ich sehe überhaupt niemanden", antwortete Rose, die ängstlich aus dem Fenster schaute. „Oh, Gott, ist es auch so ein Gefühl, wenn man vor dem Altar steht?"

„Wir sind doch gerade erst angekommen, und es ist noch nicht einmal halb zehn. Jetzt hol erst mal tief Luft, Schätzchen."

Rose nahm sie beim Wort und begann, tief und langsam durchzuatmen.

„Entspann dich, Rose. Es ist ja schließlich nicht wie bei einem Blind Date. Immerhin kennst du ihn bereits."

„Das macht es nur noch schlimmer. Ich weiß jetzt schon, dass ich ihn mag. Aber wird er mich auch mögen? Bin ich hübsch genug für ihn?"

Jilly sah Rose direkt ins Gesicht. Ihre Miene war jetzt sehr ernst. „Du bist wunderschön. Du besitzt eine stille, ja geradezu königliche Schönheit. Die Art, die Männer zum Heiraten bewegt und andere Frauen bewundern. Ich habe mich übrigens schon immer gefragt, warum Daddy dir eigentlich keinen Spitznamen gegeben hat."

„Ich weiß es", sagte Rose und errötete leicht. „Weil ich so schüchtern und langweilig bin."

„Nein", meinte Jilly, ohne den Blick von ihr abzuwenden. „Er hat gut daran getan, dir keinen zu geben. Du bist von einer seltenen Reinheit, die ihresgleichen sucht. Wie eine Rose eben. Es wäre zuviel des Guten gewesen, wenn er versucht hätte, das noch mit einem Spitznamen zu übertreffen." Jilly legte die Finger unter das Kinn ihrer Schwester und schaute ihr tief in die Augen. „Wenn dieser Kerl nicht sieht, wie schön du bist, dann schick ihn zum Teufel. Du verdienst nur das Beste."

„Ich habe mir immer vorgestellt, dass es da draußen jemand ganz Besonderen für mich gibt. Ich hoffe und bete, dass es Danny ist." Roses Augen wurden groß. Sie umklammerte Jillys Hand und deutete mit dem Zeigefinger zum Eingang. „Da ist jemand."

Jillys Kopf fuhr herum. Gerade trat ein Mann aus dem Einkaufszentrum heraus.

„Das ist er", sagte Rose atemlos. Sie fuhr sich mit der Hand durchs Haar und ordnete die Locken, die ihr wie ein schimmernder Wasserfall über die Schultern fielen.

„Woher willst du das wissen? Von hier aus kannst du ihn doch gar nicht erkennen!"

„Ich weiß es eben."

Der Mann, der dort hinten stand, war von mittlerer Größe und schlank. Sein braunes Haar war kurz geschnitten. Er trug eine khakifarbene Hose und eine hellbraune Jacke. Sie beobachteten, wie er den Parkplatz mit seinen Blicken absuchte. Rose fühlte sich unwiderstehlich zu ihm hingezogen. Sie löste ihren Gurt und legte die Hand auf den Türgriff. Auch Jilly hatte sich abgeschnallt.

Rose berührte Jillys Hand mit den Fingerspitzen. „Fahr ruhig wieder. Ich brauche dich jetzt nicht mehr."

„Aber wenn ..."

„Wirklich. Ich möchte nicht, dass du hier bleibst. Ich liebe dich, aber bitte versuche, mich zu verstehen. Das ist etwas, das ich alleine tun muss."

„Bist du sicher? Du kennst ihn doch gar nicht. Ich bleibe noch ein paar Minuten hier stehen, nur für den Fall, dass du deine Meinung änderst. Sagen wir fünf Minuten?"

„Aber er ist doch kein Fremder. Es ist Danny. Und abgesehen davon ...", setzte sie grinsend hinzu, „was kann schon in einem Café mitten in einem Einkaufszentrum bei Kaffee und Kuchen passieren? Fahr jetzt. Ich ruf dich auf dem Handy an, falls ich dich brauchen sollte."

„Ruf mich in genau einer Stunde an und sag mir, wo ich dich abholen soll. Oder auch früher, wenn es nicht klappt."

„Mache dir keine Sorgen." Rose lächelte. „Trotzdem vielen Dank."

Jilly beugte sich zu ihr hinüber und küsste sie auf die Wange. „Viel Spaß." Sie lehnte sich in ihren Sitz zurück und fügte hinzu: „Aber nicht zu viel Spaß."

Rose trat in die frische Morgenluft und warf die Tür mit einer selbstbewussten Geste zu. Als er das Geräusch hörte, schaute Danny in ihre Richtung. Er sah sie an, ohne sich zu bewegen. Sie hob die Hand und winkte ihm kurz zu. Als er zurückwinkte, sah Rose, dass er eine rote Rose in der Hand hielt.

Langsam ging sie auf ihn zu, und im gleichen Tempo kam er ihr entgegen. Mit jedem Schritt nahm sie mehr von ihm wahr. Er sah aus wie ein Junge vom Land. Sein Körper war schlank und drahtig, sein Gesicht gebräunt, und sein Haar eher hell- als dunkelbraun. Der Kragen seines hellblauen Hemdes stand offen. Als sie weiterging, sah sie nur noch seine Augen. Sie waren ebenso hellblau wie sein Hemd und strahlten sie an.

Er schaute sie genauso forschend an, und sie wich seinem Blick nicht aus. In seinen Augen sah sie viele Fragen, aber auch Bewunderung und Freundlichkeit, die ihr sofort vertraut waren. Es war DannyBoy. Sie hätte ihn unter Millionen erkannt.

Während sie näher kam, dachte sie an das, was die Leute immer sagten, wenn sie vom Sterben redeten: Wer in den Himmel kommt, schreitet ins Licht hinein.

Einen Punkt musste Jilly noch abhaken, ehe ihre Suche endgültig beendet war. Sie verließ Green Bay in Richtung De Pere, um Anne Marie noch einmal zu besuchen, ehe sie die Stadt verließ. Der Weg war leicht zu finden, denn er war gut ausgeschildert. Kurze Zeit später parkte sie vor einem kleinen gelben Bungalow; hellblaue Läden hingen an den Fenstern. Obwohl die Häuser in dieser Straße alle ähnlich aussahen, hätte Jilly dieses Haus sofort als das von Anne Marie erkannt. Es war umgeben von einem weißen Lattenzaun, und vor den Fenstern standen Blumenkästen, die vor kurzem neu bepflanzt worden waren. Die Tür schmückte ein Kranz mit getrockneten Blumen.

Anne Marie öffnete die Tür, und Jilly sah erleichtert, dass ihre Wangen wieder rosig waren. Lauren versteckte sich nicht hinter ihrer Mutter, wie sie es bei ihrem ersten Treffen getan hatte. Sie stürzte in Jillys geöffnete Arme und gab ihr einen Kuss. Kyle war auf der Arbeit und Susan in ihrem eigenen Haus. Deshalb war die Stimmung dieses Mal entspannter.

Jilly verbrachte eine angenehme Stunde. Sie tranken Kaffee und schauten Fotoalben mit Schnappschüssen von Anne Marie und Lauren an. Die Zeit reichte aus, um das Band, das sie zwischen sich gespannt hatten, fester zu verknoten. Es war noch zu früh, von einer wirklichen Beziehung zu sprechen. Das würde noch eine Weile dauern, sie würden sich ernsthaft darum bemühen und aufrichtig miteinander umgehen müssen. Aber es war zumindest ein Anfang.

Als Jilly ihre Tasche nahm, weil es Zeit war zu gehen, seufzte sie insgeheim erleichtert auf. Anne Marie hatte nicht nach ihrem Vater gefragt. Eines Tages würde sie es bestimmt tun, und dann würde Jilly zusammen mit Birdie und Dennis den nächsten Schritt gemeinsam machen, um die Beziehung weiter zu festigen. Sie mussten sehr umsichtig und behutsam vorgehen.

„Rufst du mich an, wenn das Baby da ist?“ fragte sie, ehe sie ging.

„Natürlich. Schließlich bist du ja die Großmutter.“

Jilly lächelte. Anne Marie meinte es ernst. Sie sah die Aufrichtigkeit in den Augen ihrer Tochter.

An der Tür umarmte Jilly sie noch einmal, dann griff sie in ihre Handtasche und zog einen länglichen weißen Briefumschlag heraus. „Meine Schwestern und ich haben beschlossen, dass du das hier bekommen sollst“, sagte sie, während sie Anne Marie den Umschlag in die Hand drückte.

„Was ist das?“

„Eine Erbschaft, die für dich bestimmt ist. Öffne ihn, wenn ich gegangen bin. Du kannst dir nicht vorstellen, wie wertvoll die Kassette für uns war, und wir sind dir so dankbar, dass du sie uns zurückgegeben hast. Du sollst wissen, dass du auch eine Season bist. Vergiss das nie.“

Als sie sich umdrehte, hatte Jilly das Gefühl, ihre Aufgabe wirklich zu Ende geführt zu haben. Sie hatte Anne Marie den Rest von Merrys Treuhandvermögen gegeben, und damit hatten die Season-Schwestern Merrys letzten Wunsch erfüllt. Am Straßenrand drehte Jilly sich noch einmal um und winkte. Anne Marie stand mit Lauren auf der Veranda und winkte zurück. Jilly prägte sich das Bild ein, um es sich jederzeit in Erinnerung rufen zu können, wenn sie einsam war. So, wie sie sich auch das Foto anschauen würde, dass Anne Marie ihr heute gegeben hatte und auf dem sie als Baby zu sehen war.

Als sie losfuhr, warf Jilly einen letzten Blick in den Rückspiegel. Sie sah, wie Anne Marie den Scheck aus dem Umschlag zog, die Hand aufs Herz legte und dem Wagen hinterherschaute.

Jilly hielt das Steuer fest umklammert und strahlte übers ganze Gesicht. Birdie hat Recht gehabt, dachte sie auf der Rückfahrt. Mutter zu sein war wirklich der größte Traum.

27. KAPITEL

Einen Monat später stand Jilly vor dem schwarzen schmiedeeisernen Gitter, welches das kleine rote Ziegelhaus auf dem Hügel umgab. Ihre Hand lag auf dem kühlen Metall, als sie zu dem hell erleuchteten Fenster im ersten Stock hinaufblickte. Sie nahm an, dass Rajiv bereits im Bett lag. Ob er wohl an sie dachte? Immerhin hatten sie einige bemerkenswerte Momente in diesem Bett erlebt.

Vielleicht fragte er sich, was aus ihr geworden war oder wo sie sich jetzt aufhielt. Ihr gefiel dieser Gedanke. Oder er vermisste sie eventuell ebenso sehr, wie sie ihn mittlerweile vermisste. Es konnte aber auch sein, dass er sie schon längst vergessen hatte. Als sie diese Möglichkeit in Betracht zog, wurde ihr ganz schwer ums Herz.

Sie war nicht mehr die Jüngste. Vielleicht war sie sogar ein oder zwei Jahre älter als er. Wohlhabend war sie ebenfalls nicht. Sie hatte keinen aufregenden Beruf, ja nicht einmal mehr das gewisse Etwas, das die Männer früher so attraktiv bei ihr gefunden hatten. Sie war nur noch sie selbst, Jillian Season.

Aber um das zu erreichen, war sie einen weiten Weg gegangen.

Sie schaute noch einmal zu dem hellen Fenster hinauf. Wahrscheinlich liest er gerade ein Buch und verschwendet nicht einen Gedanken an mich, überlegte sie und fragte sich wohl zum hundertsten Mal an diesem Tag, was sie sich eigentlich dabei gedacht hatte, hierhin zurückzukommen.

Doch sie hatte einfach kommen müssen. Sie liebte dieses kleine Haus. Seit ihrem letzten Besuch hatte sich der Garten in ein üppiges Farbenmeer verwandelt. Frisches Grün schmückte die knorrigen Äste der alten Bäume, und wenn sich die Blätter in der leichten Abendbrise bewegten, zitterten die Schatten, die das Mondlicht auf die Erde malte.

Sie liebte ihn.

Als sie das Gartentor aufstieß, hielt sie den Atem an. Sie zuckte zusammen, als ein lautes Quietschen die Stille der Nacht durchbrach. Irgendwann einmal werde ich das verdammte Tor ölen müssen, dachte sie. Mit dem schrillen Gebell hatte sie gerechnet.

„Ricky? Ich bin's."

Sie hörte ein leises, kehliges Knurren.

„Still, Ricky. Komm zu mir, Junge", lockte sie den Hund.

Steifbeinig kam der kleine Mischling zu ihr gelaufen, immer noch knurrend. Als er aber ihren Geruch aufnahm, sprang er freudig an ihr hoch und winselte leise.

„Das nenne ich eine Begrüßung. Hast *du* mich denn wenigstens vermisst? Du hast mir auch gefehlt." Ermutigt vom begeisterten Empfang des Hundes richtete sie sich auf und ging über den unebenen gewundenen Pfad zur Hintertür, vorbei an wucherndem Unkraut, das die Tulpen und Hyazinthen zu ersticken drohte. Auf der Veranda stand ein Topf mit Geranien, die die Köpfe hängen ließen. Alles wirkte verloren und vernachlässigt.

Jilly klopfte an die Tür. Ein paar Sekunden später ging das Licht in der Küche an. Sie strich sich das Haar zurecht, als sie Schritte näher kommen hörte, fuhr sich mit der Zungenspitze über die Lippen, während das Schloss klickte, und holte tief Luft, als die Tür aufging.

Er wirkte schlanker. Sein dunkles Haar war kürzer und sah zerzaust aus. Eine einzelne dunkle Locke hing ihm in die Stirn. Bewegungslos stand er vor ihr, die Hand noch auf dem Türgriff, und blinzelte wie jemand, der gerade aus einem Traum erwacht war.

„Jillian?"

Sie zuckte mit den Schultern und lächelte zaghaft. „Ich bin wieder da."

Er ließ die Türklinke los und strich sich die Locke aus der Stirn. „Das sehe ich." Dann ließ er die Arme sinken: „Ich habe gehofft, dass du zurückkommen würdest."

„Wirklich?"

„Das hast du doch gewusst. Ich wollte nie, dass du mich verlässt."

Verwundert warf sie die Hände empor. „Warum hast du mir das denn nicht schon eher gesagt?"

„Du warst noch nicht bereit zu bleiben. Du hattest noch etwas zu erledigen. Das wussten wir doch beide. Außerdem gibt es ein altes indisches Sprichwort, das übersetzt ungefähr bedeutet, du kannst nicht festhalten, was dir nicht gehört. Die Entscheidung zum Bleiben musstest du allein treffen, Jillian."

„Das stimmt. Es war zu früh. Rajiv, es ist so viel passiert! Ich habe meine Tochter kennen gelernt. Sie ist wunderbar; ich habe wirklich Glück gehabt. Dann musste ich nach Hause fahren, berufliche Dinge in Ordnung bringen und beim Ausräumen unseres Elternhauses helfen. Wir sind ein gutes Stück vorwärts gekommen. Wir haben viele Entscheidungen treffen müssen." Sie schaute auf ihre Hände. „*Ich* habe viele Entscheidungen treffen müssen."

„Wozu hast du dich denn entschieden?"

Sie beugte sich hinunter, um eine verwelkte Blüte von den Geranien zu rupfen. „Es waren weniger Entscheidungen, sondern vielmehr Erkenntnisse über mich selbst. Ich habe erkannt, dass ich dir alles über mich und was mir zugestoßen ist, erzählen will. Dir mehr als jedem anderen. Das war ein sehr seltsames Gefühl für mich, weißt du. Ich habe noch nie zuvor eine solche Beziehung zu einem Mann gehabt. Noch nie einem von meinen innersten Gedanken erzählt. Ich war zwar drei Mal verheiratet, aber jedes Mal aus einem Grund, der nichts mit Liebe oder Hingabe zu tun hatte. Noch nicht einmal Freundschaft. Ich war vernarrt in jemanden, vielleicht sogar ein bisschen verliebt, jedenfalls habe ich das damals geglaubt. Im Rückblick erscheint es mir allerdings mehr wie ein Geschäftsabkommen. Ich brauchte jemanden, der sich um meine Finanzen kümmerte oder meine Karriere voranbrachte. Dabei habe ich mir niemals echte Gefühle gestattet, und ich habe auch nie jemanden nahe an mich herangelassen aus Angst, verletzt zu werden."

„Und jetzt?"

„Und jetzt ... möchte ich mit dir zusammen sein, und es geht diesmal absolut nicht darum, irgendwelche Vorteile aus dieser Beziehung zu ziehen. Viel wichtiger ist mir, was ich dir geben kann. Was wir uns gegenseitig geben können."

Er trat einen Schritt näher. „Das hört sich viel versprechend an", sagte er.

„Nun, das ist nicht die ganze Wahrheit." Sie hatte begonnen, mit den Knöpfen seines Hemdes zu spielen. „Etwas möchte ich doch haben." Sie sah ihn an. „Das Erste, was ich jeden Morgen, und das Letzte, was ich jeden Abend sehen will, ist dein Gesicht. Ich möchte deine Stimme ganz nahe an meinem Ohr hören und deine Haut spüren. Ich habe dich vermisst, Rajiv. Ich liebe dich."

Er schloss die Augen und seufzte. Als er sie wieder öffnete, trat er noch einen Schritt näher und nahm sie in seine Arme.

„Eigentlich weiß ich gar nicht so recht, was das bedeutet", beilte sie sich hinzuzufügen. „Ich bin mir gar nicht sicher, ob ich überhaupt noch einmal heiraten will. Ich weiß auch gar nicht, ob ich Talent zur Liebe habe. Aber eines weiß ich mit Sicherheit." Sie räusperte sich und schaute in seine Augen. „Ich möchte bitte ein Zimmer."

Er lachte leise und zog sie näher zu sich heran. „Wie lange willst du denn dieses Mal bleiben?"

„Länger als jemals zuvor."

Seine Augen füllten sich mit Tränen. Er trat zurück und machte die Tür weit auf. Dann bat er sie mit dem höflichen Nicken eines Hotelmanagers in sein Haus.

Ehe er die Tür hinter ihnen schloss, meinte er: „Ich denke, das lässt sich einrichten."

EPILOG

Es war ein perfekter Tag zum Heiraten.

Endlich war es Sommer geworden, und mit ihm war eine ausgelassene Stimmung gekommen, die zu dem flammenden Rot, dem strahlenden Gelb und dem kräftigen Pink im Rosengarten der Seasons passte. Die Schwestern hatten weder Kosten, Mühen noch Fantasie gescheut, eine romantische Gartenparty im viktorianischen Stil zu arrangieren – mit einem riesigen Zelt im Mittelpunkt. Die Tische war weiß gedeckt, und breite weiße Stoffbänder schlängelten sich um blaßrosa und weiße Rosenbouquets. Es war ein fantastischer Anblick, der lediglich von der Anmut der Braut übertroffen wurde.

Pünktlich zur angesetzten Stunde begannen die Musiker, Vivaldi zu spielen. Die kleine Gruppe von Gästen verstummte und drehte den Kopf zur hinteren Veranda, die mit Girlanden und noch mehr Rosen geschmückt war. Jillian strahlte, als sie langsam die Stufen in den Garten hinunterschritt.

Mrs. Kasparov lächelte. Sie trug Handschuhe und winkte ihr zu, als sie an ihr vorbeikam. Es war das letzte Fest, das die Seasons in dem alten viktorianischen Haus feierte. Ab der kommenden Woche gehörte es einer anderen Familie, die hier ihre eigenen Erinnerungen sammeln und bewahren würde.

Die Großtanten, Cousins und Cousinen waren mit ihren Partnern und Kindern gekommen und gaben zusammen ein stattliches Familienbild ab. Jilly liebte sie noch mehr, nachdem sie ihre Tochter und deren Familie mit offenen Armen willkommen geheißen hatten. Sie entdeckte den hoch gewachsenen Kyle in der Menge, der voller Stolz Lauren im Arm trug. Laurens Augen leuchteten auf, und sie strampelte mit den Beinen, als sie Jillian erblickte. Neben ihnen stand Anne Marie, strahlend vor neuem Mutterglück. Sie hielt ihre jüngste Tochter im Arm. Als sie das rosige Gesicht und den feinen roten Haarflaum der Kleinen sah, spürte Jilly, dass der Kreis sich geschlossen hatte. Sie hatten dem Kind den Namen May gegeben, eine Geste, die Jilly und ihre Schwestern zutiefst bewegt hatte. Merry wäre außer sich vor Glück gewesen.

Dann sah sie sein Gesicht, schön und jung, und seine Augen strahlten nur für sie. Sie spürte die Röte, die ihre Wangen erhitzte, als sie dachte: So also fühlt es sich an, jemanden zu lieben. Endlich. Rajiv war ihr Geliebter, ihr Vertrauter, ihr bester Freund. Während sie die letzten Meter über den Rasen zu ihm schritt, konnte sie sich ein Leben ohne ihn nicht mehr vorstellen.

Sie blieb am Rosenstrauch stehen, vor dem die Zeremonie stattfinden sollte. Das Lächeln, das Rajiv ihr schenkte, als sie an ihm vorbeiging, kam aus tiefstem Herzen. Sie trat neben Pater Frank und schaute sich zu Birdie um, die ihr folgte. Sie trug das gleiche blassgrüne Seidenkleid wie sie und sah umwerfend darin aus. Mit ihren straffen Schultern, dem schimmernden roten Haar und den glänzenden Augen, die fest auf Dennis gerichtet waren, bewegte Birdie sich majestätisch wie eine Königin.

Die Musik verstummte, und erneut ging ein erwartungsvolles Raunen durch die Menge. Jilly blickte gespannt zur Veranda. Die Haustür öffnete sich, und die milde Sommerluft hallte wider von den unterdrückten Seufzern der Gäste, als Rose in Erscheinung trat.

Jilly konnte die Augen nicht von ihr wenden: Noch nie hatte sie eine so wunderschöne Braut gesehen. In ihrem Kleid aus weißem Satin und Chiffon im viktorianischen Stil wirkte Rose wie aus einer anderen Zeit. Mit einem perlenbestickten Band hatte sie ihr Haare geschmückt, das ihr in langen, üppigen Wellen wie rotgoldene Seide über die Schultern floss. In der Hand trug sie einen Strauß weißer Rosen. Was sie jedoch am meisten schmückte, waren die Freude und die Liebe, die sich auf ihrem Gesicht widerspiegelten, als sie am Arm von Mr. Collins auf ihren künftigen Ehemann zuschritt. Daniel Hinds. Ihr DannyBoy.

Was für eine glückliche Fügung, dass die Hochzeit hier in Merrys Garten stattfindet, überlegte Jilly. Merry hatte ihre Blumen in die Erde gepflanzt, mit der vor vielen Jahren der Swimmingpool aufgefüllt worden war. So war aus dem Ort einer Tragödie der Ort des Lebens, der Schönheit und der Hoffnung geworden.

Der Bibeltext, den sie für die Hochzeitszeremonie ausgewählt hatten, war eine Stelle aus dem Buch Koholet, die der Familie Season stets als Leitmotiv gedient hatte. Jilly schloss die Augen, als sie die vertrauten Worte hörte.

„Ein jedes hat seine Stunde. Für jedes Geschehen unter dem Himmel gibt es eine bestimmte Zeit.
Eine Zeit zum Gebären und eine Zeit zum Sterben. Eine Zeit zum Pflanzen und eine Zeit zum Ernten.
Eine Zeit zum Töten und eine Zeit zum Heilen. Eine Zeit zum Weinen und eine Zeit zum Lachen.
Eine Zeit zum Steinewerfen und eine Zeit, sie zu sammeln. Eine Zeit zum Umarmen und eine Zeit, die Umarmung zu lösen.
Eine Zeit zum Suchen und eine Zeit zum Verlieren. Eine Zeit zum Behalten und eine Zeit zum Wegwerfen.
Eine Zeit zum Zerreißen und eine Zeit zum Zusammennähen. Eine Zeit zum Schweigen und eine Zeit zum Reden.
Eine Zeit zum Lieben und eine Zeit zum Hassen. Eine Zeit für den Krieg und eine Zeit für den Frieden."

Jilly sah ihre Schwestern an, während sie daran dachte, dass diese Worte noch nie so wahrhaftig geklungen hatten wie heute. Das Leben war eine unendliche Kette von Veränderungen – und wie sehr hatten sie sich verändert. Und wie sehr waren sie dennoch dieselben geblieben. Sie war nicht so töricht anzunehmen, dass sich nun, da sie ihre Tochter gefunden hatte und jede von ihnen die Träume ihrer Jugend noch einmal zu verwirklichen suchte, der Kreis für sie geschlossen hatte. Ein neuer Kreislauf begann und fügte die Ereignisse aneinander, wie die vier Jahreszeiten in ewigen Wechsel aufeinander folgten. Als sie hörte, wie das Paar den Hochzeitsschwur sprach, dachte Jilly daran, wie hart sie im Frühling für diesen Sommer ihres Lebens hatten arbeiten müssen. Ein Sommer, der voller Verheißungen für jede von ihnen war. Mit etwas Glück würden sie im Herbst mit einer reichen Ernte für ihre Mühen und Entbehrungen belohnt werden, ehe es wieder einen Winter voller

Zweifel, Traurigkeit und Tragödien gäbe. Aber der Winter war ein Teil dieses Kreislaufs. Was immer ihr widerfahren sollte, sie würde um einen neuen Frühling voll neu erblühter Hoffnungen beten.

Die Braut und der Bräutigam küssten sich, während alle applaudierten und das Hochgefühl dieses Augenblicks miteinander teilten. Rose drehte sich zu ihren Schwestern um. Es war ein großartiger Moment. In ihren Blicken spiegelten sich all ihre Erinnerungen, Vergangenheit und Gegenwart flossen ineinander, wirbelten und tanzten durch ihre Gedanken und ihre Herzen direkt in ihre Seelen hinein.

Jilly, Birdie, Rose und Merry waren für immer durch ein Band vereint, dem die Zeit nichts anhaben konnte. Sie waren Schwestern. Sie waren die vier Seasons.

– ENDE –

Band-Nr. 25044
7,95 € (D)
ISBN 3-89941-055-6

Erika Spindler

Blume des Satans

„Paradise Christian Church“ – so heißt die Kirche, in der die Pfarrerin Rachel Howard sich besonders engagiert um Jugendliche kümmert. Aber dann verschwindet sie spurlos. Zusammen mit dem Ex-Cop Rick Wells, der auf Key West eine Bar betreibt, versucht Liz etwas über den Verbleib ihrer Schwester herauszufinden. Vergeblich. Stattdessen entdecken sie Entsetzliches: Der düstere Satanskult „Gehörnte Blume“ begeht offensichtlich Ritualmorde an Jugendlichen …

MIRA®

Band-Nr. 25045
7,95 € (D)
ISBN 3-89941-056-4

Heather Graham

Dunkle Visionen

Dunkle Visionen weisen dem FBI-Agenten Kyle und der schönen Madison den Weg: In ihren Furcht erregenden Träumen sieht Madison Frauen in Todesangst – wie damals ihre Mutter, die von einem Wahnsinnigen niedergestochen wurde. Jahre sind seitdem vergangen, doch es scheint, als ob der Täter wieder neue Opfer sucht. Und es sind Frauen aus Madisons unmittelbarer Nähe, die ermordet werden. Immer deutlicher werden ihre Visionen, immer enger wird das Netz, das der Mörder zieht – und immer größer Kyles Angst. Denn in Momenten höchster Gefahr hat er erkannt, dass er und Madison zusammengehören …

NEW YORK TIMES
TOP ROMAN
ALEX KAVA
SCHWARZE SEELEN